Stan Nicholls

Orcs

L'intégrale de la trilogie

suivie de *La Relève*

Traduit de l'anglais (Grande-Bretagne) par Isabelle Troin

Bragelonne

Collection dirigée par Stéphane Marsan et Alain Névant

Le présent ouvrage est la réédition en un seul volume
de la trilogie *Orcs* parue de 1999 à 2002.

Titres originaux :
Orcs, first blood Book 1 : Bodyguard of Lightning
Copyright © Stan Nicholls, 1999
Orcs, first blood Book 2 : Legion of Thunder
Copyright © Stan Nicholls, 1999
Orcs, first blood Book 3 : Warriors of the Tempest
Copyright © Stan Nicholls, 2000

Publié avec l'accord de l'auteur,
c/o BAROR INTERNATIONAL, INC.,
Armonk, New York, U.S.A.

© Bragelonne 1999-2007 pour la présente traduction

1re édition : janvier 2007
2e tirage : avril 2007
3e tirage : octobre 2007
4e tirage : août 2008

Illustration de couverture :
Didier Graffet

Carte :
Alain Janolle

ISBN : 978-2-35294-022-7

Bragelonne
35, rue de la Bienfaisance - 75008 Paris - France

E-mail : info@bragelonne.fr
Site Internet : http://www.bragelonne.fr

MARAS-DANTIA
CENTRASIE

• Illex   *Front glaciaire en mouvement*

Fleuve Dbipp • Goff

Wriff   *Toundra d'Hojanger*

Bandar
Gizatt

• Barraktu

Daressar   • Bevis   • Orrarbython

Forêt de
Drogan   Taklakameer
(mer intérieure)   Tumulus

Marches de Scaroc

Îles
Mallowtor   Grandes
Plaines   Hecklowe

Dignum   Grahtt   Forêt de
Roc-Noir

Océan Norantellia

• Damebois   Roc-Noir

Sorrantbahr   • Échevette   Quatt

Plateau
de Ruffet   • Trinité

Bras de Calypar   Carascrag

• Hexton   Désert de Kirgizil

Vermillon   Pont
Garde-à-Vous

Bac de
Taillepierre

Clapotis   • Endurance   Désert du
Scilantium

Fumoir

Mounebirch

La Compagnie de la foudre

Orcs – livre premier

Ce livre est bien entendu pour Anne et Marianne.

Nous hurlerons et rugirons
Comme de vrais combattants orcs
À pleins poumons nous braillerons
Et reviendrons de nos batailles
Ivres de gloire et de ripailles.

Prenez vos armes les Renards,
Et déployez votre étendard !

Adieu délectables putains
Et belles damoiselles orcs.
Invitées d'honneur au festin
Nos épées boiront tout le sang
Qui ruissellera dans les champs.

Prenez vos armes les Renards,
Et déployez votre étendard !

Nous brûlerons et pillerons
Comme savent faire les orcs
Féroces nous arracherons
La tête du tronc rabougri
De nos limaces d'ennemis !

Prenez vos armes les Renards,
Et déployez votre étendard !

Dans la première des contrées
Livrées à la fureur des orcs

Une haute tour se dressait
Nous l'incendiâmes promptement
Volant le calice et l'argent.

Prenez vos armes les Renards,
Et déployez votre étendard!
Un fermier et sa tendre femme
Tombés entre les mains des orcs
Du couteau ont connu la lame
L'homme son or nous a donné
Pendant que sa mie rôtissait.

Prenez vos armes les Renards,
Et déployez votre étendard!

Lève haut ta chope de bière
À ton triomphe guerrier orc
Et vide-la d'une main fière!
Les lances des vaillants Renards
Des humains perceront le lard!

Toujours plus riches et plus gras
Du monde nous serons les rois!

Chanson de marche orc traditionnelle

Chapitre premier

Stryke ne distinguait plus le sol sous les cadavres.

Les hurlements des blessés et le fracas de l'acier l'assourdissaient. En dépit du froid, la sueur lui picotait les yeux. Les muscles en feu, tout son corps lui faisait mal et son pourpoint de cuir était constellé de sang, de boue et de morceaux de cervelle.

Et voilà que deux autres haïssables créatures roses et molles avançaient vers lui, une lueur meurtrière dans les yeux !

Il savoura l'intensité de cet instant.

Le pas mal assuré, il trébucha et faillit tomber. L'instinct seul lui fit lever son épée pour parer la première attaque. Déséquilibré par la violence du choc, il parvint pourtant à dévier le coup.

Reculant d'un bond, il se ramassa sur lui-même, plongea sous la garde de son adversaire et lui enfonça son épée dans l'estomac. La lame remonta jusqu'aux côtes et des entrailles sanguinolentes dégoulinèrent de la plaie.

La créature regarda son ventre ouvert avec une infinie stupéfaction, puis s'écroula, raide morte.

Stryke n'eut pas le temps de célébrer cette victoire. Son second adversaire se jetait déjà sur lui, une épée large brandie à deux mains. Ayant vu tomber son compagnon, il redoubla de prudence et resta hors de portée de Stryke. Celui-ci passa à l'offensive, portant une violente série d'attaques.

Les deux combattants frappèrent et parèrent, exécutant une danse à la fois mortelle et pataude, car leurs bottes glissaient sur des cadavres d'amis et d'ennemis.

L'arme de Stryke était plus adaptée à un duel. Le poids et la taille de l'épée de la créature la rendaient difficile à utiliser en combat rapproché. Conçue pour trancher, elle contraignait le bretteur à décrire des arcs de cercle très larges. Au bout de quelques passes d'armes, il haletait de fatigue, et de petits nuages de vapeur glacée dansaient devant sa bouche. Stryke continua à le harceler à bonne distance en guettant une ouverture.

Désespérée, la créature tenta de le frapper au visage. Elle le manqua de si peu qu'il sentit le souffle de l'air qu'avait déplacé la lame.

Emporté par son élan, le bretteur leva les bras et découvrit sa poitrine. L'acier de Stryke plongea dans son cœur, faisant jaillir un flot de sang.

Le vaincu s'écroula et disparut, avalé par la mêlée.

Jetant un coup d'œil vers le pied de la colline, Stryke localisa le reste des Renards au cœur de la bataille qui faisait rage dans la plaine.

Il retourna au combat.

Coilla leva la tête et aperçut Stryke au sommet de la colline, pas très loin des murs de la colonie. Il était déjà en train de ferrailler contre un groupe de défenseurs.

Coilla maudit sa fichue impatience.

Pour le moment, leur chef se débrouillerait seul. Avant de le rejoindre, l'unité devrait venir à bout d'une sérieuse résistance.

Où que se posât le regard dans le chaudron bouillonnant du champ de bataille, des grappes de combattants s'éventraient en hurlant. Les soldats et les montures affolées piétinaient ce qui, quelques heures plus tôt, était encore une récolte prometteuse. Les cris de guerre blessaient les tympans et l'odeur âcre de la mort laissait un atroce arrière-goût dans la gorge.

En formation triangulaire serrée, les trente Renards se frayaient un chemin dans la cohue semblable à un insecte géant aux innombrables dards d'acier. À leur tête, Coilla ouvrait le chemin en taillant à grands renforts de moulinets la chair ennemie qui faisait obstruction.

Une succession de tableaux vivants cauchemardesques défila sous ses yeux, trop vite pour qu'elle les assimile vraiment. Un défenseur avec une hachette enfoncée dans l'épaule ; un attaquant qui se couvrait les yeux de ses mains ensanglantées ; un autre qui poussait un cri muet en regardant son bras coupé ; un corps décapité qui titubait dans un geyser écarlate… Un visage tailladé par sa propre lame…

Une infinité d'horreurs plus tard, les Renards atteignirent le pied de la colline et commencèrent à la gravir sans cesser de se battre.

Un bref répit dans la boucherie permit à Stryke de vérifier la progression de son unité ; à mi-pente, elle avançait en massacrant les grappes de défenseurs qu'elle rencontrait.

Stryke regarda l'imposante forteresse de rondins, au sommet de la colline. Il leur restait pas mal de chemin à faire avant d'atteindre ses portes, et des dizaines d'ennemis à vaincre. Mais il semblait que leurs rangs s'éclaircissaient.

Remplissant ses poumons d'air glacial, Stryke savoura l'ivresse qu'on éprouve à être en vie quand la mort rôde alentour…

Coilla le rejoignit, haletante, le gros de l'unité sur ses talons.

— Vous avez pris votre temps, dit-il sèchement. J'ai cru que je devrais m'emparer seul de cet endroit.

Du pouce, Coilla désigna le chaos qui régnait en contrebas.

— Ils n'étaient pas chauds pour nous laisser passer.

Ils échangèrent un sourire carnassier.

La soif de sang l'a rendue à moitié folle, elle aussi, pensa Stryke. *C'est bien...*

Alfray, le porte-étendard des Renards, planta la hampe de son drapeau dans le sol gelé. Les deux douzaines de guerriers formèrent un cercle défensif autour de leurs officiers. Remarquant que l'un d'eux avait une vilaine blessure à la tête, Alfray tira un pansement de la sacoche qui lui battait la hanche et s'empressa d'étancher le sang.

Les sergents Haskeer et Jup bousculèrent leurs guerriers pour passer. Comme d'habitude, le premier était maussade et le second ne laissait rien paraître de ses sentiments.

— La promenade était bonne ? lança Stryke.

Jup ignora son ironie.

— Et maintenant, capitaine ? demanda-t-il sur un ton bourru.

— À ton avis, bas-du-cul ? On s'arrête pour cueillir des fleurs ? (Stryke foudroya du regard le plus petit de ses seconds.) On entre là-dedans et on fait notre boulot !

— Comment ?

Une main en visière, Coilla observait le ciel couleur de plomb.

— Un assaut frontal. Tu as une meilleure idée ?

— Non, admit Jup. Mais on se battra à découvert dans une position désavantageuse. Il y aura des pertes.

— Il y en a toujours. (Stryke cracha aux pieds de son sergent.) Si ça peut te rassurer, on va demander l'avis de notre stratège. Coilla, qu'en penses-tu ?

— Hein ?

L'attention de Coilla restait rivée sur les nuages bas.

— Réveillez-vous, caporal ! aboya Stryke. J'ai dit...

— Vous avez vu ça ? coupa Coilla, montrant le ciel.

Un point noir descendait vers eux. À cette distance, ils ne pouvaient distinguer aucun détail, mais ils n'eurent pas de mal à deviner de quoi il s'agissait.

— Ça pourrait nous être utile, dit Stryke.

Coilla eut une moue dubitative.

— Possible... Tu sais combien ils peuvent se montrer capricieux. Mieux vaudrait nous mettre à couvert.

— Où ça ? demanda Haskeer, qui étudiait déjà le terrain dégagé.

Le point ne cessait de grandir.

— Il vole plus vite qu'une cendre d'Hadès, commenta Jup.

— Et il plonge trop serré, ajouta Haskeer.

À présent, tous distinguaient le corps massif et les immenses ailes. Aucun doute n'était permis.

La monstrueuse créature survola en rase-mottes la plaine où la bataille continuait. Les combattants, soudain pétrifiés, levèrent les yeux. Certains s'éparpillèrent dans l'ombre de la bête pendant qu'elle continuait à foncer vers la colline où les Renards avaient pris position.

— Quelqu'un arrive à voir le cavalier ? demanda Stryke en plissant les yeux.

Ses compagnons secouèrent la tête.

Le projectile vivant fondait sur eux. Il ouvrit ses énormes mâchoires, révélant plusieurs rangées de crocs jaunes aussi gros que des casques de guerre. Ses yeux verts aux pupilles fendues lançaient des éclairs. En comparaison, le cavalier assis très droit sur son dos paraissait minuscule.

Stryke estima que la créature n'était plus qu'à trois battements d'ailes d'eux.

— Trop bas, chuchota Coilla.

— Tous à terre ! rugit Haskeer.

Les guerriers obéirent promptement.

Roulant sur le dos, Stryke aperçut au-dessus de lui une peau grise à la texture de cuir et d'énormes pattes griffues. Il lui semblait qu'il aurait pu les toucher en tendant le bras.

Le dragon cracha un jet de flammes orange et brillantes.

Une seconde, Stryke fut aveuglé. Clignant des yeux, il s'attendit à voir la créature s'écraser. Mais elle redressa sa trajectoire au dernier moment.

Dans son sillage, elle laissait un spectacle de désolation. Touchés par son souffle, les défenseurs et certains attaquants étaient transformés en boules de feu ou gisaient sur le sol, déjà calcinés. Çà et là, la terre elle-même brûlait et bouillonnait.

Une odeur de chair rôtie emplit l'air, faisant saliver Stryke.

— Quelqu'un devrait rappeler aux maîtres des dragons de quel côté ils sont, grommela Haskeer.

— Mais celui-ci nous a facilité la tâche, dit Stryke en désignant les portes en flammes. (Il se releva et hurla :) Tous à moi !

Les Renards lancèrent leur cri de guerre et se ruèrent vers la forteresse.

Ils ne rencontrèrent qu'une résistance symbolique et hachèrent menu les quelques ennemis encore debout.

Quand il atteignit les portes léchées par les flammes, Stryke les jugea assez endommagées pour ne plus être un obstacle sérieux. Un des battants pendait lamentablement sur ses gonds, prêt à tomber.

Non loin de là, au sommet d'un poteau, sur une pancarte de bois noirci, on lisait encore deux mots peints d'une main malhabile : *Doux-Foyer*.

Haskeer rejoignit Stryke. Il remarqua la pancarte et lui flanqua un coup d'épée pour la décrocher du poteau. En touchant terre, elle se cassa en deux.

— Ils ont même colonisé notre langage, grogna le sergent.

Jup, Coilla et le reste de l'unité arrivèrent. Aidé par plusieurs guerriers, Stryke martela la porte affaiblie de coups de pied pour la faire tomber.

Ils franchirent le seuil et se retrouvèrent dans une grande cour.

Sur leur droite, un corral abritant du bétail. Sur leur gauche, une rangée d'arbres fruitiers. Un peu plus loin, dans le fond, une ferme en bois de bonne taille…

… devant laquelle s'alignaient des défenseurs deux fois plus nombreux que les Renards.

L'unité chargea.

Dans la mêlée qui suivit, ses membres firent preuve d'une discipline supérieure. N'ayant nulle part où fuir, leurs ennemis luttèrent sauvagement, mais succombèrent en quelques instants.

Les Renards en furent quittes pour quelques entailles qui ne suffirent pas à les ralentir ni à entamer le zèle avec lequel ils lardaient de coups la chair laiteuse de leurs adversaires.

Les quelques défenseurs encore en vie reculèrent et se massèrent devant l'entrée de la ferme. Stryke mena le dernier assaut, épaule contre épaule avec Coilla, Haskeer et Jup.

Arrachant sa lame des entrailles du dernier ennemi, il fit volte-face, balaya la cour du regard et repéra ce qu'il lui fallait sur la barrière du corral.

— Haskeer ! Va chercher un de ces rondins pour qu'on s'en serve de bélier !

Le sergent s'éloigna en beuglant des ordres. Quelques guerriers s'élancèrent, saisissant la hachette pendue à leur ceinture.

Stryke fit signe à un de ses soldats, qui avança de deux pas avant de tomber comme une masse, une flèche dans la gorge.

— Des archers ! cria Jup, agitant sa lame en direction de la ferme.

L'unité se dispersa quand une pluie de flèches venues d'une fenêtre s'abattit sur elle. Touché à la tête, un Renard tomba. Un autre fut atteint à l'épaule ; ses camarades le traînèrent à couvert.

Coilla et Stryke, qui étaient les plus proches du bâtiment, coururent se réfugier sous le porche et se plaquèrent de chaque côté de la porte.

— Combien d'archers nous reste-t-il ? demanda Coilla.

— Nous en avons perdu un… Donc, trois.

Stryke scruta la cour. Les hommes d'Haskeer encaissaient le plus gros des tirs. Alors que des flèches sifflaient autour d'eux, ils s'efforçaient de couper un des poteaux qui soutenaient les gros rondins de l'enclos à bétail.

Non loin de là, Jup et les autres avaient plongé à plat ventre. Bravant les projectiles ennemis, le caporal Alfray s'agenouilla pour soigner son camarade blessé à l'épaule. Stryke était sur le point de les appeler quand il vit les trois archers bander leurs arcs courts.

À plat ventre sur le sol, pas une position idéale pour tirer… Ils devaient soulever le torse et viser vers le haut.

Pourtant, ils décochèrent des volées de flèches nourries.

Dans leur refuge précaire, Stryke et Coilla ne pouvaient qu'observer les projectiles qui montaient et descendaient. Après une minute ou deux, des vivats hésitants s'élevèrent de l'unité, sans doute pour saluer un premier succès des archers. Mais les flèches continuèrent à pleuvoir, confirmant qu'il restait au moins un défenseur à l'intérieur.

— Pourquoi ne pas enflammer les hampes de nos flèches? proposa Coilla.

— Parce que nous ne voulons pas incendier cet endroit avant d'avoir trouvé ce que nous sommes venus chercher.

Un craquement monta du corral. L'unité d'Haskeer venait de dégager un rondin. Elle entreprit de le soulever tout en continuant à se méfier du feu ennemi, désormais moins nourri.

À un autre rugissement triomphant des guerriers, toujours plaqués au sol, répondit un bruit sourd à l'intérieur du bâtiment. Un archer bascula par la fenêtre ouverte et s'écrasa devant le porche où se dissimulaient Stryke et Coilla. La flèche qui dépassait de sa poitrine se brisa en deux sous l'impact.

Du côté du corral, Jup bondit sur ses pieds et signala qu'il ne restait plus personne à l'étage.

Portant le rondin, les guerriers d'Haskeer se précipitèrent. Les muscles tendus, le visage contracté par l'effort, ils percutèrent la porte avec leur bélier improvisé. Des échardes de bois jaillirent tout autour d'eux.

Une dizaine d'assauts plus tard, le battant explosa vers l'intérieur.

De l'autre côté, un trio de défenseurs attendait les Renards. L'un d'eux bondit et tua le premier guerrier d'un seul coup d'épée. Stryke lui plongea sa lame dans le ventre, enjamba le rondin tombé à terre et se jeta sur la créature suivante. Au terme d'une lutte brève mais acharnée, elle s'effondra, raide morte.

Le troisième défenseur profita de l'occasion pour se rapprocher de Stryke, brandissant son épée avec l'intention de le décapiter.

Un couteau de jet s'enfonça dans sa poitrine. Il poussa un halètement rauque, lâcha son arme et tomba à la renverse.

Pour tout remerciement de son chef, Coilla obtint un vague grognement.

Elle récupéra son couteau dans le cadavre et en dégaina un autre de sa main libre : si elle devait se battre au corps à corps, elle préférait mettre toutes les chances de son côté.

Les Renards s'engouffrèrent dans la ferme. Devant eux, un grand escalier conduisait à l'étage.

— Haskeer ! Tu prends la moitié de la compagnie et tu nettoies le rez-de-chaussée, ordonna Stryke. Les autres, avec moi !

Le groupe d'Haskeer se déploya pendant que le second s'engageait dans l'escalier.

Ils avaient presque atteint le haut des marches quand deux créatures apparurent au-dessus d'eux. Ils les taillèrent en pièces, portés par leur fureur collective.

Coilla prit pied à l'étage la première et se retrouva face à un autre défenseur, qui la frappa au bras avec sa lame dentelée. Sans ralentir, elle le désarma et lui transperça la poitrine. La créature hurla, fracassa la rambarde et plongea dans le vide.

Stryke jeta un coup d'œil à la blessure de Coilla. Comme elle ne se plaignait pas, il s'intéressa à la disposition des lieux.

Ils avançaient dans un long couloir. La plupart des portes étaient ouvertes sur des pièces apparemment vides. Stryke envoya ses soldats les fouiller. Ils réapparurent peu après et secouèrent la tête.

La seule porte fermée était au bout du couloir. Ils s'en approchèrent et se placèrent des deux côtés du battant.

En bas, les bruits de combat s'estompaient. Bientôt, on n'entendit plus que les sons étouffés de la bataille qui continuait dans la plaine, et le halètement des Renards qui s'efforçaient de reprendre leur souffle.

Stryke regarda Coilla et Jup, puis fit signe à trois guerriers particulièrement costauds. Ils se jetèrent sur la porte, épaule en avant. Une fois, deux fois, trois fois… Quand le battant céda, ils se ruèrent dans la pièce, épée levée. Stryke et les autres officiers les suivirent.

Un défenseur armé d'une hache à double tranchant avança vers eux. Il succomba sous le nombre avant d'avoir pu blesser un seul adversaire.

La pièce était grande. Au fond, deux créatures s'efforçaient de protéger quelque chose. L'une appartenait à la race des défenseurs, l'autre à celle de Jup. La silhouette élancée de son compagnon soulignait sa stature courtaude et râblée.

La petite créature fit un pas en avant, une épée dans une main et une dague dans l'autre.

Les Renards voulurent lui régler son compte.

— Non ! cria Jup. Celui-là est à moi !

— Laissez-les ! ordonna Stryke.

Ses soldats baissèrent leurs armes.

Les deux adversaires restèrent face à face. Une dizaine de secondes, ils s'observèrent avec une franche expression de mépris et de haine.

Puis l'air résonna du fracas de leurs armes.

Jup parait les attaques ou les esquivait avec une fluidité née de l'expérience. Il ne lui fallut pas longtemps pour faire voler dans les airs la dague de son adversaire. Peu après, son épée suivit le même chemin.

Le sergent des Renards acheva le travail en plongeant sa lame dans les poumons du défenseur, qui tomba à genoux, bascula en avant, eut quelques convulsions et s'immobilisa.

Comme s'il s'arrachait à l'emprise hypnotique d'un sort, son camarade leva son épée et se prépara à mourir en combattant.

Les Renards s'aperçurent alors qu'il protégeait une femelle de sa race. Accroupie, des mèches de cheveux collées sur le front, elle serrait contre sa poitrine un nouveau-né dont la peau évoquait la couleur de l'aube.

Une flèche dépassait de la poitrine de la femelle. Un arc et des projectiles gisaient à ses pieds. À l'évidence, elle avait participé à la défense de la ferme.

Stryke fit signe aux Renards de ne pas bouger et traversa la pièce d'un pas nonchalant, car il n'avait plus rien à craindre. Contournant la flaque de sang qui s'élargissait sous le cadavre de l'adversaire de Jup, il s'arrêta devant le dernier défenseur. Leurs regards se croisèrent.

Un instant, il lui sembla que la créature allait parler.

Mais elle bondit vers lui et agita son épée avec un manque de précision pathétique.

Sans se troubler, Stryke dévia la lame et lui trancha la gorge, manquant de peu la décapiter.

La femelle aux vêtements imbibés de sang poussa un cri aigu à mi-chemin entre un couinement et une lamentation funèbre. Stryke avait déjà entendu ce son une ou deux fois.

Dans les yeux de la femelle, il vit briller une étincelle de défi. Mais la haine, la terreur et la souffrance dominaient. Pâle comme la mort, elle respirait avec difficulté. Essayant toujours de le sauver, elle serra le nouveau-né contre elle.

Puis ses forces l'abandonnèrent. Elle bascula lentement et tomba sur le sol. Morte.

Le nouveau-né glissa de ses bras et se mit aussitôt à pleurer.

Sans se soucier de lui, Stryke enjamba le corps de la femelle.

Il découvrit un autel Uni. Comme tous ceux qu'il avait vus, celui-ci était rudimentaire : une haute table couverte d'un tissu blanc à l'ourlet brodé de fils dorés. Deux chandeliers de plomb encadraient un morceau de fer forgé – deux baguettes montées sur un socle et soudées au milieu pour former un X que Stryke identifia comme le symbole du culte de ses ennemis.

L'objet posé au bord de l'autel retint son attention : un cylindre couleur cuivre, long comme son avant-bras, épais comme son poing et gravé de runes. À une extrémité, un sceau de cire rouge le fermait.

Coilla et Jup rejoignirent Stryke. La première tamponnait sa blessure avec un morceau de ouate ; le second essuyait sa lame ensanglantée avec un chiffon. Tous deux regardèrent le cylindre.

— C'est ça ? demanda Coilla.

— Oui. Ça correspond à la description qu'elle m'a faite.

— Ça n'a pas l'air de justifier un pareil carnage, dit Jup.

Stryke s'empara du cylindre et l'examina rapidement avant de le glisser à sa ceinture.

— Je ne suis qu'un humble capitaine. Notre maîtresse ne perd pas son temps à expliquer ses motivations à la piétaille.

— Je ne comprends pas pourquoi la dernière créature s'est sacrifiée pour protéger une femelle et son bébé, dit Coilla.

— Depuis quand les actes des humains ont-ils un sens ? répliqua Stryke. Ils n'ont pas une vision des choses aussi logique que les orcs.

Le nouveau-né continuait à s'époumoner.

Stryke se tourna vers lui, sa langue verte se dardant entre ses lèvres mouchetées.

— Vous n'auriez pas un petit creux, pas hasard ?

Sa plaisanterie suffit à dissiper la tension. Les autres éclatèrent de rire.

— C'est exactement ce qu'ils attendent de notre part, dit Coilla.

Elle se baissa, souleva le bébé par la peau du cou et le tint devant ses yeux pour observer ses prunelles bleues et ses joues rondes creusées d'une fossette.

— Dieux que ces choses sont laides…

— Tu l'as dit ! approuva Stryke.

Chapitre 2

Flanqué de Jup, Stryke sortit de la pièce à la tête de ses orcs. Coilla suivait, portant le bébé d'un air dégoûté.

Haskeer les attendait au pied de l'escalier.

— Vous l'avez trouvé ? demanda-t-il.

Stryke hocha la tête et tapota le cylindre passé à sa ceinture.

— Brûlez cet endroit ! ordonna-t-il.

Puis il se dirigea vers la porte.

De l'index, Haskeer désigna deux guerriers.

— Toi et toi, au boulot. Les autres, dehors.

Coilla barra le passage à un bleu et lui fourra le nouveau-né dans les bras.

— Descends dans la plaine et laisse-le à un endroit où les humains le trouveront. Tâche de ne pas trop le malmener.

Soulagée, elle s'éloigna d'un bon pas. Le guerrier la suivit lentement. L'air un peu affolé, il tenait le bébé comme un sac plein d'œufs.

Les incendiaires désignés par Haskeer s'emparèrent de lanternes et répandirent leur huile sur le sol et les meubles. Quand ils eurent terminé, le sergent leur fit signe de partir et glissa une main dans sa botte pour prendre son briquet à silex. Il déchira une bande de tissu sur les vêtements d'un cadavre, l'imbiba d'huile, l'embrasa et la jeta loin de lui avant de sortir précipitamment.

Une boule de feu jaillit. Des rideaux de flammes s'élevèrent du sol.

Sans un regard en arrière, Haskeer traversa la cour et pressa le pas pour rattraper les autres.

Ils étaient rassemblés autour du caporal Alfray. Fidèle à son habitude de faire également office de médecin, il posait une attelle à un soldat blessé.

Stryke réclama un rapport détaillé sur l'état de l'unité.

Alfray désigna les cadavres de deux Renards, non loin de là.

— Nous avons perdu Slettal et Wrelbyd. Il y a trois blessés graves, mais qui s'en remettront, et une douzaine de blessés légers.

—Soit cinq guerriers hors course, ce qui nous laisse vingt-cinq combattants valides en comptant les officiers, calcula Stryke.

—Quelles sont les pertes acceptables pour une mission comme celle-là ? s'enquit Coilla.

—Vingt-neuf.

Même le soldat à l'attelle éclata de rire avec les autres. Pourtant, ils savaient que leur capitaine ne plaisantait pas.

Seule Coilla demeura impassible. Les narines frémissantes, elle se demandait si ses camarades se moquaient d'elle parce qu'elle était la dernière recrue.

Elle a encore beaucoup à apprendre, pensa Stryke. *Et il vaudrait mieux pour elle que ça aille vite.*

—Ça a l'air de se calmer, en bas, rapporta Alfray. Visiblement, la bataille a tourné en notre faveur.

—Comme prévu, marmonna Stryke, que ça n'eut pas l'air d'intéresser.

Alfray remarqua la blessure de Coilla.

—Tu veux que j'y jette un coup d'œil ?

—Ce n'est rien. Plus tard… Stryke, on ne devrait pas rester là !

—Je sais. Alfray, trouve un chariot pour les blessés. Abandonne les cadavres aux charognards. (Il se tourna vers les guerriers valides qui l'écoutaient.) Préparez-vous à une marche forcée. On rentre à Tumulus.

Les guerriers firent la grimace.

—La nuit ne va pas tarder à tomber, rappela Jup.

—Et alors ? Ça ne nous empêche pas de marcher, non ? À moins que vous n'ayez peur du noir…

—On est bien mal lotis, dans l'infanterie, grommela un soldat qui passait.

Stryke lui flanqua un magistral coup de pied dans le bas du dos.

—Tâche de ne pas oublier la leçon, misérable ver de terre !

Le guerrier glapit et détala sans demander son reste.

Cette fois, Coilla rit avec les autres.

Un tintamarre monta du corral, mélange de rugissements et de couinements. Stryke alla voir de quoi il s'agissait. Haskeer et Jup lui emboîtèrent le pas, Coilla restant avec Alfray.

Penchés sur la barrière de l'enclos, deux soldats observaient les animaux.

—Que se passe-t-il ? demanda Stryke.

—Ils ont peur, répondit un des guerriers. Ils ne devraient pas être enfermés comme ça. Ce n'est pas naturel.

Stryke fit quelques pas en avant.

La créature la plus proche était à moins d'une longueur d'épée de lui. Deux fois plus haute qu'un orc, elle se ramassait sur elle-même, ses puissantes pattes postérieures supportant tout le poids de son corps, les griffes enfoncées dans la terre battue. Sa poitrine féline, hérissée de courts poils couleur de sable, se soulevait au rythme de sa respiration. Sa tête d'aigle oscillant sans cesse, elle claquait nerveusement du bec. Contrastant avec son plumage clair, ses énormes yeux, pareils à deux orbes d'un noir d'encre, regardaient partout sans jamais se fixer plus d'une seconde sur un point. Ses oreilles dressées frémissaient.

Malgré son agitation, il se dégageait de la bête une curieuse noblesse. Derrière elle, une centaine de ses semblables – le gros du troupeau – se tenaient pour la plupart à quatre pattes, le dos arqué. Çà et là, dressées sur les pattes arrière, leurs longues queues se balançant en rythme, quelques créatures s'affrontaient, agitant leurs bras maigrichons terminés par des griffes acérées.

Une rafale de vent charria jusqu'aux narines des orcs l'odeur fétide des excréments de griffons.

—Gant a raison, dit Haskeer en désignant le guerrier qui venait de parler. Leur enclos, ce devrait être tout Maras-Dantia.

—Très poétique, sergent.

Comme il s'y attendait, l'ironie de Stryke blessa Haskeer. Il semblait aussi proche de… l'embarras… qu'un orc pouvait l'être.

—Je voulais juste dire qu'il est typique des humains d'enfermer des animaux faits pour vivre en liberté. Et nous savons qu'ils nous infligeraient le même traitement si nous les laissions faire.

—Tout ce que je sais, dit Jup, c'est que tes fabuleux griffons puent, mais qu'ils ont diantrement bon goût.

—Qui t'a demandé ton avis, sac à puces? grogna Haskeer.

Jup sursauta et ouvrit la bouche pour répondre.

—La ferme, tous les deux! cria Stryke. (Il se tourna vers les guerriers.) Abattez-en quelques-uns pour le ravitaillement et délivrez les autres avant notre départ.

Il s'éloigna. Haskeer et Jup le suivirent en échangeant des regards assassins.

Derrière eux, l'incendie avait gagné toute la ferme. Des flammes jaillissaient des fenêtres et de la fumée s'échappait de l'accès principal.

Les orcs atteignirent les portes défoncées de la forteresse. À la vue de leur commandant, les gardes bombèrent le torse pour témoigner de leur vigilance. Stryke ne leur prêta aucune attention, bien plus intéressé par ce qui se passait dans la plaine. Le combat avait cessé; les défenseurs qui n'avaient pas succombé s'étaient enfuis.

—C'est un bonus d'avoir remporté cette bataille, puisque c'était une simple diversion, dit Haskeer.

—Nous étions plus nombreux. Nous méritions de gagner. Mais ne va surtout pas parler de diversion à la troupe. La chair à pâtée doit ignorer que tout ça a été organisé pour couvrir notre mission.

Stryke porta la main à sa ceinture. Le cylindre était toujours là.

En contrebas, les équipes de charognards se faufilaient déjà entre les morts qu'ils dépouillaient de leurs armes, de leurs bottes et de tout ce qui pouvait être utile. D'autres groupes avaient reçu la mission peu ragoûtante d'achever les blessés ennemis et ceux de leur propre camp qu'ils jugeaient en trop mauvais état. Des bûchers funéraires brûlaient déjà dans la plaine.

La température ne cessait de baisser. À la lueur du crépuscule, un vent mordant giflait le visage de Stryke. Au-delà du champ de bataille, il distinguait d'autres plaines, et des collines dont les arbres ondulaient sous les rafales. Adoucie par les ombres qui s'allongeaient, cette scène avait dû être familière à ses aïeux. À l'exception de l'horizon lointain où, à cause des glaciers, se découpait une bande d'une lumineuse blancheur…

Pour la millième fois, Stryke maudit en silence les humains qui dévoraient la magie de Maras-Dantia.

Il chassa cette pensée pour revenir à des considérations pratiques. Il avait quelque chose à demander à Jup.

— Ça t'a fait quoi de tuer un compatriote, tout à l'heure ?

— La même chose que de tuer n'importe qui, répondit son sergent. Et je ne le considérais pas comme un compatriote. Je ne connaissais même pas sa tribu !

N'ayant pas assisté au duel, Haskeer se montra curieux.

— Tu as tué un autre nain ? Tu dois vraiment avoir besoin de faire tes preuves !

— Il s'est rangé du côté des humains, ça faisait de lui un ennemi. Et je n'ai rien à prouver.

— Vraiment ? Alors que la plupart des clans nains ont pris le parti des humains, et que tu es le seul de ton espèce parmi les Renards ? Moi, je trouve que tu as beaucoup à prouver.

Les veines du cou de Jup se tendirent, telles des cordes prêtes à se rompre.

— Que veux-tu dire ?

— Je me demande pourquoi nous avons besoin de… de gens comme toi dans nos rangs.

Je devrais mettre un terme à cette dispute, pensa Stryke, *mais elle couve depuis trop longtemps. Mieux vaut qu'ils en finissent une bonne fois pour toutes.*

— J'ai gagné mes galons de sergent dans cette unité ! cracha Jup, désignant les tatouages en forme de croissant de lune, sur ses joues empourprées par la rage. J'ai été assez bon pour ça !

— Vraiment ? lança Haskeer.

Attirés par les éclats de voix, Coilla, Alfray et quelques guerriers les rejoignirent. Plusieurs se réjouissaient déjà d'assister à une bagarre entre deux officiers… Ou à l'idée de voir perdre Jup ?

Les deux sergents échangèrent des insultes dont leurs ancêtres devinrent vite la cible principale. Indigné par une repartie du nain, Haskeer lui empoigna la barbe et tira dessus de toutes ses forces.

— Répète ça, espèce de minus à fourrure !

Jup se dégagea.

— Moi au moins, j'ai des poils ! Vos crânes d'orcs ressemblent à des culs d'humains !

Ils se foudroyèrent du regard, les poings serrés. De toute évidence, ils n'allaient pas tarder à en venir aux mains.

Un soldat se fraya un chemin dans la cohue.

— Capitaine ! Capitaine ! appela-t-il.

Cette interruption ne fut guère appréciée du public. Quelques grognements déçus en témoignèrent.

— Qu'y a-t-il ? soupira Stryke.

— Nous avons trouvé quelque chose. Vous feriez mieux de venir voir.

— Ça ne peut pas attendre ?

— Je crains que non, capitaine. Ça a l'air important.

— D'accord. Arrêtez, vous deux ! (Haskeer et Jup ne bronchèrent pas.) Ça suffit ! grogna Stryke.

Ils baissèrent les bras et reculèrent à contrecœur, bien que la haine ne les eût nullement abandonnés, son aura sulfureuse presque visible…

Stryke ordonna aux gardes de ne laisser entrer personne, et aux autres de se remettre au boulot.

— J'espère pour toi que ça en vaut la peine, soldat, ajouta-t-il.

Il retourna dans la cour. Intrigués, Coilla, Jup, Alfray et Haskeer lui emboîtèrent le pas.

Des flammes couraient sur le toit de la ferme transformée en brasier. Dans le verger, en hauteur, les orcs sentaient une infernale chaleur.

Le soldat tourna à gauche. Les plus hautes branches des arbres brûlaient, chaque rafale de vent charriant des étincelles et des cendres.

De l'autre côté du verger se dressait une modeste grange à la double porte grande ouverte. À l'intérieur, un guerrier muni d'une torche examinait le contenu d'un sac en toile de jute ; un second était agenouillé près d'une trappe ouverte et sondait des profondeurs obscures.

Stryke s'accroupit près du premier orc et les autres firent cercle autour d'eux. Le sac était plein de minuscules cristaux translucides aux reflets violacés.

— Du pellucide, souffla Coilla.

Alfray se lécha un doigt, tapota un cristal et goûta la substance ainsi recueillie.

—De premier choix, constata-t-il.

—Regardez par ici, capitaine, dit le guerrier qui était venu les chercher.

Il désigna la trappe.

Stryke prit sa torche au soldat agenouillé. La lueur tremblotante révélait une petite cave au plafond juste assez haut pour qu'un orc s'y tienne debout sans se cogner la tête. Deux autres sacs reposaient sur le sol.

Jup émit un long sifflement.

—C'est plus que je n'en ai vu de toute ma vie.

Leur dispute momentanément oubliée, Haskeer demanda :

—Tu imagines pour combien il y en a ?

—Et si nous le goûtions ? proposa le nain, plein d'espoir.

—Ça ne pourrait pas faire de mal, renchérit Haskeer. Nous le méritons bien après avoir accompli cette mission, pas vrai, capitaine ?

—Je ne sais pas trop.

Coilla semblait dubitative, mais elle ne dit rien.

Alfray baissa les yeux sur le cylindre que Stryke portait à sa ceinture.

—Il ne serait pas sage de faire attendre notre reine trop longtemps, dit-il avec sa prudence coutumière.

Stryke parut ne pas l'entendre. Il prit une poignée de cristaux et les laissa glisser lentement entre ses doigts.

—Cette réserve vaut une petite fortune en argent et en pouvoir. Songez combien elle gonflerait les coffres de notre maîtresse.

—Tout à fait, approuva Jup. Mettez-vous à sa place. Nous avons accompli notre mission et remporté une victoire dans la plaine. Pour couronner le tout, nous lui rapportons une rançon royale en foudre de cristal. Elle vous donnera une promotion !

—Réfléchissez, capitaine, insista Haskeer. Une fois que nous lui aurons remis ce trésor, nous n'en reverrons jamais la couleur. Elle a assez de sang humain dans les veines pour que ça ne fasse aucun doute.

Cette remarque emporta la décision de Stryke.

Il se frotta les mains pour en faire tomber les cristaux.

—Ce qu'elle ignore ne peut pas lui nuire, et ça ne fera pas une grande différence que nous repartions dans une heure ou deux. Quand elle verra ce que nous lui rapportons, Jennesta ne pourra rien trouver à redire.

Chapitre 3

Certains supportent la frustration avec bonne grâce ; d'autres jugent intolérables les obstacles qui se dressent sur leur route.

Les premiers sont l'incarnation du stoïcisme.

Les seconds sont dangereux.

La reine Jennesta appartenait à la deuxième catégorie. Et elle s'impatientait.

Les Renards à qui elle avait confié une mission sacrée n'étaient pas rentrés à Tumulus. Jennesta savait que la bataille était terminée et qu'elle avait tourné en leur faveur ; pourtant, ses soldats ne lui avaient pas encore rapporté l'objet de sa convoitise.

Quand ils arriveraient, elle les ferait écorcher vifs. Et s'ils avaient échoué, le châtiment serait encore pire.

Un petit divertissement était prévu pour lui faire prendre son mal en patience. Amusant et cependant nécessaire, il promettait en outre de lui apporter un certain plaisir. Comme d'habitude, il aurait lieu dans son *sanctum sanctorum*, au cœur de ses appartements privés.

Située dans les profondeurs de son palais de Tumulus, la pièce aux murs de pierre avait un haut plafond voûté que soutenaient une douzaine de piliers. Quelques chandeliers fournissaient une chiche lumière, car Jennesta préférait la pénombre.

Les symboles cabalistiques qui ornaient les tapisseries étaient identiques à ceux qu'on retrouvait sur les épais tapis qui couvraient les blocs de granit usés par le temps.

Une chaise de bois à dossier sculpté, pas tout à fait un trône, se dressait près d'un brasero métallique où rougeoyaient des charbons ardents.

Deux choses attiraient le regard en cet endroit : un bloc de marbre noir qui tenait lieu d'autel et une sorte de longue table basse (ou de divan de marbre blanc) installée devant.

Un calice d'argent reposait sur l'autel à côté d'une dague à la lame gravée de runes et à la poignée incrustée d'or, et d'un petit marteau à la tête ronde ornementé de la même façon.

Le bloc de marbre blanc était équipé à chaque extrémité d'une paire de fers. Jennesta laissa courir ses doigts sur la surface immaculée, savourant le contact sensuel de la pierre lisse et froide.

Des coups frappés à la porte de chêne la tirèrent de sa rêverie.

—Entrez.

Deux gardes apparurent sur le seuil. De la pointe de leurs lances, ils poussaient un prisonnier humain aux pieds et aux poings enchaînés. Il était vêtu en tout et pour tout d'un pagne.

Âgé d'une trentaine d'années, il dépassait les orcs de la tête et des épaules, comme la plupart de ses semblables. Le visage contusionné, des croûtes de sang séché maculaient sa barbe et ses cheveux blonds. Il se déplaçait avec difficulté, en partie à cause de ses entraves, mais surtout des coups de fouet qu'on lui avait administrés après sa capture, pendant la bataille. Des plaies écarlates et boursouflées zébraient son dos.

—Je vois que mon invité est arrivé. Bienvenue, lança la reine d'une voix sirupeuse pleine de moquerie.

L'humain ne répondit pas.

Tandis qu'elle s'approchait de lui d'une démarche langoureuse, un des gardes imprima une secousse à la chaîne qui lui liait les poignets. L'homme frémit. Jennesta étudia sa silhouette robuste et musclée et décida qu'il conviendrait parfaitement pour ce qu'elle avait à l'esprit.

Le prisonnier l'examina aussi, et parut stupéfait par ce qu'il vit.

Quelque chose clochait dans la forme du visage de Jennesta. Il était un peu trop plat, un soupçon trop large au niveau des tempes, avec un menton beaucoup plus pointu que la moyenne. Ses cheveux d'ébène cascadaient jusqu'à sa taille, si brillants qu'on les aurait crus mouillés. L'éclat de ses yeux sombres, pareils à deux puits sans fond, était accentué par ses cils d'une longueur extraordinaire. Elle avait en outre une bouche large et un nez légèrement aquilin.

Rien de tout ça n'était déplaisant. On aurait plutôt dit que ses traits s'étaient éloignés des normes imposées par la nature pour suivre une évolution qui n'appartenait qu'à eux. Le résultat était stupéfiant.

Même sa peau avait une couleur inhabituelle. Dans la lueur vacillante des bougies, elle oscillait entre une teinte émeraude et un lustre argenté.

Les pieds nus, Jennesta portait une longue robe écarlate qui dénudait ses épaules et soulignait les courbes voluptueuses de son corps.

À n'en pas douter, elle était très séduisante. Mais sa beauté avait quelque chose d'alarmant. Elle accélérait les battements de cœur du prisonnier… tout en éveillant chez lui un vague dégoût. Dans un monde pourtant peuplé de multiples races, il n'avait jamais rencontré personne de semblable à Jennesta.

—Vous ne me manifestez pas la déférence appropriée, dit-elle.

Ses yeux hypnotisaient le prisonnier, lui donnant l'impression qu'il ne pouvait rien leur dissimuler.

L'humain s'arracha à ce regard dévorant. Malgré sa douleur, il eut un sourire cynique. Du menton, il désigna ses chaînes et prit la parole pour la première fois.

—Je ne le pourrais pas, même si je le voulais.

Jennesta eut un sourire inquiétant.

—Mes gardes seront ravis de vous y aider.

Les soldats forcèrent le prisonnier à s'agenouiller.

—C'est mieux, approuva Jennesta d'une voix mielleuse.

Haletant, l'humain remarqua ses mains aux doigts minces anormalement longs et ses ongles pointus comme des griffes.

Jennesta fit un pas sur le côté pour effleurer les plaies qu'il avait dans le dos. Quand elle les caressa du bout des ongles, il sentit son sang recommencer à couler. Il poussa un grognement. Jennesta ne fit aucun effort pour cacher sa satisfaction.

—Maudite sois-tu, putain hérétique ! cria le prisonnier.

Jennesta éclata de rire.

—Un Uni typique. Toute personne qui rejette vos croyances est forcément un hérétique. Pourtant, c'est vous qui vous êtes rebellés en nous jetant à la tête vos fantasmes d'un dieu unique.

—Alors que vous vénérez les anciens dieux morts de ces créatures, dit le prisonnier en désignant les gardes orcs du regard.

—Comme vous êtes ignorant… La foi Multi concerne des dieux beaucoup plus anciens encore. Des dieux vivants, contrairement au mensonge auquel vous vous raccrochez.

L'homme fut secoué par une quinte de toux pathétique.

—Vous vous considérez comme une Multi ? s'étonna-t-il.

—Où est le problème ?

—Les Multis se trompent, mais au moins, ils sont humains.

—Ne l'étant pas, je ne peux pas embrasser leur cause ? Pauvre fermier, il y a assez de naïveté en vous pour remplir les douves de ce château ! La voie de la Multiplicité est ouverte à tous. Et de toute façon, je suis partiellement humaine.

Le prisonnier haussa les sourcils.

—Vous n'aviez jamais rencontré d'hybride ? (Sans attendre sa réponse, elle continua :) Visiblement pas. Je suis de sangs nyadd et humain mêlés, et j'ai pris les meilleures qualités des deux races.

—Une telle union est une… une abomination ! cria le prisonnier.

Jennesta dut trouver cela follement amusant, car elle éclata de rire.

—Assez! Je ne vous ai pas fait venir pour engager un débat théologique. (Elle adressa un signe de tête à ses gardes.) Préparez-le.

L'humain sentit qu'on le relevait de force et qu'on le poussait sans douceur vers l'autel. Puis les soldats le soulevèrent et le laissèrent tomber sur le bloc de marbre blanc. Il cria de douleur et se raidit, haletant, des larmes plein les yeux, pendant que les gardes lui ôtaient ses chaînes pour lui passer les fers.

Jennesta congédia ses orcs, qui s'inclinèrent et sortirent.

La reine approcha du brasero et répandit de la poudre d'encens sur les charbons ardents. Un parfum entêtant flotta dans la pièce. Sur l'autel, Jennesta prit le calice et la dague cérémonielle.

Au prix d'un gros effort, l'humain tourna la tête vers elle.

—Accordez-moi au moins la miséricorde d'une mort rapide, implora-t-il.

Couteau à la main, Jennesta se pencha sur lui. Il prit une inspiration étranglée et récita une prière, la panique lui faisant avaler les mots au point de les rendre incompréhensibles.

—Vous racontez n'importe quoi, grogna Jennesta. Taisez-vous.

D'un geste vif, elle trancha…

… le pagne du prisonnier. Puis elle s'en saisit et le jeta au loin. Enfin, elle posa sa dague au bord du bloc de marbre et contempla la nudité de l'humain.

Qui en resta bouche bée.

—Que…? balbutia-t-il, rouge d'embarras.

Il déglutit et se débattit dans ses liens.

—Les Unis ont une attitude contre nature vis-à-vis de leur corps, dit Jennesta. Ils éprouvent de la honte sans raison.

Glissant une main sous la nuque du prisonnier, elle lui souleva la tête et approcha le calice de ses lèvres.

—Buvez, ordonna-t-elle.

Une partie de la potion coula dans la gorge de l'homme avant qu'il ne s'étrangle et ne referme ses dents sur le bord du récipient. Jennesta l'écarta, laissant l'humain tousser et cracher. Un peu de liquide couleur d'urine goutta aux coins de sa bouche.

Les effets de la potion se manifestant rapidement mais ne durant guère, Jennesta ne perdit pas de temps. Elle défit les attaches de sa robe et la laissa tomber sur le sol.

Le prisonnier la fixa, les yeux écarquillés de stupeur. Son regard se posa sur ses seins généreux, glissa le long de son ventre musclé jusqu'à la cambrure plaisante de ses reins et à sa toison pubienne luxuriante.

La perfection physique de Jennesta combinait les charmes d'une humaine avec l'héritage génétique complexe de ses ancêtres hybrides. Jamais il n'avait contemplé pareille femme.

La reine se délecta de la bataille que se livraient en lui la pruderie de son éducation Uni et les instincts primitifs présents chez n'importe quel mâle. L'aphrodisiaque ferait pencher la balance du bon côté et apaiserait la douleur des mauvais traitements infligés par les orcs. En cas de besoin, elle pourrait même faire appel à sa sorcellerie. Mais elle doutait que ce soit nécessaire.

Jennesta approcha son visage de celui du prisonnier. L'odeur douceâtre et musquée de son haleine lui donna la chair de poule. Elle lui souffla doucement dans l'oreille avant de lui murmurer des phrases explicites et choquantes. Le prisonnier s'empourpra de nouveau. Mais cette fois, l'embarras n'était pas le seul responsable.

Enfin, il retrouva la parole.

—Pourquoi me tourmentez-vous ainsi ?

—Vous vous tourmentez tout seul en vous refusant les plaisirs de la chair, répondit Jennesta d'une voix rauque d'excitation.

—Putain !

Elle gloussa et se pencha sur lui jusqu'à ce que la pointe de ses seins lui chatouille la poitrine. Puis elle fit mine de l'embrasser, mais recula au dernier moment. Portant ses doigts à sa bouche pour les humecter, elle lui titilla les mamelons jusqu'à ce qu'ils durcissent.

La respiration du prisonnier devint haletante. La potion commençait à agir. Il déglutit avec difficulté et parvint à dire :

—L'idée de m'accoupler avec vous me répugne.

—Vraiment ?

Jennesta l'enjamba, le chevaucha, lui frottant sa toison pubienne contre l'abdomen. L'homme tira sur ses liens, mais sans force ni conviction.

Jennesta savourait son humiliation et la lente destruction de sa volonté. Cela l'excitait encore plus. Écartant les lèvres, elle darda une langue qui paraissait bien trop longue et se révéla râpeuse quand elle commença à lui lécher la gorge et les épaules.

Le prisonnier sentit monter une érection. Jennesta pressa ses jambes contre ses flancs couverts d'une pellicule de sueur et le caressa avec une ardeur renouvelée. Les émotions se succédèrent rapidement sur le visage de l'humain : désir, répulsion, fascination, impatience… Peur.

—Non ! cria-t-il.

—Mais tu en as envie, susurra Jennesta. Sinon, pourquoi te préparerais-tu à me prendre ?

Elle se souleva légèrement et, passant une main entre les cuisses de l'homme pour saisir sa virilité, le guida en elle.

Puis elle bougea, sa silhouette voluptueuse ondulant à un rythme délibérément paresseux. La tête du prisonnier roulait sur le marbre ; un voile s'était abattu devant ses yeux et il avait la bouche grande ouverte.

Quand Jennesta accéléra, il se tortilla et gémit. Contre sa volonté, il réagit et souleva son bassin pour plonger en elle de plus en plus fort et de plus en plus profondément. Elle rejeta ses cheveux en arrière ; le nuage de boucles noires capta des points lumineux qui, un instant, la nimbèrent d'une aura de feu.

Consciente que la semence était sur le point de jaillir, Jennesta s'empala sur l'humain avec une frénésie croissante. Il fut parcouru par un spasme…

Alors elle empoigna la dague à deux mains et la brandit au-dessus de sa tête.

L'orgasme et la terreur vinrent en même temps.

La lame plongea dans la poitrine du prisonnier, qui poussa un cri hideux, s'arrachant la peau des poignets en luttant pour se dégager des fers.

Jennesta continua à le larder de coups.

Les hurlements de l'humain se transformèrent en gargouillis. Puis sa tête retomba sur le marbre avec un bruit sourd, et il s'immobilisa.

Jennesta lâcha la dague et plongea ses deux mains dans la cavité ensanglantée. Quand elle eut exposé les côtes, elle saisit le marteau posé sur l'autel et l'abattit sur la cage thoracique. Des éclats d'os blanc volèrent alentour. Cet obstacle pulvérisé, elle lâcha son marteau et déchiqueta les chairs jusqu'à ce que ses mains se referment sur le cœur du prisonnier, qui battait encore faiblement. D'un coup sec, elle tira dessus et l'arracha.

Puis elle porta l'organe poisseux de sang à sa bouche, l'ouvrit en grand, et plongea les dents dans sa tiédeur moelleuse.

Aussi intense qu'ait été le plaisir physique, ce n'était rien comparé à la plénitude que Jennesta éprouvait en cet instant. À chaque bouchée, elle sentait les forces vitales de sa victime s'ajouter aux siennes, flux revigorant qui alimentait la source où elle puisait son énergie magique.

Assise en tailleur sur la poitrine du cadavre, le visage, les mains et les seins couverts de sang, elle festoya allègrement.

Enfin, elle se sentit repue. Pour le moment.

Alors qu'elle suçait les dernières gouttes de fluide sur ses doigts, une jeune chatte noire et blanche émergea d'un coin sombre de la pièce et miaula.

—Ici, Saphir, roucoula Jennesta en tapotant sa cuisse.

L'animal lui sauta dessus gracieusement pour se faire caresser. Il renifla le corps mutilé et lécha la plaie béante.

Avec un sourire indulgent, Jennesta descendit du bloc de marbre blanc et s'approcha d'un cordon de velours sur lequel elle tira.

Les gardes orcs répondirent aussitôt à son appel. S'ils éprouvèrent quelque émotion à la vue de la scène macabre, ils n'en laissèrent rien paraître.

—Débarrassez-moi de la carcasse! leur ordonna Jennesta.

À leur approche, la chatte s'enfuit pour regagner les ombres. Ils se mirent en devoir d'ouvrir les fers.

—Des nouvelles des Renards?

—Aucune, ma dame, répondit un des soldats en évitant le regard de Jennesta.

Ce n'était pas ce qu'elle voulait entendre. Déjà, le bénéfice du petit divertissement s'évanouissait, cédant la place à un mécontentement royal.

Jennesta se jura que la mort des Renards serait dix fois plus atroce que leurs pires cauchemars.

Adossés à un arbre, deux fantassins orcs semblaient hypnotisés par la nuée de fées minuscules qui folâtraient au-dessus de leurs têtes. Une douce lumière multicolore scintillait sur leurs ailes, et leur chant mélodieux résonnait dans l'air nocturne.

Sans crier gare, un des orcs tendit une main et la referma sur une poignée de créatures qui émirent des couinements pathétiques. Il les fourra dans sa bouche et les mâcha bruyamment.

—Sales petites pestes, marmonna son compagnon.

—C'est vrai, dit sagement le premier soldat. Mais elles sont bonnes à manger.

—Et complètement stupides, ajouta l'autre tandis que l'essaim se reformait.

Il les observa un moment, puis décida qu'un petit casse-croûte ne lui ferait pas de mal non plus.

Les deux orcs restèrent assis à mâcher en silence, et à observer les ruines fumantes de la ferme, de l'autre côté de la cour.

Un moment passa, puis le premier reprit la parole.

—On vient vraiment de faire ça?

—De faire quoi?

—De bouffer ces fées.

—Les fées? De sales petites pestes.

—C'est vrai, mais elles sont bonnes à…

Un léger coup de botte contre son mollet interrompit leur conversation.

Ils n'avaient pas remarqué qu'un autre fantassin s'était approché d'eux. Le soldat s'accroupit, grogna «Tenez», et leur passa une pipe de terre cuite. Puis il se releva et s'éloigna d'un pas un peu chancelant.

Le premier soldat porta la pipe à ses lèvres et tira une longue bouffée.

Son camarade fit claquer sa langue. D'un ongle à la propreté douteuse, il délogea la minuscule aile scintillante coincée entre ses canines. Il haussa les épaules et la jeta dans l'herbe, puis prit le cristal de pellucide que lui tendait l'autre orc.

Plus près des ruines de la maison, Stryke, Coilla, Jup et Alfray partageaient également une pipe autour d'un feu de camp. Avec un bâton, Haskeer remuait le contenu d'une marmite noire suspendue au-dessus de flammes crépitantes.

— Je vais vous le répéter une dernière fois, grogna Stryke. (Il désigna le cylindre posé sur son giron.) Cet objet a été dérobé à une caravane par des Unis qui ont tué les gardes. Voilà l'histoire. (Sa voix était de plus en plus pâteuse.) Et Jennesta veut le récupérer.

— Mais pourquoi ? demanda Jup en tirant sur la pipe. Après tout, ce n'est qu'un énnui à tessage. Je veux dire… Ce n'est qu'un étui à message.

Clignant des yeux, il passa la pipe à Coilla.

— Ça, on le sait, lâcha Stryke. (Il agita vaguement la main.) Ça doit être un message important. On s'en fiche. Ça ne nous regarde pas.

Tout en versant un liquide fumant d'un blanc laiteux dans des chopes en étain, Haskeer marmonna :

— Je parie que ce pellucide aussi faisait partie de la cargaison.

Toujours à cheval sur les convenances malgré son état comateux, Alfray tenta une fois encore de rappeler ses responsabilités à son chef.

— Nous ne devrions pas nous attarder trop longtemps, capitaine. Si la reine…

— Tu ne peux pas changer de chanson ? coupa Stryke. Crois-moi, notre maîtresse nous accueillera à bras ouverts. Tu t'inquiètes trop, scieur-d'os.

Alfray se replongea dans un silence maussade. Haskeer lui offrit une tasse d'infusion de drogue, mais il secoua la tête. Stryke accepta une chope qu'il vida d'un trait.

Sous l'influence du pellucide, Coilla somnolait à demi, le regard vide. Mais elle prit pourtant la parole.

— Alfray n'a pas tort. S'exposer aux foudres de Jennesta n'est jamais une bonne idée.

— Toi aussi, tu comptes me harceler ? demanda Stryke en remplissant de nouveau sa chope. Ne t'inquiète pas : nous nous mettrons bientôt en route. À moins que tu ne veuilles leur refuser ce petit plaisir…

Il jeta un coup d'œil en direction du verger, où la plupart des Renards avaient pris leurs aises.

Les fantassins étaient affalés autour d'un feu plus gros d'où montaient des rires gras et des chansons paillardes. Certains faisaient un bras de fer ou jouaient aux dés.

Stryke regarda Coilla. Mais la scène avait complètement changé. La femelle orc était roulée en boule sur le sol, les yeux fermés. Tous les autres semblaient frappés de stupeur ; quelques-uns ronflaient. Le feu était mort depuis longtemps.

De nouveau, Stryke observa les fantassins. Eux aussi dormaient. Et de leur feu, il ne restait que des cendres.

Au plus profond de la nuit, une traînée d'étoiles scintillantes piquetait le ciel.

Il avait l'impression qu'un instant s'était écoulé, mais ce n'était qu'une illusion.

Il aurait dû réveiller ses compagnons puis distribuer ses ordres pour le retour à Tumulus. Et il le ferait. Il le ferait certainement. Mais d'abord, il avait besoin de se reposer et de laisser se dissiper le voile qui embrumait son cerveau. Une minute ou deux devraient suffire. Alors, il se mettrait au travail.

La tête de Stryke tomba sur sa poitrine.

Une tiède stupeur l'envahit. Il était si dur de garder les yeux ouverts...

Il s'abandonna aux ténèbres.

Chapitre 4

Il ouvrit les yeux.

Le soleil brillait au-dessus de sa tête. Il souleva une main pour se protéger de la lumière et, battant des paupières, se mit lentement debout. Le tapis de gazon luxuriant était moelleux sous ses pieds.

Au loin se dressait une chaîne de collines en pente douce. À l'aplomb, des nuages d'un blanc immaculé dérivaient sereinement dans un ciel d'un azur parfait. Le paysage verdoyant était d'une pureté absolue.

Dans un coin de son cerveau, Stryke se demandait vaguement ce qu'il était advenu de la nuit. Il n'avait aucune idée de l'endroit où pouvaient être les autres Renards. Mais ces questions effleurèrent seulement son esprit...

Puis il lui sembla entendre d'autres bruits, au-delà de l'eau qui cascadait. Des bruits qui ressemblaient à des voix, plus le roulement rythmique mais étouffé d'un tambour.

Leur source était soit dans sa tête, soit en aval du torrent.

Il entra dans l'eau et suivit son cours, ses bottes faisant crisser les cailloux polis par un flux incessant. Sur son passage, les clapotis provoquèrent la fuite de minuscules créatures dans la végétation qui festonnait la berge.

Une brise agréablement tiède lui caressait le visage. L'air frais et pur lui faisait presque tourner la tête.

Il atteignit l'endroit où le torrent décrivait une courbe. Alors qu'il la franchissait, les voix se firent plus fortes et plus distinctes.

Il était devant l'entrée d'une petite vallée. Le cours d'eau serpentait entre des huttes de bois circulaires au toit de chaume. Un long pavillon rectangulaire s'étendait sur un côté, orné des boucliers d'un clan que Stryke ne put identifier. Des trophées de guerre étaient également suspendus aux cloisons : épées larges, lances, crânes blanchis de loups à dents de sabre. Une odeur de bois fumé et de gibier rôti planait dans l'air.

Autour des chevaux attachés, le bétail et la volaille erraient librement.

Et les orcs fourmillaient.

Des mâles, des femelles, des jeunes. Ils effectuaient des corvées, allumaient des feux, coupaient du bois ou bavardaient. Dans la clairière, devant le pavillon, un groupe de guerriers se battaient avec des épées ou des bâtons, le roulement d'un tambour de peau rythmant leur entraînement.

Personne ne prêta attention à Stryke pendant qu'il entrait dans le village. Tous les orcs qu'il croisa portaient des armes, comme il convenait aux membres de leur espèce. Mais bien qu'il ne connût pas leur clan, il ne se sentit pas menacé, simplement curieux.

Une femelle avança vers lui. Sa démarche trahissant son assurance, elle ne fit pas un geste pour saisir l'épée qui lui battait la hanche. Le capitaine estima qu'elle mesurait une tête de moins que lui, même si sa coiffe de plumes écarlates striées d'or compensait leur différence de taille. Se tenant très droite, elle avait une silhouette agréablement musclée.

Elle ne manifesta aucun étonnement en le voyant. Son expression était presque passive... Pour autant qu'un visage pareil puisse avoir une expression passive. En s'approchant de lui, elle eut un sourire franc et chaleureux. Il prit conscience d'une vague agitation aux alentours de son bas-ventre.

—Enchantée! lança-t-elle.

Il était si fasciné par sa beauté qu'il ne répondit pas immédiatement.

—En... enchanté, lâcha-t-il enfin, hésitant.

—Je ne vous connais pas.

—Moi non plus.

—À quel clan appartenez-vous?

Il le lui apprit.

—Ça ne me dit rien. Mais il y en a tellement...

Stryke regarda les boucliers qui décoraient les cloisons du pavillon.

—Le vôtre aussi m'est inconnu. (Il marqua une pause, fasciné par ses yeux, avant d'ajouter:) Ça ne vous inquiète pas de parler avec un étranger?

La femelle eut l'air étonné.

—Pourquoi, ça devrait? Nos clans sont-ils en conflit?

—Pas que je sache.

De nouveau, elle découvrit ses ravissantes dents jaunes et pointues.

—Dans ce cas, inutile de faire assaut de prudence. À moins que vous ne veniez armé de mauvaises intentions.

—Non, je viens en paix. Mais vous montreriez-vous aussi accueillante si j'étais un troll? Ou un gobelin? Ou un nain d'allégeance inconnue?

Elle le dévisagea sans comprendre.

—Un troll? Un gobelin? Un nain? Qu'est-ce que c'est?

—Vous n'avez jamais entendu parler des nains?

Elle secoua la tête.

—Ni des gremlins, des trolls et des elfes? Aucune des races aînées?

—Les races aînées? Non.

—*Ou… des humains ?*

—*Je ne sais pas ce qu'ils sont, mais je suis certaine qu'il n'y en a pas.*

—*Vous voulez dire, qu'il n'y en a pas dans le coin ?*

—*Je veux dire que je ne comprends rien à ce que vous racontez. Vous êtes bizarre.*

—*Et vous, vous parlez par énigmes. Dans quelle partie de Maras-Dantia sommes-nous, pour que vous ignoriez tout des races aînées ou des humains ?*

—*Vous devez venir de loin, étranger, puisque votre royaume porte un nom que je n'ai jamais entendu.*

Il sursauta.

—*Vous ne savez pas comment se nomme votre monde ?*

—*Il ne s'appelle pas Maras-Dantia ! Au moins, pas ici. Et je n'ai jamais connu d'autre orc convaincu que nous le partageons avec des… races aînées et des… humains.*

—*Donc, les orcs contrôlent leur destinée, ici ? Ils font la guerre comme il leur plaît ? Il n'y a pas d'humains ni… ?*

La femelle éclata de rire.

—*Quand en a-t-il été autrement ?*

Stryke plissa le front.

—*Il en est ainsi depuis l'éclosion du père de mon père. Enfin, je le pensais…*

—*Vous avez peut-être marché trop longtemps en plein soleil.*

Stryke leva les yeux.

—*La chaleur, réalisa-t-il. Il n'y a pas de vent froid.*

—*Pourquoi y en aurait-il ? Nous ne sommes pas en hiver.*

—*Et la glace, continua-t-il, ignorant la remarque. Je n'ai pas vu la glace qui avançait.*

—*Où ça ?*

—*Au nord, bien entendu.*

À sa grande surprise, la femelle lui saisit la main.

—*Venez.*

Malgré sa confusion, Stryke avait une conscience aiguë de la paume fraîche et moite de la femelle dans la sienne. Il se laissa entraîner.

Ils suivirent le torrent vers l'aval jusqu'à ce que le village disparaisse derrière eux. Puis ils arrivèrent à un endroit où le sol se dérobait. En s'approchant du bord d'une falaise de granit, ils virent le cours d'eau se jeter vers la vallée, en contrebas, et aller s'écraser sur les rochers.

Le ruban argenté d'une rivière prenait naissance quelque part au pied de la falaise et se déroulait le long des plaines couleur d'olive qui s'étendaient à perte de vue dans toutes les directions. Seule une immense forêt, sur leur droite, endiguait cet océan végétal. Les troupeaux de bétail qui paissaient là auraient suffi à nourrir une tribu d'orcs pendant une ou deux générations.

La femelle tendit un doigt.

— Le nord est là.

Il n'y avait pas de glaciers qui approchaient et pas de ciel d'ardoise menaçant. Stryke ne distingua qu'une étendue ininterrompue de feuillage. Un grouillement de vie!

Alors, il éprouva une étrange émotion. Il n'aurait su dire pourquoi, mais tout ça lui semblait curieusement familier, comme s'il avait déjà contemplé cette scène paisible et humé cet air dont rien ne venait souiller la pureté.

— Vartania? souffla-t-il.

— Le paradis? (La femelle eut un sourire énigmatique.) Peut-être. Si c'est ce que vous choisissez d'en faire.

Jouant sur la brume du torrent, les rayons de soleil donnèrent naissance à un arc-en-ciel.

En silence, ils se délectèrent de sa splendeur multicolore.

Et le roulement de l'eau, pour l'esprit troublé de Stryke, avait l'effet apaisant d'un baume…

Il ouvrit les yeux.

Un bleu était en train d'uriner dans les cendres du feu.

Stryke se réveilla en sursaut.

— Qu'est-ce que tu fiches, crétin? rugit-il.

Tel un chien ébouillanté, le soldat s'en fut la queue entre les jambes en s'efforçant maladroitement de refermer son pantalon.

Encore sous l'emprise de son rêve – ou de sa vision? –, Stryke mit un moment à constater que le soleil s'était levé.

L'aube était déjà loin.

— Dieux! jura-t-il en se relevant.

Il vérifia que le cylindre était toujours accroché à sa ceinture, puis jeta un regard à la ronde. Si deux ou trois Renards exploraient prudemment la notion d'état de veille, les autres, à commencer par les sentinelles postées à l'entrée du fortin, étaient encore vautrés sur le sol.

Stryke courut vers le groupe de soldats avachis le plus proche et distribua force coups de pied.

— Debout, bande de fainéants! rugit-il. Debout! Remuez-vous!

Certains orcs roulèrent sur eux-mêmes pour échapper à l'ire de leur capitaine. D'autres dégainèrent sans réfléchir, puis frémirent en reconnaissant leur chef. Haskeer était parmi eux, mais il ne se sentait pas d'humeur à trembler devant son supérieur. Il fronça les sourcils et rangea son couteau dans sa botte avec une lenteur insolente.

— Qu'est-ce qui te prend? grogna-t-il.

—Qu'est-ce qui me prend, sac à merde ? Il me prend que c'est demain ! cria Stryke en désignant le ciel. Le soleil est déjà haut, et nous moisissons encore ici !

—À qui la faute ? demanda Haskeer.

Stryke plissa les yeux, l'air menaçant. Il se rapprocha suffisamment de son sergent pour sentir son haleine fétide.

—Comment ? siffla-t-il.

—Tu nous accuses, mais c'est toi le responsable.

Les autres Renards se massèrent autour d'eux – à bonne distance, cependant…

Haskeer soutint le regard de Stryke. Sa main se porta vers le fourreau de son épée.

—Stryke !

Alfray et Jup sur les talons, Coilla se frayait à coups de coude un chemin entre les fantassins.

—Nous n'avons plus de temps à perdre ! rugit-elle.

Les deux officiers ne lui prêtèrent aucune attention.

—La reine, Stryke, rappela Alfray. Nous devons rentrer à Tumulus. Jennesta…

Ce nom produisit l'effet escompté.

—Je sais ! cria Stryke.

Il jeta un dernier regard chargé de mépris à Haskeer et se détourna. Le sergent recula et, en guise de compensation, coula un regard venimeux à Jup.

Stryke s'adressa à l'ensemble de l'unité.

—Pour une fois, nous n'allons pas marcher, mais chevaucher. Darig, Liffin, Reafdaw, Kestix : trouvez des chevaux pour nous tous. Seafe et Noskaa, dégotez-nous deux ou trois mules. Finje, Bhose, rassemblez des provisions. Juste de quoi voyager léger. Gant, prends qui tu veux et allez libérer les griffons. Les autres, faites les paquetages. Et que ça saute !

Les fantassins se dispersèrent sans demander leur reste.

Étudiant ses officiers, Stryke vit qu'Alfray, Jup, Haskeer et Coilla avaient les yeux aussi cernés que devaient l'être les siens.

—Haskeer, assure-toi qu'ils ne perdent pas de temps avec les chevaux et les mules. Toi aussi, Jup. Et je ne veux pas de bagarre aujourd'hui, c'est bien compris ?

Il les congédia d'un signe de tête. Les deux officiers s'éloignèrent au trot, prenant soin de maintenir une bonne distance entre eux.

—Que veux-tu que nous fassions ? lança Alfray.

—Demande à un ou deux bleus de t'aider à répartir le pellucide en autant de parts égales que nous avons de soldats, ordonna Stryke. Il sera plus facile à transporter ainsi. Mais dis-leur bien qu'ils doivent le convoyer, pas le consommer. Et s'ils s'avisent d'y toucher, gare à eux!

Alfray hocha la tête et s'en fut.

Seule Coilla s'attarda auprès de Stryke.

— Tu as l'air bizarre… Tout va bien?

— Non, caporal, tout ne va pas bien. Au cas où vous ne l'auriez pas remarqué, ça fait des heures que nous aurions dû nous présenter au rapport. Ça signifie que Jennesta risque de tous nous égorger. Et maintenant, faites ce qu'on vous dit!

Coilla obéit sans discuter.

Des lambeaux de la vision dérivant encore dans son esprit, Stryke maudit le soleil levant.

Ils laissèrent derrière eux les ruines de la colonie humaine et le champ de bataille piétiné, en contrebas, pour prendre la direction du nord-est.

Bientôt, la piste passa au-dessus des plaines où s'égaillaient les griffons.

Coilla, qui chevauchait près de Stryke, en tête de la colonne, désigna les créatures et demanda:

— Tu ne les envies pas?

— Quoi, ces bestioles?

— Elles sont plus libres que nous.

Cette remarque le surprit. C'était la première fois que Coilla évoquait, fût-ce indirectement, la position pathétique à laquelle leur race était réduite. Mais il résista à l'envie de se lancer dans ce débat. En cette époque troublée, un orc avisé tenait sa langue, car les opinions avaient une fâcheuse tendance à tomber dans les oreilles auxquelles elles n'étaient pas destinées.

Stryke se contenta de lâcher un grognement indistinct.

Coilla le dévisagea puis laissa tomber le sujet. Ils chevauchèrent dans un silence maussade, aussi vite qu'ils l'osaient sur ce terrain inégal.

En milieu de matinée, ils atteignirent une piste sinueuse qui traversait un ravin étroit et profond dont les parois couvertes d'herbe montaient en pente douce. Les Renards ne pourraient pas y chevaucher à plus de deux de front. La plupart préférèrent s'engager sur le chemin de graviers. Cela les força à ralentir pour se remettre au trot.

Frustré par ce contretemps, Stryke jura d'abondance.

— Nous devons avancer plus vite!

— Emprunter ce chemin nous fera gagner une demi-journée, lui rappela Coilla. Nous rattraperons notre retard une fois de l'autre côté.

— Chaque minute supplémentaire gâte un peu plus l'humeur de Jennesta.

— Nous lui rapportons ce qu'elle désirait, et une cargaison de pellucide en plus. Cela ne compte-t-il pas?

—Pour notre maîtresse ? Tu connais la réponse à cette question…

—Il suffira de dire que nous avons rencontré des humains en route, ou que nous avons eu du mal à localiser le cylindre.

—Peu importe ce que nous raconterons : nous ne sommes pas là, et ça lui suffit.

Stryke jeta un coup d'œil par-dessus son épaule. Les autres étaient assez loin pour ne pas l'entendre.

—Je refuserais de l'admettre devant l'unité, dit-il en baissant la voix, mais Haskeer avait raison. C'est ma faute si nous sommes en retard.

—Ne sois pas trop dur avec toi-même. Nous voulions tous…

—Attention ! Droit devant !

Quelque chose venait à leur rencontre, à l'autre bout du ravin.

Stryke leva une main pour faire arrêter l'unité. Il plissa les yeux, tentant d'identifier la grande silhouette trapue qui avançait vers eux. Visiblement, c'était une bête de somme, et elle portait un cavalier. Bientôt, d'autres apparurent à sa suite.

À l'arrière de la colonne, Jup passa les rênes de sa monture à un soldat et mit pied à terre, puis courut rejoindre Stryke.

—Que se passe-t-il, capitaine ?

—Je n'en suis pas certain… (Alors, il reconnut les animaux.) Malédiction ! Des vipères kirgizils !

Bien qu'on les appelât couramment ainsi, les kirgizils n'étaient pas des vipères, mais des lézards du désert, plus petits au garrot que les chevaux, dont ils égalaient néanmoins la masse. Le dos large, les pattes musclées, les yeux blancs et roses d'albinos, ils avaient une langue fourchue aussi longue que le bras d'un orc. Leurs crocs pointus comme des dagues libéraient un venin mortel, et leur queue dentelée était assez puissante pour briser la colonne vertébrale d'un bipède. Redoutables chasseurs, ils étaient connus pour leurs accélérations stupéfiantes.

Et une seule race les utilisait comme montures de guerre.

Les kirgizils étaient assez près pour qu'il ne subsistât plus le moindre doute. Chacun était monté par un kobold. Plus petites que les orcs, et même que les nains, ces créatures totalement imberbes à la peau grisâtre paraissaient à la limite du rachitisme. Mais les apparences sont souvent trompeuses : malgré leurs bras et leurs jambes maigres et leur visage aux traits presque délicats, c'étaient des combattants obstinés et voraces.

Leur grosse tête, disproportionnée par rapport à leur corps, arborait des oreilles effilées. Leur bouche, une fente dépourvue de lèvres, était remplie de minuscules dents pointues. Leur nez ressemblait à celui d'un félin, leurs yeux évoquant des orbes dorés brillant de mépris et de cupidité.

Des colliers de cuir enveloppaient leur cou allongé. Leurs poignets chétifs étaient hérissés de bracelets à pointes, et ils brandissaient des lances et de petits cimeterres.

En matière de vol et de pillage, les kobolds avaient peu d'égaux sur Maras-Dantia. Question vice et irritabilité, ils n'en avaient aucun.

—Une embuscade! hurla Jup.

D'autres avertissements retentirent le long de la colonne. Les orcs levèrent la tête. Des kobolds montés sur des kirgizils dévalaient les pentes du ravin. Debout dans ses étriers, Stryke les vit se déployer pour leur barrer le passage.

—Un piège classique, gronda-t-il.

Coilla empoigna une paire de couteaux de lancer.

—Et nous nous sommes jetés dedans tête la première.

Alfray déroula leur bannière de guerre. Les chevaux hennirent et se dressèrent sur leurs pattes arrière, faisant rouler des gravillons sous leurs sabots. Dégainant leurs armes, les orcs pivotèrent pour faire face à l'ennemi.

Abrutis par le pellucide et l'alcool consommés la veille, ils étaient en infériorité numérique et n'avaient pas la place de manœuvrer.

Leurs lames brillant au soleil, les kobolds passèrent à l'attaque.

Stryke rugit un cri de guerre que toute l'unité reprit en chœur.

Puis la première vague les atteignit.

Chapitre 5

S tryke n'attendit pas que les kobolds lui tombent dessus.
Enfonçant les talons dans les flancs de sa monture, il l'éperonna pour lui faire charger le pillard de tête, puis dévia vers la gauche comme s'il voulait longer son kirgizil. Le cheval renâcla, mais Stryke le maintint sur sa trajectoire et enroula solidement les rênes autour d'une de ses mains. De l'autre, il brandit son épée.

Surpris par la rapidité de son adversaire, le kobold tenta d'esquiver. Trop tard.

La lame de Stryke siffla dans l'air ; la tête de la créature sauta de ses épaules, tomba sur le côté et rebondit en heurtant la piste. Un geyser de sang jaillit du cou tranché tandis que l'élan du kirgizil, désormais fou, emportait le cadavre décapité.

Stryke se tourna vers un nouvel adversaire.

Coilla lança un couteau sur le pillard le plus proche. L'arme se planta dans sa joue ; le kobold dégringola du dos de sa monture en hurlant.

Coilla choisit une autre cible et lança son deuxième couteau. Le pillard qu'elle visait tira sur les rênes de son kirgizil, qui releva la tête. Le projectile s'enfonça dans son œil blanc et rose. Rugissant de douleur, l'animal bascula sur le côté, son cavalier écrasé sous sa masse.

Coilla calma son cheval et saisit d'autres couteaux.

N'ayant pas pu remonter en selle avant l'attaque des pillards, Jup s'était emparé d'une hache qu'il tenait à deux mains. Un kobold désarçonné par le coup d'épée d'un autre Renard s'approcha de lui en titubant. Jup lui fendit le crâne.

Un autre kobold, toujours perché sur son kirgizil, voulut lui porter un coup au flanc. Jup pivota et abattit sa hache sur la cuisse de son adversaire, qu'il trancha proprement.

Partout dans le ravin, les orcs étaient engagés dans des duels sanglants. Un tiers avaient vidé les étriers. Les archers avaient réussi à tendre la corde de leurs arcs et décochaient des volées de flèches aux pillards. Mais la mêlée était trop dense pour qu'ils puissent continuer longtemps.

Haskeer fut vite cerné. Un de ses adversaires le harcelait du côté piste, un autre faisant pleuvoir des coups d'épée sur lui depuis la pente du ravin où son kirgizil s'agrippait. Effrayé par les reptiles géants, le cheval d'Haskeer hennissait de panique pendant que son cavalier distribuait des coups à gauche et à droite.

Une flèche orc se planta dans la poitrine du kobold qui se tenait sur la pente et le fit basculer du dos de sa monture. Haskeer se concentra sur son autre adversaire. Leurs lames s'entrechoquèrent, se dégagèrent, s'entrechoquèrent de nouveau.

La pointe de l'épée du kobold entailla le menton d'Haskeer. Ce n'était pas une blessure grave, mais elle suffit à désarçonner l'orc, qui lâcha son épée. Alors qu'il roulait sur lui-même pour éviter les sabots des chevaux et les coups de queue des kirgizils, quelqu'un lança un javelot dans sa direction. L'arme se planta tout près de lui. Il se releva avec difficulté et l'arracha du sol.

Le kobold qui l'avait jeté à terre se rapprocha pour lui porter le coup de grâce. Haskeer n'eut pas le temps de resserrer sa prise sur la lance. Il la leva pour parer le coup. La lame coupa en deux la hampe de bois. Haskeer se débarrassa de la plus petite moitié et, balançant l'autre comme une massue, frappa le kobold au visage. Assommé par l'impact, celui-ci s'écrasa sur le sol.

Haskeer courut vers lui et lui flanqua une série de coups de pied dans la tête. Pour faire bonne mesure, il lui sauta à pieds joints sur la poitrine. La cage thoracique du kobold céda ; du sang jaillit de sa bouche et de son nez.

Alfray se battait pour conserver la bannière des Renards. Debout dans ses étriers, un kobold avait agrippé la hampe et tentait de la lui arracher. Mais Alfray s'y accrochait si fort que ses jointures avaient blanchi sur le bois. Pour une créature aussi malingre, le kobold était tenace. Plissant ses yeux de fouine et découvrant ses dents pointues, il lâcha un horrible sifflement.

Il était tout près d'atteindre son but quand Alfray lui donna un baiser d'orc. Plongeant en avant, il flanqua un fabuleux coup de tête dans le front osseux du kobold. Projeté en arrière, le kobold lâcha la hampe comme si elle avait été un tisonnier chauffé à blanc. Alfray lui enfonça l'extrémité pointue dans l'abdomen. Puis il pivota, prêt à infliger le même traitement à tout ennemi passant à sa portée.

Non loin de là, un bleu échangeait des coups avec un pillard, et il ne semblait pas avoir le dessus. Profitant d'une ouverture, le kobold se jeta sur lui et, avec son cimeterre, lui dessina un X sanglant sur la poitrine. Le soldat s'effondra.

Alfray éperonna son cheval et chargea, tenant la hampe de son drapeau comme une lance. Elle pénétra dans l'estomac de la créature et ressortit dans son dos, accompagnée d'une bouillie d'entrailles.

Stryke progressait le long de la piste, avançant vers son quatrième ou cinquième adversaire. Il avait perdu le compte. En fait, il se souciait rarement d'en tenir un. Deux ou trois kobolds plus tôt, il avait lâché les rênes de son cheval, car il préférait avoir les mains libres pour se battre. Désormais, il se maintenait en selle et dirigeait sa monture par de simples pressions des genoux : un vieux truc orc qu'il maîtrisait à la perfection.

Le kobold dont il s'approchait était, à sa connaissance, le seul de la bande qui portât un bouclier. Sans doute le chef... Mais peu importait la signification du bouclier ! Stryke s'inquiétait plus de l'obstacle qu'il représentait pour la pointe de son épée.

Il décida d'adopter une stratégie différente.

Juste avant d'arriver au niveau du kirgizil, le capitaine empoigna la crinière de son cheval et tira violemment pour le faire ralentir. Puis il se pencha, saisit le harnais qui muselait le kirgizil et, prenant soin d'éviter la langue fourchue de l'animal, tira la longe vers le haut de toutes ses forces.

À demi étranglé, le reptile agita la queue, ses pattes griffues raclant le sol. Puis il se tordit le cou pour tenter de respirer.

Stryke éperonna son cheval pour le faire avancer. La pauvre bête lutta contre le poids conjugué de son cavalier et du kirgizil. Incapable de contrôler sa monture, le kobold se pencha sur sa selle pour porter un coup d'épée à Stryke. Mais celui-ci était hors d'atteinte.

Le cou tordu, le kirgizil bascula sur le côté. Son cavalier poussa un glapissement d'effroi et se laissa glisser à terre, abandonnant son bouclier. Stryke lâcha le harnais. Ignorant le reptile qui tentait de se relever, il fit pivoter sa monture pour affronter le pillard. De nouveau, il tira sur la crinière de son cheval, qui se cabra.

Le kobold était encore à genoux quand les sabots de l'animal s'abattirent, lui défonçant le crâne.

Jetant un coup d'œil en arrière, Stryke aperçut Coilla. Elle avait mis pied à terre et semblait en difficulté, cernée par plusieurs pillards privés de leurs kirgizils. Cette fois, elle ne pourrait pas les maintenir à distance en lançant ses couteaux : elle allait devoir se battre au corps à corps. Utilisant ses armes de jet comme des dagues, elle frappa et trancha, bondissant pour esquiver les coups d'épée ou de lance de ses adversaires.

Un kobold s'écroula, la gorge ouverte. Un autre bondit aussitôt pour prendre sa place. Alors qu'il brandissait son épée, Coilla plongea sous sa garde et lui porta deux coups rapides au cœur. Il s'effondra à son tour. Un troisième pillard apparut devant la femelle orc et la maintint à distance avec sa lance, histoire qu'elle ne puisse pas le toucher directement, ni en lui lançant un couteau. Le regard rivé sur la pointe menaçante, Coilla recula lentement.

Une hachette s'abattit sur l'épaule du kobold, lui tranchant le bras dans un jaillissement de sang. Le kobold s'écroula en poussant un atroce cri de douleur.

Relevant sa hache maculée de sang, Jup rejoignit Coilla.

— Nous ne tiendrons plus très longtemps! cria-t-il.

— Continue à te battre!

Ils luttèrent dos à dos.

Alfray flanqua un coup de pied à un kobold tombé à terre, puis croisa le fer avec un autre, toujours monté sur son kirgizil. Le lézard faisant claquer ses mâchoires devant le museau du cheval, Alfray avait le plus grand mal à maîtriser la pauvre bête. Non loin de là, deux bleus découpaient en morceaux un pillard solitaire.

L'épée qu'Haskeer venait à peine de récupérer lui fut promptement arrachée des mains par un cavalier ennemi. Un autre kobold toisa d'un air mauvais le Renard aux mains vides. Haskeer lui plongea dessus et lui lança son poing dans la figure.

De sa main libre, il saisit le poignet droit de son adversaire et le tordit jusqu'à ce que les os cèdent. Le pillard cria comme un cochon qu'on égorge, mais Haskeer continua à le bourrer de coups de poing jusqu'à ce qu'il lâche son épée.

Puis il la ramassa et la lui plongea dans le ventre.

Cédant à la soif de sang, il se tourna vers un kobold toujours monté sur son kirgizil. La créature observait un duel, lui tournant le dos. Haskeer la saisit à bras-le-corps, l'arracha à sa monture et entreprit de la rosser méthodiquement. Ses bras et ses jambes se brisèrent comme des brindilles.

La queue d'un kirgizil atteignit de plein fouet un soldat qui fut projeté au milieu d'un amas de combattants. Les orcs et les kobolds s'effondrèrent comme des quilles dans un fouillis de bras et de jambes.

Le dernier pillard qui bloquait le chemin de Stryke se révéla aussi doué que tenace. Au lieu de lui porter des coups décisifs, le capitaine fut obligé d'engager un duel.

La monture de son adversaire étant moins haute que la sienne, il devait se pencher pour croiser le fer avec lui. Ce handicap, combiné avec l'agilité du kobold, l'empêchait d'en finir vite. Et le pillard parait patiemment chacune de ses attaques.

Après une minute de combat à l'issue incertaine, la lame du kobold réussit à passer la première et entama le haut du bras de Stryke, faisant couler son sang.

Furieux, l'orc redoubla de férocité. Il fit pleuvoir les coups, s'efforçant de faire primer sa force sur l'adresse de son adversaire : une tactique qui manquait de finesse, mais qui ne tarda pas à porter ses fruits. Face à cette tempête d'acier, les défenses du kobold faiblirent et ses réactions se firent plus lentes.

La lame de Stryke trancha une des oreilles pointues de la créature, qui brailla de douleur. L'attaque suivante lui ouvrit l'épaule et lui arracha un nouveau cri.

Stryke l'acheva d'un coup précis à la tempe.

Haletant, les membres en feu, le capitaine orc s'affaissa sur sa selle. Devant lui, il ne restait plus de kobolds sur la piste.

Quelque chose heurta son cheval par-derrière. L'animal fit un bond involontaire. Avant que Stryke puisse se retourner, il sentit un impact dans son dos. Une main griffue passa sous son aisselle et s'enfonça dans sa poitrine. Un souffle chaud lui balaya la nuque. L'autre main de son agresseur apparut ; elle tenait une dague qui descendait vers sa gorge. Au dernier moment, Stryke parvint à lui saisir le poignet et à le dévier vers le haut.

Privé du contrôle de son maître, le cheval galopait dans le ravin. Du coin de l'œil, Stryke vit qu'ils dépassaient un kirgizil sans cavalier : sans doute la monture de son agresseur.

L'orc tordit le poignet du pillard pour le briser, puis lui enfonça son coude dans le plexus. Il entendit un gémissement guttural, son agresseur lâchant la dague.

Un autre reptile géant apparut sur sa droite. Son cavalier brandissait un cimeterre.

Stryke lui flanqua un coup de pied ; sa botte heurta l'épaule osseuse de la créature avec un bruit mat. Mais cette diversion l'avait contraint à lâcher sa prise sur son passager clandestin, qui en profita pour se dégager.

L'orc lui flanqua un nouveau coup de coude tout en décochant une ruade à son second adversaire. Cette fois, il le manqua.

Le cheval galopait de plus belle, mais le kirgizil ne se laissa pas distancer et prit même un peu d'avance sur lui.

Les mains griffues avaient maintenant empoigné la ceinture de Stryke. Il se retourna à demi sur sa selle pour frapper le kobold. Mais ses phalanges lui effleurèrent le visage sans lui faire grand mal.

Les mains du kobold entourèrent sa taille et tâtonnèrent. On eût dit qu'elle cherchait quelque chose.

Soudain, Stryke comprit ce que voulaient les pillards.

Le cylindre !

Cette pensée venait de traverser son esprit quand le kobold atteignit son but. Avec un sifflement de triomphe, il referma ses mains sur le cylindre et le tira de sa ceinture.

Comprenant que son butin lui échappait, Stryke eut l'impression que le temps ralentissait. La seconde suivante parut s'étirer à l'infini, les images se décomposant sous ses yeux comme dans un rêve.

Plusieurs choses se produisirent simultanément.

Stryke reprit les rênes de sa monture et tira dessus de toutes ses forces. La tête du cheval partit violemment en arrière et un frisson parcourut tout son corps.

Le kobold monté sur son lézard géant se dressa lentement sur sa selle, un bras tendu, sa main griffue grande ouverte.

Un objet vola par-dessus l'épaule droite de Stryke et tourna sur lui-même, sa surface polie reflétant les rayons du soleil.

Alors, le temps accéléra de nouveau.

Le cavalier attrapa le cylindre au vol.

Le cheval de Stryke s'effondra.

L'orc heurta le sol le premier et roula sur toute la largeur de la piste. Le kobold qui avait sauté en croupe sur son cheval atterrit une douzaine de pas plus loin. Le souffle coupé, Stryke eut vaguement conscience que sa monture se relevait et galopait vers l'extrémité du goulet, dans la direction prise par le pillard qui emportait le cylindre.

Le kobold qui était tombé en même temps que lui lâcha un grognement. Pris d'une rage meurtrière, Stryke se traîna vers lui. Pour se soulager, il s'agenouilla sur sa poitrine et lui martela le visage de coups de poing, le réduisant en bouillie.

Un son aigu déchira l'air.

Stryke leva la tête. Au loin, le pillard en fuite venait de porter à ses lèvres un petit cor couleur de cuivre.

Quand la note unique atteignit les oreilles des kobolds qui se battaient encore contre Coilla et Jup, ils reculèrent, tournèrent les talons et partirent en courant. Jup porta une dernière attaque à son adversaire et s'écria :

— Regardez !

Tous les kobolds battaient en retraite. La plupart s'enfuyaient à pied. Quelques autres se précipitaient vers leur monture.

Ils détalèrent vers l'extrémité du ravin ou s'élancèrent le long de ses parois. Certains orcs tentèrent de les harceler, mais la plupart étaient trop occupés à panser leurs blessures.

Coilla vit Stryke boitiller vers eux.

— Viens, dit-elle à Jup.

Ils coururent rejoindre leur capitaine.

— Le cylindre ! cracha celui-ci, fou de rage.

Ils n'eurent pas besoin d'autre explication. Ce qui venait de se passer leur apparut comme une sinistre évidence.

Jup continua à courir le long de la piste, une main en visière pour voir plus loin. Il distingua le kirgizil et son cavalier, qui escaladaient une des parois du goulet. Au sommet, leurs silhouettes se découpèrent un instant contre le ciel avant de disparaître.

Jup revint en trottinant vers Stryke et Coilla.

— Disparus, annonça-t-il, l'air sombre.

Stryke était au comble de la fureur. Sans un mot, il se détourna et se dirigea vers le reste de l'unité. Avant de le suivre, le caporal et le sergent échangèrent un regard morne.

À l'endroit où le combat avait été le plus intense, le sol était jonché de kobolds morts ou blessés, de chevaux et de kirgizils. Six ou sept orcs avaient des blessures profondes, mais ils tenaient toujours debout. Un autre, étendu sur le sol, était entouré par ses camarades.

Les Renards aperçurent leur chef et se tournèrent vers lui.

Les yeux lançant des éclairs, Stryke se planta devant Alfray.

—Les pertes ! aboya-t-il.

—Laissez-moi une minute, capitaine, je n'ai pas fini de vérifier.

—Donne-moi une approximation, exigea Stryke. Je te rappelle que tu es notre foutu médecin !

Alfray se rembrunit mais n'osa pas protester, considérant l'humeur de son chef.

—Nous n'avons pas de morts, même si Meklun est dans un sale état, dit-il en désignant le fantassin allongé sur le sol. Certains ont des blessures assez sérieuses, mais ils tiendront le coup.

—On a eu une sacrée chance, dit Haskeer en essuyant du sang sur son menton.

Stryke le foudroya du regard.

—De la chance ? Ces salauds ont emporté le cylindre !

—Sales petits voleurs, s'indigna Haskeer. Courons-leur après !

Les Renards manifestèrent bruyamment leur approbation.

—Réfléchis un peu ! rugit Stryke. Le temps que nous ayons rassemblé les chevaux et soigné les blessés…

—Pourquoi ne pas envoyer quelques-uns d'entre nous à leur poursuite ? proposa Coilla. Les autres les rejoindront plus tard.

—Ils seraient en trop grande infériorité numérique. Et les kirgizils peuvent emprunter des chemins inaccessibles aux chevaux. De toute façon, la piste est déjà froide…

—Il nous reste leurs blessés, rappela Haskeer. Nous n'avons qu'à les faire parler.

Il dégaina un couteau et passa le pouce sur le tranchant de la lame pour souligner ses propos.

—Tu comprends leur langue, peut-être ? grogna Stryke. Et vous autres ? Non plus ? (Les Renards secouèrent la tête.) C'est bien ce qu'il me semblait. Je ne vois pas à quoi ça nous avancerait de les torturer…

—Nous n'aurions pas dû entrer dans cette vallée sans envoyer des éclaireurs, grommela Haskeer.

—Je ne suis pas d'humeur à supporter tes critiques ! cracha Stryke. Si tu as des commentaires sur la façon dont je dirige cette unité, je t'écoute.

Haskeer leva les mains, apaisant.

—Non, chef. (Il s'arracha une grimace forcée.) Je réfléchissais à voix haute, c'est tout.

—La réflexion n'a jamais été votre fort, sergent. Si ça ne vous fait rien, je continuerai à m'en charger. Et c'est également valable pour les autres !

Un silence tendu s'abattit sur l'unité.

Ce fut Alfray qui le rompit.

—Que devons-nous faire, capitaine ?

—Commencez par rassembler autant de chevaux que possible. Si Meklun ne peut pas monter en selle, fabriquez-lui une civière. (Stryke désigna le sol.) Ne laissez aucun kobold vivant. Coupez-leur la gorge. Plus vite que ça !

Les Renards s'éparpillèrent.

Coilla resta auprès de son chef.

—Inutile de le dire, fit Stryke. Je le sais : si nous ne rapportons pas ce maudit cylindre à Jennesta, nous sommes morts !

Chapitre 6

Jennesta se tenait sur le plus haut balcon de la plus haute tour de son palais.

Tournant le dos à l'océan, elle observait le nord-ouest où une brume jaune montait au-dessus de la mer intérieure de Taklakameer. Au-delà, on distinguait les aiguilles de la cité d'Urrarbython, à la frontière du Hojanger. À son tour, la toundra cédait la place au champ de glace qui dominait l'horizon, le soleil lui conférant un éclat écarlate.

Aux yeux de Jennesta, il ressemblait à un raz de marée sanglant.

Une brise froide, coupante comme une lame, agita les lourdes tentures couleur cerise qui masquaient la porte-fenêtre. Jennesta s'enveloppa étroitement dans sa cape blanche en fourrure de loup à dents de sabre. La température était anormale pour la saison. Chaque année, cela empirait.

L'avancée des glaciers imitait celle des humains et les vents hivernaux étaient leurs hérauts. Comme eux, ils ne cessaient d'affirmer leur emprise sur Maras-Dantia, déchirant son cœur, détruisant son équilibre et dévorant sa magie.

Dans le Sud, là où les humains grouillaient et où la sorcellerie produisait de piètres résultats, les humains avaient même abandonné ce nom pour rebaptiser le monde Centrasie. Même si c'était l'œuvre des seuls Unis, ils étaient plus nombreux que les Multis...

Jennesta se demanda une nouvelle fois ce que sa mère, Vermegram, aurait pensé de ce schisme. Sans nul doute, elle aurait favorisé les Fidèles de la Multiplicité. Après tout, ils professaient des principes polythéistes similaires à ceux des races aînées. Jennesta les soutenait à cause de ça, et elle continuerait à le faire aussi longtemps que cela l'arrangerait.

En revanche, il n'était pas certain que sa mère – une nyadd – eût apprécié qu'elle prenne ouvertement le parti d'un groupe d'envahisseurs, même si elle s'était choisi un consort humain.

Et *lui* ? Le père de Jennesta aurait-il approuvé l'Unité et son stupide credo monothéiste ?

Chaque fois qu'elle s'interrogeait sur ce sujet, Jennesta se heurtait à l'ambiguïté de ses origines hybrides. Inévitablement, elle finissait par penser à Adpar et à Sanara, et la colère montait en elle.

Elle se força à se concentrer sur le cylindre, un artefact qui était la clé de ses ambitions et de sa victoire… et qui lui échappait un peu plus à chaque seconde.

Jennesta se détourna et regagna sa chambre.

Un domestique s'avança pour la débarrasser de sa cape. Petit et menu, il avait le teint pâle et un visage délicat. Ses cheveux couleur de sable, ses yeux d'un bleu poudré aux longs cils dorés, son petit nez et ses lèvres sensuelles étaient typiquement… androgynes.

Jennesta, qui venait de l'engager, ne savait pas s'il s'agissait d'un mâle ou d'une femelle. Mais tout le monde avait le même problème avec les elfes.

— Le général Kysthan est ici, Votre Majesté, annonça-t-il (ou elle) d'une voix chantante. Il attend depuis… hum… un certain temps.

— Très bien. Je vais le recevoir.

L'elfe fit entrer le visiteur, s'inclina discrètement et sortit.

Kysthan, d'un âge déjà avancé, était plutôt distingué selon les critères orcs. D'une raideur toute militaire, l'accumulation de tatouages entrecroisés sur ses joues témoignait de son grade élevé. Son expression trahissait de la gêne, et plus qu'un soupçon d'appréhension.

Jennesta se dispensa des politesses d'usage.

— Je lis sur votre visage qu'ils ne sont pas revenus, lâcha-t-elle, contenant à grand-peine son mécontentement.

— Non, Votre Majesté. (Kysthan évita son regard.) Peut-être ont-ils rencontré une opposition plus forte que prévu.

— Les rapports que j'ai reçus sur cette bataille n'y font pas allusion.

Le général ne répondit pas.

— Que proposez-vous de faire pour y remédier ?

— Je compte charger un détachement de découvrir ce qui leur est arrivé, ma dame.

— Avons-nous affaire à une trahison ? demanda Jennesta.

— Nous n'avons jamais eu la moindre raison de douter de la loyauté des Renards. Leurs états de service sont excellents, et…

— Je le sais déjà, coupa Jennesta. Sinon, je ne leur aurais pas confié une mission aussi délicate. Vous me prenez pour une imbécile ?

Kysthan étudia le bout de ses bottes avec grand intérêt.

— Non, ma dame.

— « Non, ma dame », répéta Jennesta, sarcastique. Parlez-moi de leur chef… Le fameux Stryke.

Le général sortit des feuilles de parchemin de son pourpoint de cuir. Jennesta remarqua que ses mains tremblaient.

—J'ai rarement eu affaire à lui, Votre Majesté. Mais je sais qu'il vient d'un clan réputé. Il suit un entraînement militaire depuis son plus jeune âge, et il est très intelligent.

—Pour un orc.

—Si vous le dites, grommela Kysthan. (Il se racla la gorge et consulta ses documents.) Apparemment, il a décidé d'améliorer ses chances de promotion en accomplissant avec un zèle sans faille toutes les missions qu'on lui confiait. Ses supérieurs rapportent qu'il a toujours exécuté les ordres sur-le-champ et supporté les coups sans broncher.

—Intelligent et ambitieux, donc, résuma Jennesta.

—Oui, ma dame. (Le général feuilleta ses notes : un travail que ses mains de soldat étaient trop gauches pour exécuter avec grâce.) En fait, dans le cadre de sa première affectation, il…

—De quoi s'agissait-il ?

—Je vous demande pardon ?

—Sa première affectation… De quoi s'agissait-il ?

—On l'a affecté au service des Seigneurs des Dragons. Il devait nettoyer les enclos, plus précisément… (Kysthan étudia son parchemin.)… Pelleter les excréments.

Jennesta lui fit signe de continuer.

—À cette époque, il attira l'attention d'un officier, qui suggéra qu'on l'élève au rang de fantassin. Comme il se débrouilla bien, il fut rapidement nommé caporal, puis sergent et capitaine. Le tout en quatre ans.

—Très impressionnant.

—Oui, ma dame. Bien entendu, jusque-là, il avait servi exclusivement dans le Corps Expéditionnaire des Clans Orcs Unis…

—… qui est loin de représenter tous les clans orcs, et qui offre rarement un front uni. (Jennesta sourit avec toute la chaleur d'une araignée des fosses du Scilantium.) N'est-ce pas, général ?

—En effet, ma dame.

La reine savoura l'humiliation du soldat.

—Comme vous le savez, dit Kysthan, le Conseil de Guerre Suprême, à court d'argent pour nourrir et équiper ses troupes, a été forcé d'envisager certaines économies. L'une d'entre elles impliquait que plusieurs milliers de guerriers soient, eh bien…

—Le mot que vous cherchez est «vendus», général. À moi. Et vous faisiez partie du lot, pour autant que je m'en souvienne.

—Oui, Votre Majesté. Comme Stryke. Nous sommes entrés à votre gracieux service en même temps.

—Ne bavez pas. Je déteste les lèche-bottes.

À force d'embarras, les pommettes de Kysthan se teintèrent d'un vert céruléen.

—Combien de temps faudra-t-il à votre détachement pour nous faire son rapport? demanda Jennesta.

—Environ cinq jours… À condition que mes hommes ne rencontrent pas de problèmes.

—Dans ce cas, qu'ils prennent garde à les éviter. Très bien. Je veux qu'on me ramène ce pelleteur d'excréments dans cinq jours au maximum. Mais soyons clairs, général : ce qu'il détient est à moi, et j'entends mettre la main dessus. Je désire ce cylindre par-dessus tout. Ramener les Renards pour qu'ils reçoivent leur châtiment est secondaire. *Tout* est secondaire par rapport à ce cylindre. Y compris la vie de Stryke et de son unité.

—Oui, ma dame.

—Et la vie des soldats qu'on enverra à leur poursuite.

Kysthan hésita avant de répondre :

—Je comprends, ma dame.

—Je l'espère. (Jennesta décrivit des arabesques dans l'air.) Et pour que vous ne l'oubliiez pas…

Le général baissa les yeux. Son uniforme fumait. Puis le tissu prit feu. Les flammes enveloppèrent son pourpoint et gagnèrent ses bras et ses jambes. Une chaleur intolérable l'enveloppa.

Les narines frémissantes, écœuré par l'odeur de sa propre chair qui grillait, Kysthan voulut étouffer les flammes avec ses mains. Mais ses paumes se couvrirent de cloques. Le feu bondit sur ses épaules, son cou et son visage. Sa peau noircit. Une douleur atroce s'empara de lui.

Il cria.

Jennesta fit une nouvelle série de gestes, l'air presque nonchalant.

Il n'y avait pas de feu. Les vêtements n'étaient pas brûlés. L'odeur avait disparu, et les mains du militaire étaient intactes. Même la douleur s'était évanouie.

Kysthan en resta bouche bée.

—Si vous ou vos subalternes me décevez, dit Jennesta, voilà un avant-goût de la punition qui vous attend.

L'embarras, la honte et surtout la peur défilèrent sur le visage du général.

—Oui, Votre Majesté, chuchota-t-il.

Jennesta trouva sa réaction gratifiante. Elle adorait faire trembler un orc adulte et le réduire à l'état de loque pantelante.

—Vous pouvez disposer.

Kysthan s'inclina et se dirigea vers la porte.

Lorsqu'il fut parti, Jennesta soupira et se laissa tomber sur les coussins moelleux de son divan. Elle se sentait épuisée. Les sources d'énergie naturelle étant près de se tarir, lancer une simple illusion nécessitait un effort considérable. Mais ça en valait la peine, s'il s'agissait d'affirmer son contrôle sur ses sujets.

Maintenant, elle allait devoir régénérer ses pouvoirs.

Elle se souvint du domestique elfe…

… et décida que ce serait un moyen agréable d'y parvenir.

Dans le couloir des appartements de sa reine, Kysthan s'adossa au mur, les jambes flageolantes. Il ferma les yeux et expira lentement l'air qu'il avait retenu jusque-là.

Mieux valait qu'on ne le voie pas dans cet état. Il lutta pour se reprendre.

Bombant le torse, il passa une main sur son front couvert d'une pellicule de sueur. Puis il se remit en marche d'une allure mesurée.

Le passage incurvé conduisait à une antichambre. Un jeune officier se mit au garde-à-vous en voyant le général.

—Repos.

Le capitaine se détendit à peine.

—Vous devez partir immédiatement, annonça Kysthan.

—De combien de temps disposons-nous ?

—Cinq jours au maximum.

—Ce sera juste, général.

—C'est tout ce que j'ai pu obtenir. Je vais être direct avec vous, Delorran : vous devez rapporter cet artefact coûte que coûte. Si vous ramenez également les Renards, tant mieux. Mais s'ils refusent de coopérer, Jennesta se contentera de leurs têtes. Connaissant vos antécédents avec Stryke, je suppose que ça ne vous posera pas de problème.

—Aucun, général. Mais…

—Mais quoi ? Vous serez trois fois plus nombreux qu'eux. Ça semble convenable. À moins que je n'aie choisi le mauvais capitaine pour cette mission ?

—Non, général, assura très vite Delorran. Mais le tableau de chasse des Renards est un des plus impressionnants de *toutes* les troupes de la horde.

—Je le sais bien. Voilà pourquoi je confie cette mission à mes meilleurs soldats.

—Je ne dis pas que ce sera impossible : seulement difficile.

—Personne n'a jamais prétendu le contraire. (Kysthan étudia d'un regard dur le visage volontaire de Delorran et ajouta :) Le taux de pertes que tolérera Sa Majesté, de votre côté comme de celui des Renards, est illimité.

—Général ?

—Faut-il que je vous fasse un dessin ? Vous sacrifierez autant de vies que nécessaire pour réussir votre mission.

—Je vois, fit Delorran, troublé.

—Et si vous rentrez sans son trophée, elle vous condamnera tous à périr. D'une façon horrible, croyez-moi. En comparaison, perdre une partie de vos soldats et recevoir une promotion ne me semble pas si terrible. Sans compter que vous aurez enfin l'occasion de rendre à Stryke la monnaie de sa pièce. Évidemment, si vous préférez que je désigne quelqu'un d'autre...

—Non, général. Ce ne sera pas nécessaire.

—De toute façon, nous parlons peut-être dans le vide. Il est possible que vos proies soient déjà mortes.

—Les Renards ? J'en doute, général. Ils ne sont pas si faciles à tuer.

—Dans ce cas, pourquoi n'avons-nous aucune nouvelle d'eux ? L'éventualité d'une capture semble tout aussi improbable. Bien entendu, ils ont pu succomber à une des épidémies que répandent les humains, mais je les crois trop prudents pour ça. Ça nous laisse la trahison. Et jusqu'ici, nous n'avions aucune raison de penser que l'un d'eux pouvait se retourner contre nous.

—Je n'en suis pas si certain. Tous les orcs ne sont pas enchantés par notre situation, vous savez.

—Pensez-vous que ce soit le cas de Stryke et de son unité ?

—Je n'ai jamais lu dans leurs pensées...

—Dans ce cas, gardez les vôtres par-devers vous. Ce genre de discours est dangereux. Ne pensez qu'au cylindre. C'est notre priorité. Je compte sur vous, Delorran. Si vous échouez, nous subirons tous deux les foudres de Jennesta.

—La mort de Stryke nous évitera d'en arriver là. Je ne vous décevrai pas, général.

Ils étaient prêts à se remettre en route. La seule question, c'était : pour où ?

—Nous ferions mieux de rentrer à Tumulus et de tout avouer à Jennesta, dit Haskeer. (Une poignée de fantassins murmurèrent leur approbation.) Nous avons toujours le pellucide. Ça doit bien compter pour quelque chose ! Nous n'aurons qu'à nous jeter à ses pieds pour implorer sa miséricorde.

—Nous risquons de nous user les genoux, camarade, dit Alfray. Et ce n'est pas des cristaux qu'elle nous a envoyés chercher.

—Alfray a raison, approuva Stryke. Notre seule chance, c'est de récupérer le cylindre.

—Si nous partons à sa recherche, pourquoi ne pas envoyer un ou deux soldats expliquer à Jennesta ce que sont en train de faire les autres ?

Stryke secoua la tête.

—Elle les ferait mettre à mort. Nous rentrerons tous ensemble avec le cylindre, ou pas du tout.

—Mais par où commencer les recherches ? demanda Coilla.

— Par le royaume des kobolds, répondit Jup.

— Tu veux aller jusqu'à Roc-Noir ? s'étrangla Haskeer. Ça fait un peu loin pour quelqu'un d'aussi court sur pattes.

— Tu vois une meilleure idée ?

Haskeer ne répondit pas.

— Ils peuvent être allés n'importe où, rappela Coilla.

— C'est vrai. Mais nous ne savons pas où est *n'importe où*, alors que nous connaissons le chemin de Roc-Noir.

— Jup a raison, dit Stryke. Nous pourrions consacrer notre vie à passer les environs au peigne fin sans mettre la main sur ces chiens. Roc-Noir, c'est plus logique. Et si nos pillards n'y sont pas encore, ils finiront peut-être par y pointer le bout de leur vilain nez.

— Peut-être ? marmonna Haskeer.

— Si vous voulez rentrer à Tumulus, sergent, vous êtes libre. (Stryke regarda tour à tour les Renards.) C'est valable pour vous tous. Avec un peu de chance, vous aurez le temps de dire à Jennesta où nous sommes avant qu'elle ne vous écorche vifs.

Personne ne sauta sur cette offre.

— Dans ce cas, c'est réglé, conclut Stryke. Nous irons à Roc-Noir. Alfray, combien de temps nous faudra-t-il, à ton avis ? Une semaine ?

— Environ. Peut-être plus à cause des chevaux que nous avons perdus. Cinq ou six d'entre nous devront monter à deux. Et n'oubliez pas Meklun. Dommage que nous n'ayons pas trouvé de chariot à Doux-Foyer, parce que le traîner nous ralentira.

Toutes les têtes se tournèrent vers le blessé, qui reposait sur sa civière improvisée, le visage d'une pâleur mortelle.

— Nous essaierons de nous procurer d'autres chevaux en route, et peut-être une carriole, dit Stryke.

— Nous pourrions aussi l'abandonner, proposa Haskeer.

— Je m'en souviendrai si tu es blessé un jour.

Le sergent blêmit et se tut.

— Et si nous nous séparions en deux groupes ? proposa Coilla. Un qui partirait en avant, et l'autre qui suivrait plus lentement avec Meklun.

— Pas question : il serait trop facile de nous tendre une embuscade. J'ai déjà perdu le cylindre, je ne veux pas perdre en plus la moitié de mes forces. Nous resterons ensemble. À présent, fichons le camp d'ici.

À cause du manque de chevaux, les Renards durent abandonner tout l'équipement superflu et redistribuer le pellucide. Quelques disputes éclatèrent quand vint le moment de désigner ceux qui partageraient leur monture, mais deux ou trois coups de pied bien placés des officiers rétablirent très vite le calme. Les rations de fer et d'eau furent partagées, la civière de Meklun étant attachée au harnais d'un cheval.

L'après-midi touchait à sa fin quand ils prirent la direction du sud. Cette fois, Stryke n'oublia pas d'envoyer des éclaireurs pour s'assurer que la voie était libre.

Il chevaucha en tête de la colonne avec Coilla.

— Que ferons-nous une fois arrivés à Roc-Noir ? Nous ne pouvons pas attaquer la nation kobold !

— Les dieux seuls le savent. Au cas où tu ne l'aurais pas remarqué, j'improvise, avoua Stryke. (Il regarda derrière lui et ajouta sur un ton de conspirateur :) Mais surtout, ne le leur dis pas.

— C'est tout ce que nous pouvons faire, pas vrai ? Je veux dire, aller à Roc-Noir…

— C'est la seule idée que j'aie eue, en tout cas. Si nous ne récupérons pas le cylindre, nous aurons au moins la satisfaction de mourir en essayant.

— Je vois aussi les choses comme ça. Mais je trouve dommage que nous devions risquer nos vies pour Jennesta et pour une cause humaine.

La voilà qui recommence, songea Stryke. *Que veut-elle que je réponde ?*

Il fut tenté de s'exprimer franchement, mais il n'en eut pas la possibilité.

— Tu n'as aucune idée de ce que contient ce cylindre ? demanda Coilla. Elle ne t'a pas dit pourquoi il était si important que nous le ramenions ?

— Je ne suis pas le confident de Jennesta, grogna Stryke.

— Pourtant, les kobolds ont jugé bon d'affronter une unité orc pour mettre la main dessus.

— Tu connais ces misérables voleurs. Ils s'emparent de tout ce qu'ils peuvent…

— Tu penses que c'est un hasard si nous sommes tombés dans leur embuscade ?

— Oui.

— Avec tous les voyageurs qui traversent cette région, et toutes les caravanes marchandes qui ne se défendraient pas moitié aussi bien que nous, ils ont choisi de s'en prendre à une unité de combattants professionnels. Juste au cas où nous détiendrions quelque objet de valeur. Tu ne trouves pas ça bizarre ?

— Tu sous-entends qu'ils voulaient s'emparer du cylindre ? Mais comment auraient-ils su qu'il était entre nos mains ? Notre mission était secrète !

— Peut-être pas tant que ça…

Chapitre 7

E t te foutre le reste au cul! acheva Stryke.
Le capitaine ayant exprimé ses sentiments sans équivoque, Haskeer tira sur les rênes de son cheval avant de regagner sa place, un peu plus loin dans la colonne.

— Pas la peine de t'énerver contre moi, dit prudemment Coilla, mais n'avait-il pas raison de proposer qu'on fasse une halte?

— Si, grogna Stryke, et nous le ferons. Mais si j'en donne l'ordre maintenant, les autres penseront que je lui ai cédé. (Il désigna un talus un peu plus loin sur la piste.) Nous attendrons d'être arrivés de l'autre côté.

Les orcs avaient voyagé toute la nuit et toute la matinée sans prendre de repos. À présent que le soleil atteignait son zénith, sa timide chaleur réchauffait un peu le souffle froid qui montait encore du sol.

De l'autre côté de la butte, Stryke ordonna une halte et envoya deux soldats prévenir les éclaireurs. On détacha la civière de Meklun pour la poser soigneusement à plat. Alfray examina le blessé et déclara qu'il allait un peu mieux.

Pendant que les soldats allumaient un feu et abreuvaient les chevaux, Stryke et les officiers se concertèrent.

— Nous avançons à bonne allure malgré nos handicaps, annonça le capitaine. Mais il est temps de décider quelle route nous allons prendre. (Il sortit une dague et s'agenouilla.) La colonie humaine… Comment s'appelait-elle, déjà?

— Doux-Foyer! cracha Jup.

Stryke traça une croix dans une flaque de boue durcie.

— Doux-Foyer se dressait ici, à l'extrémité septentrionale des Grandes Plaines. C'était la colonie humaine hostile la plus proche de Tumulus.

— Plus maintenant, souligna Haskeer avec une joie mauvaise.

Sans tenir compte de sa remarque, Stryke dessina une ligne vers le bas.

— Nous avons progressé en direction du sud. (Il fit une autre croix.)

Maintenant, nous sommes ici. Roc-Noir est au sud-est. Mais nous avons un problème.

En bas à droite de la seconde croix, il traça un cercle.

—Grahtt, devina Coilla.

—Exactement. Le royaume des trolls. Le chemin le plus direct vers Roc-Noir passe au milieu.

Haskeer haussa les épaules.

—Et alors?

—Sachant combien les trolls peuvent se montrer agressifs, je suggère que nous les évitions, proposa Jup.

—Tu as peut-être peur de les affronter. Pas moi!

—Inutile de chercher la bagarre, Haskeer, dit Stryke. Nous avons déjà assez d'ennuis comme ça.

—Mais contourner Grahtt nous fera perdre du temps.

—Nous en perdrons davantage si nous sommes pris dans une bataille. Une unité orc en armes sur leur territoire, voilà le genre de choses qui peut inciter les trolls à en déclencher une. Non, mieux vaut faire un détour. La question, c'est: de quel côté?

Coilla tendit un index vers la carte improvisée.

—La seconde route la plus rapide est celle qui nous conduirait vers l'est. Arrivés à Hecklowe, au bord de la côte, nous prendrons en direction du sud et de la forêt de Roc-Noir.

—Passer par Hecklowe ne me dit rien qui vaille, avoua Stryke. Souviens-toi que c'est un port libre: donc, ouvert à toutes les races aînées. Nous tomberons sur des gens qui nourrissent une haine ancestrale pour les orcs. Et la forêt est infestée de bandits.

—De plus, prendre vers l'est nous rapprocherait un peu trop de Tumulus à mon goût, ajouta Alfray.

—L'avantage d'approcher de Roc-Noir par la forêt, intervint Jup, c'est que les arbres nous serviraient de couverture.

—Une maigre compensation pour tous les risques que nous prendrions. (De la pointe de son couteau, Stryke prolongea la ligne en contournant le cercle.) Nous devrions faire l'inverse: dépasser Grahtt par le sud, et prendre ensuite vers l'est.

Coilla fronça les sourcils.

—Dans ce cas, n'oublie pas ceci. (De l'index, elle traça une petite croix au-dessous du cercle.) Échevette. Une communauté Uni, comme Doux-Foyer, mais beaucoup plus grande. Il paraît que les humains y sont plus fanatiques que la moyenne.

—Est-ce possible? demanda Jup.

—Nous devrons passer entre les deux, concéda Stryke. Mais le terrain est plat, donc nous verrons venir d'éventuels ennuis.

Alfray étudia le schéma.

—C'est la route la plus longue, constata-t-il.

—Mais aussi la plus sûre. Ou en tout cas, la moins dangereuse.

—Quelque route que nous prenions, grommela Haskeer, personne n'a mentionné que Roc-Noir est à un jet de pisse de *là*.

Il planta son couteau dans le sol, non loin de la croix de Coilla.

Jup le foudroya du regard.

—Je suppose que tu veux parler de Quatt?

—De l'endroit d'où viennent les tiens, oui. Tu devrais te sentir à la maison quand nous passerons par là-bas.

—Quand cesseras-tu de me mettre sur le dos les fautes commises par les nains?

—Quand les nains arrêteront de faire le sale boulot des humains.

—Je peux répondre en mon nom, pas en celui de ma race. Les autres font ce qu'ils veulent.

—Même si ça signifie aider les envahisseurs?

—Et nous, que crois-tu que nous fassions? À moins que ta stupidité t'ait empêché de remarquer avec qui Jennesta s'était alliée…

Comme toutes les disputes entre les deux sergents, celle-ci dégénéra rapidement.

—Ne me fais pas un sermon sur la loyauté, crotte de rat!

—Va fourrer ta tête dans le cul d'un cheval!

Fous de colère, ils firent mine de se lever.

—Assez! cria Stryke. Si vous voulez vous tailler en pièces, parfait. Mais essayons d'abord de rentrer chez nous en un seul morceau, d'accord?

Ils le fixèrent, évaluèrent les probabilités et se calmèrent à contrecœur.

—Vous avez vos ordres. Bougez-vous!

Haskeer ne put résister au plaisir de lancer une dernière pique.

—Si nous devons nous approcher de Quatt, vous feriez mieux de surveiller vos arrières. Les gens du coin sont plutôt vicieux.

Les officiers se dispersèrent. Mais Stryke fit signe à Jup de rester.

—Je sais que c'est dur, mais essaye de te contrôler quand il te provoque.

—Allez raconter ça à Haskeer, capitaine.

—Tu crois que je ne l'ai pas déjà fait? Je lui ai dit qu'il n'allait pas tarder à recevoir le fouet, et ça ne sera pas la première fois depuis que je dirige cette unité.

—Je peux supporter qu'on insulte les miens. Les dieux savent que j'ai l'habitude. Mais il ne s'arrête jamais.

—Il a des raisons d'être amer… Tu lui sers de bouc émissaire.

—Quand il met mon allégeance en doute, mon sang commence à bouillir, avoua Jup.

— Reconnais que les nains sont connus pour se vendre au plus offrant.

— Certains, pas tous. *Ma* loyauté n'est pas à vendre.

Stryke approuva du chef.

— Et certains nains disent la même chose des orcs, ajouta Jup.

— Les orcs se battent pour soutenir la cause Multi, et encore, *indirectement*. Nous n'avons guère le choix. Ta race a au moins assez de libre arbitre pour décider de son destin. Nous sommes nés pour devenir des soldats, et nous ne connaissons aucun autre mode de vie.

— Je le sais, Stryke. N'empêche que vous avez le choix. Vous pourriez suivre votre propre voie, comme je l'ai fait en décidant quel camp soutenir.

Stryke n'aimait pas le tour que prenait la conversation. Il évita de se mouiller, en orientant Jup vers le sujet qu'il voulait aborder avec lui.

— Peut-être que les orcs ont le choix, et peut-être pas. Ce qui nous manque, c'est la Vision. Mais les nains la possèdent, et elle nous serait très utile en ce moment. Tes capacités se sont-elles améliorées ?

— Non, reconnut Jup, et ça n'est pas faute d'avoir essayé.

— Tu ne sens rien ?

— Seulement de vagues… traces, si je puis dire. Désolé, capitaine, mais ces choses-là sont difficiles à expliquer aux gens qui n'ont aucune affinité avec la magie.

— Des traces de quoi ? Des kirgizils, ou… ?

— Comme je viens de vous le dire, « traces » n'est pas le mot exact. Le langage ne suffit pas à décrire la Vision. Le fond du problème, c'est que ce que je perçois ne peut pas nous aider. C'est trop faible, trop brouillé.

— Malédiction !

— Peut-être sommes-nous encore trop près de Doux-Foyer. J'ai remarqué que le pouvoir semble diminuer aux abords des concentrations humaines.

— Alors, il pourrait revenir quand nous nous éloignerons ?

— Il pourrait, oui. La Vision est une capacité si naturelle chez les nains et les autres races aînées que personne ne sait vraiment comment elle marche : juste qu'elle nous vient de la terre. Quand les humains s'installent à un endroit et se mettent à creuser, ils perturbent ou tranchent les lignes de pouvoir qui commencent à… saigner… et cessent d'alimenter les lieux. C'est pour ça que la magie fonctionne encore dans certaines parties de Maras-Dantia, mais plus dans d'autres.

— Ce que je ne comprends pas, c'est… Si les humains *mangent* la magie, pourquoi ne l'utilisent-ils pas contre nous ?

Jup haussa les épaules.

— Si je le savais…

Après quelques heures d'un sommeil agité, les Renards se remirent en route.

Loin sur leur droite coulait le Bras de Calyparr signalé par une frange d'arbres. Sur leur gauche, les Grandes Plaines s'étendaient apparemment jusqu'à l'infini. Mais le paysage avait quelque chose d'anormal : il semblait privé de ses couleurs et de sa vitalité. L'herbe autrefois luxuriante virait au jaune et se flétrissait par immenses plaques. Les buissons étaient rabougris et cassants. Des parasites envahissaient l'écorce des arbres. Quand une brève averse tomba, elle avait la couleur de la boue et dégageait une odeur de soufre.

Au crépuscule, ils atteignirent une position à peu près parallèle à Grahtt. S'ils continuaient à la même allure, ils pourraient bifurquer vers l'est d'ici l'aube.

Stryke chevauchait seul en tête de la colonne, préoccupé par des soucis plus graves que leur itinéraire. Il s'interrogeait sur ses rêves mystérieux et s'inquiétait des probabilités qui jouaient contre eux et semblaient rendre leur quête futile. Mais il préférait ne pas penser à ce qui se passerait s'ils ne retrouvaient pas les kobolds et le cylindre.

Un des éclaireurs apparut sur la piste, arrachant le capitaine à sa mélancolie. L'homme galopait vers l'unité et les naseaux de sa monture exhalaient des nuages de vapeur.

En atteignant la colonne, il tira sur les rênes de l'animal en sueur et le fit pivoter. Stryke tendit une main pour se saisir de la bride et le stabiliser.

— Que se passe-t-il, Orbon ?

— Un campement droit devant, chef.

— Des chevaux ?

— Oui.

— Parfait. Voyons si nous pouvons convaincre ces gens de nous en céder quelques-uns.

— Capitaine, c'est un campement orc, et il a l'air désert.

— Tu en es sûr ?

— Zoda et moi, nous l'avons surveillé pendant un moment. Rien ne bouge à part les chevaux.

— D'accord. Va retrouver Zoda et attendez-nous. Ne prenez aucune initiative avant notre arrivée.

— Oui, chef.

L'éclaireur éperonna sa monture et repartit au galop.

Stryke appela ses officiers et leur exposa la situation.

— Est-il normal de trouver une communauté orc dans cette région ? demanda Jup.

— Elles sont plus courantes dans nos régions septentrionales d'origine, concéda Stryke, mais il existe quelques clans nomades. Ça pourrait être l'un d'eux. Ou une unité en mission, comme nous.

—Si les éclaireurs n'ont détecté aucun signe de vie, nous devrions nous approcher prudemment, dit Coilla.

—C'est aussi ce que je pense, admit Stryke. Même si c'est un campement orc, ça ne signifie pas qu'il soit *occupé* par des orcs. Jusqu'à preuve du contraire, considérons-le comme hostile. Venez.

Dix minutes plus tard, ils rejoignirent Orbon, qui les attendait près d'un grand bosquet dont les arbres se paraient déjà de couleurs automnales alors que le milieu de l'été était encore à une phase lunaire complète.

Stryke ordonna à ses soldats de mettre pied à terre en silence. Abandonnant Meklun et les autres blessés avec les chevaux, l'unité entra furtivement dans le bosquet.

Dix pas plus loin, le sol s'inclinait. Ils descendirent une pente douce couverte d'un tapis de feuilles et s'arrêtèrent près d'un arbre mort derrière lequel Zoda s'était allongé pour surveiller le campement.

La lumière du soleil couchant qui filtrait encore par les frondaisons leur permit de distinguer, en contrebas, deux modestes huttes au toit de chaume et une troisième, encore plus petite mais inachevée. Cinq ou six abris, faits de branches de pins entrecroisées, étaient couverts de morceaux de tissu grossier aux formes irrégulières. Non loin de là, un ruisseau boueux coulait paresseusement. Deux souches d'arbres reliées par une perche formaient un rail rudimentaire auquel étaient attachés sept ou huit chevaux étrangement silencieux.

Alors que Stryke étudiait les lieux, le souvenir de sa vision lui revint à l'esprit. Mais ce qu'il avait sous les yeux en était la négation. Le village orc de son rêve semblait permanent, alors que cette communauté avait une apparence… *temporaire*. L'air n'y était pas pur et vivifiant, mais étouffant. Et plutôt qu'un hymne à la vie, on aurait juré entendre une oraison funèbre.

—Tu crois que c'est abandonné? souffla Coilla.

—Je n'en serais pas surpris, répondit Alfray. C'est tout près de Grahtt et pas si loin d'une colonie Uni.

—Mais pourquoi avoir laissé les chevaux?

Stryke se releva.

—Allons voir! Haskeer, prends un tiers de l'unité et contourne l'encaissement pour arriver par l'autre côté. Jup, Alfray, prenez un autre tiers et allez vous placer sur le flanc droit. Coilla et les autres, vous restez avec moi.

Il leur fallut quelques minutes pour se mettre en position. Lorsque tous furent prêts, Stryke leva le bras et l'abaissa vivement, imitant le geste de trancher quelque chose.

Les Renards tirèrent leurs armes et descendirent vers le campement.

Ils atteignirent le fond de la dépression sans autre incident que le hennissement nerveux de plusieurs chevaux.

Autour des habitations grossières, le sol était jonché d'objets: un chaudron renversé, des poteries brisées, une sacoche de selle piétinée, des os de volaille, un arc. À plusieurs endroits, des amas de cendres indiquaient l'emplacement de feux éteints depuis longtemps.

Stryke conduisit son détachement vers la masure la plus proche.

Il porta un doigt à ses lèvres puis, de la pointe de sa lame, fit signe au groupe de se déployer autour de la hutte. Quand les soldats furent en place, Coilla et lui approchèrent de l'entrée sur la pointe des pieds. Il n'y avait pas de porte, juste un sac de toile de jute déchiré pour cacher l'ouverture.

Levant leur épée, Stryke et Coilla se placèrent de chaque côté. Sur un signe de tête de son capitaine, la femelle orc arracha le tissu.

Une odeur nauséabonde monta à leurs narines.

Des relents douceâtres et malsains qu'ils connaissaient bien.

L'odeur de la chair en décomposition.

Se couvrant la bouche de sa main libre, Stryke entra. Ses yeux mirent quelques secondes à s'habituer à la pénombre.

Alors, il vit que la hutte était remplie de cadavres d'orcs. Certains étaient entassés à trois ou quatre sur des paillasses, d'autres gisaient sur le sol. Une ignoble puanteur planait dans l'air. Seul le grouillement des vers perturbait l'atroce immobilité de la scène.

Une main sur la bouche, Coilla tira Stryke par la manche. Ils reculèrent, sortirent de la hutte et firent quelques pas avant d'inspirer de longues goulées d'air, le reste de l'unité se tordant le cou pour voir à l'intérieur.

Coilla sur ses talons, Stryke s'approcha de la seconde masure au moment où Jup en émergeait, le visage couleur de cendre. La puanteur était aussi forte que dans la précédente. Un bref coup d'œil révéla le même spectacle macabre.

— Rien que des femelles et des jeunes, dit le nain. Morts depuis un certain temps.

— C'est pareil dans l'autre, révéla Stryke.

— Pas de mâles adultes ?

— Je n'en ai vu aucun.

— Pourquoi ? Où sont-ils ?

— Je ne peux pas en être certain, mais je crois qu'il s'agissait d'une communauté de bannis.

— Souviens-toi que je ne connais pas encore toutes vos coutumes. Ça signifie ?

— Quand un mâle orc est tué en service, et que son commandant affirme qu'il a fait montre de lâcheté, sa femme et ses enfants sont rejetés par la communauté. Certains bannis se regroupent pour être plus forts.

— La règle n'a jamais été appliquée avec autant de sévérité que sous le règne de Jennesta, rappela Coilla.

— Ces malheureux sont censés se débrouiller seuls ? demanda Jup.

—C'est le lot des orcs.

—À quoi t'attendais-tu ? lança Coilla devant l'expression incrédule du nain. Qu'on leur verse une pension et qu'on les installe dans une jolie petite ferme ?

Jup ignora le sarcasme.

—Une idée de ce qui a pu les tuer, capitaine ?

—Pas encore. Mais nous pouvons envisager l'hypothèse d'un suicide collectif. Ça s'est déjà produit. À moins que...

—Capitaine !

Debout près de la hutte inachevée, Haskeer gesticulait frénétiquement. Stryke le rejoignit avec Coilla, Jup et quelques bleus.

—Il y a encore quelqu'un de vivant là-dedans, dit le sergent.

Stryke sonda la pénombre.

—Va chercher Alfray. Et apporte une torche.

Il entra dans la hutte. Une silhouette solitaire gisait sur une paillasse souillée. En s'approchant, Stryke entendit sa respiration laborieuse. Il distingua le visage couvert de transpiration d'une vieille femelle orc aux yeux clos.

Un murmure dans les rangs annonça l'arrivée d'Alfray.

—Elle est blessée ?

—Je ne peux pas dire... Où est la torche ?

—Haskeer est parti en chercher une.

La vieille orc ouvrit les paupières. Ses lèvres tremblèrent comme si elle essayait de dire quelque chose. Alfray se pencha pour l'écouter. Puis elle rendit son dernier soupir.

Haskeer entra, un brandon enflammé au poing.

—Fais passer, dit Alfray en lui prenant la torche pour éclairer le cadavre de la femelle. (Il eut un hoquet de stupeur.) Dieux !

Il recula si vite qu'il faillit renverser Stryke.

—Qu'y a-t-il ?

—Regarde.

Alfray tendit la torche à bout de bras pour que son capitaine puisse voir.

Et son capitaine *vit* !

—Sortez d'ici. Tous les deux. Tout de suite !

Haskeer et Alfray battirent en retraite. Stryke les suivit aussitôt.

Dehors, l'unité s'était rassemblée devant la hutte.

—Tu l'as touchée ? demanda Stryke à Haskeer.

—Moi ? Non. Non, je ne l'ai pas touchée.

—Et les autres cadavres ?

—Non plus.

Stryke se tourna vers les Renards.

—L'un d'entre vous a-t-il touché un cadavre?

Tous secouèrent la tête.

—Que se passe-t-il? demanda Coilla.

—La tavelure rouge.

Plusieurs soldats bondirent en arrière. Des exclamations et des jurons parcoururent les rangs tandis que les guerriers se couvraient le nez et la bouche avec leur mouchoir.

—Salauds d'humains! siffla Jup.

—Les chevaux ne peuvent pas l'attraper, dit Stryke. Nous allons les emmener. Fichons le camp d'ici aussi vite que possible. Et brûlez tout avant de partir!

Il arracha la torche des mains d'Alfray et la lança dans la hutte inachevée.

Le chaume s'enflamma immédiatement. Quelques secondes plus tard, un brasier s'éleva au milieu de la clairière.

L'unité se dispersa pour répandre le feu.

Chapitre 8

Delorran sentit quelque chose craquer sous sa botte. Baissant les yeux, il vit qu'il avait marché sur une pancarte de bois brisée où se lisait encore le début d'un nom tracé à la peinture : *Doux-F.*

Le capitaine orc flanqua un coup de pied à la pancarte et continua d'inspecter la colonie humaine calcinée. Ses soldats fouillaient les ruines, examinaient les débris, retournaient les planches noircies, soulevaient des nuages de cendre et de poussière…

Les recherches avaient commencé avant l'aube. Au début de l'après-midi, ils n'avaient rien trouvé d'intéressant. Dès leur arrivée, Delorran avait envoyé des éclaireurs fouiller les environs. Aucun n'était encore revenu.

Le capitaine orc faisait les cent pas dans la cour. Un vent qui n'était pas de saison soufflait du nord, et gagnait du mordant en survolant la ligne lointaine des glaciers. Delorran souffla dans ses mains en coupe pour les réchauffer.

Un sergent trottina vers lui et secoua la tête en approchant.

— Toujours rien ? demanda Delorran.

— Non, chef. Il n'y a pas d'ossements d'orc dans les cendres, juste des os humains.

— Et les charognards ont rapporté qu'ils n'avaient pas jeté de cadavres de Renards dans les brasiers funéraires après la bataille, à l'exception peut-être d'un ou deux bleus. Stryke et la majorité de ses officiers sont assez connus pour qu'on puisse les identifier. Donc nous pouvons supposer qu'ils n'ont pas été tués ici.

— Vous pensez qu'ils sont toujours en vie ?

— Je n'en ai jamais douté. Impossible qu'une unité de cette qualité perde contre le genre d'opposition qu'elle a dû rencontrer ici. Mais ce qu'ils sont devenus, ça reste un mystère…

Le sergent – un vétéran dont les tatouages s'effaçaient presque – était davantage taillé pour le combat que pour la résolution des énigmes. Il en rappela une autre à son supérieur.

— Et la cave vide dans la grange ? Vous croyez que ça a un rapport ?

—Je l'ignore. Mais qu'elle ne contienne pas de blé ou de maïs en cette saison me paraît étrange. Les humains l'utilisaient sans doute pour stocker quelque chose.

—Leur butin?

—C'est possible. En résumé, les Renards ne sont pas morts. Ils ont disparu en emportant au moins un objet précieux avec eux.

La rivalité entre Delorran et Stryke n'était un secret pour personne. Delorran pensait qu'on aurait dû lui confier le commandement des Renards. Et l'animosité qui régnait depuis toujours entre leurs clans ne faisait rien pour arranger la situation.

Conscient que Delorran avait sans doute ses raisons de douter de la loyauté de Stryke, et ne désirant pas se fracasser le crâne sur les récifs de la politique, le sergent ne fit aucun commentaire et se contenta de demander :

—Permission de disposer?

Delorran le congédia d'un geste.

Le soleil avait depuis longtemps dépassé le zénith et continuait son voyage dans le ciel. La moitié du temps imparti était écoulée. Delorran se sentait de moins en moins assuré. Afin de respecter les délais, ses soldats et lui devraient se remettre en route d'ici deux ou trois heures. Pour Tumulus… et vers une mort presque certaine.

Il devait se décider très vite.

Trois options s'offraient à lui. Retrouver le cylindre dans les ruines de la colonie et rentrer victorieux semblait de moins en moins probable. Donc, il pouvait revenir les mains vides et subir la colère de Jennesta, ou désobéir aux ordres et continuer à chercher les Renards.

Maudissant l'impatience de sa reine, Delorran se torturait les méninges.

Ses délibérations furent interrompues par le retour de deux éclaireurs qu'il avait envoyés en mission le matin : un bleu et un caporal. Ils tirèrent sur les rênes de leurs chevaux pour s'arrêter devant leur capitaine.

Puis l'officier mit pied à terre.

—Équipe quatre au rapport, chef.

D'un signe de tête, Delorran l'invita à parler.

—Je pense que nous avons découvert quelque chose. Un combat a eu lieu au sud d'ici, dans une petite vallée.

—Continuez.

—Le sol est jonché de kobolds morts, de kirgizils et de chevaux.

—Des kobolds?

—D'après les traces de pattes, le long des parois, on dirait qu'ils ont tendu une embuscade à quelqu'un.

—Mais pas forcément aux Renards, objecta Delorran. À moins que vous n'ayez retrouvé leurs cadavres.

—Non. En revanche, il y avait des rations orcs et… ceci.

D'une poche de sa ceinture, le caporal tira un petit objet qu'il posa dans la paume tendue de Delorran.

Un collier composé de trois crocs de léopard des neiges.

Delorran l'observa en jouant d'un air absent avec les cinq trophées identiques qu'il portait autour du cou. Les orcs étaient les seules créatures qui les utilisaient pour symboliser leur valeur. Il fallait en avoir obtenu au moins un pour devenir officier.

—Beau travail, caporal!

—Merci, chef!

—Votre subalterne nous conduira jusqu'à cette vallée. Pendant ce temps, vous vous trouverez un cheval plus frais que celui-là et vous partirez en mission spéciale.

—Chef?

—Félicitations, caporal! Vous allez rentrer à la maison plus tôt que les autres. Il faut que vous portiez un message à Tumulus de toute urgence. À la reine.

L'officier eut une légère hésitation.

—Oui, capitaine…

—Vous devrez communiquer ce message au général Kysthan. En mains propres. Est-ce bien compris?

—Oui.

—Le général devra dire à Jennesta que j'ai trouvé une piste et que je me suis lancé à la poursuite des Renards. Je suis certain de les rattraper et de rapporter l'objet qu'elle désire, mais je la supplie de m'accorder un peu plus de temps, et je promets d'envoyer d'autres messages pour la tenir au courant. Répétez.

Le caporal pâlit. Il savait que ça n'était pas ce que leur souveraine voudrait entendre. Mais il était assez discipliné – ou effrayé – pour obéir sans poser de questions.

—Parfait, dit Delorran quand il eut terminé. (Il rendit le collier au caporal.) Donnez ce bijou à Kysthan et dites-lui dans quelles circonstances vous l'avez découvert. Emmenez deux soldats avec vous, et ne ménagez pas vos montures. Vous pouvez y aller.

Le caporal remonta en selle, l'air sombre, et s'éloigna en compagnie du bleu qui n'avait pas dit un mot.

Delorran ne laissait pas le choix à Jennesta. C'était une manœuvre dangereuse, la seule chance de survivre consistant à retrouver l'artefact. Mais il ne voyait pas d'autre moyen.

Il se consola en songeant que Jennesta, malgré sa réputation, ne pouvait pas être totalement imperméable à la raison.

Jennesta finit d'éviscérer son sacrifice et reposa ses outils.

Elle avait laissé une ouverture de bonne taille dans la poitrine du cadavre, et des entrailles humides pendaient de la cavité abdominale. Grâce à sa dextérité, née de l'habitude, elle n'avait fait qu'une ou deux minuscules taches de sang sur sa robe blanche.

Près de l'autel, elle utilisa la flamme d'une chandelle noire pour allumer d'autres bâtonnets d'encens. Le parfum âcre qui planait dans la pièce s'épaissit encore.

Deux gardes orcs s'affairaient, portant un seau dans chaque main. L'un d'entre eux laissa couler un filet de liquide sur les dalles.

—Ne le gaspille pas! cria Jennesta. À moins que tu ne veuilles le remplacer *personnellement*!

Les gardes échangèrent un regard furtif. Puis ils redoublèrent de prudence pour s'approcher d'une baignoire ronde où ils vidèrent les seaux.

La baignoire était conçue comme un tonneau, à partir de planches disposées à la verticale, scellées entre elles et maintenues par un cerclage métallique. Mais elle était beaucoup plus basse, et surtout assez grande pour accueillir un cheval de trait, si Jennesta choisissait d'en faire monter un dans ses appartements. Ce qui n'était pas totalement exclu, connaissant ses goûts excentriques.

Elle s'approcha de la baignoire et regarda dedans. Les orcs revinrent, biceps gonflés par le poids des seaux. Jennesta les regarda les vider dans la baignoire.

—Ça suffira, déclara-t-elle. Laissez-moi.

Les gardes s'inclinèrent, frappante démonstration d'une nouvelle forme d'inélégance orc. Le claquement de la lourde porte confirma leur départ.

Jennesta admira la baignoire remplie de sang frais. Elle s'agenouilla pour humer son arôme unique, puis plongea le bout des doigts dans le fluide visqueux. Il était tiède, presque à température corporelle, ce qui en faisait un meilleur médium. Composant du rituel, il renforcerait le pouvoir qui venait autrefois naturellement, mais qui devait désormais être nourri.

La petite chatte s'approcha en miaulant.

Jennesta la caressa entre les oreilles, hérissant la courte fourrure de son crâne.

—Pas maintenant, ma chérie. Je dois me concentrer.

Saphir ronronna et s'éloigna.

Jennesta revint à sa méditation. Plissant le front, elle récita une incantation dans la langue ancienne. L'étrange combinaison d'intonations gutturales et chantantes commença par un murmure pour devenir un cri aigu.

Puis la voix de Jennesta retomba avant de monter de nouveau.

Les chandelles et les bougies disposées dans la pièce vacillèrent sous le souffle d'un vent invisible. L'atmosphère même parut se compresser… puis se concentrer dans le contenu écarlate de la baignoire. La surface bouillonna, produisant de répugnantes éclaboussures. Des bulles se formèrent et éclatèrent paresseusement, libérant des volutes de vapeur cuivrée nauséabonde.

Le sang se coagula rapidement ; une croûte se forma à sa surface redevenue lisse et prit un aspect irisé comme celui d'un arc-en-ciel.

Des gouttes de sueur perlaient sur le front de Jennesta. Elle vit le sang coagulé commencer à scintiller, comme éclairé par une lueur venant du fond de la baignoire. Une image s'y forma lentement…

Un visage.

Sa caractéristique la plus frappante ? Ses yeux noirs, cruels et durs comme des silex… Des yeux qui n'étaient pas sans rappeler ceux de Jennesta. Mais les traits de l'apparition semblaient beaucoup moins humains que ceux de la souveraine.

D'une voix qui aurait pu jaillir des profondeurs de l'océan, elle demanda :

— *Que désires-tu, Jennesta ?*

Son ton impérieux et méprisant n'exprimait pas de surprise.

— Je me suis dit qu'il était temps que nous parlions.

— *La grande championne de la cause des envahisseurs désire me parler. Je suis flattée,* railla l'apparition.

— Je ne suis pas la championne des humains, Adpar. Je me contente de soutenir leur cause, en partie seulement, et dans mon intérêt… Plus celui d'autres personnes.

Cette déclaration fut accueillie par un éclat de rire caverneux.

— *Tu te leurres, comme toujours. Tu pourrais au moins avoir l'honnêteté de connaître tes propres motivations.*

— Pour suivre ton exemple ? répliqua Jennesta. Sors la tête du sable et rejoins-moi ! Ensemble, nous aurons une meilleure chance de préserver l'ancien mode de vie.

— *Ici, nous continuons à lui être fidèles sans nous abaisser à traiter avec les humains ou à demander leur permission. Tu finiras par regretter de t'être alliée avec eux.*

— Ma mère aurait sans doute eu une opinion différente.

— *Vermegram la Bénie était admirable sous bien des aspects, ce qui ne l'empêchait pas de commettre des erreurs de jugement,* répondit Adpar. *Mais nous en avons déjà discuté, et je suppose que tu ne m'as pas appelée pour de futiles bavardages.*

— Non. Je voulais t'interroger au sujet d'un objet que j'ai perdu.

— *De quoi peut-il s'agir ? Un coffret de joyaux ? Un précieux grimoire ? Ta virginité ?*

Jennesta serra les poings et tenta de contrôler son irritation.

—D'un artefact.

— *Très mystérieux. Pourquoi t'adresser à moi ?*

—J'ai pensé que tu saurais peut-être où il est.

— *Tu ne m'as toujours pas dit de quoi il s'agit,* rappela Adpar.

—D'un objet qui n'a de valeur que pour moi.

— *Ça ne m'avance pas beaucoup.*

—Écoute, ou tu sais de quoi je parle, ou tu l'ignores.

— *Je comprends ton problème. Si je ne sais rien au sujet de cet artefact, tu ne veux pas courir le risque d'éveiller mon intérêt. Et si je sais quelque chose, ça doit être parce qu'il se dérobe à toi par ma faute. Est-ce bien de ça que tu m'accuses ?*

—Je ne t'accuse de rien du tout.

— *Ça vaut mieux, parce que je ne vois pas du tout de quoi tu parles.*

Jennesta se demanda si c'était la vérité, ou si Adpar jouait encore au jeu qu'elle connaissait bien. Être toujours incapable de le deviner, après toutes ces années, l'agaçait tant…

—Très bien, soupira-t-elle. Laisse tomber.

— *Évidemment, si tu désires cet… artefact à ce point, je devrais peut-être m'y intéresser aussi…*

—Tu ferais mieux de ne pas fourrer ton nez dans mes affaires, Adpar. Et si je m'aperçois que tu es responsable…

— *Je te trouve bien irritable aujourd'hui, ma chérie. Souffrirais-tu d'une affliction quelconque ?*

—Certainement pas.

— *Ça doit être à cause de l'épuisement de l'énergie, dans ton coin. Le problème n'est pas aussi grave ici. À se demander s'il n'y aurait pas un rapport ? Je veux dire, entre l'objet que tu as perdu et le besoin de compenser la déperdition de pouvoir. S'agirait-il d'un totem magique ? Ou… ?*

—Ne fais pas l'innocente, Adpar ! cria Jennesta. Ce que ça peut être énervant !

— *Pas autant que d'être soupçonnée de vol.*

—Oh, pour l'amour des dieux, va te…

Une petite ondulation naquit sur le côté du visage magique. À partir d'un épicentre pas plus gros qu'une tête d'épingle, de petites vagues se répandirent à la surface du sang coagulé, brouillant l'image et venant s'écraser contre le bord de la baignoire.

— *Regarde ce que tu as fait,* gémit Adpar.

—Moi ? se défendit Jennesta. C'est plutôt ta faute.

Un vortex miniature naquit au centre de la baignoire et tournoya lentement. Très vite, les ondulations se dissipèrent, cédant la place à une forme ovale dont les contours se précisèrent.

Un autre visage apparut à la surface de la bouillie écarlate. Lui aussi avait des yeux remarquables, mais pour des raisons opposées à ceux d'Adpar et de Jennesta. Des trois, c'était celui dont les traits semblaient le plus humains.

Jennesta grimaça de dégoût.

— Toi ! cracha-t-elle, comme si ce mot était une insulte.

— *J'aurais dû m'en douter*, soupira Adpar.

— *Vous perturbez l'éther avec vos disputes !*

— Et toi, tu nous perturbes avec ta présence, répliqua Jennesta.

— *Pourquoi ne pouvons-nous jamais communiquer sans que tu t'interposes, Sanara ?*

— *Tu le sais bien : le lien est trop fort. Il m'attire inexorablement. Notre héritage nous unit.*

— Un des plus mauvais tours que les dieux aient jamais joué à quiconque, grommela Jennesta.

— *Pourquoi n'interroges-tu pas Sanara au sujet de ta précieuse babiole ?* demanda Adpar.

— Très drôle.

— *De quoi parlez-vous ?* lança Sanara.

— *Jennesta a perdu quelque chose, et elle meurt d'envie de le récupérer.*

— Laisse tomber, Adpar.

— *Mais c'est Sanara qui est à l'endroit où la magie fait le plus cruellement défaut...*

— N'essaye pas de semer la zizanie, coupa Jennesta. Et je n'ai jamais dit que cet artefact avait un rapport avec la magie.

— *Je ne suis pas certaine de vouloir toucher à quelque chose que tu as perdu*, dit Sanara. *Te connaissant, c'est sans doute dégoûtant ou dangereux.*

— La ferme, espèce de mijaurée !

— *Ça, c'était très méchant*, intervint Adpar avec une désapprobation joliment feinte. *Sanara a de gros problèmes en ce moment.*

— Tant mieux !

Savourant l'exaspération de son interlocutrice, Adpar éclata d'un rire moqueur. Quant à Sanara, elle semblait sur le point d'ouvrir la bouche pour accoucher d'un de ces prétendus « bons conseils » qui donnaient la nausée à Jennesta.

— Vous pouvez aller en enfer, toutes les deux ! s'écria-t-elle, abattant ses poings sur les deux visages.

Aussitôt, les images se fragmentèrent et disparurent. La croûte se brisa. Dessous, le sang était presque froid. Il éclaboussa le visage et les vêtements de Jennesta pendant qu'elle s'acharnait sur lui.

Sa colère soulagée, au moins en partie, Jennesta se laissa glisser, haletante, contre le bord de la baignoire.

Elle se reprocha d'avoir perdu le contrôle de ses nerfs. Quand apprendrait-elle que tout contact avec Adpar – et, inévitablement, Sanara – lui sapait le moral? Surtout quand elle n'était pas très gaie… Un jour, se répéta-t-elle pour la centième fois, elle devrait trancher le lien qui les unissait. De façon définitive!

Capable comme tous les félins de sentir une gâterie de loin, Saphir vint se frotter sensuellement contre les jambes de sa maîtresse. Un peu de sang coagulé était accroché au bras de Jennesta. Elle le saisit et l'agita sous le nez de l'animal. Saphir le renifla, les moustaches frémissantes, puis y planta ses dents. Un bruit de mastication mouillé retentit.

Jennesta pensa au cylindre et à la misérable compagnie qu'elle avait été assez folle pour envoyer à sa recherche. Plus de la moitié du temps accordé était passée. Elle devait trouver un plan de rechange au cas où l'émissaire de Kysthan échouerait.

D'une façon ou d'une autre, elle se procurerait ce cylindre. Il était à elle! Quoi que cela lui coûte, les soldats seraient traqués comme des chiens et livrés à sa justice.

Léchant distraitement le sang sur ses mains, Jennesta rêva des tourments que connaîtraient les Renards.

Chapitre 9

— Tu dois être embêté, dit Stryke.

Alfray porta une main à son cou.

— J'ai obtenu ma première dent à l'âge de treize ans. Depuis, je ne m'étais jamais séparé du collier.

— Tu l'as perdu pendant l'embuscade ?

— Sans doute. J'ai tellement l'habitude de l'avoir que je ne m'en suis pas aperçu. C'est Coilla qui me l'a signalé ce matin.

— Mais tu as gagné ces trophées, Alfray. Et ça, personne ne peut te l'enlever. Tu finiras par les remplacer, avec le temps.

— Justement, du temps, je n'en ai plus. En tout cas, pas assez pour gagner trois autres dents. Je suis le vétéran de l'unité, Stryke. Maîtriser un léopard des neiges à mains nues est un sport réservé aux jeunes orcs.

Alfray s'enferma dans un silence maussade. Stryke préféra le laisser tranquille. Il savait combien il devait être dur d'avoir perdu les emblèmes de son courage et de son statut de guerrier.

Les deux orcs chevauchaient en tête de la colonne.

Personne n'en avait plus reparlé, mais ce qu'ils avaient vu au campement et leur situation périlleuse pesaient sur le moral de l'unité. La mélancolie d'Alfray faisait écho à l'humeur sombre des Renards.

Maintenant qu'ils avaient assez de chevaux, ils progressaient plus rapidement, même si Meklun – toujours incapable de tenir en selle – continuait à les ralentir.

Quelques heures auparavant, ils avaient bifurqué vers le sud-ouest, pour couper à travers les Grandes Plaines en direction de Roc-Noir.

Avant la fin de la journée, ils espéraient atteindre un point à mi-chemin entre Grahtt et Échevette. Avec un peu de chance, pensait Stryke, ils franchiraient le couloir sans que les trolls belliqueux du Nord ou les humains fanatiques du Sud leur causent des problèmes.

Le paysage avait commencé à changer. Les plaines cédaient la place à une alternance de collines basses et de vallées peu profondes sillonnées de pistes sinueuses. Les buissons se multipliaient. Les pâturages se transformaient en landes couvertes de bruyère. Ils approchaient d'une zone semée de communautés humaines. Stryke décida qu'il serait plus prudent de les tenir pour hostiles, qu'elles soient habitées par des Unis ou par des Multis.

Un brouhaha, plus bas dans la colonne, le tira de ses réflexions. Il regarda par-dessus son épaule. Haskeer et Jup étaient encore en train de se disputer.

— Maintiens le cap, ordonna-t-il à Alfray en faisant pivoter son cheval.

Pendant les quelques secondes qu'il lui fallut pour les rejoindre, les deux sergents en étaient presque venus aux mains. Ils se calmèrent en le voyant approcher.

— Vous êtes quoi au juste ? Mes seconds, ou des gamins capricieux ?

— C'est sa faute, accusa Haskeer. Il…

— Ma faute ? coupa Jup. Je devrais…

— La ferme ! rugit Stryke. Jup, tu es censé jouer le rôle de chef éclaireur. Gagne ta croûte, s'il te plaît ! Prooq et Gleadeg ont besoin d'être relevés. Emmène Calthmon, et laisse ta part de cristaux à Alfray.

Le nain foudroya sa Némésis du regard et éperonna sa monture.

Stryke s'occupa d'Haskeer.

— Tu pousses le bouchon un peu trop loin. Si tu insistes encore, je te tannerai la peau du dos !

— On ne devrait pas avoir de galeux comme lui dans l'unité, marmonna Haskeer.

— Le sujet n'est pas ouvert à la discussion. Tu travailles avec lui ou tu rentres tout seul à la maison. À toi de choisir.

Stryke regagna la tête de la colonne.

Haskeer remarqua que les soldats les plus proches – ceux qui l'avaient entendu se faire souffler dans les bronches – le fixaient avec curiosité.

— Nous ne serions pas dans cette situation avec un chef digne de ce nom, grommela-t-il.

Les soldats détournèrent le regard.

Quand Stryke rejoignit Alfray, Coilla s'approcha d'eux et lança :

— Si nous continuons dans cette direction, nous passerons plus près d'Échevette que de Grahtt ! Quel est le plan en cas de pépin ?

— Échevette est une des plus anciennes communautés Unis, et une des plus fanatiques, répondit Stryke. Autrement dit, ses habitants sont imprévisibles. Tâchez de vous en souvenir.

— Unis ou Multis, qui s'en soucie ? demanda Alfray. Ce sont tous des humains, pas vrai ?

— Nous sommes censés aider les Multis, lui rappela Coilla.

— Parce que nous n'avons pas le choix. Quand l'avons-nous jamais eu ?

— Jadis…, dit pensivement Stryke. Mais dans les conditions actuelles, il semble logique de soutenir les Multis. Ils sont moins inamicaux avec les races aînées. Et la dissension entre les humains ne peut que nous servir. Songez combien ce serait pire s'ils étaient unis.

— Ou si un des deux camps gagnait, ajouta Coilla.

En tête de la colonne, hors de vue des autres, Jup et Calthmon venaient de relever les éclaireurs. Le nain regarda les soldats s'en aller rejoindre l'unité.

Il commençait à peine à se calmer après sa dernière altercation avec Haskeer. Serrant les rênes de sa monture un peu plus fort que nécessaire, il se concentra sur la piste.

Peu à peu, le paysage devenait plus… encombré. Les buttes et les bouquets d'arbres se multipliaient, et l'herbe haute masquait en partie la route.

— Vous connaissez la région, sergent ? demanda Calthmon à voix basse, comme s'il craignait de trahir leur présence.

— Un peu. Le terrain ne devrait pas tarder à changer.

De fait, quelques centaines de mètres plus loin, la piste plongea et s'incurva, la végétation se faisant plus dense sur le bas-côté. Les deux éclaireurs s'engagèrent dans un lacet sans visibilité.

— Mais si nous continuons dans cette direction, continua Jup, nous ne devrions pas rencontrer…

Une barricade apparut au détour du chemin.

— … d'obstacle.

La barricade était composée d'une carriole de ferme couchée sur le flanc et d'un amas de troncs d'arbres. Et elle était gardée par des humains vêtus de noir : une vingtaine environ, tous bien armés.

Jup et Calthmon tirèrent sur les rênes de leurs montures à l'instant où les humains les repérèrent.

— Malédiction, grogna Jup.

Un cri monta de la barricade. Agitant des épées, des haches et des massues, la majorité des défenseurs coururent vers leurs chevaux tandis que l'orc et le nain luttaient pour forcer les leurs à faire demi-tour.

Ils rebroussèrent chemin au galop, poursuivis par une horde assoiffée de sang.

— Un jour, on est membre du Corps Expéditionnaire, et le lendemain, on finit vendu à Jennesta, dit Stryke, évoquant de pénibles souvenirs. Tu sais ce que c'est.

—Oui. Et je suppose que tu as ressenti la même chose que moi, fit Coilla.

—Quoi donc ?

—N'étais-tu pas en colère de n'avoir pas eu ton mot à dire ?

De nouveau, Stryke fut désarmé par sa franchise… Et par la facilité avec laquelle elle semblait deviner ses sentiments.

—Peut-être, concéda-t-il.

—Tu es en guerre contre ton éducation, Stryke. Tu n'arrives pas à admettre que c'était une injustice.

La façon dont elle exposait ses pensées les plus intimes mettait Stryke mal à l'aise.

Il répondit de façon détournée.

—Ça a été plus dur pour les orcs comme Alfray. (Il désigna leur médecin, qui chevauchait près de la litière de Meklun.) Un si grand changement, ce n'est pas facile à son âge…

—C'est de toi que nous étions en train de parler.

Stryke fut sauvé par l'apparition de Prooq et de Gleadeg. Les deux éclaireurs revenaient vers eux au galop.

—Au rapport, chef ! brailla Prooq. Le sergent Jup nous a relevés.

—Des ennuis en perspective ?

—Non. La voie est dégagée.

—Parfait. Rejoignez la colonne.

Les soldats s'éloignèrent.

—Tu disais ? lança Coilla. À propos du changement…

Quand elle a une idée en tête, impossible de lui faire lâcher prise, songea Stryke. *À moins qu'elle n'ait une raison de me poser toutes ces questions…*

—Eh bien… Les choses n'ont pas changé tant que ça pour moi, depuis que nous servons notre nouvelle maîtresse. Au début, en tout cas… J'ai conservé mon rang et continué à lutter contre notre véritable ennemi… Une seule faction de cette foutue race, mais c'est toujours ça.

—Et on t'a confié le commandement des Renards.

—Après m'avoir mis à l'épreuve, oui. Bien que ça n'ait pas plu à tout le monde.

—Qu'as-tu pensé en étant obligé de servir une souveraine en partie humaine ?

—C'était… bizarre, répondit prudemment Stryke.

—Tu veux dire que tu te rebellais contre cette idée. Comme nous tous.

—Je n'étais pas enchanté, c'est vrai. Tu l'as dit toi-même, nous sommes dans une situation difficile. Une victoire des Unis ou des Multis renforcerait la position des humains. (Il haussa les épaules.) Mais c'est le lot d'un orc : obéir aux ordres.

Coilla le dévisagea longuement.

— Oui. Au bout du compte, ça se résume à ça, dit-elle, non sans amertume.

Stryke sentit qu'ils avaient bien des points communs et voulut continuer la conversation.

À cet instant, un bleu cria quelque chose qu'il ne comprit pas. Aussitôt, le reste de l'unité brailla également.

Jup et Calthmon revenaient à bride abattue.

Stryke se dressa sur ses étriers.

— Que se… ?

Puis il vit la horde d'humains pourchasser les éclaireurs. Tous portaient un long manteau noir, un pantalon de toile grossière de la même couleur et des bottes de cuir. Ils devaient être à peu près aussi nombreux que les Renards, et ceux-ci n'avaient plus le temps de charger.

— Serrez les rangs! cria Stryke. À moi!

L'unité se rassembla autour de son chef. Les chevaux furent disposés en demi-cercle défensif face à l'ennemi, la civière derrière eux pour que ses camarades puissent protéger le blessé.

Ils dégainèrent leurs armes.

Les poursuivants de Jup et de Calthmon ralentirent en apercevant les orcs, permettant aux éclaireurs d'augmenter leur avance. Mais ils continuèrent à galoper, se déployant pour former une ligne et plus une masse désordonnée.

— Tenez la position! ordonna Stryke. Pas de quartier et pas de retraite!

— Comme si c'était notre genre, grogna Coilla.

Elle fit siffler sa lame dans l'air.

Encouragés par leurs camarades, Jup et Calthmon rejoignirent les Renards. Leurs montures avaient l'écume à la bouche.

Deux secondes plus tard, les humains déferlèrent comme un raz de marée.

La majorité des chevaux des deux groupes firent un écart au dernier moment pour ne pas entrer en collision, chacun de leurs cavaliers pivotant vers un adversaire.

Stryke affrontait un humain barbu au visage buriné et aux yeux embrasés par la haine. Il brandissait une hachette, les gestes désordonnés, déployant plus d'énergie que de précision.

Stryke bloqua une attaque et riposta aussitôt. La monture de l'humain se cabra et son épée ne rencontra que du vide. D'un revers du poignet, il la ramena vers lui pour parer un second coup.

Une demi-douzaine d'estocs plus tard, l'humain haletait déjà. Il n'avait pas su ménager ses forces. Ses mouvements se firent plus lents. Stryke en profita pour lui abattre son épée sur le bras. Il lui trancha le poignet. La main tomba sur le sol, serrant toujours la hachette.

Du sang jaillissant à gros bouillons de son moignon, l'humain hurla à la mort. Stryke lui plongea sa lame dans la poitrine...

Le capitaine orc se tourna vers un deuxième adversaire au moment où Coilla réglait son compte à celui qui s'était jeté sur elle. Elle dégagea son arme à temps pour parer l'attaque d'un gaillard musclé et trapu qui brandissait une épée large. Sa lame siffla dans l'air, visant la tête de l'humain. Mais il se pencha sur sa selle pour esquiver.

Coilla se reprit aussitôt et tenta de lui planter son épée dans le ventre. Avec une agilité surprenante, son adversaire pivota pour éviter de se faire embrocher, puis passa de nouveau à l'offensive. Le maintenant à distance avec son épée, Coilla tira un couteau de sa ceinture. Elle le lança par en dessous, et sa lame vint se planter dans le cœur de l'humain.

Sur la gauche, Haskeer combattait avec son épée à deux mains. Pour avoir plus de liberté de mouvement, il avait lâché les rênes de sa monture, qui pendaient dans le vide. Ivre de fureur, il fendait des crânes en deux, tranchait des membres, enfonçait des cages thoraciques, lacérait de la chair rose, brisait des os et faisait jaillir des fontaines écarlates. Ivre de sang, il massacrait pareillement cavaliers et montures.

Au milieu de ce chaos, une poignée d'humains parvinrent à contourner la barrière défensive pour frapper la ligne arrière vulnérable des Renards. Alfray et deux autres soldats se retournèrent pour affronter la menace.

La bataille faisait rage autour de la civière de Meklun, mais le fracas des sabots et la chute des cadavres ne parvenaient pas à tirer le blessé de son hébétude.

Un coup de massue manqua faire vider les étriers à Alfray. Se redressant, il trancha les sangles de la selle de son adversaire. L'humain bascula sur le côté et alla s'écraser sur le sol. Alors qu'il tentait de se relever, un cheval privé de son cavalier le piétina.

Volant au secours de leur porte-étendard, Jup se chargea d'un des deux humains qui avaient pris Alfray à revers. Ils croisèrent le fer ; Jup taillada le bras de l'homme et l'acheva en lui enfonçant quelques pouces d'acier entre les côtes.

L'épée d'un humain heurta celle de Stryke et rebondit avec un son métallique. En guise de riposte, l'orc trancha le cou de son adversaire, entamant la chair jusqu'à la moelle épinière. Le combattant qui prit la place de sa victime ne résista pas plus longtemps. Il réussit à parer deux attaques de Stryke avant que la pointe de son épée ne lui lacère le visage.

Une épée longue dans une main et un couteau de lancer dans l'autre, Coilla tenait à distance deux humains qui s'efforçaient de la prendre en tenaille. L'un d'eux intercepta la lame la plus longue… avec sa gorge. L'autre arrêta le vol de la plus courte avec sa poitrine.

Promptement débarrassée de ses adversaires, Coilla observa Stryke, qui se battait contre un humain grand et efflanqué aux cheveux couleur de sable et à la peau couverte de boutons. D'après son physique, sa maladresse au combat et la peur qui émanait de lui, Coilla estima qu'il devait s'agir d'un adolescent.

Stryke mit fin à ses angoisses en lui plongeant sa lame dans le thorax. Pour plus de sûreté, il la dégagea d'un geste vif et s'en servit pour décapiter le malheureux.

Une pluie de gouttelettes écarlates éclaboussa le visage de Coilla, qui s'essuya les yeux d'un revers de la main et cracha à ses pieds. C'était un pur réflexe ; son visage n'exprimait pas plus de dégoût que si elle avait avalé de l'eau.

—C'est fini, Stryke, dit-elle calmement.

Le capitaine n'avait pas besoin de cette confirmation. Le sol était jonché de cadavres humains. Il en restait deux ou trois encore debout et ils auraient rapidement le dessous. Haskeer flanquait des coups sur la tête d'un adversaire avec ce qui ressemblait à une massue. À bien y regarder, il s'agissait d'un bras tranché au niveau de l'épaule… et d'où dépassait la tête ronde d'un os.

Une poignée d'humains s'enfuyaient au galop. Un tiers des Renards se lancèrent à leur poursuite en poussant des hurlements de triomphe. Mais Stryke les rappela et ils rebroussèrent chemin à contrecœur. Les humains survivants disparurent au bout de la piste.

Alfray s'agenouilla près de la civière de Meklun. Les autres ramassèrent leurs armes et commencèrent à panser leurs blessures. Haskeer et Jup rejoignirent Stryke et Coilla.

—Apparemment, personne n'est trop gravement touché, annonça le nain.

—Pas étonnant, ricana Haskeer. Ils se battaient comme des lutins !

—C'étaient des fermiers, pas des militaires. Visiblement des fanatiques Unis d'Échevette. Il n'y avait pas un seul véritable guerrier parmi eux.

—Mais tu ne pouvais pas le savoir au départ.

—Où veux-tu en venir ?

—Tu les as conduits droit vers nous, accusa Haskeer. Quel genre d'idiot peut faire un truc pareil ? Tu as mis toute l'unité en danger !

—Que voulais-tu que je fasse d'autre, crâne de piaf ?

—Les entraîner loin d'ici.

—C'est ça. Pour que Calthmon et moi nous perdions dans ces broussailles, fit Jup en désignant la végétation foisonnante qui les entourait. Ou que nous risquions de nous faire tuer. Tout ça pour protéger un abruti dans ton genre.

—Ça n'aurait pas été une grosse perte.

—Va te faire foutre! Nous sommes une unité. Nous nous serrons les coudes.

—C'est pas les coudes qu'il faudrait te serrer, mais les boulons.

—Hé! cria Coilla. Et si vous la fermiez le temps qu'on mette les voiles?

—Elle a raison, dit Stryke. Les humains sont peut-être allés chercher des renforts. Fermiers ou non, pour peu qu'ils soient assez nombreux, nous aurons un problème. Où les avez-vous rencontrés, Jup?

—Ils étaient planqués derrière une barricade, un peu plus loin sur la piste.

—Donc, nous devons trouver un autre chemin.

—Encore du temps perdu, grommela Haskeer.

Les ombres s'allongeaient. D'ici deux heures, il ferait totalement nuit. La perspective de chevaucher à l'aveuglette ne disait rien à Stryke, surtout s'il fallait éviter des bandes d'humains en maraude.

—Je vais doubler le nombre d'éclaireurs sur l'avant, décida-t-il, et j'en veux quatre autres pour couvrir nos arrières. Haskeer, tu t'occupes de ceux-là. Choisis qui tu veux.

Le sergent s'éloigna en grommelant.

—Je vais voir où en est Meklun, dit Stryke à Coilla et à Jup. Vous deux, faites avancer les autres. Mais pas trop vite, pour laisser aux éclaireurs le temps de prendre de l'avance.

Resté seul avec Coilla, Jup lui jeta un regard lugubre.

—Vas-y, crache! l'encouragea-t-elle.

—Tout semblait si simple quand nous sommes partis en mission, gémit le nain. Et maintenant, tout est si compliqué. Beaucoup plus dangereux que je ne l'avais prévu.

—Qu'est-ce qui t'arrive? Tu veux vivre éternellement, peut-être?

Jup réfléchit quelques instants.

—Ouais, ça se pourrait bien.

Chapitre 10

La servante avait connu une fin rapide, comparée à celle des précédentes victimes de Jennesta. Non que cette dernière eût soudain découvert la miséricorde. Mais le processus finissait par l'ennuyer, et elle avait des problèmes plus urgents à régler.

Descendant du bloc de marbre blanc, elle défit le harnais de la corne de licorne qu'elle utilisait comme substitut de membre viril. Puis elle éventra le cadavre avec une telle rapidité que son cœur battait encore quand elle le porta à sa bouche.

Ce repas lui sembla tout juste comestible. Que son palais devînt plus délicat ou que son goût s'émoussât, Jennesta était de plus en plus difficile.

D'humeur toujours aussi massacrante malgré le renouvellement de ses énergies physique et magique, elle se lécha les doigts tandis que ses pensées retournaient vers le cylindre. Le délai qu'elle avait imposé aux chasseurs de Kysthan était presque révolu. Qu'ils aient réussi ou non, le moment était venu d'augmenter la pression qui pesait sur les Renards.

Jennesta frissonna. Le froid réussissait même à s'infiltrer au cœur de son sanctuaire. Des bûches étaient entassées dans l'énorme foyer, mais personne ne les avait allumées. Jennesta tendit la main. Un rayon déchira la pénombre… et les bûches s'enflammèrent avec un rugissement. Goûtant la chaleur de la flambée, Jennesta se reprocha de gaspiller ainsi une énergie durement obtenue. Mais comme toujours, manipuler la réalité physique lui apportait ses émotions les plus intenses.

Elle tendit la main vers un cordon et tira dessus. Deux orcs entrèrent dans la pièce. L'un d'eux portait sous le bras un rouleau de toile de jute.

— Vous savez que faire, leur dit Jennesta sans même les gratifier d'un regard.

Ils entreprirent de nettoyer le carnage. Après avoir déroulé la toile sur le sol, ils saisirent le cadavre par les bras et les jambes pour le placer dessus. Puis ils le recouvrirent.

Se désintéressant de leur travail, Jennesta tira de nouveau sur le cordon – deux fois.

En sortant, les gardes croisèrent un domestique elfe qui écarquilla les yeux à la vue de leur sanglant fardeau, mais se reprit et adopta très vite une expression impassible.

C'était un nouveau, et Jennesta eut autant de mal à deviner son sexe que celui de son prédécesseur. Évidemment, elle avait pu vérifier à la fin…

Elle prit note de ralentir le rythme auquel elle consommait ses domestiques : aucun ne restait jamais assez longtemps pour apprendre à bien faire son travail.

Guidé par ses ordres impériaux, l'elfe aida sa maîtresse à s'habiller. Jennesta avait choisi une tenue noire, comme d'habitude quand elle devait sortir : un justaucorps de cuir moulant et un pantalon d'équitation que couvraient des cuissardes à talon haut. Par-dessus, elle enfila une cape couleur sable taillée dans de la fourrure d'ours des forêts. Puis elle cacha ses cheveux sous une toque assortie.

Quand elle eut terminé, elle congédia brusquement l'elfe, qui s'inclina très bas et sortit aussi vite que la décence le lui permettait.

Jennesta s'approcha de la table qui flanquait l'autel et examina la collection de fouets enroulés disposée dessus. Elle choisit un de ses préférés pour compléter sa tenue. Glissant une main fine dans sa dragonne de cuir, elle se dirigea vers la porte, s'arrêtant juste une seconde pour observer son reflet dans un miroir.

Les orcs qui surveillaient sa porte sursautèrent quand elle sortit et voulurent lui emboîter le pas. Comme elle leur fit un geste négligent, ils reprirent leur faction.

Le couloir donnait sur un escalier éclairé par des torches fixées au mur toutes les dix ou douze marches. Jennesta entreprit son ascension, soulevant le bas de sa cape pour ne pas le salir.

Sur le palier se dressait une lourde porte qu'une sentinelle orc ouvrit pour elle. Jennesta déboucha dans une cour entourée de hauts murs et frissonna de nouveau à cause de l'air glacial du crépuscule.

Un dragon était attaché au centre de la cour. Un bracelet de fer aussi large qu'un tonneau entourait une de ses pattes postérieures et une chaîne colossale le reliait au tronc d'un chêne centenaire.

Le museau de la créature fouillait une petite montagne de foin, de soufre, de carcasses de moutons et d'autres immondices impossibles à identifier. Sous son arrière-train, Jennesta aperçut de grandes quantités d'excréments fumants truffés de morceaux d'os et de scories gluantes.

Elle pressa un délicat mouchoir de dentelle sur son nez.

La dresseuse s'approcha de Jennesta. Elle portait un pourpoint et un pantalon de cuir couleur noisette aussi doux que de la peau de chamois.

Ses bottes en daim, qui lui montaient jusqu'aux genoux, avaient la teinte de l'acajou. Une plume blanche et grise était plantée dans son petit chapeau à bord étroit, et de discrets fils d'or ornaient son col et ses poignets. Étonnamment grande, même pour quelqu'un de son espèce, elle affichait une expression fière, presque hautaine.

La race de la Dame des Dragons avait toujours intrigué Jennesta. Elle n'avait jamais eu beaucoup de rapports avec les brownies, mais elle éprouvait pour eux un certain respect… Pour autant qu'elle fût capable de ce genre de sentiment. Peut-être parce que les brownies, comme elle, étaient des hybrides, fruits de l'union d'un elfe et d'un gobelin.

— Glozellan, salua Jennesta.

— Votre Majesté.

La Dame des Dragons lui adressa un bref signe de tête.

— Vous avez reçu vos instructions ?

— Oui.

— Et vous avez bien compris mes ordres ?

— Vous souhaitez que j'envoie des patrouilles à la recherche d'une unité d'orcs, résuma Glozellan d'une voix flûtée.

— Les Renards, oui. J'ai demandé à vous parler en personne pour souligner l'importance de cette mission.

Si Glozellan jugeait étrange que Jennesta fasse traquer ses propres serviteurs, elle n'en laissa rien paraître.

— Que devons-nous faire si nous les retrouvons, ma dame ?

Jennesta n'apprécia guère le conditionnel, mais elle laissa passer pour cette fois.

— Les autres dresseurs et vous devrez prendre l'initiative, dit-elle, choisissant ses mots avec soin. Si vous les repérez dans un endroit où il est possible de les capturer, alertez nos forces terrestres. Mais s'il y a la moindre possibilité qu'ils s'échappent, détruisez-les.

Glozellan haussa ses sourcils aussi fins qu'un trait de crayon. Elle était assez maligne pour ne pas protester ou oser de commentaire plus explicite.

— Si vous devez les tuer, vous m'enverrez aussitôt un message et garderez leurs dépouilles, au prix de votre vie si nécessaire, jusqu'à l'arrivée des renforts.

Jennesta était certaine que le cylindre supporterait la chaleur du souffle d'un dragon. Enfin, presque certaine. Il y avait toujours un risque…

La créature mâchonnait bruyamment la carcasse d'un mouton.

Après avoir bien réfléchi à ce que sa maîtresse venait de lui dire, Glozellan déclara :

— Nous cherchons un petit groupe, et nous ne savons pas exactement où il est. Nous allons devoir voler très bas, ce qui nous rendra vulnérables.

Jennesta blêmit.

— Pourquoi tout le monde me pose-t-il des problèmes alors que je réclame des solutions ? cria-t-elle. Faites ce que je vous dis !

— Oui, Votre Majesté.

— Ne restez pas plantée là ! Allez-y !

La dresseuse se détourna et se dirigea vers sa monture. Après s'être hissée en selle, elle fit signe à un garde qui attendait, adossé contre le mur. Il s'approcha, muni d'un maillet, et flanqua plusieurs coups sur l'attache du bracelet de fer pour libérer la chaîne. Puis il battit en retraite à une distance prudente.

Glozellan se pencha, une main posée de chaque côté de l'encolure du dragon. La créature se tordit le cou pour approcher sa cavité auditive du visage de sa cavalière. Celle-ci lui chuchota quelque chose. Les ailes se déployèrent avec un craquement et le dragon lâcha un rugissement pareil à celui du tonnerre.

Les énormes muscles de ses pattes et de ses flancs saillant tels des rochers écailleux, le monstre battit des ailes, d'abord lentement et avec un effort visible. Puis il gagna de la vitesse, générant des bourrasques qui se déchaînèrent comme un ouragan miniature dans l'espace clos de la cour.

Jennesta agrippa sa toque de fourrure à deux mains pour qu'elle ne s'envole pas. Sa cape claqua dans son dos quand le dragon s'éleva : un exploit qui semblait presque impossible pour une créature aussi massive. Mais le miracle s'accomplit avec une grâce surprenante.

Quelques secondes, le dragon demeura suspendu à mi-hauteur des murs du château, immobile à l'exception de ses ailes. Sa silhouette imposante masquait en partie les étoiles et la lune. Puis il continua son ascension, prit la direction de Taklakameer et s'éloigna, l'air rugissant sur son passage.

La porte par où Jennesta était entrée dans la cour se rouvrit. Le général Kysthan apparut, escorté par un petit contingent de la garde personnelle de sa souveraine. Il était très pâle.

— Des nouvelles de nos proies ? lança Jennesta.

— Oui… et non, Votre Majesté.

— Je ne suis pas d'humeur à jouer aux devinettes, général, s'impatienta la souveraine en se tapotant la cuisse avec le manche de son fouet. Parlez !

— J'ai reçu un message du capitaine Delorran.

Elle plissa les yeux.

— Continuez.

Kysthan prit un carré de parchemin plié en quatre dans la poche de sa tunique. Il transpirait malgré le froid.

— Les informations qu'il me transmet ne sont peut-être pas tout à fait celles que Votre Majesté souhaitait entendre.

D'une secousse du poignet, Jennesta déroula son fouet.

La lune et les étoiles brillaient dans le ciel nocturne. Une douce brise rafraîchissait l'air après la chaleur de la journée.

Il se tenait devant la porte d'un immense pavillon. Des bruits résonnaient à l'intérieur.

Stryke regarda autour de lui. Rien ne venait troubler la quiétude de ce paisible paysage campagnard. Il avait du mal à le concevoir. Cette normalité le perturbait presque.

Il tendit une main hésitante vers la poignée.

Avant qu'il puisse la saisir, la porte s'ouvrit.

La lumière et le vacarme l'agressèrent. Une silhouette se découpait contre la vive lueur. Il ne pouvait pas distinguer ses traits, juste son contour. Quand elle s'approcha de lui, il porta la main à son épée.

Puis la silhouette devint la femelle orc qu'il avait déjà rencontrée. Ou imaginée. Ou rêvée. Elle était toujours aussi séduisante et toujours aussi fière.

Stryke sursauta. La femelle aussi eut l'air surpris, mais moins que lui.

— Vous êtes revenu, constata-t-elle.

Il balbutia une réponse absurde.

Elle sourit.

— Venez. Les festivités sont déjà commencées.

Il la suivit dans le pavillon.

Celui-ci était bondé d'orcs… et seulement d'orcs. Des orcs qui festoyaient à de longues tables ployant sous le poids des victuailles. Des orcs qui conversaient affablement. Des orcs qui riaient, qui chantaient ou jouaient à des jeux ancestraux.

Des femelles se frayaient un chemin parmi eux, portant des chopes de bière, des cornes remplies de vin pourpre, des paniers de fruits et des plateaux de viande succulente. Au milieu de la pièce, un feu brûlait sur des plaques d'ardoise ; des cuissots de gibier et des volailles entières rôtissaient sur des broches. La fumée chargée d'étincelles s'élevait jusqu'à un trou ménagé dans le toit. Le parfum du bois se mêlait à une myriade d'autres arômes, parmi lesquels Stryke crut détecter celui, à la fois doux et entêtant, du cristal.

À une extrémité du pavillon, des mâles adultes se prélassaient sur des fourrures. Ils buvaient et s'esclaffaient en se racontant des blagues salaces. À l'autre extrémité, des adolescents pleins de fougue se battaient avec des épées en bois et des bâtons enveloppés de chiffons. Des musiciens frappaient sur des tambours. Des enfants glapissants se pourchassaient au milieu de la cohue.

Beaucoup de convives saluèrent chaleureusement Stryke, bien qu'il fût un étranger.

La femelle saisit une chope pleine sur le plateau qu'une serveuse portait au-dessus de sa tête. Elle but une gorgée puis la fit passer à Stryke.

C'était de la bière chaude, épicée et parfumée au miel. Délicieuse. Il vida la chope d'un trait.

La femelle s'approcha de lui.

— Où étiez-vous passé ?

— Ce n'est pas une question facile, soupira-t-il en posant la chope sur une table. Je ne suis pas certain de connaître la réponse...

— De nouveau, vous vous enveloppez de mystère.

— C'est vous qui êtes un mystère à mes yeux. Vous, et cet endroit.

— Moi et cet endroit n'avons rien de mystérieux.

— Je n'en suis pas si certain.

Elle secoua la tête.

— Pourtant, vous êtes là.

— Ça ne signifie rien pour moi. Où est ce « là » ?

— Je vois que vous êtes aussi excentrique que lors de notre première rencontre. Venez.

Elle lui fit traverser la pièce et s'approcha d'une porte plus petite que la précédente, qui donnait sur l'arrière du pavillon. La fraîcheur de l'air dissipa l'ivresse de Stryke. Quand la femelle referma la porte, le bois épais étouffa les clameurs.

— Vous voyez ? dit la femelle en désignant le paysage nocturne. Tout est normal.

— Ce que j'aurais considéré comme normal autrefois, corrigea Stryke. Il y a très longtemps. Mais maintenant...

— Ce que vous racontez n'a ni queue ni tête.

— Tout est-il ainsi... partout ?

— Évidemment. (La femelle hésita, puis sembla prendre une décision.) Je vais vous montrer.

Ils se dirigèrent vers l'angle du pavillon. De l'autre côté, des chevaux étaient attachés à une rambarde de bois. Ces étalons de guerre robustes et magnifiques au pelage soyeux portaient des harnais sophistiqués. La femelle choisit deux des plus beaux, un blanc et un noir.

Elle ordonna à Stryke de se mettre en selle. Il hésita. Quand elle se hissa sur le dos de l'étalon blanc, avec des gestes aussi fluides que si elle montait depuis sa plus tendre enfance, il capitula.

Ils s'éloignèrent au pas. Ensuite, ils prirent de la vitesse. Stryke la laissa d'abord lui ouvrir le chemin, puis accéléra pour la rattraper. Ensemble, ils galopèrent dans la campagne à la douceur veloutée.

Le clair de lune argenté faisait scintiller la poussière sur les buissons et disparaître la prairie sous une fine couche de givre. Il baignait le flanc des collines, enveloppées d'une épaisse couverture de neige en dépit du climat tempéré.

Des rivières à l'éclat métallique et des lacs scintillants défilaient sur les côtés de la route. Des oiseaux s'envolaient devant le fracas des sabots. Des nuées de lucioles illuminaient le cœur des forêts. Tout était neuf, vibrant de vie et d'énergie.

Au-dessus de leurs têtes, les étoiles cristallines brillaient glorieusement dans le ciel nocturne et serein.

—Alors, vous voyez? lança la femelle. Vous voyez que tout est normal?

Pour répondre, Stryke était trop grisé par la pureté de l'air et par le bien-être inouï qu'il éprouvait.

—Venez, lui cria-t-elle en éperonnant son cheval.

L'étalon blanc fit un bond en avant. Stryke dut pousser sa propre monture pour ne pas se laisser distancer.

Vent de face, ils firent la course, enivrés par leur liberté et par leur joie. Il y avait longtemps que Stryke ne s'était pas senti aussi vivant.

—Votre royaume est merveilleux! s'exclama-t-il.

—Notre royaume, corrigea la femelle.

Il regarda devant lui.

Devant lui, rien ne bougeait sur la piste rocailleuse. Il faisait toujours aussi froid. Derrière les nuages, la lune et les étoiles étaient à peine visibles dans le ciel fuligineux. Stryke chevauchait en tête de la colonne.

La main glaciale de la peur lui effleura la nuque.

Au nom des dieux, que m'arrive-t-il? Suis-je en train de devenir fou?

Il tenta de se reprendre. Il était épuisé et sous pression. Comme tous les autres. Il s'était endormi en selle et la fatigue avait fait naître ces images dans son esprit. Des images vivaces et réalistes, mais de simples illusions, pareilles aux histoires que les conteurs égrènent l'hiver au coin du feu.

Y croire serait un tel réconfort…

Stryke saisit sa gourde et la porta à ses lèvres. Au moment où il la rebouchait, la brise apporta à ses narines une odeur familière de pellucide. Il secoua la tête, à demi convaincu d'être la proie d'une hallucination olfactive, d'une réminiscence de son rêve. Mais elle était si tenace qu'il finit par regarder autour de lui.

Coilla et Alfray chevauchaient derrière lui, les traits tirés et l'air abattu. Un peu plus bas dans la colonne, tassé sur lui-même, Jup somnolait à demi. Encore plus loin, à l'arrière-garde, Haskeer se tenait à l'écart des autres, la mine furtive.

Stryke fit faire demi-tour à son cheval.

—Vous prenez la tête! cria-t-il à Coilla et à Alfray.

Les deux caporaux sursautèrent. L'un d'eux dit quelque chose que Stryke n'entendit pas… et qu'il ignora, car toute son attention était rivée sur Haskeer.

Il le rejoignit au galop.

À cette distance, l'odeur du cristal qui se consumait était assez forte pour qu'aucun doute ne subsiste.

Le sergent avait refermé son poing comme pour dissimuler quelque chose.

—Ouvre la main, dit froidement Stryke.

Haskeer s'exécuta avec une insolence paresseuse, révélant une minuscule pipe de terre cuite. Stryke la lui arracha.

—Tu l'as pris sans permission ! cracha-t-il.

—Tu n'as pas dit que nous n'en avions pas le droit.

—Je n'ai pas dit non plus que vous l'aviez. C'est ton dernier avertissement, Haskeer. Et si tu veux matière à réflexion…

Vif comme l'éclair, Stryke propulsa son poing dans la figure du sergent, qui vida les étriers et alla s'écraser sur le sol.

La colonne s'immobilisa. Tout le monde les regardait.

Haskeer grogna et se releva avec peine. Un instant, il sembla sur le point de riposter, mais il se ravisa.

—Tu marcheras jusqu'à ce que tu aies appris un peu de discipline, dit Stryke en faisant signe à un soldat de prendre les rênes de sa monture.

—Je n'ai pas dormi, grogna Haskeer.

—Tu ne perds jamais une occasion de te plaindre, pas vrai ? Aucun de nous n'a dormi, et personne ne fermera l'œil avant que je lui en donne la permission. C'est compris ? (Stryke se tourna vers le reste de l'unité.) Quelqu'un d'autre se sent d'humeur à me défier ?

Les orcs laissèrent le silence répondre à leur place.

—Plus personne ne touchera à ces cristaux, continua Stryke d'une voix forte. Peu m'importe la quantité dont nous disposons. C'est peut-être la seule chose qui nous permettra de sauver nos têtes quand nous nous présenterons devant Jennesta. Surtout si nous ne récupérons pas ce maudit cylindre, ce qui semble assez probable. Pigé ?

Il y eut un autre silence éloquent, que Coilla finit par briser.

—On dirait que nous n'allons pas tarder à être renseignés au sujet du cylindre, dit-elle en désignant la vue qui s'offrait à eux.

Un énorme promontoire de granit se dressait sur le côté, trapu et torturé comme si une chaleur inconcevable l'avait fait fondre. Même ceux qui posaient les yeux dessus pour la première fois ne pouvaient manquer de l'identifier : que ce soit le fait du hasard ou un caprice des dieux, il était assez ressemblant pour avoir été sculpté par un artiste titanesque.

—La Griffe du Démon, annonça Stryke, bien qu'aucun des soldats n'eût besoin de cette précision. Nous serons à Roc-Noir dans moins d'une heure.

Chapitre 11

Pour que les Renards travaillent normalement, et qu'ils survivent à leur quête, Stryke devait reléguer à l'arrière-plan les rêves qui le perturbaient. Par bonheur, la perspective d'une intrusion en territoire ennemi suffit largement à lui occuper l'esprit.

Il ordonna à ses soldats de dresser un camp provisoire, le temps de préparer leur assaut sur Roc-Noir. Quelques orcs partirent à la rencontre des éclaireurs ; les autres profitèrent de ce répit pour vérifier leur équipement et affûter leurs armes.

Stryke leur ordonna de ne pas allumer de feu pour ne pas trahir leur présence. Mais Alfray lui demanda de reconsidérer sa position.

—Pourquoi ?

—Il y a un problème avec Darig. Il a récolté une blessure au mollet pendant que nous combattions les Unis. C'est plus grave que je ne le pensais. La gangrène s'est installée. Je vais avoir besoin d'un feu pour chauffer mes lames.

—Il faut l'amputer ?

—Il perd une jambe ou… la vie.

—Encore un blessé qui va nous ralentir ! Nous n'avions vraiment pas besoin de ça. (Stryke regarda Meklun.) Et lui, comment va-t-il ?

—Son état ne s'améliore pas. Il commence à avoir de la fièvre.

—À cette allure, nous n'aurons bientôt plus à nous soucier de Jennesta. D'accord, allumez un feu. Mais petit et couvert. As-tu parlé à Darig ?

—Je pense qu'il a deviné, même si je ne le lui ai pas dit franchement. C'est bien triste. L'un de nos plus jeunes soldats…

—Je sais. Tu as besoin de quelque chose ?

—J'ai des herbes qui devraient atténuer la douleur, et de l'alcool. Mais sans doute pas assez. Je peux prendre un peu de cristal ?

—Si tu veux… Bien que ce ne soit pas vraiment un anesthésiant.

—Ça lui permettra au moins de penser à autre chose. Je vais préparer une infusion.

Alfray retourna près de son patient.

Coilla s'approcha à son tour.

— Tu as une minute ? demanda-t-elle à Stryke.

Il hocha la tête.

— Tu vas bien ?

— Pourquoi me poses-tu cette question ?

— Parce que tu n'es plus toi-même depuis quelque temps. Je te trouve distant, expliqua Coilla. Et la façon dont tu as secoué Haskeer…

— Il l'avait cherché.

— Ce n'est pas moi qui prétendrai le contraire. Mais c'est pour toi que je m'inquiète.

— Connaissant la situation, tu ne peux pas t'attendre à ce que je chante à gorge déployée, non ?

— Je me disais juste que…

— Pourquoi cette sollicitude ?

— Tu es notre commandant. Il est dans mon intérêt que tu ailles bien. Dans notre intérêt à tous.

— Je ne vais pas craquer, si c'est ce que tu crains, assura Stryke. Fais-moi confiance : on s'en sortira.

Coilla ne répondit pas.

Il tenta une approche différente.

— Tu es au courant, pour Darig ?

— Oui. C'est moche. On va faire quoi, pour les kobolds ?

Stryke lui fut reconnaissant d'orienter la conversation sur la stratégie, un sujet qui le mettait moins mal à l'aise.

— On les frappera au moment et à l'endroit où ils s'y attendront le moins. Peut-être d'ici la fin de la nuit, ou au lever du jour.

— Dans ce cas, je ferais mieux de rejoindre les éclaireurs pour jeter un coup d'œil à la disposition du terrain.

— Si tu veux, on peut y aller ensemble.

— Roc-Noir est grand. Suppose que les kobolds que nous cherchons soient en plein milieu du territoire ?

— D'après ce que j'ai entendu dire, les pillards dressent leurs camps à la frontière. Au centre, il n'y a que leurs femelles et leurs jeunes. Ainsi, ils peuvent les protéger *et* aller et venir plus facilement.

— C'est dangereux pour nous. Si nous nous heurtons à une sorte d'anneau défensif…

— Il faudra nous montrer prudents, c'est tout.

Coilla dévisagea Stryke d'un air troublé.

— Tu sais que c'est de la folie, n'est-ce pas ?

— Tu vois un autre moyen ?

Un instant, il espéra qu'elle dirait oui.

Une heure passa pendant que les Renards effectuaient les mille et une tâches nécessaires à la préparation d'une unité à une bataille imminente.

Lorsqu'il fut certain que tout se déroulait sans anicroche, Stryke gagna la tente qui leur servait d'infirmerie de campagne.

Il trouva Alfray au chevet de Meklun, toujours inconscient. Le médecin était en train de lui poser un chiffon humide sur le front. Quant à Darig, il était allongé lui aussi, mais beaucoup plus agité que son camarade. Un voile devant les yeux, il affichait une grimace hébétée et marmonnait des paroles incohérentes.

Stryke vit que sa couverture était trempée de sueur.

—Tu arrives au bon moment, le salua Alfray. J'ai besoin d'aide.

—Il est prêt?

Alfray regarda Darig, qui gloussait tout seul.

—Je lui ai donné assez de cristal pour abattre un régiment. S'il n'est pas prêt maintenant, il ne le sera jamais.

—Des coudes en acajou et des hirondelles ficelées comme des rôtis, annonça le blessé.

Stryke haussa les sourcils.

—Je vois ce que tu veux dire, Alfray. Que puis-je faire pour toi?

—Appelle quelqu'un d'autre. Il faudra deux personnes pour le tenir.

—Avec une jolie ficelle, précisa Darig.

Alfray s'accroupit près de lui.

—Du calme, dit-il sur un ton apaisant.

Stryke souleva le rabat de la tente. Avisant Jup non loin de là, il lui fit signe d'approcher. Le nain le rejoignit sous la tente.

—C'est ton jour de chance, dit Stryke. Tu vas tenir le bout qu'Alfray coupera.

Dans la petite tente, ils avaient à peine la place de remuer. Jup se faufila prudemment au pied de la couche improvisée de Darig.

—Il vaudrait mieux ne pas lui marcher dessus, dit-il.

—Je ne pense pas qu'il s'en apercevrait, répliqua Alfray.

—Il y a une belette dans la rivière, marmonna Darig sur le ton de la confidence.

—On lui a donné un peu de cristal pour l'anesthésier, expliqua Stryke.

Jup écarquilla les yeux.

—Un peu? Pour reprendre une vieille expression naine, je dirais qu'il s'est arraché à sa croûte!

—Ça ne durera pas, leur rappela Alfray, légèrement irrité. Si vous voulez bien que nous nous mettions au travail…

—La rivière, la rivière, chantonna Darig.

—Jup, tu lui tiens les chevilles, ordonna Alfray. Stryke, les bras. Je ne veux pas qu'il remue quand je commencerai.

Ils s'exécutèrent. Le médecin ôta la couverture, révélant la jambe infectée. Du pus dégoulinait de la plaie.

—Dieux, marmonna Jup.

—Pas très beau à voir, hein ? lança Alfray en tamponnant doucement la blessure.

Stryke plissa le nez.

—Et pas très agréable à renifler, non plus. Où comptes-tu couper ?

—À hauteur de la cuisse, un peu au-dessus du genou. Le truc, c'est de faire le plus vite possible. (Alfray finit de nettoyer la plaie et essora son chiffon au-dessus d'un récipient de bois.) Restez là, je vais chercher mes instruments.

Il sortit de la tente.

Quelques pas plus loin, un petit feu brûlait dans une fosse. Alfray interpella un bleu qui passait.

—Toi ! Viens ici, et quand je te le dirai, passe-moi ce que je te demanderai.

Le soldat obéit.

Alfray déchira le chiffon et lui en donna une moitié. Il enroula l'autre autour du manche d'un long couteau qu'il avait plongé dans les flammes, et dont la lame rougeoyait. Mais il ne toucha pas à la hachette et à la pelle qu'il avait également placées dans le feu.

De retour sous la tente, il s'agenouilla près de la civière et sortit de sa poche un petit morceau de corde aussi épaisse que la main.

Darig lui adressa un sourire béat.

—Le cochon est monté sur le cheval ! Le cochon est monté sur le chev… Humf !

—Mords, lui ordonna Alfray en lui fourrant le bout de corde dans la bouche.

—Maintenant ? demanda Stryke.

—Maintenant. Tenez-le bien.

Alfray joua du couteau. Les yeux de Darig s'écarquillèrent et il se débattit comme un beau diable, Stryke et Jup s'efforçant de l'immobiliser.

Avec des gestes rapides et précis, Alfray découpa la plaie. Il écarta des pans de peau et creusa la chair, au-dessous.

Luttant contre l'étreinte de Stryke et de Jup, Darig cracha le morceau de corde. Son hurlement fit sursauter Meklun, mais il ne dura guère car Alfray le bâillonna de nouveau.

Une main posée sur la bouche de Darig, le médecin continua à trancher la chair jusqu'à ce qu'il ait exposé l'os.

Darig grogna et s'évanouit.

Alfray posa son couteau et cria :

—Hachette !

Le soldat posté auprès du feu la fit passer par-dessus la tête de Stryke, le manche enveloppé d'un chiffon pour se protéger de la chaleur de la lame portée à blanc.

Alfray saisit la hachette à deux mains. Il visa, prit une inspiration et l'abattit de toutes ses forces. La lame heurta sa cible avec un bruit mat. Stryke et Jup sentirent le corps du jeune orc frémir sous l'impact. Mais l'os n'était qu'à moitié entamé.

Darig reprit brutalement conscience, les yeux ronds comme des soucoupes, et se débattit de toutes ses forces. De nouveau, il cracha le bout de corde et hurla.

Plus personne n'avait de main libre pour le bâillonner…

—Dépêche-toi! supplia Stryke.

—Tenez-le bien! recommanda Alfray.

Il dégagea la hachette et la leva au-dessus de sa tête.

Son second coup, plus puissant que le premier, arriva au même endroit et finit presque le travail. La jambe de Darig n'était plus rattachée à son corps que par quelques tendons et des lambeaux de chair. Un troisième coup en vint à bout, traversant la couverture de selle sur laquelle gisait le blessé et s'enfonçant dans la terre durcie.

Darig hurlait toujours. Stryke mit un terme momentané à ses souffrances en l'assommant d'un coup de poing à la tempe.

—Il faut cautériser la plaie, dit Alfray en poussant du pied le membre amputé. Sinon, il se videra de son sang. Passez-moi la pelle.

Le plat de l'outil avait pris une couleur écarlate. Alfray souffla dessus, un petit bout de métal virant brièvement au blanc jaunâtre.

—Ça devrait être assez chaud, dit le médecin. Continuez à le tenir. Il va encore avoir un réveil douloureux.

Il appliqua le plat de la pelle contre le moignon de Darig. L'odeur caractéristique de la chair brûlée emplit la tente. Darig reprit connaissance et brailla en signe de protestation, mais le choc l'avait tellement affaibli que son cri parut ridicule comparé à ceux qu'il avait poussés une minute plus tôt.

Jup et Stryke maintinrent le blessé plus ou moins immobile pendant qu'Alfray versait de l'alcool sur la plaie, puis l'enveloppait de bandages imbibés d'onguents apaisants.

Darig recommença à marmonner tout bas; son souffle se fit un peu plus régulier, quoique toujours laborieux.

—Il respire bien, annonça Alfray. C'est déjà ça.

—Il s'en tirera? demanda Jup.

—Je dirais… cinquante-cinquante. Maintenant, il a besoin de repos et d'une nourriture riche pour l'aider à reprendre des forces.

Alfray enroula la jambe amputée dans une couverture et la fourra sous son bras.

—Ça ne va pas être évident, soupira Stryke, l'air sombre. Souviens-toi que nous n'avons emporté que des rations de fer, et que nous ne pouvons pas chasser dans le coin.

—Ne t'inquiète pas : je m'en occupe, promit Alfray. Maintenant, sortez d'ici, tous les deux. Vous dérangez mes patients.

Il les poussa hors de la tente.

Une fois à l'extérieur, Stryke et Jup jetèrent un coup d'œil inquiet au rabat de toile.

L'aube ne tarderait pas à se lever.

Stryke avait formé un groupe de vingt soldats pour l'expédition, incluant les éclaireurs déjà en place aux abords de Roc-Noir. Une poignée d'orcs resteraient au camp pour veiller sur les blessés.

Comme il avait besoin de parler à Alfray à ce sujet, Stryke retourna à l'infirmerie.

L'état de Meklun ne s'était pas amélioré. Darig avait les yeux rouges et le teint très pâle. Cela mis à part, il semblait plutôt bien remis. Les effets du pellucide s'étaient dissipés.

Alfray était en train de lui servir une assiette de ragoût préparé dans un chaudron de fer noir.

—Il faut reprendre des forces, ordonna-t-il en lui tendant l'écuelle fumante.

Darig goûta prudemment. Son hésitation disparut dès qu'il commença à mâcher.

—De la viande, se réjouit-il. C'est sacrément bon. Qu'est-ce que c'est ?

—Euh… Ne t'occupe pas de ça, dit Alfray. Contente-toi de te remplir l'estomac.

Stryke chercha le regard du médecin.

—Nécessité fait loi, lâcha Alfray avant de détourner la tête.

Ils gardèrent un silence gêné pendant que Darig finissait son assiette.

Puis Haskeer passa la tête par l'ouverture de la tente.

—Ça sent bon, dit-il, posant un regard plein d'espoir sur le chaudron.

—C'est pour Darig, déclara très vite Alfray. C'est un… un plat spécial.

Haskeer eut l'air déçu.

—Dommage.

—Que veux-tu ? demanda Stryke.

—Nous attendons votre ordre de marche, chef.

—Dans ce cas, attendez encore un peu. J'arrive.

Le sergent haussa les épaules, loucha une dernière fois sur le chaudron et s'en fut.

—Si c'est bien ce que je pense, ricana Stryke, tu aurais dû lui en donner.

Alfray sourit.

Le regard étonné de Darig passa de l'un à l'autre des officiers.

— Repose-toi à présent, lui ordonna Alfray en le forçant à se rallonger.

— Il vaudrait peut-être mieux que tu restes ici pour veiller sur lui et sur Meklun, proposa Stryke.

— N'importe quel bleu peut le faire. Vobe ou Jad, par exemple. Ou Hystykk. Ils en sont parfaitement capables.

— Je pensais que tu préférerais être avec tes blessés.

— J'aime mieux participer à l'action, grogna Alfray, les dents serrées. À moins que tu ne me juges trop vieux pour...

— Du calme! Ça n'a aucun rapport. Je voulais simplement te laisser le choix. Tu peux venir, si ça te chante. J'en serai ravi.

— D'accord.

Stryke prit mentalement note de ne pas braquer Alfray sur la question de l'âge. Le caporal devenait vraiment susceptible.

— Je finis ici et j'arrive, promit-il.

Alors que Stryke sortait, il entendit Darig demander derrière lui :

— Il reste encore un peu de ce ragoût?

L'unité s'était rassemblée cinquante pas plus loin. Le temps que Stryke la rejoigne, Alfray l'eut rattrapé.

— Au rapport, Coilla.

— Selon nos éclaireurs, les pillards que nous recherchons semblent être à la frontière ouest de Roc-Noir. Droit devant, en d'autres termes.

— Comment savent-ils que ce sont les bons?

— Ils n'en sont pas certains, mais on dirait bien... J'y suis allée, et j'ai vu des kobolds montés sur des lézards de guerre. Visiblement, ils venaient de faire un voyage épuisant.

Stryke fronça les sourcils.

— Ça ne signifie pas que ce soient nos proies.

— C'est vrai, dit Coilla. Mais à moins que tu ne voies une autre façon de le déterminer, nous devrons nous contenter de ça.

— Même si ce ne sont pas les bons, intervint Haskeer, ça nous fera du bien de botter quelques arrière-trains de kobolds.

Une partie des soldats grommelèrent leur approbation.

— Si ce sont les nôtres, nous avons une sacrée chance de leur mettre la main dessus avant qu'ils n'entrent dans Roc-Noir proprement dit, commenta Jup.

— Mais nous aurons quand même toute la population sur le dos si nous faisons un pas de travers, rappela Alfray. (Il se tourna vers leur chef.) Alors, qu'est-ce qu'on fait? On y va?

— On y va, décida Stryke.

Chapitre 12

Ils laissèrent les chevaux au campement et se dirigèrent à pied vers le point de rendez-vous.

Les soldats avaient noirci la lame de leurs armes avec du charbon mouillé pour que le clair de lune ne se reflète pas dessus. Tous les sens en alerte, ils avançaient sur la pointe des pieds, guettant un indice de présence ennemie.

Peu à peu, le paysage changea autour d'eux. Le sol devint spongieux sous leurs pieds, les plaines cédant la place à un terrain marécageux.

L'aube se levait quand ils arrivèrent. Tel un héraut sanglant, le soleil annonçait une autre journée chargée et pluvieuse.

Ils retrouvèrent leurs éclaireurs au sommet d'une petite colline couronnée par un modeste bosquet, d'où ils pouvaient observer sans être vus. Alors que le soleil commençait son ascension dans le ciel, ils virent Roc-Noir émerger de la brume.

Un amas de bâtiments sans étage, grossières huttes de bois de formes et de tailles variées, s'étendait aussi loin que portât leur vision dans l'air corrompu. Les éclaireurs indiquèrent deux masures qui se dressaient un peu à l'écart de la communauté, à l'aplomb de leur poste d'observation. La première était minuscule. L'autre avait les dimensions d'un pavillon orc, à défaut de ses ornements.

Derrière, une horde de kirgizils indolents étaient parqués dans un enclos. Ils semblaient amorphes, souffrant sans doute de la baisse de température générale sur Maras-Dantia. Stryke se demanda pendant combien de temps encore les kobolds pourraient les utiliser comme montures.

Il se pencha vers un des éclaireurs et lui chuchota :

— Que se passe-t-il ici, Orbon ?

— Nous avons repéré des pillards il y a une heure. La plupart sont entrés dans la grande hutte, un seul dans la plus petite. Il n'y a pas eu de mouvement depuis.

Stryke fit signe à Coilla et à Haskeer d'approcher.

— Prenez quatre soldats, dont Orbon, et descendez. Je veux connaître la configuration des lieux et la position des kobolds. S'il y a des gardes, débarrassez-vous-en.

— Et si on se fait repérer ? demanda Coilla.

— Évitez. Sinon, ce sera chacun pour soi.

Elle hocha la tête et choisit une paire de couteaux dans le fourreau qu'elle portait au bras.

— Et toi, tiens-toi à carreau, ordonna Stryke à Haskeer.

Son sergent imita à merveille l'innocence offensée.

Coilla choisit les soldats qui les accompagneraient, puis ils s'attaquèrent à la pente.

Ils progressaient d'un arbre à l'autre. Lorsqu'il n'y en eut plus, ils foncèrent vers une rangée de buissons : la dernière couverture possible avant d'atteindre le fond de la cuvette.

Alors ils s'accroupirent pour observer ce qui les attendait.

De leur cachette, ils distinguaient quatre gardes kobolds enveloppés de fourrures pour se protéger des rigueurs de la nuit. Deux créatures malingres se tenaient sur le côté de la grande hutte, les deux autres à l'entrée de la petite. Aucune ne bougeait.

Coilla mit rapidement une stratégie au point et la communiqua aux autres dans le langage par signes des guerriers. Son plan consistait à se diriger vers la petite hutte avec deux soldats, tandis qu'Haskeer et les autres approcheraient de la plus grande.

Son dernier geste fut de passer un doigt en travers de sa gorge !

Ils attendirent une ouverture dans un silence tendu. Étant donné la distance qu'il faudrait parcourir à découvert, quand une occasion se présenterait, ils devraient agir très vite.

Quelques minutes passèrent. Puis les deux paires de gardes se rendirent vulnérables au même moment : la première en engageant une conversation, la seconde en commençant une patrouille.

Haskeer et Coilla bondirent hors de leur cachette, les soldats se déployant derrière eux.

Un couteau entre les dents, l'autre à la main, Coilla courait avec toute la discrétion et la légèreté dont elle était capable. Elle avait parcouru la moitié du chemin quand « ses » gardes finirent de parler et se séparèrent.

Coilla s'immobilisa, faisant signe aux autres de l'imiter.

Sans regarder dans leur direction, un des gardes marcha jusqu'à l'angle de la hutte et le franchit. Le second tournait toujours le dos aux collines, mais il pivotait lentement sur lui-même en scrutant les alentours.

Coilla regarda la grande hutte, dont les sentinelles n'avaient pas reparu. Le groupe d'Haskeer avait dû rester un peu en arrière, car elle ne le voyait pas.

Une demi-seconde était passée. Une trentaine de pas séparait la femelle orc du garde kobold. C'était maintenant ou jamais. Ramenant son bras en arrière, elle lança son couteau de toutes ses forces. Emportée par son élan, elle se plia en deux et vida tout l'air de ses poumons.

La lame se planta entre les omoplates de sa cible avec un bruit étouffé. Le kobold s'effondra sans gémir.

Coilla bondit, ses soldats sur les talons. Ils atteignirent la hutte au moment où le second garde finissait d'en faire le tour. Ils se jetèrent sur lui sans lui laisser le temps de dégainer, et l'éliminèrent avec une discrétion au moins égale à leur brutalité.

Ils traînèrent les cadavres à l'écart et se dissimulèrent de leur mieux pour observer la plus grande hutte, dont le groupe d'Haskeer se rapprochait sur la pointe des pieds.

Autour du bâtiment, la terre piétinée par les kirgizils s'était transformée en boue. Haskeer, qui péchait par excès d'assurance plutôt que de grâce, réussit à y planter une botte. Alors qu'il tirait dessus pour se dégager, la boue céda avec un bruit de succion. Il perdit l'équilibre et tomba tête la première. Son épée lui échappa.

Le kobold qu'il essayait de prendre par surprise fit volte-face et écarquilla les yeux. Haskeer tâtonna à la recherche de son arme. Comme elle était hors de sa portée, il saisit une pierre et la lança. Le projectile atteignit le kobold au museau, lui fendant la lèvre et lui cassant quelques dents.

Les soldats vinrent l'achever à coups de dague.

Haskeer récupéra son épée et s'avança vers la dernière sentinelle. Le kobold avait dégainé son arme, et il para la première attaque de l'orc. Mais Haskeer dévia la lame de son cimeterre et lui plongea son épée dans la poitrine.

Les nouveaux cadavres furent traînés à l'écart et dissimulés.

Haletant, Haskeer regarda Coilla et leva triomphalement le pouce. Ils échangèrent quelques signes pour indiquer que la prochaine étape serait de fouiller les huttes.

La plus grande n'avait pas de fenêtres, sa porte n'étant qu'une ouverture masquée par une natte de jonc. Haskeer s'en approcha. Les soldats se placèrent de chaque côté, prêts à bondir au premier problème. L'oreille aux aguets, Haskeer écarta prudemment le rideau.

À la pâle lueur de l'aube qu'il laissa ainsi filtrer à l'intérieur, il découvrit une armée de kobolds. Leurs silhouettes endormies jonchaient le sol, se pressant sur les paillasses alignées contre le mur du fond. Des armes étaient éparpillées entre eux.

Retenant son souffle pour ne pas les réveiller, Haskeer battit lentement en retraite. Un des kobolds allongés près de la porte s'agita dans son sommeil. Le sergent s'immobilisa jusqu'à ce qu'il soit certain de pouvoir bouger sans danger. Puis il lâcha le rideau et soupira de soulagement.

Il recula de trois pas. La natte de jonc se souleva. Ses soldats et lui s'aplatirent contre le mur de la hutte.

Un kobold échevelé sortit, trop mal réveillé pour prêter beaucoup d'attention à ce qui l'entourait. Il fit quelques pas titubants et porta une main à son entrejambe. Avec une expression de sérénité hagarde, il projeta un jet d'urine fumante contre le mur tout en se balançant sur ses talons.

Haskeer se jeta sur lui et lui passa un bras autour du cou. Il y eut une brève lutte pendant laquelle le kobold éclaboussa les bottes de son agresseur. D'une contraction de l'avant-bras, Haskeer lui brisa la nuque.

Il resta immobile, le cadavre du garde dans les bras, tendant l'oreille et plissant les yeux. Satisfait, il traîna le mort vers l'endroit où gisaient leurs autres victimes, maudissant silencieusement l'urine qui détrempait ses bottes. Dès qu'il se fut débarrassé de son fardeau, il tenta de les essuyer contre l'arrière de son pantalon.

Sa taille mise à part, la hutte que le groupe de Coilla devait inspecter se distinguait de l'autre par deux caractéristiques : elle avait une porte et une fenêtre. Coilla ordonna aux soldats de monter la garde pendant qu'elle se glissait jusqu'à la fenêtre. Accroupie sous l'ouverture dépourvue de volets, elle entendit un son régulier et sifflant qu'elle mit quelques instants à identifier comme un ronflement.

Coilla se redressa lentement pour regarder à l'intérieur.

Il y avait trois occupants dans la grande pièce. Deux d'entre eux étaient des kobolds. Assis par terre, dos au mur et jambes tendues, ils semblaient endormis.

Mais ce fut le troisième larron qui retint l'attention de Coilla.

Une créature aussi petite que les kobolds, bien que beaucoup plus charnue, et verdâtre de peau, était ligotée sur l'unique chaise de la hutte. Sa grosse tête en forme de citrouille semblait disproportionnée par rapport à son corps et ses oreilles formaient un angle étrange avec son crâne. Son cou, lui, évoquait celui d'un vautour.

Sous ses paupières lourdes, deux orbes noirs elliptiques se détachaient sur un fond blanc strié de veines jaunes. Elle n'avait pas de cheveux, mais des favoris d'un brun roux qui faisaient penser à des moustaches lui mangeaient les joues.

La créature portait une simple robe grise qui n'avait pas dû être lavée depuis longtemps et des bottines qui avaient également connu de meilleurs jours. La peau de son visage et de ses mains était plissée comme celle d'un serpent. Coilla songea qu'elle devait être très vieille.

Le gremlin tourna la tête vers la fenêtre et l'aperçut.

Il écarquilla les yeux mais, contrairement à ce qu'elle craignait, ne cria pas. Ils se regardèrent quelques secondes, puis Coilla s'accroupit de nouveau.

Mêlant des signes et des chuchotements, elle raconta sa découverte aux soldats et leur ordonna de ne pas bouger pendant qu'elle allait faire son rapport.

Haskeer abandonna les orcs qui l'accompagnaient pour rejoindre Coilla au pied de la pente.

Stryke commençait à s'inquiéter.

— Nous nous sommes débarrassés de tous les gardes que nous avons croisés, annonça Haskeer. Et on dirait que la grande hutte abrite une horde de pillards. Les misérables fripouilles !

— Vous avez vu le cylindre ? demanda Stryke.

Haskeer secoua la tête.

— Non, répondit Coilla. Mais la petite hutte cache quelque chose de très intéressant : un prisonnier. Un gremlin qui devait déjà être vieux du temps de mon grand-père.

— Un gremlin ? Qu'est-ce qu'il fiche là ? s'étonna Stryke.

Coilla haussa les épaules.

Fidèle à sa nature, Haskeer s'impatientait.

— Qu'est-ce qu'on attend ? Il faut leur tomber dessus pendant qu'ils dorment !

— C'est ce que nous allons faire, le rassura Stryke. Mais pas n'importe comment. Souviens-toi que nous sommes venus récupérer le cylindre. C'est notre seule chance de remettre la main dessus. Et je ne veux pas qu'il arrive malheur à ce prisonnier.

— Pourquoi ?

— Parce que l'ennemi de notre ennemi est notre ami.

Ce concept parut totalement étranger à Haskeer.

— Nous n'avons pas d'amis.

— Notre allié, alors. Je le veux vivant, autant que possible. Si le cylindre n'est pas là, il pourra peut-être nous dire où le chercher. À moins que l'un de vous n'ait trouvé un moyen de déchiffrer le langage des kobolds.

— Mieux vaut nous dépêcher avant qu'ils ne découvrent les cadavres, dit Jup.

— C'est vrai. Voici ce que nous allons faire. Il faut nous séparer en deux groupes. Coilla, Alfray et moi rejoindrons les soldats qui montent la garde près de la petite hutte. Je veux m'occuper du prisonnier. Haskeer et Jup, vous conduirez les autres jusqu'à la grande hutte et vous l'encerclerez. Mais ne passez pas à l'action avant que je ne vous en donne le signal, c'est compris ?

Les deux sergents firent oui de la tête en évitant de se regarder.

— Parfait. Allons-y.

Les Renards dévalèrent la pente, fondant sur le campement des pillards. Ils ne rencontrèrent aucune résistance et ne surprirent pas de mouvement.

Quand Stryke et ses officiers eurent rejoint les deux soldats près de la petite hutte, ils se mirent en position et vérifièrent que leurs camarades avaient fait de même.

—À mon commandement, chuchota Stryke. Coilla, montre-moi cette fenêtre.

Pliée en deux, la femelle orc ouvrit le chemin. Après avoir jeté un coup d'œil par l'ouverture, elle lui fit signe de l'imiter.

La scène n'avait pas changé. Les kobolds ronflaient toujours. Cette fois, le prisonnier ne s'aperçut pas de la présence des orcs, car il avait la tête baissée. Coilla et Stryke rejoignirent les autres.

—Il est temps de prendre des risques, dit le capitaine à voix basse. Procédons en vitesse et en silence.

Il frappa à la porte et se plaqua contre le mur.

Trente secondes passèrent pendant qu'ils attendaient, les nerfs tendus à craquer. Stryke n'aurait pas été surpris que toute la nation kobold apparaisse pour leur tomber sur le dos. Il balaya les environs du regard, ne vit rien et frappa de nouveau, un peu plus fort cette fois.

Puis il entendit qu'on tirait un verrou de l'autre côté du battant.

La porte s'ouvrit. Un des gardes passa la tête dehors, l'air désinvolte, indiquant qu'il ne s'attendait pas à des problèmes. Stryke l'empoigna par le col et l'attira brutalement à lui pendant que ses compagnons se glissaient dans la hutte.

Lorsqu'il eut plongé une dague dans le cœur du kobold, Stryke entra à son tour en traînant le cadavre derrière lui. La seconde sentinelle était déjà morte. Elle n'avait même pas eu le temps de se lever, et un mélange de surprise et d'horreur se lisait sur son visage. Stryke lâcha son fardeau à côté du premier cadavre.

Coilla avait posé une main sur la bouche du prisonnier, qui tremblait de tous ses membres. De l'autre, elle plaquait la lame d'un couteau contre sa gorge.

—Un mot, et tu subiras le même sort, promit-elle. Si j'enlève ma main, te tairas-tu ?

Les yeux écarquillés de terreur, le gremlin fit oui de la tête. Coilla ôta sa main, mais n'éloigna pas son couteau, pour donner plus de poids à sa menace.

—Nous n'avons pas le temps de bavarder poliment ! lança Stryke. Sais-tu quelque chose au sujet de l'artefact ?

Son interlocuteur n'eut pas l'air de comprendre.

—Le cylindre, précisa Stryke.

Le gremlin baissa les yeux vers les cadavres des gardes, puis les releva et hocha la tête.

—Où est-il ?

Le gremlin déglutit. Quand il prit la parole, sa voix grave était altérée par les aigus de l'âge et de la frayeur.

—Dans le pavillon, avec ceux qui dorment.

Coilla le dévisagea durement.

—Il vaudrait mieux pour toi que tu ne nous aies pas menti, l'ancien.

Stryke désigna un soldat.

—Reste avec lui. Les autres, vous m'accompagnez.

Il les précéda jusqu'à la grande hutte.

Chaque orc choisit son arme préférée pour le combat en vase clos. La plupart optèrent pour des couteaux. Stryke préféra une épée et une dague, Haskeer une hachette.

Comme il n'y avait qu'une porte, ils se massèrent autour, les officiers devant.

Bien qu'ils fussent à la lisière d'un territoire qui abritait des créatures hostiles en nombre inconnu, Stryke éprouvait un calme étrange proche de la sérénité. Il l'attribua à sa concentration et au sentiment unique de plénitude qu'engendrait la proximité de la mort. En dépit de toutes ses impuretés, l'air ne lui avait jamais paru aussi doux.

—On y va, grogna-t-il.

Haskeer arracha la natte de jonc.

Les Renards investirent la hutte et massacrèrent ses occupants avec une inexorable férocité, tranchant, découpant ou poignardant tout ce qui se dressait sur leur chemin. Ils piétinèrent les kobolds, leur donnèrent des coups de pied, les embrochèrent, leur tranchèrent la gorge, les tailladèrent avec leurs haches. Une cacophonie de hurlements et de jurons vint s'ajouter au chaos ambiant.

La plupart des créatures moururent sans avoir pu se relever. D'autres bondirent sur leurs pieds pour s'effondrer aussitôt.

Dans le fond de la pièce, certains parvinrent à organiser une défense. Le massacre se transforma en combat au corps à corps.

Menacé par un cimeterre que son porteur agitait en tous sens, Stryke lui plongea son épée dans l'estomac avec une telle force que la pointe ressortit dans le dos du kobold et alla se planter dans le mur. Pour libérer son arme, l'orc dut prendre appui de sa botte sur la poitrine du cadavre. Puis, sans s'accorder le temps de respirer, il chercha un nouvel adversaire.

Avec une adresse étonnante pour son âge, Alfray élimina un pillard sur sa droite, pivota et en éventra un autre sur sa gauche dans le même mouvement.

Coilla esquiva le coup de lance d'un kobold, lui trancha les doigts sur le manche de son arme et lui planta ses deux couteaux dans la poitrine.

Haskeer abattit son énorme poing sur la tête d'une créature, lui brisant le crâne, puis fit volte-face et coupa un autre adversaire en deux avec sa hachette.

Faisant face à un pillard armé d'une rapière qui sautillait en tous sens, Jup lui enfonça sa lame dans l'œil.

Le carnage continua. Puis il cessa aussi brusquement qu'il avait commencé.

Il ne restait plus aucun kobold debout.

Stryke essuya d'un revers de manche le sang et la sueur qui dégoulinaient sur son visage.

— Dépêchez-vous ! cria-t-il. Si ça n'en attire pas d'autres, rien ne le fera jamais ! Trouvez le cylindre !

L'unité fit des recherches frénétiques dans le charnier. Les soldats palpèrent les cadavres, fouillèrent leurs vêtements, sondèrent la paille répandue sur le sol.

Stryke s'approcha d'un kobold qui se révéla être moins mort que prévu et tenta de lui abattre une hache sur le pied. L'orc bondit en arrière avant de lui planter son épée dans la poitrine et de s'appuyer dessus de tout son poids.

La créature trépassa en émettant d'horribles gargouillis.

Stryke reprit ses recherches.

Il commençait à croire que les Renards avaient fait tout ça pour rien quand Alfray lâcha une exclamation.

Les orcs s'immobilisèrent et tournèrent vers lui un regard plein d'espoir. Stryke se fraya un chemin parmi eux pour rejoindre le vétéran, qui désignait un cadavre mutilé.

Le cylindre était glissé dans sa ceinture.

Stryke s'agenouilla pour le récupérer. Puis il le leva devant ses yeux. L'artefact semblait intact. Les kobolds ne l'avaient pas ouvert.

— Personne ne vole les orcs ! triompha Haskeer.

— Venez ! ordonna Stryke.

Ils sortirent du pavillon et coururent vers la petite hutte.

Le gremlin sembla plus terrifié que jamais en les voyant revenir, mais il ne pouvait détacher son regard du cylindre.

— Il faut filer d'ici ! dit Jup.

— Que faisons-nous de lui ? demanda Haskeer en désignant le prisonnier.

— Oui, que faisons-nous de lui ? renchérit Coilla.

— Je propose que nous le tuions, déclara Haskeer, toujours partisan de la solution la plus radicale.

Le gremlin gémit.

Mais Stryke n'arrivait pas à se décider.

— Ce cylindre est très important pour les orcs, dit très vite le prisonnier. Je peux tout vous expliquer.

— Il bluffe, grogna Haskeer, brandissant sa hachette d'un air menaçant. Finissons-le !

—Après tout, ajouta le gremlin, c'est pour ça que les kobolds m'ont capturé.

—Comment ça? s'étonna Stryke.

—Pour que je leur explique, répéta le prisonnier. C'est pour ça qu'ils m'ont amené ici.

Stryke le dévisagea, s'efforçant de deviner s'il disait la vérité… Et si ça faisait la moindre différence pour eux.

—Alors, qu'est-ce qu'on décide? s'impatienta Coilla.

—On l'emmène, dit enfin Stryke. Et maintenant, fichons le camp au plus vite.

Chapitre 13

Les Renards s'éloignèrent de la communauté de Roc-Noir en traînant derrière eux le gremlin attaché au bout d'une corde. Lorsqu'ils atteignirent leur campement, la malheureuse créature haletait d'épuisement.

Stryke ordonna aux soldats de lever le camp et de se préparer à une retraite rapide.

Haskeer jubilait.

— On va enfin rentrer à Tumulus ! Franchement, Stryke, je ne pensais pas que nous réussirions.

— Merci pour ta confiance, dit froidement son chef.

Son ironie passa au-dessus de la tête du sergent.

— On nous accueillera en héros quand nous ramènerons ce truc, dit-il en désignant le cylindre passé à la ceinture de Stryke.

— Nous ne sommes pas encore au bout de nos peines, rappela Alfray. Il faut d'abord traverser un territoire hostile.

— Et nous ne pouvons pas prévoir comment Jennesta réagira à notre retard, ajouta Jup. Le cylindre et le pellucide ne garantissent pas que nous parviendrons à conserver nos têtes.

— Toujours aussi optimiste, ricana Haskeer.

Stryke trouva ça un peu fort venant de lui, mais il préféra ne rien dire. Après tout, ils avaient rempli leur mission. Ils étaient censés se réjouir. Alors pourquoi ne se sentait-il pas d'humeur à ça ?

— On devrait peut-être écouter ce qu'il a à nous dire, fit Coilla en désignant le gremlin qui s'était laissé tomber sur une souche, terrorisé et à bout de forces.

— C'est vrai, dit Haskeer. Sinon, ça nous fera un boulet supplémentaire à traîner tout le long du chemin.

— Un boulet ? s'indigna Alfray. C'est comme ça que tu considères nos camarades blessés ?

Stryke leva les mains pour les faire taire.

—Ça suffit. Pas question que nous soyons en train de nous disputer quand deux cents kobolds nous tomberont dessus pour venger leurs morts. (Il se tourna vers leur « invité ».) Comment t'appelles-tu ?

—Mo-o… (Le vieux gremlin se racla la gorge et lâcha enfin :) Mobbs.

—Très bien, Mobbs. Pourquoi les kobolds t'ont-ils enlevé, et que sais-tu sur cet objet ? demanda Stryke en tapotant le cylindre.

—Tu tiens ta vie entre tes mains, avertit Alfray. Choisis tes mots avec soin.

—Je ne suis qu'un humble érudit, gémit Mobbs, suppliant. Je m'occupais de mes affaires au nord d'ici, à Hecklowe, quand ces misérables fripouilles se sont emparées de moi.

Une note d'indignation s'entendit dans sa voix.

—Pourquoi ? demanda Coilla. Que te voulaient-ils ?

—Depuis toujours, j'étudie les langues, et en particulier les langues mortes. Ils avaient besoin de moi pour déchiffrer le contenu de l'artefact. Je pense qu'il s'agit d'un étui à message, et…

—Nous le savons déjà, coupa Stryke.

—Donc, ce n'est pas le cylindre qui est important, mais le savoir qu'il contient.

—Les kobolds sont stupides, déclara Alfray. Que leur importe ce savoir ?

—Peut-être agissaient-ils pour le compte de quelqu'un d'autre. Je l'ignore…

Haskeer s'esclaffa.

Mais Stryke était assez intrigué pour vouloir en entendre davantage.

—J'ai l'impression que ton histoire n'est pas de celles qu'on raconte à la hâte. Allons nous cacher dans la forêt, et nous écouterons la suite. Mieux vaudrait pour toi qu'elle soit intéressante.

—Allons, Stryke ! cria Haskeer. Pourquoi perdre du temps quand nous pourrions rentrer au plus vite chez nous ?

—Nous protéger contre une autre attaque des kobolds n'est pas une perte de temps. Fais ce qu'on te dit.

Le sergent s'éloigna en ronchonnant.

Ils démontèrent le campement, préparèrent les blessés et installèrent Mobbs sur le cheval qui tirait la civière de Meklun. Toute trace de leur passage effacée, ils prirent le chemin de la forêt de Roc-Noir.

Ils atteignirent leur but trois heures plus tard.

La forêt était très ancienne. Ses arbres gigantesques formaient une voûte feuillue au-dessus de leurs têtes, filtrant la pâle lumière du jour et plongeant le sous-bois humide dans une pénombre permanente. Des feuilles brunies à moitié décomposées craquaient sous les pas des soldats.

Ils dressèrent un camp temporaire, Stryke postant des sentinelles en leur ordonnant de garder l'œil ouvert. Par mesure de sécurité, ils n'allumèrent pas de feu. Leur premier repas de la journée se composa de rations froides : tranches de pain noir, lambeaux de viande séchée et eau claire.

Stryke, Coilla, Jup et Haskeer s'assirent en compagnie de Mobbs. Les autres formèrent un cercle autour d'eux pour écouter. Alfray revint après s'être occupé des blessés et se fraya un chemin parmi les soldats.

— Darig va mieux, rapporta-t-il, mais la fièvre de Meklun s'est aggravée.

— Fais ce que tu peux pour lui.

Stryke et les autres officiers se tournèrent vers Mobbs.

Le gremlin avait refusé toute nourriture, buvant à peine quelques gorgées d'eau. Stryke supposa que la terreur lui avait coupé l'appétit. Devenu l'objet de l'attention générale, il se sentait encore plus mal à l'aise.

— Tu n'as rien à craindre de nous tant que tu te montreras honnête, lui assura Stryke. Alors, ne fais pas de mystères. (Il brandit le cylindre.) Tu vas nous dire tout ce que tu sais au sujet de cette chose, et pourquoi elle vaut ta vie.

— Elle pourrait bien valoir la vôtre aussi, répliqua Mobbs.

Coilla fronça les sourcils.

— Que veux-tu dire ?

— Tout dépend de la valeur que vous accordez à votre héritage, et à la destinée qu'on vous a refusée.

— Des paroles vides de sens, juste un moyen de retarder sa mort, grogna Haskeer. On ferait mieux de le tuer.

— Laisse-lui une chance, dit Jup.

Haskeer le foudroya du regard.

— Ça ne m'étonne pas, venant de toi…

— C'est à moi de décider si ses paroles ont une signification, coupa Stryke. Explique-toi, Mobbs.

— Pour comprendre, il faudrait que vous connaissiez l'histoire de notre monde, et je crains qu'elle ne se soit perdue en route.

— C'est ça, railla Haskeer, raconte-nous une histoire. Nous avons tout notre temps…

— La ferme ! cria Stryke.

— Moi, je connais un peu le passé de Maras-Dantia, dit Alfray. Où veux-tu en venir, gremlin ?

— Le plus clair de ce que vous pensez savoir – de ce que beaucoup d'entre nous pensent savoir – n'est qu'un amalgame de légendes et de mythes. Je me suis consacré à l'étude des événements tels qu'ils se sont réellement produits. Histoire de découvrir pourquoi ils nous ont conduits à cette regrettable situation…

— Les humains sont responsables de cette « regrettable situation », déclara Stryke.

— C'est vrai. Mais il s'agit d'un développement assez récent, en termes historiques. Avant, la vie sur Maras-Dantia n'avait pas changé depuis la nuit des temps. Évidemment, les races aînées s'étaient toujours méfiées les unes des autres. Elles concluaient des alliances de courte durée et se battaient fréquemment entre elles. Mais il y avait assez de place pour que tout le monde vive plus ou moins en harmonie…

— Puis les humains sont arrivés, soupira Coilla.

— Oui, confirma Mobbs. Mais combien d'entre vous savent qu'il y avait deux groupes distincts, et qu'au départ, ils s'entendaient aussi bien entre eux qu'avec les races aînées ?

— Tu plaisantes ! s'exclama Jup.

— Non, c'est un fait. Les premiers immigrants qui traversèrent le désert du Scilantium se déplaçaient individuellement ou par petits groupes. C'étaient des pionniers à la recherche de nouveaux territoires à explorer, des gens qui fuyaient les persécutions ou qui voulaient juste prendre un second départ.

— Les humains, persécutés ? dit Haskeer. Ça me semble un peu dur à avaler, l'ancêtre.

— Je vous raconte la vérité telle que je l'ai découverte, aussi incroyable soit-elle, se défendit le gremlin, touché dans sa fierté d'érudit.

— Continue ! pressa Stryke.

— La plupart des races furent déconcertées par le mode de vie des humains, mais les laissèrent en paix. Certains parvinrent même à gagner leur respect. Difficile à croire à présent, n'est-ce pas ?

— Tu peux le dire, souffla Coilla.

— Un petit nombre d'humains s'accouplèrent avec des membres des races aînées, produisant d'étranges hybrides. Mais vous le savez, puisque vous êtes les fidèles du fruit d'une de ces unions.

Coilla hocha la tête.

— Jennesta. Mais « fidèles » n'est pas le terme exact.

Stryke nota la dureté de sa voix.

— Nous y reviendrons plus tard, dit Mobbs. (Une expression étrange passa sur son visage.) Où en étais-je, déjà ?

— Aux premiers immigrants, lui rappela Alfray.

— Ah, oui. Comme je vous l'ai dit, ils s'entendaient plutôt bien avec les races aînées, et ils étaient pour elles une source de curiosité plus que d'inquiétude. La seconde vague, en revanche… On pourrait la comparer à un raz de marée.

Mobbs lâcha un petit gloussement, amusé par sa propre plaisanterie. Les orcs restèrent de marbre.

— Euh, bon… Donc, ces autres immigrants étaient différents des premiers. Pillards et voleurs, ils nous considéraient dans le meilleur des cas comme une nuisance. Très vite, ils commencèrent à nous craindre et à nous haïr.

— Et à nous mépriser, murmura Coilla.

— Oui. La meilleure preuve, c'est qu'ils ont rebaptisé notre monde.

— La Centrasie! cracha Haskeer sur le ton qu'il aurait employé pour une obscénité.

— À ce jour, ils nous traitent comme des bêtes de somme et exploitent les ressources de Maras-Dantia à leur profit. Je dirais même que ça empire au fil du temps, comme vous l'avez sans doute constaté. Ils parquent des animaux sauvages dans des enclos pour leur prendre leur viande et leur fourrure…

— … souillent les rivières, abattent les forêts, énuméra Coilla.

— … brûlent les villages, renchérit Jup.

— … répandent leurs infâmes épidémies, ajouta Alfray.

Haskeer eut l'air particulièrement affligé par ce dernier point.

— Et pire encore, reprit Mobbs, ils mangent la magie.

Un murmure d'approbation outrée courut dans l'unité.

— Pour nous, les races aînées, voir nos pouvoirs diminuer fut l'insulte finale. Celle qui a déclenché des guerres devenues incessantes.

— Je n'ai jamais compris pourquoi les humains ne se servaient pas de la magie qu'ils nous avaient volée, commenta Jup. Sont-ils trop stupides pour l'utiliser?

— Je crois qu'ils sont seulement ignorants, avança Mobbs. Peut-être qu'ils ne se l'approprient pas, mais se contentent de la gaspiller.

— C'est aussi mon sentiment, dit le nain.

— L'hémorragie de pouvoir est grave, rappela Stryke, mais la perturbation du cycle des saisons l'est davantage.

— Sans aucun doute, confirma Mobbs. En arrachant son cœur à notre royaume, les humains ont perturbé le flux des énergies qui assurent l'équilibre naturel. À présent, la glace vient du nord aussi sûrement que les humains déboulent du sud. Et tout ça depuis l'époque des pères de vos pères.

— Je n'ai jamais connu mon père, grogna Stryke.

— Je sais que les orcs sont élevés par la communauté. Ce n'est pas ce que je voulais dire. Mon idée, c'est que les malheurs de Maras-Dantia ont une origine assez récente. Par exemple, la glace n'était pas encore apparue dans mon enfance, et contrairement à ce que vous pouvez penser, je ne suis pas si vieux.

Stryke vit Alfray jeter un regard plein de sympathie au gremlin.

—J'ai assisté au flétrissement de Maras-Dantia et à sa corruption, continua Mobbs. J'étais là quand les Multis et les Unis ont brisé les anciennes alliances pour en conclure de nouvelles.

—Et forcer les gens comme nous à se battre pour l'une ou l'autre de leurs factions, précisa Coilla avec un ressentiment évident.

—Oui. De nombreuses races nobles, orcs inclus, ont été quasiment réduites en esclavage par les envahisseurs.

—Et elles ont dû subir leur intolérance, ajouta Coilla, les yeux flamboyants.

—Il est vrai que les Multis et les Unis nous maltraitent, mais pas davantage qu'ils ne le font entre eux. J'ai entendu dire que les Unis les plus fanatiques brûlent régulièrement les leurs à cause d'une faute qu'ils nomment « hérésie ». (Voyant l'expression curieuse des orcs, Mobbs expliqua :) Ça signifie qu'ils désobéissent aux règles établissant la façon dont leur dieu doit être servi. Mais certaines races aînées se conduisent comme ça. L'histoire des clans pixies, notamment, est marquée par les persécutions religieuses.

—Et pourtant, dit Haskeer, ces foutus enculeurs de mouches ne peuvent pas se permettre de s'entre-tuer.

—Entre ça et leur capacité à allumer des feux, renchérit Jup, j'ignore comment ils ont survécu si longtemps. Les mouches ont tendance à piquer…

Les orcs éclatèrent d'un rire grivois. Même Haskeer ne put réprimer une grimace.

La peau verdâtre de Mobbs rosit d'embarras. Il se racla la gorge.

—Euh, tout à fait, balbutia-t-il.

—D'accord, nous avons pris une leçon d'histoire, s'impatienta Coilla, beaucoup moins amusée que les autres. Quel rapport avec le cylindre ?

—Oui, viens-en au fait ! ordonna Stryke.

—Capitaine, les origines de cet artefact remontent à la naissance de Maras-Dantia, bien avant le début des événements que nous venons d'évoquer.

—Explique-toi.

—Nous avons parlé des symbiotes, les rares hybrides nés de l'union entre les humains et les membres des races aînées.

—Comme Jennesta.

—Et ses sœurs, Adpar et Sanara, ajouta Mobbs.

—Je croyais que c'étaient des créatures mythiques, s'étonna Jup.

—Non, il paraît qu'elles existent, même si je ne saurais dire où. On raconte que, si Jennesta représente l'équilibre entre les nyadds et les humains, Adpar est une nyadd à part entière. Personne ne sait grand-chose au sujet de Sanara.

—Réelles ou pas, qu'ont-elles à voir avec le cylindre, sinon le fait que Jennesta le convoite ? demanda Stryke.

— Directement, rien, à ma connaissance, avoua Mobbs. Je pensais plutôt à leur mère, Vermegram. Vous avez dû entendre parler de ses pouvoirs de sorcière.

— Ils n'étaient pas aussi formidables que ceux de son assassin, commenta Stryke.

— Le légendaire Tentarr Arngrim, oui… Bien qu'on ne sache pas grand-chose à son sujet non plus, même pas à quelle race il appartenait.

Haskeer poussa un soupir théâtral.

— Tu nous répètes des histoires faites pour effrayer les gamins, gremlin.

— Peut-être. Mais je ne crois pas… Ce que je veux dire, c'est que la création de cet artefact remonte à des temps immémoriaux, ceux où Vermegram et Tentarr Arngrim étaient à l'apogée de leur pouvoir.

Jup haussa les sourcils.

— Je n'ai jamais compris comment Vermegram – si elle a existé – peut avoir engendré Jennesta et ses sœurs.

— Il est vrai qu'elle a joui d'une incroyable longévité, dit Mobbs.

— Pardon ? marmonna Haskeer.

— Elle a vécu très longtemps, traduisit Coilla, l'air méprisant. Alors, Jennesta et ses sœurs seraient incroyablement vieilles elles aussi ?

— Pas nécessairement, répondit Mobbs. Je pense que Jennesta n'est pas plus âgée qu'elle le semble. Souvenez-vous que la mort de Vermegram et la funeste destinée d'Arngrim ne remontent pas à si longtemps.

— On en revient toujours à la même idiotie, insista Jup. Vermegram devait être sénile quand elle a engendré ses filles ! Serait-elle restée fertile jusqu'à la fin de ses jours ? C'est de la démence !

— Je l'ignore, reconnut Mobbs. Tout ce que je sais, c'est que, selon les érudits de l'époque, elle avait des pouvoirs remarquables. À partir de là, tout est possible.

Stryke sortit le cylindre de sa ceinture et le posa à ses pieds.

— Quel rapport avait-elle avec cet artefact ?

— Les annales les plus anciennes qui mentionnent Tentarr Arngrim et Vermegram font allusion à un objet qui pourrait être ce cylindre… Ou plutôt, à son contenu : du savoir. Et le savoir est synonyme de pouvoir. Un pouvoir que de nombreuses personnes ont donné leur vie pour s'approprier.

— Quel genre de pouvoir ?

— Les récits sont assez vagues… D'après ce que j'ai compris, il s'agirait d'une clé de la connaissance. Si j'ai raison, elle jettera la lumière sur beaucoup de choses, notamment les origines des races aînées. Les orcs, les gremlins, les nains… Nous tous.

Jup fixa le cylindre.

— Le contenu de ce machin nous révélerait tout ça ?

—Non, dit Mobbs. Si mon raisonnement est correct, il vous mettrait simplement sur la voie. Un tel savoir ne peut être d'accès facile.

—L'ancêtre essaye de nous embrouiller, gémit Haskeer. Il ne pourrait pas parler comme tout le monde?

—Très bien, coupa Stryke. D'après toi, Mobbs, le cylindre contient quelque chose d'important. Vu le prix que Jennesta y attache, ça ne me surprend guère. Continue.

—La connaissance est neutre. Ni bonne ni mauvaise en soi. Elle sert la lumière ou les ténèbres en fonction de celui qui la manipule.

—Et alors?

—Si Jennesta s'en empare, vous pouvez être certains qu'elle n'en fera rien de bien.

—Veux-tu dire que nous ne devrions pas lui rapporter le cylindre? demanda Coilla.

Le gremlin ne répondit pas.

—C'est ça?

—J'ai vécu très longtemps et vu beaucoup de choses. Je mourrais en paix si je savais que mon vœu le plus cher a une chance de se réaliser.

—Et quel est ce vœu?

—Ne le savez-vous pas, au fond de vous-mêmes? Je rêve que Maras-Dantia nous soit restituée. Que les choses redeviennent comme avant! Le pouvoir de cet artefact est notre seule chance de les ramener à la normale. Mais il s'agit seulement du premier pas d'un long voyage.

La passion du gremlin plongea les orcs dans un silence pensif.

—Ouvrons-le, proposa Coilla.

—Quoi? s'exclama Haskeer en bondissant sur ses pieds.

—N'es-tu pas curieux de savoir ce qu'il y a à l'intérieur? Ne souhaites-tu pas découvrir un pouvoir susceptible de nous libérer?

—Tu es complètement folle! Veux-tu nous faire tous tuer?

—Réfléchis un peu, Haskeer: de toute façon, nous sommes des morts en sursis, dit Coilla. Si nous rentrons à Tumulus, le cylindre et le pellucide ne compteront pas pour grand-chose aux yeux de Jennesta. Si tu penses le contraire, tu te fourres le doigt dans l'œil.

Haskeer se tourna vers les autres officiers.

—Vous avez davantage de bon sens qu'elle. Dites-lui qu'elle se trompe.

—Je n'en suis pas si certain, répondit Alfray. Pour moi, nous avons signé notre arrêt de mort à l'instant où nous nous sommes fait voler l'artefact par les kobolds... Peut-être même avant.

—Qu'avons-nous à perdre? renchérit Jup. Nous n'avons plus de foyer, de toute façon.

—Je n'en attendais pas moins de ta part! cracha Haskeer. Ta place n'a jamais été parmi les orcs. Que t'importe si nous vivons ou mourons? (Il se tourna vers Stryke.) N'est-ce pas, capitaine ? Nous n'allons quand même pas écouter une femelle, un vieillard et un nain ?

Tous les regards étaient rivés sur le capitaine, qui ne répondit pas.

—N'est-ce pas ? répéta Haskeer.

—Je suis d'accord avec Coilla, lâcha enfin Stryke.

—Tu... tu n'es pas sérieux ! balbutia Haskeer.

Mais Stryke ne lui prêta aucune attention. Il ne voyait que le sourire de Coilla et l'air approbateur du reste des orcs.

—Vous êtes tous devenus fous ! explosa Haskeer. De la part des autres, ça ne m'étonne qu'à moitié. Mais toi, Stryke... Tu nous demandes de renoncer à tout !

—Nous avons déjà renoncé à tout depuis longtemps... Je propose simplement que nous examinions le contenu du cylindre. Nous pourrons toujours le refermer ensuite.

—Et si la reine découvre que nous l'avons ouvert ? demanda Haskeer. Vous imaginez la colère qu'elle piquera ?

—Je n'ai pas besoin de l'imaginer. C'est en partie pour ça que nous devrions saisir cette occasion de changer les choses. À moins que la situation actuelle ne te convienne ?

—Non, mais je l'accepte parce que je sais que nous ne pouvons rien y faire. Jusque-là, il nous restait au moins nos vies, et voilà que tu veux les gaspiller aussi !

—Au contraire : nous désirons nous les réapproprier, dit Coilla.

Stryke s'adressa à l'ensemble de l'unité.

—Comme c'est important, et que ça nous concerne tous, nous allons faire quelque chose que je n'aurais jamais imaginé. *Voter* ! D'accord ?

Personne n'éleva d'objection.

Stryke brandit le cylindre.

—Qui pense que nous devrions rentrer à Tumulus sans l'ouvrir ?

Haskeer leva la main. Trois bleus l'imitèrent.

—Qui pense que nous devrions l'ouvrir ?

Toutes les autres mains se levèrent.

—Ça règle la question.

—Tu es en train de commettre une grosse erreur, marmonna Haskeer.

—C'est la seule solution, affirma Coilla.

Erreur ou pas, Stryke éprouvait un immense soulagement, comme s'il s'apprêtait à faire quelque chose d'honnête pour la première fois de sa carrière.

Mais ça ne l'empêcha pas de sentir un frisson glacé lui courir le long de l'échine alors qu'il observait le cylindre.

Chapitre 14

Sous le regard des orcs silencieux, Stryke découpa le sceau du cylindre avec la pointe d'un couteau. Puis il souleva le couvercle. Une odeur de renfermé s'échappa de l'artefact.

Stryke introduisit deux doigts malhabiles dans le cylindre et, au terme d'efforts patauds, réussit à en extraire un parchemin roulé, fragile et jauni par les ans. Il le tendit à Mobbs, qui le prit avec un mélange d'avidité et de respect.

Stryke secoua le cylindre, qui émit un bruit sourd. Il le porta à son œil.

— Il y a quelque chose dedans, s'étonna-t-il.

Il frappa l'ouverture contre le plat de sa paume.

Un objet glissa dans sa main.

Il s'agissait d'une sphère entourée par sept pointes de longueur variable, le tout ayant la couleur sablonneuse d'un bois clair poli.

Stryke le saisit entre le pouce et l'index pour l'examiner. L'objet était bien plus lourd qu'il n'en avait l'air…

— On dirait une étoile, commenta Coilla. Ou un jouet d'enfant.

Stryke dut admettre qu'elle avait raison. On aurait bien dit la représentation grossière d'une étoile.

Mobbs avait déroulé le parchemin sur ses genoux mais il ne lui prêtait aucune attention. Bouche bée, il observait l'objet.

— En quoi est-il? demanda Alfray.

Stryke lui passa l'étoile.

— Je ne connais pas cette matière, annonça le médecin. Ni du bois ni de l'os.

Jup prit à son tour l'objet

— Il ne pourrait pas avoir été taillé dans de la pierre, vu son poids?

— Une pierre précieuse? demanda Haskeer, la cupidité prenant le pas sur le ressentiment. Un joyau?

Stryke récupéra sa découverte.

—Je ne crois pas.

Il serra l'étoile dans son poing, doucement d'abord, puis en augmentant la pression.

—En tout cas, c'est solide.

—À quel point? Fais-moi voir ça.

Haskeer s'empara de l'étoile, la porta à sa bouche et mordit dedans. Un craquement retentit. L'orc grimaça de douleur et cracha une dent ensanglantée.

—Et berde! jura-t-il.

Stryke lui arracha l'étoile et l'essuya sur son pantalon. Puis il l'inspecta : pas la moindre trace.

—Sacrément coriace, pour que tes crocs ne lui fassent pas la moindre impression, commenta-t-il.

Le reste de l'unité ricana. Haskeer foudroya les guerriers du regard.

L'attention de Mobbs était partagée entre l'objet et le parchemin. Il tournait la tête de l'un à l'autre sans parvenir à se décider.

—Alors, érudit, qu'en dis-tu? demanda Stryke.

—Je crois... Je crois que c'est... (Les mains du vieux gremlin tremblaient.)... ce que j'espérais.

—Ne fais pas tant de mystères, ordonna Coilla. Explique-nous!

Mobbs désigna le parchemin.

—Il est rédigé dans un langage si ancien et si obscur que j'ai du mal à le comprendre.

—As-tu pu en déchiffrer une partie?

—Pour l'instant, des fragments... Mais qui confirment mes soupçons. (Le gremlin jubilait.) Cet objet... (Il désigna l'étoile dans les mains de Stryke.)... est une instrumentalité.

—Une quoi? grogna Haskeer en se tamponnant la bouche avec sa manche.

Stryke fit passer l'étoile à Mobbs, qui s'en empara avidement.

—Une instrumentalité, un mot de la langue ancienne. La preuve concrète de la réalité de ce que nous avons toujours pris pour un mythe. Selon la légende, elle aurait appartenu à Vermegram. Il se peut même que ce soit elle qui l'ait créée.

—Dans quel but? demanda Jup.

—Comme totem d'une grande puissance magique qui permettra de résoudre un mystère concernant les races aînées.

—De quelle façon? intervint Stryke.

—Tout ce que je sais, c'est que chaque instrumentalité représente une partie d'un tout. Un cinquième, plus exactement. Quand toutes seront réunies, la vérité apparaîtra au grand jour. Pour être honnête, j'ignore ce que ça signifie. Mais je mettrais ma main à couper que c'est l'objet le plus important que nous ayons jamais contemplé.

Mobbs s'exprimait avec une telle conviction que tous les orcs semblaient captivés par ses paroles.

Jup fit éclater la bulle de leur fascination.

— Comment peut-on les réunir ? Et d'abord, où sont-elles ?

— Un mystère à l'intérieur d'un autre… et une multitude de questions sans réponse. Tel a toujours été le lot des érudits, déclara Mobbs d'un ton pédant. Mais j'ai entendu mes geôliers faire allusion à ce qui pourrait être l'emplacement d'une autre instrumentalité. Je dis bien : « pourrait ».

— Crache le morceau ! ordonna Stryke.

— Les kobolds ignoraient que j'ai une connaissance rudimentaire de leur langage, et j'ai jugé préférable de ne pas le leur révéler. Par conséquent, ils se sont exprimés librement en ma présence. Ils ont souvent parlé de la forteresse Uni appelée Trinité. Ils semblaient convaincus que la secte qui la contrôle a incorporé une des instrumentalités à sa religion.

— Trinité ? C'est le fief de Kimball Hobrow, non ? lança Coilla.

— Oui, confirma Alfray, et il est réputé pour son fanatisme sans bornes. Il dirige ses fidèles d'une main de fer – sans le gant de velours –, et il paraît qu'il déteste les races aînées.

— Tu crois qu'une autre de ces… étoiles pourrait être à Trinité, Mobbs ? demanda Stryke.

— Je l'ignore, mais ça semble probable. Sinon, pourquoi les kobolds s'intéresseraient-ils à cet endroit ? S'ils tentent de rassembler les instrumentalités – pour leur propre compte ou pour quelqu'un d'autre –, ça paraîtrait logique.

— Une minute, coupa Jup. Si ces objets sont tellement puissants…

— Potentiellement puissants, corrigea Mobbs.

— D'accord, ils contiennent une *promesse* de pouvoir. Dans ce cas, pourquoi Hobrow ne les recherche-t-il pas lui-même ? Des foules de gens devraient vouloir s'en emparer !

— Ils ne doivent pas connaître la légende. Ou ils ont conscience de la valeur des instrumentalités, mais ignorent qu'elles doivent être réunies. D'ailleurs, nous ne pouvons pas avoir la certitude qu'Hobrow et d'autres ne sont pas déjà à leur recherche. Ce genre d'objectif se poursuit généralement en secret.

— Et Jennesta ? intervint Coilla. À ton avis, a-t-elle entendu parler de cette légende ?

— Je ne saurais le dire. Mais si elle désire tant se procurer cette étoile, c'est très possible.

— Donc, elle pourrait être également en train de chercher les autres.

— C'est ce que je ferais à sa place. Mais souvenez-vous que le pouvoir des instrumentalités ne sera pas aisé à obtenir. Ce qui ne signifie pas que vous deviez abandonner tout espoir…

—Abandonner? répéta Haskeer. Abandonner quoi? Stryke, tu ne comptes pas te lancer dans cette quête insensée?

—Plusieurs possibilités s'offrent à nous, répondit prudemment son chef.

—Si nous partons à la recherche de ces étoiles, nous deviendrons des déserteurs!

—Nous devons déjà être considérés comme des traîtres. Voilà plus d'une semaine que nous devrions être rentrés à Tumulus.

—Ah oui? Et à qui la faute? cracha Haskeer.

Un instant, les autres ne surent pas comment Stryke allait prendre la remarque. Sa réaction les surprit.

—Si tu veux me blâmer, je ne peux pas t'en empêcher, concéda-t-il.

Haskeer en profita pour insister.

—Je me demande si tu ne cherchais pas à nous mettre dans cette position. D'autant que tu ne fais rien pour arranger les choses, bien au contraire.

—Je n'avais pas l'intention de vous compliquer la vie. Mais ce qui est fait est fait. Nous devrions en tirer le meilleur parti possible.

—En ajoutant foi à ces légendes? Ce sont des histoires pour endormir les gamins, Stryke! Tu ne peux pas croire cette bouse de griffon!

—Que j'y croie ou pas, là n'est pas la question. L'important, c'est que *Jennesta* y croit. Ça nous donne une monnaie d'échange. Cette étoile peut faire toute la différence entre notre vie et notre mort. Connaissant notre bien-aimée souveraine, j'ignore si une instrumentalité suffira. En revanche, si nous lui en ramenions plus d'une… Voire les cinq…

—Donc, tu penses qu'il vaut mieux nous lancer dans une quête stupide plutôt que de rentrer à Tumulus pour implorer la pitié de Jennesta?

—Quelle pitié, Haskeer? Elle n'en a pas une once. Quand te mettras-tu ça dans la tête? Tu veux peut-être que je te l'enfonce à coups de poing?

—Mais tu vas tout gâcher à cause de ce gremlin décrépit, fit le sergent en pointant un doigt accusateur sur Mobbs. (L'érudit frémit.) Qui te dit qu'il n'a pas menti? Ou qu'il n'est pas complètement marteau?

—Je le crois. Et même si ça n'était pas le cas, nous ne pouvons pas rentrer maintenant. Si toi et les soldats qui ont voté contre l'ouverture du cylindre – Jad, Finje et Breggin – voulez retourner à Tumulus, je ne vous retiens pas. Mais nous serons plus en sécurité si nous restons ensemble.

—Tu veux dissoudre l'unité?

—Certainement pas.

—Tu nous as fait voter pour l'ouverture du cylindre. Jusqu'ici, il n'était pas question de devenir des renégats!

—Très juste. Même si nous en sommes sans doute déjà. Sans nous en être aperçus, c'est tout.

Stryke fit face aux Renards.

—Vous avez écouté notre conversation. Je veux partir en quête d'une autre étoile, et aller à Trinité semble la meilleure solution. Je ne dis pas que ce sera facile, mais nous sommes taillés pour surmonter les obstacles. Si certains d'entre vous ne souhaitent pas venir, s'ils préfèrent rentrer à Tumulus ou filer n'importe où ailleurs, ils pourront emporter des rations et leur cheval. Qu'ils se fassent connaître maintenant.

Personne, même les soldats qui avaient voté en faveur d'Haskeer, ne fit un pas en avant.

—Alors, tu viens avec nous? insista Stryke.

Le sergent garda un silence bougon, puis lâcha:

—Je n'ai pas beaucoup le choix, pas vrai?

—Si.

—Je viens. Mais selon la façon dont tournent les choses, je partirai.

—Très bien. Maintenant, écoutez. Nous n'appartenons peut-être plus à la horde de Jennesta, mais ça ne signifie pas que la discipline ira à vau-l'eau. C'est elle qui fait fonctionner les Renards. Si ça vous pose un problème, on peut voter une autre fois pour élire un nouveau chef.

Haskeer saisit le sous-entendu.

—Tu peux garder ta place, Stryke. Je veux juste me sortir de cette histoire avec la tête sur les épaules.

—Vous venez de faire le premier pas d'un long et périlleux voyage, dit Mobbs. Impossible de revenir en arrière. Vous êtes des hors-la-loi, à présent.

Ce constat dissipa instantanément l'euphorie qui s'était emparée des Renards.

—Préparons-nous à lever le camp, ordonna Stryke.

—On va à Trinité? demanda Coilla.

—On va à Trinité, confirma-t-il.

Elle lui sourit et s'éloigna.

Alfray alla au chevet de ses patients; le reste de l'unité se dispersa.

Mobbs leva un regard hésitant vers Stryke.

—Et moi?

Le capitaine le dévisagea quelques secondes avec une expression indéchiffrable.

—Je ne sais pas si nous devrions te remercier de nous avoir libérés, ou te tuer pour avoir mis nos existences sens dessus dessous.

—Vous aviez déjà commencé tout seuls bien avant de me rencontrer.

—C'est possible.

—Alors, que comptez-vous faire de moi?

— Te laisser partir.

Le gremlin fit une courbette reconnaissante.

— Où iras-tu ? demanda Stryke.

— Je retournerai à Hecklowe. J'ai des affaires en cours là-bas. Des affaires passionnantes ! On a retrouvé au fond d'une cave une malle pleine de tablettes sculptées : apparemment, les archives fiscales de… Vous ne trouvez pas ça aussi fascinant que moi, n'est-ce pas, Stryke ?

— Chacun son truc, Mobbs. Pouvons-nous t'escorter une partie du chemin ?

— Je vais à Hecklowe, vous à Trinité. Les deux sont dans des directions opposées.

— Nous te donnerons un cheval et des provisions.

— C'est très généreux de votre part.

— Tu nous as peut-être rendu notre liberté… Je trouve au contraire que c'est bien peu en échange. Et nous avons des chevaux en trop, par exemple celui de Darig. Il n'en aura pas besoin avant un bon moment. Et tu peux aussi garder ça, si ça te chante, dit Stryke en désignant le parchemin.

— Vraiment ?

— Pourquoi pas ? Nous n'en aurons pas besoin, je suppose.

— Il n'est pas directement lié aux instrumentalités… Merci de me le laisser. Et de m'avoir libéré des kobolds. (Mobbs soupira.) Je vous aurais bien accompagnés, mais à mon âge…

— Je comprends.

— Stryke, je vous souhaite bonne chance. Et si vous voulez bien écouter le conseil d'un vieux gremlin… Faites attention à vous ! Pas seulement parce que vous avez des ennemis de tous côtés… En cherchant les instrumentalités, vous risquez de vous heurter à des personnes qui poursuivent le même objectif. L'enjeu est si important que vos rivaux ne reculeront devant rien pour parvenir à leurs fins.

— Nous sommes capables de nous défendre.

Mobbs étudia la poitrine massive de l'orc, ses épaules larges, ses bras musclés et sa mâchoire proéminente. Il lut de la détermination sur son visage rugueux, et vit de l'acier briller dans son regard.

— Je n'en doute pas.

Haskeer revint, portant une selle d'une main. Il la laissa tomber à terre et entreprit d'emballer son équipement.

— Quelle route prendras-tu jusqu'à Hecklowe ? demanda Stryke.

Mobbs eut une ombre de sourire.

— Une chose est certaine : je ne compte pas traverser cette forêt. Je prendrai vers l'ouest pour m'en éloigner le plus possible, puis vers le nord pour la contourner. Ce sera moins rapide…

—… mais plus sûr, approuva Stryke. Je comprends. Nous longerons la forêt avec toi.

—Merci. Je vais me préparer.

Le gremlin s'éloigna, le parchemin serré contre sa poitrine.

—Ça aussi, c'est sans doute une erreur, commenta Haskeer. Et s'il parlait ?

—Il ne parlera pas.

Avant que le sergent ne puisse offrir à son chef un nouvel avis qu'il n'avait pas sollicité, Alfray les rejoignit, l'air troublé.

—Meklun est mort, annonça-t-il sans préambule.

—Malédiction ! jura Stryke. Mais ce n'est pas une grosse surprise…

—Non. Au moins, il ne souffre plus. Je déteste perdre un camarade. Mais j'ai fait de mon mieux.

—Je sais.

—La question est : qu'allons-nous faire de lui ? s'inquiéta Alfray. Avec la situation où nous sommes…

—Un bûcher funéraire attirerait les kobolds… et d'autres poursuivants éventuels, dit Stryke. Nous ne pouvons pas courir ce risque. Pour une fois, oublions la tradition et enterrons-le.

—Je m'en occupe.

Avant de partir, Alfray se tourna vers Haskeer.

—Tu vas bien ? demanda-t-il. Tu as l'air un peu… décoloré.

—Je vais très bien ! beugla le sergent. J'en ai assez de ce qui nous arrive, c'est tout. Fiche-moi la paix !

Il leur tourna le dos et s'éloigna à grandes enjambées furieuses.

Jennesta observait le collier de dents de léopard des neiges.

Il lui était parvenu en même temps qu'un message impertinent du capitaine que Kysthan avait envoyé à la poursuite des Renards. Contrevenant aux ordres, Delorran avait pris sur lui d'allonger le délai. Ce collier rappelait à Jennesta avec quelle facilité ses sujets sombraient dans l'insubordination dès l'instant où ils sortaient de son champ de vision. Mais elle réfléchissait déjà au châtiment qu'elle leur infligerait pour leur désobéissance.

Elle glissa le collier dans une poche de sa cape et leva les yeux. Les dragons qu'elle avait envoyés à la recherche des Renards n'étaient plus dans le ciel qu'un lointain nuage de points sombres.

Le vent tourna, charriant une odeur désagréable. Jennesta pivota vers le gibet dressé au milieu de la cour.

Le corps du général Kysthan s'y balançait doucement.

Sa chair se décomposait déjà. Des oiseaux de proie ne tarderaient pas à tourner autour du château, se mêlant aux dragons. Mais Jennesta comptait laisser le cadavre là un petit moment : il servirait d'exemple à tous ceux qui pourraient être tentés de la trahir. Et en particulier à la personne qu'elle s'apprêtait à recevoir.

Elle observa les dragons jusqu'à ce qu'ils disparaissent à l'horizon.

Puis des gardes orcs s'approchèrent, escortant un membre de leur espèce. Il ne devait pas avoir plus d'une trentaine d'années, et son physique évoquait celui d'un guerrier du rang plutôt que d'un général, dont il portait néanmoins l'uniforme.

Bien entendu, il ne put s'empêcher de regarder la potence.

Faisant claquer ses talons, il salua Jennesta d'un signe de tête.

—Ma dame.

La reine congédia les gardes d'un geste.

—Repos, Mersadion.

L'officier se détendit à peine.

—On m'a dit que vous étiez ambitieux, énergique et plus doué pour la politique que le défunt Kysthan. Vous avez également connu une ascension rapide dans la hiérarchie. Il n'y a pas longtemps, vous étiez sur un champ de bataille. Si vous n'y êtes plus, c'est grâce à moi. Et comme je vous en ai tiré, je peux vous y renvoyer.

—Oui, ma dame.

—Bien. Que pensiez-vous de Kysthan ?

—Il était d'une autre… génération. Une génération pour laquelle je n'éprouve pas de sympathie particulière.

—J'espère que vous ne comptez pas placer notre relation sous le signe des belles phrases, général. Dans ce cas, elle ne durera guère. La vérité, vite !

—C'était un imbécile, Votre Majesté.

Jennesta sourit : une réaction qui n'aurait pas autant rassuré Mersadion s'il l'avait mieux connue.

—Je vous ai choisi parce qu'on m'a assuré que l'imbécillité ne figurait pas sur la liste de vos défauts. Êtes-vous informé du problème concernant les Renards ?

—Je sais seulement qu'ils ont disparu. Ils sont présumés morts ou prisonniers de l'ennemi.

—Présumés rien du tout, corrigea Jennesta. Ils sont absents sans permission, et ils détiennent un objet de grande valeur qui m'appartient.

—Le capitaine Delorran n'est-il pas déjà parti à leur recherche ?

—Si, et il a largement dépassé le délai. Vous le connaissez ?

—Un peu, ma dame.

—Que pensez-vous de lui ?

—Il est jeune, têtu et dévoré par la haine qu'il voue à Stryke, le commandant des Renards. Néanmoins, il est du genre à obéir aux ordres.

—Ce n'est pourtant pas ce qu'il a fait, et j'en suis très mécontente.

—Si Delorran tarde à revenir, il a sans doute une bonne raison. Peut-être a-t-il trouvé la piste des Renards.

—Il m'a envoyé un message qui va dans ce sens. Très bien. Pour le moment, je ne les ajouterai pas, lui et son unité, à la liste des hors-la-loi. Mais à chaque jour qui passe depuis la disparition des Renards, je deviens un peu plus persuadée qu'ils ont déserté. Votre première mission – de loin la plus importante – sera de les retrouver et de leur reprendre l'artefact qu'ils m'ont volé.

—De quoi s'agit-il, ma dame?

—Une brève description suffira… J'aurai d'autres missions à vous confier, toutes liées à la récupération de cet artefact, mais mes ordres vous seront communiqués en temps et heure.

—Oui, ma dame.

—Servez-moi fidèlement, Mersadion, et je vous récompenserai par une promotion. (La voix de Jennesta se durcit.) Mais regardez bien votre prédécesseur, parce que le même sort vous attend si vous me décevez. C'est compris?

—Oui, ma dame.

La reine trouva qu'il prenait les choses plutôt bien. Il semblait comprendre la menace, mais ne pas se laisser intimider. Peut-être réussirait-elle à travailler avec Mersadion, sans devoir lui infliger le sort qu'elle avait en tête pour Stryke. Et pour Delorran, quand il se déciderait enfin à rentrer.

Sur son cheval, Delorran observait les restes calcinés du petit village que ses soldats étaient en train de fouiller.

La plus grande partie de la végétation qui dissimulait autrefois la cuvette où se nichait l'agglomération avait été détruite par le feu. Il ne restait que des arbres dénudés et des buissons noircis.

—On dirait que les Renards sèment la destruction partout sur leur passage, commenta Delorran.

—C'est leur travail, non? lança le sergent qui l'accompagnait.

Delorran lui jeta un regard dédaigneux.

—Ce n'était pas une cible militaire, mais un campement civil.

—Comment être certains que les Renards sont responsables de cet incendie?

—Le contraire serait une coïncidence étonnante, puisque leur piste nous a conduits ici.

Un soldat s'approcha en courant. Le sergent se pencha vers lui pour écouter son rapport, puis il le congédia.

—Les corps à l'intérieur des huttes, capitaine. Ce sont des orcs. Rien que des jeunes et des femelles, apparemment.

—Sait-on ce qui les a tués? demanda Delorran.

—Ils sont en trop sale état pour qu'on puisse le déterminer.

—Ainsi, Stryke et son unité sont tombés assez bas pour massacrer leurs semblables... Même s'ils sont incapables de se défendre.

—Avec tout le respect que je vous dois, capitaine..., commença prudemment le sergent.

—Oui?

—Eh bien, ces gens pourraient être morts à cause d'un tas de choses. De l'incendie, par exemple. Nous n'avons aucune preuve que les Renards...

—Je me fie au témoignage de mes yeux, sergent, coupa Delorran. Sachant de quoi Stryke est capable, j'avoue que je ne suis guère surpris. Les Renards sont des renégats. Peut-être ont-ils rejoint les Unis.

—Oui, chef, fit le sergent sans conviction.

—Rassemblez la compagnie, ordonna Delorran. Nous n'avons pas de temps à perdre. Ce que nous avons vu ici nous donne une raison supplémentaire de traquer ces bandits et de les arrêter. On continue.

Ils ne pouvaient rien faire d'autre pour Meklun que recommander son esprit aux dieux de la guerre et l'enterrer assez profondément pour que des charognards ne se repaissent pas de son corps.

Après avoir escorté Mobbs jusqu'à la lisière de la forêt, les Renards prirent la direction du sud-ouest. Pour aller à Trinité, ils devraient passer entre Échevette et Quatt, le royaume natal des nains.

La route la plus directe les aurait conduits à traverser Échevette, mais le souvenir cuisant de la bataille contre les Unis, quelques jours plus tôt, incita Stryke à faire preuve de prudence. Son plan consistait à contourner la colonie humaine jusqu'au pied des monts Carascrag. Arrivés là, ils prendraient plein ouest pour rejoindre Trinité. Cela allongerait le voyage, mais ça en valait la peine, selon le capitaine orc.

L'après-midi, ils repérèrent un troupeau de griffons assez fourni. Les animaux se déplaçaient vers le nord, aussi vite que le permettait leur démarche saccadée et maladroite.

Une heure ou deux plus tard, ils aperçurent un vol de dragons qui planaient haut dans le ciel, à l'ouest. Voir ces créatures savourer une liberté menacée par les troubles que connaissait Maras-Dantia leur mit un peu de baume au cœur. Le parallèle avec la libération des Renards n'échappa pas à Stryke.

Haskeer, qui était tout sauf un poète, ne prêta pas attention aux dragons : il était trop occupé à se plaindre.

—Nous ne savons pas à quoi sert cette maudite étoile, marmonna-t-il pour la centième fois depuis qu'ils s'étaient remis en route.

Presque à bout de patience, Stryke tenta pourtant de le lui expliquer une nouvelle fois :

—Nous savons que Jennesta la désire, ce qui la rend très puissante *en soi*. C'est tout ce qui importe pour le moment.

Haskeer continua à le bombarder de questions.

—Que ferons-nous après avoir trouvé la deuxième, si nous y parvenons? Nous mettrons-nous en quête des trois autres? Où irons-nous? Avec qui nous allierons-nous, puisque nous n'avons désormais que des ennemis? Et comment…?

—Pour l'amour des dieux! explosa Stryke. Cesse de ressasser ce qui est impossible, et concentre-toi sur ce qui est possible.

—Ce qui est possible, c'est que nous perdions tous notre tête!

Furieux, Haskeer tira sur les rênes de sa monture et gagna l'arrière de la colonne.

—Je ne sais pas pourquoi tu as insisté pour qu'il reste, Stryke, avoua Coilla.

—Je n'en suis pas certain moi-même… Mais je n'aime pas l'idée de dissoudre le groupe, et, quels que soient ses défauts, Haskeer est un bon guerrier.

—Ça risque de nous servir d'ici peu de temps, cria Jup. Regardez!

Dans la direction d'Échevette, une épaisse colonne de fumée noire s'élevait.

Chapitre 15

Mobbs était heureux.

Malgré leur effrayante réputation, les orcs l'avaient délivré des kobolds et laissé repartir en lui donnant des vivres et un cheval. Bien sûr, si on lui avait demandé de choisir les gardiens idéaux pour une instrumentalité, il n'aurait pas sélectionné les Renards. Mais Stryke et les autres ne la remettraient pas à Jennesta, et, entre deux maux, il fallait toujours choisir le moindre.

Mobbs espérait avoir fait comprendre aux orcs qu'ils devraient désormais agir pour le bien de toutes les races aînées. Et il conservait même un document historique passionnant en souvenir de son aventure. L'un dans l'autre, il ne s'en était pas si mal tiré.

Pourtant, les deux derniers jours avaient été rudes pour un humble érudit – surtout de son âge! –, et il était heureux que ça se termine enfin.

Voilà plus de six heures que les orcs l'avaient conduit à la lisière de la forêt de Roc-Noir et lui avaient désigné le nord. Il suffisait de garder les arbres sur sa droite, de prendre vers l'est quand il arriverait dans la plaine, puis de continuer vers la côte et la remonter jusqu'à Hecklowe.

Mais Mobbs n'avait pas prévu que la forêt s'étendrait à perte de vue et que son voyage durerait aussi longtemps. C'était normal, car il n'avait pas l'habitude des grands déplacements. À l'aller, les kobolds qui l'avaient capturé lui avaient mis un bandeau sur les yeux avant de le jeter à l'arrière d'un chariot. Par conséquent, il avait eu du mal à estimer la durée de leur trajet.

Le gremlin craignait de tomber sur d'autres kobolds ou sur un groupe de brigands. Très mauvais cavalier, il n'avait aucun espoir de les distancer le cas échéant. À dire vrai, il était si petit que ses pieds n'atteignaient pas les étriers. À part prier ses dieux et avancer le plus vite possible, il ne pouvait pas faire grand-chose.

Mais le monde avait dû décider qu'il ne connaîtrait plus la paix. Une heure ou deux plus tôt, il avait remarqué une colonne de fumée noire derrière lui, au sud. Si ses estimations étaient exactes, elle provenait de la région d'Échevette. De temps en temps, le gremlin jetait un coup d'œil par-dessus son épaule. La colonne ne semblait pas plus distante et ne cessait pas de grandir.

Il s'interrogeait sur ses origines quand il eut conscience d'un mouvement sur sa gauche.

Dans cette direction, le terrain était vallonné et semé de bosquets d'arbres qu'on eût dit échappés de la forêt – des graines probablement emportées par les oiseaux ou par le vent. Ainsi, il ne put pas identifier les cavaliers qui approchaient.

Ce n'étaient pas des kobolds, puisqu'ils montaient des chevaux et pas des kirgizils. Mobbs n'avait pas une assez bonne vue pour en dire davantage. Il sentit l'inquiétude le gagner. La seule solution, c'était de rester sur la piste et d'espérer que ces inconnus passeraient sans faire attention à lui.

Ce jour-là, les dieux des gremlins faisaient la sourde oreille.

Les cavaliers bifurquèrent et éperonnèrent leurs montures pour fondre sur Mobbs. Alors qu'ils escaladaient le talus qui bordait le chemin, le vieil érudit vit que c'étaient des orcs. Il eut un soupir de soulagement. Stryke devait avoir d'autres questions à lui poser au sujet de l'instrumentalité. À moins qu'il ne se soit décidé à l'escorter jusqu'à Hecklowe.

Mobbs tira sur les rênes de son cheval.

Les orcs s'approchèrent de lui.

—Salutations. Vous êtes revenus?

—Revenus? répéta l'un d'eux, qui portait les tatouages faciaux d'un sergent.

Mobbs cligna des yeux. Il ne le reconnaissait pas… Les autres non plus, d'ailleurs.

—Où est Stryke? demanda-t-il. Je ne le vois pas.

L'expression des orcs lui apprit que poser cette question n'avait pas été une bonne idée. Il fronça les sourcils. Un orc portant des tatouages de capitaine fendit les rangs des soldats.

—Il nous a pris pour les Renards, annonça le sergent en désignant Mobbs. Il a même mentionné Stryke.

Delorran s'approcha du gremlin et l'étudia d'un regard d'acier.

—Pour lui, peut-être que tous les orcs se ressemblent, lâcha-t-il.

—Capi-tai-taine, balbutia Mobbs, je vous assure que…

—Si tu connais le nom de Stryke, coupa Delorran, tu as dû rencontrer les Renards.

Mobbs sentit le danger. Il comprit que sa bévue l'avait placé dans une position difficile. Mais il ne voyait pas comment nier.

Pendant qu'il hésitait, Delorran s'impatienta.

—Tu les as rencontrés, n'est-ce pas?

—Il est vrai que j'ai croisé une bande de guerriers orcs, avoua enfin Mobbs, choisissant ses mots avec soin.

—Et qu'avez-vous fait ensemble? demanda Delorran. Ils t'ont raconté leurs exploits? Tu les as aidés, peut-être?

—Je ne vois pas quel genre d'aide un vieux gremlin décrépit comme moi pourrait apporter à des gens comme vous, se défendit Mobbs.

—Ils ne sont pas comme nous, dit Delorran. Ce sont des renégats.

—Vraiment? (Le gremlin tenta de feindre la surprise.) Je n'avais aucune idée de leur... statut.

—À défaut, tu sais peut-être où ils se sont rendus?

—Vous voulez dire que vous l'ignorez?

Delorran dégaina son épée et la pointa sur la poitrine de Mobbs.

—Je n'ai pas de temps à perdre, et tu es un menteur lamentable. Où sont-ils?

—Je... je ne...

La lame piqua la peau du gremlin à travers sa robe crasseuse.

—Parle maintenant, ou tu ne pourras plus jamais le faire!

—Ils... ils ont mentionné qu'ils pourraient aller... À Trinité, lâcha Mobbs à contrecœur.

—À Trinité? Ce repère d'Unis? Je le savais! Qu'est-ce que je vous avais dit, sergent? Ils ont déserté, et ils sont passés à l'ennemi, ces traîtres!

Le sergent dévisagea Mobbs.

—Et s'il mentait?

—Non, il a dit la vérité. Regardez-le. Tout juste s'il peut se retenir de se pisser dessus!

Mobbs se redressa sur sa selle de toute sa modeste hauteur et ouvrit la bouche pour émettre une digne protestation.

Sans avertissement, Delorran lui plongea son épée dans la poitrine.

Mobbs hoqueta et baissa les yeux vers la lame. Quand Delorran la dégagea, le sang jaillit. Le gremlin le regarda avec une profonde stupéfaction. Puis il s'effondra.

Alarmé, son cheval se cabra. Le sergent saisit les rênes pour le calmer.

Delorran remarqua la sacoche de selle que la robe du gremlin dissimulait jusque-là. Il l'ouvrit et la fouilla. Elle ne contenait pas grand-chose d'autre qu'un parchemin roulé. Le capitaine orc s'aperçut que c'était un objet très ancien, mais il ne parvint pas à le déchiffrer.

—Ça a peut-être un rapport avec l'artefact que nous cherchons, admit-il, légèrement penaud. Nous aurions dû l'interroger plus longtemps.

Le sergent se garda bien de retourner le couteau dans la plaie en approuvant. Il étudia le cadavre de Mobbs et se contenta de dire:

—C'est un peu tard pour y penser.

Delorran ne releva pas, fasciné par une épaisse colonne de fumée, à l'horizon.

Quand le soir tomba, les Renards étaient bien plus près de la colonne de fumée qui se découpait sur les ténèbres. Ils ne tarderaient pas à atteindre Échevette.

En chevauchant, ils parlaient à voix basse.

—Tout ça ne me dit rien qui vaille, déclara Jup. Ne devrions-nous pas éviter Échevette?

—Impossible d'aller à Trinité sans passer par là, objecta Stryke.

—Nous pourrions faire demi-tour, le temps de réfléchir et d'envisager une autre stratégie, proposa Alfray.

—Il est trop tard pour ça. Nous avons pris un engagement. Où que nous allions, nous devons nous attendre à rencontrer des problèmes.

Leur conversation fut interrompue par le retour d'un éclaireur.

—La colonie est de l'autre côté d'une colline, à un kilomètre d'ici environ, annonça-t-il. Il se passe quelque chose de grave là-bas. Mieux vaudrait mettre pied à terre quand vous approcherez et finir le chemin à pied.

Stryke renvoya le soldat à l'avant.

—Les dieux seuls savent dans quel guêpier nous allons encore nous fourrer, grommela Haskeer sur un ton pourtant un peu moins acerbe que d'habitude.

Stryke l'ignora. Il fit circuler une consigne de silence dans les rangs et les Renards continuèrent à avancer.

Ils atteignirent le pied de la colline sans encombre, descendirent de cheval et gravirent la pente pour rejoindre leurs éclaireurs.

Échevette s'étendait en contrebas. Une communauté humaine de taille respectable composée de maisonnettes typiques en pierre et en bois. Çà et là, on distinguait quelques bâtiments plus imposants: des granges, des greniers à grain, des salles des fêtes et au moins un lieu de culte avec une flèche sur le toit.

La majeure partie des bâtiments brûlait.

Quelques silhouettes couraient en tous sens, s'efforçant en vain d'éteindre l'incendie.

—Il devrait y avoir davantage d'humains, dit Coilla. Où sont-ils tous passés?

Les éclaireurs haussèrent les épaules.

—Inutile de traîner dans le coin en prenant le risque de nous faire repérer, décida Stryke. Nous allons contourner la ville et continuer notre chemin.

Une heure plus tard, après avoir franchi une série de hautes collines, ils découvrirent ce qui était arrivé au reste des habitants d'Échevette.

Deux armées se faisaient face dans la vallée.

La bataille semblait imminente. Elle avait sans doute été reportée au lendemain à cause de la tombée de la nuit. Le nombre de feux qui brillaient dans les deux camps indiquait qu'il s'agirait d'un conflit majeur dans l'histoire d'Échevette.

—Une bataille entre Unis et Multis, soupira Jup. Il ne manquait plus que ça.

—À ton avis, combien y en a-t-il? demanda Coilla. Cinq ou six mille de chaque côté?

Stryke plissa les yeux.

—Difficile à dire dans la pénombre. Selon moi, c'est une estimation minimale.

—Maintenant, nous savons pourquoi Échevette brûlait, conclut Alfray. Les Multis ont dû déclencher les hostilités en y mettant le feu.

—Que faisons-nous, Stryke?

—Je ne suis pas chaud pour rebrousser chemin et risquer un nouvel affrontement contre les kobolds. Et si nous contournons la vallée dans le noir, nous risquons de tomber sur des éclaireurs humains. Nous camperons ici ce soir, et nous verrons comment la situation évoluera demain.

Dans l'incapacité d'avancer ou de reculer, ils observèrent la scène qui se déroulait à leurs pieds.

Quand l'aube se leva, les Renards dormaient encore. Un rugissement montant du champ de bataille les réveilla en sursaut.

Dans la lumière froide du matin, ils virent clairement les deux armées, au moins aussi importantes que Coilla l'avait supposé.

—Ils ne tarderont pas à engager le combat, prédit Stryke.

Jup se frotta les yeux.

—Humains contre humains… De notre point de vue, ce n'est pas une mauvaise chose.

—Peut-être. Mais j'aurais préféré qu'ils choisissent un autre endroit et un autre moment. Nous avons assez de problèmes comme ça.

Un orc pointa un doigt vers le ciel. Plusieurs dragons approchaient.

—Des renforts pour les Multis, constata Alfray. Crois-tu qu'ils sont envoyés par Jennesta?

—C'est possible, mais elle n'est pas la seule qui les contrôle.

—Évidemment, ricana Haskeer, il y a des nains dans les deux camps!

—Et alors? répliqua Jup.

—Et alors, ça prouve que ceux de ton espèce sont prêts à se battre pour n'importe qui, du moment qu'on les paye.

—Je te l'ai déjà dit: je ne suis pas responsable de tous les nains de Maras-Dantia.

—Mais on est en droit de se demander ce que vaut une loyauté vendue au plus offrant, non? Pour ce que nous en savons, tu…

Haskeer fut interrompu par une quinte de toux. Il s'empourpra et manqua s'étrangler.

— Tu vas bien ? demanda Alfray. Franchement, tu m'inquiètes un peu, depuis quelques jours.

Haskeer reprit son souffle et cracha :

— Lâche-moi les éperons, scieur d'os ! Je vais très bien !

Il recommença à tousser, mais un peu moins violemment.

Stryke était sur le point d'intervenir quand le cri d'un soldat détourna son attention.

Les Renards observèrent le pied de la colline, derrière eux. Un groupe de cavaliers orcs approchait, et ils étaient trois fois plus nombreux qu'eux.

— Vous croyez qu'ils sont à notre recherche ? demanda Coilla.

— C'est possible, répondit Stryke.

— À moins qu'il ne s'agisse d'autres renforts pour les Multis, avança Jup, optimiste.

Stryke mit une main en visière pour observer les nouveaux venus.

— Malédiction ! s'exclama-t-il au bout de quelques instants.

— Que se passe-t-il ?

— L'officier qui les dirige. Je le connais, et le moins qu'on puisse dire, c'est qu'il ne fait pas partie de mes amis.

— Mais c'est un orc, rappela Alfray. Nous sommes du même côté, après tout.

— Delorran et moi ? Jamais.

— Delorran ? s'exclama le médecin.

— Tu le connais aussi ? demanda Coilla.

— Oui. Stryke et lui ont un… passé chargé.

— Tu peux le dire. Que diantre fiche-t-il ici ?

Alfray n'hésita pas une seconde.

— C'est évident, non ? Quel meilleur chasseur envoyer à ta poursuite, sinon un officier qui te hait suffisamment pour ne pas abandonner ?

Le groupe de Delorran s'immobilisa. Son capitaine avança en compagnie d'un autre orc, qui leva une bannière de guerre et l'agita lentement au-dessus de sa tête.

Tous comprirent le signal.

— Ils veulent négocier, souffla Coilla.

— Tu viens avec moi, dit Stryke. Va chercher nos chevaux.

La femelle s'éloigna en courant.

Stryke se pencha vers Alfray et lui tendit l'étoile.

— Je te la confie. (Le vieil orc la glissa dans sa tunique.) Et maintenant, signale-leur que nous descendons parler.

L'étendard des Renards gisait dans l'herbe non loin de là. Alfray le déroula et envoya le message.

— Faites monter Darig en selle, ajouta Stryke.

— Pourquoi ?

— Je veux qu'il soit prêt. Il faut que vous le soyez tous, au cas où nous devrions déguerpir en vitesse.

— Je ne sais pas s'il est en état de monter.

— C'est ça, ou l'abandonner ici.

— L'abandonner ?

— Fais ce que je te dis, Alfray.

— Je le prendrai en croupe sur mon cheval.

Stryke réfléchit un instant.

— D'accord. Mais s'il te ralentit, tu le laisseras tomber.

— Je vais faire comme si je n'avais rien entendu…

— Souviens-t'en quand même. Ça pourrait nous éviter de perdre deux camarades au lieu d'un.

Alfray n'avait pas l'air content, mais il hocha la tête. Pourtant, Stryke ne croyait pas qu'il le ferait…

— Si Delorran te déteste à ce point, dit Jup, est-il bien sage d'y aller ?

— Je ne peux pas envoyer quelqu'un d'autre, et nous sommes coincés ici. Restez sur vos gardes.

Stryke rejoignit Coilla. Ils montèrent en selle et descendirent le flanc de la colline.

— Laisse-moi faire, ordonna-t-il. S'il faut décamper à toute vitesse, obéis sans poser de questions.

La femelle eut un hochement de tête imperceptible.

Ils s'approchèrent de Delorran et de l'orc qui, à en juger par ses tatouages faciaux, devait être son sergent.

Stryke prit la parole le premier sur un ton presque désinvolte.

— Salut à toi, Delorran.

— Stryke, répondit son rival en serrant les dents.

La politesse, même limitée à sa plus simple expression, semblait lui réclamer un gros effort.

— Tu es bien loin de chez nous.

— Épargne-moi tes simagrées, tu veux ? Nous savons tous les deux pourquoi je suis là.

— Vraiment ?

— S'il faut que je te fasse un dessin, allons-y. Toi et ton unité, vous vous êtes absentés sans permission.

— Peux-tu m'expliquer pourquoi ?

— C'est évident : vous avez déserté.

— Ah bon.

— Et vous détenez un objet qui appartient à la reine. Elle m'a envoyé le récupérer par tous les moyens nécessaires.

—Tous les moyens nécessaires? s'étonna Stryke. Tu irais jusqu'à prendre les armes contre tes camarades? Ça n'a jamais été le grand amour entre nous, mais je ne pensais quand même pas que...

—Je n'ai aucun scrupule quand il s'agit de punir des traîtres! cracha Delorran.

Stryke sursauta.

—Il n'y a pas une minute, nous étions de simples déserteurs. Ça fait une sacrée différence!

—Ne joue pas les innocents. Pas avec moi. Comment appelles-tu des soldats qui négligent de revenir d'une mission, volent Jennesta et s'allient avec les Unis?

—Ça fait un paquet de charges. Mais nous ne nous sommes alliés ni avec les Unis, ni avec personne d'autre. Réfléchis un peu. Même si nous le désirions, nous ne pourrions pas les approcher sans nous faire tailler en pièces.

—Je crois au contraire qu'ils accueilleraient à bras ouverts une unité de guerriers orcs. Ça leur permettrait de recruter d'autres traîtres dans ton genre. Mais je ne suis pas venu ici pour discuter. Je te juge selon tes actions, et le massacre de tout un campement de femelles et de jeunes ne parle pas en ta faveur.

—Quoi? s'étrangla Stryke. Delorran, si tu fais allusion à ce que je crois, les orcs de ce campement ont succombé à une épidémie. Nous avons mis le feu à leur village pour...

—N'essaye pas de me faire gober tes mensonges! Mes ordres sont clairs. Tu vas me remettre l'artefact, puis ordonner à tes soldats de déposer les armes et de se rendre.

—Et puis quoi encore? s'exclama Coilla. Allez vous faire foutre!

Delorran foudroya la femelle du regard.

—Tes subordonnés ne sont pas très disciplinés, Stryke. Non que ça me surprenne beaucoup...

—Si elle ne l'avait pas dit, c'est moi qui l'aurais fait. Nous avons quelque chose que tu désires? Viens nous le prendre.

Delorran fit mine de saisir son épée.

—Et si tu comptes violer une trêve, ajouta Stryke en désignant la bannière du sergent, je t'attends.

Il porta une main à son arme.

Les deux capitaines se regardèrent.

—Je te laisse deux minutes pour réfléchir, lâcha Delorran. Après ça, tu cèdes ou tu en subis les conséquences.

Stryke fit faire demi-tour à son cheval. Après avoir adressé une grimace d'adieu à Delorran, Coilla l'imita. Ils rejoignirent le reste de l'unité au galop.

Stryke rapporta leur conversation à son unité.

—Ils nous ont accusés de trahison et ils pensent que nous avons massacré les orcs du campement incendié.

—Comment peuvent-ils nous croire capables d'une pareille infamie ? s'écria Alfray.

—Delorran est prêt à croire n'importe quoi à mon sujet, du moment que c'est négatif. Dans une minute et demie, ils monteront ici pour nous capturer. Morts ou vifs.

Stryke regarda ses soldats.

—Il faut choisir. Si nous nous rendons, nous mourrons, soit des mains de Delorran, soit entre celles de Jennesta, quand il nous aura ramenés à Tumulus. Moi, je préfère crever ici, l'épée au clair. Qu'est-ce que vous en dites ? Vous êtes avec moi ?

Tous hochèrent la tête. Même Haskeer et son trio de partisans étaient d'accord pour se battre. Un peu moins enthousiastes que leurs camarades, certes, mais d'accord malgré tout.

—On ne va pas se laisser capturer aussi facilement, approuva Jup. Mais comment comptes-tu t'y prendre, Stryke ? Je te rappelle qu'une bataille est sur le point d'éclater derrière nous. Nous sommes pris entre deux feux.

Quelques voix s'élevèrent pour poser la même question.

—Nous renforcerons notre position si nous repoussons la première attaque de Delorran, dit Stryke. À propos, elle ne devrait plus tarder…

Au pied de la colline, les orcs se regroupaient pour charger.

—Tous en selle ! ordonna le capitaine. (Il désigna deux soldats de la pointe de son épée.) Aidez Darig à monter en croupe avec Alfray. Alfray, tu resteras à l'arrière. Allez, remuez-vous !

Ils coururent vers leurs chevaux en dégainant leurs armes. Stryke reprit l'étoile au médecin et sauta en selle à son tour.

Deux tiers environ des orcs de Delorran fonçaient vers eux. Les autres resteraient en réserve dans la vallée.

—Nous battre contre les nôtres viole tous nos principes, dit Stryke. Mais souvenez-vous : ils sont persuadés que nous sommes des renégats, et ils nous abattront comme des chiens si nous leur en laissons l'occasion.

L'heure n'était plus aux palabres. Il leva le bras, l'abaissa brusquement et ordonna :

—Chargez !

Les Renards dévalèrent le flanc de la colline.

Bien que Delorran n'eût pas engagé toutes ses forces, ils étaient en infériorité numérique, mais leur position restait légèrement supérieure.

Les lames s'entrechoquèrent ; les chevaux hennirent et se cabrèrent ; des coups violents furent échangés. L'air s'emplit du fracas de l'acier alors que des épées se fracassaient contre des boucliers.

Pour les Renards, se battre contre des camarades était une expérience nouvelle et perturbante. Stryke espéra que ça n'entamerait pas leur détermination. Il n'était pas certain que ça affecterait les soldats de Delorran.

Mais il changea d'avis quand, après cinq minutes de combat intense, les attaquants se replièrent sans qu'aucun des deux camps n'ait subi de perte.

— Le cœur n'y était pas, devina Stryke en les regardant battre en retraite au pied de la colline. Mais je connais Delorran, il va leur frotter les oreilles ! Ils devraient nous donner plus de fil à retordre la prochaine fois.

Comme prévu, ils virent Delorran adresser à ses soldats ce qui ne ressemblait guère à de douces remontrances.

— Nous ne pourrons pas les repousser éternellement, dit Coilla.

Jup étudia le champ de bataille. Les deux camps avançaient lentement l'un vers l'autre.

— Et nous n'avons nulle part où fuir…

Les soldats de Delorran se préparèrent à lancer une deuxième attaque – au grand complet, cette fois.

Stryke prit sa décision. C'était de la folie, mais il ne voyait pas d'autre moyen.

— Écoutez-moi ! beugla-t-il. Nous allons tenter le tout pour le tout. Faites-moi confiance.

— Tu comptes encore charger ? interrogea Coilla.

L'unité de Delorran galopait vers eux.

— Faites-moi confiance, répéta Stryke, et suivez-moi. À mon signal !

L'ennemi se rapprochait, gagnant de la vitesse. Les Renards ne pouvaient plus douter qu'il était animé d'une ardeur nouvelle.

Stryke attendit que les soldats de Delorran ne soient qu'à un jet d'épieu. Alors, il tourna la tête vers le champ de bataille.

— Maintenant ! cria-t-il.

Puis il fit pivoter son cheval vers le sommet de la colline.

Quelques secondes plus tard, il l'atteignit et dévala la pente en direction de la vallée.

— Oh, non, gémit Jup.

Haskeer semblait paralysé. Et il n'était pas le seul. Aucun des soldats n'avait réagi.

Delorran et sa compagnie étaient presque sur eux.

Coilla se reprit la première.

— Venez ! rugit-elle. C'est notre seule chance !

Elle éperonna son cheval et s'élança à la suite de Stryke.

— Et meeeerde ! jura Haskeer.

Mais il partit au galop, et les autres Renards l'imitèrent.

Bien que Darig fût accroché à lui, Alfray parvint à dérouler leur bannière.

Quand ils atteignirent le sommet de la colline, Stryke avait quelques centaines de mètres d'avance sur eux.

Dans la vallée, en contrebas, les deux armées gagnaient de la vitesse. Les premiers rangs de fantassins baissèrent leurs lances. Les cavaliers chargèrent.

Le couloir qui les séparait se rétrécissait de seconde en seconde. Et les Renards couraient vers le piège, pareils à des chauves-souris infernales.

Delorran et ses soldats arrivèrent en haut de la colline.

Ils grognèrent en découvrant les humains qui grouillaient dans la vallée. Même si leur capitaine n'avait pas levé la main pour qu'ils fassent halte, ils auraient tiré sur les rênes de leurs chevaux.

Éberlués, ils regardèrent les orcs foncer vers la bande de terrain où les deux armées étaient sur le point d'entrer en contact.

— Qu'est-ce qu'on fait, chef ? demanda le sergent.

— Sauf si vous avez une meilleure idée, on les regarde se suicider, répondit Delorran.

Chapitre 16

La pente était si raide que les chevaux des Renards glissaient dessus davantage qu'ils ne galopaient.

Pivotant sur sa selle, Coilla scruta le sommet de la colline. Le reste de l'unité la suivait de près. Au-dessus, leurs poursuivants s'étaient arrêtés et les observaient, l'air incrédule. La femelle orc éperonna sa monture pour rattraper Stryke.

— Qu'est-ce qu'on fait ?

— On passe, un point c'est tout ! cria Stryke alors que le vent leur fouettait le visage. Les humains ne doivent pas s'y attendre.

— Ils ne sont pas les seuls…

Les armées Uni et Multi se rapprochaient de seconde en seconde.

Stryke tendit un index vers le bas.

— Mais il faut foncer et ne pas s'arrêter, même quand nous aurons atteint l'autre côté.

— Si nous l'atteignons, grogna Coilla.

Dans le fracas des sabots de leurs montures, ils prirent pied sur le sol de la vallée. Par-dessus son épaule, Stryke vit que les autres Renards étaient toujours ensemble. Gêné par le poids de Darig, qu'il avait pris en croupe, Alfray fermait la marche, mais il ne se laissait pas distancer.

À présent qu'ils se déplaçaient en terrain plat, ils pouvaient galoper plus vite. L'inconvénient, c'était qu'ils ne bénéficiaient plus d'une vue d'ensemble du champ de bataille. Les armées leur semblaient beaucoup plus proches, et il était plus difficile d'évaluer la trouée qui les séparait encore. Stryke éperonna son cheval déjà haletant et ordonna aux autres d'accélérer.

Ils s'engagèrent dans la vallée, le rugissement de milliers d'humains assoiffés de sang résonnant à leurs oreilles.

Puis ils surgirent entre les deux armées. Des ennemis sur leur gauche, des ennemis sur leur droite.

Un kaléidoscope de corps et de visages défila autour d'eux. Stryke avait vaguement conscience des têtes qui se tournaient sur leur passage, des doigts qui se tendaient vers eux, des cris inaudibles saluant leur irruption.

Il pria pour que l'élément de surprise et l'excitation due à la bataille imminente leur donnent l'avantage. Il espérait surtout que personne n'oserait réagir, faute de savoir de quel côté allaient se ranger ces intrus de dernière minute. Mais dès qu'ils auraient reconnu des orcs, les Unis supposeraient qu'ils venaient prêter main-forte aux Multis.

Ils avaient traversé un quart du champ de bataille quand des flèches et des épieux commencèrent à voler dans leur direction.

Les deux armées étaient encore assez loin pour que les projectiles retombent sans atteindre les Renards. Mais elles avalaient la distance de plus en plus vite. S'ils marquaient quelque hésitation, les orcs seraient balayés par deux lames de fond jumelles et meurtrières. Çà et là, des cavaliers se détachaient déjà de la masse pour galoper à leur rencontre.

Un groupe de fantassins armés de lances et d'épées larges se dressa en travers du chemin de Stryke. Il ne ralentit pas, et força le passage en les bousculant. Coilla et le reste de l'unité achevèrent de les piétiner. Mais si les humains avaient été moins surpris et mieux organisés, ils auraient pu leur barrer la route sans problème.

Les flèches ennemies venaient se planter de plus en plus près. Un javelot siffla dans l'air entre l'arrière-train du cheval de Stryke et le museau du guerrier qui le suivait. Des humains affluèrent des deux côtés pour attaquer les orcs, qui ripostèrent, abattant sans discrimination Unis et Multis.

Un humain vêtu de noir saisit les rênes du cheval de Coilla. Puis il planta ses talons dans le sol pour freiner l'animal, qui trébucha et fit un quart de tour, forçant les montures des autres Renards à ralentir. De toutes les directions, d'autres humains affluaient pour se jeter dans la mêlée.

Coilla dégaina un couteau et l'abattit sur le visage de son agresseur. Pendant que les autres orcs lui passaient sur le corps, la femelle enfonça ses talons dans les flancs de sa monture. Toute l'unité accéléra pour distancer les humains.

Sur le flanc de la colonne – autrement dit, dans une position vulnérable –, Haskeer balançait sa hache de droite et de gauche, fracassant le crâne des lanciers qui s'efforçaient de le désarçonner.

Il rugit et s'arracha à la mêlée.

Les Renards galopaient entre deux océans déchaînés de guerriers humains.

Stryke avait conscience qu'ils risquaient d'être submergés.

Vue du sommet de la colline, l'unité ressemblait à une poignée de perles noires ballottées par la main d'un géant. Delorran et ses soldats regardèrent l'étau se refermer sur les Renards.

—Les fous! s'exclama le capitaine. Ils préfèrent se suicider plutôt que d'affronter la justice de Jennesta.

—Ils ne s'en tireront pas, chef, affirma le sergent.

—Nous ne pouvons pas traîner ici et prendre le risque que les humains nous repèrent. Préparez-vous à rebrousser chemin.

—Et l'artefact, chef?

—Tu veux aller le chercher peut-être?

Dans la vallée, des centaines d'Unis et de Multis fonçaient sur les Renards pour leur barrer le chemin.

—Venez! cria Delorran.

Il fit pivoter son cheval et descendit l'autre flanc de la colline. Ses soldats lui emboîtèrent le pas.

Stryke vit les humains se regrouper pour bloquer le passage aux Renards. Sans ralentir, il les percuta de plein fouet et força le passage.

Quelques instants plus tard, les orcs vinrent s'écraser contre le mur d'humains, qu'ils taillèrent à coups d'épée. Le chaos fut total quand les Unis et les Multis commencèrent également à se battre entre eux.

On passait de la confusion à l'anarchie la plus absolue.

Un petit groupe d'Unis armés de lances faillit réussir à désarçonner Jup. Le sergent parvint à les maintenir à distance en faisant de grands moulinets avec son épée, mais il aurait fini par succomber si une poignée de Renards n'étaient pas venus l'aider. Dès qu'ils se furent débarrassés des humains, ils éperonnèrent leurs montures.

Alfray faisait de son mieux pour ne pas décrocher. Hélas, son passager le ralentissait. Ayant perdu tout espoir que les orcs soient venus leur prêter main-forte, des Multis se jetèrent sur eux. Alfray se battit comme un beau diable, mais il était gêné par son camarade blessé et par la bannière des Renards : une arme moins efficace et moins maniable qu'une épée. Sans compter que les autres étaient trop loin pour l'aider.

Ils étaient sur le point de se dégager et de s'enfuir quand la pointe d'une lance traversa le dos de Darig.

Le malheureux cria à la mort.

Alfray abattit son épée sur le lancier humain et lui découpa une belle tranche de viande dans le haut du bras. Mais le mal était déjà fait.

Darig s'affaissa sur la selle, sa tête basculant en avant. Alfray était trop occupé à repousser leurs autres attaquants pour lui prêter beaucoup d'attention.

Un cavalier se porta à leur rencontre. Affolé, leur cheval se cabra, et Darig roula à terre. Il avait à peine touché le sol quand une masse d'humains se jeta sur lui. Leurs épées, leurs haches, leurs épieux et leurs couteaux le réduisirent en bouillie.

Alfray poussa un cri de rage et de désespoir. D'un seul coup, il décapita le cavalier qui lui bloquait le chemin. Un bref regard vers Darig lui confirma qu'il ne pouvait plus rien faire pour lui.

Il éperonna son cheval, échappant de justesse à un autre assaut, et rattrapa les Renards qui se pressaient dans un goulet d'étranglement, à la lisière du champ de bataille.

Le vieil orc était convaincu qu'ils ne s'en sortiraient pas.

Derrière eux, les armées humaines engagèrent enfin le combat.

Le début de la bataille fut une bénédiction pour les orcs. Les humains étaient si occupés à s'entre-tuer qu'arrêter les Renards leur parut soudain très secondaire.

Après deux minutes de carnage qui semblèrent durer une éternité, l'unité s'arracha enfin à la vallée et entreprit de gravir le flanc des collines qui la bordaient.

Lorsqu'elle eut pris un peu de hauteur, Coilla regarda en bas. Une vingtaine ou une trentaine d'humains galopaient à leur poursuite. À en juger par leur apparence, ce devaient être des Unis.

—On a de la compagnie! cria-t-elle.

Stryke s'en était déjà aperçu.

—Continuez! ordonna-t-il.

Au sommet de la colline, ils découvrirent une pente douce qui descendait vers une plaine semée de bosquets.

Ils continuèrent à galoper.

Derrière, les humains ne faisaient pas mine de ralentir. L'écume aux naseaux, les chevaux des chasseurs et de leurs proies faisaient jaillir des mottes de terre sous leurs sabots.

Puis un bleu cria, et tous levèrent la tête.

Trois dragons approchaient.

Stryke supposa qu'ils étaient aussi à la poursuite des Renards. Il bifurqua vers les arbres pour se mettre à couvert.

—Baissez la tête! cria Jup.

Un des dragons piqua vers eux et ils sentirent une explosion de chaleur dans leur dos. Puis la créature redressa son vol pour rejoindre ses semblables.

Jetant un coup d'œil derrière eux, les orcs constatèrent que les humains et leurs montures avaient été massacrés par le souffle du dragon. Le sol était jonché de cadavres calcinés. Quelques cavaliers brûlaient encore sur leurs montures léchées par les flammes.

Ceux qui n'avaient pas été touchés perdirent tout intérêt pour la poursuite. Ils s'arrêtèrent et observèrent leurs camarades morts, l'air stupéfait, puis regardèrent les orcs s'enfuir sans lever le petit doigt pour les rattraper.

Stryke se demanda si le dragon avait agi volontairement. On ne pouvait jamais savoir, avec ces bestioles. Leur souffle était une arme très imprécise.

Comme en réponse à sa question, les monstres virèrent sur l'aile et se préparèrent à une seconde attaque. Les Renards talonnèrent leurs montures pour atteindre le couvert des arbres.

Une ombre immense s'abattit sur eux. Le souffle du dragon embrasa l'herbe à quelques mètres sur leur droite. Ils éperonnèrent de plus belle leurs chevaux.

Un autre dragon plongea, le battement de ses ailes générant une bourrasque qui manqua les désarçonner.

Les Renards s'engouffrèrent in extremis dans le bosquet. Au-dessus de leurs têtes, le souffle de la créature carbonisa les frondaisons. Des branches enflammées s'abattirent sur le sol au milieu d'une pluie d'étincelles et de feuilles racornies.

Sans ralentir, les orcs s'enfoncèrent entre les arbres. À travers le feuillage, ils apercevaient leurs adversaires volants, qui tentaient de les suivre.

Ils s'arrêtèrent de l'autre côté du bosquet. Dissimulés par la végétation, ils observèrent les dragons, toujours aux aguets, qui planaient en cercle dans le ciel. Stryke ordonna de mettre pied à terre et envoya des éclaireurs s'assurer qu'aucun humain ne les avait suivis jusque-là. Visiblement, ce n'était pas le cas.

L'arme à la main, les Renards attendirent une occasion de quitter leur cachette.

Haskeer porta son outre à ses lèvres. Il but longuement, la reboucha et recommença à se plaindre.

— C'était drôlement risqué comme manœuvre.

— Que voulais-tu faire d'autre? répliqua Coilla. Et de toute façon, ça a marché, non?

Haskeer ne pouvait pas le nier. Il se contenta donc de bouder dans son coin.

Par bonheur, le reste de l'unité ne partageait pas sa mauvaise humeur. Les bleus étaient tellement excités de s'en être sortis que Stryke dut leur ordonner de baisser le ton.

Seul Alfray semblait mélancolique. Il ne cessait de penser à Darig.

— Si je l'avais mieux surveillé, il serait peut-être encore avec nous.

— Tu ne pouvais rien faire de plus, assura son capitaine. Ne te tourmente pas avec des « si ».

— Stryke a raison, dit Coilla. Réjouissons-nous plutôt de n'avoir pas davantage de pertes.

— Tout de même…, murmura Stryke. Si quelqu'un est à blâmer pour la mort de nos camarades, c'est bien moi.

— Ne commence pas à broyer du noir, fit Coilla. Nous avons besoin d'un chef avec les idées claires, pas d'un officier rongé par la culpabilité.

Stryke laissa tomber le sujet. Plongeant une main dans sa poche, il en sortit l'étoile.

— Cet objet bizarre nous a déjà valu tant de problèmes, soupira Alfray. Il a mis nos existences sens dessus dessous. J'espère que ça en vaut la peine…

— Ce pourrait être la clé qui nous délivrera des chaînes du servage.

— Peut-être que oui, peut-être que non… À mon avis, ça fait un moment que tu cherchais un prétexte pour ruer dans les brancards.

— Comme nous tous, je suppose, éluda Stryke.

Les épaules d'Alfray s'affaissèrent.

— C'est possible. Mais à mon âge, on se méfie du changement.

— L'époque *est* au changement. Tout se transforme. Pourquoi pas nous ?

— Tu parles, ricana Haskeer. Le fond du problème, c'est que…

Le souffle coupé, il s'interrompit, tituba et tomba comme une masse sur le sol.

— Quoi encore ? s'exclama Coilla.

Ils se rassemblèrent autour du sergent.

— Que se passe-t-il ? s'inquiéta Stryke. Il est blessé ?

Alfray s'agenouilla pour examiner le sergent.

— Non.

Il posa une main sur son front, puis prit son pouls.

— Alors, qu'est-ce qu'il a ?

— De la fièvre. À mon avis, il souffre du même mal que Meklun.

Plusieurs orcs reculèrent vivement.

— Et il a tenté de nous le cacher, l'imbécile.

— Il n'est plus lui-même depuis quelques jours, souligna Coilla.

— Exact, murmura Alfray. Tous les signes étaient là. Je m'en doutais un peu, mais je ne voulais pas y croire.

— Allons, parle, le pressa Stryke.

— J'avais des soupçons sur la cause du décès de Meklun. Ses blessures étaient graves, mais il aurait pu s'en remettre. Je crois qu'il a attrapé quelque chose au campement que nous avons incendié.

— Il ne s'en est pas approché, rappela Jup. Il n'était déjà plus en état.

— Mais Haskeer y est allé, lui.

— Grands dieux, souffla Stryke. Il a dit qu'il n'avait pas touché aux cadavres. Il a dû mentir.

— S'il a contracté la tavelure rouge et qu'il l'a transmise à Meklun, ne pourrait-il pas nous avoir tous contaminés ? demanda Coilla.

Un murmure inquiet parcourut les rangs.

— Pas nécessairement, répondit Alfray. Meklun était affaibli par ses blessures, donc plus vulnérable. Si nous étions infectés, nous aurions déjà des symptômes. Quelqu'un a-t-il constaté quelque chose d'anormal ?

Les orcs répondirent « non » ou secouèrent la tête.

—D'après le peu que je sais des maladies humaines, continua Alfray, le risque de contamination est le plus élevé au cours des premières quarante-huit heures.

—Espérons que tu as raison, soupira Stryke. (Il baissa les yeux vers Haskeer.) Tu crois qu'il s'en sortira ?

—Il est jeune et robuste. Ça devrait l'aider.

—Que pouvons-nous faire pour lui ?

—Pas grand-chose à part essayer de contrôler sa fièvre et attendre qu'elle disparaisse.

—Encore un problème supplémentaire, gémit Coilla.

—Oui, et nous n'en avions vraiment pas besoin, renchérit Stryke, l'air sombre.

—Haskeer a de la chance que nous ne partagions pas ses idées sur l'élimination des blessés et des invalides. Vous vous souvenez de ce qu'il voulait faire à Meklun ?

—Oui. Plutôt ironique, quand on y pense…

—Et maintenant, chef ? demanda Jup.

—On s'en tient à notre plan. (Stryke désigna les dragons qui continuaient à survoler le bosquet.) Dès qu'ils seront partis – à supposer qu'ils le fassent –, nous nous remettrons en route pour Trinité.

Ils durent se tapir plusieurs heures sous le couvert des arbres.

Finalement, les dragons se lassèrent de tourner en rond. Ils s'en furent en direction du nord et disparurent à l'horizon.

Stryke ordonna à ses subalternes de hisser Haskeer sur son cheval et de l'attacher en selle. Un bleu reçut la mission de guider son sergent, toujours inconscient.

L'unité se remit prudemment en route vers Trinité. Stryke estima qu'il leur restait une journée et demie de voyage, à condition de ne pas rencontrer d'autres obstacles.

Ayant laissé Échevette derrière eux, ils pouvaient prendre le chemin le plus direct. Mais ça ne signifiait pas que leurs ennuis étaient terminés, car ils avançaient désormais dans le sud de Maras-Dantia, la région où les humains pullulaient. Ils optèrent donc systématiquement pour le chemin le plus protégé, coupant à travers bois ou s'engageant dans d'étroites vallées abritées des regards hostiles.

Le matin du deuxième jour, ils longèrent une petite forêt dont les colons humains avaient abattu presque tous les arbres. Ils avaient emporté beaucoup de troncs, mais d'autres pourrissaient inutilement sur place. Les souches couvertes de mousse ou de champignons indiquaient que les bûcherons avaient officié des mois auparavant.

Les Renards s'étonnèrent de ces ravages et des efforts qu'ils avaient impliqués. Sachant que ces exactions devaient être l'œuvre d'un grand nombre d'humains, ils redoublèrent de vigilance.

Quelques heures plus tard, ils découvrirent où était passé le bois manquant.

Ils venaient d'atteindre une rivière qui coulait en direction du sud-ouest, vers les monts Carascrag. Comme il était plus facile de se diriger en suivant un cours d'eau, les orcs longèrent sa berge. Bientôt, ils remarquèrent que le courant devenait moins fort.

Au sortir d'un lacet, ils comprirent la raison de ce ralentissement.

La rivière se transformait en un énorme lac à la surface scintillante qui occupait la majeure partie de ce qui était jadis une plaine. Le plan d'eau avait été créé artificiellement au moyen d'un barrage de bois dont les rondins devaient provenir en grande partie de la forêt abattue.

L'ouvrage les impressionna autant qu'il les désola. Plus haut qu'un pin adulte, il composait une barrière de six troncs d'épaisseur et sa longueur était bien supérieure à la portée d'une flèche. Les troncs avaient été alignés avec une grande précision, puis attachés avec des kilomètres et des kilomètres de lianes. Du mortier bouchait les minuscules brèches.

Sur les deux rives du cours d'eau, d'immenses étais assuraient la stabilité de la construction.

Les éclaireurs signalèrent une totale absence d'humains dans les environs.

Comme ils avaient chevauché sans répit depuis la veille, Stryke ordonna une halte et posta des sentinelles.

Dès qu'Alfray se fut occupé d'Haskeer, dont la fièvre s'était aggravée, il rejoignit les autres officiers pour parler de leur plan.

—Nous ne devons plus être très loin de Trinité, dit Stryke. Si les humains ont construit un barrage, c'est sans doute pour alimenter en eau une importante population.

—Et pour contrôler la ressource naturelle la plus importante, ajouta Alfray.

—Bref, ils doivent être aussi nombreux que bien organisés.

—Mais ils ignorent qu'ils ont nui au pouvoir magique en modifiant le cours de la rivière, dit Jup. Je sens l'énergie négative d'ici…

—Moi, ce que je sens, ce sont des ennuis en perspective, coupa Coilla avec son pragmatisme habituel. Trinité est une forteresse habitée par des Unis fanatiques. J'ai cru comprendre que les races aînées n'y sont pas exactement les bienvenues. Comment mettre la main sur la seconde étoile ? À moins que tu n'envisages une mission suicide, Stryke ?

—Je ne sais pas comment nous allons nous y prendre, avoua leur capitaine. Pour le moment, tenons-nous-en à la stratégie de base : approchonsnous le plus possible et cachons-nous le temps d'évaluer la situation. Il doit y avoir un moyen. Nous ignorons lequel, c'est tout.

— Et s'il n'y en avait pas? s'inquiéta Alfray. Si nous ne pouvions pas nous infiltrer dans Trinité?

— Nous devrons reconsidérer notre plan. Peut-être essayer de négocier avec Jennesta : l'étoile que nous avons en échange d'une amnistie.

— Ben voyons! railla Coilla.

— À moins que nous n'options pour une existence de hors-la-loi. Ce que nous sommes déjà, en fait…

Jup sembla troublé.

— Cette perspective ne m'enchante guère, avoua-t-il.

— Alors, essayons de ne pas en arriver là! Maintenant, allez tous vous reposer un peu. Je veux que nous nous remettions en route dans une heure au plus tard.

Chapitre 17

Ils repérèrent Trinité en fin d'après-midi.

Dissimulés par la végétation, tous les sens en alerte au cas où une patrouille passerait dans le coin, les Renards observèrent la communauté humaine de là.

La cité était une enclave défendue par un haut mur de bois muni de tours de garde. Au-delà se dressaient les monts Carascrag aux pics déchiquetés bleus comme de l'acier. L'air réchauffé par les sources thermales du désert de Kirgizil tourbillonnait de l'autre côté de la cordillère.

Une route conduisait à l'énorme porte à double battant qui devait être l'entrée principale de la ville. Pour le moment, elle semblait fermée. Trinité était entourée par des champs cultivés qui s'étendaient pratiquement jusqu'à la cachette des orcs. Mais la récolte promettait d'être piteuse et peu appétissante.

— Maintenant, nous savons pourquoi ils ont besoin de toute cette eau, dit Coilla.

— Pour ce qu'ils en font, grommela Jup. Regarde ces épis maigrichons ! Décidément, les humains sont stupides. Ils ne comprennent pas que perturber la terre leur porte autant préjudice qu'à nous.

— Comment allons-nous approcher de cet endroit, Stryke ? demanda Alfray. Sans parler de nous y infiltrer…

— La chance jouera peut-être en notre faveur. Nous n'avons vu aucun humain. À mon avis, tous sont partis se battre à Échevette.

— Ils n'auraient pas laissé leur communauté sans défense, dit Coilla. Et de toute façon, ils finiront par revenir.

— Je voulais dire que ça pourrait nous aider, se défendit Stryke, pas que ça résoudrait notre problème.

— Alors, on fait quoi ? insista Jup.

— On cherche un endroit où se cacher et on dresse le camp. Coilla, tu prendras trois bleus avec toi et vous ferez le tour de la ville de gauche à droite. Jup, tu en prendras trois autres et vous ferez la même chose en sens inverse. Tâchez de trouver une cachette qui convienne aussi aux chevaux. C'est compris ?

Ils firent oui de la tête et s'en furent.

Stryke se tourna vers Alfray.

—Comment va Haskeer ?

—Toujours pareil.

—On peut lui faire confiance pour nous compliquer la vie, même inconscient. Soigne-le du mieux possible. Les autres, gardez l'œil ouvert et tenez-vous prêts à vous battre, juste au cas où.

Ils s'installèrent pour observer et attendre.

—Je ne sais pas trop, murmura Jup.

Tapis sous les buissons, ils étudiaient une bouche de tunnel taillée à même la montagne.

—Ce qui m'inquiète, c'est qu'il n'y a pas d'autre issue, dit Alfray. Je crains que les chevaux ne s'affolent, là-dedans.

—C'est tout ce que nous avons trouvé, répéta Coilla, irritée.

—Elle a raison, approuva Stryke. Il faudra faire avec. Tu es certaine que ce tunnel est désaffecté ?

La femelle hocha la tête.

—Deux soldats l'ont exploré sur une bonne distance.

—Si les humains découvrent que nous nous cachons là, nous serons pris au piège comme des rats, dit Jup.

—C'est un risque à courir, trancha Stryke. (Il vérifia que la voie était libre.) Dépêchons-nous. Les chevaux d'abord.

L'unité gagna rapidement l'entrée de la mine. Certains animaux refusèrent d'avancer ; il fallut les traîner sur les derniers mètres.

À l'intérieur, il faisait noir et beaucoup plus frais que dehors.

La lumière du jour leur permettait d'y voir sur trente pas environ, jusqu'à l'endroit où le tunnel se rétrécissait. Après, c'étaient les ténèbres absolues.

—On se tient à l'écart de l'entrée, dit Stryke, et on n'allume pas de torches, sauf cas de force majeure.

Coilla frissonna.

—Je ne m'enfoncerai pas suffisamment là-dedans pour en avoir besoin. Cet endroit me fait froid dans le dos.

Jup passa une main sur le mur grossièrement taillé.

—À votre avis, que cherchaient les humains ici ?

Penché sur Haskeer et lui pressant une compresse humide sur le front, Alfray répondit :

—Sans doute de l'or, ou un autre minerai qu'ils considèrent comme précieux.

—J'ai déjà vu ce genre de chose, dit Jup en frappant la paroi de la pointe de sa botte. Ils voulaient extraire les cailloux noirs dont ils se servent comme combustible. Je me demande combien de temps ils ont mis à épuiser cette veine.

—Sans doute pas beaucoup, les connaissant! lança Coilla. Tu dois avoir raison. J'ai entendu dire que les Unis avaient fondé Trinité ici parce que la région regorge de cailloux noirs.

—Une fois encore, ils violent la terre, marmonna le nain. Nous aurions dû détruire leur barrage pour leur donner une bonne leçon.

—Nous n'aurions pas pu le faire, le détrompa Stryke. Et ce n'est pas le but de notre venue. La priorité, c'est de trouver le point faible de Trinité.

—S'il y en a un.

—Nous ne le découvrirons pas en restant assis dans ce tunnel.

—Alors, quel est ton plan? demanda Coilla.

—Mieux vaut éviter de nous balader trop nombreux en plein jour. J'aimerais me rendre compte par moi-même. Jup et toi m'accompagnerez…

—Ça me va. Je ne suis pas faite pour la vie de troglodyte.

—Les autres, vous restez ici! ordonna Stryke. Alfray, poste deux sentinelles à l'entrée et deux autres dans les buissons pour vous avertir si quelqu'un approche. Et essayez de calmer les chevaux. Venez, tous les deux.

Coilla et Jup le suivirent.

Pliés en deux pour ne pas se faire remarquer, ils se déplacèrent d'une cachette à une autre en direction de la ville.

Ils traversaient un champ de maïs quand Coilla saisit le bras de Stryke.

—À terre! siffla-t-elle, l'entraînant vers le sol.

Les trois officiers s'aplatirent entre les épis. À moins de vingt mètres d'eux se tenaient les premiers humains qu'ils aient vus depuis la bataille d'Échevette. Un petit groupe de femmes, toutes vêtues de noir, récoltaient des plantes dans un champ voisin et les chargeaient dans les paniers placés sur le dos de plusieurs mules. Deux hommes barbus montaient la garde près des animaux.

Stryke porta un doigt à ses lèvres, puis fit signe aux autres de le suivre. Rampant sur les coudes et les genoux, ils contournèrent les humains en silence.

Ils débouchèrent sur une grande bande de terre battue couverte de galets. À l'abri des hautes herbes, ils comprirent que c'était la route qui conduisait aux portes de Trinité. Comme il ne semblait pas y avoir d'humains dans les champs d'en face, ils s'apprêtèrent à la traverser.

Coilla allait s'élancer quand ils entendirent le roulement sourd de chariots qui approchaient. Ils reculèrent et se tapirent de nouveau entre les épis de maïs.

Une colonne de véhicules entra dans leur champ de vision. Le premier était une carriole tirée par deux magnifiques juments blanches. Deux humains vêtus de noir et armés jusqu'aux dents occupaient le banc du conducteur. Deux autres étaient assis à l'arrière sur une confortable banquette : un garde muni d'un arc, et le mâle le plus inquiétant que Stryke ait jamais vu.

Il était le seul à porter un chapeau – une sorte de tuyau de poêle en feutre que les humains appelaient « haut-de-forme ». Très grand et très mince, il avait un visage buriné orné d'une moustache grisonnante et terminé par un menton pointu. Entre les deux, des lèvres pincées qui ne devaient pas avoir l'habitude de sourire. Au-dessus, des yeux sombres au regard intense…

La carriole passa.

Elle fut suivie par trois chariots aux attelages de bœufs, tous conduits par deux humains armés et vêtus de noir. Des nains si nombreux qu'ils étaient forcés de se tenir debout s'entassaient à l'arrière.

Alors que la petite colonne se dirigeait vers les portes de la ville, Stryke remarqua l'air préoccupé de Jup.

— Imagine ce qu'Haskeer aurait dit, soupira le nain.

— Ce n'étaient pas des prisonniers, n'est-ce pas ? demanda Coilla.

Stryke secoua la tête.

— On dirait plutôt des ouvriers. Mais c'est surtout le grand humain de la carriole que j'ai trouvé intéressant.

— Hobrow ? avança Coilla.

— Il avait le maintien d'un chef…

— Et les yeux de poisson mort qui vont avec, marmonna Jup.

Des gardes apparurent au sommet du mur d'enceinte. Les portes s'ouvrirent lentement, offrant un bref aperçu de l'intérieur de la ville, puis se refermèrent dès que les véhicules furent entrés. Les orcs entendirent le bruit d'une barre de fer que l'on remettait en place.

— Le voilà, notre moyen d'accès ! triompha Jup.

— Que veux-tu dire ? demanda Stryke.

— Faut-il que je te fasse un dessin ? Ils utilisent des nains comme ouvriers. Au cas où tu ne l'aurais pas remarqué, j'en suis un.

— C'est très risqué, Jup, dit Coilla.

— Tu vois une autre solution ?

— Même si tu arrives à entrer, que comptes-tu faire après ?

— Recueillir des informations. Observer la disposition des lieux et les défenses. Peut-être me faire une idée de l'endroit où est l'étoile.

— À supposer que Mobbs ait vu juste, et qu'il y en ait bien une.

— Nous ne le saurons jamais si personne n'y va…

— Nous ignorons quel système de sécurité ils utilisent, dit Stryke. Suppose qu'ils connaissent tous les ouvriers nains…

—Ou que les ouvriers se connaissent entre eux, renchérit Coilla. Comment réagiraient-ils à la présence d'un intrus ?

—Je n'ai pas dit que ce serait facile, coupa Jup. Mais il m'étonnerait beaucoup que les humains connaissent chaque nain par son nom. Ils méprisent les races aînées. Je les imagine mal prendre la peine de se familiariser avec l'une d'elles.

Coilla fronça les sourcils.

—Ce n'est qu'une supposition.

—Et un risque à courir, insista Jup. Pour ce qui est des nains eux-mêmes... À vue de nez, ils viennent d'au moins quatre tribus différentes.

—Comment le sais-tu ? s'étonna Stryke.

—À cause de leur façon de s'habiller : la couleur de leurs foulards, la coupe de leurs pourpoints... On peut déterminer l'origine d'un nain selon ce genre de détails vestimentaires.

—Lesquels portes-tu ? demanda Coilla.

—Aucun. J'ai dû m'en débarrasser en entrant au service de Jennesta, pour qu'on puisse connaître mon allégeance d'un simple coup d'œil. Mais je peux facilement y remédier.

Stryke était toujours sceptique.

—Ça fait beaucoup de « si » et de « peut-être ».

—Je sais. Et encore, je n'ai pas abordé le problème principal. Il doit y avoir un dispositif de contrôle des allées et venues des ouvriers. Je suppose que les humains les comptent régulièrement, à défaut de vérifier leur identité.

—Autrement dit, t'infiltrer parmi eux ne servirait à rien même si nous trouvions un moyen de le faire.

—C'est vrai, concéda Jup. Il faudrait m'*échanger* contre l'un d'eux.

Coilla lui jeta un regard surpris.

—Et comment faire ?

—Je ne sais pas encore... Si nous y arrivions, trois éléments joueraient en notre faveur. Le premier, c'est qu'un nouvel arrivant ne déclencherait pas les soupçons des nains, parce qu'ils viennent de plusieurs tribus différentes. Le deuxième, c'est que les humains sont généralement incapables de nous distinguer les uns des autres.

—Et le troisième ?

—Ils ne doivent pas s'attendre à ce qu'un nain ennemi veuille s'introduire dans leur ville.

Stryke secoua la tête.

—Ne le prends pas mal, Jup, mais ta race a la réputation de... disons, de se laisser porter par le vent. Les humains savent que vous vous battez pour le plus offrant. Sans vouloir te vexer.

—Je ne suis pas fâché, assura Jup. Ça fait longtemps que j'ai cessé de m'excuser pour le comportement de mes semblables. Mais postulons que les humains ne pensent pas qu'un nain seul soit assez fou pour s'infiltrer chez eux. Voilà au moins un point sur lequel ils réagissent comme les races aînées : ils voient seulement ce qu'ils s'attendent à voir. Ils utilisent des nains. Je suis un nain. Avec un peu de chance, ils n'iront pas chercher plus loin.

—Avec un peu de chance, répéta Coilla sur un ton moqueur. Les humains sont des monstres, mais pas forcément des imbéciles.

—Je sais.

—Comment dissimuleras-tu tes tatouages ? demanda Stryke.

—Avec des racines de garva. En les écrasant dans de l'eau et en ajoutant un peu d'argile, je devrais obtenir une couleur assez proche de celle de ma peau. Je n'aurai qu'à m'en tartiner le visage pour passer inaperçu.

—À condition que personne ne t'inspecte de trop près. Tu vas vraiment prendre beaucoup de risques…

—Mais tu es d'accord sur le principe ? demanda Jup.

Stryke réfléchit un moment.

—Je ne vois pas d'autre moyen, admit-il. Donc… oui.

Jup sourit.

Instinctivement, les trois officiers se tordirent le cou pour vérifier qu'il n'y avait pas d'humains alentour.

—Tout de même, ne vous excitez pas trop, dit Coilla. Il nous faut encore régler pas mal de détails. Par exemple, la façon de t'échanger contre un des ouvriers.

—Tu as une idée ? demanda Stryke.

—Nous pourrions peut-être tendre une embuscade à un des chariots, la prochaine fois qu'ils sortiront de la ville. Nous enlèverons un passager, et Jup se mêlera aux autres.

—Non. Trop de choses peuvent mal tourner, et ça alerterait les humains.

—Tu as raison, ça ne marcherait pas. Qu'en penses-tu, Jup ?

—À mon avis, il vaudrait mieux localiser l'endroit d'où viennent les nains. Les humains vont les chercher quelque part, et ça ne devrait pas être trop loin d'ici. Il doit y avoir dans les environs un village ou un point de rendez-vous.

—Ça semble logique, admit Stryke. Et pour le découvrir, nous n'aurons qu'à suivre les chariots la prochaine fois qu'ils sortiront.

—Exactement, dit Jup. Nous serons obligés de nous déplacer à pied, mais ils n'ont pas l'air d'avancer très vite.

—Dans ce cas, espérons que tu as raison et que le point de rendez-vous n'est pas loin d'ici. (Stryke examina leur plan.) Ça ira. Coilla, tu rejoins les autres et tu leur expliques ce qui se passe. Puis tu reviens ici avec deux soldats, et nous attendrons que les chariots ressortent.

—Tu sais que c'est de la folie, j'espère ?

—La folie devient notre spécialité. File!

Coilla eut un pâle sourire et s'en fut en rampant à travers champs.

Les chariots qui transportaient les nains quittèrent Trinité au crépuscule. Cette fois, la carriole d'Hobrow ne les accompagnait pas.

Stryke, Coilla, Jup et deux autres orcs laissèrent les véhicules passer et prendre un peu d'avance. Puis ils les suivirent en se faufilant entre les épis de maïs. Quand ils atteignirent la fin de la zone cultivée, ils durent redoubler d'inventivité pour ne pas se faire repérer, mais ils avaient assez d'expérience pour ça.

Par bonheur, les chariots, pleins à craquer, se déplaçaient assez lentement pour ne pas les distancer. Ils finirent par quitter le chemin et s'engagèrent dans une plaine, en direction du Bras de Calyparr. Trois kilomètres plus loin, ils s'arrêtèrent dans un bosquet.

Les orcs regardèrent les conducteurs baisser le hayon pour laisser descendre leurs passagers. Ceux-ci se dispersèrent, seuls ou par petits groupes.

—C'est donc un point de rendez-vous, pas un village, constata Stryke.

—Ils doivent venir de plusieurs communautés des environs, dit Jup. Tant mieux pour nous. Ça nous facilitera le travail.

Les chariots firent demi-tour et prirent le chemin du retour. Alors qu'ils passaient devant eux bien plus rapidement qu'à l'aller, les orcs baissèrent la tête. Plusieurs nains les frôlèrent également sans les voir.

—Jusqu'ici, tout va bien, murmura Stryke. Maintenant, on attend le matin et on espère que les humains reviendront les chercher.

Il distribua les tours de garde. Puis ses compagnons et lui s'installèrent pour la nuit.

Qui se déroula sans incident.

Peu après l'aube, des nains affluèrent sur le lieu de rendez-vous. Jup noua autour de son cou un foulard couleur rouille qui était l'emblème d'une obscure et lointaine tribu. Puis il étala la pâte de garva sur ses joues pour dissimuler ses tatouages de sergent. Stryke avait redouté que ça ne se voie, mais il dut reconnaître que le camouflage était remarquable.

—Maintenant, nous devons intercepter un ouvrier solitaire avant qu'il ne rejoigne les autres.

Les orcs sondèrent les environs à la recherche d'un candidat potentiel. Un des soldats donna un coup de coude à Stryke et tendit le doigt. Sur leur droite, un nain se frayait un chemin dans les herbes hautes.

—J'y vais, déclara Jup.

Stryke lui posa une main sur le bras.

—Tu es sûr?

—Il faut que ce soit moi. Tu comprends, n'est-ce pas?

—D'accord. Mais emmène Coilla pour couvrir tes arrières.

Les deux officiers partirent, pliés en deux et marchant sur la pointe des pieds.

Les autres suivirent leur cible du regard en tenant à l'œil les ouvriers qui se rassemblaient sur le lieu de rendez-vous.

Le nain disparut soudain entre les hautes herbes, qui s'agitèrent brièvement. Quelques instants plus tard, Jup se releva et se dirigea vers le bosquet d'un pas nonchalant.

Les autres l'observèrent, prêts à bondir de leur cachette pour voler à son secours.

— Il est doué pour faire comme si de rien n'était, reconnut Stryke.

Un buisson ondula sur sa droite, et Coilla réapparut.

— Il est arrivé ? demanda-t-elle.

— Pas encore.

Jup atteignit le bosquet où attendaient déjà des dizaines de nains. Ses camarades se tendirent : c'était la première épreuve d'une longue série.

Mais ni les nains ni les conducteurs des chariots ne lui prêtèrent la moindre attention.

Quelques minutes plus tard, tous montèrent dans les véhicules. Jup, qui s'était tenu jusque-là à l'écart de ses semblables, dut s'approcher. Son déguisement suffirait-il à les tromper ? Les orcs retinrent leur souffle.

Jup se mêla aux ouvriers et monta dans un chariot. Personne ne protesta. Les conducteurs refermèrent les hayons, prirent place à l'avant des véhicules et firent claquer leur fouet. Les bœufs se mirent en route ; le convoi s'ébranla.

Tapis dans leur cachette, les orcs le regardèrent passer. Ils attendirent un peu avant de lui emboîter le pas.

Les chariots regagnèrent Trinité par le même chemin que la veille.

Stryke et ses compagnons, eux, durent faire quelques détours pour éviter les humains qui travaillaient dans les champs, aux abords de la ville. Les femmes occupées à récolter les épis semblaient plus nombreuses que la veille. Idem pour les gardes qui les protégeaient.

Les Renards ne purent pas s'approcher du mur d'enceinte autant qu'ils l'auraient souhaité. Mais ils rampèrent jusqu'au sommet d'une petite butte, d'où ils pourraient suivre la progression du convoi jusqu'à son entrée dans Trinité.

Comme la veille, des gardes apparurent sur les remparts et dévisagèrent les visiteurs. Quelques instants plus tard, les immenses portes s'ouvrirent et les orcs purent de nouveau jeter un coup d'œil sur la ville.

Les chariots entrèrent en cahotant. Des humains vêtus de noir se hâtèrent de refermer les portes.

En entendant le bruit sourd de la barre qu'ils remettaient en place, Stryke espéra qu'on ne venait pas de sonner le glas pour Jup.

Chapitre 18

Les grandes portes se refermèrent derrière Jup avec un grincement funeste.

Il regarda discrètement autour de lui. La première chose qu'il vit, ce fut des dizaines de gardes vêtus de noir, tous armés jusqu'aux dents.

Trinité était une ville austère dont la disposition aurait ravi le plus exigeant stratège. Ses bâtiments s'alignaient en rangées bien nettes. Certains étaient des chaumières aux murs de pierre de taille à abriter une famille. D'autres, plus larges et en bois, ressemblaient à des baraquements militaires. Tous étaient reluisants de propreté et impeccablement entretenus.

Plus loin, on apercevait des tours droites comme des « I » qui surplombaient les toits. Des avenues et des ruelles aussi droites que la trajectoire d'une flèche quadrillaient l'ensemble. Même les arbres avaient été plantés en ligne.

Des humains se déplaçaient à travers cette rigueur étouffante. Comme les gardes, ils portaient des vêtements noirs à la coupe sévère.

Jup avait à peine jeté un regard sur la ville quand lui et ses compagnons – aucun ne lui avait adressé la parole et ils ne bavardaient pas non plus entre eux – furent sèchement invités à descendre des chariots.

Encore un instant de vérité. Le Renard découvrirait bientôt si les humains avaient une liste des noms de leurs ouvriers. Dans ce cas, il s'ensuivrait certainement quelque chose de pénible, pour ne pas dire de fatal.

En accord avec la symétrie qui caractérisait l'endroit, les nains se rangèrent en colonnes parallèles derrière les chariots qui les avaient amenés. Au profond soulagement de Jup, des humains longèrent les rangs, tendant l'index vers chaque nain à mesure qu'ils les dénombraient. Celui qui s'occupait de sa colonne remuait les lèvres en même temps, mais il le dépassa sans ciller.

Jup se demandait ce qui allait arriver ensuite quand il détecta des signes d'agitation à l'entrée d'un des baraquements. L'humain que Stryke,

Coilla et lui avaient aperçu la veille dans la carriole, et qu'ils avaient supposé être Kimball Hobrow, apparut sur le seuil.

Son regard était toujours aussi froid, son expression pareillement impassible. Comme la première fois, Jup ne put pas lui attribuer un âge. Une inspection attentive ne lui révéla pas grand-chose de plus que son premier coup d'œil furtif, mais il estima que cet homme devait être au milieu de sa vie, même s'il n'était pas spécialiste en biologie humaine. Il savait qu'il existait une formule pour déterminer une équivalence d'âge, comme avec les chats et les chiens, mais il ne s'en souvenait pas.

La seule chose incontestable, c'était le charisme d'Hobrow et son aura d'autorité et de puissance.

Les gardes firent silence et s'écartèrent pour le laisser passer. Hobrow se dirigea vers un chariot et grimpa sur le banc du conducteur, ajoutant encore à l'aspect imposant de sa haute silhouette. Il promena son regard pénétrant sur les nains. Malgré lui, Jup frissonna.

Hobrow leva les mains comme pour réclamer le calme. Pourtant, pas un bruit ne s'était fait entendre depuis son apparition.

—Je suis Kimball Hobrow! dit-il d'une voix basse et soyeuse. Certains d'entre vous sont nouveaux ici…

Jup fut ravi de l'apprendre. Ainsi, il courrait moins de risques d'être démasqué.

—Les autres ont déjà entendu ce que je vais vous dire, continua Hobrow, mais ça mérite d'être répété. J'attends de vous que vous obéissiez aux ordres et que vous vous souveniez de votre statut. Nous vous tolérons dans l'enceinte de cette ville afin que mon peuple puisse se consacrer à des tâches plus importantes.

Autrement dit, nous sommes ici pour nettoyer leurs déjections, songea Jup. *Quelle surprise…*

Marquant une pause, Hobrow étudia son public pour donner plus de poids à ses paroles.

—Nous autorisons certaines choses et en interdisons d'autres. Vous avez le droit de travailler dur aux tâches pour lesquelles nous vous rétribuons largement. Et celui de faire preuve de la déférence appropriée envers ceux qui valent mieux que vous. Enfin, celui de respecter notre croyance en un unique Créateur.

Voilà pour le bâton. Et la carotte?

—En revanche, nous interdisons la paresse, l'insolence, l'insubordination, le relâchement moral et le langage profane.

Grands dieux, réalisa Jup, *c'était la carotte!*

—Nous ne tolérons pas non plus la consommation d'alcool, de pellucide ou d'autres substances toxiques. Vous n'adresserez jamais la parole à un humain les premiers, et vous exécuterez sans poser de question tout ordre donné par un surveillant ou un citoyen. En toutes circonstances, vous vous plierez aux lois de notre Seigneur, et serez punis pour chaque transgression. Comme notre Créateur, je peux reprendre ce que j'ai donné.

Hobrow promena de nouveau son regard d'acier sur les nains. Jup remarqua qu'ils détournaient la tête pour l'éviter, et il les imita pour ne pas attirer l'attention.

L'humain ôta son chapeau, révélant une tignasse de cheveux noirs striés de mèches argentées.

—À présent, nous allons prier pour le bon déroulement de notre labeur.

Jup regarda les autres ouvriers. Ceux qui portaient un chapeau l'enlevèrent également. Suivant leur exemple et celui d'Hobrow, le Renard baissa la tête. Il se sentait un peu ridicule et ne comprenait pas en quoi il était nécessaire d'agir ainsi. Quand il voulait s'adresser à ses propres dieux, il ne faisait pas autant de simagrées. Les dieux ne jugeaient certainement pas les requêtes de leurs fidèles en fonction du chapeau qu'ils portaient !

—Ô Créateur de toute chose, psalmodia Hobrow, nous Te supplions humblement d'entendre notre prière. Bénis le labeur de ces misérables créatures ; aide-nous à les arracher à leur ignorance et à leur barbarie. Bénis les efforts de Tes élus, afin que nous puissions Te servir et T'honorer. Prête force et vigueur à notre bras, pour que nous puissions accomplir notre mission et être les instruments de Ta divine volonté. Laisse-nous être Ton épée, et sois en retour le bouclier qui nous protégera contre les hérétiques et les blasphémateurs. Apprends-nous à être reconnaissants pour les infinies bontés que Tu nous accordes, ô Seigneur.

Sans ajouter un mot, il remit son chapeau, descendit du chariot et regagna le bâtiment d'où il était sorti. Quelques fidèles lui emboîtèrent respectueusement le pas.

—Il en fait, du zèle, commenta Jup à l'adresse du nain qui se tenait derrière lui.

Celui-ci ne répondit pas, se contentant de l'examiner sans trop de curiosité.

Je sens que je vais me plaire ici…

Un garde prit la place d'Hobrow sur le banc du chariot.

—Les nouveaux, restez là pour qu'on vous attribue un poste ! Les autres, rejoignez le vôtre dans le calme.

La majorité des nains partirent dans différentes directions.

—Revenez au crépuscule pour qu'on vous ramène chez vous ! cria le garde.

Il ne restait plus que Jup et quatre autres ouvriers. Ainsi exposé, le Renard se sentait plus vulnérable. Ses compagnons se rapprochant du garde, il suivit le mouvement.

—Vous avez entendu les paroles du maître. Assurez-vous de vous conformer à ses directives. Nous avons les moyens de punir ceux qui commettraient des infractions. (Le garde consulta une feuille de parchemin.) Nous avons besoin de trois ouvriers supplémentaires pour la reconstruction du square municipal. Toi, toi et toi, suivez-le.

Un surveillant fit signe aux nains que le garde venait de sélectionner et ils partirent ensemble.

—Il nous faut un ouvrier pour aider à creuser la nouvelle fosse d'aisance, près du mur sud.

Avec la chance que j'ai, songea Jup, *ce sera forcément moi…*

—Toi.

Le garde désigna l'autre nain, qui rejoignit un surveillant en faisant une tête d'enterrement.

Resté seul avec le garde, Jup commença à se sentir mal à l'aise. Un instant, il crut que les humains avaient éventé sa ruse et que c'était un piège destiné à l'isoler de ses semblables.

L'humain le fixa.

—Tu as l'air costaud.

—Euh… Je suppose que oui, balbutia Jup.

—Oui *messire*, l'informa le garde d'un ton hautain. Tous les humains s'appellent « messire » pour les gens de ton espèce.

—Oui, messire, corrigea Jup avec toute l'humilité qu'il put imiter.

Intérieurement, il enrageait d'être obligé de lécher les bottes d'un envahisseur.

Le garde consulta de nouveau son parchemin.

—Nous avons besoin d'une autre paire de bras aux fours de l'arboretum.

—Du quoi… messire ?

—De la serre, si tu préfères. Nous y faisons pousser des plantes qui ont besoin de chaleur. Ton boulot consistera à alimenter les feux… (Le garde eut un geste impatient.) On t'expliquera tout ça.

Jup suivit l'humain qu'on lui avait affecté comme surveillant. Le type garda le silence et le Renard ne tenta pas d'engager la conversation.

Il espérait obtenir un travail qui lui laisserait la latitude de s'échapper et d'explorer un peu la ville. Mais les humains prenaient la sécurité très au sérieux et ne lâchaient pas les étrangers d'une semelle. Des cals sur les mains, voilà sans doute tout ce que Jup retirerait de cette mission. Et il aurait de la chance de ne pas y laisser sa tête.

Son surveillant, qui le précédait de deux pas, s'engagea dans une avenue bordée de maisons quasi identiques. Au bout, ils tournèrent à droite dans une seconde artère qui ressemblait en tout point à celle qu'ils venaient de quitter. Jup trouvait cette uniformité un peu perturbante.

Au croisement suivant, le nain aperçut le plus grand bâtiment qu'il ait vu jusque-là à Trinité. Taillé dans le granit, il était quatre ou cinq fois plus haut que les demeures environnantes, dont il se distinguait également par une double porte de chêne que surmontait une énorme fenêtre ovale aussi large et haute que deux ou trois humains mis bout à bout et munie d'une vitre.

Jup avait vu du verre une seule fois, dans le palais de Jennesta. Il savait que c'était un matériau rare et cher, difficile à fabriquer. Celui-ci présentait une teinte bleue, et s'ornait du symbole des Unis : un X. Le nain supposa que ce bâtiment était un lieu de culte. Son surveillant le fixant avec insistance, il baissa la tête et feignit l'indifférence.

Il n'avait pas beaucoup de temps pour remplir sa mission. Même s'il savait que ses camarades se donneraient du mal pour dissimuler le corps de l'ouvrier qu'il avait tué, les parents et amis du défunt signaleraient sûrement sa disparition dès le lendemain.

Jup et son surveillant longèrent le temple et franchirent l'angle d'une autre avenue où se dressait un bâtiment plus petit, mais d'apparence plus excentrique. Jusqu'à la hauteur d'une épaule de nain, les murs extérieurs se composaient de blocs de pierre pas plus gros que des briques. Au-dessus s'élevaient des rideaux de verre maintenus par des châssis de bois et surmontés par un toit plat. La condensation les rendant opaques, Jup put à peine distinguer, de l'autre côté, une masse de formes irrégulières verdâtres.

Ce curieux bâtiment était flanqué d'une autre structure plus petite et plus traditionnelle, aux murs de bois et de pierre. Le surveillant poussa Jup dans sa direction.

Quand ils entrèrent, une vague de chaleur les assaillit.

Jup remarqua l'absence de mur de séparation entre cette structure et le bâtiment en verre, qui devait être l'arboretum. Une humidité brûlante régnait à l'intérieur. La serre était remplie de plantes en bacs posés sur le sol, des pots étant rangés sur une multitude d'étagères. Certaines avaient des fleurs, d'autres pas. On distinguait des tiges graciles, de petits buissons replets et des vrilles grimpantes. Le nain ne reconnut aucune variété.

L'extension de l'arboretum abritait trois fours énormes qui se dressaient contre un mur blanchi à la chaux. Des feux rugissaient dans leur gueule béante. Des piles de bûches et de cailloux noirs aux formes irrégulières servaient à les alimenter. Jup fut un peu rassuré de voir qu'une partie au moins des arbres sauvagement abattus servaient à quelque chose.

Une gouttière d'argile pénétrait dans le bâtiment par une ouverture ménagée dans le mur. Elle était remplie d'eau fumante qu'elle acheminait au-dessus des fours, la déversant dans les tuyaux qui serpentaient autour de l'arboretum.

Jup dut reconnaître que c'était un système ingénieux, même s'il n'en comprenait pas bien l'utilité.

Deux nains s'affairaient devant les fours : le premier y pelletait des cailloux noirs, l'autre y jetait des bûches. Ils étaient couverts de suie et de transpiration. Assis près de la porte (aussi loin que possible des brasiers), un garde les surveillait. Il se leva à l'entrée de Jup et de l'humain qui l'accompagnait.

— Sterling…

— Istuan, le salua son camarade. (Il désigna Jup.) Je t'amène un nouveau.

Istuan ne gratifia pas le nain d'un coup d'œil.

— Il était temps, grommela-t-il. Nous avons du mal à maintenir une température correcte avec deux paires de bras.

Jup apprécia beaucoup le « nous ».

Sterling salua Istuan et repartit.

— Il y a des réservoirs dehors, dit Istuan sans préambule. Ils alimentent la gouttière que tu vois ici. L'eau doit toujours rester chaude, sinon les plantes ne sont pas contentes.

Il s'exprimait sur un ton à la fois mécanique et condescendant, comme s'il s'adressait à un animal domestique pas très futé.

— De quel genre de plantes s'agit-il ? demanda Jup.

Istuan eut l'air surpris que l'animal domestique sache parler. Il prit un air soupçonneux.

— Ça ne te regarde pas. Tout ce que tu as besoin de savoir, c'est qu'il ne faut pas que la température baisse à l'intérieur de la serre. Sinon, tu recevras le fouet.

— Oui, messire, répondit Jup, imitant une humilité de bon aloi.

— Ton boulot consiste à vérifier le niveau de l'eau dans les réservoirs, à fournir du combustible à tes camarades et à les relever quand ils seront fatigués. C'est bien compris ?

Le nain hocha la tête.

— Maintenant, tu prends une pelle et tu amènes du charbon, ordonna le surveillant en désignant une porte, sur le côté.

Elle donnait sur une cour fermée où se dressaient de petites montagnes de bois et de cailloux à brûler, ainsi que deux réservoirs semblables à des tonneaux montés sur pattes.

Jup s'attela à ravitailler ses camarades en combustible. Le labeur étant exténuant, ni les autres nains ni leur gardien ne paraissaient enclins à discuter.

Au bout d'environ une heure, l'humain se leva et s'étira.

— J'ai un rapport à faire, les informa-t-il. Mais n'en profitez pas pour vous tourner les pouces, sinon, ça bardera à mon retour.

Dès qu'il fut parti, Jup tenta d'engager la conversation avec ses camarades.

—Drôles de plantes, commenta-t-il.

Un des nains se contenta de hausser les épaules ; l'autre ne réagit pas.

—Je n'ai jamais rien vu de semblable, insista Jup. Visiblement, ce ne sont pas des légumes.

—Non, dit enfin un de ses camarades. Ce sont des herbes. Je crois qu'elles servent à fabriquer des remèdes.

—Vraiment ?

Jup s'approcha pour les inspecter de plus près.

—Tu ne peux pas aller dans la serre, dit l'autre nain. C'est interdit.

Jup écarta les mains.

—D'accord, d'accord. Je suis curieux, c'est tout.

—Mauvaise idée. Contente-toi de faire ton boulot et d'encaisser ta paye.

Il se remit au travail et n'échangea pas d'autres propos avec ses collègues jusqu'au retour du gardien.

L'homme lui confia un bâton gradué et l'envoya mesurer le niveau d'eau dans les réservoirs. Coup de chance, il était assez bas pour justifier un remplissage. Le surveillant et les deux autres nains partirent dans un chariot, confiant à Jup le soin de continuer à alimenter les feux.

Dès qu'ils eurent disparu, Jup passa dans la serre. Il ne réussit pas à identifier les plantes, mais ça n'avait rien d'étonnant, car il ne s'était jamais intéressé à la question. Décidant qu'Alfray en saurait peut-être davantage, il préleva quelques feuilles au hasard. Au cas où les gardes fouilleraient les ouvriers avant de les laisser quitter la ville, il retira une de ses bottes et les glissa à l'intérieur.

C'était sans doute sa seule chance d'explorer les lieux. Il mit une grande quantité de combustible dans les fours en espérant que ça suffirait à entretenir les feux jusqu'à son retour. Puis il approcha de la porte, l'ouvrit avec précaution et jeta un coup d'œil dans la rue. Ne voyant personne, il se glissa dehors.

Pendant que son surveillant l'escortait jusqu'à l'arboretum, Jup avait repéré d'autres nains qui allaient et venaient, portant des messages ou effectuant quelque autre course. Il se mit en route d'un pas déterminé, en espérant que les humains qu'il croiserait le croiraient chargé d'une mission.

Jup savait où il comptait aller. Selon son raisonnement, si l'instrumentalité avait été incluse dans les pratiques religieuses des Unis, le temple serait l'endroit le plus logique où la conserver.

Il se doutait que les nains ne devaient pas être les bienvenus dans un lieu de culte Uni, et que le châtiment, pour ceux qui s'y introduiraient, serait exemplaire. Mais il n'aurait servi à rien de prendre tous ces risques pour infiltrer Trinité s'il n'accomplissait pas sa mission.

Comme lors de son premier passage, les portes du temple étaient fermées. Autrement dit, celui-ci pouvait grouiller d'humains.

Jup prit une profonde inspiration, s'approcha de l'entrée et posa sa main sur la poignée. La porte s'ouvrit. Le temple étant vide, il se faufila à l'intérieur.

L'endroit se caractérisait par une sobriété presque austère, mais il était néanmoins élégant grâce aux différentes sortes de bois utilisées pour le meubler en l'absence d'ornements plus ostentatoires. Quelques rangées de bancs faisaient face à un autel rudimentaire.

Une fenêtre ovale identique à celle de l'entrée se découpait au-dessus de l'autel, mais elle avait une teinte écarlate et non bleutée. Comme sa jumelle, elle était marquée de l'emblème Uni, et la lumière qui la traversait projetait un X allongé sur les lattes en pin du plancher.

Jup s'approcha en silence de l'autel. Sur une modeste nappe blanche, deux chandeliers encadraient un symbole métallique, un gobelet d'argent et un cube de verre transparent.

L'étoile était à l'intérieur.

Jup supposait que les autres instrumentalités ressembleraient à celle qui était en possession des Renards. C'était partiellement vrai. L'objet faisait à peu près la même taille, et il était également garni de pointes. En revanche, il en comptait cinq au lieu de sept, et elles étaient disposées différemment. De plus, l'artefact était d'une couleur verte plutôt que sablonneuse.

Le nain hésita. Son instinct le poussait à briser le verre pour s'emparer de l'étoile, avec l'espoir qu'il réussirait à la faire sortir en douce de Trinité. Mais son bon sens lui soufflait que c'était une idée suicidaire.

Il entendit des voix à l'extérieur. Plusieurs humains approchaient. Comme il n'avait aperçu aucune autre issue, Jup chercha une cachette du regard. Ne voyant que l'autel, il plongea derrière à l'instant où la porte s'ouvrait.

À plat ventre sur le sol, il risqua un coup d'œil dans la salle.

Kimball Hobrow entra et enleva son chapeau. Il était suivi par deux mâles humains à l'air tout aussi grave que lui. Ils remontèrent la travée centrale. Un moment, Jup crut qu'ils étaient informés de sa présence et qu'ils venaient le chercher. Il serra les poings, déterminé à ne pas se laisser prendre facilement.

Mais les trois hommes s'installèrent sur le banc de devant. Sans doute pour prier, pensa Jup.

Cette fois encore, il avait tort.

— Où en sommes-nous pour l'eau, Thaddeus ? demanda Hobrow.

— Le problème est résolu. Nous pourrions commencer à puiser dans nos réserves privées aujourd'hui même, si nécessaire.

— Et les essences ? Leur présence est-elle facilement détectable ?

— Pas quand elles ont été mélangées à de grandes quantités d'eau. Enfin, pas avant qu'elles prennent effet. Nous ferons les derniers tests dans deux jours.

—J'espère bien. Je ne tolérerai aucun retard.

—Oui, maître.

—Réjouis-toi, Thaddeus! Le plan du Seigneur se déroule à la perfection, et lorsque nous aurons triomphé ici, nous répandrons le fléau bien au-delà. Le jour de la délivrance de notre race approche, mes frères. Comme celui où nous nous débarrasserons enfin de la pestilence Multi.

Jup ne savait pas de quoi ils parlaient, mais ça ne lui disait rien qui vaille.

Hobrow se leva d'un bond et se dirigea vers l'autel. Jup se tendit. Il ne pouvait pas voir l'humain, mais il avait l'impression qu'il observait l'étoile… ou manipulait le cube de verre. Il fut soulagé quand le fanatique retourna vers ses fidèles.

—Nous ne devons pas perdre de vue la croisade contre Grahtt. Sommes-nous également parés sur ce point?

À la mention du royaume des trolls, Jup tendit l'oreille.

—La bataille d'Échevette est survenue à un mauvais moment, dit le troisième humain d'une voix nerveuse. Elle a mobilisé trop d'hommes à nous. Deux semaines au moins passeront avant que nous ne disposions de soldats en quantité suffisante.

Hobrow n'eut pas l'air content de l'apprendre.

—Ça n'ira pas. Les hérétiques détiennent ce qui *doit* nous appartenir. Le Seigneur ne peut être frustré.

—Impossible de déclencher les hostilités avec moins d'un régiment complet. Ce serait un désastre.

—Dans ce cas, engagez davantage de non-humains pour faire le travail de nos fidèles. Rien ne doit s'opposer à l'accomplissement de notre plan. Nous en reparlerons demain. Retournez à vos occupations, et ayez confiance en notre Seigneur. Nous accomplissons Sa volonté, donc nous ne pouvons pas échouer.

Les fidèles prirent congé, mais Hobrow resta dans le temple. Il s'assit de nouveau sur le banc, croisa les mains et baissa la tête.

—Seigneur, donne-moi la force dont j'ai besoin. Nous ne demandons pas mieux que de T'obéir, mais Tu dois nous fournir ce qu'il faut pour ça. Bénis nos efforts. Permets-nous de purifier ce royaume, afin que Tes élus puissent le cultiver en paix.

Jup sentit la nervosité le gagner. Si Hobrow s'attardait encore, il aurait des problèmes.

—Soutiens-nous lorsque nous affronterons les hérétiques non-humains de Grahtt. Permets-nous de nous emparer de ce qu'ils détiennent afin que nous l'utilisions pour Te servir. Arme-moi d'une résolution inébranlable, et ne me laisse pas Te décevoir.

Hobrow se leva et sortit.

Jup se força à attendre quelques instants avant de quitter sa cachette. Le cœur battant, il entrouvrit la porte. N'apercevant personne aux alentours, il sortit du bâtiment et regagna au plus vite l'arboretum.

Que signifiait ce qu'il venait d'entendre ?

Jup espérait qu'Istuan et ses camarades ne seraient pas encore revenus, et qu'aucun autre garde ne serait passé en son absence. Il constata avec soulagement que la serre était vide. Les feux semblant sur le point de s'éteindre, il se remit à pelleter le combustible avec frénésie.

Les flammes avaient retrouvé un niveau acceptable quand il entendit un chariot s'arrêter devant la serre.

Istuan entra et promena un regard critique à la ronde. Jup se raidit, attendant un sermon. Mais l'humain hocha la tête en signe d'approbation.

— Je vois que tu as bien transpiré.

Jup répondit par un petit sourire, car il était trop essoufflé pour parler.

Istuan lui affecta la tâche harassante de transférer l'eau dans les réservoirs. Et quand il eut terminé, d'autres besognes exténuantes l'attendaient. Jup ne s'en plaignit pas : cela lui laissait du temps pour réfléchir.

Sa première conclusion fut qu'il ne pourrait pas s'emparer de l'étoile ce jour-là. Mais il avait repéré l'endroit où elle était et glané d'autres informations, même s'il n'y comprenait pas grand-chose.

Dans un silence presque total, le labeur se poursuivit jusqu'au crépuscule. Puis Istuan ordonna aux ouvriers de regagner la porte principale de la ville, où les chariots les attendaient pour les ramener chez eux. Il les laissa partir seuls.

Les compagnons de Jup ne se montrèrent pas plus bavards une fois dehors.

Pendant qu'ils descendaient l'avenue, une carriole les dépassa. Hobrow était à l'arrière en compagnie d'une femelle humaine : pas tout à fait une adulte, mais déjà plus une enfant. Ses vêtements étaient les plus colorés que Jup ait vus à Trinité. Sur son visage grassouillet encadré de cheveux blonds brillaient deux yeux d'un bleu de porcelaine. Mais le rictus de sa bouche trahissait sa cupidité et son tempérament colérique.

Lorsque la carriole se fut éloignée, Jup demanda à ses compagnons qui elle était.

— La fille d'Hobrow, répondit le moins taciturne des deux avec une grimace.

— Qu'y a-t-il de si drôle ?

— Son nom. Elle s'appelle Miséricorde.

Ils arrivèrent au point de rendez-vous, où les chariots les attendaient.

Comme le craignait Jup, les gardes les comptèrent et les fouillèrent. Mais ils se contentèrent de palper leurs vêtements et de plonger la main dans leurs poches. Personne ne demanda au nain d'ôter ses bottes. Il songea qu'il avait bien fait de ne pas voler l'étoile dans le temple.

Quelqu'un lui fourra des pièces dans la main. Puis il monta dans un chariot.

La réouverture des portes fut l'événement le plus réconfortant de la journée.

Chapitre 19

De retour dans la mine désaffectée, Jup raconta son aventure aux Renards. Alfray examina les feuilles qu'il avait ramenées.

— Tu t'es bien débrouillé, le félicita Stryke, mais je ne suis pas chaud pour te laisser y retourner. Il y a trop de risques que quelqu'un ait signalé la disparition du nain que tu as tué.

— Je le sais. Crois-moi, ça ne m'enchante pas plus que toi. Mais si nous voulons mettre la main sur cette étoile, je ne vois pas d'autre moyen.

— La trouver était une chose, dit Coilla. La faire sortir en sera une autre. Quel est ton plan ?

— Je pourrais peut-être vous la passer par-dessus le mur…

— Ça ne serait pas pratique du tout, objecta Stryke.

— Pourquoi ne pas faire une copie de l'étoile et l'échanger avec la vraie ? demanda Coilla.

— Bonne idée. Mais ça ne marcherait pas non plus. Nous n'avons ni le talent ni les matériaux nécessaires.

— Sans compter que l'étoile que j'ai vue à Trinité est différente de la nôtre, leur rappela Jup. Donc, nous devrions nous fier à mes seuls souvenirs. Et même si nous parvenions à la copier, ça ne résoudrait pas le problème de la sortie de l'original.

— C'est vrai, dit Stryke. Je pensais à une approche plus directe – notre spécialité.

— Tu ne comptes pas prendre cette ville d'assaut ? s'écria Coilla. Nous sommes une poignée !

— Pas tout à fait, la rassura Stryke. Mais mon plan reposerait en grande partie sur les épaules de Jup, et ce serait encore plus dangereux que ce qu'il a fait jusqu'à présent.

— Où veux-tu en venir ?

— Tu récupéreras l'étoile, puis nous *te* récupérerons.

— Comment ?

—C'est très simple. Si tout se passe bien, demain, tu seras à Trinité avec l'étoile, et nous serons dehors. Aurais-tu un moyen de nous faire entrer?

—Je ne sais pas…

—As-tu remarqué une issue, hormis la porte principale? Une entrée que nous aurions négligée pendant notre reconnaissance?

—Non.

—Dans ce cas, nous devrons passer par la porte principale.

—Comment? répéta le nain.

—Nous conviendrons d'une heure. Il faudra que tu sortes de l'arboretum, que tu t'empares de l'étoile…

—Puis que j'aille à la porte principale – qui est trop lourde pour une seule personne et surveillée en permanence – et que je l'ouvre. Tu m'en demandes beaucoup!

—Je n'ai pas dit que ce serait facile. Tu devras te débarrasser des gardes et enlever la barre. Nous attendrons à proximité pour t'aider à ouvrir. Ensuite, il faudra filer le plus vite possible. Mais si tu penses que c'est trop risqué, nous pouvons chercher un autre moyen.

—Il n'y avait que deux gardes à l'entrée quand je suis reparti. Je suppose qu'il serait possible de les neutraliser sans faire trop de bruit. D'accord, on peut essayer ça.

Alfray les rejoignit, les feuilles à la main.

—Il y aura un autre facteur à considérer, annonça-t-il en les brandissant.

—Qu'est-ce que c'est? demanda Stryke.

—Je connais deux de ces trois plantes, bien qu'elles soient assez rares. Ça, c'est de la wentyx, qu'on trouve surtout dans le sud de Maras-Dantia. Et ça, c'est du lys des vallées qui pousse seulement dans l'ouest… Même si la plupart des habitants du coin n'en verront jamais de leur vie. Quant à ça… Je ne sais pas de quoi il s'agit. À mon avis, les humains ont dû l'apporter avec eux. Mais je suppose qu'elle produit le même effet que les deux autres.

—À savoir…? demanda Stryke.

—Une mort immédiate. Les deux que je connais comptent parmi les plantes les plus dangereuses de Maras-Dantia. Le lys des vallées produit des baies extrêmement toxiques, même si on les ingère en petite quantité. Quant à la wentyx, il faut faire bouillir sa tige pour obtenir une substance vraiment active. Ces deux végétaux ont un autre point commun: leur toxine est très difficile à diluer dans l'eau. Comprenez-vous maintenant ce qu'Hobrow a en tête?

—Par les dieux, souffla Jup. Les humains cultivent ces plantes pour éliminer les races aînées.

Alfray hocha la tête.

—Ce sera un massacre! Et ça explique le barrage: Hobrow protège l'approvisionnement en eau de Trinité pour que ses habitants n'aient rien à craindre quand il commencera à répandre le poison.

—J'ai vu des puits dans la ville, objecta Jup.

—Le barrage leur offre une garantie supplémentaire.

—À moins qu'ils ne comptent empoisonner l'eau du fleuve, dit Stryke. Il leur suffira de faire savoir à toutes les races qui peuplent la région que l'accès est libre…

—Ou de le laisser sans protection, coupa Coilla, en sachant très bien que les gens viendront se servir. Surtout dans le cas d'une sécheresse, qui n'aurait rien d'improbable vu les perturbations climatiques que connaît Maras-Dantia depuis quelques années.

—D'une façon ou d'une autre, résuma Alfray, ce sera la fin de tous les habitants de la région, humains mis à part.

Jup se souvint de quelque chose.

—Hobrow a dit que, si ça fonctionnait ici, ils recommenceraient sur une plus grande échelle. D'après la façon dont ils traitent les nains, ils sont très portés sur la pureté raciale. Quel meilleur moyen de la préserver que d'éliminer toutes les races non-humaines ?

—C'est absurde ! explosa Alfray. Les premières personnes qui boiront cette eau en mourront, mais ensuite, tout le monde se méfiera. Comment les Unis peuvent-ils croire que ça marchera ?

—Peut-être sont-ils trop aveuglés par la haine pour faire preuve de bon sens, dit Stryke. Ou ils pensent éliminer assez de gens pour que ça en vaille quand même la peine.

—Les monstres ! grogna Coilla. Nous ne pouvons pas les laisser faire.

—Comment penses-tu les en empêcher ? demanda Stryke. Jup va déjà avoir assez de mal à s'emparer de l'étoile sans que nous lui confiions une autre mission suicide.

—Tu veux faire comme si de rien n'était ?

—D'après ce que Jup nous a raconté, l'arboretum est au cœur de la ville. Nous ne pourrons pas nous glisser jusque-là, surtout si quelqu'un a constaté la disparition de l'étoile et déclenché l'alarme. Tout ce que nous pouvons faire, c'est avertir les autres races aînées et espérer qu'elles nous prendront au sérieux.

—C'est tout ?

—Et si j'arrivais à saboter leurs plans de l'intérieur ? intervint Jup.

—Essaye, si ça te chante, lâcha Stryke. Mais l'étoile doit rester ta priorité. Le pouvoir qu'elle nous promet sera beaucoup plus utile à Maras-Dantia que le sauvetage *éventuel* des habitants de cette région.

—L'un d'entre vous s'est-il demandé où Hobrow s'était procuré cette étoile ? s'inquiéta Alfray.

— Oui, fit Stryke. Mais souviens-toi de ce que nous a dit Mobbs : il est possible que les humains soient tombés dessus par hasard, et qu'ils ignorent tout de son potentiel.

— Un peu comme nous, alors ! railla Coilla.

— S'il connaissait le pouvoir des instrumentalités, Hobrow n'aurait pas manqué de se lancer à la recherche des autres, affirma Jup. C'est un vrai tyran.

— Et un criminel, puisqu'il mijote d'éliminer des races entières.

— Très bien, déclara Stryke. Nous ne pouvons rien faire de plus ce soir.

Jup se tourna vers Alfray.

— Comment va Haskeer ?

Si le médecin fut surpris qu'il s'inquiète de l'état de santé de son frère ennemi, il se garda de le montrer.

— Pas trop mal. La fièvre ne devrait pas tarder à tomber.

— Dommage qu'il soit hors du coup. Aussi irritant soit-il, son aide aurait été appréciable, demain.

Ils parlèrent encore un peu de leur plan avant de se perdre en conjectures sur ce qu'Hobrow comptait faire à Grahtt. Puis ils se résolurent à prendre quelques heures de sommeil malgré toutes les questions demeurées sans réponse.

Le lendemain, Jup n'eut pas plus de mal à s'infiltrer dans Trinité que la veille.

Il se présenta au point de rendez-vous, monta dans un chariot et en descendit une fois en ville. Alors qu'il sautait à terre, il remarqua que cinq humains étaient postés sur le mur d'enceinte. Son cœur se serra. Mais il se consola en pensant que les gardes seraient peut-être moins nombreux à l'heure fixée par Stryke.

Cette fois, Jup avait dissimulé un couteau dans sa botte. Si les humains ne l'avaient pas fouillé la veille, pourquoi le feraient-ils aujourd'hui ?

Hobrow ne revint pas faire son petit discours. Et quand les ouvriers reçurent l'ordre de rejoindre leurs postes respectifs, Jup emboîta directement le pas aux deux autres nains affectés à l'arboretum. Istuan lui confiant les mêmes tâches que le jour précédent, il se mit au travail.

Jup devait retrouver les autres Renards à la porte principale vers midi, soit dans quatre heures d'après ses estimations. Mais il devrait quitter l'arboretum bien avant, s'il voulait passer par le temple pour s'emparer de l'étoile.

En s'affairant, il gardait un œil sur la petite jungle de plantes qui s'épanouissaient dans la serre. Il ne voulait pas repartir sans avoir au moins tenté de les détruire. Stryke ne lui en avait-il pas donné la permission ? Ça l'obligerait à prendre des risques supplémentaires, mais le jeu en valait la chandelle.

Son plan, pour s'échapper de l'arboretum, était simple, direct et nécessairement brutal. Il le passa en revue tout en charriant des bûches et des cailloux noirs de la cour jusqu'aux fours.

Comme toujours quand on attend quelque chose avec impatience, le temps parut se traîner. Mais Jup savait qu'il ne tarderait pas à accélérer de nouveau. Ruisselant de sueur, il continua à pelleter du combustible en jetant de fréquents regards à la serre.

Quand il jugea le moment venu, il sortit du bâtiment, prétendument pour vérifier le niveau d'eau dans les réservoirs. Il ne voulait pas utiliser son couteau contre ses collègues à moins d'y être obligé. Alors, il choisit une solide bûche avant de se dissimuler derrière la porte pour attendre.

Quelques minutes passèrent avant qu'une voix ne retentisse à l'intérieur. Jup ne put comprendre les mots, mais il devina qu'on s'enquérait de lui. Il ne réagit pas.

La porte s'ouvrit et un des nains avança dans la cour.

Jup attendit qu'il referme le battant. Puis il brandit sa massue improvisée et l'abattit sur la nuque de l'ouvrier qui tomba comme une masse. Jup le traîna derrière une pile de charbon.

Il se tapit de nouveau derrière la porte, et l'attente recommença.

Cette fois, il n'y eut pas d'éclat de voix pour l'avertir. Le battant s'ouvrit à la volée, livrant passage non à une, mais à deux silhouettes.

Jup se jeta sur Istuan et sur l'autre nain. Il neutralisa l'ouvrier sans effort, grâce à l'effet de surprise, et au fait que son adversaire n'avait pas d'arme, mais le surveillant se révéla plus coriace.

— Misérable vermine ! rugit-il en brandissant sa propre massue.

Contrairement à celle de Jup, elle était conçue pour assommer.

Ils échangèrent des coups en ahanant. Jup eut peur que l'humain ne crie et n'attire d'autres gardes. Il devait mettre un terme à ce combat le plus vite possible.

Le surveillant ne semblait pas décidé à se laisser faire. Il abattit son arme sur le bras de Jup. Pas assez fort pour le mettre hors d'état de nuire, mais suffisamment pour décupler sa détermination.

Le nain redoubla d'ardeur, faisant pleuvoir les coups sur son adversaire en cherchant une ouverture. Quand Istuan leva sa massue pour lui taper sur la tête, Jup propulsa la sienne, qui alla s'écraser sur le menton de l'humain.

Le surveillant hoqueta de douleur et laissa échapper son arme. Jup lui flanqua un bon coup sur le crâne, l'étendant pour le compte.

Puis il se débarrassa de la bûche désormais inutile pour s'emparer d'une hache qui servait à débiter le bois de chauffe. Il l'utilisa pour couper la gouttière et se rua à l'intérieur de la serre.

Au-dessus des fours, l'eau s'évaporait déjà. Jup saisit une pelle, préleva des charbons ardents et alla les répandre parmi les plantes de l'arboretum. Il recommença la manœuvre plusieurs fois, alternant cailloux noirs et bûches enflammées, jusqu'à ce que les feuilles commencent à se ratatiner et que le feu se communique aux étagères de bois.

Jup espérait faire d'une pierre deux coups : l'incendie détruirait les plantes toxiques, et il créerait une diversion bienvenue qui permettrait aux Renards de s'emparer de l'étoile.

Quand il fut certain que le feu avait pris, il jeta un coup d'œil dans la rue et sortit en claquant la porte derrière lui. Tandis qu'il longeait la structure de verre, il aperçut de la fumée de l'autre côté des vitres, et de minuscules flammes jaunes. Il se dirigea vers le temple d'un bon pas, mais sans oser courir.

Le nain se demanda de combien de temps il disposait avant qu'on ne donne l'alarme. Le soleil approchait du zénith. Les Renards devaient déjà être en position, et il ne voulait pas les décevoir.

Il pressa l'allure en s'efforçant de ne pas songer à l'énormité de la mission qu'il avait entreprise.

À l'instant où il franchissait l'angle de l'avenue, les portes du temple s'ouvrirent, livrant passage à un flot de fidèles. Sans doute venaient-ils d'assister à un service religieux. Jup se figea, abasourdi par cette multitude d'humains.

Conscient qu'il risquait d'attirer l'attention en restant planté là, le nain se força à se remettre en marche très lentement, la tête baissée. Il dépassa le temple en prenant garde à ne pas gêner les fidèles qui se dispersaient. Très peu lui prêtèrent attention. Pour la première fois, Jup s'avisa que faire partie d'une race considérée comme méprisable avait aussi des avantages.

Il se dissimula dans une ruelle, attendit que la voie soit libre puis revint sur ses pas, bien décidé à adopter une approche directe – et tant pis pour les conséquences ! Courant vers les portes du temple, il les ouvrit d'une bourrade.

À son grand soulagement, le bâtiment était désert.

Jup courut vers le cube de verre, le souleva et le projeta contre l'autel pour le briser. Puis il s'empara de l'étoile, la fourra dans une de ses poches et s'enfuit.

Dehors, il remarqua une colonne de fumée en direction de l'arboretum. Quelqu'un cria dans son dos. Regardant par-dessus son épaule, il avisa quatre ou cinq gardes qui fonçaient vers lui.

Jup prit ses jambes à son cou. Désormais, toute prudence était superflue.

Les gardes le poursuivirent dans les rues de Trinité en agitant le poing et en hurlant des imprécations. D'autres humains se joignirent à eux. Quand Jup arriva en vue de la porte principale, il avait une foule enragée à ses trousses.

Deux surprises l'attendaient. La première fut que les sentinelles étaient plus nombreuses que prévu. Le nain en compta huit. Aucun espoir de toutes les neutraliser à lui seul. Deux, sans problème. Trois, avec un peu de chance. Quatre, peut-être. Mais deux fois plus… Impossible.

La seconde surprise, c'était que la carriole d'Hobrow était là. Miséricorde y était assise seule. Quelques pas plus loin, son père parlait avec un garde.

Jup eut une idée. Un peu folle, mais au point où il en était…

Alertés par les cris de ses poursuivants, Hobrow et les gardes pivotèrent vers lui. Les gardes dégainèrent leurs armes et s'avancèrent.

Jup s'élança en direction de la carriole. Les humains modifièrent leur trajectoire pour l'intercepter, et même Hobrow, qui avait compris son intention, courut vers lui.

Le cœur battant à tout rompre, Jup atteignit le véhicule avec trois pas d'avance. Il bondit à l'intérieur. Au moment où Miséricorde lâchait un glapissement, il la saisit par le col, tira son couteau de sa botte et lui appliqua la lame sur la gorge.

Hobrow et les gardes voulurent monter dans la carriole.

—Arrière! cria Jup en appuyant son couteau sur la chair rose de la femelle tremblante.

—Lâche-la! ordonna Hobrow.

—Un pas de plus, et je la saigne.

Jup soutint le regard du fanatique en priant pour qu'il ne devine pas qu'il bluffait. Miséricorde était sans doute un spécimen peu ragoûtant d'humaine, et la fille d'un dictateur, mais elle sortait à peine de l'enfance et il ne tenait pas à lui faire du mal.

—Mon père vous tuera, promit Miséricorde.

Sortant de la bouche de quelqu'un d'aussi jeune, ces paroles lui donnèrent la chair de poule.

—La ferme!

—Vous êtes un monstre! Un ogre rabougri! Une abomination! Un…

Il la piqua de la pointe de son couteau.

Elle déglutit et se tut.

—Ouvrez les portes!

La foule s'était arrêtée et l'observait en silence. L'arme à la main, les gardes s'étaient figés. Hobrow continuait à fixer Jup de son regard pénétrant.

—Ouvrez les portes, répéta le nain.

—Tu n'as pas besoin de ça pour sortir…

—Ouvrez les portes, et je la laisserai partir.

—Comment puis-je en être certain?

—Vous êtes obligé de me faire confiance.

Hobrow plissa les yeux.

— Et une fois dehors, tu crois pouvoir aller loin ?

— C'est mon problème. Maintenant, ouvrez ces foutues portes ou je la saigne comme une truie !

Hobrow serra les poings.

— Si tu touches à un seul cheveu de la tête de cette enfant…

— Vous ne voulez pas que je lui fasse de mal ? Alors ouvrez les portes !

Hobrow garda le silence quelques secondes. Jup se demanda s'il tenait tant que ça à sa fille. Puis il se détourna et donna un ordre bref aux gardes. Deux hommes soulevèrent la barre pendant que les autres poussaient les portes.

Pour Jup, c'était l'instant de vérité. Si les Renards ne l'attendaient pas dehors, il n'avait aucune chance de s'en tirer.

Les rênes des chevaux dans une main, son couteau toujours plaqué sur la gorge de Miséricorde dans l'autre, il conduisit la carriole vers la sortie.

Pas le moindre signe des Renards. Cela n'inquiéta pas Jup outre mesure : il savait que ses compagnons ne resteraient pas à découvert.

Alors qu'il avançait sur la route, les orcs jaillirent soudain du couvert des hautes herbes.

— Descends, ordonna Jup à l'humaine.

Elle le dévisagea, les yeux écarquillés de terreur.

— Descends ! cria-t-il.

Miséricorde sauta à terre et courut vers son père, qui lui tendait les bras.

À présent qu'elle était libre, plus rien ne retenait les humains. Ils chargèrent en hurlant. Jup fit claquer les rênes de son attelage.

En se déversant par les portes grandes ouvertes, les gardes aperçurent les Renards. Ils croyaient s'apprêter à lyncher un nain, pas à engager un combat contre une unité d'orcs.

La soudaineté de leur apparition et la férocité de leur attaque désarçonnèrent les humains. Coilla ajouta encore à la confusion en tirant sur les gardes du mur d'enceinte, tandis que trois soldats faisaient pleuvoir des flèches sur la foule.

Sous le commandement de Stryke, les autres repoussèrent les gardes, qui rompirent les rangs et battirent en retraite dans l'enceinte protectrice de Trinité tandis qu'Hobrow s'égosillait vainement.

Stryke sauta sur le banc de la carriole.

— Ils vont aller chercher des chevaux ! On fiche le camp !

Coilla et quelques autres soldats grimpèrent à l'arrière de la carriole ; le reste de l'unité trottina à côté d'eux sur le chemin.

— Tu l'as ? demanda Stryke.

Jup eut un large sourire.

— Je l'ai.

Les Renards s'enfuirent en emportant leur trophée.

Chapitre 20

K imball Hobrow était fou de rage.

Autour de lui, les gardes couraient vers leurs chevaux ou se précipitaient sur les remparts. Les citoyens prenaient les armes pour engager la poursuite. Certains pansaient les blessés et emportaient les morts. Une équipe de pompiers acheminait de l'eau vers l'arboretum en flammes.

Miséricorde tirait sur la manche de son père, exigeant sur un ton geignard :

— Tue-les, papa ! Tue-les tous !

Hobrow leva les bras et rugit pour se faire entendre dans le chaos :

— Traquez-les, mes frères ! Au nom du Tout-Puissant qui est votre guide et votre épée, retrouvez-les et faites-leur sentir le poids de Sa colère !

Des cavaliers en armes s'élancèrent sur la route. Des chariots pleins de citoyens furieux les suivirent en cahotant.

Un surveillant échevelé au visage couleur de cendre courut vers Hobrow.

— Le temple ! Il a été profané !

— Profané ? Comment ça ?

— On a volé une relique !

L'expression d'Hobrow s'assombrit davantage. Saisissant le garde par le col, il l'attira à lui avec une brutalité et une force que sa frêle silhouette ne laissait pas soupçonner.

— Quelle relique ? rugit-il, ses yeux lançant des flammes.

Les Renards avaient laissé leurs chevaux dans un bosquet sous la surveillance d'Alfray et d'un soldat. Haskeer aussi était là, à demi assommé par la fièvre et attaché sur le dos de sa monture.

Il leur fallut moins d'une minute pour abandonner la carriole et se hisser en selle. Alors qu'ils galopaient entre les arbres, une foule d'humains apparut sur la route de Trinité.

Un peu plus tôt, Stryke avait décidé qu'ils prendraient plein ouest, vers le Bras de Calyparr. Dans cette direction, le terrain était à la fois assez praticable pour mener un train d'enfer, et assez varié pour se dissimuler en cas de besoin.

Leurs poursuivants étaient désorganisés et mal remis du choc de l'attaque surprise. Mais ils se révélèrent tenaces. Plusieurs heures durant, ils talonnèrent les Renards sans les perdre de vue. Puis les chariots surchargés et les cavaliers les moins endurants se laissèrent distancer.

À la fin de la journée, il ne restait qu'une poignée d'acharnés aux trousses des Renards. Une petite poussée de vitesse et quelques ruses de vétérans finirent par les faire décrocher.

Lorsqu'ils atteignirent le bord du Bras de Calyparr, Stryke autorisa les orcs à ralentir.

— Nous nous sommes encore fait un ennemi, dit Coilla.

Personne n'avait prononcé un mot depuis le début de la poursuite.

— Et un ennemi puissant, renchérit Alfray. À mon avis, Hobrow ne laissera pas l'étoile lui échapper aussi facilement.

— En parlant de l'étoile... Si tu nous la faisais voir, Jup ? proposa Stryke.

Le nain prit l'instrumentalité dans sa poche et la tendit à son chef. Stryke la compara à la première, puis les fourra toutes les deux dans sa sacoche.

— Je n'étais pas certain qu'il y arriverait, avoua Alfray.

— J'ai eu de la chance, reconnut Jup.

Sortant un mouchoir, il essuya son visage encore couvert de pâte de garva.

— Ne te sous-estime pas, dit Stryke. Tu t'es très bien débrouillé.

— La grande question, c'est : que faisons-nous maintenant ? lança Alfray.

— Tu te le demandes vraiment ? lâcha Stryke.

Le médecin soupira.

— C'est bien ce que je craignais. Grahtt ?

— Il pourrait y avoir une autre étoile là-bas.

— Nous n'en avons aucune preuve. Tout ce que nous savons, c'est qu'Hobrow compte y aller. Ça n'en fait pas forcément la destination idéale pour nous.

— Après le coup que nous venons de lui porter, il m'étonnerait qu'il se mette en route tout de suite.

— Supposons que son expédition à Grahtt n'ait aucun rapport avec l'étoile, intervint Jup. Et si ça faisait simplement partie de son plan pour éliminer les races aînées ?

— Tu crois vraiment qu'il irait fourrer lui-même le poison dans la gorge des trolls ? demanda Stryke. Il doit y avoir une autre raison.

—Les humains ont l'habitude de massacrer tout ce qui bouge.

—Pas quand ils peuvent laisser de l'eau empoisonnée s'en charger à leur place. Ce serait trop risqué. Descendrais-tu dans ce labyrinthe à moins d'y être forcé ?

—C'est exactement ce que tu nous demandes de faire !

—J'ai bien précisé « à moins d'y être forcé ». Maintenant, trouvons un endroit pour camper et pour réfléchir au calme.

Un peu plus tard, pendant que Stryke et Coilla chevauchaient en tête de la colonne, il lui demanda ce qu'elle pensait de son idée d'aller à Grahtt.

—Ce n'est pas plus fou que la plupart des choses que nous avons faites récemment, même si je crains que les trolls soient encore pires que les fanatiques d'Hobrow. L'idée d'entrer sur leur territoire ne m'enchante guère.

—Donc, tu es contre ?

—Je n'ai pas dit ça ! Il vaut mieux avoir une mission que d'errer sans but. Mais je veux que nous ayons une stratégie avant de nous approcher de Grahtt. Souviens-toi que nous avons réussi à nous mettre quasiment tout le monde à dos ces deux dernières semaines. Nous comptons des ennemis dans tous les camps.

—C'est peut-être une bonne chose…

—Je ne vois pas en quoi !

—Ça nous obligera à rester constamment sur nos gardes.

—Ça, c'est sûr ! Dis-moi, quelle part de ta décision d'aller à Grahtt est fondée sur la logique, et quelle part… sur un caprice ?

—À peu près cinquante-cinquante.

Coilla sourit.

—Au moins, tu es honnête.

—Avec toi, oui. N'imagine pas que j'en ferai autant avec eux, ajouta Stryke en désignant le reste de l'unité.

—Pourtant, ils ont aussi leur mot à dire, pas vrai ? Surtout maintenant que nous sommes des hors-la-loi.

—C'est vrai, et je ne les pousserai jamais à faire quelque chose s'ils ne le veulent pas. Mais hors-la-loi ou pas, nous devons maintenir une certaine discipline, dans notre intérêt à tous. Donc, à moins que quelqu'un d'autre ne veuille prendre le commandement, c'est toujours moi qui décide.

—Je n'y vois pas d'objection, et je crois que les autres non plus. Mais il va bientôt falloir régler une question en suspens : celle du cristal.

—Tu veux dire, faut-il le partager entre nous ou le considérer comme un trésor de guerre collectif ? J'y ai beaucoup réfléchi. Peut-être devrions-nous voter à ce sujet. Exceptionnellement.

—Oui ! Si tu le fais trop souvent, ça risque de saper ton autorité…

Ils chevauchèrent en silence quelques minutes, puis Coilla lança :

— Bien entendu, il y a une autre solution que d'aller à Grahtt.

— Laquelle ?

— Nous pourrions retourner à Tumulus et échanger les deux étoiles contre nos vies.

Stryke secoua la tête.

— Nous savons par Delorran ce qu'on pense de nous là-bas. Chacun de vous est libre, mais personnellement, je n'ai pas l'intention de rentrer.

— Dieux que je suis contente de te l'entendre dire ! s'exclama Coilla, radieuse. Tout vaut mieux que d'affronter la réception que Jennesta nous réserverait.

Quelque chose comme un banquet se préparait dans le grand hall du palais de Jennesta.

Mais bien que l'immense table fût dressée pour un repas, il n'y avait pas de nourriture. Hormis la reine, ses domestiques et ses gardes, cinq convives étaient présents.

Aucun ne semblait se réjouir beaucoup.

Les deux premiers étaient des orcs : le général Mersadion et le capitaine Delorran, fraîchement revenu de la chasse aux Renards. L'un comme l'autre paraissaient très nerveux. Pourtant, ils étaient moins tendus que les trois autres invités.

Des humains.

Jennesta traitait avec eux parce qu'elle soutenait la cause Multi. Ainsi, la présence de membres de cette race en son palais n'avait rien d'inhabituel. Mais la nature de ces trois humains-là changeait tout…

Remarquant la gêne de Mersadion et de Delorran, leur souveraine prit la parole.

— Général, capitaine, laissez-moi vous présenter Micah Lekmann, dit-elle en indiquant l'homme du milieu.

Une barbe aurait dissimulé en partie la cicatrice qui courait depuis sa pommette droite jusqu'au coin de sa bouche. Au lieu de cela, il n'arborait qu'une moustache noire en bataille. Ses cheveux étaient gras, sa peau burinée et marquée par des cicatrices de vérole. Sa poitrine musclée et la coupe de ses vêtements le désignaient comme un guerrier.

Un guerrier qui ne s'embarrassait pas de futiles notions de galanterie.

— Et voilà ses… associés, conclut Jennesta.

Elle ne précisa pas leurs noms, comme pour inviter Lekmann à les présenter lui-même.

L'humain eut un sourire onctueux et désigna du pouce son voisin de droite.

— Greever Aulay.

C'était le plus petit membre du trio. Sa silhouette frêle contrastait avec la carrure robuste de son chef, et son visage évoquait celui d'un rat. Sous ses cheveux d'un blond sablonneux, un bandeau de cuir noir dissimulait son œil droit. Une barbichette compensait son absence de menton. Quand il sourit, ses lèvres fines s'écartèrent, révélant des dents gâtées.

— Et voici Jabez Blaan, ajouta Lekmann.

Son voisin de gauche était de loin le plus imposant. À lui seul, il devait peser autant que les deux autres humains réunis, et il n'avait pourtant pas un gramme de graisse.

Sa tête sphérique au crâne rasé était posée sur son tronc sans qu'on eût jugé nécessaire de les relier par un cou. Son nez, qui avait dû être cassé à plusieurs reprises, imitait à la perfection une poignée de porte. Ses yeux ressemblaient à s'y méprendre aux trous jumeaux laissés par deux jets d'urine dans la neige. Quant à ses poings, il aurait pu s'en servir pour abattre un chêne centenaire.

Il hocha brièvement la tête pour saluer Jennesta.

Delorran et Mersadion observaient les trois humains d'un air vaguement inquiet.

— Ces hommes ont des talents très spéciaux dont je pourrais avoir usage, annonça Jennesta. Mais nous y reviendrons plus tard.

Le parchemin que Delorran avait ramené était posé devant elle. Elle le tapota d'un de ses longs ongles vernis.

— Grâce au capitaine Delorran, qui revient d'une mission capitale, nous savons que mon artefact est tombé entre les mains des Renards. Hélas, il n'a pas poussé le zèle jusqu'à me le ramener, ou à traîner les larrons devant ma justice.

Mal à l'aise, Delorran se racla la gorge.

— Ils ont reçu le châtiment qu'ils méritaient. Comme je l'ai mentionné dans mon rapport, les Renards ne sont plus.

— Vous les avez vus mourir ?

— Pas exactement, Votre Majesté. Mais quand je les ai abandonnés à leur sort, ils n'avaient aucun espoir de s'en tirer. Leur mort était certaine.

— Pas si certaine que vous le pensez, capitaine.

— Ma dame ?

— Disons que la nouvelle de leur mort a été beaucoup exagérée, susurra Jennesta.

— Ils ont survécu à la bataille d'Échevette ?

— En effet.

— Mais…

— Comment suis-je au courant ? Parce qu'une patrouille de dragons les a pris en chasse à la sortie du champ de bataille, et qu'elle n'a pas réussi non plus à les éliminer.

— Votre Majesté, je…

— Vous auriez mieux fait de rester un peu plus longtemps sur place, pour constater la destruction des Renards au lieu de faire une simple *supposition*. N'est-ce pas, capitaine ?

Jennesta s'était exprimée sur un ton taquin, comme si elle réprimandait un enfant.

— Oui, Votre Majesté, souffla Delorran.

— Vous avez entendu parler de la fin regrettable du général Kysthan. C'est lui qui a fait les frais de votre échec.

Mal à l'aise, Delorran s'agita sur son siège.

Jennesta claqua des doigts, et des domestiques elfes munis de plateaux d'argent avancèrent pour distribuer aux convives des gobelets de vin.

— Un toast, proposa la reine en levant le sien. À la restitution de ce qui m'appartient, et à la perte de mes ennemis.

Elle but. Les autres l'imitèrent.

— Ça ne signifie pas que je vous fais grâce, capitaine, ajouta-t-elle.

Delorran ne comprit pas tout de suite et se contenta de la fixer en écarquillant les yeux. Puis une lueur affolée passa dans son regard. Il regarda le gobelet qu'il tenait et pâlit.

Le gobelet lui échappa des mains et se brisa en tombant.

Le capitaine porta une main à sa gorge.

— Vous… n'avez pas…, croassa-t-il.

Il se leva maladroitement, renversant sa chaise.

Jennesta le regarda sans ciller.

Delorran fit un pas titubant dans sa direction et voulut dégainer.

Elle ne bougea pas.

Il n'était déjà plus capable de coordonner ses mouvements. La sueur dégoulinait sur son visage grimaçant de douleur. Un halètement rauque montant de sa gorge, il tomba à genoux, de l'écume au coin des lèvres. Un filet de sang coula de sa bouche.

Il arqua le dos et battit des jambes.

Puis il s'immobilisa, le visage figé sur une atroce expression.

— Pourquoi gaspiller ma précieuse magie ? lança Jennesta à l'assemblée. De plus, je cherchais un cobaye pour tester cette potion.

Saphir se faufila entre les jambes des invités et fit mine de laper le vin renversé. Jennesta la chassa avec un gloussement amusé.

Elle releva la tête. Les trois humains fixaient leurs verres d'un air inquiet qui la fit éclater de rire.

— Ne vous en faites pas, messires. Je n'ai pas besoin d'attirer des gens ici pour les empoisonner. Et cessez donc de me regarder ainsi, Mersadion ! Je ne me serais pas donné tout ce mal pour vous promouvoir si j'avais voulu vous expédier dans la tombe dès aujourd'hui. Mais demain, peut-être…

Ç'aurait pu être une plaisanterie…

Jennesta enjamba le cadavre et vint s'asseoir près de ses autres invités.

—Assez joué, il est temps de parler affaires. Général, je vous ai dit que Lekmann et ses associés avaient certains talents. En particulier, celui de retrouver les hors-la-loi.

—Voulez-vous dire que ce sont des chasseurs de primes?

—C'est ainsi que certains nous appellent, dit Lekmann. Nous préférons nous considérer comme des justiciers mercenaires.

Jennesta eut un rire de gorge.

—Une définition qui en vaut une autre. Mais ne soyez pas si modeste. Expliquez au général quelle est votre spécialité.

Lekmann adressa un signe de tête à Greever Aulay. Celui-ci tira un sac de sous sa chaise et le posa sans douceur devant lui.

—Notre spécialité, c'est de pourchasser les orcs, affirma Lekmann.

Aulay renversa le contenu du sac. Cinq ou six petits objets ronds, de couleur brunâtre, roulèrent sur la table. Mersadion les observa sans réagir, avant de comprendre de quoi il s'agissait. Des têtes réduites d'orcs. Il eut une grimace écœurée.

Lekmann fit un sourire obséquieux.

—Nous ne pourchassons que des renégats, se justifia-t-il.

—J'espère que vous ne laisserez pas vos préjugés nuire à notre collaboration avec ces humains, dit Jennesta à Mersadion. J'attends que vous coopériez avec eux de votre mieux.

L'ambition du jeune général eut raison de son dégoût. Il se reprit.

—En quoi consiste la mission que vous leur avez confiée?

—Traquer les Renards et récupérer mon artefact, évidemment. Rassurez-vous: leurs efforts ne se substitueront pas aux vôtres, mais ils les compléteront. J'ai jugé le moment idéal pour faire appel à des professionnels spécialisés dans ce genre de tâche.

Mersadion se tourna vers Lekmann.

—N'êtes-vous que trois, ou avez-vous des… assistants?

—Nous pouvons faire appel à d'autres personnes en cas de besoin. Mais en règle générale, nous préférons travailler seuls.

—Dans quel camp êtes-vous?

—Le nôtre. (Lekmann regarda Jennesta.) Et celui de notre employeur.

—Ils n'adhèrent ni aux croyances des Unis, ni à celles des Multis, précisa la souveraine. Ce sont des opportunistes dénués de religion, pas vrai, Lekmann?

Le chasseur de primes hocha la tête, même si Mersadion n'était pas certain qu'il connaisse le sens du mot «opportuniste».

—Ça fait d'eux l'instrument idéal de ma vengeance, continua Jennesta, car seul l'argent les motive. Et je peux leur en offrir suffisamment pour me garantir leur loyauté.

Mersadion oublia ses derniers scrupules.

—Comment allons-nous procéder, ma dame?

—Aux dernières nouvelles, nous savons que les Renards se dirigeaient vers Trinité. Vous conviendrez que c'est une curieuse destination pour des orcs. À moins, comme l'insinuait Delorran, qu'ils ne se soient ralliés à la cause Uni. Personnellement, je trouve ça difficile à avaler. Mais s'ils sont vraiment à Trinité, quelle qu'en soit la raison, nos amis humains sont sans aucun doute les plus qualifiés pour les y débusquer.

—Quels sont vos ordres? demanda Lekmann.

—Le cylindre doit être votre priorité. Si vous pouvez éliminer les voleurs au passage – et particulièrement leur chef –, tant mieux. Mais ne faites rien qui puisse compromettre la récupération de mon artefact. Quant aux méthodes… Je vous laisse carte blanche.

—Vous pouvez compter sur nous… Votre Majesté, ajouta Lekmann comme s'il venait de se souvenir du protocole.

—Je l'espère. Dans votre propre intérêt. (La voix et l'expression de Jennesta se durcirent.) Et si vous songiez à me trahir, sachez que ma soif de vengeance sera inextinguible.

Les humains ne purent s'empêcher de regarder le cadavre de Delorran.

—En outre, personne ne vous proposera autant d'argent que moi pour récupérer cet artefact. (Déployant de nouveau ses charmes, Jennesta eut un sourire qu'on aurait presque pu qualifier de chaleureux.) Je suis prête à retourner jusqu'à la dernière pierre de Maras-Dantia pour reprendre ce qui m'appartient. Aussi, j'ai décidé de respecter la tradition…

Elle fit signe à deux de ses gardes, qui traînèrent le corps de Delorran vers une petite porte. Puis elle se tourna vers un domestique.

—Fais-les entrer.

Le serviteur se dirigea vers la grande porte de la salle de réception et l'ouvrit. Deux vénérables elfes avancèrent et s'inclinèrent.

—J'ai une proclamation à vous confier, annonça Jennesta. Faites-la circuler dans tout le royaume, et envoyez des messagers dans tous les endroits où elle pourrait intéresser quelqu'un. Vas-y, ordonna-t-elle au domestique resté près de la porte.

Celui-ci déroula un parchemin et lut avec l'accent chantant des elfes:

—Par ordre de Son Altesse impériale la reine Jennesta de Tumulus, les soldats orcs connus sous le nom des Renards, qui appartenaient autrefois à sa horde, seront désormais considérés comme des renégats et des hors-la-loi. Ils ne bénéficieront plus de sa protection, et une forte récompense en argent, en pellucide ou en terres sera attribuée à toute personne qui ramènera la tête des officiers de cette unité: pour mémoire, le capitaine Stryke, les sergents Haskeer et Jup, les caporaux Alfray et Coilla.

» En outre, une récompense sera également attribuée pour le retour – morts ou vifs – des soldats répondant aux noms de Bhose, Breggin, Calthmon, Darig, Eldo, Finje, Gant, Gleadeg, Hystykk, Jad, Kestix, Liffin, Meklun, Nep, Noskaa, Orbon, Prooq, Reafdaw, Seafe, Slettal, Talag, Toche, Vobe, Wrelbyd et Zoda. Toute personne qui les aidera recevra le châtiment prévu par la loi. Longue vie à Sa Majesté la Reine Jennesta.

Le domestique enroula le parchemin et le tendit à l'un des elfes.

— Maintenant, chargez-vous de répandre la nouvelle, leur ordonna Jennesta.

Les serviteurs reculèrent en s'inclinant et quittèrent la pièce.

Jennesta se leva, les autres convives l'imitant à la hâte.

Son regard se posa sur les chasseurs de primes.

— Vous feriez mieux de vous mettre en route sans attendre si vous voulez prendre la concurrence de vitesse. (Avec un sourire cruel, elle ajouta :) Voyons où les Renards trouveront refuge, à présent.

Puis elle leur tourna le dos et sortit.

Chapitre 21

Jup tamponnait doucement le front d'Haskeer avec un chiffon humide.

À l'extérieur de la tente, Stryke, Alfray et une poignée de soldats observaient la scène avec stupéfaction. Le médecin secoua la tête.

—Maintenant, j'ai vraiment tout vu.

—Ça prouve bien qu'on se fait toujours des idées fausses sur les gens, ajouta Stryke.

Ils firent signe aux soldats de retourner à leurs occupations.

Haskeer reprit connaissance. Clignant des yeux comme si la lumière les blessait, il marmonna quelque chose d'incompréhensible. Jup n'était pas certain qu'il se soit aperçu que c'était lui qui le veillait. Il rinça le chiffon et l'appliqua de nouveau sur le front du malade.

—Que se…? marmonna Haskeer d'une voix pâteuse.

—Tout va bien, assura Jup. Tu seras bientôt redevenu toi-même.

—Hein?

L'expression hébétée d'Haskeer pouvait être due à son état… ou à la découverte que Jup s'occupait de lui. Le nain préféra ne pas s'en offusquer.

—Il s'est passé pas mal de choses pendant que tu te reposais. J'ai pensé qu'il vaudrait mieux te mettre au courant.

—Quoi?

—Peu importe que tu comprennes ce que je raconte ou pas, mon vieux. Tu ne vas pas y couper.

Bien qu'Haskeer fût à moitié comateux, Jup entreprit de lui relater en détail son équipée à Trinité. Il arrivait au moment où il avait mis le feu à l'arboretum quand son camarade referma les yeux et commença à ronfler bruyamment.

Jup se releva.

—Ne crois pas t'en tirer comme ça. Je reviendrai, promit-il.

Il sortit de la tente.

Dehors, un pâle soleil filtrait entre les nuages. Le doux bourdonnement des essaims de fées résonnait au loin.

Jup étudia le paysage. Le terrain qui bordait le Bras de Calyparr était marécageux et inhospitalier. Les orcs avaient dressé leur camp à l'endroit le plus sec qu'ils avaient pu trouver, mais leurs bottes s'enfonçaient dans le sol boueux.

Pour le moment, tous étaient occupés à ramasser du bois pour le feu, à préparer le dîner ou à se charger d'autres tâches routinières mais indispensables.

Alfray et Coilla s'approchèrent du nain.

—Comment va-t-il ? demanda le médecin.

—Il a repris connaissance une minute ou deux, dit Jup. Mais il s'est évanoui de nouveau pendant que je lui racontais ce que nous avons fait à Trinité. Je ne suis pas certain qu'il ait tout compris.

—L'hébétude est une conséquence typique de certaines maladies humaines, commenta Alfray. Il ne devrait pas tarder à recouvrer ses facultés. Mais je m'étonne que tu te montres aussi gentil avec lui…

—Je n'ai jamais rien eu contre lui. Même s'il se méfie de moi et ne cesse de m'insulter, il reste un camarade.

—C'est normal qu'il ait l'air pathétique dans son état, dit Coilla. Ne te laisse pas trop attendrir.

—Aucun danger, gloussa Jup.

Alfray prit une grande inspiration.

—Vous savez, il fait plus froid qu'il ne devrait, et j'ai connu des endroits plus secs, mais nous ne sommes pas si mal ici. Ce petit bout de terre n'a pas été trop affecté par les troubles qui ravagent Maras-Dantia. En plissant les yeux et en faisant appel à son imagination, on pourrait presque se croire revenu au bon vieux temps.

Coilla allait répondre quand ils furent interrompus par des cris montant d'un bosquet voisin. On aurait dit des exclamations de joie plus qu'un avertissement, mais ils décidèrent néanmoins d'en découvrir la raison. Stryke se joignit à eux.

Un soldat vint à leur rencontre en courant.

—Que se passe-t-il, Prooq ? demanda Stryke.

—Un truc bizarre, chef.

—De quel genre ?

—Vous feriez mieux de venir voir.

Le reste des orcs se massait à la lisière des arbres. Un petit groupe de silhouettes paradait devant eux.

—Oh, non, soupira Alfray. Maudite vermine !

—Qu'est-ce que c'est ? demanda Jup.

—Des nymphes des bois.

— Et une succube ou deux, ajouta Stryke.

Les femelles voluptueuses portaient des robes profondément décolle-
tées et fendues jusqu'en haut des cuisses pour ne rien voiler de leurs charmes.
Secouant leur crinière couleur d'automne, elles prenaient des poses outran-
cières. Un gémissement aigu peu mélodieux emplissait l'air autour d'elles.

— Qu'est-ce que c'est que ce raffut? cria Jup.

— Leur chant de séduction, révéla Alfray. Comme celui des sirènes,
il est censé être irrésistible.

— Visiblement, la réalité n'arrive pas à la cheville de la légende…

— On dit que ce sont de grandes enchanteresses.

— Elles n'enchantent qu'elles-mêmes, grommela Coilla. Je trouve
qu'elles ressemblent à des putains décaties.

Les nymphes se pavanaient, l'air de plus en plus provocant, et lançaient
des invitations sans équivoque aux soldats. Certains paraissaient tentés.

— Regardez-les! fulmina Coilla. Franchement, je suis déçue par
leur comportement. Je ne pensais pas que des professionnels se laisseraient
contrôler par leurs organes reproducteurs!

— Ils sont jeunes et ils n'ont jamais dû rencontrer de nymphes, dit
Alfray. Ils ignorent que c'est une illusion qui risque de les tuer.

— Au sens littéral du terme? s'étonna Jup.

— Si on leur en laisse l'occasion, ces créatures aspirent l'essence vitale
des mâles assez stupides pour céder à leurs avances.

Jup étudia les femelles qui se pavanaient.

— Il doit y avoir de pires façons de mourir…

— Jup! s'exclama Coilla.

Le nain rougit.

— Je me demande ce qu'elles fichent ici, dit Stryke. Ce n'est pas
l'endroit idéal pour attirer des voyageurs imprudents…

— Deux solutions, spécula Alfray. Elles se sont fait chasser par les
habitants de leur région d'origine après avoir causé trop de ravages, ou par
d'autres nymphes plus jeunes et plus séduisantes qui leur ont piqué toutes
leurs proies.

— À les voir, je pencherais plutôt pour la deuxième solution, dit
Coilla.

— Elles ne sont pas très dangereuses en soi, ajouta le médecin. Il faut
que leurs victimes se donnent à elles de leur plein gré. À ma connaissance,
elles ne savent pas se battre.

Les soldats adressaient des propos de plus en plus grivois aux nymphes
et plusieurs firent mine de répondre à leur invitation.

— Heureusement qu'Haskeer n'est pas là, commenta Jup.

— Je ne veux même pas imaginer ça! s'exclama Alfray.

— Nous n'avons pas de temps à perdre avec ces bêtises, décida Stryke.

—C'est exactement ce que je pensais, dit Coilla, les dents serrées.

Elle dégaina son épée et s'avança vers le bosquet.

—Je t'ai dit qu'elles ne savent pas se battre! cria Alfray dans son dos.

Coilla l'ignora. Mais ce n'était pas sur les nymphes qu'elle avait l'intention de taper. Elle distribua des coups du plat de son arme sur les fesses des soldats pour attirer leur attention.

Dans un chœur de glapissements, les orcs s'égaillèrent pour regagner le campement. Les nymphes crachèrent des jurons très peu féminins et s'éloignèrent en se dandinant.

Coilla revint vers les autres.

—Rien de tel qu'une bonne raclée pour étouffer les feux de la passion, déclara-t-elle en rengainant son épée. Mais nos camarades m'ont déçue en s'intéressant à ces catins.

—Nous avons perdu assez de temps, coupa Stryke. Impossible de traîner ici jusqu'à la fin de nos jours. Il faut prendre une décision, et tout de suite.

Après avoir pesé le pour et le contre, ils décidèrent d'aller dans le royaume des trolls. Une fois sur place, ils évalueraient la situation et aviseraient.

Le chemin qu'ils choisirent, une ancienne route commerciale, remontait vers le nord, en direction de la communauté Multi de Damebois. Avant de l'atteindre, ils bifurqueraient vers le nord-est pour gagner Grahtt. Le voyage serait dangereux, mais pas plus que n'importe quel déplacement dans le Sud infesté d'humains. Tout ce qu'ils pouvaient faire, c'était ouvrir grand leurs yeux et leurs oreilles.

Haskeer n'avait pas pris part au débat, un événement sans précédent dans l'histoire de l'unité. Les autres officiers mirent son humeur taciturne sur le compte de la maladie. En revanche, il avait recouvré assez de force pour tenir en selle, et suffisamment de fierté pour refuser l'aide qu'on lui offrit.

Stryke insista pour chevaucher près de lui. Au bout d'une heure de silence, il lui demanda :

—Comment vas-tu ?

Haskeer le dévisagea, l'air surpris.

—Je ne me suis jamais senti aussi bien, affirma-t-il.

Stryke en doutait fort, vu son comportement étrange. Depuis qu'il avait repris connaissance, le sergent ne s'était disputé avec personne. Mais il se contenta de répondre :

—Tant mieux.

Quelques instants passèrent avant qu'Haskeer ne demande :

—Je peux voir les étoiles ?

Surpris par cette requête, Stryke hésita. Puis il pensa : *Pourquoi n'aurait-*

il pas envie de les voir ? Il en a le droit autant que les autres. Et il ne doutait pas de réussir à maîtriser son sergent au cas où il tenterait un mauvais coup.

Stryke prit les étoiles dans sa sacoche de ceinture et les tendit à Haskeer.

À en juger par l'expression du soldat, il n'avait jamais rien vu d'aussi fascinant que les instrumentalités. Il tendit la main pour les prendre. De nouveau, Stryke hésita avant de les poser dans sa paume tendue.

Haskeer observa les étoiles en silence pendant si longtemps que Stryke commença à se sentir mal à l'aise. Une lueur étrange brillait dans les yeux de son sergent.

—Elles sont magnifiques, déclara-t-il enfin en relevant la tête.

Stryke s'attendait si peu à cette réaction qu'il ne sut pas quoi répondre. De toute façon, il n'en aurait pas eu le temps, car un éclaireur revint vers eux au galop.

—Rends-les-moi ! ordonna Stryke en tendant la main.

Haskeer continuait à fixer les artefacts.

—Haskeer ! Les étoiles ! s'impatienta son chef.

—Hein ? Ah, oui. Tiens.

Stryke venait de les ranger dans sa sacoche quand l'éclaireur les rejoignit.

—Que se passe-t-il, Talag ?

—Un groupe d'humains vient vers nous, chef. Ils sont vingt ou trente, à un peu plus d'un kilomètre d'ici.

—Hostiles ?

—Je ne pense pas qu'ils représentent une menace, à moins que ça ne soit une ruse. Ce sont surtout des femmes, des enfants et quelques vieillards des deux sexes. On dirait des réfugiés.

—Ils vous ont vus ?

—Je ne crois pas. Ce ne sont pas des combattants, capitaine. La plupart ont du mal à marcher.

—Je viens avec toi.

Stryke jeta un coup d'œil à Haskeer. Il s'attendait à ce que son sergent réagisse violemment à la perspective d'une rencontre avec des humains. Comme il ne disait rien, Stryke ralentit pour permettre à Coilla et Jup – qui chevauchaient de front – de le rattraper.

—Vous avez entendu ?

La femelle orc hocha la tête.

—Je pars avec Talag. Faites suivre les autres et, euh… Gardez un œil sur lui, ajouta Stryke à voix basse, en désignant Haskeer.

Les deux officiers hochèrent la tête.

—Alfray ! cria Stryke. Tu viens avec moi !

Coilla et Jup prirent la tête de la colonne tandis que leur chef s'éloignait en compagnie de Talag et d'Alfray. Ils éperonnèrent leurs chevaux et arrivèrent bientôt en vue des humains.

L'éclaireur ne s'était pas trompé : le groupe se composait essentiellement de femmes – certaines portant un bébé dans les bras –, d'enfants et de quelques vieillards qui suivaient avec peine. À la vue des orcs, ils lâchèrent des cris alarmés. Les gamins se collèrent aux jupes de leurs mères, tandis que les vieux tentaient de prendre un air menaçant.

Stryke ne détecta aucune menace, et ne vit pas de raison de leur faire peur. Il arrêta son cheval et mit pied à terre pour sembler moins effrayant.

Alfray et Talag l'imitèrent.

Une femme avança vers eux. Elle semblait encore assez jeune sous la crasse qui maculait son visage. Une tresse de cheveux blonds pendait jusqu'à sa taille, et ses vêtements étaient en lambeaux. Malgré la peur qui se lisait sur son visage, elle fit face à Stryke, levant fièrement le menton.

— Nous sommes de pauvres réfugiés, dit-elle d'une voix tremblante. Aucune mauvaise intention ne nous anime, et même dans le cas contraire, nous ne pourrions pas vous nuire. Nous voulons seulement passer.

Stryke la trouva courageuse.

— Nous ne faisons pas la guerre aux femmes, aux enfants et aux gens qui ne nous menacent en rien, la rassura-t-il.

— Ai-je votre parole que vous ne nous ferez pas de mal ?

— Vous l'avez. (Il scruta les visages las des humains.) D'où venez-vous ?

— De Damebois.

— Vous êtes des Multis ?

— Oui. Et les orcs se battent de notre côté, pas vrai ? lança son interlocutrice, sans doute pour se rassurer.

— Exact.

Stryke jugea inutile de lui dire qu'on ne leur avait pas laissé le choix.

— C'est logique. Comme nous, déclara la femme, les races aînées vénèrent un panthéon de dieux.

Stryke hocha la tête et ne répondit pas. Il existait davantage de différences que de similitudes entre les orcs et les humains, mais à quoi bon le souligner ?

— Que s'est-il passé à Damebois pour que vous vous enfuyiez ? demanda-t-il.

— Une armée Uni nous a attaqués. La plupart de nos hommes sont morts et nous avons réussi à nous échapper de justesse…

— Votre communauté est tombée aux mains de l'ennemi ?

— Elle résistait encore quand nous sommes partis. Quelques défenseurs continuaient à lutter, mais je doute qu'ils tiennent longtemps. Seriez-vous en chemin pour leur prêter main-forte ?

Stryke avait espéré que la femme ne poserait pas la question.

—Non, avoua-t-il. Nous allons en mission à Grahtt. Je suis désolé.

Les épaules de la femme s'affaissèrent.

—Et moi qui croyais que vous étiez la réponse à nos prières… (Elle se força à sourire.) Bah, les dieux veilleront sur nous.

—Où allez-vous? demanda Alfray.

—Je ne sais pas… Nous espérions trouver refuge dans une autre communauté Multi.

—Si vous voulez un conseil, ne vous aventurez pas dans les plaines. La région d'Échevette est particulièrement dangereuse en ce moment.

—C'est ce que nous avons entendu dire.

—Continuez à longer le Bras de Calyparr, dit Stryke. Je n'ai pas besoin de vous conseiller d'éviter Trinité.

Il songea à mentionner les fidèles d'Hobrow qui les recherchaient peut-être encore, mais préféra s'abstenir.

—Nous pensions nous diriger vers la côte ouest, précisa la femme. Il me semble que nous serions bien accueillis à Hexton ou à Vermillon.

—C'est très loin d'ici, dit Stryke.

Surtout pour des gens dans un état aussi pathétique, se garda-t-il d'ajouter.

—Avec l'aide des dieux, nous réussirons.

Il n'avait aucune raison d'être bien disposé envers les humains, mais il espéra tout de même que la femme ne se trompait pas.

À cet instant, le reste de l'unité apparut à un détour de la route et galopa vers eux.

Effrayés, les réfugiés s'agitèrent de nouveau.

—Ne vous inquiétez pas. Nous ne vous ferons pas de mal, répéta Stryke.

Les Renards mirent pied à terre et étudièrent le groupe pitoyable d'humains.

Coilla et Jup avancèrent. La vue d'une femelle orc et d'un nain provoqua force hoquets de surprise et chuchotements. Seul Haskeer resta en arrière, mais Stryke avait autre chose en tête que ses excentricités.

—Nous avons seulement les vêtements que nous portions, reprit la femme. Auriez-vous de l'eau à nous donner?

—Oui, et peut-être des rations. Mais pas beaucoup. Nous sommes un peu justes…

—C'est très gentil. Merci.

Pendant que deux soldats s'occupaient de collecter des outres, une petite fille avança, les yeux écarquillés et un pouce dans la bouche. Elle agrippa les jupes de la femme en dévisageant les Renards.

—Pardonnez-lui, dit la femme. Bien que vous vous soyez toujours battus de notre côté, peu d'entre nous ont eu affaire à des orcs.

L'enfant, blonde comme elle, avec les mêmes yeux, lâcha sa jupe et fit quelques pas hésitants vers les Renards. Son regard passa de Coilla à Stryke, puis à Alfray et Jup. Ôtant son pouce de sa bouche, elle se concentra sur Coilla et tendit un doigt.

— Qu'est-ce que c'est ? demanda-t-elle.

La femelle orc fronça les sourcils.

— Les marques sur ta figure, précisa l'enfant.

— Oh, les tatouages. Ce sont des emblèmes de notre grade.

La fillette n'eut pas l'air de comprendre.

— Ça permet de savoir qui commande.

Avisant un bâton, Coilla s'accroupit pour le ramasser.

— Je vais te montrer. Tu vois Stryke ? dit-elle en le désignant de la pointe du bâton. Il a deux traits sur chaque joue. Comme ça :

« ((», dessina-t-elle dans la poussière du chemin.

— Ça veut dire qu'il est le capitaine : notre chef. Ça, c'est Jup. Il est sergent – le bras droit du capitaine, si tu préfères –, et ses tatouages ressemblent à ça : « -(—)- ». Alfray et moi, nous venons ensuite. Nous sommes des caporaux, et nous portons un seul symbole : « (». Tu comprends ?

La fillette sourit à Coilla, prit le bâton et griffonna à son tour dans la poussière.

Les soldats revinrent avec de l'eau et des rations, qu'ils entreprirent de distribuer.

— Ce n'est pas grand-chose, dit Stryke, mais nous vous les offrons de bon cœur.

— C'est toujours plus que ce que nous avions avant de vous rencontrer. Que les dieux vous bénissent.

Stryke se sentait mal à l'aise. Jusque-là, ses rapports avec les humains avaient consisté à en tuer un maximum. Il regarda les réfugiés remercier chaleureusement les Renards, puis baissa les yeux vers Coilla, qui jouait toujours avec l'enfant.

— Le destin nous réserve parfois de drôles de tours, pas vrai ? murmura Jup.

La femme l'entendit.

— Vous trouvez ça bizarre ? Nous aussi, à vrai dire. Mais nous ne sommes pas si différents de vous et des autres races aînées. Au fond, nous aspirons tous à la paix et nous haïssons la guerre.

— Les orcs sont nés pour se battre, s'indigna Stryke. (Il se radoucit un peu en voyant l'expression de la femme.) Mais seulement pour une juste cause. La destruction gratuite ne nous attire pas.

— Ma race vous a causé beaucoup de torts…

Il fut surpris qu'elle le reconnaisse.

La fillette tendit la main pour prendre l'outre offerte par un orc. Elle la déboucha et la porta à ses lèvres. À cet instant, son petit visage se contracta, et elle émit un son terrible.

—Atchoum !

Coilla se releva d'un bond. Le soldat et elle reculèrent précipitamment.

La femme eut un sourire qui horrifia Stryke.

—Pauvre petite. Elle a attrapé un rhume.

—Un rhume ?

—Rien de grave. Ce sera fini dans un jour ou deux. (Elle posa une main sur le front de l'enfant.) Comme si ce n'était pas assez dur… Je suppose qu'elle va nous le passer à tous.

—Ce… rhume, articula Coilla. C'est une maladie ?

—Une maladie ? Oui, mais…

—Tous aux chevaux ! cria Stryke.

Les soldats coururent vers leurs montures en abandonnant les outres et les rations.

Les humains écarquillèrent les yeux.

—Je ne comprends pas ! cria la femme. Qu'est-ce qui se passe ? Ma fille n'a qu'un simple rhume…

Stryke craignait que les Renards se jettent sur les réfugiés pour les massacrer. Mieux valait ne pas s'attarder ici.

—Nous devons partir. Je suis désolé. Je vous souhaite de vous en sortir.

Puis il courut vers son cheval.

—Attendez ! cria la femme. Je ne…

Stryke l'ignora. Il éperonna sa monture et partit au galop, le reste de l'unité sur les talons.

Les humains les suivirent du regard, abasourdis.

—C'est passé près ! cria Jup alors qu'ils s'éloignaient à bride abattue.

—Ça montre qu'on ne peut pas faire confiance aux humains, conclut Alfray. Qu'ils soient Unis ou Multis.

En ce qui concernait Jennesta, un bon Uni était un Uni mort.

De fait, les cadavres entassés dans la tranchée qu'elle contemplait s'étaient révélés très utiles. Mais elle ne savait pas si elle devait se réjouir du résultat qu'ils lui avaient permis d'obtenir.

Jennesta avait voulu utiliser l'eau ensanglantée comme support d'un sort de clairevision. Pendant un conflit, il était toujours bénéfique de connaître la disposition des forces ennemies. Mais elle avait à peine commencé à scruter la surface du liquide quand le visage hautain d'Adpar lui était apparu.

Au moins, cette mijaurée de Sanara s'était abstenue d'intervenir dans leur conversation, pour une fois.

Jennesta avait écouté les salutations hypocrites de sa sœur avant de lâcher :

—Le moment est mal choisi pour bavarder.

—*Moi qui pensais que ça t'intéresserait d'avoir des nouvelles de la bande de hors-la-loi que tu déploies tant d'efforts pour retrouver !*

Une alarme résonna dans la tête de Jennesta. Mais elle fit de son mieux pour feindre l'indifférence.

—Des hors-la-loi ? Quels hors-la-loi ?

—*Tu arrives peut-être à berner tes sujets, mais tu n'as jamais su me donner le change, ma chérie. Ne prends pas cet air innocent ; ça me fiche la nausée. Nous savons toutes les deux de quoi je parle.*

—Admettons. Qu'as-tu à me dire à leur sujet ?

—*Seulement qu'ils se sont emparés d'une autre relique.*

—Comment ?

—*À moins qu'une fois encore, tu n'aies pas la moindre idée de ce que je veux dire…*

—D'où tiens-tu cette nouvelle ?

—*J'ai mes sources.*

—Si tu es mêlée à cette histoire d'une façon quelconque…

—*Moi ? Mêlée à quelle histoire, au juste ?*

—Essayer de ruiner mes plans te ressemblerait.

—*Ainsi, tu as des plans ! Peut-être que ça va m'intéresser, finalement.*

—Tiens-toi à l'écart, Adpar ! Si jamais tu…

—Ma dame ! appela une voix.

Jennesta leva les yeux. Le général Mersadion se tenait devant elle, l'air penaud d'un enfant venu annoncer qu'il a fait pipi dans sa culotte. Elle le foudroya du regard.

—Qu'y a-t-il ?

—Vous m'aviez demandé de vous avertir quand nous serions sur le point de…

—Oui, oui. J'arrive.

Mersadion recula en baissant humblement la tête.

Jennesta regarda de nouveau le visage grimaçant d'Adpar.

—Je n'en ai pas terminé avec toi, promit-elle.

Du plat de la main, elle gifla l'eau glacée et ensanglantée, bannissant l'image de sa sœur.

Puis elle se releva et se dirigea vers le général.

Ils étaient au sommet d'une colline qui surplombait un champ de bataille. Le conflit sur le point d'éclater dans la plaine opposerait à peine deux milliers de guerriers, mais son enjeu était d'une importance stratégique considérable.

L'armée de Jennesta comptait une majorité d'orcs, de Multis et de nains. En face, il y avait des Unis et quelques autres nains.

—Je suis prête, dit-elle à Mersadion. Préparez la protection.

Le général abattit comme un couperet le tranchant de sa main. Une rangée de clairons orcs, disposés le long de la colline, tournèrent le dos au champ de bataille et émirent une note aiguë.

Mersadion se couvrit les yeux. Dans la plaine, les forces de Jennesta entendirent le signal et l'imitèrent, au grand étonnement des Unis.

Levant les bras, Jennesta décrivit des arabesques dans l'air. Puis elle plongea une main dans la poche de sa cape et en sortit une gemme aussi grosse que le poing. Une myriade de couleurs tourbillonnaient à l'intérieur.

Jennesta la lança en l'air.

Elle n'avait pas fait d'effort particulier. Pourtant la gemme continua à s'élever comme une plume emportée par le vent. Plus bas, ses ennemis la virent briller à la pâle lueur du soleil et suivirent son ascension d'un air fasciné.

Une poignée d'entre eux remarquèrent la réaction des Multis et se couvrirent également les yeux. Il y en avait toujours quelques-uns de plus intelligents que les autres, pensa Jennesta. Mais jamais assez.

La gemme s'éleva paresseusement en tournant sur elle-même. Puis elle explosa, libérant un éclair dont l'intensité aurait fait pâlir celle du soleil.

La lueur aveuglante se dissipa aussitôt. Alors, des cris retentirent dans la plaine. Les Unis titubèrent en se griffant les yeux, lâchèrent leurs armes et se bousculèrent les uns les autres.

Les clairons sonnèrent de nouveau.

Les soldats de Jennesta se découvrirent les yeux et lancèrent l'assaut.

Mersadion n'avait pas quitté sa souveraine.

—Les munitions optiques complètent bien notre arsenal, vous ne trouvez pas? lança-t-elle d'un ton satisfait.

Les cris de leurs ennemis aveuglés montaient jusqu'à eux.

—Mais nous ne pourrons pas nous en servir souvent. D'abord parce qu'ils finiraient par s'y habituer. Ensuite, parce que c'est exténuant.

Jennesta se tamponna le front avec un mouchoir de dentelle.

—Amenez-moi mon cheval.

Le général courut chercher l'animal.

Sur le champ de bataille, les choses tournaient à la boucherie. Une vision gratifiante, mais dont Jennesta ne se souciait guère.

Pour le moment, elle ne pensait qu'aux Renards.

Chapitre 22

Deux jours passèrent sans incident notable pour les Renards. Seule l'humeur d'Haskeer éveillait quelque inquiétude. Le sergent alternait entre les périodes de gaieté et de dépression, et il racontait des choses que ses camarades avaient du mal à comprendre. Alfray leur expliqua qu'il se remettait d'une maladie à laquelle la plupart des membres des races aînées auraient succombé. Mais son état ne tarderait pas à s'améliorer.

Stryke n'était pas le seul à se demander ce qui arriverait alors.

Ce problème passa au second plan quand ils atteignirent Grahtt au soir du troisième jour.

Le royaume des trolls s'étendait au centre de grandes plaines avec lesquelles il présentait pourtant un net contraste. Les hautes herbes qui l'entouraient cédaient vite la place à des buissons qui se racornissaient à leur tour pour révéler un sol dur comme la pierre. Même les collines à la silhouette déchiquetée ressemblaient à de gigantesques rochers à peine couverts d'une fine couche de terre.

Comme tous les habitants de Maras-Dantia, les orcs savaient que les courants souterrains et les activités minières frénétiques des trolls avaient foré dans les entrailles de Grahtt un labyrinthe de tunnels et de grottes.

Quant à ce que contenait ce labyrinthe… Mystère. Parmi les intrépides qui avaient eu le courage de s'y aventurer, peu étaient revenus pour raconter ce qu'ils avaient vu.

—Ça fait combien de temps que personne n'a organisé d'attaque contre cet endroit? demanda Stryke.

—Je ne sais pas, répondit Coilla. Et ceux qui l'ont fait devaient disposer de forces bien plus conséquentes qu'une unité d'orcs.

—Kimball Hobrow semble s'en croire capable.

—Ça m'étonnerait qu'il vienne ici sans le soutien d'une armée. Et nous ne sommes plus qu'une vingtaine…

—Le nombre nous fait défaut, reconnut Stryke, mais pas l'expérience ni la détermination.

—Pas la peine de me faire l'article, grogna Coilla. Je suis d'accord avec toi. Non que je me réjouisse à l'idée de descendre sous terre… (Elle étudia le paysage rocailleux.) Cela dit, notre belle résolution ne nous servira pas à grand-chose si nous ne réussissons pas à trouver un accès.

—On dit qu'il existe des passages secrets. Je doute que nous puissions en découvrir un. Mais on parle également d'une entrée principale. Ce serait un bon début…

—Les trolls doivent la dissimuler aussi.

—Ils n'en ont peut-être pas besoin… Ils disposent de gardes en quantité suffisante pour la protéger. En plus, la réputation de Grahtt suffit à éloigner la plupart des curieux.

—Quand on parle du loup… Regarde ça.

Coilla désigna un promontoire rocheux. Le côté qui leur faisait face paraissait beaucoup trop sombre, même pour du granit. Plissant les yeux, Stryke vit qu'il s'agissait d'une ouverture.

Ils s'en approchèrent prudemment.

On eût dit l'entrée d'une caverne. Bien qu'il fût difficile d'en avoir la certitude à cause de l'obscurité, la grande grotte semblait vide.

—Attends.

Coilla prit à sa ceinture un briquet de silex et un des chiffons dont elle se servait pour polir ses couteaux. Elle fit jaillir une étincelle et enflamma le tissu, produisant assez de lumière pour leur permettre d'y voir à quelques pas devant eux.

Ils franchirent le seuil de la caverne.

—Juste un rocher creux, commenta Stryke dix secondes plus tard.

Coilla baissa les yeux.

—Ne bouge plus, souffla-t-elle en saisissant le bras de son compagnon. Regarde.

Trois mètres devant eux, un trou s'ouvrait dans le sol. Ils regardèrent dedans, mais ne purent rien distinguer. Coilla lâcha son chiffon enflammé. Il devint un minuscule point lumineux puis disparut.

—On dirait un puits sans fond…

—J'en doute. À moins que les autres groupes n'aient trouvé un meilleur accès, il faudra nous contenter de celui-là.

Greever Aulay passa nerveusement un doigt sur son bandeau.

—Ça me fait toujours mal quand ces crevures sont dans le coin, se plaignit-il.

Lekmann éclata d'un rire moqueur.

Son compagnon se rembrunit.

—Tu peux te marrer! Mais je souffrais comme un damné dans le palais de Jennesta, avec tous ces orcs autour.

—Qu'en penses-tu, Jabez? Tu crois que le gamin a un détecteur d'orcs dans son orbite vide?

—Non. Mais il doit en être persuadé depuis qu'un de ces monstres a emporté son œil.

—Vous ne savez pas de quoi vous parlez, grommela Aulay. Et cesse de m'appeler «gamin», Micah.

Trinité était déjà loin derrière eux. Leurs recherches ne les avaient pas conduits à l'intérieur de la ville. Ils n'étaient pas inconscients à ce point! S'étant présentés comme de braves Unis, ils avaient appris par les femmes qui travaillaient aux champs que les Renards étaient passés par là.

Ils avaient semé une jolie pagaille! Mais quand Lekmann avait essayé d'en apprendre davantage, les femmes s'étaient tues. Tout ce qu'il avait pu leur soutirer, c'était les orcs avaient commis un crime assez terrible pour justifier que la moitié de la population les pourchasse jusqu'au Bras de Calyparr.

Autrement dit, les Renards n'étaient pas de mèche avec les Unis. Non que les chasseurs de primes s'en soucient: ils aspiraient seulement à mettre la main sur l'artefact de Jennesta… et sur un maximum de têtes de renégats, pour toucher une belle récompense.

Ils avaient pris à leur tour la direction du détroit, avec l'espoir de localiser les orcs. Mais ça faisait plus d'une journée qu'ils longeaient l'eau, et ils n'avaient pas aperçu trace de leurs proies.

—Je ne crois pas que nous les trouverons ici, dit Blaan.

—La réflexion, c'est mon domaine, pas le tien, répliqua sèchement Lekmann.

—Il a peut-être raison, intervint Aulay. S'ils sont passés dans le coin, ils ont dû repartir depuis longtemps.

—Donc, ton détecteur n'est pas si fiable que ça, railla Lekmann.

Ils s'interrompirent au détour d'un bosquet et écarquillèrent les yeux.

—Tiens, tiens, murmura Lekmann. Qu'avons-nous là?

Un camp misérable se dressait au bord de la route. Il abritait un groupe de femmes humaines, d'enfants et de vieillards qui semblaient tous à bout de forces.

—Je ne vois pas d'hommes, constata Aulay. Ils ne risquent pas de nous faire d'ennuis.

Voyant approcher les trois cavaliers, les humains se pétrifièrent. Mais une femme vint à leur rencontre. Malgré ses vêtements crasseux et la tresse blonde qui pendouillait dans son dos, elle avait un port de tête altier.

Elle dévisagea les nouveaux venus: le grand maigre avec la cicatrice, le petit borgne et le chauve bâti comme une montagne.

Lekmann lui fit un sourire concupiscent.

—Bonjour.

—Qui êtes-vous? demanda la femme, soupçonneuse. Que voulez-vous?

—Vous n'avez rien à craindre de nous, ma dame. Nous vaquons à nos affaires. En fait, nous avons beaucoup de choses en commun!

—Vous êtes des Multis?

C'était tout ce qu'elle avait besoin de savoir.

—Oui, ma dame. Nous vénérons les mêmes dieux que vous.

Elle sembla un peu soulagée.

—Ça vous embêterait si nous mettions pied à terre? demanda Lekmann.

—Je ne peux pas vous en empêcher.

Il descendit de cheval lentement pour ne pas l'effrayer. Aulay et Blaan l'imitèrent.

—Nous chevauchons depuis longtemps, dit Lekmann en s'étirant. C'est agréable de se reposer un peu.

—Nous ne voudrions pas nous montrer impolis, mais nous n'avons ni eau ni nourriture à partager avec vous, dit la femme.

—Peu importe! Je vois que la chance ne vous a pas souri dernièrement. Voilà longtemps que vous êtes sur les routes?

—Une éternité, me semble-t-il.

—D'où venez-vous?

—De Damebois. Des troubles ont éclaté là-bas.

—Comme partout ailleurs. C'est l'époque qui veut ça, affirma Lekmann.

La femme dévisagea Aulay puis Blaan.

—Vos amis ne sont pas très bavards.

—Ils préfèrent l'action au bavardage. D'ailleurs, nous n'avons pas de temps à perdre. Nous nous sommes arrêtés parce que nous espérions que vous pourriez nous aider.

—Comme je vous l'ai dit, nous n'avons pas de…

—Pas de cette façon. Nous sommes à la recherche de… certaines personnes. Si vous voyagez depuis un certain temps, vous les avez peut-être croisées.

—Nous n'avons pas rencontré grand-monde sur la route.

—Vraiment? Même pas des orcs?

Il sembla à Lekmann qu'il avait mis dans le mille. Les traits de la femme se durcirent.

—Non, affirma-t-elle avec force.

—Mais si, maman!

Une fillette s'approcha des chasseurs de primes en sautillant.

—Les gens bizarres avec des marques sur la figure, insista-t-elle en parlant du nez, comme si elle était enrhumée. Tu ne te souviens pas ?

Lekmann jubila. Enfin une piste !

—Ah, si, dit la femme sur un ton faussement détaché. Nous en avons croisé un groupe il y a deux jours. Ils avaient l'air pressé.

Lekmann allait lui poser une autre question, mais la fillette vint se planter devant lui.

—Vous êtes leurs amis ? demanda-t-elle en reniflant.

—Pas maintenant ! cria Lekmann, irrité par cette interruption.

Effrayée, la petite fille revint en courant vers sa mère, qui paraissait plus méfiante que jamais. Les autres Multis jetaient des regards soupçonneux aux chasseurs de primes, mais ils ne leur prêtèrent aucune attention.

Lekmann laissa tomber son masque amical.

—Vous savez où ils sont allés ? demanda-t-il brutalement.

—Pourquoi me l'auraient-ils dit ?

La femme était en colère. Dommage.

—Et que leur voulez-vous ? ajouta-t-elle.

—Nous avons une affaire à régler avec eux.

—Vous êtes certains de ne pas être des Unis ?

Aulay et Blaan éclatèrent d'un rire inquiétant.

—Qui êtes-vous ? insista la femme.

—Des voyageurs qui se remettront en route dès que vous leur aurez indiqué une direction. (Lekmann jeta un coup d'œil rusé à la ronde.) Vos hommes pourraient peut-être nous renseigner ?

—Ils… ils sont partis chasser…

—Ça m'étonnerait beaucoup ! Je ne crois pas qu'ils vous accompagnent. Sinon, quelques-uns seraient restés avec vous pour vous protéger.

—Ils sont tout près d'ici, et ils ne tarderont pas à revenir, mentit la femme, du désespoir dans la voix. Si vous ne voulez pas de problèmes…

—Vous êtes une piètre menteuse. (Lekmann fixa la fillette d'un air entendu.) Tâchons de régler ça en douceur. Où sont allés ces orcs ?

La femme lut une absence totale de scrupules dans ses yeux.

—Très bien, capitula-t-elle. Ils ont parlé d'aller à Grahtt.

—Le royaume des trolls ? Pourquoi feraient-ils une chose pareille ?

—Comment le saurais-je ?

—Ça ne colle pas. Vous êtes certaine qu'ils n'ont rien dit d'autre ?

—Oui.

Des larmes dans les yeux, la fillette tira sur la jupe de sa mère.

—Ce n'est rien, ma chérie. Tout va bien.

—Je crois que vous me cachez quelque chose, grogna Lekmann.

—Je vous ai dit tout ce que je savais, murmura la femme.

—Vous comprendrez que je m'en assure…

Lekmann fit un signe de tête à ses compagnons. Tous les trois se déployèrent pour prendre les réfugiés en tenailles.

Quand ils repartirent, ils étaient certains qu'elle leur avait dit la vérité.

Selon Stryke, les circonstances imposaient une approche directe.

— Nous n'avons qu'une seule chance, et pas d'autre solution que de tenter un assaut frontal. On entre, on prend ce qu'on est venus chercher et on se tire !

— À t'entendre, c'est tout simple, dit Coilla. Mais tu as pensé aux difficultés que nous rencontrerons ? D'abord pour entrer ! Nous n'avons découvert qu'un seul accès, et il ne conduit peut-être pas au labyrinthe des trolls. Sans compter qu'il semble très profond.

— Nous avons des rouleaux de corde. En cas de besoin, nous pouvons en tresser d'autres.

— Admettons. Ensuite, «prendre ce que nous sommes venus chercher»… Plus facile à dire qu'à faire. Nous ignorons combien de kilomètres de tunnels s'étendent là-dessous. Si les trolls détiennent une étoile – je dis bien «si» –, il faudra la localiser dans une obscurité complète. N'oublie pas que les trolls voient dans le noir, et pas nous.

— Nous emporterons des torches.

— Histoire de passer inaperçus, je suppose ? Nous serons sur leur terrain, donc désavantagés. Quant à ressortir…

— Nous avons déjà pris beaucoup de risques. Quelques-uns de plus ou de moins ne m'arrêteront pas, affirma Stryke.

— Je le sais bien, soupira Coilla. Tu as décidé d'aller jusqu'au bout, pas vrai ?

— Oui. Mais je n'oblige personne à me suivre, rappela Stryke.

— La question n'est pas là. Je m'inquiète seulement de ton plan… Charger aveuglément n'est pas toujours la meilleure solution.

— Parfois, il faut s'y résoudre… À moins que tu ne voies un meilleur moyen.

— C'est bien ce qui m'ennuie, avoua Coilla. Je n'en vois pas !

— Je sais que toutes les choses qui pourraient mal tourner te tracassent. Moi aussi. C'est pour ça que nous prendrons tout notre temps pour nous préparer.

— Pas trop, quand même, intervint Alfray. Tu as pensé à Hobrow ?

— Nous lui avons donné une bonne leçon. Je doute qu'il ose s'attaquer à nous avant un moment.

— Mais pour ce que nous en savons, ce n'est pas le seul qui nous en veut. Et une cible mobile est toujours plus difficile à atteindre.

— C'est vrai. Cela dit, les gens n'aiment pas trop s'attaquer à des cibles qui ripostent.

—Sauf s'ils sont assez nombreux.

—Que veux-tu dire par « prendre tout notre temps » ? demanda Coilla.

Stryke observa le soleil, qui se couchait à l'horizon.

—La nuit ne tardera pas à tomber. Nous pourrions consacrer la journée de demain à chercher un autre accès, en quadrillant le secteur pour le passer au peigne fin. Si nous trouvons un meilleur accès, nous l'utiliserons. Sinon, nous emprunterons celui que nous connaissons.

—Et qui n'en est peut-être pas un.

—Stryke, je ne veux pas jouer les rabat-joie, dit Jup, mais s'il y a bien une étoile et si nous réussissons à nous en emparer… Que ferons-nous après ?

—J'espérais que personne ne poserait la question.

—Il le faut pourtant, affirma Alfray. Sans ça, il ne servirait à rien de prendre tous ces risques pour nous infiltrer à Grahtt.

—Bien sûr que si ! Nous sommes des orcs. Nous avons besoin d'objectifs à atteindre. Tu le sais.

—En toute logique, avança Coilla, si nous ressortons de Grahtt en un seul morceau, il nous faudra un plan pour localiser les autres étoiles.

—Nous avons eu de la chance jusque-là, grogna Jup. Ça ne durera pas éternellement.

—Nous forgeons notre chance ! déclara Stryke.

—S'il est vraiment hors de question de vendre les étoiles à Jennesta, je pensais que… commença Coilla.

—C'est exclu ! cria Stryke. Au moins, en ce qui me concerne.

—Dans ce cas, nous pourrions peut-être les vendre à quelqu'un d'autre.

—Qui ?

—Je ne sais pas ! explosa Coilla. Comme tout le monde, je lance des idées au hasard ! Mais si nous ne pouvons pas rassembler les cinq instrumentalités, celles que nous détenons ne nous serviront à rien, alors qu'un bon paquet d'argent nous faciliterait la vie.

—Les étoiles sont la clé d'un pouvoir susceptible de libérer les orcs et les autres races aînées. Je refuse de m'en séparer. Si nous avons besoin d'argent, nous vendrons du pellucide.

—En parlant des cristaux, as-tu décidé de ce que nous allons en faire ? demanda Alfray.

—Pour l'instant, il vaut mieux les maintenir dans l'escarcelle commune de l'unité. Des objections ?

Personne ne parla.

Haskeer, qui n'avait pas participé à la conversation, s'approcha, arborant l'expression hagarde à laquelle ils s'étaient presque habitués.

—Que se passe-t-il ?

—Nous cherchions un moyen d'entrer à Grahtt, expliqua Coilla.

Le visage d'Haskeer s'éclaira.

—Pourquoi ne pas demander la permission des trolls ?

Tous éclatèrent de rire…

Puis réalisèrent que ça n'était pas une plaisanterie.

—Comment ça, demander leur permission ? s'étrangla Alfray.

—Les choses seraient quand même plus faciles si nous nous entendions bien avec les trolls, non ?

La mâchoire d'Alfray lui en tomba sur les genoux.

—D'ailleurs, s'enthousiasma Haskeer, tous nos ennemis pourraient devenir nos amis si nous prenions la peine de parlementer avec eux plutôt que de les combattre.

—Je n'arrive pas à croire que ces mots sortent de ta bouche, souffla Coilla.

—Ça te paraît stupide ?

—Non, mais ça te ressemble si peu !

Haskeer réfléchit intensément.

—Bon, d'accord. Alors, on n'aura qu'à les tuer.

—C'est plus ou moins ce que nous comptons faire, si nous y sommes obligés, avoua Coilla.

Haskeer eut un sourire rayonnant.

—Génial. Si vous avez besoin de moi, appelez ! Je serai en train de nourrir mon cheval.

Il se détourna et s'éloigna.

—Que diantre… ? s'exclama Jup.

Coilla secoua la tête.

—Il a perdu la boule.

—Tu crois toujours qu'il s'en remettra, Alfray ? demanda Stryke.

—J'admets qu'il y met le temps. Mais j'ai déjà vu ce genre de réaction chez des soldats affectés par une forte fièvre. Après, ils passent plusieurs jours dans une sorte de brouillard, et il n'est pas rare qu'ils se conduisent bizarrement.

—*Bizarrement* ! répéta Coilla. On dirait qu'on lui a changé le cerveau !

—Je ne sais plus si je dois m'inquiéter pour lui ou remercier les dieux de l'avoir rendu plus aimable, avoua Jup.

—Au moins, ça nous fait des vacances, dit Coilla. Surtout à toi.

—Alfray, tu supposes que son comportement est une conséquence de sa maladie, résuma Stryke. Et si ce n'était pas le cas ? S'il avait… Je ne sais pas, moi… Pris un coup sur la tête sans que nous nous en apercevions ?

—C'est possible, mais j'aurais vu une bosse pendant que je le soignais.

Je ne suis pas expert en matière de blessures à la tête. Comme toi, je sais seulement qu'elles peuvent pousser les gens à se comporter d'une façon étrange...

— Haskeer semble inoffensif, mais mieux vaut garder un œil sur lui, au cas où...

— Tu comptes le laisser participer à la mission ? s'inquiéta Coilla.

— Non, il nous gênerait, la rassura Stryke. Il nous attendra ici avec un ou deux soldats pour garder les chevaux et le campement. Sans compter le cristal. Je pensais que tu pourrais rester aussi.

Les narines de la femelle orc frémirent.

— Tu me considères comme un fardeau ?

— Bien sûr que non. Mais je sais que tu détestes les espaces clos. Tu nous l'as assez seriné ! Et j'ai besoin de laisser quelqu'un de fiable derrière nous, parce que je ne compte pas emmener les étoiles. Ce serait un trop gros risque. Tu pourrais veiller sur elles jusqu'à notre retour. (Remarquant son expression, Stryke ajouta :) En réalité, je me disais que tu pourrais reprendre le flambeau si nous ne revenions pas.

— Toute seule ? s'étrangla Coilla.

— Il te resterait Haskeer..., dit Jup.

Elle le foudroya du regard.

— Très drôle.

Tous tournèrent la tête vers le sergent...

... qui tapotait affectueusement la tête de son cheval.

Chapitre 23

La colère du Seigneur avait frappé.

Pour Kimball Hobrow, aucun doute n'était permis.

La poursuite des hérétiques non-humains qui avaient volé son bien l'avait conduit sur les rivages du Bras de Calyparr en compagnie de plus de deux cents fidèles. À la tombée de la nuit, ils avaient découvert un charnier : les cadavres de deux douzaines de femmes, d'enfants et de vieillards jonchaient le bord de la piste, à la sortie d'un bosquet.

À leurs vêtements provocants, dont les couleurs vives témoignaient d'une insupportable vanité, Hobrow les identifia aisément. C'étaient des blasphémateurs, de misérables âmes perdues qui avaient dévié du droit chemin pour rejoindre l'engeance Multi.

Hobrow se déplaçait entre les corps, une poignée de gardes sur les talons. Si la vue de leurs chairs mutilées et ensanglantées le troubla, il n'en laissa rien paraître.

— Voyez de quelle façon notre Seigneur punit ceux qui embrassent le paganisme obscène des races impures ! Dans Sa grande sagesse, mes frères, Il a désigné des non-humains pour être l'instrument de Sa vengeance. Les hérétiques ont frayé avec le serpent, et le serpent les a dévorés. Il ne saurait y avoir de plus juste châtiment.

Il continua son inspection, étudiant le visage des cadavres et la nature de leurs blessures.

— Le Tout-Puissant a le bras long, et Son courroux ne connaît pas de limites. Il frappe les infidèles aussi sûrement qu'Il récompense Ses élus.

Un garde le héla, à l'autre extrémité du charnier. Hobrow le rejoignit.

— Qu'y a-t-il, Calvert ?

— Celle-ci est toujours vivante, maître, dit le soldat en désignant une femme à la longue tresse blonde.

Elle avait la poitrine déchiquetée. Sa respiration laborieuse indiquait que la fin était proche.

Hobrow s'accroupit près d'elle ; le regard de la femme se posa sur lui. Elle tenta de dire quelque chose, mais aucun son ne s'échappa de ses lèvres.

Hobrow se pencha davantage.

— Parle, mon enfant. Soulage ton âme en confessant tes péchés.

— Ils… Ils…

— Qui ?

— Ils sont venus… Et…

— Tu veux parler des orcs ?

Les yeux de la femme se voilèrent, annonçant l'approche de la mort.

— Oui… Les orcs…

— Ce sont eux qui vous ont fait ça ?

— Les orcs… Sont venus…

Les gardes s'étaient rassemblés autour de la femme.

Hobrow leva la tête vers eux.

— Vous voyez ? triompha-t-il. Aucun humain n'est à l'abri des déprédations des races aînées, même ceux qui sont assez stupides pour prendre leur parti. Où sont-ils allés, mon enfant ?

— Les orcs…

— Oui, les orcs, répéta Hobrow. Tu sais où ils sont allés ?

La femme ne répondit pas. Il lui prit la main et la serra dans la sienne pour la faire réagir.

— Où sont-ils allés ? répéta-t-il.

— Gra-Grahtt…

— Juste ciel !

Hobrow se releva.

La femme tendit un bras vers lui, mais personne n'y prit garde.

Puis sa main retomba.

— À vos chevaux ! beugla Hobrow, une flamme messianique dansant dans son regard. La vermine que nous recherchons s'est alliée avec une autre race maudite ! Mes frères, nous partons en croisade !

Portés par sa ferveur, les fidèles s'élancèrent vers leurs montures.

— Nous nous vengerons ! jura Hobrow. Le Seigneur nous guidera et nous protégera.

Les Renards passèrent toute la journée à chercher un autre accès. Mais s'il en existait un, il était trop bien dissimulé pour qu'ils le découvrent. N'ayant pas rencontré de troll pendant leurs investigations, ils estimèrent avoir quand même eu beaucoup de chance.

Stryke décida qu'ils emprunteraient l'entrée principale – comme il avait décidé de la baptiser – aux premières lueurs de l'aube. Les trolls ayant la réputation de s'aventurer à l'extérieur la nuit, Stryke fit doubler la garde et ordonna au reste de l'unité de dormir avec toutes ses armes à portée de main.

Alfray proposa qu'ils partagent un peu de pellucide. Stryke n'y vit pas d'objection, pour peu qu'ils s'en tiennent à de petites quantités et n'en donnent pas aux gardes. Lui n'en consomma pas. Il alla s'allonger sur une couverture, un peu à l'écart des autres, pour réfléchir en paix à son plan.

La dernière chose qu'il sentit, avant de sombrer dans le sommeil, fut l'odeur entêtante du cristal.

Les étoiles commençaient à poindre dans le ciel. Jamais il ne les avait vues briller d'une lueur aussi limpide.

Il était au bord d'une falaise abrupte.

À un jet de lance se dressait une paroi jumelle, surplombée d'arbres au tronc fier et élancé. Entre les deux, un canyon... Au fond, un torrent rugissant projetait des gerbes d'écume blanche en martelant les rochers sur son passage.

Des deux côtés, le précipice s'étendait aussi loin que portât son regard. Un pont suspendu de lianes et de lattes de bois se balançait doucement au gré de la brise. Sans savoir pourquoi, il s'y engagea.

Quand il se fut éloigné de l'abri de la falaise, il sentit le vent fraîchir, charriant la brume humide du torrent. Il avançait lentement, en savourant la beauté du paysage et en inspirant à pleins poumons l'air cristallin.

Stryke avait parcouru un tiers du chemin quand il vit que quelqu'un venait à sa rencontre. Il ne distinguait pas encore ses traits, mais la silhouette approchait d'un pas assuré.

Il ne ralentit pas et put bientôt voir son visage.

C'était la femelle orc qu'il avait déjà rencontrée... là. Où que fût le « là » en question !

Elle portait toujours sa coiffe guerrière de plumes écarlates. La poignée de son épée, qu'elle avait accrochée dans son dos, dépassait de son épaule gauche. Sa main droite courait avec grâce sur la rambarde de corde.

Ils se reconnurent en même temps et se sourirent.

—Nos chemins se croisent de nouveau, dit la femelle alors qu'ils se rejoignaient au milieu du pont. J'en suis ravie.

Stryke eut le même pincement au cœur que lors de leurs rencontres précédentes.

—Moi aussi.

—Vous êtes vraiment un orc étrange.

—Pourquoi ?

—Vos allées et venues sont enveloppées de mystère.

—Je pourrais en dire autant de vous.

—Sûrement pas. Je suis toujours ici. Vous apparaissez et disparaissez comme la brume au-dessus de cette rivière. Où allez-vous ?

—Nulle part. Je... suppose que j'explore les parages. Et vous ?

—Je vais où la vie me mène.

—*Pourtant, vous portez votre épée d'une façon si peu militaire que vous ne pourrez pas la dégainer rapidement en cas de besoin.*

Elle regarda le fourreau pendu à sa ceinture.

—*Pas vous ! Mais je préfère ma façon…*

—*C'était également la coutume dans mon pays, autrefois. Mais ça ne l'est plus depuis longtemps.*

—*Je ne menace personne, et je vais où bon me semble sans jamais rencontrer de danger. N'en est-il pas ainsi, là d'où vous venez ?*

—*Non.*

—*Alors, ce doit être un lieu bien sinistre. Cela dit sans vouloir vous offenser.*

—*Pourquoi m'offenserais-je ? Vous avez raison.*

—*Peut-être devriez-vous vous installer ici.*

Il ne savait pas s'il devait prendre ces mots pour une invitation.

—*Ce serait très agréable. J'aimerais pouvoir le faire.*

—*Quelque chose vous en empêche ?*

—*J'ignore comment venir ici !*

La femelle éclata de rire.

—*On peut toujours compter sur vous pour parler par énigmes. Comment osez-vous dire une chose pareille, alors que vous y êtes ?*

—*Ça n'a pas plus de sens pour moi que pour vous. (Il baissa les yeux vers le courant tumultueux.) Je ne comprends pas davantage la façon dont je viens ici que cette rivière ne sait comment et pourquoi elle va jusqu'à la mer. Pourtant, il en est ainsi depuis toujours, et le temps n'a pas de prise sur elle.*

La femelle se rapprocha de lui.

—*Le temps n'a pas de prise sur nous non plus. Nous nous laissons porter par les flots de la vie. (Plongeant une main dans sa poche, elle en tira deux petits cailloux ronds.) Je les ai pris sur la berge de la rivière. (Elle les laissa tomber dans le canyon.) À présent, ils ne font de nouveau plus qu'un avec elle, tout comme vous et moi ne faisons qu'un avec le fleuve du temps. N'est-il pas approprié que nous nous rencontrions sur un pont ?*

—*Je ne suis pas certain de comprendre.*

—*Vraiment ?*

—*Je sens que vos paroles sont pleines de vérité, mais je n'arrive pas à mettre… le doigt dessus.*

—*Tendez la main plus loin et vous comprendrez.*

—*De quelle façon ?*

—*En cessant d'essayer.*

—*Et vous m'accusez de parler par énigmes !*

—*La vérité est simple ; c'est nous qui choisissons de la considérer comme une énigme. Vous finirez par comprendre.*

—*Quand ?*

— *Vous avez déjà commencé en posant cette question. Soyez patient, étranger. (Elle sourit.) Je ne connais toujours pas votre nom.*

— *Ni moi le vôtre.*

— *Comment vous appelez-vous ?*

— *Stryke.*

— *Stryke. Un nom qui sonne bien. Il vous va à merveille. Stryke, Stryke, Stryke,* répéta la femelle comme si elle savourait la puissance des syllabes sur sa langue.

— Stryke ! Stryke !

Quelqu'un le secouait.

— Hein ? Oh… Comment vous appelez-vous ?

— C'est moi, Coilla. Avec qui m'as-tu confondue ? Tu vas te réveiller, bon sang ?

Clignant des yeux, il regarda autour de lui. Le jour se levait et ils étaient à Grahtt.

— Tu as l'air bizarre, s'inquiéta Coilla. Tu vas bien ?

— Oui… J'étais en train de rêver.

— Ça t'arrive souvent, ces derniers temps. Tu es sûr que ça n'était pas un cauchemar ?

— Non. Loin de là.

Jennesta rêvait de sang et de flammes, de mort et de destruction, de souffrance et de désespoir. Elle rêvait des principes même de la luxure et du bonheur qu'ils lui apportaient.

Elle s'éveilla dans son sanctuaire. Le corps torturé d'un mâle humain à peine adulte gisait sur l'autel parmi les détritus du rituel de la veille. Sans lui jeter un regard, Jennesta se leva et se drapa d'une cape de fourrure. Puis elle enfila une paire de bottes de cuir pour compléter sa tenue.

L'aube se levait et une journée chargée l'attendait.

Quand elle sortit de sa chambre, les gardes postés devant la porte se redressèrent.

— Venez, leur ordonna-t-elle.

Ils lui emboîtèrent le pas.

Elle les précéda dans un labyrinthe de couloirs et d'escaliers de pierre et émergea au grand air sur le terrain d'exercice qui s'étendait devant son palais.

Plusieurs centaines de soldats orcs s'y tenaient en rangs serrés. Ce «public», bien que limité, comptait des représentants de chaque régiment. Ainsi, Jennesta ne doutait pas que ce qu'elle s'apprêtait à faire arriverait aux oreilles de tous les membres de sa horde.

Les soldats faisaient face à un poteau de bois de la taille d'un petit arbre. Un orc y était attaché, entouré de fagots qui lui montaient jusqu'à la taille.

Le général Mersadion salua Jennesta d'une courbette.

— Nous sommes prêts, Votre Majesté.

— Énoncez le verdict.

Mersadion fit un signe de tête à un capitaine. L'orc avança et déroula un parchemin. De la voix de stentor qui lui avait valu cette tâche peu enviable, il lut :

— Par ordre de Sa Majesté la reine Jennesta, que tous prennent connaissance du jugement porté par le tribunal militaire contre Krekner, sergent ordinaire de la Horde Impériale.

Tous les regards étaient rivés sur le prisonnier.

— Les charges sont les suivantes : *primo*, Krekner a volontairement désobéi à un ordre donné par un officier supérieur ; *secundo*, en désobéissant à cet ordre, il a fait preuve de couardise devant l'ennemi. Le tribunal l'a reconnu coupable des deux chefs d'accusation, et condamné à subir le châtiment prévu par la loi.

Le capitaine baissa le parchemin. Un lourd silence tomba sur le terrain d'exercice.

Mersadion s'adressa au prisonnier.

— Vous avez le droit de faire appel auprès de la reine. L'exercerez-vous ?

— Oui, répondit Krekner d'une voix qui ne tremblait pas.

Il supportait l'épreuve avec beaucoup de dignité.

— Allez-y, l'invita Mersadion.

Le sergent tourna la tête vers Jennesta.

— Je ne voulais pas me montrer irrespectueux, ma dame. Mais on nous a demandé de charger de nouveau alors que nos camarades blessés gisaient encore sur le sol. Je me suis attardé assez longtemps pour arrêter l'hémorragie d'un soldat, ce qui lui a sauvé la vie. Puis j'ai obéi à l'ordre d'attaquer. C'était un retard motivé par la compassion – pas l'insubordination. Je trouve injuste la sentence prononcée contre moi !

C'était sans doute le plus long – et le plus important – discours qu'il ait jamais fait.

Il regarda la reine, plein d'espoir.

Jennesta le fit attendre trente secondes avant de prendre la parole. Elle aimait faire croire aux condamnés qu'elle envisageait de se montrer miséricordieuse.

— Les ordres sont faits pour être obéis, dit-elle enfin. Sans exception aucune, et surtout pas au nom de la compassion. (Elle cracha ce mot comme s'il lui laissait un arrière-goût désagréable dans la bouche.) Demande rejetée ! La sentence sera exécutée. Que votre sort serve d'exemple à tous.

Elle leva une main en marmonnant une incantation. Krekner se raidit.

Un rayon jaillit du bout des doigts de Jennesta, fendit l'air et vint frapper les fagots aux pieds du prisonnier.

Le bois s'embrasa aussitôt. Des flammes jaunes et orange jaillirent.

Le sergent affronta la mort courageusement. Mais sur la fin, il ne put retenir ses cris.

Impassible, Jennesta le regarda se tordre dans le brasier.

En pensée, elle voyait Stryke à sa place.

Les Renards étaient prêts à partir.

Stryke avait craint qu'Haskeer ne proteste en apprenant qu'il ne les accompagnerait pas. Mais le sergent avait encaissé la nouvelle sans broncher… D'une certaine façon, ça troublait plus le capitaine que les récriminations auxquelles il l'avait habitué.

Stryke prit les autres officiers à part pour leur exposer son plan.

— Comme convenu, Coilla restera au campement avec Haskeer et Reafdaw.

— Et le pellucide? demanda la femelle orc.

— J'ai ordonné qu'on le sorte des sacoches de selle et qu'on le rassemble dans des sacs, dit Stryke. Tu ferais bien de les charger sur deux ou trois chevaux. Comme ça, si vous avez besoin de filer en vitesse, ça vous fera gagner du temps.

— Je comprends. Et les étoiles?

Il plongea une main dans sa sacoche.

— Tiens. À toi de décider ce que tu en feras si nous ne revenons pas.

Coilla contempla les instrumentalités, puis les glissa dans sa ceinture.

— J'espère que ce sera quelque chose que tu aurais approuvé. (Ils échangèrent un sourire.) En cas de problème, c'est quoi, le plan?

— Tout, sauf vous lancer à notre recherche. C'est bien compris?

— Oui… Mais…

— C'est un ordre! insista Stryke. Si nous ne sommes pas revenus demain à la même heure, nous ne reviendrons pas du tout. Dans ce cas, je veux que vous fichiez le camp. D'ici là, profitez de votre inactivité pour vous demander où vous irez.

— Les dieux seuls le savent, soupira Coilla. Mais nous trouverons quelque chose si nous y sommes obligés. Débrouillez-vous pour que nous n'en arrivions pas là…

— Nous ferons de notre mieux. Si des trolls se montrent avant l'heure convenue, ça ne signifiera qu'une *seule* chose. Et il faudra que vous partiez.

Coilla fit oui de la tête.

—Et nous, Stryke? demanda Alfray. Que fait-on une fois en bas?

—Tout dépendra de ce que nous trouverons… À supposer que ce puits soit bien l'entrée du labyrinthe.

—Une mission à l'aveugle, ce n'est pas l'idéal.

—Non, mais nous en avons déjà réussi d'autres.

—Ce qui m'inquiète, avoua Jup, c'est l'idée de ne rien y voir là-dedans.

—La vision nocturne des trolls leur assure un avantage sur nous. Mais nous emportons assez de torches pour leur donner du fil à retordre le cas échéant. Et ne sous-estimez pas l'élément de surprise.

—Tout de même, c'est sacrément risqué.

—Prendre des risques est notre métier, rappela Stryke. Et je te parie que nous avons plus d'expérience en la matière que les trolls!

—Espérons-le. On ne devrait pas y aller?

—Si. Rassemblez les soldats. N'oubliez ni les cordes ni les torches.

Jup et Alfray s'en furent exécuter les ordres.

—Je vous accompagnerai jusqu'à l'entrée, d'accord? proposa Coilla.

—Si tu veux. Mais ne traîne pas dans le coin quand nous serons descendus. Je veux que tu reviennes ici pour garder le campement et le pellucide.

L'unité laissa Haskeer avec Reafdaw et gagna la grotte. La lumière du jour faisait paraître ses entrailles encore plus sombres. Les orcs entrèrent prudemment. Arrivés au bord du puits, ils allumèrent leurs torches.

Stryke fit signe à deux soldats, qui lâchèrent des branches enflammées dans l'ouverture. Tous les regardèrent tomber. Contrairement au chiffon de Coilla, elles ne disparurent pas mais atterrirent sur quelque chose de solide… quelques dizaines de mètres plus bas.

—On devrait avoir assez de corde, estima Alfray.

La lumière des torches ne leur permettait pas de voir ce qui les attendait en bas. Mais rien ne semblait remuer.

Plusieurs soldats furent chargés de nouer trois cordes autour de rochers ou de troncs d'arbre, à l'extérieur de la grotte.

—Au cas où un piège nous attendrait en bas, on descend le plus vite possible et en force, rappela Stryke.

Torches au poing, les orcs formèrent trois groupes près des cordes. Certains avaient un couteau entre les dents.

Coilla leur souhaita bonne chance et recula.

—On y va, dit Stryke en empoignant une corde.

Il se laissa glisser dans l'ouverture.

Les autres le suivirent rapidement.

Chapitre 24

Stryke lâcha la corde et se laissa tomber sur les trois derniers mètres. Dès qu'il eut atterri, il dégaina son épée. Jup se réceptionna près de lui et l'imita. Les autres les rejoignirent sans tarder et regardèrent autour d'eux.

Ils étaient dans une caverne plus ou moins circulaire, d'un diamètre trois fois supérieur à celui du puits par où ils venaient de descendre. Deux tunnels en partaient : le plus large, droit devant eux, le plus petit, sur leur gauche.

L'endroit était aussi silencieux qu'une tombe, dont il dégageait également l'odeur de renfermé. Les orcs ne distinguèrent aucun signe de vie.

— Et maintenant ? chuchota Jup.

— On commence par assurer nos arrières. (Stryke fit signe à deux soldats.) Liffin, Bhose : vous restez ici et vous gardez l'accès. Ne bougez pas jusqu'à notre retour, ou jusqu'à l'expiration du délai convenu.

Les orcs hochèrent la tête et se mirent en position.

— Où veux-tu aller ? demanda Alfray en sondant les deux tunnels.

— Tu crois qu'on devrait se séparer pour les explorer ? lança Jup.

— J'aimerais mieux éviter. Nous sommes déjà peu nombreux.

— Alors, on joue à pile ou face ?

— Je penche pour le passage le plus large, car il doit conduire à quelque chose de plus important. Mais nous ferions mieux de jeter un coup d'œil dans l'autre pour nous assurer qu'il ne nous réserve aucune mauvaise surprise.

Stryke ordonna à Kestix et à Jad de monter la garde à l'entrée du tunnel d'en face. Puis il sélectionna Hystykk, Noskaa, Calthmon et enfin Breggin, lui fourrant un rouleau de corde dans les mains.

— Tous les quatre, vous explorerez ce passage sur la longueur de cette corde. Si vous trouvez quelque chose d'intéressant, l'un d'entre vous reviendra nous chercher. Mais ne prenez pas de risques, et battez en retraite à la première alerte.

Jup empoigna une extrémité de la corde. Breggin passa l'autre autour de son poignet, leva sa torche et passa le premier.

Le reste de l'unité patienta dans un silence nerveux, regardant la corde se dérouler.

Au bout de quelques minutes, elle se tendit.

—Et s'ils ont des ennuis? Faudra-t-il voler à leur secours? demanda Alfray.

—Je ne veux même pas y penser. Croisons plutôt les doigts.

Ils n'eurent pas longtemps à attendre.

—Alors? lança Stryke aux soldats quand ils réapparurent.

—Rien d'intéressant, chef, dit Breggin. Le passage continue à s'enfoncer dans la terre. Nous n'avons pas vu de tunnels latéraux.

—Très bien. Nous nous concentrerons sur le plus grand. Et nous déroulerons la corde derrière nous, même si je doute que ça serve à grand-chose.

—Ne risque-t-elle pas de trahir notre présence? objecta Jup.

—Avec ou sans corde, une unité d'orcs qui se balade avec des torches allumées n'a aucune chance de passer inaperçue ici, dit Stryke. Si nous croisons des trolls, frappez d'abord et posez des questions ensuite. Nous ne pouvons pas nous permettre de lésiner. Restez groupés, et faites le moins de bruit possible.

Il rappela une dernière fois à Liffin et à Bhose d'ouvrir l'œil, puis s'engagea dans le tunnel principal. Alfray marchait à côté de lui, éclairant leur chemin avec sa torche.

Le passage continuait en ligne droite, mais il descendait en pente douce. Pendant que les orcs avançaient, la température baissa et de désagréables relents de moisissure leur agressèrent les narines.

Ils progressèrent ainsi pendant cinq minutes, selon l'estimation de Stryke – mais sa perception du temps était sans doute altérée par l'obscurité et le silence – avant de découvrir un tunnel latéral à peine plus large qu'une porte. Sa voûte basse et ses murs étaient humides. À la lueur de leurs torches, les Renards virent que le sol s'inclinait presque à la verticale. La taille ceinte d'une corde, un des soldats s'y faufila pour l'explorer.

—Ça débouche sur une sorte de puits, annonça-t-il quand ses camarades le hissèrent de nouveau auprès d'eux.

—Sans doute un conduit qui permet de siphonner l'eau en cas d'inondation, supposa Alfray.

Stryke en fut impressionné.

—Très ingénieux, commenta-t-il.

—Les trolls ont eu du temps pour améliorer leur habitat. Ce sont des sauvages, mais pas forcément des barbares ignorants. Nous ferions bien de nous en souvenir.

Ils reprirent l'exploration du tunnel principal, dont l'inclinaison augmenta. Trente mètres plus tard, ils atteignirent l'extrémité de la corde.

Ils l'abandonnèrent là et continuèrent à avancer.

Cinq minutes passèrent, de nouveau selon l'estimation de Stryke, avant que le passage ne commence à s'élargir. Un peu plus loin, il débouchait sur une seconde caverne. Les orcs s'immobilisèrent et tendirent l'oreille. Mais comme ils n'entendaient rien, et que l'endroit semblait désert, ils avancèrent prudemment.

Ils venaient d'entrer dans la grotte quand des silhouettes jaillirent de l'ombre et se jetèrent sur eux.

Les orcs réagirent aussitôt, même s'ils avaient du mal à distinguer leurs adversaires à la lueur vacillante de leurs torches. Une bataille rangée s'ensuivit, ponctuée par le fracas des lames, les grognements des combattants et leurs cris de douleur.

Une silhouette furtive bondit sur Stryke, qui leva son épée. Son adversaire para le coup. Il frappa de nouveau, et manqua encore. Par bonheur, il capta l'éclat d'une lame dirigée vers son cou. Il plongea, épée tendue devant lui, et entendit l'acier siffler au-dessus de sa tête. Puis son arme entama de la chair tendre, et son adversaire s'écroula. Stryke pivota pour en combattre un autre.

Près de lui, Alfray et Jup luttaient comme de beaux diables. Le nain fracassa un crâne ennemi au moment où le médecin enfonçait sa torche dans la figure d'un troll, qui se mit à brailler comme un âne. Alfray le fit taire en lui tranchant la gorge.

Soudain, il n'y eut plus d'adversaires. La lutte avait été aussi brève que brutale, les Renards triomphant malgré l'avantage que leur vision nocturne conférait aux trolls.

Stryke regarda autour de lui. Un autre tunnel s'ouvrait au fond de la grotte. Il aboya un ordre. Plusieurs soldats se précipitèrent, épée en main, pour sonder l'entrée.

— Des pertes ? demanda Stryke.

Il n'y avait pas de morts, et seulement des blessés légers.

— Nous avons eu de la chance, dit Alfray.

— Parce que nous étions plus nombreux qu'eux. Ça aurait pu tourner autrement. Laisse-moi voir ça…

Stryke prit la torche du médecin pour examiner un des cadavres qui jonchaient le sol.

Le troll était petit, très musclé et couvert d'une fourrure grise miteuse. Il avait le teint cireux et le physique qu'on pouvait attendre chez une race souterraine. Sa cage thoracique en forme de tonneau s'était développée à cause de la rareté de l'air. Ses membres semblaient démesurément longs, et ses mains puissantes se terminaient par des doigts griffus permettant de creuser la terre.

Bien que mort, il avait toujours les yeux ouverts : deux orbes noirs énormes, sans doute pour compenser le manque de lumière. Son museau était allongé comme celui d'un chien. Contrastant avec l'aspect délavé de sa fourrure, une touffe de cheveux orange vif se dressait sur son crâne.

— Pas le genre de créature qu'on aime croiser dans le noir, commenta Jup.

— Continuons.

Ils avancèrent dans le nouveau tunnel, redoublant de prudence.

Ce passage-là décrivait un angle aigu vers la gauche avant de repartir tout droit. Les Renards longèrent de petites alcôves vides. Puis le tunnel rétrécit à tel point qu'ils furent obligés de s'y déplacer en colonne par un. Une trentaine de mètres plus loin, ils traversèrent une zone dont les murs et le plafond étaient étayés par des troncs d'arbres.

Stryke et Alfray marchaient un peu en avant. Ils dépassèrent un épais pilier de bois…

Et constatèrent – trop tard – que celui-ci dissimulait un tunnel perpendiculaire au leur.

Un troll bondit de l'ombre et se jeta sur Alfray. L'impact déséquilibra le médecin, qui lâcha sa torche.

Stryke bondit sur l'agresseur en faisant des moulinets avec son épée. Le troll recula de deux pas pour éviter de se faire embrocher. Puis il prit son élan et plongea, décochant une série de coups que Stryke eut du mal à parer.

Le passage était trop étroit pour que le reste de l'unité puisse aider le capitaine. Impuissants, les soldats regardèrent les deux adversaires croiser le fer.

Stryke visa la poitrine de la créature. Avec une agilité surprenante, celle-ci fit un bond sur le côté et son épée s'enfonça dans une poutre au-dessus de sa tête. Un nuage de poussière s'abattit sur l'orc.

La seconde qu'il lui fallut pour dégager sa lame faillit lui coûter la vie. Le troll chargea en grognant.

Mais il avait compté sans Alfray. À quatre pattes sur le sol, à peine remis de sa chute, le vieil orc tendit un bras et saisit la cheville de leur agresseur. Cela ne suffit pas à le faire tomber, mais le ralentit suffisamment pour permettre à Stryke de frapper.

Son épée s'enfonça dans le flanc du troll, qui cria et tituba en arrière, percutant la poutre que l'orc avait à moitié tranchée.

Le bois émit un craquement de mauvais augure.

Un grondement sinistre résonna. De la terre et des cailloux tombèrent de la voûte. Le troll lâcha un cri étranglé.

Stryke prit Alfray par sa tunique et l'entraîna plus loin dans le tunnel. Du coin de l'œil, il aperçut Jup et le reste de l'unité, de l'autre côté de la section étayée.

Avec un bruit de fin du monde, le plafond s'écroula sur le troll tétanisé, l'enfouissant sous une masse de gravats. L'onde de choc projeta Stryke et Alfray à terre. Une vague de poussière déferla sur eux.

Ils restèrent allongés sur le sol, les mains plaquées sur les oreilles.

Quand le bruit mourut, l'avalanche s'arrêtant et la poussière commençant à retomber, ils se relevèrent péniblement.

Derrière eux, le tunnel était bloqué du sol au plafond par d'énormes rochers et des tonnes de débris. Alfray ramassa sa torche. Par miracle, elle ne s'était pas éteinte. Il entreprit d'examiner l'éboulis.

Il comprit très vite que Stryke et lui ne pourraient pas rebrousser chemin.

— Aucune chance, soupira-t-il en s'efforçant vainement de déloger une pierre.

— Je m'en doutais un peu, avoua Stryke.

— Tu crois que les autres ont été touchés ?

— Non, je suis à peu près certain qu'ils étaient trop loin. Mais ils n'arriveront pas plus que nous à dégager ces gravats.

— Il restait une chance que les trolls ne se soient pas aperçus de notre présence, mais plus maintenant, dit Alfray. À moins qu'ils ne soient tous sourds.

— Nous ne pouvons pas revenir en arrière, et pas question non plus de traîner là, au cas où le reste du plafond s'effondrerait. Ça ne nous laisse qu'une possibilité…

— Espérons que les autres trouveront un moyen de contourner cet éboulis.

— Ou que nous réussirons à les rejoindre. Mais il vaudrait mieux ne pas y compter.

— Deux orcs contre tout le royaume des trolls, se lamenta Alfray. On ne peut pas dire que les probabilités soient en notre faveur…

Ils jetèrent un dernier coup d'œil au passage bloqué, puis se détournèrent et avancèrent vers l'inconnu.

Coilla n'avait jamais beaucoup apprécié Haskeer, mais elle devait reconnaître qu'on ne s'ennuyait jamais quand il était dans les parages.

Au moins, avant qu'il ne change du tout au tout.

Assis en face d'elle, à califourchon sur sa selle et les bras ballants, le sergent fixait un point invisible devant lui. Obéissant aux ordres de Coilla, Reafdaw s'occupait de charger le pellucide sur leurs montures, juste au cas où. Cela mis à part, ils ne pouvaient pas faire grand-chose, sinon attendre.

Inutile d'essayer de parler avec Haskeer : Coilla lui avait déjà demandé une demi-douzaine de fois comment il se sentait, et il lui avait répondu qu'il allait très bien, merci beaucoup. Ça ne laissait pas des tonnes de sujets de conversation, et le silence commençait à devenir pesant.

Coilla éprouva donc un mélange de soulagement et d'appréhension quand Haskeer leva les yeux, parut la voir réellement pour la première fois et lui demanda :

— Tu as les étoiles ?

— Oui.

— Je peux les regarder ?

« Innocent » était le mot le moins exact pour décrire le sergent en temps ordinaire. Mais la façon dont il posa cette question n'appelait aucun autre adjectif.

Coilla haussa les épaules.

— Pourquoi pas ?

Elle sentit qu'il la dévorait du regard pendant qu'elle ouvrait sa sacoche de ceinture. Quand elle en sortit les instrumentalités, Haskeer tendit la main.

Coilla décida qu'elle préférait ne pas les lui donner.

— Il vaut mieux que tu les admires sans toucher. Ne le prends pas mal, ajouta-t-elle. Stryke m'a ordonné de ne les confier à personne. Pas même à toi.

C'était un mensonge, mais elle savait que son capitaine aurait approuvé.

Coilla attendit les protestations d'Haskeer, mais il ne broncha pas. Il était devenu tellement raisonnable qu'on avait presque envie de lui ficher des claques. Elle se demanda combien de temps ça durerait.

Il observait les reliques posées dans la paume ouverte de Coilla avec l'avidité d'un enfant devant un jouet tout neuf.

Après quelques minutes, la femelle orc se sentit de nouveau mal à l'aise. Haskeer pouvait gâtifier comme ça pendant des heures, pour ce qu'elle en savait, et elle avait mieux à faire que de rester plantée en face de lui… En fait, pas vraiment. Mais pas question qu'elle continue à imiter un piédestal jusqu'à la fin de la journée !

— Ça suffit pour le moment, déclara-t-elle en refermant le poing sur les étoiles.

Elle les glissa dans sa sacoche, Haskeer épiant ses gestes avec un mélange de fascination et de dépit.

Le silence retomba.

Coilla ne pouvait plus supporter ça !

— Je retourne du côté de l'entrée, annonça-t-elle. Histoire de guetter le retour des autres.

Il était encore trop tôt, mais ça l'occuperait…

Haskeer ne dit rien, se contentant de la suivre des yeux.

Coilla s'approcha de Reafdaw pour l'informer de ce qu'elle comptait faire. Il hocha la tête et continua sa besogne.

La femelle orc monta sans hâte au sommet d'un rocher qui surplombait leur camp, et d'où elle apercevait l'entrée de la caverne. Elle voulait tuer le temps plus que repérer ses camarades.

Se retournant, elle chercha Reafdaw du regard. Comme il n'était nulle part en vue, elle supposa qu'il avait fini de charger les chevaux et avait rejoint Haskeer. Ça tombait bien : pas de raison qu'elle soit la seule à mourir d'ennui !

Coilla regarda de nouveau la caverne qui dissimulait l'entrée du royaume des trolls. Bien que la journée ne soit pas particulièrement ensoleillée – comme souvent depuis quelques saisons –, elle dut mettre une main en visière pour voir les détails.

Rien ne bougeait. Cela ne l'inquiéta pas : elle ne s'attendait pas à voir déjà revenir le reste de l'unité.

Décidant que tout vaudrait mieux que l'atmosphère pesante du camp, Coilla s'assit au sommet du rocher pour réfléchir. Elle se demandait si Stryke n'avait pas eu les yeux plus gros que le ventre. Quand l'image du puits béant où elle l'avait vu disparaître lui revint en mémoire, elle frissonna.

Puis quelque chose de lourd s'abattit sur sa nuque, et les ténèbres l'engloutirent.

Coilla reprit connaissance à cause de la douleur. On eût dit qu'un étau lui enserrait le crâne et le haut de la colonne vertébrale. Avec difficulté, elle leva une main pour se tâter la nuque.

Quand elle la ramena devant elle, ses doigts étaient couverts de sang.

Soudain, elle comprit. Le choc la fit se redresser en sursaut. Trop rapidement sans doute, car la tête lui tourna.

Ils avaient dû être attaqués. Les trolls !

Coilla se releva maladroitement et sonda les environs. Personne. Le campement semblait désert.

Grognant et haletant, elle redescendit de son perchoir et rebroussa chemin aussi vite qu'elle le put. Combien de temps était-elle demeurée évanouie ? Peut-être des heures… Mais un coup d'œil au ciel la rassura. Elle n'était pas restée inconsciente plus de quelques minutes.

De nouveau, elle porta une main à sa nuque. La blessure saignait toujours, mais pas abondamment. Elle avait eu de la chance.

Puis un détail la frappa : si son agresseur avait été un troll, elle n'aurait *jamais* repris connaissance.

Affolée, Coilla ouvrit sa sacoche.

Les étoiles avaient disparu !

Elle cracha un juron et courut malgré la douleur.

Quand elle atteignit le camp, elle ne vit aucune trace de Reafdaw ou d'Haskeer.

Elle les appela. Pas de réponse.

Elle les appela de nouveau. Cette fois, un grognement monta de l'endroit où les chevaux étaient attachés.

Coilla avança.

Reafdaw gisait sur le sol, entre les sabots de leurs montures. Ça expliquait pourquoi elle ne l'avait pas aperçu plus tôt.

Coilla s'agenouilla près de lui.

Comme elle, il avait la nuque ensanglantée et un teint d'une pâleur de cire.

—Reafdaw, dit-elle en le secouant.

Un autre grognement.

—Reafdaw! insista-t-elle en le secouant plus fort. Que s'est-il passé?

—Je… Il…

—Où est Haskeer?

Le soldat parut recouvrer quelques forces en entendant ce nom.

—Haskeer… Salaud…

—Que veux-tu dire?

Mais Coilla savait déjà la vérité.

—Juste après… que vous êtes partie… il s'est approché de moi… Il n'a rien dit… Et soudain, il s'est jeté sur moi. Il m'a presque… fendu le crâne en deux.

—Il m'a fait la même chose, le misérable! (Elle examina la blessure de Reafdaw.) Ça pourrait être pire. Je sais que tu dois avoir très mal, mais il faut absolument que tu me racontes la suite. Où est-il allé?

Le soldat déglutit avec peine.

—Il est… parti. Je suis resté évanoui… un moment. Quand j'ai rouvert les yeux… il était revenu. J'ai cru qu'il allait m'achever… Mais il a pris… un cheval.

—Et les étoiles, lâcha amèrement Coilla.

—Oh, dieux! soupira Reafdaw.

—As-tu vu dans quelle direction il est allé?

—Le nord… Je crois que c'était… vers le nord.

Elle devait se décider, et vite.

—Je vais me lancer à sa poursuite. Il faudra que tu te débrouilles seul jusqu'au retour des autres. Tu y arriveras?

—Oui… Allez-y!

—Tout ira bien.

Coilla se releva, saisit une gourde attachée sur le dos d'un cheval et la posa près du soldat.

— Tiens. Je suis désolée, Reafdaw, mais je dois y aller.

Elle tituba jusqu'à leurs chevaux, choisit le plus rapide, le détacha et se hissa péniblement en selle.

Puis elle partit au galop vers le nord.

Chapitre 25

Jup et les autres n'avaient pas réussi à creuser jusqu'à Stryke et Alfray. Ils n'étaient même pas certains que leurs camarades aient échappé à l'éboulement.

Il ne leur restait plus qu'une solution : tourner les talons et revenir sur leurs pas.

Lorsqu'ils retrouvèrent Liffin et Bhose, qui montaient toujours la garde près du puits, une première déception les attendait. S'il gardait un espoir que les deux officiers aient trouvé un moyen de contourner les gravats pour rejoindre le point de rendez-vous, celui-ci mourut aussitôt.

Jup décida de tenter le tout pour le tout. Il prit la tête de l'unité et s'engagea dans le plus petit des deux tunnels. Mais au terme d'une longue marche, durant laquelle ils ne découvrirent que des alcôves vides et des culs-de-sac, ils aboutirent dans une impasse.

Le cœur lourd, ils rebroussèrent chemin.

Il ne servait plus à rien d'attendre. Désormais, leur seul espoir était que Stryke et Alfray aient trouvé une autre issue et regagné la surface. Jup ordonna un repli. Ils remontèrent le long des cordes et regagnèrent leur campement.

À leur arrivée, la déception de ne pas trouver leurs camarades fut vite balayée par la stupéfaction qu'ils éprouvèrent quand Reafdaw leur raconta ce qui s'était passé. Le malheureux avait réussi à s'asseoir et il se tenait la nuque en parlant.

— Et voilà, conclut-il. Haskeer s'est jeté sur nous comme un possédé. Il a volé les étoiles à Coilla, et elle s'est lancée à sa poursuite. C'est tout ce que je sais.

Jup ordonna à un soldat de panser la blessure.

Un brouhaha courut dans les rangs. Les Renards se demandaient ce qu'ils devaient faire.

— La ferme ! cria Jup. Notre priorité devrait être le sauvetage de Stryke et d'Alfray. Ils ne tiendront pas longtemps seuls en bas. Mais nous ne pouvons pas laisser Haskeer s'enfuir avec les étoiles, et on dirait que Coilla n'est pas en état de le rattraper.

—Pourquoi ne pas nous séparer et faire les deux? demanda un soldat.

—Nous sommes déjà trop peu nombreux pour une mission de sauvetage, répondit Jup. Nous disperser serait une erreur. De plus, Haskeer a trop d'avance. Ce serait comme chercher une aiguille dans une meule de foin.

—Alors, on fait quoi? grogna un autre soldat avant d'ajouter: «sergent», sur un ton pas vraiment respectueux.

Son hostilité n'échappa pas davantage à Jup que celle qui se lisait sur le visage de plusieurs soldats. Le ressentiment qu'ils éprouvaient à être commandés par un nain menaçait de crever la surface.

Jup ne savait pas quoi dire. Il devait faire un choix sur-le-champ... et il serait très facile de se tromper.

Les orcs le toisaient d'un air circonspect... voire menaçant, pour certains.

Jup avait toujours été ambitieux. Mais ce n'était pas ainsi qu'il rêvait d'accéder au commandement.

Coilla eut un coup de chance une demi-heure après s'être mise en quête d'Haskeer.

Elle commençait à penser qu'elle ne le trouverait jamais, et qu'il lui faudrait rebrousser chemin couverte de honte, quand elle aperçut au loin un cavalier qui galopait le long d'une succession de collines. Elle n'en aurait pas mis sa main à couper, mais il ressemblait beaucoup à Haskeer.

Enfonçant les talons dans les flancs de sa monture, elle accéléra.

Son cheval avait l'écume à la bouche quand elle atteignit le pied des collines, mais elle ne lui accorda pas le moindre répit avant d'entamer l'ascension. Arrivée au sommet, elle marqua une pause, se redressant sur sa selle pour sonder le paysage en direction de Taklakameer. Le cavalier avait disparu, mais le terrain comptait de nombreux reliefs susceptibles de le dissimuler. Faute d'une autre option, Coilla continua à avancer.

La route la conduisit dans une vallée verdoyante piquetée d'arbres. L'orc la traversa au galop. Elle n'osait pas ralentir, même si elle savait que sa monture ne tiendrait plus très longtemps à ce rythme infernal.

Elle aperçut de nouveau le cavalier à la sortie de la vallée.

Au même moment, deux humains jaillirent d'un bosquet sur sa droite, et un autre apparut sur sa gauche. Quand l'un d'eux flanqua un coup de fouet à son cheval, Coilla fut si surprise que les rênes lui échappèrent des mains. Sa monture trébucha et tomba.

Coilla heurta le sol, roula plusieurs fois sur elle-même et s'immobilisa, le souffle coupé.

Tout tournait autour d'elle. Elle tenta de se relever, mais ne parvint qu'à s'agenouiller.

Les trois humains avaient mis pied à terre et s'approchaient d'elle. Elle les fixa sans comprendre.

Le premier, très grand et sinistre, avait un visage dur barré d'une cicatrice. Le second, petit et mince, portait un bandeau sur l'œil et avait les dents pourries. Le dernier était chauve et taillé comme un ours des montagnes, avec un nez tout cabossé.

— Tiens, tiens… Qu'avons-nous là ? fit le premier d'une voix doucereuse mais lourde de menaces.

Coilla secoua la tête pour dissiper le brouillard qui l'enveloppait. Elle tenta de se relever, mais son corps refusait de lui obéir.

Les trois humains avancèrent en dégainant leurs armes.

Pendant près d'une heure, Stryke et Alfray suivirent le tunnel sans croiser de passage latéral, de caverne ou d'alcôve. Mais sous leurs pieds, le sol s'inclinait toujours plus.

Ils débouchèrent dans une grotte, de loin la plus grande qu'ils aient vue jusque-là. Ils surent immédiatement qu'elle était vide, car des dizaines de torches fixées aux parois donnaient de la lumière. Loin au-dessus de leur tête, le plafond était constellé de stalactites.

Ils distinguèrent cinq ou six tunnels qui partaient dans des directions différentes.

La grotte n'abritait qu'un seul objet : un énorme bloc de pierre sculpté pour ressembler à un sarcophage. Des symboles inconnus couraient sur son couvercle et sur ses flancs.

— Qu'est-ce que c'est ? demanda Alfray.

— Qui peut le dire ? répondit Stryke. On raconte que les habitants des profondeurs vénèrent des dieux maléfiques. Ça empeste le sacrifice ! (Il posa une main sur la surface polie par le temps.) Nous ne le saurons sans doute jamais.

— Vous vous trompez !

Les deux orcs se retournèrent.

Un troll vêtu d'une robe dorée, le front ceint d'une couronne d'argent, venait d'entrer dans la grotte. Il était plus imposant que les membres de son espèce que les orcs avaient jamais croisés et tenait une crosse presque aussi haute que lui.

Stryke et Alfray brandirent leur épée, prêts à régler son compte à cet empêcheur de tourner en rond.

À cet instant, une multitude de trolls investirent la grotte, venant des différents tunnels. Il y en avait des centaines, et tous étaient armés.

Les deux orcs se regardèrent.

—On en emmène autant que possible avec nous ? souffla Stryke.

—Compte sur moi !

—Une mauvaise idée ! rugit le troll qui ressemblait à un prêtre.

Il fit signe aux soldats, qui pointèrent une forêt de lances sur les intrus.

Stryke et Alfray virent que les trolls du second rang avaient bandé leurs arcs et les visaient. Ils n'avaient aucune chance d'atteindre leurs adversaires, et encore moins de les tuer.

—Posez vos armes ! ordonna le prêtre.

—Les orcs n'ont pas l'habitude de se rendre, répliqua Stryke.

—À vous de choisir. Posez vos armes ou mourez !

Les pointes des lances resserrèrent le cercle. Les cordes des arcs se tendirent un peu plus.

Alfray et Stryke échangèrent un regard, signant un pacte tacite.

Ils lâchèrent leurs épées.

Les trolls vinrent les ramasser.

Mais si les orcs s'attendaient à ce qu'ils leur tranchent la gorge sur-le-champ, ils se trompaient lourdement.

—Je suis Tannar, les informa le grand troll. Souverain du royaume intérieur et grand prêtre des dieux qui protègent notre domaine des créatures telles que vous.

Les orcs ne répondirent pas, se contentant de lever fièrement le menton.

—Vous paierez pour cette intrusion, continua Tannar. Et cela de la façon la plus bénéfique pour nos dieux !

Les soldats forcèrent Stryke et Alfray à reculer vers le bloc de pierre. Soudain, ils n'eurent plus le moindre doute sur sa fonction.

Un autel sacrificiel !

Des mains les attachèrent sans ménagement.

Puis les trolls s'écartèrent pour laisser passer leur prêtre-roi.

Approchant à pas lents, presque comme pour une procession funèbre, Tannar sortit des replis de sa cape une lame d'acier sur laquelle se refléta la lumière des torches.

Les trolls psalmodièrent dans une langue gutturale et incompréhensible.

Tannar brandit la lame.

—Le couteau, chuchota Alfray. Stryke, le couteau !

Stryke leva les yeux et comprit.

Le destin leur avait déjà joué un sale tour en leur permettant de goûter à la liberté pour la leur reprendre aussitôt. Mais ce qu'ils avaient sous les yeux...

Rien n'aurait pu être plus amer !

Car la poignée du couteau que le roi des trolls s'apprêtait à leur plonger dans le cœur portait un ornement que Stryke identifia aussitôt.

Ils avaient « trouvé » l'étoile qu'ils étaient venus chercher !

FIN DU PREMIER VOLUME

La Légion du tonnerre

Orcs – livre deuxième

Là où nous en sommes

*I*l serait exagéré de dire que la paix régnait sans partage sur Maras-Dantia. *Dans un royaume peuplé de nombreuses races aînées, quelques conflits étaient inévitables. Mais la plupart du temps, la tolérance prévalait.*

Cet équilibre fut brisé par l'arrivée d'une nouvelle race. Ceux qui se nommaient « humains » traversèrent des déserts inhospitaliers pour entrer en Maras-Dantia par le sud. D'abord, ils furent l'équivalent d'un insignifiant filet d'eau. Au fil des ans, hélas, il se transforma en raz de marée.

Ces nouveaux venus méprisaient les cultures qui les avaient précédés. Ils rebaptisèrent le continent Centrasie et semèrent la destruction. Ignorant la notion de respect, ils détournèrent les fleuves, abattirent les forêts, rasèrent les villages et arrachèrent ses précieuses ressources à la terre.

Mais surtout, ils dévorèrent la magie de Maras-Dantia.

La terre violée saignait et se vidait de son énergie vitale, privant les races aînées de ce qu'elles avaient toujours considéré comme acquis. Le climat fut perturbé et la succession des saisons chamboulée. L'été devint un long automne et l'hiver s'allongea, avalant le printemps. Un front glaciaire descendit du nord.

Bientôt, une guerre éclata entre les Maras-Dantiens d'origine et les humains.

De vieilles rivalités divisaient les races aînées. Le comportement des nains, bassement opportunistes, compliqua encore la situation. Beaucoup d'entre eux s'allièrent aux humains et acceptèrent de faire leur sale boulot. D'autres restèrent loyaux à la cause des races aînées.

Les humains aussi étaient séparés en deux factions par un schisme religieux. Les Fidèles de la Voie de la Multiplicité, surnommés les Multis, observaient les anciens rites païens. Leurs adversaires se ralliaient à la bannière de l'Unité. Appelés les Unis, ils se consacraient à un culte plus récent, le monothéisme. Les deux groupes avaient tendance au fanatisme, mais les Unis, plus nombreux, étaient davantage portés aux excès de zèle et à la démagogie.

Parmi les natifs de Maras-Dantia, les orcs étaient les plus agressifs. Une des rares races aînées incapables d'utiliser la magie, ils compensaient cette lacune par une inextinguible soif de batailles. On les trouvait toujours au cœur de la tempête.

Très intelligent selon les critères orcs, Stryke commandait une compagnie de trente soldats baptisés les Renards. Deux sergents, Haskeer et Jup, le secondaient. Haskeer était le plus intrépide et le plus imprévisible du groupe. Seul non-orc de la compagnie, le nain Jup avait du mal à se faire accepter par ses camarades. Venaient ensuite les deux caporaux, Alfray et Coilla. Alfray, le plus âgé du groupe, était un guérisseur spécialisé dans les blessures de guerre. Coilla, la seule femelle, se montrait un brillant stratège.

À ces cinq officiers s'ajoutaient vingt-cinq soldats.

Les Renards servaient la reine Jennesta. Dotée de terribles pouvoirs magiques, elle soutenait la cause des Multis. Hybride issue de l'union d'un humain et d'une nyadd, elle était célèbre pour sa cruauté et sa voracité sexuelle.

Envoyés en mission secrète, les Renards attaquèrent une colonie Uni pour récupérer un antique étui à parchemin. Au cours de cette mission, ils s'emparèrent également d'un stock de pellucide, un hallucinogène. Connue sous des noms différents chez les races aînées, la substance avait été baptisée « foudre de cristal » par les orcs.

Stryke ne commit qu'une erreur : autoriser sa compagnie à y goûter pour fêter la victoire. Quand les Renards se réveillèrent, le lendemain matin, ils paniquèrent à l'idée de se présenter en retard devant Jennesta et de subir son courroux.

Sur le chemin du retour, ils tombèrent dans une embuscade tendue par des brigands kobolds. Malgré leur bravoure, ils ne purent les empêcher de voler l'artefact. Conscients que la punition serait terrible s'ils revenaient au palais de Jennesta les mains vides, ils résolurent de se lancer à la poursuite des brigands pour reprendre leur bien.

Jennesta ordonna au général Khystan, commandant de son armée, de retrouver les Renards. Il envoya à leurs trousses une compagnie de guerriers d'élite commandée par le capitaine Delorran, qui avait depuis longtemps un compte à régler avec Stryke.

Jennesta contacta télépathiquement ses sœurs, Adpar et Sanara, qui vivaient dans d'autres parties de Maras-Dantia. Mais leur immémoriale rivalité l'empêcha de découvrir si l'une d'elles détenait des informations au sujet des Renards et de son précieux artefact.

Tandis que les Renards poursuivaient les kobolds, Stryke commença à voir en rêve un monde uniquement peuplé d'orcs qui vivaient en harmonie avec la nature et contrôlaient leur destinée. Ils ignoraient tout des humains et des autres races aînées. Et dans leur royaume onirique, le climat n'était pas affecté.

Stryke s'inquiéta vite pour sa santé mentale.

Convaincu que les Renards étaient devenus des renégats, Delorran décida d'allonger le délai dont il disposait pour les retrouver. Aller contre la volonté de

Jennesta était un choix dangereux. Mais le désir de se venger de Stryke le poussa à courir le risque.

Stryke conduisit sa compagnie vers Roc-Noir, le royaume natal des kobolds. Le voyage fut périlleux. En chemin, ils découvrirent un campement orc au sol jonché de cadavres. Les soldats avaient été tués par une maladie humaine contre laquelle ils n'étaient pas immunisés.

Plus tard, près de la communauté humaine d'Échevette, les Renards furent attaqués par un groupe d'Unis.

Quand ils atteignirent Roc-Noir, ils punirent impitoyablement les kobolds. Récupérant l'artefact, ils libérèrent aussi un prisonnier. Ce vieux gremlin nommé Mobbs leur expliqua qu'il avait étudié les langages magiques et qu'il pouvait déchiffrer les runes du cylindre. Selon lui, il contenait un objet ayant un rapport direct avec l'origine des races aînées. Les kobolds avaient voulu s'emparer de cette source potentielle de pouvoir. Mais Mobbs ignorait s'ils agissaient pour leur compte ou pour celui de quelqu'un d'autre.

À l'en croire, le contenu du cylindre était lié à Vernegram et à Tentarr Arngrim, deux figures légendaires du passé de Maras-Dantia. Vernegram, une puissante sorcière nyadd, était la mère de Jennesta, d'Adpar et de Sanara. On supposait qu'elle avait été tuée par Arngrim, dont les pouvoirs égalaient les siens.

Arngrim lui-même avait disparu.

La passion de Mobbs pour l'histoire de Maras-Dantia stimula l'esprit d'indépendance de la compagnie. Stryke suggéra d'ouvrir le cylindre. Tous les autres l'approuvèrent, à l'exception d'Haskeer et de trois soldats. Ainsi, ils découvrirent un objet façonné dans un matériau inconnu: une sphère hérissée de sept pointes de longueurs différentes.

Pour les orcs, cela ressemblait à une étoile ou à un jouet d'enfant. Mais Mobbs reconnut une instrumentalité, artefact magique longtemps considéré comme un mythe. Réunir l'instrumentalité et ses quatre «sœurs» révélerait au sujet des races aînées une ancestrale vérité qui, d'après les légendes, les libérerait.

Les orcs n'ayant jamais connu d'autre manière de vivre que servir leurs maîtres et mourir pour eux, la perspective de s'affranchir de leurs entraves les séduisit. Galvanisés par Stryke, les Renards oublièrent leur serment de loyauté à Jennesta et partirent à la recherche des quatre autres étoiles. Une quête, même vouée à l'échec, leur paraissait préférable à la servitude aveugle qu'ils avaient toujours connue.

Mobbs leur fournit un indice sur l'emplacement possible d'une autre instrumentalité. Ses geôliers avaient parlé de Trinité, une forteresse Unie dirigée par le fanatique Kimball Hobrow. Stryke et sa compagnie décidèrent d'y aller.

Mobbs partit pour le port libre d'Hecklowe. Mais il rencontra les hommes de Delorran et fut tué.

Furieuse parce que les recherches piétinaient, Jennesta fit exécuter le général Khystan et le remplaça par un officier plus jeune appelé Mersadion. La chasse aux Renards reprit de plus belle.

La compagnie repoussa l'assaut des guerriers de Delorran et échappa aux dragons de guerre de Jennesta. Ensuite, elle atteignit Trinité, une forteresse qui semblait impénétrable. Mais il apparut que les Unis faisaient appel à des travailleurs nains venus de l'extérieur. Jup se mêla à eux pour s'introduire en ville.

Témoin du despotisme de Kimball Hobrow et de la brutalité de sa milice, il découvrit que l'instrumentalité était bien à Trinité et que les fidèles d'Hobrow cultivaient des plantes toxiques afin d'exterminer les races aînées.

Il réussit à incendier les cultures sous serre et à s'enfuir avec l'étoile.

Les Renards mirent plusieurs jours à semer Hobrow et ses cohortes. S'appuyant sur les informations obtenues par Jup, ils partirent pour Grahtt, le sinistre royaume des trolls, où ils espéraient trouver une troisième étoile.

Revenu au palais de Jennesta après sa mission infructueuse, Delorran paya son échec de sa vie.

Encline à penser que tous les orcs étaient des bons à rien, Jennesta fit appel à Micah Lekmann, à Greever Aulay et à Jabez Blaan, des chasseurs de primes humains spécialisés dans la traque des orcs renégats.

Après avoir contracté une maladie humaine, Haskeer commença à se comporter d'une façon très étrange.

Arrivés à Grahtt, Stryke confia à Coilla et à Haskeer la garde des étoiles pendant que le reste de la compagnie s'infiltrait dans le labyrinthe souterrain des trolls.

Les orcs furent attaqués par les occupants des tunnels, Stryke et Alfray étant séparés de leurs camarades par un éboulis.

À l'extérieur, en proie à une crise de folie, Haskeer s'enfuit après avoir volé les étoiles. Coilla se lança à sa poursuite. Ignorant si Stryke et Alfray étaient toujours en vie, Jup prit le commandement de la compagnie et dut faire face à l'hostilité des autres soldats.

En chemin, Coilla fit une chute de cheval et fut rattrapée par les chasseurs de primes humains.

Dans le labyrinthe, Tannar, le roi des trolls, décida d'offrir Stryke et Alfray en sacrifice à ses sombres divinités.

La troisième étoile était fixée à la garde du couteau qu'il brandissait.

Chapitre premier

La messagère de la mort se déplaçait dans l'eau avec des ondulations de serpent.

Une détermination impitoyable s'affichait sur son visage, comme si ses traits avaient été taillés dans de la pierre. Elle plongea en profondeur, se propulsant avec ses puissantes mains palmées. Ses cheveux d'ébène flottaient derrière elle comme le nuage d'encre d'une seiche. Des colonnes de bulles minuscules s'échappaient de ses branchies palpitantes.

Elle jeta un coup d'œil en arrière. Ses nyadds – des rangs de soldats qui nageaient en formation – étaient auréolés par l'étrange lueur verte des brandons phosphorescents qu'ils portaient pour éclairer leur chemin. Dans l'autre main, ils tenaient des piques de corail aux pointes barbelées. Des dagues d'adamantine à la lame incurvée reposaient dans les fourreaux de jonc qui barraient leurs poitrines écailleuses.

La vase s'éclaircit, leur permettant d'entrevoir le fond de l'océan hérissé de saillies rocheuses et semé d'algues.

Bientôt, ils aperçurent les contours d'un récif blanc et rugueux en partie dissimulé par de la mousse pourpre.

Elle le longea à la tête de ses guerriers, effleurant sa surface. À cette distance, la corruption était bien visible. La végétation maladive et la rareté des poissons témoignaient de l'avancée insidieuse de la souillure. Des lambeaux de créatures mortes flottaient entre deux eaux. À une telle profondeur, le froid qui n'était déjà pas de saison se faisait encore plus mordant.

Alors qu'ils arrivaient en vue de leur objectif, elle leva une main. Ses soldats lâchèrent les brandons, faisant pleuvoir vers le fond de l'océan une cascade d'émeraude.

Puis ils se rassemblèrent autour d'elle.

Devant eux, à l'endroit où l'échine du récif s'élargissait, se dressait un massif creusé de cavernes naturelles et artificielles. Ils n'aperçurent aucun signe de vie.

Elle transmit ses ordres par gestes ; une douzaine de guerriers se détachèrent du groupe et se dirigèrent vers le fief ennemi en rasant la roche. À la tête des autres soldats, elle les suivit lentement.

Alors qu'ils approchaient, ils repérèrent les premiers merz : une poignée de sentinelles inconscientes du danger qui les menaçait.

Elle les fixa d'un regard haineux. Les merz avaient avec les humains une ressemblance assez lointaine qui suffisait à la dégoûter. Pour elle, c'était une raison de les combattre aussi bonne qu'une classique dispute territoriale ou politique.

Elle fit signe à la colonne de s'immobiliser et regarda ses éclaireurs passer à l'action. Deux ou trois d'entre eux se concentrèrent sur chaque sentinelle.

La première était un mâle à l'attitude insouciante qui semblait guetter des prédateurs naturels plutôt que des envahisseurs. Quand il sentit d'étranges remous autour de lui, il se retourna à demi.

La moitié supérieure de son corps était identique à celle d'un humain, à l'exception des branchies qui frémissaient sur ses flancs. Son nez était plus large et plus plat, ses yeux couverts par une membrane vitreuse, et il n'avait pas de poils sur la poitrine et sur les bras. En revanche, il arborait des boucles rousses et une barbe courte de la même couleur.

Au-dessous de la taille, son apparence rappelait celle des nyadds, car sa chair laiteuse cédait la place à des écailles brillantes. Dans son dos, une longue queue fine se terminait par une nageoire en forme d'éventail.

Le merz tenait l'arme traditionnelle de son peuple : un trident aux pointes acérées et au manche aussi long qu'un épieu.

Deux guerriers s'approchèrent de lui, nageant à toute allure pour profiter des angles morts de son champ de vision.

Le merz n'avait pas une chance ! Baissant sa pique barbelée, le nyadd de droite lui transperça l'estomac.

Une blessure superficielle qui ne le tuerait pas mais suffirait à le désorienter.

Alors que la sentinelle se retournait pour faire face à son agresseur, le second nyadd apparut, brandissant une dague à la lame dentelée. Il passa un bras autour du cou du merz et lui trancha la gorge.

Le soldat se débattit, un nuage écarlate tourbillonnant autour de lui. Puis son cadavre coula lentement vers le fond de l'océan, laissant dans son sillage des traînées rouges semblables à des rubans de soie.

Restée en arrière avec ses soldats, elle regarda les éclaireurs disposer des autres sentinelles.

Un nyadd avait ceinturé un merz pour permettre à un autre de lui plonger une dague dans la poitrine. Une pique saillant entre ses seins nus, une femelle tombait en spirale, la bouche ouverte sur un cri de douleur muet.

Oubliant que les coups de pointe sont plus efficaces sous l'eau, un mâle paniqué tenta de porter un coup de taille à son agresseur. Il paya sa négligence de sa vie.

Les sentinelles furent éliminées avec autant d'efficacité que de brutalité. Quand la dernière succomba, les éclaireurs firent signe à leur commandant à travers l'eau rouge de sang.

Il était temps de déployer tout l'escadron. Sur un ordre de leur chef, les guerriers empoignèrent leurs armes. Le silence était absolu. À part les attaquants, rien ne bougeait, sinon les cadavres des gardes en train de couler.

Les nyadds avaient presque atteint leur objectif quand la ruche sous-marine vomit une horde de merz lourdement armés. En se ruant à l'attaque, ils émettaient un son étrange, sorte de gémissement aigu que déformaient les ondulations de l'eau.

Encore une chose qu'elle détestait chez eux. Une autre raison de les exterminer !

À la tête de ses guerriers, elle se porta à la rencontre de leurs adversaires. Quelques secondes plus tard, les deux forces furent au contact et explosèrent aussitôt en une myriade d'escarmouches meurtrières.

Comme celle des nyadds, la magie des merz, plus utilitaire que martiale, leur permettait de repérer de la nourriture ou de s'orienter dans les grands fonds. L'issue de cette bataille ne reposait pas sur les pouvoirs des envahisseurs et des défenseurs, mais sur leur force, leur ruse et leur aptitude au maniement des armes.

Un mâle merz enfonça les pointes de son trident dans la poitrine du guerrier le plus proche de sa chef. Mortellement blessé, le nyadd se débattit si bien qu'il parvint à arracher l'arme de son agresseur.

Puis il disparut dans les profondeurs, laissant une trace écarlate derrière lui.

Privé de son trident, le merz dégaina un couteau et attaqua la guerrière qui commandait les envahisseurs.

Il frappa et elle esquiva.

La force du coup obligea le merz à la dépasser. Mais il se retourna très vite et fit de nouveau face.

D'un geste vif, elle lui saisit le poignet. Alors, il vit que la main de la guerrière était enveloppée de bandelettes de cuir garnies de pointes acérées. Il tenta de se dégager. Trop tard. Elle arma son poing libre et le frappa à l'estomac.

À l'instant où elle portait le troisième coup, elle lâcha le merz. Le visage déformé par la douleur, il baissa les yeux sur son ventre ouvert et tomba lentement vers les fonds marins.

Il ne restait plus de lui que des lambeaux de chair accrochés aux pointes d'acier…

Du coin de l'œil, elle capta un mouvement qui la força à pivoter. Une femelle merz fondait sur elle, trident en avant. D'un coup de queue, elle se propulsa vers le haut, échappant de justesse à la charge. Incapable de s'arrêter, la femelle merz fila vers un groupe de guerriers nyadds qui la dépecèrent en quelques secondes.

Autour d'elle, la bataille faisait rage. Un contre un, groupe contre groupe… Des guerriers pris dans une spirale d'eau meurtrière luttaient pour se dégager et pour plonger une arme dans la chair de leur adversaire. Le sang des blessés rougissait l'eau. Les cadavres étaient écartés à coups de coude.

Les éclaireurs nyadds avaient pris pied sur le récif et luttaient pour gagner l'entrée.

Elle voulut les rejoindre, mais un mâle merz aux yeux flamboyants lui barra le chemin. Il brandissait à deux mains une lame dentelée aussi massive qu'une épée large. Pour s'opposer à la portée de son arme, elle dégaina une lame plus courte mais aussi affûtée qu'un scalpel.

Oubliant la mêlée qui faisait rage autour d'eux, ils tournèrent lentement l'un autour de l'autre, à la recherche d'une ouverture.

Le merz bondit en avant comme pour l'embrocher. Elle esquiva puis frappa sa lame avec l'espoir de le désarmer. Mais il ne lâcha pas prise, fit rapidement demi-tour et se jeta de nouveau sur elle.

D'une pirouette, elle s'écarta de la trajectoire de l'épée. Le bras du merz était exposé. Elle abattit son poing garni de pointes. Son adversaire fut désorienté par cette blessure, et elle en profita pour lui plonger sa lame dans le cœur.

Quand elle dégagea son arme, un geyser de sang jaillit, suivi par des morceaux de chair couleur rubis. Le merz mourut la bouche ouverte. Elle lui flanqua un coup de queue et s'intéressa à la prise du récif.

Ses guerriers s'y étaient rassemblés pour participer au massacre des merz. Conformément aux ordres qu'elle leur avait donnés, ils éliminaient tous les occupants du nid. Elle passa devant un nyadd en train d'étrangler un mâle merz avec une chaîne pendant qu'un autre l'éventrait avec sa pique.

Il restait très peu de merz vivants. Quelques-uns avaient réussi à s'enfuir, mais ça ne la dérangeait pas. Ils pourraient informer leurs semblables qu'établir une colonie aux environs de son domaine était une très mauvaise idée.

Ses guerriers envahirent le récif et en tirèrent les jeunes merz, qu'ils exécutèrent sans pitié. Ils n'étaient pas dangereux pour le moment. Mais inutile de les laisser grandir et nourrir des idées de vengeance.

Lorsqu'elle fut certaine que le travail était terminé, elle ordonna à son escadron de se retirer.

Alors qu'ils s'éloignaient, un guerrier désigna quelque chose derrière eux. Un banc de shonies approchait pour se repaître des cadavres. Ces créatures longues et minces aux yeux morts avaient une peau lisse aux reflets bleu et argent. Vue de côté, leur bouche fendue semblait afficher un éternel sourire. En l'ouvrant, ils exposaient de multiples rangées de crocs blancs et acérés.

Les shonies ne la préoccupaient pas. Pourquoi auraient-ils attaqué les nyadds, quand un festin de chair morte s'offrait à eux ?

Affolés par l'odeur du sang, les shonies engloutirent de monstrueuses bouchées de chair déchiquetée, se battant pour les meilleurs morceaux.

L'escadron les laissa à leurs ripailles et remonta vers la surface.

Pendant son ascension, elle se félicita du sort infligé aux merz. Encore quelques actions décisives de ce genre, et elle étoufferait dans l'œuf cette menace contre sa souveraineté.

Si seulement elle avait pu en dire autant des autres races… En particulier de ces humains de malheur.

Ils atteignirent l'entrée d'une grande caverne sous-marine, éclairée par des cailloux phosphorescents. Elle y entra la première et, ignorant le salut des sentinelles, avança vers le large puits vertical qui traversait le plafond.

Le puits se séparait en deux conduits. Accompagnée par deux de ses lieutenants, elle s'engagea dans celui de droite, tandis que le reste de l'escadron prenait celui de gauche pour regagner son cantonnement.

Quelques minutes plus tard, ils sortirent de l'eau dans un vaste espace immergé jusqu'à hauteur de taille conçu pour satisfaire une race amphibie ayant besoin d'un accès permanent à la mer.

Le fond du bassin se composait de corail et de roche effritée. Des stalactites s'étaient formées au-dessus. Un œil non averti aurait pu prendre cette grotte pour un endroit abandonné, avec son pan de mur effondré et couvert de lichens d'où montait une odeur de végétation pourrie. Mais en termes nyadds, il s'agissait de l'antichambre d'un palais.

La section de mur manquante surplombait des marécages et, au-delà, l'océan gris semé d'îlots rocheux.

Les nyadds étaient parfaitement adaptés à leur environnement. Si une limace avait grossi jusqu'à la taille d'un petit cheval, puis développé une carapace aussi solide qu'une armure et appris à se tenir debout sur sa queue musclée… S'il lui avait poussé des nageoires dorsales et des bras terminés par des mains griffues. Si sa peau écailleuse d'un jaune verdâtre avait été couverte de tentacules. Enfin, si elle avait eu une tête de reptile avec une mâchoire proéminente, des mandibules, des crocs acérés et de petits yeux enfoncés dans leurs orbites, elle aurait ressemblé à un nyadd.

Mais pas à leur souveraine.

Contrairement à ses sujets, elle n'était pas de sang pur, ce qui expliquait sa physionomie unique. C'était un hybride de nyadd et d'humain, même si son côté nyadd tendait à l'emporter. Voilà au moins ce qu'elle voulait croire, car elle abhorrait ses origines humaines, et ceux qui tenaient à leur existence évitaient de les lui rappeler.

Comme ses sujets, elle avait une queue musclée et des nageoires qui, chez elle, évoquaient plutôt des replis de peau molle. La moitié supérieure de son corps et ses glandes mammaires nues étaient couvertes d'écailles plus petites aux reflets d'arc-en-ciel. Des branchies palpitaient de chaque côté de son torse.

Bien qu'elle fût d'aspect incontestablement reptilien, c'était sur sa tête que son héritage humain se manifestait de la façon la plus évidente. Elle avait des cheveux noirs, un teint vaguement bleuâtre, des oreilles et un nez plus humains que nyadds, et une bouche qui aurait pu passer pour celle d'une femme. Mais ses yeux ronds et munis de cils étaient d'un vert vif incomparable.

Seul son caractère restait typiquement celui d'une nyadd. De toutes les races aquatiques, c'était la plus obstinée et la plus vindicative. Chez elle, ces traits de caractère étaient beaucoup plus affirmés que chez ses sujets. Une chose de plus qu'elle devait peut-être à son héritage humain…

Se dirigeant vers la brèche du mur, elle observa le paysage qui s'étendait devant elle. Ses lieutenants restèrent en retrait. Elle percevait leur tension. Et elle aimait ça.

— Nous avons subi des pertes très limitées, reine Adpar, dit l'un d'eux d'une voix basse et rocailleuse.

— Même si elles avaient été plus élevées, cela aurait été un faible prix à payer, répliqua la reine en ôtant ses bandelettes garnies de pointes. Nos forces sont-elles prêtes à occuper le secteur reconquis ?

— Elles devraient déjà être en route, ma dame, affirma le second lieutenant.

— Ça vaudrait mieux pour elles, lâcha négligemment Adpar.

Elle jeta les bandelettes à l'officier, qui les rattrapa maladroitement. Il craignait de se blesser, mais ne voulait pas déplaire à sa souveraine.

— Non que les merz risquent de leur poser beaucoup de problèmes, continua Adpar. Il faudrait bien plus que de la vermine pacifiste pour gêner les nyadds.

— Oui, Majesté.

— Je n'éprouve aucune compassion envers ceux qui s'approprient ce qui m'appartient, ajouta-t-elle, l'air sombre.

Elle étudia la niche creusée dans une des parois de pierre qui abritait un piédestal bien évidemment conçu pour exposer quelque chose. Mais quel que fût cet objet, il ne s'y trouvait plus.

— Votre commandement nous assure la victoire, la flagorna le second lieutenant.

Contrairement à une de ses sœurs, qui se moquait de ce que les autres pensaient d'elle mais exigeait une obéissance absolue, Adpar réclamait à la fois la soumission et l'approbation.

—Évidemment. Une impitoyable suprématie appuyée sur la violence…
C'est comme ça qu'on fonctionne, dans ma famille.

Ses lieutenants froncèrent les sourcils.

—Un truc de femelle. Vous ne pouvez pas comprendre.

Chapitre 2

Coilla souffrait.

Tout son corps lui faisait mal. Elle était à genoux dans l'herbe humide, étourdie et à bout de souffle. Secouant la tête pour s'éclaircir les idées, elle tenta de comprendre ce qui venait de se passer.

Quelques minutes plus tôt, elle poursuivait ce crétin d'Haskeer. Puis elle avait fait une chute de cheval et trois humains étaient sortis de nulle part.

Les humains…

Elle cligna des yeux et étudia le trio qui se tenait devant elle.

L'homme le plus proche arborait une cicatrice qui courait du milieu de sa joue au coin de sa bouche. Sa moustache en bataille et ses cheveux noirs graisseux ne faisaient rien pour arranger son visage constellé de marques de petite vérole.

Le suivant semblait encore plus corrompu. Plus petit, plus mince et moins large d'épaules, il avait des cheveux d'un blond sablonneux, un bouc clairsemé ornant son menton. Un bandeau de cuir dissimulait son œil droit et son rictus révélait des dents pourries.

Le dernier était le plus frappant. Le plus massif, aussi : il devait peser davantage que les deux autres réunis, et il n'avait pas un seul gramme de graisse. Son crâne était rasé, son nez aplati, et ses petits yeux enfoncés dans leurs orbites évoquaient ceux d'un cochon. Le seul qui ne tînt pas d'arme, sans doute parce qu'il n'en avait pas besoin.

Des trois hommes se dégageait l'odeur caractéristique et vaguement déplaisante des membres de leur race.

Ils toisèrent Coilla. Une hostilité qu'on ne pouvait manquer brillait dans leur regard.

Le premier dit quelque chose que la femelle orc ne comprit pas. Il prit de nouveau la parole, s'adressant à ses compagnons plutôt qu'à elle.

—C'est une des Renards. Elle correspond à la description.

—On dirait que nous avons de la chance, fit l'humain au bandeau.

—À votre place, je ne parierais pas là-dessus, marmonna Coilla.

—Oooh, mais c'est qu'elle a du caractère, ricana le borgne.

Le type qui ressemblait à une montagne paraissait moins arrogant.

—Qu'est-ce qu'on fait, Micah? demanda-t-il.

—Elle est toute seule, et c'est une femelle, répondit Vérole. Ne me dis pas que tu as peur d'une pauvre petite orc? Nous en avons massacré suffisamment…

—Oui, mais les autres pourraient ne pas être loin.

Coilla se demanda qui pouvaient être ces personnages. Les humains étaient en général des créatures déplaisantes. Mais ces trois-là…

Alors, elle remarqua les petits objets noircis pendus à la ceinture de Vérole et du borgne. Des têtes d'orcs réduites. Ses derniers doutes s'envolèrent. Elle savait à qui elle avait affaire.

Le borgne sonda les arbres d'un regard inquiet.

—Nous les aurions vus s'ils étaient là, lâcha Vérole. (Il se tourna vers Coilla.) Où est ta compagnie?

Elle feignit l'innocence.

—Quelle compagnie?

—Tes compagnons sont-ils dans le coin, insista l'humain, ou les as-tu laissés à Grahtt?

Elle se tut, espérant que son expression ne la trahirait pas.

—Nous savons que vous étiez là-bas, dit Vérole. Tes camarades y sont-ils toujours?

—Allez vous faire foutre! lui conseilla aimablement Coilla.

Il eut un sourire déplaisant, sans desserrer les lèvres.

—Il existe une foule de façons plus ou moins douloureuses de te faire parler. Personnellement, je me moque de celle que je devrai employer.

—Tu veux que je lui casse quelques os, Micah? demanda le gros humain en s'approchant.

Coilla se tendit, prête à bondir.

—Je suggère qu'on la bute et qu'on en finisse, dit le borgne, impatient.

—Elle ne nous servira à rien si elle est morte, Greever, objecta Vérole.

—Nous aurons la prime placée sur sa tête, pas vrai?

—Réfléchis un peu, abruti! C'est toute sa compagnie que nous voulons. Pour le moment, elle est notre seul espoir de trouver les autres. (Il regarda la femelle orc.) Tu as quelque chose à me dire?

—Oui. Va crever!

Elle lui flanqua une ruade. Les talons de ses bottes percutèrent ses tibias avec un grand craquement. L'humain cria et s'effondra.

Les deux autres furent lents à réagir. Le gros hoqueta de stupeur. Coilla bondit sur ses pieds et malgré la douleur, dans ses jambes et son dos, ramassa son épée.

Avant qu'elle puisse s'en servir, le borgne se ressaisit et se jeta sur elle. L'impact la plaqua de nouveau à terre. Mais elle s'accrocha à son épée. Le borgne voulut la lui prendre ; ils roulèrent sur le sol en se bourrant de coups de poings.

Vérole et le gros se joignirent à la mêlée. Coilla reçut un coup à la mâchoire. Son épée lui échappa. Elle flanqua un crochet dans les dents du borgne et se tortilla pour lui échapper.

—Rattrapez-la ! cria l'humain.

—Prenez-la vivante ! rugit Vérole.

—Vous pouvez toujours compter là-dessus ! ricana Coilla.

Le gros lui saisit une jambe. Elle se retourna et lui martela la tête de coups de poings… avec un résultat aussi probant que si elle avait craché pour éteindre les feux de l'Hadès. Elle prit appui sur sa figure de son pied libre et poussa pour se libérer.

Le gros ahanait. La semelle de la botte de Coilla s'enfonça dans sa joue charnue rougie par l'effort et il finit par lâcher.

Coilla voulut se relever. Un bras s'enroula autour de son cou et serra. Haletante, elle enfonça son coude dans l'estomac de Vérole. L'entendant crier de douleur, elle recommença. Son étreinte se desserra. Elle en profita pour s'échapper.

Cette fois, elle eut le temps de se relever. Elle était en train de dégainer un des couteaux cachés dans sa manche quand le borgne se jeta de nouveau sur elle, la bouche en sang. Alors qu'elle trébuchait, les deux autres humains lui tombèrent dessus.

Encore mal remise de sa chute de cheval, Coilla savait qu'elle n'était pas de taille à lutter contre trois tueurs. Mais il n'était pas dans sa nature – ni dans celle de n'importe quel orc – d'abandonner sans combattre.

Les humains s'efforçaient de lui immobiliser les bras. Alors qu'elle se débattait comme un beau diable pour les en empêcher, le visage de Coilla se retrouva tout près de celui du borgne. Plus spécifiquement, tout près de son oreille.

Elle plongea les dents dedans.

Il cria et elle mordit un peu plus fort.

Le borgne se débattait, mais il n'arrivait pas à s'extraire de la masse de bras et de jambes entremêlés. Coilla lui déchira l'oreille, lui arrachant des cris de bête à l'agonie.

La chair commença à céder. Un goût salé lui envahit la bouche. Elle donna un coup de tête en arrière et un morceau d'oreille lui resta entre les dents. Elle le recracha d'un air dégoûté.

Le borgne se libéra et roula sur lui-même, une main plaquée son crâne.

— Salope, gémit-il, des larmes dans la voix.

Vérole apparut au-dessus de Coilla. Son poing s'abattit plusieurs fois sur la tempe de la femelle orc.

— Ligote-la, ordonna-t-il lorsqu'elle fut à moitié assommée.

Le gros la força à se mettre en position assise et saisit une cordelette dans la poche de son infâme tunique. Il lui lia les poignets sans ménagement.

Allongé dans la poussière, le borgne continuait à pleurer et à maudire Coilla.

Vérole souleva la manche de la guerrière orc et lui prit ses couteaux. Puis il la fouilla, à la recherche d'autres armes.

— Je... vais... la... tuer, bêla le borgne en se contorsionnant de douleur.

— La ferme! cria Vérole. (Il plongea une main dans sa poche et en tira un chiffon sale.) Tiens.

Il laissa tomber le « mouchoir » près de son compagnon, qui le prit et tenta d'étancher le sang.

— Mon oreille, Micah. Cette petite garce m'a bouffé l'oreille!

— Ce n'est pas une grosse perte, répliqua Vérole. De toute façon, tu n'écoutes jamais ce qu'on te dit.

Le gros éclata d'un rire tonitruant.

— Ce n'est pas drôle! beugla le borgne.

— Un seul œil et une seule oreille, insista le gros, les bajoues tremblotantes. Ça te fait la paire!

Vérole éclata de rire à son tour.

— Salauds! cracha le borgne.

Vérole baissa les yeux vers Coilla, son hilarité envolée.

— Ce n'était pas très gentil, gronda-t-il, menaçant.

— Je peux être encore beaucoup plus méchante que ça! lança la femelle orc.

Le borgne se releva en marmonnant et s'approcha d'eux. Vérole s'accroupit. Soufflant son haleine fétide au visage de Coilla, il grogna :

— Les autres Renards sont-ils toujours à Grahtt? C'est la dernière fois que je te le demande.

La femelle orc le fixa sans répondre.

Le borgne lui flanqua un coup de pied dans les côtes.

— Tu vas parler, chienne!

Elle encaissa sans broncher. Vérole fronça les sourcils.

— Arrête, ordonna-t-il à son compagnon.

Pourtant, il ne semblait pas se soucier beaucoup du bien-être de leur captive. Le borgne le foudroya du regard et tamponna son oreille mutilée.

—Alors ? insista Vérole. Sont-ils à Grahtt, oui ou non ?

—Vous croyez vraiment pouvoir affronter les Renards à trois ? demanda Coilla.

—C'est moi qui pose les questions ! cracha Vérole. Et la patience n'est pas ma plus grande qualité. (Il tira un couteau de sa ceinture et le lui agita sous le nez.) Dis-moi où ils sont si tu ne veux pas que je te fasse sauter les yeux.

Coilla réfléchit très vite.

—À Hecklowe.

—Quoi ?

—Elle ment ! cria le borgne.

Vérole aussi paraissait sceptique.

—Pourquoi Hecklowe ? Que feraient-ils là-bas ?

—C'est un port libre.

—Et alors ?

—Quand on a quelque chose à vendre, c'est l'endroit où on peut en obtenir le meilleur prix, dit Coilla, comme à contrecœur.

—Elle n'a pas tort, Micah, intervint le gros.

—Je sais ! beugla Vérole. (Il regarda Coilla.) Et qu'ont-ils à vendre, au juste ?

Elle les appâta en gardant le silence.

—Ce que vous avez volé à la reine, pas vrai ?

Elle hocha la tête, espérant qu'ils goberaient l'hameçon.

—Il faut que ce soit quelque chose de précieux pour que vous ayez pris le risque de devenir des renégats et d'affronter la colère de Jennesta, fit Vérole, l'air pensif.

Coilla comprit qu'ils n'étaient pas au courant de l'existence des instrumentalités, les artefacts que les Renards avaient surnommés « étoiles ». Ce n'était pas elle qui éclairerait leur lanterne.

—C'est un trophée. Une relique très ancienne.

—Un trésor ?

—C'est ça, un trésor.

Elle doutait qu'ils puissent comprendre le sens qu'elle donnait à ce mot.

—Je le savais ! triompha Vérole, une lueur de cupidité dans le regard. Il fallait que ce soit quelque chose d'important.

Ces hommes devaient être des chasseurs de primes. Ils pouvaient accepter que les Renards se soient parjurés par appât du gain, mais pas pour un idéal. Ça collait beaucoup mieux avec leur vision corrompue du monde.

—Alors, comment se fait-il que tu ne sois pas avec eux ? demanda le borgne, l'air soupçonneux.

La question qu'elle redoutait depuis le début de l'interrogatoire. Quoi qu'elle invente, mieux vaudrait que ce soit convaincant.

—Nous avons eu des problèmes en chemin. Nous sommes tombés dans une embuscade tendue par des Unis, et j'ai été séparée de la compagnie. J'essayais de rattraper mes camarades quand…

—Quand tu es tombée sur nous, coupa Vérole. Pas de chance pour toi.

Coilla osa espérer qu'ils la croyaient. Mais si c'était le cas, ils risquaient de juger qu'elle avait rempli son rôle et de la tuer avant de s'en aller. En emportant sa tête accrochée à leur ceinture.

Vérole la regarda attentivement.

—Nous partons pour Hecklowe, annonça-t-il.

—Qu'est-ce qu'on fait de cette chienne ? demanda le borgne.

—Elle vient avec nous.

—Pourquoi ? Nous n'avons plus besoin d'elle.

—Elle peut encore nous rapporter un gros paquet de fric. Hecklowe grouille de marchands d'esclaves. Certains paieraient cher pour un garde du corps orc, surtout s'il vient d'une unité d'élite. (Vérole fit un signe de tête au gros.) Va chercher son cheval, Jabez.

Son compagnon approcha de la monture qui paissait tranquillement un peu plus loin.

Le borgne n'avait pas l'air très heureux de la tournure des événements, mais il ne protesta pas.

—L'esclavage ! cracha Coilla. Un autre symptôme de la décadence de Maras-Dantia. Encore une horreur que nous devons aux humains.

—La ferme ! cria Vérole. Tout ce qui m'intéresse, ce sont tes talents de guerrière. Tu ne vaudras pas moins cher sans ta langue. C'est pigé ?

Coilla soupira de soulagement. La cupidité de ses agresseurs l'avait sauvée. Mais elle avait seulement gagné un peu de temps, pour elle comme pour la compagnie.

Quelle pagaille ! Où étaient les autres ? Et Haskeer ? Qu'allaient devenir les instrumentalités ?

Qui pourrait encore les aider ?

Pendant très longtemps, il s'était limité au rôle d'observateur, se contentant de suivre les événements de loin, en faisant confiance au destin.

Mais le temps de la passivité touchait à sa fin. La situation se compliquait. Les choses devenaient de plus en plus imprévisibles, et le chaos grandissait.

À cause de l'épuisement de la magie provoqué par les exactions des humains, ses pouvoirs étaient fort peu fiables. Alors, quand il avait décidé d'intervenir, il avait choisi d'impliquer d'autres personnes dans sa quête.

Une erreur.

À présent, les instrumentalités étaient de retour dans le monde et dans l'histoire. Il ne faudrait pas longtemps avant que quelqu'un ne s'approprie leur pouvoir. Et la seule chose qui comptait, c'était de savoir quel usage ce quelqu'un en ferait.

Désormais, il ne pouvait plus prétendre que rien de tout ça ne l'affectait. Même son domaine « extraordinaire » était menacé. Ses forces déclinantes lui permettaient à peine de maintenir son existence et de satisfaire aux besoins de la poignée d'acolytes qui l'appelaient Mage et le croyaient capable de n'importe quel miracle.

L'heure avait sonné de s'impliquer davantage dans les événements. Il avait commis des erreurs et il devait s'efforcer de les réparer. Il pouvait encore faire certaines choses, même si beaucoup d'autres lui étaient impossibles.

Sachant ce qui avait été et ce qui restait à venir, il craignait qu'il ne soit déjà trop tard.

Chapitre 3

La grande salle sphérique, au plus profond du labyrinthe de Grahtt, était faiblement éclairée. La chiche lumière provenait des boules de cristal phosphorescent serties dans les murs et dans le plafond, et de quelques torches éparpillées sur le sol. Une demi-douzaine d'ovales sombres marquaient l'ouverture d'autant de tunnels. L'air était vicié.

Une quarantaine de trolls étaient rassemblés là : des créatures musclées et trapues couvertes d'une fourrure grise qui soulignait leur teint cireux. Incongrûment, leurs crânes s'ornaient d'une touffe de cheveux orange vif. Ils avaient une poitrine massive, des membres exagérément longs et des yeux noirs globuleux adaptés à la pénombre souterraine.

Pour ce qu'en savaient Stryke et Alfray, cette salle n'était qu'une minuscule partie du royaume des trolls, et ces guerriers, une fraction de sa population. Mais depuis qu'un éboulis les avait séparés de la compagnie, le capitaine et le caporal des Renards craignaient de ne jamais découvrir la vérité.

Les mains attachées, ils se tenaient dos à un autel sacrificiel. Les trolls déployés autour d'eux étaient armés de lances ; certains brandissaient même des arcs.

À leur tête se dressait le prêtre-roi Tannar, plus grand et plus massif qu'aucun de ses sujets. Sa robe dorée, sa couronne d'argent et sa crosse témoignaient de son statut. Mais l'objet qu'il serrait dans sa main droite fascinait les prisonniers : un couteau à la lame incurvée. À la garde était fixé l'objet que les Renards voulaient s'approprier.

Une des instrumentalités. Une relique que les orcs appelaient « étoile ».

Les trolls avaient entonné un chant guttural. Tannar avança lentement, prêt à assassiner ses prisonniers au nom des redoutables divinités cimériennes. Sans vraiment mesurer l'amère ironie de leur situation, Stryke et Alfray se préparèrent à mourir tandis que la psalmodie atteignait un paroxysme hypnotique.

—Tu parles d'une mauvaise blague du destin, marmonna Alfray en fixant le couteau.

—Dommage que je ne sois pas d'humeur à rire, répondit Stryke en tirant sur ses liens.

Mais ils étaient trop serrés.

—On aura quand même pris du bon temps…, dit Alfray.

—N'abandonne pas, mon vieil ami, lui enjoignit Stryke. Ne cède pas, même devant la mort. Trépasse comme un orc.

—Pourquoi, il existe une autre façon ? répliqua Alfray, indigné.

Le couteau se rapprochait.

Un éclair de lumière jaillit à l'entrée d'un des tunnels.

Ce qui suivit sembla être une hallucination provoquée par de la fumée de pellucide.

Une forme lumineuse traversa la caverne. L'espace d'une seconde, elle laissa derrière elle un sillage rouge et jaune d'une intensité aveuglante.

Puis la flèche enflammée atteignit la tête d'un des trolls. Des étincelles volèrent et l'impact fit basculer le guerrier sur le côté. Sa tignasse orangée s'embrasa instantanément.

Tannar se pétrifia. Le chant mourut, remplacé par des hoquets de stupeur. Les trolls se tournèrent vers le tunnel d'où venait cette agitation. Des glapissements et un fracas métallique en montèrent.

Les Renards se frayaient un chemin vers les officiers. À la tête de la compagnie, le sergent nain Jup bondissait sur ses ennemis, une épée large brandie. Les archers orcs abattirent encore plusieurs trolls avec leurs flèches enflammées. La lumière étant tabou pour eux, le feu sema la confusion dans leurs rangs.

Stryke profita de cette diversion du mieux qu'il put. Malgré ses mains liées, il bondit sur le troll le plus proche pour lui donner un baiser d'orc : un coup de tête vicieux qui fit flageoler les genoux de la créature et la renversa en arrière.

Alfray chargea un troll et lui flanqua deux coups de pied dans l'entrejambe. Les yeux du guerrier roulèrent dans leurs orbites et il s'effondra.

Tannar s'était désintéressé de ses prisonniers pour rugir des ordres. Ses sujets avaient besoin d'un commandant, car leur riposte à l'invasion était pour le moins désorganisée. Une féroce bataille s'engagea dans la caverne, sporadiquement illuminée par les flèches enflammées et par les torches dont les trolls se servaient comme de massues. Des hurlements résonnaient de tous côtés.

Deux soldats orcs, Calthmon et Eldo, parvinrent à se glisser jusqu'à l'autel. Ils tranchèrent les liens de leurs officiers et leur glissèrent des armes dans les mains, puis tournèrent les leurs contre tout ce qui bougeait et n'était pas un Renard.

Stryke voulait Tannar. Pour l'atteindre, il devait traverser un mur de défenseurs. Il s'attela à la tâche avec détermination.

Le premier troll qui lui bloqua le chemin voulut le transpercer de sa lance. Stryke esquiva de justesse et abattit son épée sur la hampe de bois, qui se fendit en deux. Puis il éventra son porteur.

Le défenseur suivant s'approcha de lui en brandissant une hache. Stryke se baissa, la lame sifflant quelques centimètres au-dessus de sa tête.

Alors que le troll réarmait son bras pour frapper de nouveau, il se gagna une seconde de sursis en lui tirant un coup de pied dans le tibia. Déséquilibré, le troll le rata une seconde fois. Stryke en profita pour lui enfoncer sa lame dans la poitrine. Le troll tituba en arrière, du sang jaillissant de sa plaie.

Stryke se tourna vers son prochain adversaire.

À grands coups d'épée, Jup se frayait un chemin vers Alfray et lui. Derrière, les Renards enflammaient des torches dont la lumière aveuglait progressivement les trolls. Tandis qu'ils se protégeaient les yeux en grognant, les orcs les massacrèrent. Mais beaucoup ripostaient encore.

Alfray affrontait deux trolls qui tentaient de le prendre en tenailles avec leurs lances. La lame de son épée déviait la pointe acérée des armes ennemies.

Au bout de quelques assauts infructueux, un des trolls tendit le bras pour embrocher Alfray. Hélas, il avait sous-estimé la distance qui les séparait. Il ne toucha pas sa cible, mais offrit son bras à Alfray, qui lui abattit son épée dessus. Le troll cria, lâcha sa lance et encaissa le coup suivant dans la poitrine.

Enragé, son compagnon se jeta sur Alfray. Le caporal recula, tentant d'écarter la pointe menaçante de la lance. Mais le troll était bien déterminé à l'avoir, et il réussit presque à l'acculer dans un coin de la caverne.

La pointe de la lance approchait dangereusement de son visage. Alfray se laissa tomber à genoux et décrivit un arc de cercle avec sa lame, visant les jambes de son adversaire. La lame entama la chair. Rien de grave, mais le troll battit en retraite en boitillant.

Alfray bondit de nouveau sur ses pieds et voulut le décapiter. Le troll esquiva en se jetant sur la gauche. Emporté par son élan, Alfray se retourna pour compenser. Du coup, ce ne fut pas le tranchant mais le plat de sa lame qui atteignit le troll à la joue.

Fou de colère et de douleur, le monstre se jeta imprudemment sur l'orc. Alfray fit un pas de côté, arma son épée et frappa. La lame s'enfonça dans le cou du troll, s'arrêtant lorsqu'elle buta sur sa colonne vertébrale. Une pluie écarlate jaillit de la plaie.

Alfray soupira, conscient qu'il devenait trop vieux pour ce genre de conneries.

Glissant sur le sang qui maculait le sol, Stryke se colletait avec le dernier défenseur de Tannar. Armé d'un cimeterre, le troll en jouait habilement pour tenter d'éloigner l'orc de son souverain. Mais Stryke tenait bon et rendait coup pour coup. Quelques instants, l'issue du combat fut impossible à prédire, chaque adversaire parant les attaques de l'autre.

Puis la lame de Stryke glissa le long de la garde du cimeterre et entama la jointure des doigts du troll. Celui-ci lâcha un juron et abattit sa lame sur l'épaule de Stryke avec une force propre à lui couper le bras.

Mais l'orc ne lui en laissa pas l'occasion : il esquiva l'attaque et trancha la gorge de son adversaire.

Enfin, il se retrouvait seul face à Tannar.

Le prêtre-roi tenta de l'assommer avec sa crosse, mais Stryke était trop agile pour se laisser avoir. Tannar dégaina alors une épée à la lame d'argent gravée de runes. Dans l'autre main, il tenait toujours son couteau sacrificiel, et il semblait décidé à se battre avec les deux.

L'orc et le troll se firent face.

— Qu'attends-tu, créature du dessus ? gronda Tannar. Viens goûter mon acier et réveille-toi en Hadès !

Stryke éclata d'un rire moqueur.

— Des promesses, toujours des promesses ! Si seulement vous maniiez votre épée aussi bien que votre langue !

Ils tournaient l'un autour de l'autre, chacun cherchant une ouverture.

Tannar jeta un bref coup d'œil à la ronde.

— Vous paierez ça de votre vie.

— Vous vous répétez ! railla Stryke.

Ses provocations firent leur petit effet. Tannar rugit et lui abattit son épée sur la tête. Stryke para le coup, et l'onde de choc qui se répercuta jusque dans sa colonne vertébrale témoigna de la force de son adversaire.

Il tenta une rapide contre-attaque, mais le roi des trolls esquiva. Alors, ils se lancèrent dans un échange de bottes et de parades, chacun frappant et déviant à son tour.

Tannar se battait en puissance, avec très peu de subtilité. Pourtant, il n'en était pas moins dangereux. La technique de Stryke, bien qu'assez semblable, s'appuyait sur une longue expérience et sur une agilité supérieure à celle de son adversaire. Contrairement à lui, le capitaine orc n'éprouvait pas le besoin de multiplier les feintes grossières.

— Je vous trouve un peu mou, railla-t-il en écartant la lame de Tannar. Régner sur cette vermine vous a rendu aussi coulant que du miel.

Le troll chargea en brandissant ses deux armes. Pieds plantés dans le sol, Stryke abattit son épée à la jonction de la lame et de la garde de l'épée de Tannar. L'arme vola dans les airs et retomba un peu plus loin.

Le prêtre-roi serra plus fort son précieux couteau et voulut frapper Stryke. Mais la perte de sa lame l'avait désarçonné, et il se déplaçait lourdement, comme si ses jambes s'étaient transformées en plomb. Il n'avait pas le moindre espoir de vaincre son adversaire avec une arme aussi courte, et il le savait. Du coup, il cessa d'attaquer pour n'effectuer que des mouvements défensifs.

Stryke faisait feu de tout bois, et Tannar ne tarda pas à être débordé. Il recula. Ce qu'il ignorait – mais que Stryke pouvait voir –, c'était que Jup et deux soldats orcs s'étaient plantés derrière lui. La pluie de coups redoubla d'intensité, le forçant à battre en retraite.

Jup bondit sur le dos du troll. Les jambes pendant dans le vide, il passa un bras autour de son cou. De sa main libre, il pressa un couteau sur la jugulaire de Tannar. Un des soldats avança et braqua son épée sur le cœur du troll, qui cria de rage et d'impuissance. Stryke s'approcha pour lui prendre le couteau sacrificiel et son précieux ornement.

Un ou deux sujets de Tannar virent ce qui se passait. Mais la plupart étaient trop occupés à se battre contre les Renards pour s'en apercevoir.

—Dites-leur d'arrêter si vous tenez à la vie, ordonna Stryke.

Les yeux jetant des éclairs, Tannar garda le silence.

—Vous me croyez incapable de mettre mes menaces à exécution ?

Jup piqua le cou du monarque avec son couteau. À contrecœur, le roi cria :

—Jetez vos armes !

Certains trolls obéirent. D'autres continuèrent à se battre.

—J'ai dit : lâchez vos armes ! cria Tannar.

Cette fois, tous obtempérèrent. Jup se laissa tomber à terre et recula, mais les autres orcs tenaient le prêtre-roi à l'œil.

Stryke plaqua la lame du couteau cérémoniel sur la gorge de Tannar.

—Nous allons partir. Vous venez avec nous. Si quelqu'un se dresse en travers de notre chemin, vous êtes mort.

—Faites ce qu'ils disent, croassa le monarque.

—Vous n'aurez pas besoin de ce truc. Ça nous ralentira, dit Stryke, lui arrachant sa couronne et la jetant à terre.

Ce geste sacrilège indigna les guerriers trolls. Stryke les provoqua davantage en arrachant la robe dorée de Tannar et en l'abandonnant dans la poussière.

De nouveau, il plaqua le couteau contre le cou du monarque.

—On y va.

Ils traversèrent la caverne, Jup et les orcs entourant leur otage.

Les trolls les laissèrent passer.

Alors qu'ils gagnaient le tunnel principal en enjambant les cadavres, les Renards les rejoignirent. Plusieurs d'entre eux étaient blessés, mais personne ne manquait à l'appel. Le combat avait seulement fait des victimes chez leurs adversaires.

Arrivé à l'entrée du tunnel, Stryke se retourna et cria :

— Si vous nous suivez, votre roi mourra !

Puis les orcs battirent précipitamment en retraite.

Ils se frayèrent un chemin dans le labyrinthe de tunnels obscurs, leurs torches projetant des ombres grotesques sur les murs de pierre.

— Bien joué, dit Stryke à Jup. Un peu juste, mais bien joué quand même.

Le nain sourit.

— Comment avez-vous franchi l'éboulis ? demanda Alfray.

— Nous avons trouvé un autre passage, répondit Jup. Vous verrez.

Ils entendirent des bruits étouffés derrière eux. Par-dessus son épaule, Stryke aperçut des silhouettes indistinctes.

— Vous ne vous en tirerez pas comme ça, dit Tannar. Vous mourrez avant d'avoir atteint la surface.

— Dans ce cas, vous mourrez avec nous, promit Stryke.

Il s'aperçut qu'il chuchotait.

— Restez groupés et vigilants, ordonna-t-il au reste de la compagnie. Surtout l'arrière-garde.

— Je doute qu'ils aient besoin que tu le précises, intervint Jup.

Deux minutes plus tard, ils entrèrent dans le tunnel dont la voûte s'était effondrée. Vingt pas plus loin, il était obstrué par d'énormes rochers et un tas de gravats. Juste avant l'éboulis, les Renards découvrirent une ouverture grossière dans la paroi de droite, argileuse et très fine. Ils se faufilèrent dans le tunnel de derrière.

— Cette ouverture n'était pas là la première fois que nous y sommes passés. Je ne voudrais pas me montrer ingrat, mais tu peux m'expliquer d'où elle sort ? demanda Stryke.

— Incroyable ce qu'on peut inventer dans une situation vraiment désespérée ! lança Jup. Nous avions déjà exploré ce tunnel en partant du puits d'accès, et il s'achevait sur un cul-de-sac. Tu t'en souviens ? J'ai demandé aux hommes de sonder les murs à coups de hachette. Nous avons eu de la chance.

Ils débouchèrent dans la grotte qui s'étendait sous le puits d'accès.

Une lumière brillait faiblement à la surface. Deux soldats orcs très nerveux attendaient au pied des cordes qui leur avaient servi pour descendre jusque-là. Jetant un coup d'œil dans le puits, Stryke aperçut la tête des deux autres Renards qui montaient la garde au sommet.

— On se bouge ! cria-t-il.

Les soldats entreprirent l'ascension. Tannar refusant de les imiter, ils durent lui passer une corde autour de la taille et le hisser à la force des poignets. Le prêtre-roi jura d'abondance.

Stryke fut le dernier à monter, la lame du couteau sacrificiel serrée entre ses dents.

Ils prirent pied dans la petite grotte où débouchait le puits. La lumière matinale y entrait à flots. Stryke cligna des yeux. Tannar se couvrit les siens de la main.

—Ça fait mal!

—Fais-lui un bandeau, proposa Alfray en tendant un chiffon à un soldat.

Alors que les orcs guidaient le monarque aveugle vers la sortie, Stryke resta un peu en arrière pour examiner le couteau sacrificiel. L'étoile était fixée au pommeau par un enchevêtrement de lianes. Il sortit sa dague, les trancha et abandonna le couteau dans la grotte.

Il examina l'instrumentalité. La première que les Renards avaient trouvée était jaune; celle qu'ils avaient dérobée aux humains de Trinité, verte. Celle-ci était bleu foncé. Comme les autres, elle se composait d'une sphère centrale garnie de pointes: quatre, contre sept et cinq pour les deux précédentes. Elle semblait taillée dans ce matériau incroyablement dur que Stryke n'avait jamais vu.

—Dépêchez-vous, capitaine! appela Alfray.

Stryke fourra l'étoile dans sa ceinture et rejoignit les autres au pas de course.

Les Renards regagnèrent leur camp aussi vite que possible, sachant qu'ils traînaient un troll presque aveugle avec eux. Ils furent accueillis par Bhose et Nep, qui ne cherchèrent pas à dissimuler leur soulagement.

—Nous devons filer d'ici en vitesse, déclara Stryke. (Il désigna Tannar du menton.) Il a beau faire jour, je crains que ses sujets tiennent suffisamment à lui pour s'aventurer dehors.

—Attendez, capitaine! coupa Jup.

—Qu'y a-t-il?

—J'ai quelque chose à vous dire au sujet de Coilla et d'Haskeer.

—Où sont-ils?

—C'est un peu compliqué…

—Nous n'avons pas le temps de finasser!

—D'accord. En résumé: Haskeer est devenu fou. Il a assommé Reafdaw et il s'est barré avec les étoiles.

—Quoi? s'étrangla Stryke.

Il eut l'impression qu'on venait de le frapper à l'estomac.

—Coilla s'est lancée à sa poursuite, ajouta Jup. Nous ne les avons pas revus depuis.

—Où sont-ils allés?

—Vers le nord, pour ce que j'en sais.

—Pour ce que tu en sais?

— J'ai dû prendre une décision, capitaine. J'avais le choix entre rattraper Coilla et Haskeer, ou monter une opération de sauvetage pour vous récupérer, vous et Alfray. Nous ne pouvions pas faire les deux.

— Tu as eu raison, murmura Stryke. (Son visage s'assombrit.) Salaud d'Haskeer !

— C'est la fièvre qui le tient depuis des jours, soupira Alfray. Ça l'a rendu fou.

— Je n'aurais jamais dû le laisser, se lamenta Stryke. Pas sans emporter les étoiles.

— Ne soyez pas trop dur avec vous-même, le réconforta Jup. Personne ne pouvait prévoir qu'il ferait une chose pareille.

— J'aurais dû voir venir le coup ! La façon dont il a regardé les étoiles quand je les lui ai montrées… Ce n'était pas normal.

— Nous flageller ne servira à rien, fit sagement remarquer Alfray. Cherchons plutôt un moyen de remédier à nos erreurs.

— Il faut les rattraper. Vous avez deux minutes pour vous préparer.

— Et lui, qu'est-ce qu'on en fait ? demanda Jup en désignant Tannar.

— On l'emmène. À titre de garantie.

Les soldats levèrent le camp et harnachèrent les chevaux. Hissé sur une monture, Tannar ne broncha pas quand on lui attacha les mains au pommeau de sa selle. La réserve de pellucide de nouveau répartie entre les Renards, Alfray récupéra la bannière de la compagnie et ils furent enfin prêts à se mettre en route.

Stryke donna le signal du départ, la tête bourdonnante d'hypothèses.

Aucune n'était très réjouissante.

Chapitre 4

Pour Haskeer, tout était désormais merveilleusement clair. D'une évidence renversante. Le brouillard qui enveloppait son esprit s'était enfin dissipé, et il savait exactement ce qu'il avait à faire.

Éperonnant son cheval, il dévala le flanc d'une colline. Il filait vers le nord-est, au moins l'espérait-il. En vérité, la sorte d'« illumination » dont il venait de faire l'expérience ne s'étendait pas à ses perceptions, et il ne savait pas précisément dans quelle direction était Tumulus. Ce qui ne l'empêchait pas de galoper ventre à terre.

Pour la centième fois, il porta la main à sa ceinture, sur la poche où il avait rangé les étranges reliques que les Renards avaient surnommées « étoiles ». Selon Mobbs, l'érudit gremlin qui leur avait révélé le peu qu'ils savaient à leur sujet, leur véritable nom était « instrumentalités ». Haskeer préférait « étoiles », plus facile à retenir.

Comme Stryke et ses compagnons, il ignorait ce qu'étaient les reliques et à quoi elles servaient. Mais il se sentait d'étranges affinités avec elles.

Elles chantaient pour lui.

« Chantaient » n'était peut-être pas le mot juste, mais Haskeer n'en voyait pas de meilleur pour définir ce qu'il entendait dans sa tête. Un chuchotement ? Une incantation ? La plainte d'un instrument de musique inconnu ? Rien de tout ça ne collait vraiment.

En ce moment même, alors qu'il ne pouvait pas les voir, Haskeer les entendait. Elles faisaient des vocalises pour lui. Leur langage – s'il s'agissait bien de ça – lui était incompréhensible, et pourtant, il saisissait le message qu'elles lui envoyaient.

Tout s'arrangerait quand il les aurait conduites à l'endroit où elles devaient être. Alors, l'équilibre serait restauré. Les choses redeviendraient ce qu'elles étaient avant que les Renards ne trahissent leur reine.

Tout ce qu'il avait à faire, c'était livrer les étoiles à Jennesta. Elle serait si reconnaissante qu'elle leur pardonnerait. Peut-être même les récompenserait-elle. Alors, Stryke et les autres Renards le remercieraient.

Haskeer sortit de la vallée et s'engagea sur une piste qui semblait aller dans la bonne direction. Il pressa son cheval, qui avait déjà l'écume à la bouche.

En atteignant le sommet d'une crête, il aperçut un groupe de cavaliers qui venaient à sa rencontre. Des humains. Quatre. Tous vêtus de noir et armés jusqu'aux dents. L'un d'eux arborait la hideuse pilosité faciale qu'ils appelaient une « barbe ».

Haskeer était trop près pour éviter qu'ils ne le repèrent, ou pour tourner bride en espérant qu'ils ne parviendraient pas à le rattraper. Mais il n'était pas d'humeur à s'en soucier. Tout ce qu'il pensait, c'était que ces chiens, non contents d'être des créatures méprisables, avaient du toupet de se dresser sur son chemin alors qu'il était en mission.

Les humains parurent étonnés de rencontrer un orc solitaire au milieu de nulle part. En galopant vers lui, ils jetèrent un coup d'œil soupçonneux à la ronde.

Haskeer resta sur la piste et ne ralentit pas. Il s'arrêta lorsque les humains l'y forcèrent en se déployant en demi-cercle autour de lui, à moins d'une longueur d'épée de distance.

Ils se regardèrent. Les humains prirent note des tatouages de sergent d'Haskeer et de son collier de dents de léopard.

L'orc les toisa sans broncher.

—Pas de doute : c'est l'un d'eux, dit le barbu, qui semblait être leur chef.

Ses compagnons acquiescèrent.

—Il a une sale tête, ajouta un type au visage glabre.

Haskeer les entendait, mais la chanson hypnotique des étoiles était la plus forte. Il ne pouvait pas l'ignorer.

—Où est ta compagnie, orc ? lança le barbu.

—Je suis seul. Maintenant, écartez-vous de mon chemin.

Les humains éclatèrent de rire.

—Navré de te décevoir, dit un autre type glabre, mais tu n'iras nulle part sans nous. Notre maître sera ravi de te voir.

—Je n'ai pas le temps.

Le cavalier barbu se pencha vers Haskeer.

—Les sous-humains sont un peu lents du cerveau. Fais un effort, espèce de débile ! Tu vas nous accompagner, mort ou vif.

—Poussez-vous. Je suis pressé.

—Je ne le répéterai pas, grogna le barbu en portant une main à son épée.

—Votre cheval est moins fatigué que le mien, constata Haskeer. Je crois que je vais le prendre.

Cette fois, les humains marquèrent une pause avant d'éclater de rire. Ils ne semblaient plus aussi sûrs d'eux.

Haskeer tira sur les rênes de sa monture pour la faire pivoter et dégagea ses pieds des étriers. Une douce chaleur se diffusait dans son ventre. Il reconnut les signes avant-coureurs de la frénésie du combat et les accueillit comme de vieux amis.

Le barbu le foudroya du regard.

—Je vais te couper la langue pour t'empêcher de raconter des âneries.

Il fit mine de dégainer son épée.

Haskeer lui sauta dessus. Il le percuta de plein fouet et tous deux basculèrent de l'autre côté du cheval. L'humain heurta le sol le premier, assommé par l'impact. À califourchon sur lui, Haskeer le bourra de coups de poing. Bientôt, son visage ne fut plus qu'une masse sanguinolente.

Les autres cavaliers crièrent. L'un d'eux sauta à terre et se précipita vers Haskeer, l'épée au clair. L'orc roula sur le côté et se releva juste à temps pour esquiver le coup. Puis il dégaina sa propre épée pour dévier les estocs suivants.

Pendant ce duel, les deux autres humains se rapprochèrent pour tenter de frapper l'orc. Haskeer se contenta de les éviter, se concentrant sur la menace la plus immédiate.

Il fit pleuvoir une série d'attaques meurtrières sur son adversaire. Bientôt, le guerrier dut consacrer toute son énergie à la défense. Il n'arrivait plus à placer une botte, seulement à ne pas périr sous la lame de l'orc.

Dix secondes plus tard, Haskeer abattit son épée sur le bras de l'humain. Le membre tranché au niveau du coude tomba sans lâcher l'épée. Du sang jaillit du moignon. L'humain roula sous les sabots d'un cheval, qui se cabra en hennissant.

Pendant que le premier cavalier cherchait à reprendre son équilibre, Haskeer se concentra sur l'autre. Il empoigna les rênes de sa monture et tira de toutes ses forces, comme s'il se suspendait à la corde d'une cloche pour avertir un village d'une invasion imminente.

Désarçonné, l'humain fut projeté en avant et s'écrasa sur le sol. Haskeer lui donna un coup de pied dans la tête et sauta sur le dos du cheval, qu'il fit pivoter pour affronter son dernier adversaire.

Le guerrier enfonça ses éperons dans les flancs de sa monture et se porta à la rencontre de l'orc. Ils échangèrent des coups sauvages, chacun cherchant à tromper la garde de l'autre sans vider les étriers.

L'endurance d'Haskeer prévalut. Ses attaques rencontrèrent de moins en moins de résistance. Sa lame érafla le bras de l'humain, lui arrachant un cri de douleur. Avec une vigueur renouvelée, il lui porta des bottes impossibles à parer.

La résistance de l'humain fondit comme neige au soleil. Enfin, la lame d'Haskeer plongea dans sa poitrine.

L'orc tira sur les rênes de sa nouvelle monture pour la calmer. Il aurait dû éprouver une joie débordante à l'idée d'avoir vaincu contre toute attente, mais il était seulement irrité par ce contretemps.

Il essuya son épée ensanglantée sur sa manche et la rangea dans son fourreau. Une fois de plus, sa main vola inconsciemment vers sa ceinture.

Il s'apprêtait à se remettre en chemin lorsqu'un mouvement attira son attention. Tournant la tête vers l'ouest, il aperçut un autre groupe d'humains vêtus de noir qui galopaient vers lui. À vue de nez, ils étaient trente ou quarante.

Malgré sa fureur, Haskeer avait conscience qu'il ne viendrait pas à bout d'une force aussi importante. Il éperonna son cheval et s'enfuit.

Les étoiles emplirent son esprit de leur chant.

Au sommet d'une colline, à cinq cents mètres de là, un autre groupe d'humains observait la minuscule silhouette qui galopait dans la plaine, s'efforçant de distancer ses poursuivants.

Le chef était un grand homme maigre tout de noir vêtu, comme ses compagnons Unis. Mais c'était le seul à porter un haut-de-forme. Ce chapeau symbolisait son autorité, même si personne n'eût songé à la contester, fût-il tête nue.

Aucun sourire n'avait jamais dû adoucir son expression déterminée. Une moustache grisonnante ornait son visage au menton pointu. Sa bouche était une fente exsangue et ses yeux noirs reflétaient son humeur… apocalyptique.

Kimball Hobrow leva la tête vers les nuages.

—Pourquoi m'abandonnes-Tu, Seigneur? Pourquoi laisses-Tu la vermine païenne et inhumaine échapper à une juste punition après avoir défié Ton serviteur?

Il se tourna vers les gardes d'élite qui l'accompagnaient.

—Bande de bons à rien! Vous n'êtes même pas capables de traquer ces monstres hérétiques! Malgré la bénédiction que notre Créateur vous accorde à travers moi, vous trouvez le moyen d'échouer!

Les gardes baissèrent le nez pour échapper à son regard brûlant.

—Soyez sûrs que je peux reprendre ce que je vous ai accordé en Son nom! Récupérez ce qui appartient de droit à notre Seigneur! Broyez ces sous-humains dépravés! Faites-leur sentir Sa toute-puissante colère!

Les gardes coururent vers leurs chevaux.

Dans la plaine, le renégat orc et les humains qui le pourchassaient disparurent à l'horizon.

Kimball Hobrow tomba à genoux.

—Seigneur, pourquoi m'infliges-Tu les services de pareils imbéciles?

Dans les profondeurs du palais de Tumulus, Mersadion, récemment promu commandant de l'armée de la reine Jennesta, marchait vers une solide porte de chêne. Les gardes impériaux postés de chaque côté se mirent au garde-à-vous. Il leur adressa un bref signe de tête.

Songeant au funeste destin de son prédécesseur et à sa propre jeunesse, le général orc dut faire appel à toute sa volonté pour se contrôler tandis qu'il toquait au battant. Penser qu'*elle* produisait le même effet sur tout le monde le réconforta quelque peu.

Une voix étouffée, mais mélodieuse et indubitablement féminine, l'invita à entrer. Mersadion s'exécuta.

La pièce avait un plafond voûté et pas de fenêtres. Il choisit de ne pas s'attarder sur les scènes que représentaient les draperies suspendues aux murs de pierre. Dans le fond, une table de marbre en forme de cercueil se dressait devant un petit autel. Mersadion jugea préférable de ne pas chercher à comprendre leur utilité.

Jennesta était assise devant une table. Des bougies fournissaient le plus gros de l'éclairage. Leur lueur tremblotante soulignait l'apparence étrange de la souveraine.

Il y avait en elle quelque chose de spectral. À cause de ses origines hybrides, la peau de Jennesta avait des reflets métalliques vert et argenté, comme si elle était couverte d'écailles minuscules. Son visage plat était encadré par des cheveux d'ébène si brillants qu'ils semblaient mouillés. Elle avait un menton triangulaire, un nez aquilin et une grande bouche. Des cils d'une longueur vertigineuse mettaient en valeur ses yeux obliques pareils à deux puits sans fond.

Elle était splendide, mais personne n'aurait pu croire à l'existence d'un tel type de beauté avant de l'avoir rencontrée.

Mersadion se tenait au garde-à-vous devant la porte, n'osant pas prendre la parole. L'air préoccupé, Jennesta examinait des grimoires antiques et des cartes jaunies. Un énorme volume relié de cuir muni d'un fermoir métallique gisait devant elle.

Une fois de plus, Mersadion se fit la réflexion que ses doigts étaient trop longs : une impression que renforçaient ses ongles pointus.

Sans lever les yeux vers lui, elle lui ordonna :

— Repos.

Un état auquel personne ne pouvait prétendre en sa présence. Mersadion se détendit à peine.

Le silence embarrassant se prolongea pendant qu'elle continuait à étudier ses cartes. Mersadion se pencha pour voir ce qu'elle regardait. Jennesta s'en aperçut. Au lieu de se mettre en colère, elle lui adressa un sourire indulgent. Loin de le soulager, cela l'inquiéta encore davantage.

— Vous êtes curieux, général.

Ce n'était pas une question.

—Ma dame, fit-il, hésitant, car il se méfiait de ses réactions notoirement imprévisibles.

—Vous avez différentes armes dans votre arsenal, n'est-ce pas? Il en est de même pour moi…

Jennesta désigna les parchemins éparpillés sur son bureau.

—Majesté?

—Je vous accorde que rien de tout cela ne tranche ni ne transperce. Mais cela peut être un outil bien plus précis qu'une lame. (Remarquant l'expression perplexe de Mersadion, Jennesta ajouta avec une pointe d'impatience:) Général, je m'intéresse à l'influence des étoiles sur notre existence! À leur relation avec notre monde.

Mersadion dissimula son incrédulité. Il garda le silence et prit un air qu'il espérait suffisamment attentif.

—Cela, continua Jennesta en tapotant une carte du ciel, nous sera d'une aide précieuse pour la chasse aux Renards.

—De quelle façon, ma dame?

—C'est difficile à expliquer à un esprit inférieur.

L'insulte le rassura presque. Voilà qui ressemblait beaucoup plus au style habituel de Jennesta.

—La position des corps célestes est révélatrice du caractère des êtres autant que des événements à venir. La personnalité de chacun est fixée au moment de sa naissance en fonction de la position qu'occupent les étoiles dans le ciel. La roue cosmique tourne lentement mais sûrement.

Elle tendit la main vers un rouleau de parchemin.

—J'ai demandé qu'on m'apporte l'extrait de naissance des officiers des Renards. Les soldats ne comptent pas. J'ai étudié leurs cinq constellations tutélaires, et je connais désormais leur nature profonde.

—Leurs constellations tutélaires, Majesté? répéta Mersadion.

Jennesta soupirant, il craignit d'être allé trop loin.

—Ne me dites pas que vous n'avez jamais entendu parler de la Vipère, de la Chèvre ou de l'Archer?

—Bien sûr que si. Ce sont des signes solaires.

—C'est ainsi que les nomme la plèbe, en effet. Mais l'astrologie est une science plus profonde, un art plus subtil que les boniments des faux devins qui hantent les marchés.

Mersadion hocha la tête, jugeant préférable de ne rien dire.

—Les… signes solaires des officiers des Renards sont une porte ouverte sur leur personnalité, et me permettent de prévoir leurs réactions dans des circonstances données, affirma Jennesta.

Elle déroula le parchemin et le coinça sous deux chandeliers.

—Prêtez-moi attention, général. Qui sait? Vous en retiendrez peut-être quelque chose.

—Ma dame…

—Le sergent Haskeer est gouverné par la constellation du Bœuf. Cela signifie qu'il est têtu, impétueux et porté à la brutalité dans des situations extrêmes. L'autre sergent, le nain Jup, est du signe du Barde. Un guerrier doté d'une âme, qui tend à percevoir les éléments magiques de chaque situation, mais qui a également un solide sens pratique. Le caporal Alfray est du signe du Poisson-Lune. Rêveur, assez conservateur, avec une tendance à vivre dans le passé. Il a peut-être des pouvoirs de guérisseur. Quant à la femelle, Coilla, c'est un Basilic. Détermination, audace, mais aussi loyauté envers ses camarades…

Jennesta marqua une pause assez longue pour que Mersadion se sente obligé de demander :

—Et leur capitaine, Stryke ?

—C'est le plus intéressant de la bande. Un Scarabée. Le signe qui gouverne le divin. La révélation des choses cachées et du changement.

Elle enleva les chandeliers et laissa le parchemin s'enrouler de lui-même.

—Bien entendu, ce ne sont que des esquisses de caractère, qui doivent être modérées par d'autres facteurs.

—Vous avez mentionné les événements à venir, Votre Altesse.

—Nos chemins sont déjà tracés pour nous. Chaque action engendre une réaction, et cela aussi est prédéterminé.

—Alors, tout est écrit d'avance ?

—Non, pas du tout. Les dieux nous ont donné la carte du libre arbitre. Même si j'aimerais que ça ne soit pas toujours le cas, ajouta Jennesta, l'air sombre.

Enhardi, Mersadion se risqua à demander :

—Vos recherches vous ont révélé quelque chose d'intéressant au sujet du futur ?

—Pas assez. Pour en découvrir davantage, j'aurais besoin de l'heure et du lieu exacts de leur naissance. Sans ces informations, impossible d'établir le thème astral complet des officiers des Renards. Or, on prend rarement la peine de les noter pour de simples orcs.

Une fois encore, Mersadion se garda bien de s'offusquer de cette pique.

—Bref, j'ignore de quelle façon se résoudra notre dilemme, résuma Jennesta. Mais concernant les Renards, je ne vois aucune issue pour eux, sinon le feu, le sang, la guerre et la mort. Leur chemin est semé d'embûches. Quoi qu'ils tentent de faire, ils ont peu de chances d'y parvenir.

—Cela nous aidera-t-il à les retrouver, Majesté ?

—Peut-être. (Elle referma son gros ouvrage, et des particules de poussière dansèrent dans la lumière des bougies.) Avons-nous des nouvelles des chasseurs de primes ?

— Pas encore, Majesté.

— Je suppose que c'était trop espérer. J'ose croire que vous avez pris toutes les dispositions nécessaires concernant l'action que je souhaite lancer demain ?

— Trois mille fantassins munis de tout l'équipement nécessaire attendent un ordre de vous, ma dame.

— Convoquez-les à l'aube. J'aurai au moins le plaisir de moucher quelques Unis.

— Oui, Majesté.

— Parfait. Rompez.

Mersadion s'inclina et sortit.

Dans le couloir, il recommença à respirer normalement. Général de l'armée de Jennesta depuis peu, il avait déjà copieusement essuyé les insultes et les humiliations de sa souveraine. Souvent, il avait craint pour sa vie. Mais il n'avait jamais été aussi terrorisé que par ce soudain accès… de raison.

Chapitre 5

Les Renards s'éloignèrent de Grahtt aussi vite que possible. Stryke les emmena vers le nord, partant du principe qu'Haskeer tenterait probablement de regagner Tumulus.

Au milieu de la matinée, ils ralentirent, certains d'avoir mis assez de distance entre eux et leurs éventuels poursuivants. Depuis leur départ, Tannar n'avait fait que lancer des imprécations et leur casser les oreilles.

Ils continuèrent leur chemin à une allure plus raisonnable, cherchant des signes du passage d'Haskeer ou de Coilla. Stryke envoya des éclaireurs en avant et de chaque côté de la piste. Mais ils durent renoncer à la tombée de la nuit, et un découragement presque palpable s'abattit sur la compagnie.

Au bout d'une heure de silence morose, Alfray se tourna sur sa selle et dit :

— C'est sans espoir, Stryke. Nous errons sans but. Il nous faut un plan.

— Et du repos, ajouta Jup. Aucun de nous n'a fermé l'œil depuis deux jours.

— Nous avons un plan : nous cherchons Coilla et Haskeer, répliqua sèchement Stryke. Et nous n'avons pas le temps de nous arrêter.

Le sergent et le caporal échangèrent un regard navré.

— Ça ne vous ressemble pas de foncer à l'aveuglette, capitaine. En temps de crise, on a plus que jamais besoin d'une stratégie. C'est vous-même qui le dites, d'habitude, rappela Alfray.

— Et je voudrais bien savoir ce que vous comptez faire de lui, dit Jup.

Du pouce, il désigna Tannar qui chevauchait en queue de la colonne, encadré par deux soldats. Le roi des trolls avait toujours les poignets attachés et un bandeau sur les yeux.

— C'est vrai, ça, renchérit Alfray. Ne me dites pas qu'il faudra traîner cette gargouille derrière nous jusqu'à la fin des temps !

Stryke regarda en arrière et eut un soupir résigné.

—D'accord, nous dresserons le camp dès que nous trouverons un site approprié. Mais nous ne nous arrêterons pas longtemps.

Jup étudia le terrain.

—Pourquoi pas ici ?

Stryke étudia les environs.

—Je suppose que ça ira. (Il désigna un encaissement facile à défendre, un peu plus loin dans la vallée.) Là. Je veux qu'on double la garde. Pas de feu, et que les soldats évitent de caqueter comme des poules.

Jup transmit l'ordre en adoucissant un peu la forme.

Ils mirent pied à terre. Le roi des trolls, descendu de selle, fut ligoté au tronc d'un arbre dont les feuilles prenaient déjà des couleurs automnales bien qu'on fût à peine au début de l'été.

Les gardes se déployèrent sans trop s'éloigner. La compagnie se réunit autour des officiers. D'un geste, Stryke invita les soldats à s'asseoir. Fourbus par leur longue chevauchée, ils ne se firent pas prier.

Alfray entra directement dans le vif du sujet.

—Que va-t-on faire, capitaine ?

—Que pouvons-nous faire de plus ? répliqua Stryke. La seule certitude, c'est qu'Haskeer chevauche vers le nord. Je suppose qu'il va à Tumulus.

—S'il croit que Jennesta fera preuve de miséricorde, il est encore plus fou que je ne le pensais, marmonna Jup.

—Justement ? dit Alfray. S'il est fou, il risque de ne pas agir de façon prévisible. Il est peut-être en train de tourner en rond quelque part.

—Lorsque nous lui mettrons la main dessus, maugréa Stryke. Si nous lui mettons la main dessus... J'ai une sacrée envie de le massacrer.

—L'imprudence d'un seul nous a ramenés à la case départ, se lamenta Alfray.

—La disparition de Coilla commence à m'inquiéter, avoua Stryke.

—Capitaine, vous ne pouvez pas vous le reprocher, dit Jup.

—Bien sûr que si ! explosa Stryke. C'est ça, être un officier : assumer la responsabilité des actions de ses subalternes, évaluer les probabilités, prévoir la suite des événements...

Jup claqua des doigts.

—Prévoir la suite des événements ! Ma vision à distance, capitaine. Je n'y ai pas fait appel depuis un moment. Ça vaut le coup d'essayer, non ?

Stryke haussa les épaules.

—Pourquoi pas ? Nous n'avons rien à perdre.

—Notez que je ne vous promets rien. Vous savez combien le niveau d'énergie a baissé dans tous les endroits que nous avons traversés jusqu'ici.

—Fais de ton mieux.

Le nain s'écarta du reste du groupe et s'assit dans l'herbe desséchée. Inclinant la tête, il posa les paumes à plat sur le sol et ferma les yeux.

Pendant ce temps, Stryke et Alfray continuèrent leur conversation.

Quelques minutes plus tard, Jup les rejoignit. Son expression était si neutre qu'ils ne purent deviner s'il avait quelque chose à leur apprendre.

—Alors? lança Stryke.

—J'ai capté une trace très faible qui doit être celle d'Haskeer, et une autre plus forte qui semble être celle de Coilla.

—Donc, ils ne sont pas ensemble, déduisit Stryke.

Le visage du nain s'assombrit.

—Ça n'est peut-être pas la raison. La distance n'est pas le seul facteur susceptible d'altérer l'intensité d'une trace.

—À quoi penses-tu?

—Aux émotions. Coilla semble en éprouver de plus vives.

—Bonnes ou mauvaises? demanda Stryke. Peux-tu le déterminer?

—Pas vraiment. Les lignes de pouvoir sont toutes brouillées…

—Maudits humains, marmonna Alfray.

—Bon, ça confirme ce que je pensais. Je suis toujours d'avis de filer vers le nord. (Stryke se tourna vers les soldats.) Vous êtes tous concernés par cette décision. Je vote pour continuer à chercher nos camarades. Mais si quelqu'un a une meilleure idée, je suis prêt à l'écouter.

Les Renards gardèrent le silence.

—Qui ne dit mot consent, conclut Stryke. Nous allons nous reposer un peu avant de reprendre la route. À partir de maintenant, notre seul but est de retrouver Haskeer, Coilla et les étoiles.

—Vous ne trouverez que la mort.

Tous se tournèrent vers Tannar, qu'ils avaient oublié pendant la conversation.

—Ça, c'est ce que vous espérez! cracha Jup.

—Non: c'est une prophétie, répliqua le roi des trolls.

—Qui s'appuie sur quoi?

—Sur ma connaissance des objets que vous nommez étoiles. Visiblement, j'en sais bien plus que vous à leur sujet.

Stryke se leva et approcha de l'arbre. La nuit tombant, il ôta le bandeau de Tannar, qui cligna des yeux et se rembrunit.

—Je vous écoute.

—Je ne dirai rien tant que vous ne m'aurez pas détaché. Je n'ai pas l'habitude qu'on me traite de la sorte!

—Je l'aurais parié. Nous pouvons peut-être faire quelque chose pour vous.

—Méfie-toi, Stryke, souffla Alfray.

—Si une compagnie d'élite orc ne peut pas maîtriser un seul foreur de tunnels désarmé, nous ferions mieux de nous reconvertir... (Il sortit un couteau pour couper les liens de Tannar, puis se ravisa.) Quelqu'un connaît les pouvoirs magiques des trolls ?

— Ils en ont deux, répondit Jup. Le premier, c'est leur vision nocturne : plus il fait noir, et mieux ils y voient. Le second, c'est un odorat surdéveloppé qui leur permet de sentir leur nourriture. Les rats, les champignons, ce genre de trucs. Je ne vois pas comment il pourrait nous nuire avec. À moins qu'il ne tente de nous renifler à mort.

Les soldats éclatèrent de rire.

— C'est bien ce que je pensais, dit Stryke.

Il trancha les liens de Tannar qui se massa les poignets en foudroyant ses ravisseurs du regard.

— Je suis assoiffé. Donnez-moi de l'eau.

— Je vous trouve bien exigeant, dit Jup en lui lançant une gourde.

Le troll en vida la moitié en deux gorgées, et il aurait bu le reste si Stryke ne la lui avait pas arrachée des mains. Tannar toussa.

— Vous m'avez fait avaler de travers, se plaignit-il.

— Que savez-vous ? le pressa Stryke.

— Ma race connaît beaucoup de légendes sur ces objets. Contrairement à la vôtre. Peut-être parce que les orcs sont une des rares races aînées privées de pouvoir magique.

— Que racontent ces légendes ?

— Les... étoiles sont très anciennes, et ont sans doute été créées à l'époque où les dieux ont façonné Maras-Dantia à partir du chaos.

— Vous en avez la preuve ? demanda Alfray.

— Ce que vous pouvez être terre à terre, grommela Tannar. Ce n'est pas une question de preuve, mais de foi.

— Continuez, ordonna Stryke.

— Bien des membres des races aînées ont tué ou sont morts pour le pouvoir que représentent les étoiles. C'était il y a très longtemps. Récemment, elles ont disparu de la mémoire des Maras-Dantiens. Mais elles restent une partie importante de l'histoire secrète de ce continent, tout comme les récits transmis à l'intérieur des sectes et des confréries.

— Donc, il s'agit de racontars ne s'appuyant sur rien de concret.

— Vous ne croyez pas vous-même à ce que vous dites, fit Tannar. Sans ça, vous ne prendriez pas tant de risques pour les réunir.

— Nous les cherchons parce qu'elles sont importantes pour des gens qui ont une emprise sur nous.

— Les étoiles sont beaucoup plus que des outils de négociation. Si vous les considérez ainsi, vous êtes un aveugle qui joue avec le feu.

— Nous ignorons tout de leur pouvoir, à l'exception de la foi qu'elles éveillent chez certains.

—D'après ce que je vous ai entendu dire, elles ont pourtant modifié le cours de votre existence, rappela Tannar.

—Vous avez mentionné l'histoire secrète de notre monde, intervint Alfray. Qu'entendiez-vous par là ?

—À travers les âges, les reliques que vous nommez « étoiles » ont influencé beaucoup de grands Maras-Dantiens. On raconte qu'elles ont inspiré la fabrication du puissant arc doré d'Azazrel et de la harpe céleste de Kimmen-Ber, la sublime poésie d'Elphame, la rédaction du légendaire Livre des Ombres et bien d'autres choses encore. Je suppose que vous en avez entendu parler ?

—Oui. Même de simples soldats connaissent ces merveilles, dit sèchement Stryke. Bien que nous ne soyons pas très portés sur la lecture ni sur la musique de chambre. Nous exerçons un métier plus… trivial.

—De quelle façon les étoiles ont-elles engendré toutes ces choses ? insista Alfray.

—Par des révélations, des visions et des rêves prophétiques, répondit Tannar. Elles ont dévoilé une petite partie de leur mystère à ceux qui avaient un esprit assez élevé pour le comprendre.

Pendant que Stryke et Alfray méditaient sur ces paroles, Jup en profita pour poser la question qui le tracassait.

—Personne n'a pu nous dire ce que sont exactement les étoiles et à quoi elles servent. Le savez-vous ?

—Elles sont un chemin vers les dieux.

—Jolie phrase. Son sens ?

—Les mortels ne sauraient appréhender les desseins des dieux.

—C'est une autre façon de dire que vous l'ignorez.

—Comment votre étoile est-elle arrivée à Grahtt ? demanda Stryke.

—Elle nous a été transmise par un de mes ancêtres, Rasatenan, qui l'avait conquise pour notre race.

—Jamais entendu parler de lui, lâcha Jup.

Tannar se rembrunit.

—Un grand héros troll dont nos bardes chantent encore les exploits. Une fois, il a arrêté une flèche en plein vol. Une autre, il a massacré cinquante ennemis à lui seul, et…

—Vous avez pensé à participer à un concours de vantardises orc ? railla Jup. Vous auriez vos chances.

—… s'est emparé de l'étoile que détenait une tribu naine après avoir vaincu tous ses guerriers, acheva Tannar avec un rictus.

Jup s'empourpra.

—J'ai du mal à y croire, bougonna-t-il, se drapant dans sa dignité offensée.

—Peu importe la façon dont vous vous êtes procurés la relique, coupa Stryke. Qu'essayez-vous de nous dire au sujet des étoiles ?

— Qu'elles ont toujours semé la mort et la destruction quand elles étaient entre les mains de ceux qui ignoraient comment s'en servir.

— Vous voulez dire, ceux qui ne leur offraient pas le sang de victimes sacrificielles ?

— Vous tuez des gens, aussi ! se défendit Tannar.

— Uniquement au combat. Et nous levons nos épées contre d'autres guerriers, pas contre des innocents.

— Les sacrifices assurent la prospérité de mon peuple. Les dieux s'en réjouissent et nous protègent en retour.

— Jusqu'à maintenant, grogna Alfray.

Le roi des trolls ne chercha pas à dissimuler son mécontentement.

— Vous osez prétendre que votre race ne fait jamais de sacrifices ?

— Pas de créatures intelligentes, en tout cas. Nous honorons nos dieux en nous battant. Les esprits de nos victimes leur tiennent lieu d'offrandes.

— Que vous ayez trouvé plusieurs étoiles en un laps de temps aussi court indique peut-être que les dieux ont décidé de vous accorder leurs faveurs. À moins qu'ils ne se moquent de vous.

— Pourquoi nous racontez-vous tout ça ? demanda Stryke.

— Pour que vous compreniez combien cette relique est importante pour mon peuple. Rendez-la-nous et libérez-moi.

— Pour que vous continuiez à massacrer des innocents ? Pas question.

— Je vous ordonne de me la rendre !

— Allez vous faire foutre ! Nous n'avons pas risqué nos vies dans le terrier géant qui vous tient lieu de royaume pour renoncer à ce que nous étions venus chercher. Nous avons besoin de cette étoile.

Tannar prit une mine de conspirateur.

— Dans ce cas, peut-être envisageriez-vous de l'échanger contre autre chose ?

— Que pourriez-vous bien avoir d'aussi précieux ?

— Une autre étoile.

Les trois officiers échangèrent un regard sceptique.

— Vous osez prétendre que vous en détenez une autre ?

— Je n'ai pas dit ça. Mais je sais où la trouver.

— Où ?

— Ça ne sera pas gratuit. Je vous indiquerai son emplacement. Après, vous me rendrez mon étoile et vous me libérerez.

Stryke réfléchit quelques instants.

— D'accord.

Jup et Alfray ouvrirent la bouche pour protester. Il les fit taire d'un geste impérieux.

— J'ai entendu dire qu'un armurier centaure nommé Keppatawn détient une étoile. Son clan veille sur elle dans la forêt de Drogan.

— Pourquoi les trolls n'ont-ils pas tenté de s'en emparer?

— Contrairement à vous, nous n'avons pas la folle ambition de les réunir. Nous nous contentons d'une seule.

— Comment Keppatawn s'est-il procuré une étoile?

— Je l'ignore. Quelle importance?

— Drogan est sur le territoire des centaures, et ils ne sont pas très accueillants, intervint Jup.

— Ce n'est pas mon problème, dit Tannar, l'air hautain. Maintenant, rendez-moi l'étoile et libérez-moi.

Stryke secoua la tête.

— Nous gardons l'étoile. Et nous ne vous laisserons pas partir tout de suite.

— Comment? beugla le roi des trolls. J'ai rempli ma moitié du marché! Vous étiez d'accord!

— Non: vous avez seulement cru que je l'étais. Vous nous accompagnerez jusqu'à ce que nous soyons sûrs que vous avez dit la vérité.

— Vous doutez de ma parole? Puantes créatures de la surface, méprisables mercenaires… Sale vermine! rugit Tannar.

— Eh oui. La vie est injuste, n'est-ce pas? lança Stryke. (Il fit signe à Nep.) Rattache-le.

Le soldat saisit le bras de Tannar et voulut l'entraîner. Le troll se plaignit de l'offense qui lui était faite et de la traîtrise de ses geôliers. Puis il insulta copieusement les ancêtres des Renards.

Stryke lui tourna le dos pour s'entretenir avec Jup et Alfray.

Soudain, un chœur de jurons s'éleva derrière lui.

— Non! rugit Tannar.

Stryke fit volte-face.

À quelques pas de lui, le roi des trolls avait passé un bras autour de la gorge de Nep et le plaquait contre lui tel un bouclier. De sa main libre, il appuyait la lame d'un couteau sur la gorge de l'orc.

— Malédiction! s'exclama Jup. On a oublié de le fouiller!

— Je ne me soumettrai pas à cette indignité! répéta Tannar. Je suis prêtre et roi de mon peuple!

Le visage couleur de cendre, Nep écarquilla les yeux et articula en silence: «Désolé, capitaine.»

— Du calme! ordonna Stryke à Tannar. Tout va bien se passer. Inutile d'en arriver aux mains.

Le troll pressa sa lame un peu plus fort sur la jugulaire de Nep.

— La ferme! Je reprends l'étoile et ma liberté!

— Lâchez-le.

— Obéissez, ou il mourra!

Nep frémit.

Jup dégaina son épée. Alfray saisit un arc et un carquois. Autour d'eux, toute la compagnie s'équipa.

— Jetez vos armes, ordonna Tannar.

— Pas question, répliqua Stryke. Si vous tuez notre camarade, à votre avis, qui sera le prochain sur la liste des victimes ?

— N'essayez pas de bluffer. Je sais que vous ne sacrifierez pas un de vos hommes.

— Vous avez raison : nous veillons les uns sur les autres. Mais quand nous ne pouvons pas protéger, nous vengeons.

Alfray encocha une flèche dans son arc et le banda. Plusieurs soldats l'imitèrent.

Nep tenta d'échapper à l'étreinte du troll, qui le serra un peu plus fort.

— Vous avez encore une chance de vous en tirer vivant et de revoir Grahtt, dit Stryke. Lâchez votre couteau.

— Et l'étoile ?

— Je vous ai déjà répondu.

— Dans ce cas, allez tous vous faire voir !

Tannar fit mine d'égorger Nep. Instinctivement, celui-ci baissa la tête.

Alfray décocha sa flèche qui érafla la joue du troll, traçant un sillon ensanglanté dans sa chair avant de retomber dans l'herbe un peu plus loin.

Tannar rugit et lâcha Nep. Le soldat se plia en deux et s'éloigna maladroitement, une main plaquée sur son cou.

Deux flèches se plantèrent dans la poitrine de Tannar. Il tituba sous l'impact mais ne tomba pas. Fendant l'air avec son couteau et hurlant d'incompréhensibles imprécations, il parvint à faire quelques pas en direction des orcs.

Stryke dégaina son épée et se précipita à la rencontre du troll pour l'achever. D'un revers du poignet, il lui ouvrit le ventre. Le monarque s'effondra, les tripes à l'air.

Stryke le poussa du bout de sa botte. Il ne remua pas.

Alfray avait déjà examiné la plaie de Nep.

— Tu as eu de la chance, dit-il en pressant un chiffon sur la plaie. La blessure est superficielle. Tiens-moi ça, veux-tu ?

Jup et Alfray approchèrent de Stryke et observèrent le cadavre.

— Comment a-t-il pu être assez stupide pour croire que tu accepterais ce genre de marché ? demanda le nain.

— Je ne sais pas. Par arrogance ? Il avait l'habitude que tous s'inclinent devant lui et que personne ne mette sa parole en doute. C'est mauvais pour toutes les races aînées. Ça ramollit le cerveau.

— Tu veux dire qu'il a raconté des âneries toute sa vie et que personne ne l'a jamais contredit ? Il avait vachement besoin que nous le guérissions de cette mauvaise habitude.

—Le pouvoir absolu est une forme de folie, non ?

—Plus je rencontre de monarques, plus j'en suis convaincu. Ne reste-t-il donc aucun dictateur bienveillant ?

—Ainsi, soupira Alfray, nous venons d'ajouter le régicide à la liste de nos crimes.

Stryke fronça les sourcils.

—Quoi ?

—Le régicide. Le meurtre d'un roi.

—Un meurtre, ça ? s'exclama Jup. Plutôt un tyrannicide ! Ce qui signifie…

—Ça va, j'ai compris, coupa sèchement Stryke.

—Bref, nous venons de nous faire de nouveaux ennemis mortels, résuma le nain.

Stryke rengaina son épée.

—Nous en avons déjà tellement ! Quelques-uns de plus ou de moins ne feront pas une grande différence. Creusez un trou pour ce fou. Puis nous repartirons vers le nord.

Il était très difficile de trouver un endroit sec dans le royaume d'Adpar. Considérant la physiologie des nyadds, une absence d'eau eût été tout aussi absurde qu'une absence d'air. Pour les créatures encore plus aquatiques, comme les merz, le manque d'eau entraînait fatalement la mort. Mais assez lentement pour que ce soit douloureux.

Le seul endroit vraiment au sec dans la citadelle d'Adpar était le donjon. Avec le caractère de la souveraine, il ne restait jamais occupé très longtemps. Ce qui ne signifiait pas que le séjour des prisonniers y était moins déplaisant. Surtout quand elle voulait leur extorquer des informations.

Comme elle aimait à s'occuper personnellement de ces choses, Adpar accompagna les geôliers jusqu'à la cellule de deux mâles merz capturés lors d'une récente expédition punitive. Enchaînés sur des dalles de pierre poussiéreuse, les membres en étoile, ils n'avaient pas vu une goutte d'eau depuis une journée.

Adpar congédia les gardes d'un geste et s'approcha pour que les prisonniers puissent la voir. Leurs yeux voilés s'écarquillèrent et leurs lèvres craquelées frémirent.

—Vous savez ce que nous voulons, fit Adpar d'une voix douce, presque charmeuse. Dites-moi où sont les dernières colonies, et je mettrai fin à vos souffrances.

Elle n'attendait pas autre chose qu'un refus croassé par leur gorge sèche. En fait, elle aurait été déçue qu'ils cèdent aussi facilement. S'ils ne se donnaient pas un peu de mal pour lui résister, ils ne valaient pas la peine de descendre jusque-là.

—La bravoure est parfois mal inspirée, dit-elle sur un ton désapprobateur. Tôt ou tard, nous découvrirons leur emplacement, que vous nous le révéliez ou non. Alors, pourquoi souffrir en vain?

L'un des deux merz la maudit; l'autre se contenta de secouer la tête. Sa peau déshydratée s'en allait par lambeaux.

Adpar saisit une bouteille d'eau et entreprit de la déboucher avec des gestes quasiment érotiques.

—Vous en êtes certains? susurra-t-elle avant de boire à longues goulées, laissant le liquide couler des deux côtés de sa bouche.

De nouveau, ils refusèrent de parler, même si la soif fit briller leur regard.

Adpar saisit une grosse éponge, l'imbiba d'eau et la pressa au-dessus de sa tête, savourant cette douche improvisée. Des gouttelettes argentées glissèrent le long de sa peau écailleuse.

Les merz passèrent leur langue noircie sur leurs lèvres et gardèrent le silence.

Adpar mouilla de nouveau son éponge.

Deux heures bien employées, aussi bien pour les renseignements qu'elle leur extorqua que pour le plaisir qu'elle retira de cet interrogatoire…

Lorsqu'elle partit, elle prit soin de leur faire voir qu'elle emportait la bouteille et l'éponge. L'expression désespérée des prisonniers la fit frissonner d'extase.

Les gardes l'attendaient dans le couloir.

—Laissez-les se dessécher, ordonna-t-elle.

Chapitre 6

Les Renards se remirent en route avant les premières lueurs de l'aube. Ils bifurquèrent vers le nord-est, postulant qu'Haskeer allait à Tumulus, et se raccrochant à l'espoir que Coilla était toujours sur ses traces.

Ils atteignirent les hautes plaines, une région où le terrain était davantage à découvert et où ils devaient prendre plus de précautions pour ne pas se faire repérer. De temps en temps, ils traversaient un bosquet. La piste qu'ils suivaient finit par s'engager dans une forêt. Conscient du danger, Stryke envoya deux éclaireurs en avant et deux autres explorer le sous-bois, de chaque côté du chemin.

Alors qu'ils entraient sous le couvert des arbres, Jup demanda :

— Ne devrait-on pas réfléchir à ce que nous ferons si nous ne rattrapons pas Coilla et Haskeer ? Je veux dire, d'ici que nous soyons en vue de Tumulus… Je doute que Jennesta nous réserve un accueil très chaleureux.

— Je crains au contraire qu'il soit un peu trop chaud, dit Stryke. J'ignore ce que nous pourrions faire d'autre. Pour être honnête, je crois que nous ne les cherchons pas au bon endroit.

— Ça m'a aussi traversé l'esprit, dit Alfray. Nous pourrions leur courir après jusqu'à la fin des temps sans jamais les retrouver.

— Mieux vaut ne pas y penser…

— Au contraire, mieux vaudrait y penser. À moins que tu ne veuilles errer dans le coin jusqu'à la fin de tes jours.

— Écoute, je ne sais pas davantage que toi où…

Sur leur droite, la végétation frémit. Des branches craquèrent. Des feuilles tombèrent. Des arbustes s'écartèrent, révélant la créature massive qui émergeait du sous-bois.

Stryke tira sur les rênes de sa monture. La colonne s'immobilisa. Les Renards dégainèrent leurs épées.

Le corps grisâtre de la bête ressemblait à celui d'un cheval, mais en beaucoup plus gros qu'un étalon de guerre. Ses pattes ne se terminaient pas par des sabots, mais par des pieds griffus. Son cou était allongé comme celui d'un serpent ; une crinière noire laineuse courait le long de son échine. Sa tête était presque celle d'un griffon, avec un museau de félin, un bec jaune crochu et des oreilles triangulaires bordées de fourrure.

La créature était très jeune. Les Renards virent qu'elle n'avait pas encore atteint sa taille adulte. Une de ses ailes, brisée, pendait pitoyablement contre son flanc. C'était sans doute pour ça qu'elle ne s'envolait pas, malgré sa panique évidente.

En dépit de sa masse, elle se déplaçait avec une rapidité surprenante.

L'hippogriffe prit pied sur la piste et tourna la tête vers les cavaliers. Ils eurent juste le temps d'apercevoir ses énormes yeux verts avant que la créature ne plonge dans les broussailles, de l'autre côté du chemin. La végétation l'engloutit.

Plusieurs chevaux se cabrèrent en hennissant.

— Il a l'air bien pressé, dit Jup.

— Oui, mais pourquoi ? s'inquiéta Alfray.

Quelques instants plus tard, les deux éclaireurs envoyés sur le flanc droit de la colonne sortirent des bois, en criant des avertissements incompréhensibles. L'un d'eux tendit un index vers la direction d'où ils venaient.

Alfray sonda la végétation en plissant les yeux.

— Stryke, je crois que…

Des dizaines d'humains firent irruption sur la piste. Le premier rang était à cheval, le second se composait de fantassins. Tous vêtus de noir et lourdement armés.

— Et merde ! jura Jup.

L'espace d'une seconde, les deux groupes se regardèrent.

Puis l'enchantement se brisa. La surprise se dissipa.

Les humains se préparèrent à attaquer.

— Ils sont deux fois plus nombreux que nous ! s'exclama Alfray.

Stryke brandit son épée.

— Justement. Il faut rétablir l'équilibre en notre faveur. Pas de quartier !

Les cavaliers noirs chargèrent. Stryke éperonna sa monture et se porta à leur rencontre, entraînant les Renards à sa suite. La brutale rencontre des deux groupes fut ponctuée par des rugissements et par le fracas de l'acier.

Stryke chargea l'humain de tête. L'homme avait sorti une épée large et faisait des moulinets, peut-être pour impressionner son adversaire. Les deux armes se percutèrent deux fois avant que Stryke ne réussisse à plonger sous la garde de l'humain pour lui entailler le flanc. Il bascula sur le côté. Privé de cavalier, son cheval fonça dans la mêlée, ajoutant à la confusion générale.

L'humain qui prit la place de son camarade confirma les théories de

Stryke au sujet des victoires trop faciles pour s'enchaîner. Il semblait beaucoup plus dangereux, avec la hache à double tranchant qu'il maniait d'une main experte. Dès le premier échange de coups, Stryke comprit qu'il devait éviter de parer avec son épée, de peur que la puissance de l'impact ne brise sa lame.

Tandis qu'ils manœuvraient, chacun s'efforçant de prendre l'avantage, l'épée de Stryke s'abattit sur le manche en bois de la hache, faisant sauter une écharde. Cela ne ralentit pas l'humain. Mais l'effort exigé par le maniement de cette arme très lourde s'en chargea. Bientôt, ses mouvements se firent moins précis, ses réactions moins vives.

Stryke profita de sa vitesse supérieure pour porter un coup plongeant qui entailla la cuisse de son adversaire. Le guerrier vacilla sur sa selle. Mais la douleur le déséquilibra surtout psychologiquement. Ses défenses s'effondrèrent.

Stryke visa la poitrine et sa lame atteignit son but. L'humain lâcha sa hache. Il porta les mains à sa plaie, d'où jaillissait déjà un flot de sang, et se plia en deux. Son cheval fit un bond en avant et l'emporta au loin.

Un troisième humain prit instantanément sa place. Stryke engagea un nouveau duel.

Alfray était pris en tenailles par un cavalier et un fantassin. Ce dernier semblant le plus dangereux, le caporal orc s'en débarrassa en l'embrochant avec la pointe de la bannière des Renards. L'humain s'effondra, entraînant l'étendard dans sa chute.

Alfray regarda le cavalier. Puis ils croisèrent le fer. À la troisième passe, l'épée de l'humain lui échappa et il ne put rien faire pour empêcher soixante centimètres d'acier de lui transpercer l'estomac.

Brandissant une lance, un autre fantassin se jeta sur Alfray. Mal lui en prit : le premier coup d'épée de l'orc brisa la hampe de son arme ; le second lui ouvrit le crâne en deux.

Quelques humains tentaient de contourner les Renards pour les prendre à revers. Mais les orcs se battaient férocement pour les en empêcher.

Alors qu'il achevait un cavalier d'un coup d'épée bien placé, Jup ne vit pas le fantassin qui approchait de l'autre côté. L'homme lui saisit la jambe et tira. Jup tomba lourdement sur le sol. Son adversaire leva son épée et s'apprêta à lui porter le coup de grâce.

Jup roula sur le flanc. À moitié assommé, il s'aperçut qu'il n'avait pas lâché son épée, et s'en servit pour trancher les jarrets de l'humain qui s'effondra aussitôt.

Le nain lui plongea sa lame dans la cage thoracique.

Il semblait mal avisé de rester à pied au milieu du tumulte. Du regard, Jup chercha une monture disponible. Il dut cesser quand un cavalier l'avisa et, pensant avoir affaire à une proie facile, se pencha pour lui porter un coup d'épée.

Jup leva son arme pour parer. Par bonheur, les deux lames se heurtèrent assez violemment pour que l'humain laisse échapper la sienne. Jup bondit sur ses pieds et porta un coup de bas en haut. La pointe de son épée s'enfonça dans le flanc de son adversaire, qui vida les étriers. Jup s'empara du cheval et regagna le cœur de la mêlée.

Une flèche siffla au-dessus de l'épaule de Stryke, qui leva les yeux. Postés un peu plus loin sur la piste, deux archers tiraient sur les orcs. Alors qu'il repoussait deux cavaliers, Stryke aperçut ses éclaireurs qui rebroussaient chemin. Arrivant dans le dos des archers, ils se jetèrent sur eux. Pris par surprise, les deux humains ne résistèrent pas longtemps.

Stryke redoubla de férocité.

De nouveau, Alfray était pris en tenailles par deux fantassins. Parer les coups de l'un, puis se tourner sur sa selle pour faire face à l'autre commençait à l'épuiser. Mais les humains avaient saisi les rênes de sa monture et ne lui laissaient pas d'autre choix.

Jup intervint. Il abattit sa lame sur l'épaule du fantassin de gauche, pendant qu'Alfray se concentrait sur l'autre. Son travail fut facilité par le retour des deux éclaireurs du flanc gauche, alertés par les bruits de combat. À eux quatre, ils eurent tôt fait de régler leur compte aux fantassins.

Tenant son épée à deux mains, Stryke décrivit un arc de cercle qui décapita un humain. Alors que sa victime s'effondrait, il chercha du regard son adversaire suivant. Mais les cinq ou six Unis encore en vie s'enfuyaient dans le sous-bois. Stryke brailla un ordre. Une poignée de Renards se lancèrent à leur poursuite.

Stryke approcha d'Alfray, qui retira la hampe de son étendard de la poitrine de l'humain mort.

— Bilan ? lança-t-il.

— Pas de pertes de notre côté, pour ce que j'ai pu voir, répondit le caporal, haletant. Nous avons eu de la chance.

— Ce n'étaient pas des guerriers.

Jup les rejoignit.

— Vous croyez qu'ils nous cherchaient, capitaine ?

— Non. Ils ressemblaient plutôt à des chasseurs.

— J'ai entendu dire que les humains chassent pour le plaisir, pas seulement pour se procurer de la nourriture.

— Quels barbares ! grommela Alfray en essuyant son visage ensanglanté d'un revers de la manche.

— Ça ne m'étonne pas de leur part, dit Stryke.

Les soldats étaient déjà en train de fouiller les cadavres, les délestant de leurs armes et de tout ce qui pouvait être utile.

— À quel groupe appartiennent-ils, à votre avis ? demanda Alfray.

Jup poussa un corps du bout du pied.

—Des Unis… Tu ne reconnais pas leur tenue noire ? Je parierais même qu'ils faisaient partie des Gardiens de Kimball Hobrow.

—Tu en es sûr ? demanda Stryke.

—Certain. J'en ai vu davantage que vous, et de plus près.

Alfray étudia le cadavre.

—Je croyais que nous avions semé ces illuminés.

—Le contraire te surprend ? Ce sont des fanatiques, et nous avons volé leur étoile, lui rappela Stryke. On dirait que personne ne se réjouit à l'idée de voir les instrumentalités entre nos mains.

Les Renards envoyés à la poursuite des survivants humains revinrent, brandissant leurs épées ensanglantées en signe de triomphe.

—Ça en fera toujours quelques dizaines de moins, commenta sagement Alfray.

—Vous croyez qu'ils auraient pu capturer Coilla et Haskeer ? demanda Jup.

Stryke haussa les épaules.

—Qui sait ?

Un soldat s'approcha d'eux en agitant un rouleau de parchemin. Il le tendit à Stryke.

—J'ai trouvé ça, chef. J'ai pensé que ça pouvait être important.

Stryke déroula le parchemin et le montra à Alfray et à Jup. Contrairement aux soldats orcs, les officiers savaient lire plus ou moins couramment. De plus, le message était rédigé dans la langue commune de Maras-Dantia.

—Ça parle de nous ! s'exclama Jup.

—Je crois que nous devons mettre les autres au courant, ajouta Stryke.

Il appela la compagnie, puis demanda à Alfray de lire le parchemin à voix haute.

—Apparemment, il s'agit de la copie d'une proclamation, expliqua le caporal. Elle porte le sceau de Jennesta. Et ça dit : « *Par ordre de Son Altesse Impériale la Reine Jennesta de Tumulus, les soldats orcs connus sous le nom des Renards, qui appartenaient autrefois à sa horde, seront désormais considérés comme des renégats et des hors-la-loi. Ils ne bénéficieront plus de sa protection, et une forte récompense en argent, en pellucide ou en terres sera attribuée à toute personne qui ramènera la tête des officiers de cette unité : pour mémoire, le capitaine Stryke, les sergents Haskeer et Jup, les caporaux Alfray et Coilla.*

» *En outre, une récompense sera également attribuée pour le retour – morts ou vifs – des soldats répondant aux noms de…* » Là, il y a vos patronymes, y compris ceux des camarades que nous avons perdus en cours de route. Et ça se termine par : « *Toute personne qui les aidera recevra le châtiment prévu par la loi.* » Le truc habituel, quoi.

Il rendit le parchemin au capitaine.

Un lourd silence s'était abattu sur la compagnie. Ce fut Stryke qui le brisa.

—Ça confirme ce que nous soupçonnions depuis longtemps, n'est-ce pas?

—Mais ça fait quand même un choc, murmura Jup, l'air effondré.

Alfray désigna les cadavres des Unis.

—À votre avis, capitaine, ça veut dire qu'ils nous cherchent?

—Oui et non. Je crois que nous sommes tombés les uns sur les autres par hasard. Mais Kimball Hobrow a dû les envoyer dans le coin pour nous retrouver et récupérer l'étoile. Et ils ne doivent pas être seuls. Soldats, une cible mobile est toujours plus difficile à atteindre. Je suggère que nous nous remettions en route.

Alors qu'ils sortaient de la forêt, Jup lança:

—Voyons le bon côté de la situation: pour la première fois de ma vie, je vaux quelque chose. Dommage que ça s'applique seulement si je suis mort.

Stryke sourit.

—Regarde.

Il tendit l'index. À l'ouest, dans le lointain, l'hippogriffe traversait la plaine.

—Au moins, il a réussi à s'échapper.

Alfray hocha la tête.

—Dommage qu'il n'ait pour longtemps à vivre.

—Toujours aussi optimiste, grommela Jup.

Ils chevauchèrent trois ou quatre heures en quête de leurs camarades disparus. Ils ne trouvèrent rien. Pour arranger les choses, la température baissa, et des averses glaciales tombèrent par intermittence. L'humidité ne fit rien pour leur remonter le moral.

Stryke en profita pour réfléchir. Enfin, il prit une décision qui contredisait tout ce qu'il avait fait jusque-là.

Au pied d'une butte, il donna à la colonne l'ordre de faire halte et rappela les éclaireurs. Puis il grimpa pour mieux s'adresser à l'ensemble des soldats.

—Je suggère que nous modifiions notre tactique, et que nous la modifiions dès maintenant, dit-il sans préambule.

Un murmure curieux courut dans les rangs.

—Nous courons en tous sens à la recherche d'Haskeer et de Coilla. Une prime a été placée sur nos têtes, et nous ne sommes pas les seuls à vouloir récupérer les étoiles. Nous n'avons pas d'amis, pas d'alliés. Il est temps d'adopter une autre stratégie.

Il étudia les visages attentifs de ses soldats. Ils s'attendaient à beaucoup de choses, mais pas à la déclaration qui suivit.

— Je propose que nous nous séparions.

— Pourquoi, Stryke ? s'écria Jup.

— Tu as toujours dit qu'il ne fallait pas, renchérit Alfray.

Stryke leva les mains pour demander le silence.

— Écoutez-moi ! Je ne parle pas de démanteler la compagnie. Il s'agirait juste d'une séparation temporaire, pour nous permettre de faire ce que nous avons à faire.

— C'est-à-dire ? demanda Jup, sceptique.

— Retrouver Coilla et Haskeer, et aller à Drogan pour voir s'il y a une autre étoile là-bas.

Cette perspective ne sembla pas réjouir Alfray.

— Jusqu'à présent, tu étais contre. Qu'est-ce qui t'a fait changer d'avis ?

— Jusqu'ici, nous ignorions où nous procurer les autres étoiles. Et nous n'avions pas la preuve que nous étions officiellement devenus des renégats, avec toutes les conséquences que ça entraîne. À présent, retrouver nos camarades n'est plus notre seule priorité. Je ne vois pas d'autre solution que de nous séparer.

— Tu pars du principe que Tannar nous a dit la vérité au sujet de Drogan. Mais il a très bien pu mentir pour sauver sa peau.

Plusieurs soldats marmonnèrent leur assentiment.

Stryke secoua la tête.

— Je pense qu'il disait la vérité.

— Tu ne peux pas en être certain.

— C'est exact, Alfray : je ne peux pas. Mais que perdrons-nous à le vérifier ?

— Tout.

— Au cas où tu ne l'aurais pas remarqué, c'est ce que nous risquons depuis le début. Et il y a autre chose. Cette fois, mettre tous nos œufs dans le même panier n'est peut-être pas une bonne idée. Deux groupes, ça signifie deux fois moins de risques de nous faire *tous* capturer par nos ennemis. Et si chaque groupe détient une ou plusieurs étoiles…

— « Si » ! coupa Jup. Souviens-toi que nous ne savons même pas à quoi elles servent.

— Tu as raison : au sujet de leurs pouvoirs et de la façon de les employer, nous ne sommes pas plus avancés qu'au début, à moins d'ajouter foi au récit de Tannar. Mais nous savons qu'elles ont une grande valeur, parce que Jennesta les recherche. Au minimum, elles nous conféreront le pouvoir de négocier avec ceux qui veulent notre perte. Elles sont sans doute notre seul espoir de nous tirer vivants de cette affaire.

—Tout ça semble plaider en faveur d'une séparation définitive de la compagnie, dit Alfray.

—Pas du tout. Nous sommes confrontés à des circonstances exceptionnelles. Deux des nôtres ont disparu, et nous devons faire de notre mieux pour les retrouver. Les Renards se serrent toujours les coudes.

—Tu considères toujours Haskeer comme l'un des nôtres ? Après ce qu'il a fait ? s'indigna Alfray.

—Ça ressemble beaucoup à une trahison, dit Jup. Si nous le retrouvons, qu'allons-nous faire de lui ?

—Je ne sais pas. Commençons par le retrouver ; nous nous poserons la question après. Et même si Haskeer nous a trahis, ce n'est pas une raison pour laisser tomber Coilla.

—Il n'y a pas moyen de te faire changer d'avis, pas vrai ? soupira Alfray.

Stryke secoua la tête.

—Très bien. Quel est ton plan ?

—Je vais prendre la moitié des soldats pour continuer à chercher Coilla et Haskeer. Alfray, tu prendras l'autre moitié pour aller à Drogan et établir un contact avec Keppatawn.

—Et moi ? demanda Jup. Je vais avec qui ?

—Avec moi. Ta vision à distance pourra nous être utile.

—Tu sais combien l'énergie magique de Maras-Dantia est affaiblie…

—Peu importe. Nous aurons besoin de toute l'aide possible.

—Quel genre d'accueil attendre des centaures ? demanda Alfray.

—Les orcs n'ont pas de querelle avec eux, répondit Stryke.

—Au début de cette histoire, nous n'étions en bisbille avec personne, lui rappela le caporal. Et regarde où nous en sommes !

—Essayez de ne rien faire pour les offenser. Tu sais combien ils peuvent être fiers.

—Ce sont des créatures belliqueuses.

—Nous aussi. Ça devrait nous pousser à nous respecter.

—Que veux-tu que je fasse une fois que je serai à Drogan ? Demander gentiment à Keppatawn s'il a une étoile et s'il veut bien nous la donner ?

—En supposant qu'il en ait une, nous pourrions peut-être le persuader de nous la vendre.

—Contre quoi ?

—Du pellucide, par exemple.

—Et si les centaures n'en veulent pas ? Ou s'ils décident de nous le prendre sans rien nous donner en échange ? Je commanderai la moitié d'une compagnie déjà diminuée, et je serai sur leur terrain !

—Alfray, je ne te demande pas de massacrer tous les centaures ! Juste d'aller à Drogan et de voir de quoi il retourne. Tu n'es même pas obligé de prendre contact avec eux si tu juges ça trop risqué. Contente-toi d'attendre que nous vous rejoignions là-bas.

—Quand ?

—Je veux consacrer encore deux jours aux recherches. Si on compte le trajet… Une petite semaine.

—Où nous retrouverons-nous ?

Stryke réfléchit quelques instants.

—Sur la rive est du Bras de Calyparr, à l'endroit où il pénètre dans la forêt.

—D'accord, capitula Alfray. Si tu penses que c'est le meilleur moyen. Et pour la composition des groupes ?

—Nous sommes un nombre pair. (Stryke regarda les soldats.) Tu prends Gleadeg, Kestix, Liffin, Nep, Eldo, Zoda, Orbon, Prooq, Noskaa, Vobe, et Bhose. Jup et moi, on garde Talag, Reafdaw, Seafe, Toche, Hystykk, Gant, Calthmon, Breggin, Finje et Jad.

Il prit soin d'inclure les trois derniers soldats dans son groupe, parce qu'ils avaient voté, comme Haskeer, contre l'ouverture du cylindre qui contenait la première étoile. Il n'avait aucune raison de douter de leur loyauté, mais au cas où, il préférait ne pas les confier à Alfray.

Le caporal se déclara satisfait de cette répartition. Quand Stryke demanda leur avis aux soldats, aucun ne protesta.

Il leva les yeux.

—Je voudrais traîner le moins possible, mais quelques heures de repos s'imposent. Préparez-vous. Il y aura deux tours de garde d'une heure chacun. Ceux qui ne seront pas désignés pourront dormir tranquillement. Rompez.

—Je vais diviser mes herbes et mes baumes de guérison pour que chaque groupe en emporte une partie, annonça Alfray. Nous risquons d'en avoir besoin.

Il s'éloigna, l'air sombre.

Jup s'attarda auprès de Stryke. Il n'eut pas besoin de parler pour que son capitaine sache à quoi il pensait.

—En termes de grade, c'est toi qui aurais dû conduire la mission de Drogan. Mais pour être franc, tu sais de quels préjugés les nains font l'objet, même au sein des Renards. Tout ce qui risque de miner ton autorité, à l'intérieur ou à l'extérieur de la compagnie, met notre mission en péril.

—Avoir organisé votre sauvetage dans les cavernes de Grahtt ne compte donc pour rien ?

—Ça compte beaucoup pour moi et pour Alfray. La question n'est pas là, et tu le sais. De toute façon, j'aime bien t'avoir avec moi. On fait du bon boulot ensemble.

Jup eut un sourire pincé.

—Merci, chef. En réalité, ça ne m'ennuie pas tant que ça. À ma place, vous seriez habitué à ce que les autres vous regardent de travers. Je ne peux pas leur en vouloir : ce sont mes semblables qui ont provoqué cette attitude.

— Maintenant, tu devrais aller te reposer.

— Encore une chose. Que fait-on du cristal ? Le groupe d'Alfray doit-il en prendre plus, puisqu'il risque d'être amené à s'en servir comme outil de négociation ?

— Non… Il vaut mieux que chaque membre de la compagnie en ait autant que les autres. Si les centaures sont vraiment prêts à négocier, la moitié de notre trésor devrait suffire. Il faut rappeler aux soldats que personne ne doit piocher dans les réserves sans ma permission.

— Je m'en charge.

Jup s'éloigna.

Stryke s'installa pour dormir. Il s'enveloppa dans une couverture et posa sa tête sur sa selle. Alors, il mesura à quel point il était épuisé.

Comme il sombrait dans le sommeil, il crut sentir dans l'air une légère odeur de pellucide. Il l'attribua à son imagination et laissa les ténèbres l'engloutir.

Chapitre 7

*U*ne silhouette massive le surplombait.

Sa vision était brouillée et il ne parvenait pas à voir de quoi il s'agissait. Il cligna plusieurs fois des yeux et comprit que c'était un arbre majestueux. Jetant un coup d'œil à la ronde, il constata qu'il était dans une forêt où tous les arbres étaient immenses et robustes, avec un feuillage abondant. Des rayons de soleil transperçaient la voûte émeraude, très haut au-dessus de sa tête.

Ici régnait une sérénité presque palpable. Pourtant, le silence n'était pas absolu. Il avait conscience du chant des oiseaux, et derrière, d'un autre son qu'il ne pouvait identifier, pareil au grondement lointain du tonnerre. Pas effrayant : juste inconnu.

Dans une direction, la végétation s'éclaircissait et la lumière semblait plus vive. Il traversa un lit de feuilles mortes qui craquèrent sous ses pas et se retrouva à la lisière de la forêt. Le grondement était plus fort à cet endroit, mais il n'avait toujours aucune idée de sa provenance.

En s'écartant de l'ombre des arbres, il s'enfonça jusqu'aux chevilles dans l'herbe grasse. Alors que le sol s'inclinait en pente douce, la végétation céda bientôt la place à une plage de sable blanc.

Au-delà s'étendait l'océan.

Aussi loin que portât son regard, il ne distinguait que de l'eau devant lui, sur la droite et sur la gauche. De petites vagues frangées d'écume venaient mourir paresseusement sur le rivage. Leur bleu était presque le même que celui du ciel céruléen, où dérivaient de majestueux nuages blancs.

Stryke en fut stupéfié. Il n'avait jamais rien vu de pareil.

Il longea le bord de l'eau. Une plaisante brise marine lui caressait le visage. Une odeur d'iode planait dans l'air. Regardant par-dessus son épaule, il vit les empreintes qu'il avait laissées dans le sable. Il n'aurait su dire pourquoi elles l'émurent à ce point.

Alors, quelque chose attira son regard. Au sommet d'un promontoire rocheux, sept ou huit cents mètres plus loin et une centaine en retrait du rivage, le soleil se reflétait sur des structures d'un blanc éclatant. Il se dirigea vers elles.

La falaise se révéla plus éloignée qu'elle n'en avait l'air, mais l'atteindre ne fut pas très difficile. Foulant le sable chaud, il dépassa des dunes érigées par le vent. Çà et là, des pousses d'un vert brillant émergeaient du sable.

En approchant, il vit que plusieurs constructions se dressaient sur le promontoire de pierre noire. La face tournée vers la mer formait un escalier dont il entreprit l'ascension.

Bientôt, il prit pied sur un plateau jonché de ruines : colonnes effondrées, blocs de pierre sculptés éparpillés, arches tronquées... Le tout entouré d'un mur crénelé en piteux état. Le matériau utilisé avait l'aspect poli du marbre ancien. De la mousse et du lierre recouvraient les gravats.

Le type d'architecture ne ressemblait à rien qu'il connût. Mais certains éléments indiquaient qu'il avait affaire à d'antiques fortifications. Leur position, notamment : surplombant l'océan du haut d'une falaise. Toute personne dotée d'un semblant d'esprit militaire ne les aurait construites nulle part ailleurs.

Une main en visière pour se protéger du soleil, il balaya les environs du regard. Le vent fouettait son visage et ses cheveux.

Il demeura immobile un moment avant d'apercevoir un mouvement. Un groupe de cavaliers approchait, longeant la plage. Il en compta sept. Visiblement, ils comptaient gagner les fortifications. Une petite voix, dans sa tête, le mit en garde contre une possible confrontation.

Puis il vit que c'étaient des orcs, et la petite voix se tut.

Les cavaliers s'immobilisèrent au bas de la falaise. Alors qu'ils mettaient pied à terre, il reconnut l'un d'eux : la femelle qu'il avait rencontrée à plusieurs reprises dans ce monde étrange. Où qu'il fût...

Elle prit la tête du groupe. Ses gestes étaient agiles et pleins d'assurance. Atteignant le sommet la première, elle tendit la main à Stryke. Il la prit et l'aida à se hisser près de lui. Comme la première fois où il l'avait touchée, il remarqua que sa poigne était ferme et sa paume agréablement fraîche.

La femelle orc lui fit un sourire qui illumina ses traits marqués. Elle était un peu plus petite que lui, mais sa coiffe de plumes bleues et vertes compensait la différence de taille. Un corps musclé juste comme il fallait, un dos bien droit...

Bref, Stryke la trouvait très séduisante.

— Salutations, dit-elle.

— Nous nous retrouvons...

Les autres orcs prirent pied sur le plateau. Deux étaient des femelles. Ils passèrent devant Stryke, lui adressant un signe de tête amical sans s'inquiéter de sa présence ni de ses intentions.

— Nous sommes du même clan, expliqua-t-elle.

Stryke les regarda se planter au bord de la falaise et se lancer dans une conversation animée. Il regarda la femelle.

— Une fois de plus, le destin nous réunit.

— Pourquoi donc, à votre avis ?

Son expression lui apprit qu'elle jugeait la question incongrue.

— Qui peut connaître les desseins des dieux ?

— Pas moi, reconnut Stryke.

La femelle redevint sérieuse.

— Vous semblez toujours si troublé…

— Vraiment ?

— Qu'est-ce qui vous tracasse ?

— C'est difficile à expliquer.

— Essayez quand même.

— Le royaume d'où je viens connaît de grands tourments.

— Quittez-le, dans ce cas. Venez vous installer chez nous.

— Trop de choses importantes me retiennent là-bas. Sans compter que je ne maîtrise pas du tout la façon dont je viens ici.

— Pourtant, on vous y voit souvent.

— Je sais. Je ne m'explique ni comment, ni pourquoi.

— Le temps éclaircira tout. En attendant, que peut-on faire pour résoudre vos problèmes ?

— J'ai entrepris… disons, une mission qui pourrait y parvenir.

— Il y a donc de l'espoir.

— J'ai dit « pourrait ».

— L'important, c'est que vous fassiez ce qui est bon et juste. Pensez-vous que ce soit le cas ?

— Oui.

— Restez-vous fidèle à vos convictions en accomplissant cette mission ?

— Absolument.

— Dans ce cas, vous vous êtes fait une promesse. Depuis quand les orcs reviennent-ils sur la parole donnée ?

— Trop souvent, à l'endroit d'où je viens.

Elle eut l'air choqué.

— Pourquoi ?

— Nous y sommes forcés.

— C'est très triste. Et une raison supplémentaire pour ne pas plier, cette fois.

— Je ne peux pas me le permettre. La vie de mes camarades est en jeu.

— Vous lutterez à leur côté. C'est ainsi qu'agissent les orcs.

— À vous entendre, tout paraît si simple. Mais les événements sont parfois difficiles à contrôler.

— Je sais que ça demande du courage, mais je sens que vous n'en manquez *pas. Quelque mission que vous vous soyez fixée, vous devez vous y consacrer corps et âme. Lui donner le meilleur de vous-même. Sinon, à quoi vous servirait-il d'être en vie ?*

Stryke sourit.

—De sages paroles. Je ne manquerai pas d'y réfléchir.

Un silence qui n'exprimait aucune gêne plana quelques instants entre eux.

—Quel est cet endroit ? demanda enfin Stryke en désignant les ruines.

—Personne ne le sait. Il est très ancien. Les orcs ne s'attribuent pas sa construction.

—Comment est-ce possible ? Vous m'avez dit que votre royaume n'abritait aucune autre race.

—Et vous m'avez dit que de nombreuses races se partageaient le vôtre. C'est un mystère tout aussi impénétrable pour moi.

—Rien de ce que je vois ne concorde avec mon expérience, avoua Stryke.

—Il me semblait bien ne jamais vous avoir vu attendre ici. C'est la première fois que vous venez les saluer ?

—Attendre ? Saluer ? De qui parlez-vous ?

Elle éclata d'un rire bon enfant.

—Vous l'ignorez vraiment ?

—Je ne sais pas à quoi vous faites allusion, confirma Stryke.

Elle sonda l'océan, puis tendit un doigt.

—Là.

Plissant les yeux, il aperçut à l'horizon les voiles blanches de plusieurs navires.

—Vous êtes si bizarre, dit-elle gentiment. Vous ne cessez jamais de m'étonner, Stryke.

Évidemment, elle connaissait son nom. Mais il ignorait toujours le sien.

Il était sur le point de le lui demander quand une énorme gueule noire s'ouvrit pour l'avaler.

Il se réveilla hanté par le visage de la femelle orc, et transpirant abondamment malgré le froid.

Après la clarté qui l'avait enveloppé dans l'autre monde, il lui fallut quelques secondes pour s'adapter à la lumière pisseuse du sien. Il se reprit. Quel «autre monde»? Il n'en existait pas d'autre que celui où il vivait… Sinon peut-être dans ses rêves.

Mais pouvait-il encore parler de rêves quand il éprouvait des sensations aussi vivaces? Il commençait à douter de son équilibre mental. Et il avait assez de problèmes sur les bras sans que son esprit lui joue des tours.

Bien qu'il n'eût pas compris les paroles de la femelle orc, elles avaient raffermi sa résolution. Il éprouvait un absurde optimisme vis-à-vis de la décision prise la veille et ne se souciait plus des obstacles qu'il risquait de rencontrer en chemin.

Sa rêverie fut interrompue par l'arrivée de Jup.

—Vous n'avez pas l'air bien, chef, s'inquiéta le nain.

Stryke se ressaisit.

—Ne vous en faites pas, sergent. (Il se leva.) Tout est prêt?

—Plus ou moins.

Alfray avait rassemblé sa moitié des soldats et supervisait le harnachement des chevaux. Stryke et Jup approchèrent de lui.

—Quelqu'un a utilisé du cristal hier soir? demanda Stryke en marchant.

—Pas à ma connaissance. Et pas sans permission, répondit le nain. Pourquoi?

—Oh… Pour rien, mentit Stryke.

Jup lui jeta un regard étrange. Mais ils avaient déjà rejoint Alfray, occupé à fixer la selle de sa monture. Il tira une dernière fois sur les sangles pour s'assurer qu'elles étaient bien ajustées, puis déclara:

—Voilà, nous sommes prêts.

—Souviens-toi de ce que je t'ai dit, lui rappela Stryke. Ne cherche pas à entrer en contact avec les centaures s'il y a le moindre risque.

—Je m'en souviens, dit Alfray.

—Tu as tout ce qu'il te faut?

—Je pense. On se retrouvera au bord du Bras de Calyparr.

—Dans six jours au plus tard, dit Stryke.

Il tendit la main; Alfray et lui se serrèrent le poignet à la manière des guerriers.

—Adieu.

—Adieu, Stryke. Toi aussi, Jup.

—Bonne chance à toi, Alfray! lança le nain.

L'étendard de la compagnie était planté dans le sol, près du cheval d'Alfray.

—J'ai l'habitude de m'en occuper. Ça t'ennuie si je l'emmène, Stryke?

—Pas du tout. Tu peux le prendre.

Alfray monta en selle et dégagea du sol la pointe de la hampe. Quand il brandit l'étendard, son groupe se rassembla derrière lui. Stryke, Jup et leurs Renards les regardèrent s'éloigner en direction de l'ouest.

—Et maintenant? demanda le nain.

—On continue les recherches vers l'est, décida Stryke. Fais monter les autres en selle.

Balayant du regard sa demi-compagnie, il se raccrocha à la détermination que lui avait apportée son rêve. Certain de faire ce qu'il fallait, il ne pouvait néanmoins se défendre de l'angoisse de ne jamais revoir Alfray et les autres.

Jup lui amena son cheval.

—Ils sont prêts.

—Parfait, sergent. Voyons si nous pouvons retrouver Haskeer et Coilla.

Ils attachèrent Coilla au bout d'une corde, fixèrent l'autre extrémité au pommeau de la selle d'Aulay, et la forcèrent à marcher. Blaan prit les rênes de sa monture pour la guider. Lekmann chevauchait en tête, imprimant une allure soutenue.

Coilla avait appris leurs noms en écoutant leurs conversations. Elle avait découvert qu'ils ne se souciaient pas de son bien-être, se bornant à lui offrir une gorgée d'eau de temps en temps. Pour protéger l'investissement qu'elle représentait à leurs yeux.

Parfois, ils parlaient à voix basse pour qu'elle ne puisse pas les entendre. Ils lui jetaient des regards en coin. Ceux d'Aulay étaient toujours meurtriers.

Coilla était en forme et habituée aux marches forcées, mais les trois humains s'ingéniaient à aller trop vite pour elle. Sans doute histoire de la punir. Quand ils croisèrent un torrent, Lekmann – celui qui avait les cheveux gras et un visage vérolé – ordonna aux autres de dresser le camp. Coilla soupira de soulagement et se laissa tomber sur le sol, le souffle court et les membres endoloris.

Aulay, le type à qui elle avait déchiré une oreille, alla attacher son cheval et celui de Coilla.

La femelle orc ne le vit pas faire un clin d'œil de conspirateur à Lekmann.

Il la ligota au tronc d'un arbre en position assise. Puis les trois hommes s'installèrent pour la nuit.

—Combien de temps jusqu'à Hecklowe? demanda Aulay à Lekmann.

—Deux jours, je pense.

—Vivement qu'on arrive.

—Oui, Micah. Je commence à m'ennuyer, soupira le gros Blaan.

Aulay porta une main à son oreille bandée et désigna Coilla.

—On pourrait peut-être s'amuser avec elle. (Il dégaina un couteau et le saisit comme pour le lancer.) Un peu d'entraînement, ça ferait passer le temps.

Il fit mine de viser. Blaan éclata de rire.

—Arrête, grogna Lekmann.

Aulay l'ignora.

—Prends-toi ça, chienne! cria-t-il en lançant le couteau.

Coilla se raidit. La lame s'enfonça dans la terre, à ses pieds.

—J'ai dit : « arrête » ! beugla Lekmann. Nous n'en tirerons rien si tu l'abîmes ! (Il lança sa gourde à Aulay.) Va plutôt nous chercher de l'eau.

Le borgne marmonna des jurons mais obéit.

Lekmann s'étendit et baissa son chapeau sur ses yeux. Blaan posa la tête sur une couverture roulée, tournant le dos à Coilla.

La femelle orc jeta un coup d'œil au couteau. Ils semblaient l'avoir oublié. Elle déplaça prudemment un pied vers l'arme.

Aulay revint avec les trois gourdes pleines. Coilla s'immobilisa et baissa la tête, feignant de dormir.

Le borgne la regarda.

—C'est bien notre chance : avoir capturé une femelle et qu'elle ne soit pas humaine ! se plaignit-il.

Lekmann ricana.

—Je suis surpris que tu ne tentes pas ta chance quand même. Tu deviens difficile en vieillissant ?

—Je préférerais encore me taper un cochon.

Coilla ouvrit les yeux.

—Ça tombe bien : moi aussi.

—Va te faire foutre ! grogna Aulay.

—Impossible. Il n'y a pas de cochon ici.

—Tu me cherches, hein ? J'ai bien envie de t'en filer un petit coup quand même. Sans trop t'abîmer, pour ne pas contrarier Micah…

—Détache-moi, et tu vas voir qui abîmera l'autre. J'adorerais broyer ce que tu trimballes entre tes jambes maigrelettes.

—Des promesses, toujours des promesses ! Et avec quoi ?

—Avec ça. (Coilla fit la grimace, découvrant ses dents.) Tu sais déjà qu'elles sont très pointues…

Aulay s'empourpra. Lekmann sourit.

—Comment pouvons-nous êtes certains qu'elle a dit la vérité au sujet de sa compagnie ? demanda le borgne.

—Ne recommence pas, Greever, dit Lekmann, très las. (Il se tourna vers Coilla.) Tu ne nous as pas menti, n'est-ce pas, ma jolie ? Tu n'aurais pas osé.

La femelle orc garda le silence, se contentant de lui jeter un regard venimeux.

Lekmann plongea une main dans sa poche et en tira une paire de dés en os.

—Calmons-nous et faisons plutôt une petite partie pour passer le temps…

Il fit rouler les dés dans son poing.

Aulay et Blaan approchèrent. Bientôt, ils furent tellement absorbés par le jeu qu'aucun ne fit plus attention à Coilla.

Elle se concentra sur le couteau. Gardant un œil sur le trio, elle tendit son pied vers l'arme. Enfin, le bout de sa botte l'effleura. Elle se tortilla pour l'arracher au sol. Le couteau tomba : par chance, de son côté. Elle posa le talon dessus et le traîna vers elle.

La corde lui passait autour de la taille et lui plaquait les bras contre les flancs, mais elle était libre de bouger les doigts. Au prix de quelques acrobaties, elle parvint à saisir le couteau dans sa paume, et appuya le tranchant contre la corde.

Les chasseurs de primes jouaient toujours en lui tournant le dos.

Coilla se mit au travail, maniant le couteau comme une scie. Des fibres de chanvre s'effilochèrent. Elle banda ses muscles pour appliquer une pression supplémentaire à la corde.

Qui céda.

Avec des gestes lents et une détermination glaciale, Coilla se libéra. Les trois humains ne se souciaient plus d'elle. À pas de loup, elle approcha de son cheval. Par bonheur, l'animal était du même côté du campement qu'elle.

Courbée en deux, le couteau dans la main, Coilla pria en silence pour qu'il ne hennisse pas à son approche. Elle lui flatta l'encolure et lui murmura des paroles rassurantes. Puis elle glissa un pied dans l'étrier et s'accrocha au pommeau pour se hisser en selle.

La selle glissa. Coilla tomba sur le sol, et le couteau lui échappa. Son cheval se cabra en hennissant.

De grands éclats de rire lui firent tourner la tête vers les chasseurs de primes. Ils étaient pliés en deux d'hilarité. Lekmann dégaina son épée, s'approcha de Coilla et projeta le couteau au loin d'un coup de pied.

Alors, l'orc remarqua que les sangles de la selle avaient été défaites.

— Les distractions sont rares dans les plaines, dit Lekmann.

— Oh, la tête qu'elle fait ! s'esclaffa Aulay.

Blaan se tenait le ventre de rire et des larmes coulaient sur ses joues rebondies.

Mais quelque chose attira son attention.

— Hé, regardez ! lança-t-il.

Un cavalier approchait sur un étalon blanc.

Chapitre 8

Le cavalier approchant, ils virent qu'il était humain.

—Qui est ce type? grogna Lekmann.

Pour toute réponse, les deux autres haussèrent les épaules. Lekmann s'agenouilla et attacha les mains de Coilla derrière son dos.

Les chasseurs de primes dégainèrent leurs armes et observèrent le cavalier, qui galopait vers eux sans ralentir. Bientôt, il fut assez près pour qu'ils puissent l'étudier.

Même assis, on voyait que cet humain était grand. Noueux plutôt que musclé, ses cheveux auburn tombaient sur ses épaules et il avait une barbe bien taillée. Il portait un pourpoint couleur noisette, brodé de fils argentés, et des hauts-de-chausses en cuir brun rentrés dans ses bottes noires. Une cape bleu marine rejetée en arrière complétait sa tenue. Visiblement, il n'était pas armé.

L'inconnu tira sur les rênes de son étalon blanc et s'arrêta devant eux. Sans qu'on ne lui ait rien demandé, il mit pied à terre. Ses gestes témoignant d'une assurance tranquille, il souriait.

—Qui êtes-vous? cria Lekmann. Que voulez-vous?

Les yeux de l'inconnu s'attardèrent un instant sur Coilla. Puis il regarda Lekmann.

—Je m'appelle Serapheim, répondit-il sans se départir de son sourire. (Sa voix était sonore et traînante.) Tout ce que je veux, c'est de l'eau.

D'un signe, il désigna le torrent.

Difficile de lui donner un âge. Son visage était séduisant, bien qu'assez banal: des yeux bleus, un nez légèrement crochu et une bouche bien dessinée. Pourtant, une aura d'autorité l'enveloppait.

Lekmann regarda Blaan et Aulay.

—Restez sur vos gardes.

—Je suis seul, dit l'inconnu.

—Nous vivons une époque troublée, Serapheim… Si c'est bien votre nom, grogna Lekmann. Il est risqué de se balader dans les parages sans une armée pour vous protéger.

—C'est pourtant ce que vous faites.

—Nous sommes trois, et parfaitement capables de nous débrouiller.

—Je n'en doute pas. Mais il me semble que vous êtes plutôt quatre, dit Serapheim en désignant Coilla.

—Elle est avec nous, expliqua Aulay. Pas l'une d'entre nous.

Serapheim ne répondit pas.

—Vous en avez vu d'autres comme elle dans le coin? demanda Lekmann.

—Non.

Coilla étudia Serapheim. Ses yeux trahissaient une intelligence très supérieure à ce qu'il voulait laisser paraître. Mais elle soupçonnait qu'il ne ferait rien pour l'aider.

Le cheval de Serapheim trottina jusqu'au torrent, inclina la tête et but. Les chasseurs de primes ne tentèrent pas de l'en empêcher.

—Comme je l'ai dit, en cette époque troublée, un homme seul prend de grands risques en accostant des étrangers, insista Lekmann.

—Je ne vous ai pas vus jusqu'à la dernière minute, avoua Serapheim.

—Se promener les yeux fermés n'est guère prudent non plus.

—Je suis souvent perdu dans mes pensées. La plupart du temps, je vis dans ma tête.

—Un bon moyen de la perdre, commenta Aulay.

—Vous êtes avec les Unis ou les Multis? demanda abruptement Blaan.

—Ni l'un ni l'autre. Et vous?

—Pareil, répondit Lekmann.

—Un soulagement… J'en ai assez de marcher sur des œufs. Un mot malheureux en mauvaise compagnie, et on risque de sérieux ennuis.

Coilla se demanda en quel genre de compagnie il pensait être.

—Alors, vous êtes athée? demanda Aulay.

—Je n'ai pas dit ça.

—Je me doutais que vous deviez croire en une puissance supérieure. Il faut ça pour se balader sans arme…

—Je n'en ai pas besoin dans mon métier.

—Et quelle profession exercez-vous? demanda Lekmann.

Serapheim saisit un coin de sa cape et l'agita en esquissant une courbette.

—Barde itinérant. Conteur. Je jongle avec les mots.

Le grognement méprisant d'Aulay résuma l'opinion des trois chasseurs de primes sur son choix de carrière.

Désormais, Coilla était sûre que cet humain ne l'aiderait pas.

—Et vous, de quelle façon gagnez-vous votre vie ?

—Nous sommes des, hum… fournisseurs indépendants de services martiaux, dit Lekmann, hautain.

—Et de temps en temps, nous arrondissons nos fins de mois en exterminant la vermine, ajouta Aulay.

Il jeta un regard froid à Coilla.

Serapheim hocha la tête en silence.

—Avec tous les conflits actuels, la période doit être difficile pour vous, fit Lekmann.

—Au contraire. (Remarquant l'expression sceptique de ses interlocuteurs, Serapheim s'expliqua :) Quand tout va mal, les gens souhaitent oublier leurs soucis.

—Si c'est le cas, vous devez avoir les poches pleines à craquer, dit Aulay, les narines frémissantes.

Coilla songea que cet humain était beaucoup trop confiant pour son propre bien.

—Mes richesses ne peuvent être pesées ou comptées comme des pièces d'or.

—Hein ? marmonna Blaan.

—Pouvez-vous accorder une valeur au soleil, à la lune ou aux étoiles ? Au vent qui souffle dans vos cheveux, au chant des oiseaux le matin ? Ou à l'eau de ce torrent ?

—Ce sont bien des paroles de poète, cracha Lekmann, dédaigneux. Si votre fortune, c'est Maras-Dantia, vous n'allez pas tarder à vous retrouver fauché.

—Ce n'est pas faux, concéda Serapheim. Les choses ne sont plus ce qu'elles étaient, et elles vont encore empirer.

La faute à qui ? s'indigna intérieurement Coilla.

—Ne me dites pas que vous mangez le soleil et les étoiles, railla Aulay. Votre public n'est pas très généreux.

Blaan gloussa.

—En échange de mes récits et de mes chansons, on me donne le gîte et le couvert. Parfois, une petite pièce ou une histoire à ajouter à mon répertoire. Vous en avez peut-être une à me raconter ?

—Nos histoires ne sont pas du genre qui vous intéresse, ricana Lekmann.

—À votre place, je n'en serais pas si sûr. Toutes ont une valeur.

—Vous dites ça parce que vous ne connaissez pas les nôtres. Où allez-vous ?

—Nulle part en particulier.

—Et vous venez aussi de nulle part en particulier, je présume ?

—Non : d'Hecklowe.

—C'est là que nous allons! s'exclama Blaan.

—La ferme! cria Lekmann. (Il fit un sourire hypocrite à Serapheim.) Alors, comment ça se passe à Hecklowe, en ce moment?

—Comme partout ailleurs en Maras-Dantia, c'est le chaos. La tolérance d'autrefois s'est évaporée. La ville est devenue un refuge pour les malfrats de tout poil. Elle grouille de brigands et d'esclavagistes.

Il sembla à Coilla que l'humain insistait un peu plus que nécessaire sur le dernier mot.

—À qui le dites-vous, lâcha Lekmann, feignant de ne pas être intéressé.

—Le Conseil et les Veilleurs tentent de garder le contrôle de la situation, mais la magie est aussi imprévisible à Hecklowe que partout ailleurs. Ça ne leur facilite pas la tâche.

—Je suppose que non.

Serapheim se tourna vers Coilla.

—Qu'éprouve donc votre amie, membre d'une race aînée, à l'idée de visiter un endroit aussi tristement célèbre?

—Ce n'est pas comme si on m'avait demandé mon avis, répliqua Coilla.

—Elle n'en pense rien du tout, coupa Lekmann. De toute façon, c'est une orc. Elle est capable de prendre soin d'elle-même.

—Vous pouvez le croire, marmonna Coilla.

Serapheim remarqua l'expression mauvaise des trois chasseurs de primes.

—Bon. Je vais remplir ma gourde et me remettre en route.

—Il va falloir payer pour ça, déclara Lekmann.

—J'ignorais que le torrent appartenait à quelqu'un.

—Aujourd'hui, oui.

—Comme je vous l'ai dit, je n'ai rien de précieux.

—Vous êtes un barde, non? Racontez-vous une histoire. Si elle nous plaît, nous vous laisserons boire gratuitement.

—Et dans le cas contraire?

Lekmann haussa les épaules.

—Bah, après tout, les histoires sont ma monnaie. Pourquoi pas?

—Je suppose que vous allez raconter un truc fait pour effrayer les imbéciles, grommela Aulay. À propos de trolls qui enlèvent des bébés pour les manger, ou des ravages du terrifiant Sluagh. Les bardes sont tous les mêmes.

—Ce n'est pas ce que j'avais en tête.

—Quoi, alors?

—Un peu plus tôt, vous avez mentionné les Unis. Je pensais vous raconter une de leurs fables.

—Oh, non! Pas de bla-bla religieux, j'espère?

—Oui et non. À vous de décider.

—Allez-y, soupira Lekmann. Mais il vaudrait mieux que vous n'ayez pas trop soif.

—Comme la plupart des gens, vous considérez sans doute les Unis comme des fanatiques impitoyables et étroits d'esprit.

—Et comment!

—Vous avez raison pour la majorité d'entre eux. On trouve un nombre incroyable d'illuminés dans leurs rangs. Mais ils ne sont pas tous ainsi. Certains ont même le sens de l'humour.

—J'ai du mal à y croire.

—C'est la vérité. Ce sont des gens ordinaires, comme vous et moi, si l'on excepte l'emprise de leur foi. Et ça se manifeste dans les histoires qu'ils se racontent en secret, loin des oreilles de leurs prêtres. Certaines sont parvenues jusqu'à moi.

» Savez-vous ce que croient les Unis? Je veux dire, en gros?

—Plus ou moins.

—Vous l'avez peut-être entendu dire : selon leurs livres sacrés, leur Dieu unique a donné naissance à la race humaine en créant un homme, Ademnius, et une femme, Evelaine.

Aulay eut un ricanement libidineux.

—Une seule ne me suffirait pas.

—Tout ça est très connu, s'impatienta Lekmann. Nous ne sommes pas totalement ignorants.

Serapheim l'ignora.

—Selon les Unis, les premiers jours de la création, Dieu s'adressa à Ademnius pour lui expliquer ce qu'Il avait fait et les espoirs qu'Il plaçait en lui. « J'ai deux bonnes et une mauvaise nouvelles pour toi. Laquelle veux-tu que je t'annonce en premier? » demanda-t-il. « Les bonnes nouvelles d'abord, Seigneur », répondit Ademnius. « La première bonne nouvelle, c'est que je t'ai doté d'un merveilleux organe appelé le cerveau. Il te permettra d'apprendre, de raisonner et de faire un tas de choses intelligentes. » « Merci, Seigneur. » « La seconde bonne nouvelle, c'est que je t'ai doté d'un autre organe appelé le pénis. »

Les chasseurs de primes ricanèrent. Aulay flanqua un coup de coude dans les côtes bien rembourrées de Blaan.

—« Il vous donnera du plaisir, à toi et à Evelaine, et il vous permettra de faire des enfants pour peupler le monde glorieux que j'ai fabriqué à votre intention. » « C'est fantastique », se réjouit Ademnius. « Et quelle est la mauvaise nouvelle? » « Tu ne peux pas utiliser les deux à la fois. »

Il y eut quelques instants de silence, les chasseurs de primes assimilant la chute de l'histoire. Puis ils éclatèrent d'un rire gras. Même si Coilla soupçonnait Blaan de n'avoir rien compris.

— C'est moins une histoire qu'une plaisanterie, je vous le concède. Mais je suis ravi qu'elle vous ait plu, déclara Serapheim.

— Ce n'était pas mal, admit Lekmann. Et assez vrai, tout bien considéré.

— La coutume veut que vous m'offriez une pièce ou autre chose pour manifester votre satisfaction.

Ces paroles eurent instantanément raison de l'hilarité du trio.

— Et voilà ! Il a fallu que vous gâchiez tout, grogna Lekmann.

— Nous pensions plutôt que ce serait vous qui nous payeriez, rappela Aulay.

— Comme je vous l'ai déjà dit, je ne possède rien.

Blaan eut un rictus déplaisant.

— Vous aurez encore moins de choses quand nous en aurons fini avec vous.

Aulay détailla Serapheim de la tête aux pieds.

— Vous avez un cheval, une belle paire de bottes et une cape bien chaude. Peut-être même une bourse, malgré vos dénégations.

— Et puis, vous en savez trop sur nous, conclut Lekmann.

Coilla fut surprise de constater que Serapheim restait parfaitement calme. Il devait pourtant savoir que ces rufians étaient tout à fait capables de le tuer.

L'attention de la femelle orc fut attirée par quelque chose, dans la plaine. Un instant, l'espoir renaquit dans son cœur. Puis elle identifia la source du mouvement et comprit que ce n'était pas sa liberté qui approchait au galop. Bien loin de là.

Serapheim et les chasseurs de primes n'avaient rien remarqué. Lekmann avait dégainé son épée et s'approchait du barde, les deux autres sur les talons.

— Nous avons de la compagnie, annonça Coilla.

Les humains tournèrent la tête vers elle et suivirent la direction de son regard.

Un groupe de cavaliers venait d'apparaître à l'est. Le torrent était directement sur leur trajectoire.

Aulay mit une main en visière.

— Qu'est-ce que c'est, Micah ?

— Des hommes, répondit Lekmann en plissant les yeux. Vêtus de noir. À mon avis, des serviteurs d'Hobrow. Comment se font-ils appeler, déjà ?

— Des Gardiens.

— C'est ça. Et merde ! On fiche le camp d'ici. Greever, tu t'occupes de l'orc. Jabez, va chercher les chevaux.

Blaan ne bougea pas. Bouche bée, il fixait les cavaliers.

—Tu crois qu'ils n'ont pas le sens de l'humour, Micah ?

—Ça n'en a pas l'air. Va chercher les chevaux !

—Hé ! L'étranger !

Serapheim galopait déjà vers l'ouest.

—Oublie-le. Nous avons des problèmes plus urgents.

—Une bonne chose que nous ne l'ayons pas tué, Micah, dit Blaan. S'en prendre aux fous porte malheur.

—Espèce de crétin superstitieux. Bouge ton lard !

Ils attachèrent Coilla sur la selle de son cheval et détalèrent.

Chapitre 9

Regardez-moi ça ! s'égosilla Jennesta. Mesurez-vous seulement l'ampleur de votre échec ?

Mersadion tremblait en observant la carte fixée au mur et hérissée de minuscules épingles : les rouges représentaient les forces de la reine, les bleues, l'opposition Uni. Il y en avait à peu près le même nombre. Et ça ne suffisait pas à Jennesta.

— Nous n'avons pas subi de pertes à proprement parler, dit-il.

— Si ç'avait été le cas, je vous aurais déjà fait bouffer votre foie ! Mais où sont nos gains ?

— C'est une guerre complexe, ma dame. Nous combattons sur tant de fronts que...

— Je n'ai pas besoin d'un discours sur la stratégie, général. Ce que je veux, ce sont des résultats !

— Je vous assure que..., balbutia Mersadion.

— Et ce n'est rien, continua Jennesta, comparé à l'absence totale de progrès dans la recherche de ces maudits Renards ! Vous avez des nouvelles d'eux ?

— Eh bien, je...

— Non, vous n'en avez pas. Les chasseurs de primes de Lekmann nous ont-ils envoyé un message ?

— Ils...

— Non, ils ne l'ont pas fait.

Mersadion n'osa pas rappeler à la reine que c'était elle qui avait eu l'idée de recruter des humains. Il avait très vite compris que Jennesta s'attribuait volontiers les victoires des autres, mais se déchargeait systématiquement de la responsabilité de ses échecs.

— J'espérais que vous feriez mieux que Khystan, votre infortuné prédécesseur. Je ne m'attendais pas à ce que vous me déceviez autant.

— Majesté...

—À compter de maintenant, général, vous êtes en sursis. Tous vos actes seront étroitement surveillés.

—Je…

Cette fois, Mersadion fut interrompu par des coups frappés à la porte.

—Entrez! ordonna Jennesta.

Un des serviteurs elfes pénétra dans la pièce et s'inclina. La créature androgyne était si délicate que ses membres semblaient devoir se briser au premier faux mouvement. La peau presque translucide, la fragilité de son visage était soulignée par ses cils et ses cheveux dorés.

—Votre Maîtresse des Dragons, ma dame…

—Encore une incompétente, fulmina Jennesta. Faites-la entrer.

Hybride issue de l'union d'un gobelin et d'un elfe, la Dame des Dragons, une brownie, présentait une certaine ressemblance avec le domestique. Mais elle était plus robuste, et très grande, même selon les critères de sa race. Conformément à la tradition, elle était entièrement vêtue aux couleurs rousses de l'automne. Deux fins bracelets d'or et un collier du même métal constituaient sa seule concession à la coquetterie.

Elle fit un petit signe de tête à Jennesta.

Comme toujours avec les inférieurs, la reine ne gaspilla pas sa salive en politesses.

—Je ne suis pas du tout contente de votre travail depuis quelque temps, Glozellan, l'informa-t-elle.

—Ma dame?

Comme toutes les créatures de sa race, la brownie avait une voix aiguë mais calme et détachée qui ne cessait d'irriter Jennesta.

—Notamment en ce qui concerne les Renards, précisa-t-elle.

—Mes dresseurs ont suivi vos ordres à la lettre, Majesté, répondit Glozellan, avec une assurance que beaucoup auraient prise pour du dédain.

Un autre trait caractéristique des brownies, que Jennesta trouvait encore plus agaçant.

—Mais vous ne les avez pas trouvés.

—Je vous demande pardon, ma dame. Non seulement nous les avons trouvés, mais nous avons engagé le combat avec eux près d'Échevette, lui rappela Glozellan.

—Et vous les avez laissés s'échapper! C'est encore pire! Est-ce cela que vous appelez combattre?

—Non, Majesté. En fait, nous les avons poursuivis, et ils ont évité notre attaque de peu.

—Quelle différence?

—La nature impulsive des dragons les rend imprévisibles, ma dame.

—Un mauvais artisan blâme toujours ses outils.

—J'accepte la responsabilité de mes actions et de celles de mes subordonnés.

—C'est aussi bien. À mon service, tenter de se soustraire à ses responsabilités a des conséquences très déplaisantes.

—Je me borne à vous rappeler que les dragons ne sont pas des armes fiables, à cause de leur obstination notoire.

—Peut-être devrais-je chercher une dresseuse capable de les plier à sa volonté, insinua Jennesta.

Glozellan garda le silence.

—Je croyais m'être bien fait comprendre, continua Jennesta, mais vous avez besoin qu'on vous répète les choses pour les assimiler. Cela vous concerne aussi, général.

Mersadion se raidit.

—Si vous croyez qu'il existe à mes yeux une cause plus vitale que la récupération de l'artefact volé par les Renards, vous vous trompez gravement.

—Connaître la nature de cet artefact nous aiderait, dit Glozellan. Et aussi la raison de…

Le bruit d'une gifle retentissante se répercuta contre les murs de pierre. Sous l'impact, la tête de Glozellan partit sur le côté. Elle tituba et porta une main à sa joue, qui rougissait déjà. Un filet de sang coulait au coin de sa bouche.

—Vous m'avez déjà interrogée à ce sujet! cria Jennesta, les yeux lançant des éclairs, et je vous ai déjà dit que ça ne vous regardait pas. Je n'ai pas changé d'avis. Si vous insistez encore, ma réponse sera pire.

Glozellan la toisa d'un regard hautain.

—J'exige que toutes les ressources disponibles soient affectées à ces recherches, dit Jennesta. Quant à vous deux, si vous ne me rapportez pas ce que je désire, je ne tarderai pas à me mettre en quête d'un nouveau général et d'une nouvelle Maîtresse des Dragons. Réfléchissez à la forme que pourrait prendre votre… retraite. Cela vous motivera peut-être. À présent, hors de ma vue!

Quand ils furent sortis, Jennesta se promit de s'impliquer plus directement dans les recherches. Mais pour le moment, elle avait autre chose à faire. Une tâche qui lui déplaisait fortement, mais à laquelle elle ne pouvait se soustraire.

Se dirigeant vers la petite porte qui se dressait discrètement au fond de la pièce, Jennesta quitta la salle et descendit un étroit escalier en colimaçon. Le bruit de ses pas résonnant autour d'elle, elle s'engagea dans les tunnels souterrains qui conduisaient à ses appartements, au cœur du palais.

Les sentinelles orcs placées devant la porte se mirent au garde-à-vous. Jennesta passa en trombe devant les soldats et s'engouffra dans ses quartiers privés.

D'autres orcs s'affairaient à l'intérieur, charriant des seaux jusqu'à une baignoire de bois peu profonde renforcée par un cerclage métallique. Ils finirent de la remplir sous le regard impatient de Jennesta. Quand ils eurent terminé, elle les congédia d'un geste et enfonça ses doigts dans le contenu tiède de la baignoire.

Le sang conviendrait parfaitement à ce qu'elle avait en tête, mais Jennesta se froissa d'y découvrir quelques lambeaux de chair. Selon les anciens, le médium utilisé devait être aussi pur que possible. La reine prit mentalement note de rappeler aux gardes qu'ils devaient filtrer le sang, et de les faire rosser pour qu'ils n'oublient plus à l'avenir.

La surface du liquide se coagulant déjà, Jennesta fit les incantations nécessaires. L'épais fluide écarlate se durcit et se ternit. Au centre, une petite zone palpitait. Un tourbillon se forma, dessinant un visage.

— *Tu te manifestes toujours au plus mauvais moment, Jennesta,* se plaignit l'apparition.

— Tu m'as menti, Adpar.

— *À propos de quoi ?*

— De l'objet qui m'a été dérobé.

— *Oh, pitié. Ne ramène pas cette regrettable histoire sur le tapis, veux-tu ?*

— M'as-tu dit ou ne m'as-tu pas dit que tu ignorais tout au sujet de l'artefact que je recherche ?

— *Je n'ai pas envie de parler de ça. Au revoir, Jennesta.*

— Non, attends ! J'ai des moyens de connaître la vérité, Adpar, et des yeux qui voient pour moi. Ce qu'ils m'ont appris ne peut correspondre qu'à mon artefact. À moins que…

— *Je sens que tu vas encore me sortir une de tes déductions abracadabrantes.*

— C'en est une autre, n'est-ce pas ? Tu en as une autre.

— *Je ne comprends pas où…*

— Traîtresse ! Tu en gardes une en secret !

— *Je n'ai jamais dit que c'était ou que ça n'était pas le cas.*

— Ce qui équivaut à un aveu.

— *Jennesta, il est possible que j'aie détenu une chose assez semblable à celle que tu recherches. Mais c'est de l'histoire ancienne. On me l'a volée.*

— Comme la mienne. Quelle coïncidence ! Tu ne t'attends pas à ce que j'avale ça ?

— *Je me moque que tu me croies ou non. Au lieu de me persécuter avec tes obsessions, tu ferais mieux de te concentrer sur l'identification, la capture et le châtiment des voleurs. Si quelqu'un joue avec le feu, c'est bien eux !*

— Ainsi, tu connais la signification de cet objet ! Tu mesures leur importance à tous !

— Tout ce que je sais, c'est qu'il doit être très important pour toi, pour que tu te mettes dans un état pareil.

Une minuscule éruption troubla la surface du sang coagulé. Un autre visage se forma, et une autre voix se fit entendre.

— Elle a raison, Jennesta.

Adpar et Jennesta grognèrent simultanément.

— Reste à l'écart de cette histoire, espèce de fouineuse ! cria Adpar.

— Pourquoi ne pouvons-nous jamais avoir une conversation sans que tu interviennes, Sanara ? grommela Jennesta.

— Tu sais bien pourquoi, petite sœur. Le lien est trop fort.

— C'est regrettable, marmonna Adpar.

— Nous n'avons pas le temps de nous quereller, dit Sanara. *Un groupe d'orcs détient au moins une des instrumentalités. Comment ces idiots pourraient-ils comprendre sa fabuleuse puissance ?*

— Que veux-tu dire par « au moins une » ? demanda Jennesta, sourcils froncés.

— Les événements se précipitent. Nous entrons dans une période où tout devient possible.

— Je contrôle la situation.

— Vraiment ? demanda Sanara, sceptique.

— Surtout ne vous occupez pas de moi, lâcha Adpar. *J'ai juste une guerre sur les bras. Rien qui m'empêche de rester toute la nuit à vous écouter vous faire des cachotteries.*

— Tu ignores peut-être de quoi je parle, Adpar, mais Jennesta le sait. Ce qu'il lui faut comprendre, c'est que le pouvoir des instrumentalités doit servir à faire le bien et non le mal. Sinon, nous serons tous détruits.

— Oh, pitié, siffla Jennesta, exaspérée. Sanara la martyre est de retour !

— Pense de moi ce qu'il te plaira. J'ai l'habitude. Mais ne sous-estime pas les conséquences de la partie qui est en train de se livrer.

— Allez vous faire voir toutes les deux ! s'exclama Jennesta en frappant le sang coagulé.

Les deux visages se désintégrèrent.

Elle resta assise un moment et se repassa mentalement leur conversation. Au lieu de concéder que Sanara avait soulevé un problème intéressant, ou d'accorder à Adpar le bénéfice du doute – de telles choses n'étaient pas dans sa nature –, elle décida que le temps était venu de se débarrasser d'au moins une de ses encombrantes sœurs.

Mais surtout, elle bouillait de rage à l'idée des torts que les Renards lui avaient causés, et d'excitation en imaginant le châtiment qu'elle leur infligerait.

Dès qu'elle aurait réussi à leur mettre la main dessus.

Haskeer n'était pas certain de voyager dans la bonne direction. À peine conscient de ce qui l'entourait, il avait tout juste remarqué que le climat ne cessait de se détériorer.

La seule chose réelle, c'était la chanson, dans sa tête. Elle le poussait sur une trajectoire. Et s'il prenait la peine d'y réfléchir, il était certain qu'elle le ramènerait à Tumulus.

La piste plongeait dans une vallée boisée. Il dévala la pente au galop, le regard rivé devant lui.

Atteignant le fond de la cuvette, il découvrit que l'eau de pluie s'y était rassemblée pour former une mare boueuse. Le sentier se rétrécit et la végétation se resserra des deux côtés. Elle était encore assez dense, malgré la température hivernale, et força Haskeer à ralentir.

Alors qu'il se frayait un chemin à travers le bourbier, il entendit un clapotis sur sa droite. Puis un craquement. Il tourna la tête et aperçut quelque chose qui fonçait sur lui. Il n'eut pas le temps de réagir. L'objet le percutant avec une force inouïe, il vida les étriers.

Gisant à moitié assommé dans la boue, il leva les yeux et vit ce qui l'avait frappé. Un morceau de tronc d'arbre qui se balançait encore, suspendu parallèlement au sol par des lianes fixées à une branche. Un agresseur s'en était servi comme d'un bélier.

Le souffle court et le dos en capilotade, l'orc ne pensait qu'à se relever quand des mains l'empoignèrent. Il entrevit des silhouettes humaines toutes de noir vêtues. Puis des coups de pied et des coups de poing s'abattirent sur lui. Incapable de riposter, il se protégea la tête avec les bras.

Les humains le forcèrent à se redresser et le dépouillèrent de ses armes. Ils lui arrachèrent la bourse pendue à sa ceinture puis lui attachèrent les mains dans le dos.

À travers un brouillard rouge, Haskeer se concentra sur la silhouette qui se tenait devant lui.

— Vous êtes certains de l'avoir neutralisé ? demanda Kimball Hobrow.

— Il ne peut plus bouger, assura un Gardien.

Un autre serviteur passa la bourse d'Haskeer au prêcheur. L'homme regarda dedans, et la joie illumina son visage. À moins que ce ne fût la cupidité.

Il plongea une main dans la bourse et en sortit les deux étoiles, qu'il brandit au-dessus de sa tête.

— Notre relique, et une autre ! C'est plus que je n'osais en espérer. Merci, Seigneur, de nous avoir rendu ce qui nous appartenait. Et d'avoir poussé cette créature entre nos mains. Nous, les instruments de Ta justice !

Il se tourna vers Haskeer.

—Au nom de l'Être Suprême, tu seras puni pour les crimes que tu as commis, sauvage.

Haskeer retrouvait peu à peu ses esprits. La chanson avait cédé la place aux divagations du fanatique humain. Il ne pouvait pas remuer le petit doigt, saucissonné comme il l'était. Mais il fit quand même quelque chose.

Il cracha à la figure d'Hobrow.

Le prêtre bondit en arrière comme si sa salive avait été de l'acide. Il se frotta la joue avec sa manche en marmonnant :

—Souillé, je suis souillé.

Quand il eut cessé de gémir, il demanda de nouveau :

—Êtes-vous sûrs qu'il est bien attaché ?

Ses fidèles lui jurèrent que oui. Alors, Hobrow s'avança et bourra l'estomac d'Haskeer de coups de poing en hurlant :

—Tu vas payer pour avoir souillé un serviteur de notre Seigneur !

Haskeer avait reçu des raclées bien pires que ça. Hobrow n'avait pas beaucoup de force. Mais les Gardiens, qui devaient en avoir conscience, s'approchèrent pour lui donner un coup de main.

Par-dessus leurs cris, Haskeer entendit Hobrow s'exclamer :

—Souvenez-vous des chasseurs qui ont disparu ! Il doit y en avoir d'autres de son engeance dans les parages ! Nous devons partir !

Au bord de l'inconscience, Haskeer sentit qu'on l'emmenait.

Alfray et ses Renards chevauchèrent toute la journée en direction du Bras de Calyparr sans rencontrer le moindre problème.

Alfray avait usé de son autorité pour conférer une promotion temporaire à Kestix, un des soldats les plus capables de la compagnie. Autrement dit, Kestix lui servirait de second pendant leur mission. Ça signifiait qu'il pouvait bavarder avec lui sur un pied d'égalité – ou presque – pour passer le temps pendant le voyage.

Alors qu'ils avançaient vers l'ouest, traversant les plaines aux herbes jaunies, Alfray interrogea Kestix sur le moral de la compagnie.

—Les soldats sont inquiets, chef.

—Ils ne sont pas les seuls…

—Les choses ont changé tellement, et si vite ! Comme si nous étions emportés par un courant irrésistible.

—Les changements ne sont pas toujours négatifs. Mais cette fois, je crains qu'ils ne sonnent le glas de Maras-Dantia. Tout ça à cause des humains.

—Ce sont ces monstres qui ont perturbé l'équilibre. Rien ne va plus depuis leur arrivée.

—Mais il faut garder espoir. Nous pouvons encore modifier le cours des événements, si nous remplissons la mission confiée par notre capitaine.

—Je vous demande pardon, caporal, mais qu'est-ce que ça signifie?

—Hein?

—J'ai compris qu'il est important de retrouver les étoiles, mais pourquoi?

—Où veux-tu en venir, soldat?

—Nous ignorons toujours à quoi elles servent, pas vrai?

—C'est exact. Mais sans parler de magie, nous savons qu'elles ont un autre genre de pouvoir. Des gens les convoitent, à commencer par notre ancienne maîtresse Jennesta. Ce qui nous donne un avantage.

Alfray se tourna sur sa selle pour observer la colonne pendant que Kestix assimilait ses paroles.

—Si je peux me permettre, caporal, comment voyez-vous notre mission à Drogan? Allons-nous entrer en force et tenter de nous emparer de l'étoile?

—Non. Nous nous approcherons autant que possible du village de Keppatawn et nous observerons ce qui se passe. Si les centaures n'ont pas l'air trop hostiles, nous envisagerons de marchander avec eux. Sinon, nous attendrons que la compagnie nous rejoigne.

Kestix hésita avant de demander:

—Vous croyez que nos camarades viendront?

—Ne sois pas si défaitiste, soldat! Nous devons avoir foi en la parole de Stryke.

—Je ne voulais pas manquer de respect au capitaine, précisa Kestix. C'est juste que… La situation semble échapper à notre contrôle.

—Je sais. Mais tu dois avoir confiance en Stryke.

Alfray se demanda si c'était vraiment un bon conseil. Non qu'il soupçonnât son supérieur d'être indigne de confiance. Mais il ne pouvait se défaire de la désagréable impression qu'il avait peut-être eu les yeux plus gros que le ventre.

Ses pensées furent interrompues par des cris, dans son dos.

—Caporal! Regardez! s'exclama Kestix.

Alfray aperçut un convoi de quatre chariots tirés par des bœufs qui venait de franchir un virage. À cet endroit, la piste était très étroite, et serpentait au fond d'un ravin aux parois escarpées. Un groupe ou l'autre devait céder la place. Il n'était pas encore possible de distinguer les occupants des véhicules.

Plusieurs idées traversèrent simultanément l'esprit d'Alfray. *Primo*: si les Renards tournaient les talons, ils risquaient d'attirer l'attention. Sans compter qu'il n'était pas dans leur nature de s'enfuir. *Secundo*: même si les occupants des chariots étaient hostiles, ils ne pouvaient pas être beaucoup plus nombreux qu'eux. Un rapport de forces tout à fait acceptable pour des soldats de métier.

—Il y a de grandes chances que ces gens vaquent paisiblement à leurs occupations, dit-il à Kestix.

—Et si ce sont des Unis ?

—Si ce sont des humains, à quelque camp qu'ils appartiennent, nous les tuerons, l'informa négligemment Alfray.

Les deux groupes se rapprochant, les orcs purent identifier les voyageurs.

—Des gnomes, constata Alfray.

—Ça pourrait être pire, chef. Ils se battent comme des bébés lapins.

—Oui, et ils ont tendance à ne pas se mêler des affaires des autres.

—Ils deviennent féroces lorsqu'on s'intéresse à leurs trésors, dit Kestix. Et je crois me souvenir que leur pouvoir magique consiste à localiser les veines d'or souterraines. Ça ne devrait donc pas poser de problème.

—S'il faut parlementer, laisse-moi faire.

Alfray se tourna vers la colonne et cria :

—Maintenez l'ordre dans les rangs ! Ne sortez pas vos armes à moins que ça ne soit indispensable. Faisons un minimum de vagues, d'accord ?

—Vous croyez qu'ils sont au courant de l'existence de la prime placée sur notre tête ? demanda Kestix.

—Peut-être. Mais comme tu viens de le dire, ce ne sont pas des guerriers. À moins de compter les mauvaises manières et l'haleine de chacal pour des armes.

Le chariot de tête n'était plus qu'à un jet de pierre de la tête de la colonne orc. Deux gnomes étaient assis sur le banc du cocher. Deux autres se tenaient debout à l'arrière. Une bâche blanche couvrait la cargaison.

Alfray leva une main, et les Renards firent halte. Les chariots s'immobilisèrent. Un instant, les deux groupes se regardèrent.

Certains prétendent que les gnomes ressemblent à des nains déformés. Petits et très musclés, ils ont de grandes mains, de grands pieds et un grand nez. La plupart se laissent pousser une longue barbe blanche assortie à leurs sourcils broussailleux.

Ceux-là portaient des tuniques très simples et étaient coiffés de capuches ou de chapeaux mous.

Tous les gnomes ont l'air incroyablement vieux, même les nouveau-nés. Et tous maîtrisent à la perfection l'art de faire la gueule.

Le conducteur du chariot de tête annonça sur un ton agressif :

—Moi, je ne bougerai pas.

Derrière lui, ses congénères au visage impassible se levèrent pour mieux voir.

—Pensez-vous que nous devrions vous céder la place, alors ? répliqua Alfray, les sourcils froncés.

— Trésor? Quel trésor? couina son interlocuteur. Nous n'avons pas de trésor!

— C'est bien ma veine : tomber sur un gnome dur de la feuille, marmonna Alfray. (Haussant le ton, il lança en détachant bien les syllabes :) Pourquoi est-ce nous qui devrions bouger?

— Personne ne vous y force, admit le gnome.

— Vous allez nous laisser passer?

— Non.

Alfray décida de changer d'angle d'attaque.

— D'où venez-vous? demanda-t-il aimablement.

— Je ne vous le dirai pas, grommela le gnome.

— Où allez-vous?

— Ça ne vous regarde pas.

— Pouvez-vous au moins nous dire s'il y a du danger à Drogan? Je parle d'humains, bien entendu.

— Peut-être ben que oui, peut-être ben que non. Vous payez combien pour le savoir?

Alfray se souvint que les gnomes avaient la réputation de connaître le prix de n'importe quelle chose… et la valeur d'aucune. Comme les bonnes manières entre voyageurs, par exemple.

Il capitula. Sur son ordre, les Renards firent escalader les parois du ravin à leurs chevaux pour céder le passage aux gnomes.

Alors que le chariot de tête les dépassait, Alfray entendit le cocher marmonner :

— Cet endroit devient trop fréquenté à mon goût…

Le caporal suivit les gnomes du regard et tenta de traiter l'incident sur le mode comique.

— On peut dire que nous n'en avons fait qu'une bouchée, railla-t-il.

— Euh… Caporal?

— Oui, Kestix?

— Je croyais que le féminin de boucher, c'était bouchère.

Alfray soupira.

— Remettons-nous en route, veux-tu?

Chapitre 10

Coilla n'avait jamais passé autant de temps en compagnie d'humains. Jusque-là, son expérience s'était limitée à les tuer. Mais à côtoyer les chasseurs de primes pendant plusieurs jours, elle prit conscience du fossé qui les séparait. Elle les avait toujours considérés comme des créatures étranges, cupides et dotées d'un insatiable appétit de destruction. À présent, elle distinguait toutes les nuances qui les séparaient des races aînées. Leur apparence, leur odeur, leur façon de penser…

Elle n'avait vraiment rien en commun avec ces êtres.

Elle refoula cette pensée dans un coin de son esprit alors qu'ils atteignaient le sommet d'une colline surplombant Hecklowe.

C'était le crépuscule, et des lumières commençaient à piqueter les rues du port. Vu de loin et du dessus, on comprenait que la ville s'était développée un peu au hasard.

Comme il seyait à un endroit où toutes les races cohabitaient sur un pied d'égalité, Hecklowe se composait d'un assemblage hétéroclite de bâtiments. Divers styles architecturaux s'y mêlaient. Tours élancées, baraques trapues, dômes et arches de bois ou de pierre, de brique ou de tourbe, de chaume ou d'ardoise, se découpaient contre l'horizon. Au-delà, on apercevait l'étendue grisâtre de l'océan à la lueur du couchant. Les mâts des navires les plus massifs pointaient par-dessus les toits.

Malgré la distance, Coilla entendit le brouhaha qui s'en élevait.

— Ça fait un bail que je ne suis pas venu ici, fit Lekmann, mais on dirait que rien n'a changé. Hecklowe est resté un terrain neutre. Même les races qui se détestent respectent la trêve. Pas de bagarres, pas de combats, pas de règlements de comptes.

— Sinon, tu risques de te faire exécuter, pas vrai ? demanda Blaan.

— Si on te met la main dessus.

— On fouille les voyageurs à l'entrée ? demanda Aulay.

— Non. Ça ferait trop de boulot. On leur fait confiance pour présenter leurs armes d'eux-mêmes. C'est plus pratique depuis qu'Hecklowe est devenu un endroit aussi populaire. Mais si tu t'en sers à l'intérieur, les Veilleurs ne te font pas de cadeau. Même s'ils ne sont plus aussi alertes qu'autrefois, ça devrait largement suffire pour régler son compte à un type dans ton genre. À ta place, je me méfierais d'eux.

—Les Veilleurs ont perdu leurs pouvoirs parce que votre race dissipe la magie du royaume, dit Coilla.

—La magie, ricana Lekmann. Tu sais ce que je pense ? C'est une pure invention des races sous-humaines.

—Elle vous entoure pourtant, même si vous ne pouvez pas la voir.

—Ça suffit.

—Si nous trouvons ses copains, il va bien falloir qu'on se batte, non ? demanda Blaan.

—On pourrait se contenter de les suivre jusqu'à ce qu'ils quittent la ville. Mais s'il faut vraiment les affronter à l'intérieur… Nous savons tous comment glisser discrètement un couteau entre les côtes de quelqu'un.

—Ça ne m'étonne pas de vous ! cracha Coilla.

—Je t'ai dit de la boucler !

Aulay ne semblait pas convaincu.

—Tu n'as pas un meilleur plan, Micah ?

—Je fais avec les informations dont je dispose. Et toi, tu as un meilleur plan ?

—Non.

—Évidemment. Alors, contente-toi d'imiter Jabez et de me laisser réfléchir à ta place, d'accord ?

—D'accord, Micah.

Lekmann se tourna vers Coilla.

—Quant à toi, tu ferais mieux de tenir ta langue si tu tiens à la conserver. C'est pigé ?

La femelle orc lui jeta un regard froid.

—Micah ! appela Blaan.

Lekmann soupira.

—Oui ?

—Hecklowe accueille toutes les races, pas vrai ?

—C'est exact.

—Donc, il peut y avoir des orcs…

—Je l'espère bien ! Souviens-toi : c'est pour ça que nous sommes venus !

—Si nous en voyons, comment saurons-nous que ce sont bien ceux que nous cherchons ?

Aulay grimaça, découvrant ses dents pourries.

—Il n'a pas tort, Micah.

Lekmann n'avait pas pensé à ça. Il désigna Coilla.

—Elle nous le dira.

—Compte là-dessus et bois de l'eau fraîche!

Il la foudroya du regard.

—C'est ce que nous verrons.

—Alors, qu'est-ce qu'on fait pour les armes? demanda Aulay.

—On donne nos épées à l'entrée, mais on garde un petit quelque chose en réserve.

Lekmann tira un poignard de sa ceinture et le glissa dans sa botte. Blaan et Aulay l'imitèrent, le borgne en dissimulant deux: une dague dans une, et un couteau de lancer dans l'autre.

—Quand nous franchirons la porte, tu ne diras rien. Si on t'interroge, tu n'es pas notre prisonnière: tu nous accompagnes, c'est tout.

—Vous savez que je vous tuerai un jour ou l'autre, répliqua Coilla.

Le sourire de Lekmann se figea quand il vit l'expression de la femelle orc. Il se détourna.

—Allons-y! ordonna-t-il en éperonnant son cheval.

Ils descendirent le flanc de la colline et galopèrent vers Hecklowe.

Arrivé près de la porte de la ville, Aulay se pencha pour couper les liens de Coilla et chuchota:

—Si tu tentes de t'enfuir, je te plante un couteau dans le cul.

Une petite foule multiraciale se pressait à l'entrée d'Hecklowe. Il y avait la queue devant le guichet où les visiteurs déposaient leurs armes. Coilla et les chasseurs de primes se placèrent au bout.

De longues minutes plus tard, ils arrivèrent enfin devant les Veilleurs.

C'étaient des bipèdes, mais leur ressemblance avec des créatures de chair et de sang s'arrêtait là. Leur corps semblait entièrement composé de métal: fer pour leurs bras, leurs jambes et leurs torses en forme de barrique, cuivre terni pour les bandes qui encerclaient leurs poignets et leurs chevilles, or martelé pour leurs larges ceintures, rivets d'argent pour les articulations et acier pour leur tête ronde.

De grosses gemmes rouges en guise d'yeux, des trous à la place des narines, une fente garnie de lames acérées leur tenait lieu de bouche. De chaque côté de leur tête, une petite ouverture évoquait une oreille.

Tous faisaient la même taille, bien supérieure à celle des chasseurs de primes, et se déplaçaient avec une agilité surprenante. Pourtant, ils reproduisaient très imparfaitement les gestes d'une forme de vie organique.

Bref, un spectacle déroutant et quelque peu effrayant.

Les humains posèrent leurs épées dans les bras tendus d'un Veilleur, qui les emporta vers une guérite fortifiée.

—Des homoncules créés par sorcellerie, s'émerveilla Coilla.

Aulay et Blaan échangèrent un regard stupéfait. Lekmann tenta de prendre une mine blasée.

Un autre Veilleur laissa tomber trois plaquettes de bois dans la paume de Lekmann en guise de reçu, et les invita à entrer.

—Vous voyez? triompha l'humain quand ils se furent un peu éloignés. Je vous avais dit que faire passer quelques armes ne poserait aucun problème.

Aulay fourra sa plaquette dans sa poche.

—Je m'attendais à un contrôle plus strict…

—Je suppose que le Conseil des Magiciens qui dirige cette ville a perdu sa poigne. Mais c'est tant mieux pour nous.

Ils se frayèrent un chemin dans les rues bondées, tenant la bride de leurs montures et prenant soin de serrer Coilla de près pour qu'elle ne puisse pas s'enfuir.

Hecklowe grouillait de représentants de toutes les races. Gremlins, pixies et nains se disputaient, marchandaient ou plaisantaient à tous les coins de rues. De petits groupes de kobolds se promenaient en bavardant dans leur langue incompréhensible. Une colonne de gnomes à l'expression sévère marchait d'un bon pas, des pioches sur l'épaule. Des guides elfes précédaient des trolls au visage dissimulé sous une capuche. Les sabots des centaures résonnaient sur les pavés. Il y avait quelques humains, même s'ils ne semblaient pas se mêler beaucoup aux autres races.

—Et maintenant, Micah? demanda Aulay.

—On trouve une auberge pour mettre au point notre stratégie.

—De la bière, jubila Blaan. Excellent!

—Ce n'est pas le moment de nous soûler la gueule, Jabez, dit Lekmann. Nous aurons besoin de tous nos esprits pour la suite des opérations. Même si ça ne représente pas grand-chose dans ton cas.

Le gros humain se rembrunit.

—Mais d'abord, trouvons une écurie pour les chevaux, continua Lekmann.

Ils s'enfoncèrent dans le cœur bruyant de la ville, longeant des étals débordants de viande, de poisson, de pain, de fromage, de fruits et de légumes. Les marchands vantaient à tue-tête la qualité de leurs produits. Des colporteurs poussaient des brouettes récalcitrantes, remplies de rouleaux de tissus et de sacs d'épices. Les musiciens errants, les artistes des rues et les mendiants ajoutaient à la cacophonie ambiante.

Comme par miracle, la foule s'écartait seulement pour laisser passer les Veilleurs en patrouille. D'audacieuses catins succubes – et leurs contreparties mâles, les incubes – apostrophaient les clients assez avides de frissons pour braver les dangers d'une union charnelle avec ces entités. L'odeur douceâtre du pellucide planait dans l'air; elle se mêlait aux volutes d'encens qui s'échappaient par la porte ouverte d'une myriade de temples dédiés à tous les panthéons de Maras-Dantia.

Les chasseurs de primes arrêtèrent leur choix sur une écurie tenue par un gremlin qui accepta de loger leurs montures en échange de quelques pièces. Ils continuèrent à pied, Aulay ne lâchant pas Coilla d'une semelle.

À un moment, la jeune orc crut repérer un groupe de ses congénères qui traversaient un croisement. Mais une vipère kirgizil et son cavalier kobold les dissimulèrent si vite à sa vue qu'elle ne put en être sûre.

Elle remarqua qu'Aulay tripotait nerveusement son bandeau. Il ne regardait pas dans la même direction qu'elle. Coilla se demanda un instant s'il n'était pas réellement capable de percevoir les orcs à distance, ainsi qu'il le prétendait.

Il n'y avait aucune raison pour que des orcs ne soient pas à Hecklowe, même si la plupart servaient actuellement sous les drapeaux, occupés à se battre au service de l'une ou l'autre cause. S'il y en avait ici, il ne pouvait s'agir que de déserteurs ou d'émissaires diplomatiques, probablement à la recherche des Renards. Ou encore des Renards eux-mêmes.

Mais Coilla les avait à peine aperçus et elle n'aurait pu dire s'il s'agissait de ses camarades. Pourtant, elle décida de se montrer positive et s'autorisa à espérer.

— Ça devrait faire l'affaire, décida Lekmann.

Il désigna une auberge. *Le Garou et l'Épée,* comme l'annonçait l'enseigne de bois grossièrement peinte pendue au-dessus de la porte.

La grande salle était bondée d'ivrognes excités.

— Trouve-nous une table, Jabez, ordonna Lekmann.

La montagne humaine balaya la salle du regard, puis profita de sa masse pour ouvrir un chemin à ses trois compagnons. Avec l'instinct commun à toutes les brutes, il repéra un groupe de pixies et les chassa prestement.

Les chasseurs de primes et Coilla étaient à peine assis qu'une serveuse elfe s'approcha d'eux. Lekmann ouvrit la bouche pour commander. Elle posa devant eux quatre chopes d'étain remplies de bière en lâchant :

— C'est à prendre ou à laisser.

Blaan lui jeta quelques pièces. Elle les ramassa sans se troubler et s'en fut.

Pendant que les trois humains se penchaient les uns vers les autres, leurs têtes se touchant presque, pour converser à voix basse avec des mines de conspirateur, Coilla s'adossa à sa chaise et croisa les bras.

— L'idéal, chuchota Lekmann, ce serait de nous débarrasser de cette vermine pour ne plus avoir à la surveiller. Mais si nous nous séparons d'elle, elle ne pourra pas nous aider à identifier les autres.

— De toute façon, je ne le ferai pas, grogna Coilla.

— Nous pourrions t'y obliger, dit Lekmann.

—Ah oui ? Et comment ?

—Laisse-moi faire, Micah, proposa Aulay. Je saurai bien la faire parler.

—Le jour où les poules auront des dents, souffla Coilla.

—Partons du principe qu'elle ne nous aidera pas, dit Lekmann. Dans ce cas, il vaudrait peut-être mieux nous en séparer. Jabez et moi, nous allons lui chercher un acheteur. Pendant ce temps, Greever, tu te mettras en quête des orcs.

—Et ensuite ?

—On se rejoint ici dans deux heures pour voir où on en est.

—Ça me va, fit Aulay en foudroyant Coilla du regard. Je ne serai pas fâché dire adieu à cette petite peste.

L'orc but une longue gorgée de bière et s'essuya la bouche d'un revers de la main.

—Je n'aurais pas pu dire mieux, le félicita-t-elle.

Puis elle abattit sa chope sur la main d'Aulay. Un craquement retentit. Le borgne cria de douleur.

Puis il baissa les yeux vers son petit doigt.

—Elle l'a cassé, gémit-il, les lèvres tremblantes.

Furieux, il se pencha et fourra deux doigts dans le haut de sa botte.

—Je vais te tuer !

—La ferme, Greever ! cria Lekmann. On nous regarde. Tu ne lui feras rien du tout. Elle vaut un sacré paquet de fric.

—Mais elle m'a cassé le...

—Tu nous casses bien les oreilles, toi ! (Lekmann tendit à son compagnon un mouchoir sale.) Tiens. Fais-toi un bandage et cesse de gémir comme un bébé.

Coilla leur adressa un sourire radieux.

—Alors, on va me chercher un acheteur, oui ou non ?

—Encore eux ! gémit Stryke.

—Hélas, confirma Jup.

Allongés sous un buisson, les deux officiers observaient le campement dressé au fond d'une cuvette. La compagnie avait reçu l'ordre de rester en arrière, hors de vue.

Les humains vêtus de noir qui vaquaient à leurs corvées sans s'apercevoir qu'on les surveillait étaient tous mâles et lourdement armés. Stryke en compta une vingtaine. Ils avaient érigé un corral de fortune pour leurs chevaux, et garé un chariot recouvert d'une bâche au centre du camp.

—Il ne manquait plus que ça, soupira Stryke. Les gardes d'Hobrow.

—Nous nous doutions qu'ils devaient traîner dans le coin. Il fallait s'attendre à ce qu'ils tentent de récupérer l'étoile que nous leur avons volée.

— Mais nous avions assez de soucis sans eux.

— Tu crois qu'ils ont pu capturer Coilla ou Haskeer ?

— Qui sait ? Ta vision à distance pourrait-elle nous en apprendre un peu plus ?

— Elle ne nous a pas beaucoup aidés jusque-là, mais je ne risque rien à essayer.

Le nain creusa un trou dans la terre et y enfouit sa main. Puis il se concentra, les yeux fermés, pendant que Stryke continuait à observer le camp.

Au bout d'un moment, Jup rouvrit les yeux.

— Alors ? demanda Stryke.

— Je perçois une présence orc. Peut-être pas dans cette cuvette, mais pas très loin non plus.

— Mâle ou femelle ?

— Je l'ignore. Et avant que tu ne me poses la question, je ne peux pas non plus t'indiquer la direction. Si ces maudits humains ne dévoraient pas toute notre magie…

— Regarde !

Au centre du camp, une silhouette descendait du chariot. C'était une humaine, plus tout à fait une enfant mais pas encore une femme. Avec ses joues encore rondes, ses cheveux couleur de miel et ses yeux d'un bleu de porcelaine, elle aurait dû être ravissante. Mais sa grimace maussade gâchait tout.

— Oh, non, grogna Jup.

— Qui est-ce ?

— Miséricorde Hobrow. La fille du prêcheur.

La jeune fille fit le tour du campement, aboyant des ordres aux gardes qui se hâtèrent de lui obéir.

— Elle n'a pas l'air d'un soldat, s'étonna Stryke. Comment peut-elle commander ?

— Les tyrans sont souvent méfiants. Va savoir pourquoi ! Ils préfèrent employer des membres de leur famille pour les seconder, plutôt que de faire appel à des gens de l'extérieur. On dirait qu'Hobrow a bien dressé sa fille.

— Ce n'est qu'une enfant !

— Tu sais bien que les humains sont cinglés.

— Tout de même… Ces gardes n'ont-ils aucune fierté ?

— La peur que leur inspire Kimball Hobrow doit l'emporter. Cela dit, tu as raison sur un point : il n'est pas très intelligent d'avoir confié le commandement à cette fille. Elle n'a même pas pensé à poster des sentinelles.

— Ne parle pas trop vite, murmura Stryke.

Jup voulut dire quelque chose. Son capitaine lui plaqua une main sur la bouche et le força à tourner la tête vers la droite. Deux humains vêtus de noir se dirigeaient lentement vers leur cachette, l'épée au clair.

Stryke enleva sa main.

—Ils ne nous ont pas vus, chuchota Jup.

—Non. Mais s'ils continuent dans cette direction, ça ne tardera plus. À moins qu'ils ne tournent les talons et ne tombent sur la compagnie…

—Il faut les neutraliser. Sans alerter les autres.

—Tu lis dans mes pensées. Tu te sens d'attaque pour jouer l'appât?

Jup eut un sourire sans joie.

—Ai-je le choix?

Stryke leva le nez vers les sentinelles qui se rapprochaient.

—Laisse-moi le temps de me mettre en position.

Il s'éloigna et se faufila à travers la végétation pour contourner la menace.

Jup compta mentalement jusqu'à cinquante. Puis il se leva et émergea des buissons sous le nez des humains. Surpris, ils se figèrent. Jup fit un pas vers eux, les mains bien visibles et loin de son épée.

Il sourit pour ajouter à leur confusion.

—Restez où vous êtes! cria une des sentinelles.

Jup continua à avancer en souriant.

Les humains brandirent leurs armes. Derrière eux, Stryke jaillit des fourrés en silence, une dague à la main.

—Identifiez-vous! exigea la sentinelle.

—Je suis un nain, répliqua Jup.

Stryke leur bondit dessus par-derrière. Jup s'élança en dégainant son couteau.

Ils roulèrent sur le sol dans un entrelacs de membres. Au bout de quelques secondes, ils se séparèrent en deux paires de lutteurs. Dans un corps à corps, les épées des humains ne pouvaient pas leur servir à grand-chose. Armés de couteaux, Jup et Stryke avaient l'avantage.

Le nain fut prompt à se débarrasser de son adversaire. Dès qu'il vit une ouverture, il lui plongea sa lame dans le cœur. Le premier coup fut le bon.

Stryke eut un peu plus de difficultés, car il avait lâché son couteau dans la mêlée. Pour corser le tout, l'humain parvint à se hisser sur lui. Serrant la garde de son épée à deux mains, il s'apprêta à transpercer la poitrine de l'orc, qui lui saisit les avant-bras pour l'en empêcher. Plus fort que l'humain, il parvint à le renverser d'un coup de reins et à lui arracher son épée, qu'il lui planta dans le ventre.

—Cachons les cadavres, ordonna-t-il à Jup en se relevant.

Ils traînaient les corps dans les buissons quand trois autres sentinelles apparurent dans la direction opposée.

Jup saisit son couteau par la lame et visa l'humain de tête. L'arme vola dans les airs et fut arrêtée par l'estomac de sa cible. Tandis qu'elle s'effondrait, ses deux compagnons chargèrent.

L'orc et le nain s'élancèrent à leur rencontre en brandissant leurs épées.

Craignant que les bruits n'alertent les humains, Stryke s'efforça d'en finir au plus vite avec son adversaire. Bondissant pour esquiver les attaques, il saisit la première occasion de passer à l'offensive. Débordé par sa brutalité, l'humain se défendit sans conviction. Stryke le décapita d'un coup puissant.

Jup avait opté pour une tactique similaire. Bien que dépourvue de subtilité, elle avait l'avantage de l'efficacité. Son adversaire parvint à parer ses cinq ou six premières bottes, puis il flancha et recula en appelant à l'aide. Jup le frappa à la mâchoire du plat de sa lame, mettant un terme à ses cris. Enfin, il l'embrocha proprement.

Stryke se faufila dans les buissons pour observer le campement. Contrairement à ce qu'il craignait, personne ne semblait avoir entendu les appels au secours de la dernière sentinelle. Avec l'aide de Jup, il dissimula les cadavres.

—Que se passera-t-il quand les autres ne les verront pas revenir? demanda le nain.

—Mieux vaut ne pas être là pour le découvrir.

—Où va-t-on?

—Dans la seule direction que nous n'ayons pas encore essayée : l'ouest.

—Ça nous rapprochera dangereusement de Tumulus.

—Je sais. Tu as une meilleure idée?

Jup secoua lentement la tête.

—Dans ce cas…

Ils chevauchèrent à vive allure une demi-journée, jusqu'à ce que Jup n'y tienne plus.

—Capitaine, c'est sans espoir. Il y a trop de terrain à couvrir.

—Nous sommes des orcs, affirma Stryke. Nous n'abandonnerons pas nos camarades.

—Nous ne sommes pas *tous* des orcs, lui rappela le nain. Mais je considère ça comme un compliment…

Son capitaine eut un sourire las.

—Tu es un Renard. J'ai tendance à oublier ta race.

—Maras-Dantia se porterait beaucoup mieux si davantage de gens avaient aussi mauvaise mémoire que vous en la matière.

—Peut-être. Quoi qu'il en soit, et quoi qu'ils aient pu faire, nous ne laissons pas tomber les nôtres.

—Je ne dis pas que nous devrions le faire, pour l'amour des dieux ! Mais il semble si futile de continuer à chercher de la sorte…

—Tu as un meilleur plan ?

—Vous savez bien que non.

—Dans ce cas, te plaindre ne servira pas à grand-chose ! cria Stryke. (Il se radoucit aussitôt.) Désolé.

—Nous nous rapprochons de Tumulus, insista Jup.

—Et nous nous en rapprocherons encore avant que je songe à abandonner.

Un silence tendu tomba entre eux alors qu'ils continuaient leur chemin vers l'ouest.

Soudain, ils aperçurent un cavalier qui galopait en sens inverse. Jup l'identifia aussitôt.

—C'est Seafe.

Stryke donna l'ordre à la colonne de faire halte.

Seafe les rejoignit et tira sur les rênes de sa monture.

—Éclaireur de front au rapport, chef !

—Je t'écoute, dit Stryke.

—Nous l'avons trouvé, chef ! Nous avons trouvé le sergent Haskeer !

—Quoi ! Où ?

—À deux ou trois kilomètres au nord d'ici. Mais il n'est pas seul.

—Laisse-moi deviner. Il a été capturé par les hommes d'Hobrow.

—Oui.

—Combien sont-ils ? demanda Jup.

—Difficile à dire, sergent. Vingt ou trente.

—Hobrow ?

—Il est avec eux.

—Et Coilla ?

—Nous ne l'avons pas vue. J'ai laissé Talag là-bas pour garder un œil sur eux.

—Parfait. Bien joué, Seafe.

Stryke se tourna vers ses soldats.

—Il semble que nous ayons repéré le sergent Haskeer. Mais il est prisonnier des Unis d'Hobrow. Seafe nous conduira à lui. Soyez sur vos gardes, et faites le moins de bruit possible. On y va.

Ils atteignirent bientôt le pied d'une crête au-delà de laquelle le terrain descendait en pente douce.

—Il vaudrait mieux mettre pied à terre ici et guider les chevaux par la bride, dit Seafe.

Stryke donna des ordres en ce sens. Les orcs gravirent la crête, s'arrêtant à une portée de flèche du sommet.

—Des sentinelles ? demanda Stryke.

—Une poignée, confirma Seafe.

—Nous en débarrasser sera notre priorité.

Stryke constata une nouvelle fois qu'il était difficile d'opérer avec seulement la moitié de ses forces. Il appela Hystykk, Calthmon, Gant et Finje.

—Trouvez et éliminez les sentinelles. Puis revenez ici.

Alors que les soldats s'éloignaient, Jup leva un sourcil sceptique.

—Vous croyez que quatre soldats suffiront ?

—Je l'espère, parce que je ne peux pas faire mieux.

Stryke saisit un Renard par le col.

—Tu restes ici avec les chevaux, Reafdaw. Quand les autres reviendront, tu nous les enverras.

—Nous serons à côté de cet arbre, ajouta Seafe en désignant la silhouette décharnée d'un orme à peine visible.

Reafdaw acquiesça.

Seafe guida Stryke, Jup, Toche et Jad jusqu'au sommet de la pente. De l'autre côté s'étendait une zone boisée. Pliés en deux pour plus de discrétion, ils rejoignirent Talag, allongé dans l'herbe au pied de l'arbre. Le soldat désigna une trouée dans la végétation.

Stryke distingua un campement dressé au milieu d'une clairière et occupé par deux douzaines d'humains vêtus de noir. Une carriole sans chevaux attendait à l'écart, ses bras reposant sur deux troncs d'arbres abattus.

—Où est Haskeer ? demanda Stryke.

—Par là, répondit Talag en indiquant le bouquet d'arbres qui leur bloquait la vue sur la gauche.

Ils restèrent en position dix bonnes minutes, attendant que quelque chose se produise en contrebas.

Puis les autres Renards les rejoignirent. Gant leva le pouce en signe de triomphe.

—Vous les avez tous eus ? demanda Stryke à voix basse.

—Nous avons fait un tour complet, chef. S'il y en avait d'autres, ils étaient drôlement bien cachés.

—Leurs petits copains s'apercevront bientôt de leur disparition. Nous devons agir très vite. Seafe, vous êtes bien sûrs d'avoir vu Haskeer dans le camp ?

—Certains, chef. Une gueule pareille, on ne risque pas de la confondre avec une autre. Sans vouloir manquer de respect à un officier...

Stryke eut un petit sourire.

—Ça ira, soldat. Nous comprenons tous ce que tu veux dire.

Quelques minutes passèrent encore. Les orcs commençaient à avoir des fourmis dans les jambes quand ils virent de l'agitation, en contrebas.

Kimball Hobrow apparut. Le dos très droit, il marchait à grandes enjambées en hurlant des ordres incompréhensibles. Un groupe de Gardiens le suivait.

Devant eux, ils poussaient Haskeer.

Les mains liées dans le dos, l'orc titubait plus qu'il ne marchait. Malgré la distance, ses camarades virent qu'il avait été maltraité.

Les humains le conduisirent au pied d'un grand arbre. Ils amenèrent un cheval et le firent monter dessus.

—Ils ne vont pas le relâcher ? s'étonna Jup.

Stryke secoua la tête.

—Ça m'étonnerait beaucoup…

Un des humains prit une corde et passa un nœud coulant autour du cou d'Haskeer. Puis il lança l'autre extrémité par-dessus une branche. Des mains s'en saisirent.

—Si nous attendons une minute de plus, chuchota Jup, nous assisterons à une exécution.

Chapitre 11

Stryke regardait les humains se préparer à pendre Haskeer.

—C'est dans des cas comme ça que je n'aimerais pas être à votre place, chef, avoua Jup.

Hobrow sauta dans la carriole et monta sur le siège du cocher afin que tous puissent le voir. Quand il leva les bras, ses fidèles se turent.

—Le Créateur Suprême a jugé bon de nous rendre notre sainte relique! Mieux encore, il nous en a offert une seconde.

Stryke jura.

—Ils ont les étoiles!

—Dans Son infinie sagesse, le Seigneur nous a également livré une des créatures qui avaient volé notre héritage. (Hobrow pointa un index accusateur sur Haskeer.) Aujourd'hui, nous avons la mission sacrée d'exécuter ce sous-humain pour le livrer à Sa justice divine!

—Pas question! lança Stryke. Si quelqu'un doit tuer Haskeer, ce sera moi!

Alors qu'Hobrow continuait à déblatérer, il fit signe à un de ses soldats.

—Breggin, tu es notre meilleur archer. Peux-tu couper cette corde d'ici?

Breggin plissa des yeux en étudiant sa cible. Puis il suça son index et le leva. Le bout de sa langue dépassant du coin de ses lèvres, il se concentra, évaluant la vitesse du vent, l'angle de la trajectoire et la puissance nécessaire de la flèche.

Il fronça les sourcils.

—Non, répondit-il enfin.

—… Ainsi, nous écraserons nos ennemis avec l'aide du Seigneur Tout-Puissant, et…

Stryke opta pour une autre approche.

—D'accord. Breggin, tu prends Seafe, Gant et Calthmon. Ramenez Reafdaw et les chevaux. Et que ça saute!

Les soldats s'en furent à la hâte.

—On attaque? demanda Jup.

—On n'a pas le choix, répliqua Stryke. (Il désigna la clairière.) Espérons qu'ils ne tueront pas Haskeer avant.

—S'ils attendent que ce moulin à paroles ait fini son discours, nous avons tout notre temps.

—… À Sa gloire éternelle! Admirez les trésors qu'Il nous a confiés!

Hobrow brandit un petit sac de peau dont il sortit les étoiles. Il les exposa sur sa paume ouverte, déchaînant les rugissements de la foule.

Jup et Stryke se regardèrent.

—… Car Ses voies sont impénétrables, mes frères, et Sa bonté ne connaît pas de limites! Chantez Ses louanges, et condamnez l'âme de cette créature impie!

Haskeer semblait à peine conscient de ce qui se passait.

Stryke regarda par-dessus son épaule.

—Mais qu'est-ce qu'ils fichent? Ils devraient déjà être revenus!

Hobrow baissa son bras. Un Gardien fouetta le cheval d'Haskeer, qui fit un bond en avant.

Les soldats revinrent en courant, tirant les chevaux par la bride.

Haskeer se balançait au bout de sa corde, flanquant des coups de pied désespérés dans le vide.

—En selle! cria Stryke. Je m'occupe d'Haskeer. Jup, tu me couvres. Les autres, vous occupez les Unis.

Il se lança au galop entre les arbres, les Renards sur ses talons.

Les orcs dévalèrent la pente, couchés sur l'échine de leurs montures pour éviter les branches basses. Bondissant par-dessus les souches mortes, ils enfoncèrent leurs talons dans les flancs de leurs chevaux.

Puis ils firent irruption dans la clairière.

Les Gardiens étaient trois fois plus nombreux qu'eux, mais la surprise jouait en faveur des Renards. Ils chargèrent la foule désorganisée.

Haskeer se contorsionnait au bout de sa corde.

Stryke lutta désespérément pour l'atteindre, tandis que Jup faisait de grands moulinets à ses côtés.

Un petit groupe d'humains s'interposa entre leurs chevaux et les sépara. Effrayée, la monture du nain pivota, plaçant son cavalier face à une forêt de lames. Jup se débattit avec les rênes pour tenter de repartir dans la bonne direction.

Stryke parvint à conserver sa trajectoire, mais rencontra tout autant de résistance. Il fonça dans les humains, les renversant sous les sabots de son cheval, les écartant à coups de pieds et déviant leurs lames avec son épée.

Un Gardien bondit, l'attrapa par la ceinture et tenta de le désarçonner.

Stryke lui abattit son arme sur le crâne et le poussa dans les bras de ses camarades.

Par-dessus le vacarme, les orcs entendaient Hobrow hurler des invectives et invoquer bruyamment le nom de son dieu.

Deux soldats vinrent à la rescousse de Stryke. Ils prirent à revers les humains qui l'entouraient, leur capitaine profitant de cette diversion pour se désengager. Il devait atteindre Haskeer avant qu'il ne soit trop tard.

Deux Gardiens lui barraient encore le chemin. Il trancha la gorge du premier et entailla la figure du second, qui s'effondra en hurlant.

Quand il arriva enfin au pied de l'arbre, Haskeer avait cessé de se débattre et pendait mollement au bout de sa corde.

Jup arriva, se positionna au-dessous du sergent et lui entoura les jambes d'un bras.

— Dépêche-toi! cria-t-il à Stryke.

L'officier se dressa sur ses étriers et coupa la corde. Jup hoqueta en recevant l'orc dans ses bras, et le laissa tomber. Inerte, Haskeer glissa sur le sol.

Non sans mal, Stryke et Jup réussirent à le hisser sur le cheval du nain.

— Emmène-le, ordonna Stryke.

Jup fit volter sa monture. Un Gardien se jeta pratiquement sous ses sabots. Jup le piétina sans pitié. Puis il galopa vers la lisière des arbres, en zigzaguant pour éviter les humains.

Les orcs s'étaient éparpillés dans toute la clairière. Stryke tourna la tête vers la carriole. Deux Gardiens se tenaient devant Hobrow, qui continuait à lancer des ordres et à jurer tout ce qu'il savait.

Dans sa main droite, il serrait le sac de peau contenant les étoiles.

Stryke éperonna son cheval. Mais il parvint à faire seulement quelques mètres dans la direction du prêcheur avant que trois Gardiens ne s'interposent. Il esquiva l'attaque du premier, dont l'épée siffla dans le vide derrière lui.

Les deux autres se précipitèrent pour le prendre en tenailles. L'un d'eux voulut lui abattre sa hache sur la cuisse. Stryke para le coup. Le second bondit sur lui pour le jeter à terre. Le coude de l'orc s'écrasa sur l'arête de son nez, et il retomba sur le sol tandis que Stryke continuait sa route.

Un peu plus loin dans la clairière, Seafe avait vidé les étriers et ferraillait contre trois ou quatre Gardiens. Calthmon arriva au galop, renversa deux humains au passage et réussit à hisser son camarade en croupe.

Hobrow vit Stryke approcher. Il beugla pour encourager ses gardes du corps à le protéger. Presque aussitôt, l'un d'eux fut éventré par un soldat orc. Stryke débatla au galop et fendit en deux le crâne du second, qui s'écroula en entraînant son épée.

Stryke se retourna pour faire face à Hobrow. Il enroula les rênes de sa monture autour d'un des bras de la carriole et sauta à l'intérieur du véhicule, qui vacilla sous l'impact.

Incapable de s'échapper, Hobrow se recroquevilla sur son siège. Stryke le saisit par les revers de sa redingote, le força à se relever et entreprit de le rosser méthodiquement. Le chapeau du prêcheur vola dans les airs et son visage fut vite ensanglanté. Pourtant, il continua à s'accrocher au sac de peau.

Un groupe de Gardiens accourait. Stryke arracha le sac à Hobrow. Au grand regret de l'orc, l'homme était toujours en vie.

Mais il n'avait plus le temps d'y remédier. Il bondit en selle et s'éloigna au galop.

Breggin et Gant avaient réussi à détacher les chevaux des humains et à les effrayer. Plusieurs Gardiens tentèrent de les apaiser et se firent piétiner, les animaux paniqués s'égaillant pour ajouter encore au chaos.

Fourrant le sac de peau sous sa tunique, Stryke cria à ses soldats de battre en retraite.

Au passage, les Renards massacrèrent autant d'ennemis que possible.

Alors qu'il s'engageait sous le couvert des arbres, Stryke aperçut Jup devant lui. Il pressa l'allure pour le rattraper.

Haskeer était vivant, mais inconscient. Sa tête roulait mollement sur sa poitrine, et sa respiration était dangereusement superficielle.

Ils émergèrent du bosquet et atteignirent le sommet de la crête, la compagnie sur leurs talons. Stryke compta rapidement ses soldats. Il n'en avait perdu aucun.

Les chevaux des Gardiens sortirent des fourrés et s'éparpillèrent.

— Ça devrait les occuper un moment ! cria Jup.

— Regardez ! lança un soldat.

Vers le sud, un autre groupe d'humains vêtus de noir galopait ventre à terre dans leur direction. Un chariot couvert fermait la marche.

— Miséricorde Hobrow et ses gardes, dit Stryke, dégoûté.

Il éperonna sa monture et s'élança dans la plaine.

Le crépuscule approchait. Un vent froid soufflait du front glaciaire, au nord.

Alfray et ses Renards progressaient à bonne allure vers Drogan. Comme ils avaient couvert beaucoup de terrain dans la journée, lorsqu'ils atteignirent la rive d'un affluent du Calyparr, le caporal décida d'y faire halte pour la nuit, même si l'heure n'était pas encore très avancée. Ils se remettraient en route le lendemain avant l'aube, voilà tout.

Quand les soldats réclamèrent une ration de pellucide, il ne vit pas pourquoi refuser. Ils l'avaient bien méritée. Mais une petite, car ils devaient rester en alerte et conserver le plus gros du cristal pour un marchandage éventuel avec les centaures.

Deux ou trois pipes circulèrent dans les rangs. Puis Alfray et Kestix se lancèrent dans ce qui passait, chez les orcs, pour une grande discussion philosophique.

— Je ne suis qu'un simple soldat, caporal, mais il me semble que personne ne pourrait souhaiter de meilleurs dieux que les nôtres.

— Les choses seraient bien plus simples si tout le monde partageait notre point de vue, fit Alfray avec une pointe d'humour que Kestix ne comprit pas.

— Absolument, marmonna-t-il d'une voix pâteuse, le regard voilé par le pellucide. Que peut-on vouloir de plus que la Tétrade?

— Moi, elle m'a toujours suffi, admit Alfray. Lequel de ses dieux préfères-tu?

Kestix fronça les sourcils, concentré comme s'il ne s'était jamais posé la question.

— Ils se valent tous. Peut-être Aik. On a raison d'adorer le dieu du vin, pas vrai?

— Et Zeenoth?

— La déesse de la fornication? (Le soldat gloussa comme un jeune orc à peine pubère.) Elle vaut la peine qu'on lui rende hommage, si vous voyez ce que je veux dire.

Il fit à Alfray un clin d'œil lourd de sous-entendus.

— Et Neaphetar?

— Le dieu de la guerre? C'est son nom que j'ai sur les lèvres quand nous partons au combat. Le chef des chefs orcs.

— Tu ne le trouves pas cruel?

— Un peu. Mais juste ce qu'il faut. Et vous, caporal, qui est votre préféré?

— Wystendel, je crois. Le dieu de la camaraderie. Bien sûr, j'adore me battre: je suis un orc, après tout. Mais parfois, je pense que les liens qui nous unissent à nos frères d'armes sont le meilleur côté de notre boulot.

— En tout cas, je ne vois pas ce qu'on peut désirer de plus. Une bonne bagarre, une bonne bourre, une bonne bouffe… Nos dieux ont tout compris!

Un soldat fit passer une pipe à Kestix. Il la téta en creusant les joues, et une fumée odorante monta du culot. Puis il la tendit à Alfray.

— Ce que j'ai du mal à saisir, c'est cette bassion… Je veux dire, cette passion pour un seul vieu… Un seul dieu.

— Une notion assez étrange, concéda Alfray. Mais les humains ne sont jamais à court d'idées bizarres.

— Ça, c'est bien vrai! Comment un seul dieu pourrait-il tout gérer? Il faut que ce soit un travail d'équipe, sinon…

—Tu sais, soupira Alfray, avant l'arrivée des humains, les races aînées se montraient beaucoup plus tolérantes vis-à-vis de leurs croyances respectives. À présent, chacune essaye d'imposer sa religion aux autres.

—Ces nouveaux venus ont semé une belle pagaille.

—Tout de même… Cette conversation me fait penser que nous n'avons pas accordé suffisamment d'attention à nos propres dieux depuis quelque temps. Je leur ferai un petit sacrifice à la première occasion.

Le silence tomba, chacun étant absorbé par la contemplation du kaléidoscope de ses visions intérieures. Le reste de la compagnie ne se montrait pas plus vivace, même si quelques gloussements se faisaient parfois entendre.

Soudain, Kestix se redressa.

—Caporal ?

—Mouais ? marmonna Alfray.

—À votre avis, qu'est-ce que c'est ?

Une brume grise montait de la surface de la rivière. À travers, l'orc distingua un vaisseau en provenance du Bras de Calyparr.

Il donna l'alerte. À demi hébétés, les Renards se relevèrent et dégainèrent leurs armes.

Les volutes de brouillard s'écartèrent. Une barge glissait majestueusement vers eux. Le fond plat, elle était si large que ses bords touchaient presque la rive de chaque côté. Une cabine spacieuse se dressait à la poupe, et une colombe de bois sculptée ornait la proue.

La brise nocturne faisait onduler son unique voile.

Quand la barge fut assez près pour que les orcs distinguent ses occupants, un concert de lamentations s'éleva.

—Oh, non. Il ne nous manquait plus que ça, grogna Kestix.

—Au moins, ils ne sont pas dangereux, lui rappela Alfray.

—Mais tellement pénibles ! gémit Kestix.

—Ne les tuez pas à moins d'y être obligés, ordonna Alfray. Leur pouvoir magique leur sert seulement à se déplacer. Vous ne risquez rien de ce côté-là. Mais surveillez vos objets de valeur.

Il envisagea une retraite précipitée, ce qui les aurait obligés à laisser leur équipement derrière eux. Et les occupants de la barge les auraient probablement suivis pour satisfaire leur légendaire curiosité. Pendant des journées entières, au besoin. Mieux valait en finir au plus vite.

—Peut-être se contenteront-ils de passer, dit Kestix avec plus d'espoir que de conviction.

—Je doute que ce soit dans leur nature, le détrompa Alfray.

—Mais nous sommes des orcs ! Ignorent-ils qu'il est dangereux de s'en prendre à nous ?

—Sans doute. Ils ne sont pas très intelligents. De toute façon, ça ne durera pas longtemps. Il faut juste faire preuve d'un peu de patience.

La voile de la barge baissée, on jeta l'ancre par-dessus bord.

Une vingtaine de petites silhouettes s'élevèrent du pont tels des ballons et avancèrent vers les orcs. Elles ne volaient pas vraiment mais flottaient dans les airs, s'orientant avec des gestes paresseux de leurs bras potelés.

Ces créatures ressemblaient à des bébés nains ou humains, même si Alfray savait qu'elles n'en étaient pas. Certaines avaient probablement vu le jour longtemps avant lui, et toutes étaient expertes dans l'art de faire les poches des voyageurs. Mais leur apparence de jeunes formes de vie innocentes empêchait qu'on les massacre en trop grand nombre.

Les ludions avaient une grosse tête et d'immenses yeux ronds qui auraient pu être attendrissants s'ils n'avaient pas pétillé d'une lueur friponne. Plus une peau rose et glabre, avec un fin duvet sur le crâne et un sexe indéfini… Ils portaient des pagnes de fourrure qui ressemblaient à des couches garnies de poches, mais aucune arme, qu'elle fût visible ou dissimulée.

Et surtout, ils jacassaient. Un babil aigu, incompréhensible et propre à faire grincer des dents tout orc normalement constitué.

Ils fondirent sur les Renards. Leurs petits doigts fureteurs s'insinuèrent dans leurs poches, dans leurs bourses, dans les plis de leurs vêtements. Ils tentèrent de leur prendre leurs armes, les colliers qu'ils portaient en guise de trophées, et même leurs casques.

Alfray empoigna un des pillards miniatures, qui fouillait dans sa tunique. Le ludion ne voulait pas lâcher prise, et il avait une force surprenante. Alfray le projeta au loin ; il s'éloigna, flottant et tournant sur son axe.

La barge ne cessait de dégorger des minuscules créatures qui s'abattirent sur la compagnie tel un nuage de vautours. Chaque fois qu'un Renard parvenait à se débarrasser d'un de ces parasites, un autre prenait aussitôt sa place.

Écartant un ludion d'un revers de la main, Alfray s'exclama :

—Comment tiennent-ils aussi nombreux sur un bateau aussi ridicule ?

Kestix aurait aimé répondre, mais une des petites pestes lui tordait le nez d'une main tout en le palpant de l'autre. Il la saisit par la peau du cou et l'expédia vers un groupe de ses congénères, qui s'éparpillèrent au ralenti.

Alors qu'Alfray se débarrassait d'un ludion accroché à sa poitrine, un soldat passa devant lui en sautant sur une jambe et en ruant de l'autre pour déloger un indésirable.

Une fois encore, le tarissement de la magie de Maras-Dantia se rappela au souvenir de tous. Un ludion dégringola et alla s'écraser sur le sol, où il battit désespérément des bras pour décoller à nouveau. Il venait sans doute de passer au-dessus d'une ligne de pouvoir affaiblie, pensa Alfray.

Les autres continuaient à pleuvoir sur les Renards, se collant à leurs victimes.

Les orcs ne savaient plus quoi faire pour les déloger. Alfray vit un de ses soldats qui tenait un ludion par un bras et par une jambe. Il le fit tourner plusieurs fois au-dessus de sa tête et le lâcha. Un pouce dans la bouche, la créature fila vers la barge en décrivant un arc de cercle.

Alfray commençait à craindre que les soldats ne perdent patience et massacrent les créatures.

—Allez me chercher une corde! rugit-il.

Un ordre plus facile à donner qu'à exécuter. Tête rentrée dans les épaules, deux soldats approchèrent des chevaux. Non sans peine, ils parvinrent à ramener un rouleau de corde.

—Prenez-en un bout chacun et déroulez-la.

Pendant que les soldats bataillaient pour obéir, Alfray dégaina son épée.

—Armes au clair! Utilisez le plat de vos lames pour les rassembler!

Une lutte maladroite suivit. Au terme d'une dizaine de minutes extrêmement frustrantes, les Renards réussirent à encercler les ludions. Quelques-uns s'élevèrent au-dessus de la mêlée, mais ils ne pouvaient rien faire pour les rattraper.

Alfray cria un ordre. Les soldats qui tenaient les deux extrémités de la corde la nouèrent autour de la masse de ludions. Puis ils traînèrent leur fardeau vivant jusqu'à la barge et l'attachèrent au mât, pendant que leurs camarades levaient l'ancre et la voile. Les orcs sautèrent sur la rive et poussèrent la barge, qui s'éloigna.

Les ludions ligotés couinèrent et se débattirent, mais le brouillard les engloutit. Une poignée de retardataires qui avaient échappé à la manœuvre flottaient encore dans le sillage de la barge.

Alfray soupira de soulagement et s'essuya le front d'un revers de la manche.

—J'espère que Stryke n'a pas autant d'ennuis que nous...

Les hommes d'Hobrow ne poursuivirent pas Stryke et ses Renards très longtemps. Le capitaine ordonna donc une halte à la première occasion.

Un soldat aida Haskeer à descendre du cheval de Jup et coupa ses liens. Le sergent était conscient, mais totalement hébété. On l'aida à s'asseoir puis on lui donna de l'eau, qu'il eut du mal à avaler. Une belle trace de brûlure se détachait sur la peau meurtrie de son cou.

—Si Alfray était là..., dit Stryke en l'examinant. Il est en piteux état, mais je ne crois pas qu'il ait des dégâts majeurs.

—Sauf au cerveau, dit Jup. N'oubliez pas de quelle façon il en est arrivé là.

—Aucun risque, lui assura Stryke. (Il gifla Haskeer à plusieurs reprises.) Haskeer!

Le sergent réagissant à peine, il lui vida sur la tête le contenu d'une gourde.

Haskeer ouvrit les yeux et marmonna quelque chose d'incompréhensible.

Stryke le gifla de nouveau.

—Haskeer! Haskeer!

—Quoi?

—C'est moi, Stryke. Tu m'entends?

—Stryke?

—Tu peux m'expliquer à quoi tu joues?

—Hein?

Stryke secoua violemment son subordonné.

—Reprenez-vous, sergent! cria-t-il.

Le regard d'Haskeer se focalisa enfin sur lui.

—Capitaine… Que… Que se passe-t-il?

—Ce qui se passe? Tu es à deux doigts d'être accusé de désertion, et de tentative de meurtre sur deux de tes camarades!

—Tentative de…? Stryke, je te jure que…

—Ne jure pas. Contente-toi de t'expliquer.

—Qui suis-je censé avoir tenté d'assassiner?

—Coilla et Reafdaw.

Haskeer sursauta.

—Pour qui me prends-tu? Pour un… un humain?

—Tu l'as fait, insista Stryke. Et je veux savoir pourquoi.

—Je ne… je ne peux pas… Je ne me souviens pas.

Haskeer regarda autour de lui. Jup et les autres soldats le dévisageaient.

—Où sommes-nous?

—Peu importe. Prétends-tu ignorer ce qui vient de se passer? Dis que tu n'en es pas responsable?

Haskeer secoua la tête.

—D'accord. Admettons. Quelle est la dernière chose que tu te rappelles?

Il fronça les sourcils. Réfléchir lui coûtait beaucoup.

—Le champ de bataille, lâcha-t-il enfin. Nous l'avons traversé, puis… Les dragons nous ont pourchassés. Ils ont craché du feu…

—Et c'est tout?

—La chanson…

—Quelle chanson? De quoi parles-tu? s'impatienta Stryke.

—Pas exactement une chanson, corrigea Haskeer. Une sorte de musique, avec des paroles.

Stryke et Jup échangèrent un regard. Le nain fronça les sourcils.

—Je ne sais pas ce que c'était, mais… La seule autre chose dont je me souvienne, c'est que j'étais malade. Je me sentais vraiment mal.

—Il y a de quoi, ricana Jup.

D'ordinaire, Haskeer ne se serait pas privé de riposter. Cette fois, il se contenta de regarder le nain sans rien dire.

—Alfray pense que tu as contracté une maladie humaine dans le campement orc que nous avons incendié, expliqua Stryke. Mais je ne crois pas que ça suffise à expliquer ton comportement.

—Quel comportement ? Tu ne m'as toujours pas dit de quoi on m'accusait.

—Pendant que nous étions à Grahtt, tu as attaqué Coilla et Reafdaw avant de t'enfuir avec ça.

Il ouvrit le sac de peau d'Hobrow et en sortit les deux étoiles.

Le regard d'Haskeer se voila.

—Ôte-les de ma vue, Stryke, murmura-t-il. (Puis il beugla comme un fou :) Ôte-les de ma vue !

Stryke les rangea dans la poche où il gardait déjà l'instrumentalité des trolls.

—Calme-toi, conseilla gentiment Jup à Haskeer.

Une pellicule de sueur brillait sur le front du sergent, et sa respiration était laborieuse.

—Coilla s'est lancée à ta poursuite, dit Stryke. Nous ignorons où elle est. Sais-tu ce qui lui est arrivé ?

—Je te l'ai déjà dit : je ne me rappelle rien.

Haskeer se prit le visage entre les mains. Stryke aurait juré qu'il crevait de trouille.

Jup et lui s'écartèrent un peu. Il fit signe à deux soldats, qui se rapprochèrent d'Haskeer pour le surveiller.

—Qu'en pensez-vous, chef ? demanda le nain.

—Je ne sais pas trop. D'après ce qu'il raconte, il a eu un trou noir. Mais il se peut qu'il mente.

—Moi, je crois qu'il dit la vérité, affirma Jup contre toute attente.

—Pourquoi ?

—Personne ne sait mieux que moi quel salaud est Haskeer. Mais ce n'est pas un déserteur. Mon sixième sens me souffle que tout ça était… indépendant de sa volonté.

—Étant donné vos relations, je suis étonné de t'entendre dire ça.

—C'est ce que je pense. Pour moi, ne pas lui accorder le bénéfice du doute serait comme répondre à une injustice par une autre injustice.

—Même si tu as raison, et qu'il était sous l'influence de la fièvre ou de je ne sais quoi, comment être sûrs que ça ne se reproduira pas ? Comment lui faire confiance ?

—Réfléchissez, chef. Si vous décidez que nous ne pouvons pas nous fier à lui, qu'allons-nous faire? L'abandonner? Lui trancher la gorge? Après tout le mal que nous nous sommes donné pour le sauver… C'est de cette façon que vous voulez diriger cette compagnie?

—J'ai besoin d'un peu de temps…

—Vous savez que nous n'en avons pas beaucoup. Alors, ne tardez pas trop.

Jup ferma le col de sa tunique pour se protéger du froid de plus en plus mordant.

—Le temps joue contre nous… Dans les deux sens du terme.

Le vent glacé charriait quelques flocons de neige.

—De la neige en cette saison, soupira Stryke. Le monde est cassé, Jup.

—Oui, et je crains qu'il ne soit déjà trop tard pour le réparer, ajouta le nain, sinistre.

Chapitre 12

Jennesta cracha enfin le morceau.

—Je t'offre une alliance, Adpar. Aide-moi à retrouver les artefacts, et je partagerai leur pouvoir avec toi.

Le visage qui flottait à la surface du sang coagulé resta impassible.

—Sanara se mêlera bientôt de cette conversation, insista Jennesta. Vas-tu me répondre?

—*Elle ne le fait pas toujours… De toute façon, peu m'importe qu'elle entende ce que j'ai à te dire. C'est non.*

—Pourquoi?

—*Parce que j'ai plus que ma part de problèmes à gérer. Et contrairement à toi, ma chérie, je n'ai pas l'ambition de régner sur un plus grand empire.*

—*Le* plus grand, Adpar! Assez pour nous deux.

—*J'ai le pressentiment que partager le pouvoir, fût-ce avec ta sœur bien-aimée, ne te satisfera pas longtemps.*

—Dans ce cas, fais-le pour nos dieux!

—*Je ne vois pas le rapport.*

—En élucidant le mystère des instrumentalités, nous pourrions restaurer la foi ancienne et éradiquer l'absurde divinité unique des humains.

—*Nos dieux sont encore bien présents dans mon royaume.*

—Imbécile! La corruption vous atteindra tôt ou tard, si ce n'est pas déjà fait.

—*Franchement, Jennesta, ça ne me dit rien. Je ne te fais pas confiance. Et je ne te crois pas capable d'élucider quelque mystère que ce soit.*

—Donc, tu comptes chercher les instrumentalités de ton côté?

—*Ne juge pas les autres en fonction de tes propres critères.*

—Tu ne sais pas à quoi tu renonces.

—*Au moins, je le fais sans me compromettre avec personne.*

Jennesta lutta pour maîtriser sa colère.

—Très bien. Puisque tu n'es intéressée ni par un règne conjoint ni par la possession des instrumentalités, pourquoi ne me cèdes-tu pas celle que tu as ? Je suis prête à la payer très cher.

— *Combien de fois devrai-je te le dire ? Je ne l'ai plus ! Elle a disparu !*

— Tu as laissé quelqu'un te la dérober ? J'ai du mal à y croire.

— *Le voleur a été puni. Il a eu de la chance de s'en tirer vivant.*

— Tu ne l'as pas tué ? Tu te ramollis en vieillissant…

— *Je me suis habituée à ta stupidité, ma chérie, mais j'ai toujours du mal à supporter ton humour.*

— Si tu refuses mon offre, tu le regretteras.

— *Ah oui ? Et qui me le fera regretter ? Toi, peut-être ? Tu n'as jamais réussi à me dominer quand nous étions plus jeunes, et ce n'est pas demain la veille que tu y parviendras.*

— C'est ta dernière chance, Adpar, grogna Jennesta. Je ne te le redemanderai pas.

— *Pour insister à ce point, tu dois vraiment avoir besoin de moi. J'en suis ravie. Mais comme tu le sais, je n'apprécie guère les ultimatums, d'où qu'ils viennent. Je ne ferai rien pour te gêner, et rien pour t'aider. À présent, fiche-moi la paix.*

Cette fois, ce fut Adpar qui mit un terme à leur conversation.

De longues minutes, Jennesta resta plongée dans ses pensées. Elle s'y arracha, animée d'une résolution nouvelle.

Déplaçant un lourd fauteuil de bois sculpté et soulevant les tapis qui couvraient le sol, la souveraine mit à nu les dalles du plancher. Elle tira un grimoire de l'armoire placée dans le coin le plus obscur de la pièce et, revenant vers l'espace qu'elle avait dégagé, saisit sur l'autel une dague à la lame incurvée qu'elle posa sur le fauteuil.

Jennesta alluma quelques bougies supplémentaires puis préleva dans la bassine des poignées de sang à demi coagulé dont elle se servit pour tracer un cercle sur le sol, tout autour d'elle. À genoux sur la pierre froide, elle dessina encore cinq étoiles et tendit le bras pour récupérer le grimoire et la dague. Remontant la manche de sa robe, elle s'entailla le poignet. Son sang d'un rouge plus clair vint se mêler à celui du pentagramme pour renforcer son lien avec sa sœur.

Alors, Jennesta ouvrit le grimoire et fit quelque chose qu'elle aurait dû faire depuis longtemps.

Adpar adorait saboter les plans de sa sœur. C'était un de ses plus grands plaisirs dans la vie. Mais à présent, elle avait une corvée sur les bras. Une corvée gratifiante, par certains côtés.

Abandonnant l'alcôve qui abritait le bassin rempli de sang, elle gagna la pièce où un de ses lieutenants l'attendait en compagnie de deux membres de son essaim tombés en disgrâce.

—Les prisonniers, Majesté, annonça le lieutenant de la voix sifflante des nyadds.

Elle toisa les accusés, qui baissèrent leur tête écailleuse.

Sans préambule, Adpar énuméra les charges qui pesaient sur eux.

—Vous avez couvert de honte l'essaim impérial. Et à travers lui, sa souveraine : moi. Vous avez fait preuve de laxisme dans l'exécution de vos ordres pendant le dernier raid contre une colonie de merz, et un officier vous a surpris à laisser fuir plusieurs de ses membres. Avez-vous quelque chose à dire pour votre défense ?

Les prisonniers restèrent muets.

—Très bien. Je considère votre silence comme un aveu de culpabilité. Personne ne doit penser que je tolère la présence d'éléments faibles dans mon essaim. Nous nous battons pour préserver notre place en ce monde. Les lâches et les dilettantes n'en ont pas. Vous connaissez la sentence pour tout manquement aux ordres.

Fervente adepte des effets dramatiques, Adpar marqua une pause avant de conclure sur un ton sinistre :

—La mort.

Elle fit signe au lieutenant qui avança, tenant un coquillage brun et blanc de la taille d'une coupe à fruits. Deux dagues de corail reposaient à l'intérieur. Deux gardes le suivaient, chacun portant un récipient d'argile large et profond.

—Conformément à la tradition, et par déférence pour votre rang, vous avez le choix entre deux options, dit Adpar aux condamnés. (Elle désigna les dagues.) Exécuter la sentence de votre propre main et mourir en regagnant partiellement votre honneur. (Son regard se posa sur les poteries.) Placer votre sort entre les mains des dieux. S'ils le désirent, ils vous laisseront la vie.

Elle se tourna vers le premier prisonnier et ordonna :

—Choisis.

Le nyadd réfléchit aux deux options.

—Les dieux, Majesté, répondit-il enfin.

—Qu'il en soit ainsi.

Sur un signal d'Adpar, d'autres gardes avancèrent pour empoigner le condamné. Adpar tendit la main au-dessus d'une des poteries et sonda ses profondeurs pendant ce qui sembla une éternité. Puis sa main plongea dans le récipient pour en tirer quelque chose.

Un poisson long comme la main d'un nyadd et aussi épais que trois flèches liées ensemble. Ses écailles et ses nageoires replètes étaient d'un bleu argenté, et de grosses moustaches encadraient sa gueule.

Adpar le tenait par la queue. Alors qu'il se débattait, elle lui flanqua une pichenette sur le flanc avec l'index de sa main libre. Des dizaines de pointes frémissantes jaillirent de son corps.

—J'envie le goupillon, dit-elle, car il ne connaît aucun prédateur. En plus d'être acérées, ses aiguilles sécrètent un venin qui tue dans d'atroces souffrances. En mourant, il emporte avec lui son ennemi.

Elle replongea l'animal dans la poterie, l'immergeant sans le lâcher.

—Préparez-le.

Les gardes forcèrent le prisonnier à s'agenouiller. L'un fit passer une cordelette à Adpar, qui l'enroula autour de la nageoire dorsale du goupillon, puis le souleva en tirant par l'autre. Calmé par le contact de l'eau, la créature avait rétracté ses piquants.

—Remets-t'en à la miséricorde des dieux, dit Adpar au prisonnier. S'ils t'épargnent par trois fois, tu seras libre.

Un des gardes força le malheureux à lever la tête et à ouvrir la bouche en grand. Lentement, Adpar fit glisser le goupillon dedans. Le prisonnier ne bougeait pas davantage qu'une statue. La scène évoquait les numéros des avaleurs de sabres, célèbre sur tous les marchés de Maras-Dantia. Mais il n'y avait pas de truc.

Tous les spectateurs regardèrent en silence le poisson disparaître dans la bouche du nyadd. Adpar marqua une pause avant de continuer à dérouler la cordelette, guidant le goupillon vers la gorge du prisonnier.

Enfin, elle s'arrêta. Puis elle enroula la cordelette autour de son doigt pour remonter le poisson, qui reparut en se tortillant.

Le prisonnier lâcha une expiration tremblante.

—On dirait que les dieux te sourient, constata Adpar.

Elle immergea le goupillon dans le récipient et recommença la manœuvre en prenant tout son temps.

Une deuxième fois, le poisson sortit sans avoir fait le moindre mal au prisonnier, qui semblait sur le point de s'évanouir.

—Nos dieux sont d'humeur magnanime aujourd'hui, commenta Adpar.

Un dernier retour dans l'eau, et le goupillon fut prêt pour la troisième et dernière mise à l'épreuve.

Adpar venait de commencer à dérouler la cordelette quand celle-ci remua. Les yeux écarquillés, le prisonnier eut un haut-le-cœur et se débattit dans l'étreinte des gardes.

La cordelette se brisa. Adpar recula et fit signe aux gardes de le lâcher.

La bouche du condamné se referma malgré lui. Et se rouvrit aussitôt pour lâcher un hurlement.

Griffant sa gorge et sa poitrine, il se roula sur le sol. De la bile verdâtre coula aux coins de sa bouche.

Son agonie parut interminable.

Lorsqu'il s'immobilisa enfin et que le silence revint, Adpar prit la parole.

— Les dieux ont tranché. Ils l'ont rappelé à lui, comme il se devait.

Elle se tourna vers le second prisonnier. Lorsque les gardes lui présentèrent la poterie et les dagues, il n'hésita pas un seul instant.

La lame dentelée eut du mal à percer la carapace écailleuse de sa gorge, et il dut s'y reprendre à plusieurs fois avant qu'un flot de sang écarlate ne jaillisse.

Sur un signe d'Adpar, les gardes emmenèrent les cadavres.

— Nous devons nous estimer heureux que notre nation soit gouvernée par la compassion et par la justice divine, dit la souveraine. J'ai une sœur qui se serait positivement délectée de tout ça.

La neige tombait de plus en plus dru, et le ciel s'était obscurci.

Bien qu'il eût voulu continuer, Stryke dut reconnaître que c'était impossible dans des conditions pareilles. Il ordonna à la colonne de faire halte. Faute d'un abri naturel, les soldats allumèrent un feu et se pelotonnèrent misérablement autour, enveloppés dans leurs couvertures de selle, tandis que les flammes luttaient contre la morsure du vent.

Jup avait utilisé une partie des onguents d'Alfray pour traiter les blessures d'Haskeer. Le sergent gardait le silence. Il n'était pas d'humeur à bavarder. Ça tombait bien : ses camarades non plus.

Les heures passèrent sans que le blizzard faiblisse. Certains parvinrent pourtant à s'assoupir.

Puis une silhouette se découpa à la limite de leur champ de vision. Alors qu'elle approchait d'eux, les orcs virent que c'était un cavalier humain monté sur un étalon blanc. Ils se levèrent, portant une main à leurs épées.

Le voyageur était enveloppé d'une cape bleu marine. Barbu, les cheveux mi-longs, il était impossible de définir son âge.

— Il y en a peut-être d'autres ! cria Stryke. Tenez-vous prêts !

— Je suis seul et sans armes, dit calmement l'humain. Avec votre permission, je vais mettre pied à terre.

Stryke jeta un regard à la ronde, mais ne vit rien bouger dans les ténèbres.

— D'accord. Mais pas de gestes brusques.

L'inconnu descendit de cheval et écarta les mains pour montrer qu'il n'était pas armé. Stryke ordonna à Talag et à Finje de le fouiller pendant que Reafdaw saisissait les rênes de sa monture et les attachait à la souche d'un arbre.

— Qui es-tu, humain, et que veux-tu ? demanda Stryke.

— Je me nomme Serapheim. J'ai vu votre feu de loin. Je voudrais simplement me réchauffer.

— Par les temps qui courent, il est dangereux d'aborder des inconnus. Comment sais-tu que nous ne te tuerons pas ?

—À cause du sens de l'honneur des orcs. (Serapheim regarda Jup.) Et de leurs alliés.

—Es-tu un Uni ou un Multi? demanda le nain.

—Tous les humains ne sont pas forcément l'un ou l'autre…

Jup eut un grognement sceptique.

—C'est vrai, insista Serapheim. Je ne m'encombre d'aucun dieu. Puis-je?

Il tendit les mains vers le feu. Stryke remarqua qu'il ne paraissait pas incommodé par le froid. Ses dents ne claquaient pas et sa répugnante peau rose n'avait pas bleui.

—Comment pouvons-nous être sûrs qu'il ne s'agit pas d'un piège? insista Stryke.

—Je ne peux pas vous en vouloir de vous méfier. Ma race a une tout aussi mauvaise opinion de la vôtre. Et beaucoup d'humains sont pareils à des champignons.

Les orcs le dévisagèrent, l'air intrigué. Stryke songea qu'il devait être fou, ou un peu simple d'esprit.

—Des champignons? répéta-t-il.

—Oui. Ils vivent dans les ténèbres, et on les force à gober de la merde.

Les Renards éclatèrent de rire.

—Bien dit! concéda Jup avec une bonne humeur mêlée de méfiance. Mais qui es-tu donc pour voyager seul et sans armes dans un pays ravagé par la guerre?

—Un conteur.

—Une petite histoire, c'est exactement ce qui nous manquait, railla Stryke.

—Dans ce cas, je vais vous en raconter une. Bien qu'elle ne soit pas très amusante et risque de s'achever tragiquement.

Quelque chose dans le ton de Serapheim alerta les orcs.

—Cherchez-vous l'une des vôtres?

Stryke sursauta.

—Que savez-vous à ce sujet?

—Deux ou trois petites choses. Assez pour vous aider, peut-être.

—Je vous écoute.

—Votre camarade a été capturée par des chasseurs de primes humains.

—Comment le savez-vous? Êtes-vous l'un d'entre eux?

—Vous trouvez que j'ai l'air d'un mercenaire? dit Serapheim avec un sourire. Non, mon ami, je ne suis pas l'un d'entre eux. Je l'ai simplement vue avec eux.

—Où? Et combien sont-ils?

—Trois. Pas très loin d'ici. Mais ils ont dû faire du chemin depuis.

—En quoi cela peut-il nous aider?

—Je sais où ils sont allés. À Hecklowe.

Stryke le dévisagea, soupçonneux.

—Pourquoi devrions-nous vous croire?

—À vous de choisir. Mais pourquoi vous mentirais-je?

—Qui peut deviner les motivations des humains? Nous avons appris à nous méfier…

—Comme je l'ai déjà précisé, je ne peux pas vous en vouloir. Mais pour une fois, un humain vous dit la vérité.

—J'ai besoin de réfléchir, déclara Stryke.

Il ordonna à deux soldats de garder un œil sur l'humain et s'éloigna du feu.

La neige tombait un peu moins fort. Tout à ses pensées, Stryke ne s'en aperçut pas.

—Je vous dérange?

Il fit volte-face.

—Non, Jup. Je m'efforçais de déterminer si nous devons faire confiance à Serapheim.

—Nous n'avons pas tellement le choix, dit le nain. C'est notre seule piste.

—C'est bien ce que je craignais.

—Supposons qu'il dise vrai. Les chasseurs de primes ont sûrement capturé Coilla pour toucher la récompense placée sur nos têtes, pas vrai?

—Oui. Sinon, ils l'auraient déjà tuée.

—C'est aussi ce que je pense. Mais pourquoi l'avoir emmenée à Hecklowe?

Stryke haussa les épaules.

—C'est peut-être un des endroits où la prime est payable. Partons du principe que nous croyons Serapheim. Devons-nous aller chercher Coilla, ou rejoindre d'abord la compagnie au point de rendez-vous?

—Nous sommes plus près d'Hecklowe que de Drogan, fit remarquer Jup.

—Exact. Mais si Coilla a une valeur quelconque, il est peu probable que les chasseurs de primes lui fassent du mal.

—C'est compter sans son caractère. Il m'étonnerait qu'elle joue les otages passives.

—Faisons confiance à son bon sens. Si elle se débrouille bien, ce sera dur pour elle, mais sa vie ne sera pas en danger.

—Si je comprends bien, tu veux rejoindre Alfray d'abord et aller à Hecklowe avec la compagnie au grand complet.

—Oui. Nous aurons plus de chances de réussir… Sauf si Coilla est renvoyée à Tumulus entre-temps. Dans ce cas, nous l'aurons vraiment perdue.

Ils se tournèrent vers l'inconnu, toujours immobile près du feu. Les soldats qui l'entouraient s'étaient détendus et bavardaient entre eux.

—Cela dit, reprit Jup, nous avons donné rendez-vous à Alfray. S'il pense que le pire nous est arrivé, il risque de faire irruption à Drogan pour se colleter avec les centaures.

—Nous ne pouvons pas écarter cette éventualité, reconnut Stryke. Ça se joue sur le fil du rasoir. Nous devons être certains que…

Un concert d'exclamations les interrompit. Les deux officiers se retournèrent.

Serapheim avait disparu, et son cheval aussi. Ils se précipitèrent vers le feu.

—Que s'est-il passé? cria Stryke.

—L'humain, capitaine, balbutia Gant. Il s'est volatilisé.

—Comment ça, volatilisé?

Talag intervint.

—Il a raison, chef. Je l'ai quitté des yeux une seconde, et il en a profité pour décamper.

—Qui l'a vu partir?

Aucun des soldats ne répondit.

—C'est fou, fit Jup, plissant les yeux pour mieux voir à travers les flocons. Il n'a pas pu s'envoler!

L'épée à la main, Stryke regardait le feu en s'interrogeant.

Chapitre 13

*D*es voix et des rires résonnaient autour de lui.

Il se frayait un chemin dans une foule d'orcs des deux sexes et de tous âges qu'il n'avait jamais rencontrés. À en juger par les ornements qu'ils portaient, il y avait des représentants de nombreux clans. Pourtant, il ne percevait aucune hostilité. Tous semblaient se réjouir et il ne se sentait pas le moins du monde menacé. Une excitation presque palpable planait dans l'air. Comme une ambiance de fête…

Il était sur la plage. Le soleil, à son zénith, dégageait une chaleur intense. Des oiseaux blancs décrivaient des cercles dans le ciel. Les orcs se dirigeaient vers le rivage.

Alors, il aperçut un navire ancré un peu plus loin. Ses trois voiles étaient baissées, et un drapeau décoré d'un emblème rouge qu'il ne reconnut pas flottait au sommet du mât principal. L'effigie sculptée d'une orc resplendissante brandissant une épée jaillissait de la proue. Des boucliers s'alignaient sur ses flancs ; il n'y en avait pas deux identiques. Le plus gros navire que Stryke ait jamais vu, et certainement le plus magnifique.

Certains orcs entrèrent dans l'océan. Ils n'avaient pas besoin de nager. Le navire avait donc un fond plat, ou il était ancré dans une fosse. Stryke se laissa emporter par la foule. Personne ne lui parlait. D'une certaine façon, ça lui donnait l'impression d'être accepté.

Par-dessus le brouhaha, il crut entendre quelqu'un l'appeler. Il se retourna, étudiant les visages qui l'entouraient. Alors, il la vit avancer à contresens des autres pour approcher lui.

— Vous voilà ! s'exclama-t-elle.

Malgré sa confusion, le visage de Stryke s'éclaira.

— Je savais que vous viendriez, dit la femelle orc.

— Vraiment ? s'étonna-t-il.

— Disons que je l'espérais, confessa-t-elle, les yeux brillants.

Des émotions qu'il ne comprenait pas, et qu'il pouvait encore moins exprimer, bouillonnèrent en lui. Ne sachant que répondre, il se contenta de sourire.

—*Êtes-vous venu nous aider ? demanda la femelle.*

Il écarquilla les yeux, l'air surpris.

Elle affichait la bonne humeur malicieuse à laquelle il commençait à s'habituer.

—*Venez.*

Stryke entra avec elle dans les vagues ourlées d'écume blanche qui léchaient le sable. De l'eau jusqu'aux cuisses, ils avancèrent vers le navire.

Les orcs qui les avaient précédés grimpaient à des cordes et gravissaient des échelles pour monter sur le pont. Admiratif, Stryke regarda la femelle les imiter en souplesse. À son tour, il se hissa à bord du vaisseau qui tanguait doucement.

Une trappe béait au milieu du pont. Les orcs en sortaient des caisses, des tonneaux et des coffres qu'ils portaient jusqu'au bastingage, puis jetaient à leurs camarades restés dans l'eau. En contrebas, une autre chaîne s'était formée pour les convoyer jusqu'à la plage.

Stryke et la femelle prirent place dans la chaîne du haut. Il admira le jeu de ses muscles tandis qu'elle soulevait des caisses et les lui faisait passer.

—*Qu'est-ce que c'est ? demanda-t-il.*

Elle éclata de rire.

—*Comment faites-vous pour être aussi ignorant ?*

Il haussa les épaules.

—*Ne pratique-t-on pas l'importation chez vous ?*

—*Vous voulez dire, faire venir des choses d'ailleurs ? Non, les orcs ne le font pas.*

—*C'est vrai que votre royaume abrite beaucoup d'autres races. Des nains, des gremlins et des… Comment avez-vous dit ? Des humains.*

Le visage de Stryke s'assombrit.

—*Les humains n'appartiennent pas à mon royaume. Même s'ils s'efforcent de faire main basse dessus.*

La femelle lui tendit un coffre.

—*Ce que je veux dire, c'est que de nos jours, aucun peuple ne produit toutes les choses dont il a besoin. Il faut bien aller les chercher ailleurs.*

—*Où ?*

—*Dans les royaumes où on les fabrique, évidemment. Par-delà l'océan.*

—*J'ignorais qu'il y avait quelque chose par-delà l'océan, avoua Stryke. Je croyais que ça n'était que de l'eau jusqu'à l'horizon.*

La femelle eut un sourire indulgent et lui lança une caisse avec un peu plus de force que nécessaire. Sans broncher, il la fit passer à l'orc suivant.

—*De quelles choses s'agit-il exactement ?*

—*Je vais vous montrer.*

La femelle sortit de la chaîne et il l'imita. Elle posa la caisse qu'elle tenait sur le pont, tira un couteau du fourreau passé à sa ceinture et s'en servit pour soulever le couvercle. La caisse était pleine d'une poudre rouge grossière. On eût dit des feuilles sèches pilées. Stryke fronça les sourcils.

—*C'est du curcuma, expliqua la femelle. Une épice. Ça rend la nourriture meilleure.*

—*Et ça a de la valeur ?*

—*Oui, si on veut manger des mets agréables au palais. Toutes les richesses ne se présentent pas sous forme de pièces ou de gemmes. Votre épée, par exemple...*

Il porta la main à son arme.

—*Quoi, mon épée ? Elle est solide, mais elle n'a rien de spécial.*

—*Peut-être pas en soi. Mais entre les mains d'un guerrier entraîné, elle prend une grande valeur.*

—*Je crois que je commence à comprendre..., murmura Stryke.*

—*Il en va ainsi pour les orcs et pour toutes les créatures vivantes.*

Il se rembrunit.

—*... Ou peut-être pas.*

—*Elles sont pareilles à des armes. Affûtées ou émoussées, toutes ont une valeur, affirma la femelle.*

—*Même nos ennemis ?*

—*Les ennemis d'aujourd'hui peuvent devenir les amis de demain.*

—*Pas dans mon cas, répliqua froidement Stryke.*

—*Admettons. Même nos ennemis mortels et héréditaires ont une valeur.*

—*Comment est-ce possible ?*

—*Nous ne sommes pas d'accord avec eux, mais ça ne nous empêche pas de respecter leurs talents, leur détermination ou leur courage. Et surtout, ils sont précieux parce que les orcs ont besoin d'adversaires à combattre. C'est notre nature. Notre sang. Sans eux, nous n'aurions plus de raison d'exister.*

—*Je n'y avais jamais réfléchi de cette façon, avoua Stryke.*

—*Mais nous pouvons nous battre contre nos ennemis sans nécessairement les haïr.*

Cela semblait déjà plus difficile à croire.

—*Néanmoins, nous devons accorder le plus de valeur à nos proches, continua la femelle.*

—*À vous entendre, les choses ont l'air si simples, s'émerveilla Stryke.*

—*Elles le sont, mon ami.*

—*Ici, peut-être. Dans le monde d'où je viens, tous sont contre nous, et nous avons bien des obstacles à surmonter.*

Le visage de la femelle s'assombrit.

—*Dans ce cas, vous devez être une épée, Stryke. Devenez une épée.*

Il s'éveilla le cœur battant à tout rompre et le souffle court.

Une bruine fétide suintait du ciel ; elle avait déjà fait fondre presque toute la neige. L'atmosphère était toujours aussi glaciale et sinistre.

Deux heures de sommeil n'avaient pas du tout reposé Stryke, qui avait un sale goût dans la bouche et un début de migraine. Allongé, il laissa la pluie couler sur son visage en revoyant ce qu'il appelait son rêve, faute d'un terme plus approprié.

Rêves, visions, messages des dieux… De quelque façon qu'il les nomme, il ne pouvait nier qu'ils devenaient plus intenses. L'odeur de l'ozone, les taches que le soleil faisait danser devant ses yeux, la brise tiède qui caressait sa peau… Tout cela mettait de plus en plus de temps à s'estomper.

Stryke se dit que son cerveau lui jouait peut-être des tours. L'angoisse de devenir fou lui serra le cœur. Pourtant, il en était arrivé à apprécier ces rêves, à souhaiter leur venue.

Mieux valait ne pas trop y réfléchir pour le moment.

Stryke s'assit et regarda autour de lui. Les autres étaient debout et vaquaient déjà à leurs occupations. Ils sellaient les chevaux, pliaient leurs sacs de couchage ou affûtaient leurs armes.

Les événements de la nuit lui revinrent à l'esprit. Pas ceux de son rêve : ceux qui s'étaient produits avant, dans le monde réel. Les Renards avaient longtemps cherché l'humain. Ne trouvant pas de traces dans la neige, ils avaient fini par renoncer. Stryke ne se souvenait pas de s'être allongé et endormi.

Serapheim – si c'était bien le nom du conteur – n'était qu'un mystère de plus à ajouter à une longue liste. Stryke ne voulait pas s'attarder dessus, car il craignait de conclure que cet humain était un fou. Il leur avait fourni la seule piste susceptible de les conduire à Coilla, et les Renards avaient besoin de se raccrocher à un espoir alors que tout jouait contre eux.

Jup discutait avec deux soldats près des chevaux. Stryke les rejoignit.

—J'ai pris ma décision, annonça-t-il sans préambule.

—On va chercher Coilla, pas vrai ?

—Oui.

—Tu as certainement envisagé l'hypothèse que Serapheim nous ait menti. Ou qu'il soit cinglé.

—J'y ai réfléchi. Pourquoi nous aurait-il menti ?

—Pour nous attirer dans un piège, par exemple.

—Un poil compliqué, non ?

—Peu importe, du moment que ça marche.

—Certes. Mais ça ne me paraît guère probable.

—Et s'il était fou ?

—Possible. Sauf que… Je ne sais pas pourquoi, mais je n'en ai pas eu l'impression. Bien sûr, je n'ai pas beaucoup d'expérience en matière de folie humaine.

—Ah bon ? Il suffit pourtant de regarder autour de toi.

Stryke eut un petit sourire.

— Tu vois ce que je veux dire… Quoi qu'il en soit, étant donné que c'est notre seule piste, ça vaut le coup d'essayer.

— Ça nous mettra en retard pour notre rendez-vous avec Alfray, dit Jup.

— On lui enverra un message.

— Et pour lui, on fait quoi ? demanda le nain en désignant Haskeer, toujours à l'écart des autres.

— Il fait encore partie de cette compagnie. Disons qu'il est en liberté surveillée. Une objection ?

— Non. Je me méfie un peu, c'est tout.

— Moi aussi. C'est pour ça que nous allons garder un œil sur lui.

— Tu crois que nous n'avons pas déjà assez de problèmes ?

— Jup, s'il nous en pose encore un, je le vire. Ou je le tue.

Le nain ne doutait pas que son capitaine tiendrait parole…

— Nous devrions lui en parler. Après tout, c'est un officier.

— Pour le moment, dit Stryke. Je n'ai pas l'intention de le dégrader à moins qu'il ne recommence à faire des siennes. Viens.

Ils approchèrent d'Haskeer, qui leva le nez et les salua d'un signe de tête.

— Comment te sens-tu ? demanda Stryke.

— Mieux. (Le ton de sa voix et son attitude indiquaient qu'il ne mentait pas.) Je veux une chance de prouver que je suis toujours digne d'être un Renard.

— C'est ce que j'espérais entendre. Mais après ce que tu as fait, je vais devoir te mettre à l'essai un certain temps.

— Je ne sais même pas ce que j'ai fait ! cria Haskeer. Je crois ce que tu m'as dit, mais je ne me souviens de rien !

— C'est pour ça que nous allons garder un œil sur toi jusqu'à ce que nous comprenions ce qui s'est passé, dit doucement Stryke.

Jup se montra moins diplomate.

— Nous ne voudrions pas que tu redeviennes gaga.

— Va te faire…, s'emporta Haskeer.

Il ravala la fin de sa phrase. Stryke considéra que c'était bon signe. Si son inimitié pour Jup refaisait surface, Haskeer était probablement en train de redevenir lui-même.

— Nous n'avons pas besoin d'un boulet, et encore moins d'un traître potentiel, dit-il sévèrement. C'est bien compris ?

— Compris, marmonna Haskeer.

— Tant mieux. Maintenant, écoute-moi. L'humain qui est venu la nuit dernière, Serapheim, a affirmé que des chasseurs de primes emmenaient Coilla à Hecklowe. Nous allons la chercher. Ce que j'attends de toi, c'est que tu obéisses aux ordres et que tu te comportes de nouveau comme un membre de cette compagnie.

— D'accord.

Un peu rassuré, Stryke rassembla les autres et leur expliqua son nouveau plan. Les soldats posèrent quelques questions, mais aucun d'eux ne protesta. Il eut le sentiment que tous étaient soulagés d'avoir enfin un objectif.

— J'ai besoin de deux volontaires pour porter un message à Alfray, acheva Stryke. Mais je dois vous avertir que ça peut être une mission dangereuse.

Tous les soldats firent un pas en avant. Il choisit Jad et Hystykk, peu ravi de réduire encore ses forces.

— Le message est très simple : dites à Alfray où nous sommes allés, et ajoutez que nous le rejoindrons à Drogan aussi vite que possible. (Il réfléchit quelques instants :) À partir du moment où vous aurez retrouvé les autres, si une semaine passe sans que vous ayez de nouvelles de nous, il faudra supposer que nous ne reviendrons pas. Alors, Alfray et son groupe seront libres d'agir comme bon leur semblera.

Ce discours doucha l'enthousiasme des Renards. Stryke les tira de leur torpeur en leur ordonnant de se préparer à partir.

Pendant que les soldats s'éparpillaient, il plongea une main dans sa poche, en sortit les trois étoiles et les examina pensivement. Puis il leva les yeux et vit qu'Haskeer le fixait.

— C'est également valable pour vous, sergent, cria-t-il.

Haskeer se dirigea vers son cheval. Stryke rangea les étoiles et se hissa sur le dos de sa monture.

Ils se remirent en route.

On avait surnommé Hecklowe « la cité qui ne dort jamais ».

De fait, les rythmes normaux du jour et de la nuit ne s'y appliquaient pas. Le terme de « cité » non plus. Au moins, pas dans le sens où on l'entendait dans le nord, à Urrrarbython ou à Wreaye, ou dans les communautés humaines du sud telles que Clapotis et Pont-Garde-à-Vous, qui grossissaient à une vitesse inquiétante. Pourtant, Hecklowe était assez grande pour accueillir une population sans cesse en mouvement et composée de toutes les races aînées de Maras-Dantia.

Certains individus vivaient ici en permanence. En général, c'était des fournisseurs de vices en tous genres, comme les esclavagistes qui tiraient parti du flot ininterrompu de voyageurs. Bien que les bagarres soient interdites, d'autres crimes étaient devenus monnaie courante à Hecklowe. Beaucoup soutenaient que c'était un autre effet secondaire de l'influence des nouveaux venus, et on ne pouvait les en blâmer.

Ces pensées traversèrent l'esprit de Coilla quand le trio de chasseurs de primes l'entraîna hors de l'auberge, à l'aube. Les rues étaient aussi bondées qu'à leur arrivée, la veille au soir.

Lekmann conseilla une fois de plus à leur prisonnière de ne pas tenter de s'échapper.

—Tu es certain qu'un esclavagiste nous en donnera davantage que Jennesta? demanda Aulay, sceptique.

—Comme je l'ai déjà dit, les clients sont prêts à payer très cher les gardes du corps orcs.

—Doubler Jennesta ne me semble pas une très bonne idée, dit Coilla. Elle n'est pas réputée pour sa magnanimité.

—Toi, tu la fermes, et tu laisses penser les gens qui ont un cerveau en état de fonctionnement! cria Lekmann.

La femelle orc dévisagea Blaan, le regard toujours vide et la mâchoire inférieure toujours pendante. Puis elle regarda Aulay, avec son bandeau sur l'œil, son oreille mordue et son petit doigt cassé.

—Ouais, c'est ça, marmonna-t-elle.

—Suppose qu'elle ait menti au sujet des Renards, et qu'ils ne soient pas là? insista Aulay.

—Tu vas arrêter de m'emmerder avec ça? s'impatienta Lekmann. C'est logique qu'ils soient venus ici. Et même s'ils n'y sont pas, nous nous en mettrons plein les poches en vendant cette vermine. Et nous pourrons toujours continuer nos recherches ailleurs.

—Où, Micah? demanda Blaan.

—Ne commence pas, Jabez! Je trouverai quelque chose si on en arrive là.

Ils se turent quand deux Veilleurs passèrent près d'eux.

—On y va, Micah? dit Aulay.

—On y va. Comme convenu, tu chercheras les Renards. Souviens-toi qu'ils essayent de vendre quelque chose. Passe chez les joailliers, les usuriers, tous les gens qui seraient susceptibles d'acheter leur came.

Le borgne hocha la tête.

—Pendant ce temps, Jabez et moi, on lui dégotera un nouveau propriétaire, continua Lekmann en désignant Coilla. On te retrouve ici à midi au plus tard.

—Où irez-vous?

—Dans le quartier est. Une adresse que j'ai récoltée hier soir. Maintenant, remue-toi. Nous n'avons pas de temps à perdre.

Ils se séparèrent.

—Tu veux que je fasse quoi, Micah? demanda Blaan.

—Garde un œil sur l'orc. Si elle fait mine de s'échapper, tu l'assommes.

Ils firent marcher Coilla entre eux, ignorant l'irritation des autres piétons dans les rues étroites. La femelle orc s'attirait des regards méfiants et apeurés.

—J'ai une question, dit-elle. Qui est le marchand d'esclaves chez qui nous allons ?

—Il s'appelle Razatt-Kheage, répondit Lekmann.

—C'est un nom de gobelin.

—Ça tombe bien : c'est un gobelin.

Coilla soupira.

—Les orcs ne s'entendent pas très bien avec les gobelins, pas vrai ? devina Lekmann.

—Les orcs ne s'entendent avec personne, abruti !

Blaan gloussa. Lekmann lui jeta un regard qui le fit taire instantanément.

—Si tu as d'autres questions comme ça, pas la peine de les poser, dit-il à Coilla.

Ils tournèrent dans une avenue. Une petite foule s'était rassemblée autour de deux fays en train de se disputer.

On dit que les fays sont le fruit d'une union entre les elfes et les fées, et on les considère généralement comme les cousins de ces deux races. Frêles, avec un petit nez retroussé et pointu, des yeux pareils à de minuscules boutons noirs et une bouche délicate garnie de dents nacrées, ils n'ont pas un caractère agressif et ne sont pas taillés pour le combat.

Mais ces deux-là, à moitié soûls, se lançaient des invectives et des coups de poing maladroits. Il semblait peu probable qu'ils se blessent, à moins de trébucher et de tomber.

Les chasseurs de primes éclatèrent de rire.

—Ils ne tiennent pas l'alcool, railla Lekmann.

—Ce sont les humains qui ont introduit ce genre de comportement à Maras-Dantia, lui rappela Coilla. Vous détruisez notre monde.

—Ce n'est plus le vôtre, sauvage ! Et ça s'appelle la Centrasie, à présent.

—Et mon cul, ça s'appelle du poulet ?

—Tu devrais nous être reconnaissante. Nous vous avons apporté les avantages de la civilisation.

—Comme l'esclavage ? Ça n'existait pas avant votre arrivée. Aucun Maras-Dantien n'en possédait un autre.

—Vraiment. Et vous, les orcs ? Vous naissez au service de quelqu'un, pas vrai ? Ce n'est pas nous qui avons commencé.

—C'était du servage, et vous l'avez corrompu avec vos idées malfaisantes. Autrefois, cet arrangement permettait aux orcs de faire ce qu'ils préfèrent : se battre.

—En parlant de se battre…

Lekmann désigna les deux fays qui continuaient à s'envoyer des coups de poing. Blaan éclata d'un rire stupide.

—Tu vois? Vous n'avez pas besoin que nous vous enseignions la violence. Elle est déjà là, juste sous la surface.

Coilla n'avait jamais eu tant envie d'une épée.

Un des fays sortit un couteau. Mais il était si soûl qu'il avait plus de chances de se faire mal tout seul que de blesser son adversaire.

Deux Veilleurs apparurent. Peut-être ceux qu'ils avaient croisés plus tôt : impossible à dire, car ils se ressemblaient tous. Coilla fut surprise par la vitesse à laquelle ils se déplaçaient. Ça ne collait pas avec leur aspect massif.

Trois ou quatre autres homoncules les suivaient. Tous convergèrent vers les fays, tellement absorbés par leur pugilat qu'ils n'eurent pas le temps de s'enfuir.

Des bras puissants se refermèrent sur eux et les soulevèrent de terre. Ils eurent beau piailler, se débattre et remuer les jambes dans le vide, les Veilleurs n'eurent aucun mal à désarmer celui qui tenait un couteau.

La foule se tut. Les Veilleurs saisirent la tête des fragiles créatures et, d'un geste presque désinvolte, leur brisèrent le cou. D'où elle était, Coilla entendit craquer leurs vertèbres.

Puis les Veilleurs s'en furent, portant les corps de leurs victimes comme des poupées de chiffon. Un peu plus consciente du niveau de tolérance qui régnait à Hecklowe, la foule se dissipa.

Lekmann lâcha un sifflement.

—Ils prennent l'ordre et la loi très au sérieux dans le coin, à ce qu'on dirait.

—Je n'aime pas ça, gémit Blaan. Moi aussi j'ai une arme dissimulée.

—Qu'elle le reste !

Les chasseurs de primes se disputaient. C'était l'occasion que Coilla attendait. Elle saisit sa chance.

Lekmann lui bloquait le chemin. Elle lui lança un coup de pied dans l'entrejambe. L'humain grogna et se plia en deux. Coilla courut…

Un bras lui enserra le cou. Blaan l'entraîna dans une ruelle voisine. Les yeux humides et le visage livide, Lekmann les suivit en boitillant.

—Espèce de chienne, souffla-t-il.

Il regarda en arrière. Personne ne semblait avoir remarqué ce qui se passait. Reportant son attention sur Coilla, il lui flanqua une gifle retentissante. Puis une autre.

Le goût cuivré du sang emplit la bouche de la femelle orc.

—Recommence et je te tuerai. Tant pis pour le fric.

Quand il fut certain qu'elle s'était calmée, Lekmann ordonna à Blaan de la lâcher. Coilla s'essuya le menton et ne dit rien.

— Maintenant, bouge tes fesses !

Ils se remirent en route, les chasseurs de primes serrant leur prisonnière de près.

Quelques minutes plus tard, ils entrèrent dans le quartier est de la ville. Ici, les rues étaient encore plus étroites et plus encombrées. Un véritable labyrinthe où les étrangers avaient du mal à se retrouver.

Alors qu'ils étaient immobiles au coin d'une rue, attendant que Lekmann s'oriente, le regard de Coilla fut attiré par une grande silhouette qui fendait la foule, deux ou trois pâtés de maisons plus loin. Comme la veille, quand elle avait cru voir des orcs, ce fut une vision très fugitive. Mais elle crut reconnaître Serapheim, le conteur humain qu'ils avaient rencontré dans les plaines.

Il leur avait dit qu'il arrivait d'Hecklowe, alors pourquoi y était-il revenu si vite ? Coilla décida qu'elle avait dû se tromper. Ça semblait probable, vu que tous les humains se ressemblaient...

Ils repartirent. Lekmann les conduisit vers le cœur du quartier, dans des ruelles de plus en plus tortueuses et de moins en moins fréquentées.

Enfin, ils entrèrent dans une impasse. À une extrémité se dressait un bâtiment qui avait dû jadis être blanc et élégant. À présent, couvert de crasse, il tombait en ruines. Les rares fenêtres étaient barricadées, l'unique porte renforcée.

Lekmann ordonna à Blaan de toquer au battant, puis de s'écarter. Ils attendirent une minute et allaient frapper une seconde fois lorsqu'un petit panneau glissa sur le côté. Une paire d'yeux jaunes étudia les visiteurs sans que son propriétaire juge utile de faire un commentaire.

— Nous sommes venus voir Razatt-Kheage, annonça Lekmann.

Pas de réponse.

— Je m'appelle Micah Lekmann.

Les yeux continuaient à les fixer.

— Un ami commun m'a donné votre adresse, ajouta le chasseur de primes. Il a dit que je serais le bienvenu.

L'inspection muette continua quelques secondes. Puis le panneau se referma.

— Ils n'ont pas l'air très amical, dit Blaan.

— Ils ne bossent pas dans un secteur très amical, lui rappela Lekmann.

Ils entendirent un bruit de verrous. La porte s'entrouvrit. Lekmann poussa Coilla à l'intérieur et la suivit. Blaan entra le dernier.

Dans le couloir, un gobelin leur faisait face. Un autre se glissa derrière eux pour refermer la porte.

Une chair verdâtre parcheminée tendue à craquer sur leurs os, leurs omoplates proéminentes donnaient l'impression qu'ils étaient bossus. S'ils n'avaient pas d'excès de graisse, ils compensaient par des muscles noueux. Un seul regard suffit à Coilla pour deviner que c'étaient des êtres forts et agiles.

Une tête chauve et ovale, de petites oreilles rabattues, des lèvres caoutchouteuses presque inexistantes, un nez aplati avec deux trous ronds en guise de narines, des yeux en forme de gouttes d'eau aux pupilles noires entourées de jaune bilieux… Assez hideuses, les deux créatures étaient en outre armées de longues massues.

Le couloir débouchait sur une salle où se tenaient sept ou huit autres gobelins. À hauteur de poitrine d'humain, une plate-forme de bois courait le long du mur du fond. Elle était jonchée de tapis et de coussins. Au centre se dressait une chaise sculptée à haut dossier qui ressemblait vaguement à un trône. Deux gardes l'encadraient.

Un gobelin était assis sur ce siège. Si les autres portaient une tenue militaire, lui était vêtu de soie et croulait presque sous le poids de ses bijoux. Dans une de ses pattes, il tenait le tuyau d'un hookah dont s'élevaient de minces volutes de fumée blanche.

—Je suis Razatt-Kheage, annonça-t-il d'une voix sifflante. On m'a communiqué votre nom. (Il gratifia Coilla d'un regard approbateur.) Et on m'a dit que vous aviez de la marchandise à me proposer.

—En effet! lança Lekmann avec une bonhomie feinte.

Razatt-Kheage fit un geste impérieux.

—Approchez.

Lekmann poussa Coilla vers les marches, à une extrémité de l'estrade. Deux gardes leur emboîtèrent le pas. Lekmann fit un signe de tête à Blaan, qui immobilisa Coilla par une clé au cou, à bonne distance de l'esclavagiste.

Razatt-Kheage offrit sa pipe à Lekmann.

—Qu'est-ce que c'est? demanda le chasseur de primes, méfiant. Du cristal?

—Non, mon ami. Je préfère les plaisirs plus intenses. Du lassh pur.

Lekmann pâlit.

—Non, merci. J'essaye de ne pas consommer de narcotiques trop puissants. Je me suis laissé dire qu'on en prend vite l'habitude.

—Évidemment. Ça coûte cher, mais je peux me le permettre.

L'esclavagiste porta le tuyau de la pipe à ses lèvres et prit une profonde inspiration. Ses yeux se voilèrent quand il cracha la fumée.

—Revenons à nos moutons. Puis-je examiner la marchandise?

Il fit signe à un de ses serviteurs qui s'approcha de Coilla. Blaan l'immobilisant toujours, il tâta ses biceps et ses cuisses.

—Elle est dans une forme remarquable, déclara Lekmann.

Le gobelin força Coilla à ouvrir la bouche pour inspecter ses dents.

—Je ne suis pas un putain de cheval! cracha la femelle orc.

—Elle a du caractère, s'excusa Lekmann.

—Ça ne durera pas, promit Razatt-Kheage. J'en ai brisé de plus coriaces.

Son serviteur acheva l'inspection et hocha la tête.

—Il semble que votre marchandise soit acceptable, Micah Lekmann, dit l'esclavagiste. Parlons du paiement.

Pendant qu'ils négociaient, Coilla en profita pour regarder autour d'elle. Une seule porte, des fenêtres condamnées et une profusion de gardes, sans compter Blaan qui ne desserrait pas son étreinte. Bref, pas d'autre choix que de prendre son mal en patience.

Lekmann et l'esclavagiste parvinrent à s'entendre sur un prix substantiel. Coilla ne savait pas si elle devait en être flattée.

—Marché conclu, dit Razatt-Kheage. Quand voulez-vous revenir chercher votre argent ?

Lekmann sursauta.

—Revenir ? Comment ça, revenir ?

—Vous croyez que je garde une telle somme ici ?

—Combien de temps pour vous la procurer ?

—Disons quatre heures.

—Quatre heures ! C'est bien long…

—Vous préférez traiter avec un autre agent ?

Le chasseur de primes soupira.

—Très bien, Razatt-Kheage. Quatre heures, mais pas une minute de plus.

—Vous avez ma parole. Voulez-vous attendre ou revenir plus tard ?

—J'ai un rendez-vous. Je repasserai.

—Il vaudrait mieux que vous laissiez l'orc ici. Elle sera en sécurité, et vous n'aurez pas à vous soucier de veiller sur elle.

Lekmann plissa les yeux, soupçonneux.

—Comment être certain qu'elle sera toujours ici à mon retour ?

—Quand un gobelin donne sa parole, c'est une grave insulte que de la mettre en doute, grogna Razatt-Kheage.

—Il est vrai que les esclavagistes sont des gens très honorables, fit Coilla, sarcastique.

Blaan lui tordit le bras dans le dos. Elle serra les dents et ne lui donna pas la satisfaction de gémir.

—Alors, humain ? Quelle est ta décision ? demanda Razatt-Kheage.

—D'accord, elle peut rester. Mais mon partenaire restera avec elle. Et si votre race ne considère pas ça comme une insulte, je me permets de lui préciser qu'en cas de… problème… il devra la tuer. C'est compris, Jabez ?

—Entendu, Micah.

—Je comprends, dit l'esclavagiste. À dans quatre heures.

Un gobelin raccompagna Lekmann jusqu'à la porte.

—Ne vous dépêchez surtout pas de revenir, lança Coilla derrière lui.

Chapitre 14

C e n'est pas naturel, Stryke. On ne devrait jamais demander à un orc de renoncer à ses armes.

La première chose sensée que disait Haskeer depuis ses retrouvailles avec la compagnie. Il semblait presque redevenu lui-même.

— Sans ça, on ne nous laissera pas entrer à Hecklowe, répéta Stryke. Arrête de faire des histoires, tu veux?

— Pourquoi ne pas dissimuler quelques couteaux? proposa Jup.

— Je parie que personne ne s'en prive, dit Haskeer.

Stryke remarqua qu'il faisait un effort pour s'entendre avec le nain. Peut-être avait-il réellement retenu la leçon.

— Probablement… Le but, ce n'est pas d'empêcher les gens d'introduire des armes dans la ville, mais de s'en servir à l'intérieur. Se faire pincer en train de les utiliser entraîne une sentence de mort. Le Conseil le sait, et tous les visiteurs aussi. Y compris les Unis et les Multis. C'est pour ça qu'il n'y a pas besoin de les fouiller. De toute façon, ça prendrait trop de temps.

— Donc, on ne dissimule rien du tout? demanda Jup.

— Tu es malade ou quoi? s'exclama Stryke. Un orc sans armes? Évidemment qu'on va en dissimuler. Ce qu'on ne va pas faire, en revanche… (Il regarda ses soldats, s'attardant sur Haskeer.) Ce qu'aucun d'entre vous ne va faire, c'est les utiliser sans que j'en aie donné l'ordre. Les orcs doivent être capables d'improviser. Nous avons des poings, des pieds et une tête. C'est compris?

Les Renards entreprirent de glisser des dagues ou des poignards dans leurs bottes, leurs manches et leur casque. Haskeer s'enroula une longueur de chaîne autour de la taille et la recouvrit de sa tunique.

De jour, Hecklowe était aussi étrange et aussi impressionnante que de nuit. La pluie de la veille conférait une brillance huileuse à ses bâtiments hétéroclites. Le sommet des tours, les toits des boutiques et les pentes des pyramides miniatures scintillaient des couleurs de l'arc-en-ciel.

La compagnie gagna l'entrée principale de la ville. Comme d'habitude, une foule multiraciale s'y massait. Ils mirent pied à terre et se placèrent au bout de la queue en tenant leurs chevaux par la bride.

Pendant l'interminable attente, Haskeer fit des grimaces menaçantes aux kobolds, aux nains, aux elfes et à tous les représentants des espèces contre lesquelles il entretenait des griefs imaginaires ou réels. Enfin, ils atteignirent le guichet et se retrouvèrent face aux Veilleurs.

Jup passa le premier. Une sentinelle homoncule tendit les bras pour recevoir ses armes. Il y posa son épée, une hache, une hachette, deux dagues, un couteau, une fronde avec ses billes et quatre étoiles de lancer.

—Je voyage léger, expliqua-t-il au Veilleur impassible.

Le temps que les autres Renards se soient délestés d'une quantité d'armes similaire, la queue avait pris de la longueur et perdu de la patience.

Enfin, les orcs empochèrent leurs plaquettes de bois et furent invités à entrer.

—Les Veilleurs semblaient beaucoup plus alertes la dernière fois que je suis venu ici, commenta Stryke.

—La saignée de la magie affecte tout le monde, dit Jup. Même si la situation doit être encore pire à l'intérieur des terres. J'ai remarqué que le pouvoir reste plus fort à proximité de l'eau. Mais si les humains continuent comme ça, la corruption finira par ravager Hecklowe.

—Tu as raison. Cela dit, j'aimerais autant ne pas avoir à me colleter avec les Veilleurs. Ils sont peut-être moins puissants qu'avant, mais ils n'en demeurent pas moins des machines conçues pour tuer.

—Moi, je ne les trouve pas si impressionnants ! lança Haskeer.

—Sergent, grogna Stryke, je vous interdis de vous battre, à moins de ne pas pouvoir faire autrement.

—Vous savez que vous pouvez compter sur moi, chef ! se récria Haskeer.

Justement, Stryke aurait bien aimé…

—Venez. Trouvons une écurie.

Cela ne leur prit pas longtemps. Le capitaine veilla à ce que les réserves de pellucide ne soient pas abandonnées dans les sacoches de selle. Chaque membre de la compagnie prit sa part sur lui.

Puis ils s'enfoncèrent dans les rues grouillantes de visiteurs, s'attirant un certain nombre de regards curieux sur leur passage. Dans une ville aussi cosmopolite qu'Hecklowe, ce n'était pas un mince exploit. Et personne ne s'attarda longtemps sur leur chemin.

Enfin, ils débouchèrent sur une petite place pas trop encombrée. Des arbres se dressaient au milieu, mais ils semblaient frêles, le feuillage maigrichon.

Les Renards se rassemblèrent autour de Stryke.

— Dix orcs et un nain qui traînent ensemble, ça ne passe pas inaperçu. Il vaudrait mieux nous séparer.

— Je trouve aussi, dit Jup.

— Je prends Haskeer, Toche, Reafdaw et Seafe. Jup, tu gardes Talag, Gant, Calthmon, Breggin et Finje.

— Pourquoi je n'ai pas de groupe ? gémit Haskeer.

— Ils seront six dans celui de Jup, et nous cinq. Je préfère te garder avec moi, expliqua Stryke.

La poitrine d'Haskeer se gonfla de fierté. Le regard de Jup croisa celui de Stryke. Le nain fit un clin d'œil, auquel l'orc répondit par un petit sourire.

— Nous nous retrouverons ici dans… Disons, trois heures. Si un des deux groupes localise Coilla, qu'il tente de la délivrer si c'est possible. Si ça lui fait manquer le rendez-vous, qu'il retrouve les autres un kilomètre à l'ouest de la porte d'Hecklowe. Si les probabilités ne jouent pas en sa faveur, qu'il poste quelqu'un pour surveiller et revienne chercher les autres.

— Tu as une idée des endroits que nous devrions commencer par fouiller ? demanda Jup.

— Tous ceux où on vend et où on achète.

— Ça n'en exclut pas beaucoup, à Hecklowe.

— Alors, disons que vous prenez les secteurs nord et ouest, et nous les secteurs sud et est. (Stryke s'adressa à l'ensemble de la compagnie.) Nous savons – ou pensons savoir – que Coilla est avec trois humains, probablement des chasseurs de primes. Ne les sous-estimez pas. Ne prenez pas de risques. Et évitez autant que possible de vous servir de vos armes. Comme je l'ai dit, nous ne voulons pas que les Veilleurs s'intéressent à nous. Maintenant, filez !

Jup leva le pouce et partit à la tête de son groupe.

— La compagnie se ratatine de plus en plus, dit Haskeer en les regardant s'éloigner.

Le groupe du capitaine fouilla la ville sans résultat pendant deux heures.

Alors qu'ils quittaient le quartier nord pour gagner le quartier est, Stryke déclara :

— Le problème, c'est que nous ne savons pas comment chercher.

Haskeer fronça les sourcils.

— Pardon ?

— Nous ne connaissons personne à Hecklowe, nous n'avons pas de contacts pour nous aider, et les esclavagistes ne font pas d'affaires dans la rue. Les dieux seuls savent ce qui peut se passer dans ces bâtiments.

— Alors, on fait quoi ?

—On continue à arpenter les rues en espérant apercevoir Coilla. Hélas, il n'est pas question de demander aux Veilleurs où sont installés les esclavagistes...

—Quel intérêt ? On fiche quoi ici, si on n'a pas le moindre espoir de la retrouver ?

—Une petite minute ! Nous sommes ici à cause de toi ! Si tu n'avais pas pété les plombs, nous n'en serions pas là, et Coilla ne risquerait pas de tomber entre les griffes de Jennesta !

—Ce n'est pas juste ! gémit Haskeer. Je ne savais pas ce que je faisais ! Tu ne peux pas me juger responsable de...

—Capitaine ! coupa un soldat.

—Qu'y a-t-il, Toche ? demanda Stryke.

Le soldat désigna le croisement dont ils approchaient.

—Là, chef !

Tous regardèrent dans la direction qu'il indiquait. Une foule compacte se pressait à l'intersection de quatre rues.

—Que sommes-nous censés voir ? demanda Stryke.

—Cet humain. Celui que nous avons vu dans la neige, répondit Toche en sautillant d'excitation.

Cette fois, Stryke le repéra. Serapheim, le conteur qui les avait envoyés à Hecklowe et qui avait disparu après. Plus grand que la plupart des créatures qui l'entouraient, il était très reconnaissable avec ses cheveux mi-longs et sa cape bleu marine.

—Tu crois que c'est un des chasseurs de primes ? demanda Haskeer.

—Pas davantage que la dernière fois. Pourquoi nous aurait-il envoyés ici ? Tout de même, je me demande ce qu'il fabrique à Hecklowe.

—On va le perdre de vue, fit Toche.

—C'est une trop grande coïncidence qu'il soit ici, dit Stryke. Venez, nous allons le suivre. Mais pas de trop près : je ne voudrais pas qu'il nous repère.

Ils se frayèrent un chemin dans la foule en prenant soin de conserver leurs distances.

Serapheim ne paraissait pas avoir conscience qu'il était suivi ; il agissait de façon très naturelle, bien que déterminée. Les Renards le pistèrent jusqu'au cœur du quartier est, où les avenues se transformaient en ruelles sinueuses et où chaque cape semblait dissimuler une dague.

Serapheim tourna au coin d'un bâtiment. Quand les orcs le franchirent, ils se retrouvèrent dans une impasse vide. Au bout se dressait un bâtiment décrépit qui avait dû être blanc autrefois et comportait la seule porte visible de la rue. Ils supposèrent que Serapheim était entré par là.

Voyant que le battant était entrebâillé, ils se plaquèrent contre le mur, de chaque côté.

—On y va ? chuchota Haskeer.

—Que veux-tu faire d'autre ? lança Stryke.

—Souviens-toi de ce que tu as dit à Jup : dans le doute, retourne chercher de l'aide.

Une remarque étonnamment sensée, venant d'Haskeer.

—Je ne suis pas certain que la situation l'exige. (Stryke jeta un coup d'œil au ciel.) Mais c'est presque l'heure du rendez-vous. Seafe, retourne sur la place et ramène les autres. Si nous ne vous attendons pas à l'entrée de l'impasse, c'est que nous serons à l'intérieur.

Le soldat s'éloigna au pas de course.

Stryke resta avec Haskeer, Toche et Reafdaw. Ce n'était pas beaucoup. Mais ça devrait suffire pour affronter un conteur humain à moitié cinglé.

—On y va, décida-t-il en tirant son couteau de sa botte.

Les autres l'imitèrent.

Il poussa la porte et entra.

Au bout d'un petit couloir s'étendait une grande salle. Au fond, un trône se dressait sur une estrade. Quelques autres meubles étaient éparpillés autour. L'endroit semblait désert.

—Où est passé Serapheim ? souffla Haskeer.

—Il doit y avoir d'autres pièces, ou une issue quelconque, répondit Stryke. Nous…

Soudain, les tentures qui couvraient les murs s'écartèrent. Une porte dissimulée s'ouvrit derrière le trône. Une dizaine de gobelins armés en jaillirent et se précipitèrent pour encercler les Renards. Ils brandissaient des massues, des épées et des lances courtes, mais d'une portée bien supérieure à celle d'un simple couteau. L'un d'eux courut vers la porte d'entrée pour la verrouiller.

Toutes les armes se pointèrent sur la gorge et la poitrine des orcs. Les gobelins leur arrachèrent leurs couteaux et les fouillèrent. Par bonheur, ils n'eurent l'air intéressé ni par le pellucide ni par les étoiles. Ils se contentèrent de délester Haskeer de sa chaîne et de la jeter sur le sol.

Un gobelin vêtu de soie apparut sur l'estrade.

—Je suis Razatt-Kheage, annonça-t-il, mélodramatique.

—Vermine esclavagiste ! marmonna Haskeer.

Un gobelin le frappa à l'estomac avec sa massue. Il hoqueta de douleur et se plia en deux.

—Faites attention à la marchandise, dit Razatt-Kheage.

—Salaud ! cracha Stryke. Affronte-moi sans tes gardes pour que nous réglions ça d'orc à gobelin.

—Comme c'est charmant ! Bien qu'un peu primitif… Oublie tes velléités de violence, mon ami. J'ai ici quelqu'un que tu devrais être ravi de voir.

Il frappa dans ses mains. Coilla apparut sur le seuil de la porte dérobée. Elle sursauta à la vue des Renards.

— Caporal, la salua Stryke.

— Capitaine, répondit-elle calmement, se ressaisissant. Navrée que vous ayez des ennuis à cause de moi.

— Nous sommes des compagnons d'armes. Nous nous serrons les coudes.

Le regard de la femelle orc se posa sur Haskeer.

— On a quelques comptes à régler, toi et moi.

— Je m'en veux d'interrompre ces touchantes retrouvailles, dit Razatt-Kheage, mais vous devriez en profiter pour vous faire des adieux définitifs.

Coilla désigna Blaan d'un signe du menton.

— Ses deux copains ne vont pas tarder à revenir.

— Serapheim est l'un d'eux ? demanda Stryke.

— Serapheim ? demanda Coilla. Le conteur ?

— Taisez-vous ! cria Razatt-Kheage. Nous allons les attendre ensemble.

Il beugla quelque chose dans son langage. Ses gardes poussèrent Stryke, Haskeer et les deux soldats dans un coin de la pièce.

Presque aussitôt, on frappa à la porte. Un gobelin fit coulisser un petit panneau pour vérifier qui étaient les visiteurs, puis il les laissa entrer.

Lekmann et Aulay entrèrent dans la pièce.

— La famille des charognards au grand complet, annonça Coilla.

Blaan lui tordit le bras.

— La ferme !

Elle frémit.

— Tiens, tiens ! lança Lekmann. Qu'avons-nous là ? On m'avait dit que vous aviez beaucoup de relations et que vous serviez parfois d'intermédiaire, mais je dois avouer que je suis très impressionné, Razatt-Kheage. Les Renards… Une partie, tout au moins.

— C'est exact, confirma l'esclavagiste. Ils me rapporteront une petite fortune.

— Je vous demande pardon ? s'étrangla Aulay.

— J'ose espérer que vous ne tenterez pas de vous approprier ma marchandise, lâcha Razatt-Kheage. Ça pourrait vous attirer des ennuis.

— Écoutez… Mes partenaires et moi avons un contrat sur ces orcs.

— Et alors ? Vous ne les avez pas amenés ici, et c'est moi qui les ai capturés.

— J'ai amené la femelle, et c'est à cause d'elle qu'ils sont venus. Cela ne compte-t-il pas ?

— Minute ! s'indigna Haskeer. Vous parlez de nous comme si nous n'étions pas là ! Nous ne sommes pas des quartiers de viande dont on marchande le prix au kilo !

Le gobelin le frappa de nouveau avec sa massue.

— Bien sûr que si, ricana Lekmann.

Quand Haskeer eut repris son souffle, il jeta un regard froid au garde qui l'avait frappé.

— Ça fait deux fois, sac à merde. Je te rembourserai, avec les intérêts.

La créature le toisa, impassible.

— Je suis certain que nous pouvons parvenir à un accord, pour notre plus grande satisfaction à tous, susurra Razatt-Kheage.

— Je préfère ça, grogna Lekmann. Mais d'après ce que j'ai entendu dire sur ces renégats, vous allez avoir un sacré mal à les transformer en gardes du corps dociles.

L'esclavagiste examina les orcs. Il étudia leurs silhouettes musclées, leurs cicatrices de guerre, leur expression meurtrière.

— Ça risque d'être plus difficile qu'avec la femelle, concéda-t-il.

Stryke regarda Coilla, se disant que Razatt-Kheage ne savait pas de quoi il parlait.

— La reine Jennesta nous a promis de l'or si nous lui ramenions leur tête, annonça Aulay.

Razatt-Kheage réfléchit quelques instants.

— Ce serait sans doute moins problématique…

Le groupe de Jup gaspilla trois heures en inutiles recherches. L'heure du rendez-vous approchant, le nain et ses subordonnés revinrent vers la place. Ils y trouvèrent Seafe, qui les attendait pour leur transmettre le message de Stryke.

— Espérons que ça n'est pas une fausse piste, soupira Jup. Allons-y.

Si les passants trouvèrent bizarre qu'un nain parade à la tête d'une demi-douzaine d'orcs dans les rues d'Hecklowe, ils n'en laissèrent rien paraître.

Par bonheur, ils ne croisèrent aucun Veilleur en route.

Il y eut un moment de flottement à l'entrée du quartier est, quand Seafe hésita sur la direction à prendre. Mais cinq minutes plus tard, ils déboulèrent dans l'impasse déserte.

Jup fronça les sourcils.

— Stryke avait bien dit qu'ils nous attendraient là ?

— Oui, confirma Seafe. À condition qu'il n'y ait pas de problème.

— Nous devons donc partir du principe qu'il y en a eu un. Attendons-nous à rencontrer des créatures hostiles. C'est le moment où jamais d'utiliser nos armes, et au diable les lois d'Hecklowe !

Les orcs sortirent leurs couteaux en gardant un œil sur le bâtiment.

Jup tendit le bras et poussa la porte, qui ne bougea pas. Il fit signe aux autres de le rejoindre. À son commandement, ils se jetèrent sur le battant.

Ils durent s'y prendre à trois fois avant que le bois ne craque et cède. Leur élan les emporta à l'intérieur.

Ils se pétrifièrent. Devant eux se dressaient deux humains armés de couteaux. Sur leur droite, Stryke, Haskeer et les Renards étaient adossés à un mur. Sept ou huit gobelins les surveillaient. Un autre gobelin en robe de soie paradait sur une estrade au fond de la pièce. À sa gauche, un humain massif immobilisait Coilla d'une clé au cou.

Un gobelin tapi près de la porte avança, une lance à la main, pour bloquer la sortie.

—Ah, lâcha simplement Jup.

—De mieux en mieux…, grogna Lekmann.

—Si on attend encore un peu, ils finiront par débarquer tous, se réjouit Aulay.

—Lâchez vos armes! cria Razatt-Kheage.

Personne ne bougea.

—Rendez-vous, ordonna Lekmann. Vous êtes en infériorité numérique, et vous n'avez que des couteaux pour vous défendre.

—Je ne reçois pas d'ordres des gobelins, et encore moins d'humains puants, fit Jup, l'air hautain.

—Fais ce qu'on te dit, vermine! cria Lekmann.

Jup se tourna vers Stryke.

—Capitaine?

—Faites ce que vous avez à faire, sergent.

Impossible de se méprendre sur ses intentions.

Jup déglutit.

—Que serait la vie sans un peu d'imprévu? lâcha-t-il, l'air aussi détaché que possible.

Chapitre 15

Jup lança son couteau sur le garde le plus proche, qu'il atteignit à la gorge. Son attaque brisa net le cou du gobelin.

Alors, ce fut le chaos.

Un Renard s'empara de la lance que le garde avait laissé tomber et fit face à un autre gobelin. Simultanément, Stryke et Haskeer bondirent sur les créatures qui les surveillaient et luttèrent pour leur arracher leurs armes.

Le groupe de Jup sauta sur Lekmann et Aulay. Les chasseurs de primes dégainèrent leurs couteaux et engagèrent le combat.

Le nain ne put pas se joindre à la mêlée, car un gobelin lui barrait le chemin. Jup plongea en avant pour éviter sa lame, referma les bras autour des jambes de la créature et la plaqua à terre. Ils roulèrent sur le sol.

Jup saisit le poignet droit de son adversaire et le cogna contre les dalles, sans réussir à lui faire lâcher son arme.

Un gobelin s'effondra près d'eux, le visage lacéré par la dague d'un orc. Jup tendit la main pour lui prendre son épée. Sans lâcher le poignet du premier garde, il lui enfonça la lame dans la poitrine.

Bondissant sur ses pieds, il jeta une des épées à un de ses camarades et se servit de l'autre pour se frayer un chemin jusqu'à son capitaine.

Sur l'estrade, Coilla se débattait comme un chat sauvage pour échapper à l'étreinte de Blaan. Non loin de là, Razatt-Kheage hurlait des ordres et des jurons.

Stryke avait réussi à ceinturer un gobelin en lui plaquant les bras contre les flancs. Le monstre se tortillait et agitait son épée pour lui embrocher un mollet. Stryke le calma d'un bon coup de tête. Puis il prit l'arme de son adversaire et lui trancha la gorge.

Se retournant, il vit Haskeer lutter pour s'emparer de la lance du garde qui l'avait frappé à deux reprises. En passant, Stryke lui fit une entaille au flanc. Rien de grave, mais cela suffit à distraire le gobelin.

Pendant que son capitaine s'éloignait en direction des chasseurs de primes, Haskeer tira sur la hampe de la lance et parvint à positionner la pointe sous le menton de son adversaire. Puis il poussa de toutes ses forces, égorgeant la créature. Dégageant la lance dans un jet de sang, il se chercha une nouvelle victime.

Luttant toujours contre Blaan, Coilla cria quelque chose. Ses paroles se perdirent dans le vacarme, mais elle semblait désigner un gros coffre posé sur l'estrade.

Lekmann et Aulay faisaient des moulinets avec leurs couteaux, histoire de maintenir les orcs à distance. L'arrivée de Jup et de Breggin, qui brandissaient des épées, les força à reculer.

Blaan entreprit de tordre le cou à Coilla, qui cria de nouveau. Haskeer se rua vers l'estrade. Un gobelin voulut s'interposer. Haskeer baissa sa lance, dont la pointe pénétra dans l'estomac de son adversaire. Puis il jeta au pied des marches le cadavre de la créature. Abandonnant son arme, il bondit sur la plate-forme et atterrit à un mètre de Coilla et de Blaan.

À l'autre extrémité, Razatt-Kheage continuait à invectiver ses gardes. Haskeer l'ignora.

Il se jeta sur Blaan et lui flanqua un crochet à la tempe. Le gros humain glapit de rage. Haskeer le frappa une nouvelle fois au même endroit. Blaan lâcha Coilla et se tourna vers Haskeer.

La femelle orc profita de ce répit pour se précipiter vers le coffre. Elle souleva le couvercle : il était plein de coutelas, de rapières et de cimeterres.

Coilla saisit une épée large, puis poussa le coffre vers le bord de l'estrade. Il bascula, répandant son contenu sur le sol.

Dans sa hâte, la femelle orc n'avait pas remarqué que toutes les armes allaient atterrir derrière Lekmann et Aulay. Ceux-ci se retournèrent et se jetèrent dessus.

Ils ne furent pas les seuls : quatre ou cinq orcs avides d'échanger leurs couteaux contre des lames plus longues les imitèrent aussitôt.

Vingt secondes plus tard, tous les combattants étaient armés jusqu'aux dents.

La mêlée devint meurtrière.

— Chasseur de primes ! rugit Stryke en se plantant devant Lekmann. Défends-toi !

— Viens te frotter à moi si tu l'oses !

L'humain voulut en finir au plus vite. Il porta à Stryke des attaques d'une rapidité déconcertante. L'orc les para sans céder un pouce de terrain. Il parvint même à avancer d'un pas ou deux, et passa en mode offensif. Lekmann para avec autant de fluidité et regagna l'espace perdu.

Concentrés sur leur duel, ils ne faisaient plus attention à ce qui se passait autour d'eux tandis que leurs armes s'entrechoquaient.

Jup avait choisi d'affronter Aulay. L'humain était légèrement moins bon bretteur que son partenaire, mais pas mauvais du tout. En outre, il était animé par la colère et le désespoir.

Le nain tenta de le décapiter. Aulay se baissa pour esquiver et décrivit un arc de cercle avec sa lame, avec l'idée d'éventrer son adversaire. Jup bondit en arrière. Puis il se rua de nouveau à l'assaut.

Partout dans la pièce, les orcs et les gobelins se déchaînaient, décidés à se massacrer les uns les autres. Les épées coupaient les hampes des lances, les couteaux ricochaient sur les cottes de mailles, les lames se heurtaient dans un fracas métallique.

Un Renard souleva une table et la laissa retomber sur le dos d'un gobelin, permettant à un de ses camarades de s'avancer pour le poignarder. Un autre fut projeté en arrière par un coup de massue et percuta un mur. Il esquiva le coup suivant et repartit à l'attaque.

Sur l'estrade, Haskeer et Blaan luttaient tels deux boxeurs dont aucun ne voudrait jeter le gant. L'humain plaça un uppercut à la mâchoire de l'orc.

— Tu vas tomber, oui ? rugit-il.

L'impact fit tituber Haskeer sans le renverser. Il répondit par un hurlement furieux et enfonça son poing dans l'estomac de l'humain. Blaan n'en parut guère affecté. Tous deux avaient l'habitude que leurs adversaires s'effondrent au premier coup, et leur résistance inattendue nourrissait leur colère.

Blaan tendit les bras. Avec une vitesse surprenante pour quelqu'un d'aussi massif, il se précipita pour ceinturer Haskeer. Ils luttèrent au corps à corps, le visage rouge et les muscles bandés.

Coilla songea à s'occuper de l'esclavagiste, mais ce n'était pas à lui qu'elle avait le plus envie de régler son compte.

Elle sauta de l'estrade. Un gobelin sortit de la mêlée et s'approcha d'elle. Ils croisèrent le fer, le gobelin compensant son manque de subtilité par une sauvagerie redoutable.

Coilla esquiva facilement. Puis elle feinta, fit passer le poids de son corps sur son autre pied et enfonça sa lame dans l'œil de son adversaire. Pendant qu'il hurlait à la mort, elle courut vers les humains.

Lekmann et Stryke étaient toujours absorbés par leur duel. Ils n'intéressaient pas Coilla. C'était Greever Aulay qu'elle voulait. Le chasseur de primes luttait contre Jup, le front couvert de sueur.

— Il est à moi ! s'exclama Coilla.

Jup comprit. Il recula, pivota et se retrouva face à un gobelin armé d'une épée avec qui il engagea le combat.

Coilla prit sa place et foudroya Aulay du regard.

— Depuis le temps que j'en rêve !

— Moi aussi, chienne ! J'ai un compte à régler avec toi, répliqua le borgne en portant une main à son oreille bandée.

Leurs lames s'entrechoquèrent.

Coilla esquivait, cherchant une occasion de lui planter soixante centimètres d'acier dans la chair. Aulay ripostait avec une témérité provoquée par la panique. L'expression meurtrière de son adversaire était plus que motivante. Du coup, les passes de l'humain manquaient de précision. Mais elles étaient aussi plus difficiles à prévoir.

Coilla mit dans ce duel tout le ressentiment et toute la haine accumulés au fil des jours contre les chasseurs de primes. Seul le sang pourrait laver l'injure qu'ils lui avaient faite.

La femelle orc martela l'épée d'Aulay d'une telle pluie de coups que c'était un miracle que la lame ne se fût pas encore brisée. L'humain avait de plus en plus de mal à repousser ses assauts. Bientôt, il cessa d'attaquer et concentra toute son énergie sur la défense.

Malgré son apparente nonchalance, Lekmann se battait comme un véritable démon. Le duel mobilisait toute la force et la concentration de Stryke.

Un vieil adage orc prétend que la façon dont une personne se bat reflète la façon dont elle pense. Il n'était pas étonnant que le chasseur de primes recoure à de nombreuses feintes. Mais Stryke aussi était capable de duplicité, même s'il préférait l'honnêteté d'un homicide franc et direct.

Ils tournèrent l'un autour de l'autre, chacun cherchant une faille dans la garde de son adversaire. Lekmann bondit et voulut abattre son épée sur la tête de Stryke. Le capitaine dévia sa lame et, d'une torsion du poignet, tenta de lui entamer la poitrine. Mais il avait calculé trop juste.

Ils reprirent leur danse mortelle.

Razatt-Kheage continuait à déverser sa rage et sa frustration dans le langage des gobelins et dans la langue commune. Il s'arrêta net quand un soldat, en contrebas, voulut lui trancher les jarrets.

L'esclavagiste fit un bond en arrière, saisit un gros sac de jute bourré à craquer et le laissa tomber sur la tête de l'orc. Mais il manqua son coup et faillit perdre l'équilibre. Le soldat taillada la toile. Une pluie de pièces d'argent – sans doute le salaire des chasseurs de primes – se déversa sur les dalles. Les combattants glissèrent dessus.

Des dizaines de pièces roulèrent vers Stryke et Lekmann. Ils ralentirent mais n'interrompirent pas leur duel pour autant. Tous les deux commençaient à fatiguer. Le combat en arrivait au stade où l'endurance devenait le facteur déterminant.

Haskeer et Blaan en étaient au même point. L'orc savait qu'il devait en finir pendant qu'il avait encore assez de force. Blaan avait réussi à lui immobiliser un bras. Haskeer leva sa main libre pour lui marteler la tête de coups de poing. Simultanément, il banda les muscles de son bras prisonnier.

Blaan avait de plus en plus de mal à contenir l'orc, qui lui écrasa le talon de sa botte sur le pied.

L'humain cria et lâcha prise.

Il recula en titubant. Haskeer franchit d'un bond la distance qui les séparait et lui tira un coup de pied dans l'entrejambe. Blaan émit une plainte aiguë.

Sans reprendre son souffle, Haskeer lui décocha une volée de coups de poing, alternant entre le menton et l'estomac. Blaan s'effondra comme un chêne abattu par la foudre. Toute l'estrade trembla.

Haskeer s'approcha et le bourra de coups de pied, visant tous les endroits vulnérables qui se présentaient à lui. Le bras de Blaan se détendit tel un ressort. Sa main se referma autour de la cheville d'Haskeer. L'orc s'étala de tout son long.

Les deux adversaires luttèrent pour être le premier à se relever. Ils y parvinrent en même temps. Contusionnés et ensanglantés, ils se jetèrent de nouveau l'un sur l'autre.

Coilla était en train de prendre le dessus sur Aulay. Elle lui portait des coups de taille et d'estoc, le forçant à reculer pour esquiver. Les mouvements de l'humain étaient de plus en plus lents. Sa vigueur l'abandonnait.

Jup et les soldats avaient éclairci les rangs ennemis. Il ne restait plus que trois gobelins valides, et ils battaient en retraite vers l'estrade. Lorsqu'ils la heurtèrent du dos, ils mobilisèrent toutes leurs forces pour la tentative de la dernière chance.

Deux essayèrent de rompre le demi-cercle d'orcs qui se refermait sur leur groupe, tandis qu'un autre balançait sa massue en arc de cercle. Un soldat se baissa pour esquiver le coup et taillada la poitrine du gobelin.

Les deux derniers serviteurs de Razatt-Kheage profitèrent de cette diversion pour bondir sur la plate-forme. Pendant que l'esclavagiste les encourageait de loin, ils abattirent leurs massues sur les orcs pour les empêcher de les suivre.

Acculés par leurs adversaires, Lekmann et Aulay comprirent qu'ils avaient perdu la partie.

—On se tire ! cria Lekmann.

Aulay n'eut pas besoin qu'on le lui dise deux fois. Il bondit en arrière, fit volte-face et courut vers l'estrade. Après une dernière feinte en direction de Stryke, son partenaire l'imita.

Les orcs se lancèrent à leur poursuite.

Aulay trébucha et tomba. Alors qu'il se relevait, Lekmann le dépassa en courant. Il prit pied sur la plate-forme entre Haskeer et Blaan, qui luttaient sur sa gauche, et les combattants qui croisaient le fer sur sa droite. Personne ne fit attention à lui.

S'écartant pour éviter l'orc qui tentait de l'arrêter, Aulay se hissa à son tour sur l'estrade. Lekmann lui tendit la main pour l'aider à se relever.

Ils se retournèrent pour affronter Stryke et Coilla.

Les humains et les gobelins survivants étaient tous sur la plate-forme, alors que les Renards restaient encore au niveau du sol. À l'exception d'Haskeer qui n'avait rien remarqué, trop occupé à échanger des coups avec Blaan. Mais l'humain aperçut ses partenaires du coin de l'œil et, sans cesser de se battre, recula progressivement vers eux.

Coilla réussit à grimper sur l'estrade. Elle fonça vers Aulay.

—Que faut-il pour t'arrêter ? cracha l'humain.

—Que tu meures !

Il attaqua. Coilla dévia ses coups. Cédant à sa colère, Aulay se jeta sur elle en faisant des moulinets désordonnés. Il ne prêtait pas une attention suffisante à sa garde. Chaque fois, la lame de son épée manquait sa cible d'au moins cinq pouces.

Coilla saisit sa chance. Elle fit un pas sur le côté et abattit son épée.

Sa lame trancha proprement la chair et les os du poignet gauche du borgne. Sa main tomba mollement sur les planches, et une fontaine de sang jaillit du moignon. Avec une expression de douleur et d'incrédulité, Aulay hurla.

Coilla arma son épée pour lui porter le coup de grâce.

Des bras massifs la ceinturèrent. Blaan la jeta de l'estrade comme si elle ne pesait rien.

La femelle orc atterrit lourdement sur les dalles de pierre.

Lekmann releva Aulay. Autour de lui, la plate-forme était maculée de sang.

Haskeer rattrapa Blaan, qui lui flanqua un coup de coude dans l'estomac. L'orc se plia en deux. Au lieu d'en profiter pour l'achever, Blaan courut rejoindre ses partenaires et les gobelins. Les planches vibraient sous ses pas.

Il s'arrêta pour empoigner le trône sculpté de Razatt-Kheage. Haskeer s'était redressé et le chargeait. Soulevant le siège comme un jouet, Blaan frappa avec. L'impact projeta l'orc contre le mur.

Blaan approcha du bord de l'estrade et lança le trône sur les orcs, qui s'éparpillèrent pour ne pas le recevoir sur la tête.

Profitant de la confusion, Razatt-Kheage guida ses serviteurs et les chasseurs de primes vers la porte secrète. Ils la franchirent avant que Stryke ne puisse donner l'ordre de les arrêter.

Les orcs bondirent sur la plate-forme. Trop tard. La porte leur claqua au nez. Stryke et deux soldats se jetèrent dessus, épaule en avant. Elle refusa de céder, même quand Haskeer joignit ses forces aux leurs.

—Tant pis ! cria Stryke.

Haskeer tapa du poing sur le battant.

— Et merde !

Mal remise de sa chute, Coilla boitilla vers eux.

— Je tuerai ces bâtards, même si c'est la dernière chose que je dois faire, jura-t-elle.

— Attention ! cria Jup en la bousculant.

Un épieu siffla près de son oreille et alla se planter dans le mur.

Il avait été lancé par le seul gobelin resté dans la pièce.

La créature saignait abondamment, mais elle était toujours debout. Et elle avait une épée à la main.

C'en fut trop pour Haskeer. Il sauta de l'estrade et chargea.

Le monstre tenta de frapper. Haskeer lui arracha son arme des mains et le rossa jusqu'à ce qu'il s'évanouisse. Puis il le prit par la peau du cou et lui cogna la tête contre le mur.

Les autres s'approchèrent à temps pour le voir réduire le gobelin en bouillie.

— Je crois qu'il est mort, dit Jup.

— Je ne suis pas aveugle, bas-du-cul ! cria Haskeer en lâchant le cadavre.

Stryke sourit.

— Ravi de vous revoir parmi nous, sergent.

Dans leur dos, un craquement retentit. Ils se retournèrent.

Un Veilleur finissait de démolir la porte d'entrée. D'autres homoncules se tenaient derrière lui.

— Quelle journée foireuse ! lâcha Coilla.

Chapitre 16

— N'essayez pas de les combattre, avertit Stryke. Contentez-vous d'esquiver.

—Plus facile à dire qu'à faire, grommela Jup en observant les homoncules.

Ils reculèrent alors que le premier Veilleur entrait dans la pièce. Son énorme tête pivota lentement, et les joyaux animés par une vie synthétique qui lui servaient d'eux balayèrent la scène. Deux de ses semblables vinrent se planter derrière lui.

Le Veilleur leva les mains, paumes vers le haut. Un cliquetis résonna, et des lames métalliques étincelantes jaillirent de ses poignets. Elles mesuraient quinze centimètres de long et semblaient diablement affûtées.

Obéissant à ce signal, les deux autres homoncules l'imitèrent.

—Oh, oh, marmonna Jup.

—Engagement minimum, ordonna Stryke. Faites le strict nécessaire pour sortir d'ici.

—Dis plutôt : tout ce qui sera nécessaire pour sortir d'ici, corrigea Coilla. Je les ai vus en action. Ils sont plus vifs qu'ils n'en ont l'air, et la miséricorde ne fait pas partie de leurs qualités.

—Tu sais qu'ils ont vu nos armes, et qu'ils ont dû passer en mode exécution ? demanda Jup.

—Oui. Mais souviens-toi que l'affaiblissement de la magie affecte leurs pouvoirs.

—C'est toujours ça de pris.

Les Veilleurs approchaient.

—On peut faire quelque chose ? grogna Haskeer, impatient.

—D'accord. Notre mission est simple : nous devons tous franchir cette porte vivants.

—Maintenant ? lança Coilla.

Stryke étudia les Veilleurs.

—Maintenant, dit-il.

Les Renards se séparèrent en deux groupes pour passer de chaque côté de l'homoncule de tête.

La créature tendit les bras pour leur barrer le chemin. Les deux autres en firent autant, la lumière se reflétant sur leurs lames.

Les orcs s'immobilisèrent.

—Quelqu'un d'autre a une idée de génie? lança Haskeer, à la limite de l'insubordination.

Les Veilleurs se remirent en marche, les bras écartés comme pour rassembler du bétail.

Les Renards reculèrent.

—Nous ne devrions pas tenter une sortie en force, dit Stryke. Qui sait? Ils ont peut-être plus de mal à riposter aux actions individuelles.

—Si ça signifie chacun pour soi, j'aurais préféré que tu le dises avant, grommela Haskeer.

—Il faudra que nous ayons une petite conversation, sergent, grogna Stryke.

—Commençons par filer d'ici, si ça ne vous ennuie pas, les interrompit Coilla.

—Pourquoi ne pas en attaquer un tous en même temps? proposa Jup. Ils ne peuvent pas être complètement invulnérables…

—Je suis pour, dit Haskeer en brandissant la massue d'un gobelin.

—On peut essayer, décida Stryke. Mais si ça ne marche pas, on n'insiste pas. Vous êtes prêts? Maintenant!

Ils chargèrent le Veilleur de tête, lui donnèrent des coups d'épée, le poignardèrent, lui tapèrent dessus avec des massues, écrasèrent des pointes de lance sur sa carapace. Haskeer tenta même de lui flanquer un coup de pied.

L'homoncule ne sembla pas le moins du monde affecté.

Les orcs battirent en retraite et se regroupèrent. Les Veilleurs reprirent leur avancée.

—Nous allons manquer de place, constata Jup après avoir jeté un coup d'œil par-dessus son épaule. Encore une fois?

—Oui. Et donnez tout ce que vous avez dans le ventre.

Ils foncèrent sur le premier homoncule. Les hampes des lances se brisèrent, les lames des couteaux et des épées s'émoussèrent. Tout ça sans lui faire le moindre mal.

—En arrière! cria Stryke.

Coilla désigna l'estrade.

—C'est le seul endroit qui nous reste.

—Ouais, fit Haskeer. Et je parie qu'ils ne savent pas grimper.

Ils sautèrent sur la plate-forme. Les Veilleurs les suivirent.

— Et maintenant ? demanda Coilla.

— On réessaye d'enfoncer cette fichue porte.

Ils eurent beau la marteler de coups, elle ne s'ouvrit pas.

— Je crois qu'elle est renforcée avec des barres d'acier, annonça Stryke.

— Il faut filer d'ici en vitesse, avant que d'autres Veilleurs ne débarquent ! lança Coilla.

Les trois qui étaient déjà dans la pièce atteignirent le pied de l'estrade et s'immobilisèrent.

— Vous voyez ? s'exclama Haskeer, triomphant. Ils ne savent pas grimper !

Les homoncules rétractèrent leurs lames et serrèrent les poings. Puis ils les levèrent au-dessus de leurs têtes et les abattirent avec la force d'un petit tremblement de terre.

L'estrade vacilla. Ils recommencèrent. Les planches craquèrent et se fendirent. La plate-forme s'inclina pendant que les Renards luttaient pour conserver leur équilibre.

Le troisième coup fut le bon. L'estrade s'écroula. Les planches, les piliers et les Renards s'écrasèrent sur le sol.

— Ils n'ont pas *besoin* de grimper, abruti ! cria Jup.

— Retour à la case « chacun pour soi », balbutia Coilla en se dégageant des débris.

— J'en ai assez de ces empêcheurs de se battre en rond ! cria Haskeer.

Il saisit un morceau de poutre et avança vers un Veilleur.

— Non ! Reviens ici, ordonna Stryke.

Haskeer l'ignora. Furieux, il lança son bout de bois dans la poitrine de l'homoncule. La poutre se brisa en deux ; le Veilleur ne broncha pas.

Puis il leva un bras et assena à son agresseur un revers de la main qui le projeta en arrière. Haskeer retomba dans les restes de la plate-forme. Deux soldats se précipitèrent pour l'aider à se relever. Il les injuria et refusa leurs mains tendues.

Stryke remarqua quelque chose qui lui donna une idée.

— Calthmon, Breggin, Finje. Venez avec moi. Je voudrais essayer un truc.

Tandis que la compagnie jouait au chat et à la souris avec les Veilleurs, il conduisit les trois orcs vers l'autre bout de la pièce. La chaîne qu'Haskeer avait apportée gisait sur le sol. Stryke expliqua rapidement son plan.

— Elle est un peu courte, conclut-il, mais il faudra faire avec.

Finje et Calthmon saisirent un bout de la chaîne, Stryke et Breggin prirent l'autre. Le capitaine décida qu'ils n'étaient pas assez nombreux ; il fit signe à Toche et à Gant de les rejoindre.

Les six Renards se placèrent derrière un Veilleur sur qui leurs camarades lançaient des morceaux de planche. Les projectiles improvisés rebondissaient sur sa carapace sans lui faire de mal.

Au signal de Stryke, les orcs s'élancèrent.

La chaîne tendue entre eux percuta l'arrière des jambes du Veilleur. Ils continuèrent à tirer.

Au début, rien ne se produisit. Puis l'homoncule vacilla et fit un pas en avant. Stryke et son équipe donnèrent des à-coups à la chaîne. Leurs biceps saillaient et leur respiration était laborieuse.

Le Veilleur bascula en avant et heurta bruyamment le sol.

Presque aussitôt, ses bras et ses jambes s'agitèrent spasmodiquement. Il se débattit et se tortilla en essayant de se relever. Sa carapace produisait un grincement métallique en frottant sur les dalles.

—Ça devrait l'occuper un moment, dit Stryke.

Ses camarades et lui allaient recommencer la manœuvre avec un deuxième Veilleur quand ils furent déconcentrés par un cri de guerre d'Haskeer.

Le sergent bondit et se jeta sur le dos d'un homoncule. La créature se secoua pour essayer de le déloger. Mais ses bras étaient trop rigides pour atteindre l'orc. Elle fit donc jaillir ses lames pour piquer son agresseur invisible.

Haskeer passa les bras autour du cou du Veilleur et lui planta ses pieds dans les reins. Puis il tira et poussa en se balançant. L'homoncule oscilla avec lui.

Il redoubla d'efforts pour l'embrocher. Haskeer avait du mal à éviter les lames, mais il continuait à tirer et à pousser de toutes ses forces. Les bras levés, la créature vacillait comme un ivrogne.

Enfin, elle perdit l'équilibre et tomba en arrière. Haskeer bondit sur le côté pour ne pas être écrasé.

Stryke et les autres se ruèrent sur le Veilleur renversé et frappèrent. L'homoncule tenta de se défendre en jouant de ses lames, mais à l'horizontale, il manquait de précision.

Haskeer arracha une massue des mains d'un soldat et l'abattit sur la tête du Veilleur en visant les gemmes qui lui servaient d'yeux. L'une se craquela. Encouragé, l'orc redoubla d'efforts. L'œil éclata sous ses coups.

Un filet de fumée verte jaillit de la brèche. En atteignant le plafond, il forma un petit nuage d'où tombèrent des gouttes colorées à l'odeur si nauséabonde, que beaucoup d'orcs se couvrirent le visage avec leurs mains.

Suivant l'exemple d'Haskeer, Stryke plongea la pointe de son épée dans l'autre œil du Veilleur. La gemme se brisa, libérant un second jet de vapeur. L'homoncule frissonna. À moitié étouffés par la puanteur, les orcs reculèrent.

—Nous n'aurions pas pu faire ça autrefois, dit Stryke.

Le dernier Veilleur s'était avancé pour affronter la compagnie, libérant l'accès à la porte d'entrée.

—On fiche le camp! ordonna Stryke.

—Les orcs ne fuient pas, objecta Haskeer.

Jup et Coilla arrivèrent à temps pour l'entendre.

—Cette fois, si, abruti! lança le nain.

—Fuir, c'est bon pour les bas-du-cul dans ton genre! cracha Haskeer.

—Pour l'amour du ciel, bougez-vous! cria Coilla. Vous vous disputerez plus tard!

Les orcs foncèrent vers la porte.

… Et s'arrêtèrent net. Quatre autres Veilleurs venaient d'entrer dans l'impasse. Ils étaient assez nombreux pour leur barrer le chemin. Derrière eux, l'homoncule survivant se rapprochait.

—Ils n'abandonnent jamais, pas vrai? cracha Jup, dégoûté.

Stryke comprit que leur seule chance était d'escalader le mur qui délimitait leur extrémité de l'impasse. Comme il était haut et lisse, n'offrant aucune prise, il ordonna aux deux orcs les plus costauds de la compagnie – Haskeer et Breggin – de faire la courte échelle à leurs camarades.

Deux soldats se hissèrent au sommet du mur. Ils regardèrent de l'autre côté, annoncèrent que la voie était libre et s'installèrent à califourchon pour aider les autres à franchir l'obstacle.

À cause de sa petite taille, Jup obligea Haskeer à le soulever, et les soldats du haut du mur à se pencher pour saisir sa main.

Il ne restait plus que Stryke, Coilla, Breggin et Haskeer au fond de l'impasse quand le Veilleur sortit du bâtiment. Stryke et Coilla escaladèrent le mur à la hâte.

—Magnez-vous! cria Haskeer.

Breggin et lui se levèrent, bras tendus au-dessus de leur tête. Des mains les saisirent et tirèrent.

Le Veilleur voulut attraper la cheville d'Haskeer, qui pédala désespérément dans le vide. Derrière lui, les quatre autres homoncules se rapprochaient.

Haskeer et Breggin atteignirent le sommet du mur et tous les orcs se laissèrent tomber dans la ruelle voisine.

—C'était moins une! lança Jup.

Une partie du mur qu'ils venaient juste d'escalader explosa dans un nuage de poussière. Des briques s'effritèrent. Déchirant l'obstacle comme une simple feuille de papier, un Veilleur à la carapace blanchie par le ciment enjamba les débris.

—On se tire! brailla Stryke. Et planquez vos armes: inutile d'attirer davantage l'attention sur nous!

Les couteaux et les épées courtes disparurent dans les vêtements des

Renards. Les armes plus encombrantes, telles que lances et massues, furent abandonnées à contrecœur.

Les orcs prirent leurs jambes à leur cou.

Ils ralentirent l'allure en atteignant les avenues les plus passantes du quartier. Stryke leur ordonna de se séparer en trois groupes. Il s'en fut de son côté avec Coilla, Jup, Haskeer et deux soldats.

— J'ignore si les Veilleurs disposent d'un moyen de communiquer, dit-il à voix basse. Mais tôt ou tard, ils seront au courant et se lanceront à notre recherche.

— Donc, on récupère les chevaux et les armes et on quitte la ville, déduisit Jup.

— Exact, sauf qu'il va falloir oublier les armes. Il serait trop risqué de retourner au guichet. De toute façon, il nous en reste quelques-unes.

— Aller chercher les chevaux est risqué aussi, dit Coilla.

— Oui, mais nous n'avons pas le choix, sur ce coup-là.

— Je n'ai plus le mien.

— Nous t'en achèterons un autre.

— Avec quoi?

— Du pellucide. C'est tout ce que nous avons. Par bonheur, ça vaut n'importe quelle monnaie. J'en sortirai un peu avant que nous n'arrivions à l'écurie. Inutile d'exhiber nos réserves.

— Je déteste abandonner mes armes, se plaignit Haskeer. Dans le tas, il y avait ma hache favorite.

— Et la mienne, renchérit Jup. Mais ça valait le coup pour vous récupérer, toi et Coilla.

Incapable de dire si le nain se moquait de lui, Haskeer préféra ne pas répondre.

Ils restèrent sur leurs gardes pendant la traversée d'Hecklowe. À un moment, ils aperçurent deux Veilleurs qui s'approchaient en sens contraire. Stryke ordonna à tout le monde de garder son calme, et ils passèrent sans incident. À l'évidence, les homoncules ne disposaient d'aucun moyen de communication à distance. Peut-être à cause de l'affaiblissement de la magie.

Les Renards atteignirent l'écurie, où ils retrouvèrent les deux autres groupes. Ils récupérèrent leurs chevaux et en achetèrent un autre sans provoquer les soupçons des palefreniers.

Dans la rue, Jup suggéra :

— Pourquoi ne pas sortir de la ville en trois groupes? Ça attirerait moins l'attention.

— Que le premier groupe reparte sans retirer ses armes à la consigne peut éveiller les soupçons, objecta Coilla. Les suivants pourraient avoir des ennuis.

—Ils supposeront peut-être que nous n'en avions pas amené.

—Des orcs sans armes ? Qui croira une chose pareille ?

—Coilla a raison, dit Stryke. Nous resterons ensemble. Et nous nous approcherons de la sortie à pied. Au dernier moment, nous monterons en selle et nous filerons.

—C'est toi le chef, capitula Jup.

Les Renards arrivaient en vue de la porte principale quand une douzaine de Veilleurs apparurent derrière eux, marchant dans la même direction. Une foule sans cesse plus dense les suivait, consciente qu'un drame était sur le point de se produire.

—Tu crois qu'ils viennent pour nous, Stryke ? demanda Jup.

—Ça m'étonnerait qu'ils fassent une promenade de santé. (La compagnie était encore un peu trop loin de la sortie à son goût, mais il n'avait plus le choix.) Tous en selle ! ordonna-t-il.

Les orcs obéirent sous le regard perplexe des passants.

—On y va !

Ils éperonnèrent leurs montures et galopèrent vers la porte ouverte. Sur leur passage, les elfes, les gremlins et les nains s'éparpillèrent en levant le poing et en crachant des injures.

Devant eux, Stryke vit un Veilleur commencer à fermer la porte. Une tâche difficile, même pour une créature douée d'une force aussi prodigieuse.

Les Renards chargèrent.

Jup et le capitaine atteignirent la sortie les premiers. Stryke prit un risque calculé pour aider ses camarades : il s'approcha du Veilleur autant qu'il l'osa et lui flanqua un coup de pied dans la tête. Grâce à l'élan de son cheval, l'impact renversa la créature.

Les Veilleurs présents foncèrent sur Stryke. Un autre sortit de la guérite. Des lames jaillirent de leurs poignets.

Jup s'était arrêté, inquiet pour son capitaine.

—Continue ! cria Stryke.

Le nain obéit, dispersant la foule qui faisait la queue pour entrer à Hecklowe.

La compagnie franchit la porte au galop. Stryke attendit que ses subordonnés soient tous passés avant d'éperonner son cheval.

Ils laissèrent Hecklowe derrière eux.

Les Renards ne ralentirent pas avant d'avoir mis une bonne dizaine de kilomètres entre eux et le port libre.

Sur la route de Drogan, ils se racontèrent ce qui leur était arrivé pendant leur séparation. Seul Haskeer n'avait rien à dire.

Coilla brûlait toujours de haine pour les chasseurs de primes qui l'avaient si mal traitée.

—Je n'oublierai pas, Stryke. Je te jure que je les ferai payer un jour ou l'autre. Le pire, c'était ce sentiment d'impuissance. Je préférerais me suicider plutôt que de me laisser de nouveau capturer. Et tu sais à quoi je pensais ?

—Non. Quoi ?

—Je me disais que c'était comme notre existence d'avant. Comme la vie de tous les orcs. Nés pour être au service de quelqu'un d'autre, forcés de défendre une cause que nous n'avons pas choisie et de risquer nos vies pour des gens qui ne se soucient pas de nous…

Tous comprirent ce qu'elle voulait dire.

—Nous sommes en train de changer ça, lui rappela Stryke. Au moins, nous essayons.

—Plutôt mourir que de revenir en arrière, affirma Coilla.

Stryke ne fut pas le seul à hocher la tête en signe d'assentiment.

Coilla regarda Haskeer.

—Tu ne m'as pas encore expliqué ton comportement, dit-elle sèchement.

—Ce n'est pas facile…

—Haskeer n'est pas certain de ce qui s'est passé, expliqua Stryke. Aucun de nous ne le sait vraiment. Je t'expliquerai en route.

—C'est la vérité. Et je suis… désolé.

Coilla avait si peu l'habitude d'entendre ce mot dans la bouche du sergent qu'elle en fut désarçonnée. Mais impossible d'accepter ses excuses tant qu'elle n'en saurait pas un peu plus.

Stryke changea de sujet. Il lui raconta leur rencontre avec Serapheim et elle fit de même.

—Quelque chose m'a tout de suite chiffonnée chez cet humain, avoua-t-elle.

—Je vois ce que tu veux dire.

—Devons-nous le considérer comme un allié ou comme un ennemi ? Non que je trouve normal de tenir un humain pour un allié…

—Nous ne pouvons pas nier qu'il nous a aidés à te retrouver en nous envoyant à Hecklowe.

—Dans un endroit où on vous avait tendu un piège !

—Ce n'était peut-être pas sa faute.

—Ce qui m'intrigue le plus, dit Jup, c'est la façon dont il disparaît. Surtout chez l'esclavagiste. J'aimerais bien comprendre comment il fait.

—Il n'est jamais entré, dit Coilla.

—Facile : il a escaladé le mur, comme nous, dit Stryke.

Mais il n'avait pas l'air convaincu, et ne réussit pas davantage à persuader les autres.

—Et comment survit-il ? insista Coilla. Enfin, s'il arpente vraiment le pays seul et sans armes. L'époque ne s'y prête guère…

Jup haussa les épaules.

— Il est peut-être fou. Tu sais que les dieux veillent sur les simples d'esprit.

— Il ne sert probablement à rien de nous en inquiéter, dit Stryke. Il se peut que nous ne le revoyions jamais.

La réunion stratégique avait lieu dans la même salle que d'habitude. Un endroit qui semblait plus organique que construit, et où l'eau circulait librement.

Les commandants d'Adpar étaient là, en compagnie des Anciens de son Conseil. Elle méprisait les premiers, et plus encore les seconds, qu'elle considérait comme des abrutis séniles. Mais une souveraine, même absolue, avait besoin d'aide pour administrer son royaume. Cela dit, Adpar ne voyait aucune raison de dissimuler le dédain qu'elle éprouvait pour eux.

Tous se turent lorsqu'elle prit la parole.

— Nous sommes près d'une victoire totale. Il ne reste que deux ou trois nids de merz à éradiquer. J'ordonne…

Elle s'interrompit et corrigea, respectant l'ennuyeuse étiquette nyadd :

— Je souhaite que ce soit fait avant la fin de l'été. Ou de ce qui passe pour un été de nos jours. Inutile de vous dire que les rigueurs du véritable hiver entraîneront une année supplémentaire de délai. Ce n'est pas tolérable. Ça donnerait à l'ennemi une chance de se regrouper et de se… reproduire.

Elle eut une grimace dégoûtée.

— L'un de vous a-t-il une objection ? demanda-t-elle sur un ton indiquant clairement que toute critique serait malvenue.

Adpar étudia le visage résigné de ses interlocuteurs.

Un commandant d'essaim plus audacieux que la moyenne leva une main palmée.

— Oui ?

— Si je puis me permettre de le faire remarquer à Votre Majesté, nous allons rencontrer des difficultés logistiques. Les dernières colonies merz sont les mieux situées stratégiquement, et elles seront bien défendues maintenant que nos intentions sont claires.

— Où voulez-vous en venir ?

— Il risque d'y avoir beaucoup de pertes.

— Je répète : où voulez-vous en venir ?

— Majesté, nous…

— Vous croyez que je me sens concernée par la mort de quelques soldats ? Ou même de beaucoup ? Le royaume est plus important que n'importe quel individu, comme l'essaim est plus important qu'un seul de ses membres. Vous feriez bien de vous…

Elle s'interrompit, porta une main à son front et vacilla.

—Majesté ?

La douleur la ravageait. On eût dit que son cœur pompait du feu liquide dans ses veines.

—Majesté, vous allez bien ?

Un étau lui serrait la poitrine. Elle crut qu'elle allait s'évanouir. L'idée de se couvrir de honte en public lui redonna quelques forces.

Elle rouvrit les yeux. Plusieurs fonctionnaires et une poignée de militaires se pressaient autour d'elle.

—Voulez-vous que nous appelions les guérisseurs, Majesté ? proposa l'un d'eux.

—Les guérisseurs ? Pour quoi faire ? Croyez-vous que j'aie besoin d'eux ?

—Euh, non, Majesté. Pas si vous dites le contraire.

—Mais je le dis ! Votre impertinence m'oblige à ajourner cette réunion. (Adpar voulait se retirer, et elle aurait sauté sur n'importe quelle excuse pour le faire.) Nous parlerons de tout ça une autre fois.

Tous s'inclinèrent pendant qu'elle sortait. Personne n'osa lui proposer de l'aide.

Alors qu'elle s'engageait dans le tunnel qui conduisait à ses appartements privés, les officiers et les conseillers échangèrent des regards inquiets.

Dès qu'elle fut hors de leur vue, Adpar aspira de longues goulées d'air, comme si elle suffoquait. Elle recueillit de l'eau dans ses mains en coupe et s'en aspergea le visage.

La douleur augmentait. Elle montait de son estomac jusqu'à sa gorge.

Adpar eut un haut-le-cœur et vomit du sang.

Pour la première fois de sa vie, elle avait peur.

Chapitre 17

Alfray et son groupe étaient assez près de Drogan pour distinguer les arbres qui bordaient le Bras de Calyparr. Encore deux heures de cheval avant d'atteindre leur destination.

Le temps était de plus en plus imprévisible. La journée avait été ensoleillée et plus chaude que la précédente. Certains prétendaient que la puissance variable de la magie était à l'origine de ces « poches » climatiques. Alfray partageait leur opinion.

L'inconvénient d'une température plus clémente, c'était qu'elle poussait les fées à sortir de chez elles. Les minuscules créatures constituaient une source d'irritation constante pour les soldats, qui devaient gesticuler pour les chasser... quand ils ne préféraient pas se saisir d'elles pour les croquer.

Alfray et Kestix débattaient des mérites relatifs d'autres compagnies, et de leur place sur le palmarès que chaque guerrier orc faisait dans sa tête. Ils s'interrompirent en apercevant deux cavaliers à l'est, minuscules points qui galopaient à une telle allure qu'ils ne tardèrent pas à grossir. Bientôt, ils furent assez près pour que les soldats puissent les identifier.

— Des orcs, caporal, annonça Kestix. On dirait Jad et Hystykk.

Leurs camarades les rejoignirent rapidement.

— Que s'est-il passé ? demanda Alfray, inquiet. Où sont les autres ?

— Ne vous en faites pas, caporal ; tout va bien, dit Hystykk. La compagnie nous suit. Nous vous apportons des nouvelles.

Par cette belle journée, Jennesta avait décidé d'invectiver son général en plein air.

Ils étaient dans l'une des cours du palais de Tumulus, au pied d'un des murs massifs de la citadelle. Seul le bassin qui alimentait les abreuvoirs des chevaux rompait la monotonie des pavés.

En l'absence d'objets aussi frivoles que des sièges, Mersadion se tenait dans l'ombre du mur. Jennesta lui faisait face à dix pas de distance. Tout bien considéré, il trouvait étrange que ce soit elle qui profite du soleil.

Sa souveraine s'était lancée dans une longue litanie de reproches. Rien n'aurait pu l'arrêter tandis qu'elle lui jetait à la tête des fautes plus ou moins imaginaires.

—… Et nous n'avons toujours pas la moindre nouvelle de ces misérables chasseurs de primes humains, ni des nombreux autres agents que vous avez engagés en dilapidant mon or.

—Non, ma dame. Navré, ma dame.

—Et quand je vous annonce que je compte prendre les choses en main, quand je vous demande de lever une modeste armée, comment me répondez-vous? Par de ridicules excuses!

—Avec tout le respect que je vous dois, Majesté, dix mille soldats ne font pas une armée si modeste…

—Insinueriez-vous que je ne dispose pas de ce nombre de fidèles et de serfs orcs? (Elle lui jeta un regard glacial.) Sous-entendriez-vous que ma popularité auprès des castes inférieures est insuffisante pour trouver une malheureuse dizaine de milliers de combattants prêts à mourir pour ma cause?

—Bien sûr que non, Majesté. Ce n'est pas une question de loyauté mais de logistique. Nous pouvons lever l'armée dont vous avez besoin, mais pas aussi rapidement que vous le souhaiteriez. Après tout, nous nous battons déjà sur plusieurs fronts, et…

Il s'interrompit en voyant ce qu'elle était en train de faire.

Jennesta remuait les lèvres et traçait des symboles dans les airs.

Sous le regard inquiet et fasciné de Mersadion, un petit nuage de vapeur tourbillonnante se forma entre ses mains. On aurait dit un cyclone miniature. Jennesta le fixa. De minuscules éclairs jaunes et blancs déchirèrent la brume qui s'assombrissait.

Le nuage se compacta lentement pour devenir une sphère de la taille approximative d'une pomme. Puis il brilla de plus en plus fort, à tel point qu'il fut bientôt difficile de le regarder en face. Pourtant, il était si magnifique que Mersadion ne pouvait en détacher les yeux.

Alors, il se souvint du sort que Jennesta avait lancé sur un champ de bataille, peu de temps auparavant. Ça avait commencé de la même façon. Et ça s'était terminé par un nombre incalculable d'ennemis aveuglés.

Un frisson courut le long de son échine. Il adressa une prière muette aux dieux des orcs pour implorer leur miséricorde.

Jennesta écarta une main et tendit l'autre paume vers le ciel, pour que la boule de lumière flotte juste au-dessus. La peur de Mersadion ne diminua pas, mais il resta comme hypnotisé par ce spectacle.

Jennesta leva lentement la main jusqu'à ce que la sphère magique soit au même niveau que son visage. Puis, avec une mine presque coquette, elle gonfla les joues et souffla doucement dessus, ainsi qu'une jouvencelle sur les aigrettes duveteuses d'un pissenlit.

La petite boule, aussi brillante qu'un soleil miniature, s'envola de sa paume en direction de Mersadion. Alors que la sphère l'avait presque atteint, Jennesta fit un geste. La boule infléchit sa trajectoire et alla s'écraser contre le mur.

Il y eut un éclair de lumière aveuglant. Le souffle de l'explosion fit reculer Mersadion et souleva la robe de Jennesta.

Il cria. Une trace noire maculait les blocs de pierre, et une odeur de soufre planait dans l'air.

Bouche bée, Mersadion regarda Jennesta. Une seconde sphère magique brillait entre ses mains.

—Alors, général ? Vous ne sembliez pas disposé à exécuter mes ordres, si mes souvenirs sont exacts.

—Je suis avide de vous obéir, ma dame, fit Mersadion. C'est seulement que…

Cette fois, Jennesta parut lancer la boule de lumière, qui percuta le mur cinquante centimètres au-dessus de la tête de l'orc. Des petits éclats de pierre et de ciment tombèrent en pluie sur son crâne.

—Une fois de plus, vous me présentez des excuses alors que je vous demande des solutions, l'admonesta sa souveraine.

Une troisième boule apparut entre ses mains, gonflée d'énergie magique. Avec un gloussement juvénile, elle la lança comme une balle.

La sphère fila vers Mersadion, qui crut sa dernière heure arrivée. Mais Jennesta avait bien calculé son coup. Elle passa devant lui alors qu'il se plaquait craintivement contre le mur.

La boule entra en collision avec le bassin. Au lieu d'exploser, le bois parut l'absorber. Aussitôt, l'eau qu'il contenait bouillonna. De la vapeur s'éleva de sa surface.

Secoué, Mersadion tourna la tête vers Jennesta. Comme elle n'avait pas encore invoqué d'autre sphère magique, il se hâta de déclarer :

—Bien entendu, Majesté, tout ce que vous désirez est possible et sera entrepris sur-le-champ. Je suis certain de réussir à surmonter les obstacles mineurs qui pourraient s'opposer à la constitution rapide de votre armée.

—Parfait. Je savais que vous finiriez par entendre raison…

Jennesta se frotta les mains pour les épousseter.

—Encore une chose, ajouta-t-elle.

Mersadion se raidit.

—Oui, ma dame ?

—Nous avons un problème de discipline sur les bras. Vous avez conscience que Stryke et ses subordonnés passent pour des héros aux yeux de certaines sections.

— C'est hélas vrai, Majesté, bien qu'elles ne soient pas très nombreuses pour le moment.

— Veillez à ce qu'elles ne le deviennent pas. Je ne voudrais pas que la gangrène de la rumeur ravage mon armée. Que comptez-vous faire pour l'en empêcher ?

— Nous sommes en train de répandre votre version… Je veux dire, la vérité sur les circonstances qui ont fait des Renards des renégats. Tout membre d'une caste inférieure surpris à les défendre sera sévèrement fouetté.

— Le fouet n'est pas un châtiment suffisant. Une exécution pure et simple me semblerait plus dissuasive. Étendez ça à toutes les castes, et punissez toute personne qui osera mentionner le nom de Stryke ou de ses soldats. Je veux qu'ils tombent dans l'oubli. Il suffira de brûler quelques fauteurs de trouble pour étouffer la sédition dans l'œuf.

— Oui, ma dame.

Quelques doutes qu'il entretienne au sujet de cette stratégie, Mersadion jugea préférable de les garder pour lui.

— Il faut être très attentif aux détails, général. C'est comme ça que l'on fait fonctionner un royaume.

Avide de regagner ses faveurs, Mersadion susurra :

— C'est le secret de votre succès, ma dame.

— Non, général. Le secret de mon succès, c'est la brutalité.

Stryke et les Renards chevauchèrent pendant deux jours sans incident. Pour rattraper le temps perdu à Hecklowe, ils faisaient aussi peu de haltes que possible.

L'après-midi du second jour, ils étaient épuisés. Mais ils arrivaient en vue de la rangée d'arbres qui bordait le Bras de Calyparr et, plus loin sur leur droite, de la lisière de la forêt de Drogan.

Alors que les ombres s'allongeaient, les soldats qui avaient pris place en queue de la colonne rapportèrent que quatre cavaliers arrivaient de l'est. Il n'y avait pas de couverture à des kilomètres à la ronde.

— Tu crois que ce sont des ennemis ? demanda Jup.

— Peu importe. Nous sommes assez nombreux pour quatre types, dit Stryke.

Il fit ralentir la colonne.

Quelques minutes passèrent. Puis Haskeer annonça :

— Des orcs !

Stryke plissa les yeux pour s'en assurer.

— Tu as raison.

— Ça ne signifie pas qu'ils sont nos amis, rappela Coilla.

—Non. Mais comme je l'ai déjà dit, ils ne sont que quatre.

Les cavaliers les rejoignirent. Celui de tête leva le bras pour les saluer.

—Que faites-vous ici ? demanda Stryke, méfiant.

—C'est vous, n'est-ce pas ? s'exclama son interlocuteur.

—Hein ?

—Vous êtes le capitaine Stryke. Nous n'avons jamais été présentés, mais je vous ai déjà aperçu au palais. Et je suppose que ce sont vos Renards…

—En effet. Qui êtes-vous, et que voulez-vous ?

—Caporal Trispeer, chef. (Le cavalier désigna ses compagnons.) Soldats Pravod, Kaed et Rellep.

—Vous appartenez à une compagnie ?

—Non. Nous étions fantassins dans la horde de la reine Jennesta.

—Vous *étiez* ? répéta Jup.

—Nous sommes… partis.

—Personne ne quitte le service de Jennesta, sauf les pieds devant, dit Coilla. À moins qu'elle n'ait instauré un système de retraite…

—Nous avons déserté, caporal. Comme vous.

—Pourquoi ? voulut savoir Stryke.

—Je suis surpris que vous me le demandiez, capitaine. Nous en avions assez de Jennesta, de son injustice et de sa cruauté. Les orcs ne se font jamais tirer l'oreille pour se battre. Mais elle pousse le bouchon un peu trop loin.

Le soldat nommé Kaed ajouta :

—Sans compter que beaucoup d'entre nous ne sont pas contents de devoir se battre pour des humains.

—Et nous ne sommes pas les seuls, renchérit Trispeer. Pour l'instant, peu d'entre nous ont déserté. Mais la rébellion se généralisera, à mon avis.

—Vous nous cherchiez ? demanda Jup.

—Non, sergent. Enfin, pas exactement, corrigea Trispeer. Nous espérions vous rejoindre, mais nous ignorions où vous pouviez être. La vérité, c'est que nous arrivons d'Hecklowe. Nous avons entendu parler d'une émeute là-bas, et nous avons supposé que vous en étiez l'origine. Quelqu'un nous a rapporté qu'il vous avait vus partir vers l'ouest, alors…

—Pourquoi dites-vous que vous espériez nous rejoindre ? demanda Stryke.

—Vous êtes officiellement devenus des renégats. Une forte prime a été placée sur vos têtes.

—Nous le savons déjà.

—Tout le monde vous casse du sucre sur le dos. On raconte que vous êtes de vulgaires brigands, que vous tuez vos semblables, et que vous avez volé un trésor qui appartenait à la reine.

—Je n'en suis pas étonné. Où voulez-vous en venir ?

—Certains d'entre nous pensent qu'on ne nous dit pas la vérité. Vous avez toujours eu une excellente réputation, capitaine, et nous savons que la reine n'hésite pas à mentir quand ça l'arrange.

—Si ça peut vous rassurer, c'est effectivement ce qu'elle fait à notre sujet, dit Coilla.

—Je m'en doutais.

Trispeer tourna la tête vers ses compagnons, qui hochèrent la tête en réponse à sa question muette.

Puis il regarda les Renards.

—Donc, nous nous sommes dit que vous auriez peut-être l'utilité de quelques bras de plus.

Stryke fronça les sourcils.

—Comment ça? Pour quoi faire?

—Vous devez être en train de lever une armée d'orcs mécontents, pour renverser Jennesta ou pour fonder un nouveau royaume. Nous voulons nous joindre à vous.

—Je ne mène pas une croisade, caporal, et je ne cherche pas de recrues. Nous n'avions pas prévu d'emprunter le chemin sur lequel nous nous retrouvons, et nous faisons seulement le nécessaire pour en sortir vivants.

Trispeer se décomposa.

—Mais, capitaine…

—Il est déjà assez difficile d'être responsable du sort de mes soldats. Je ne veux pas d'une charge supplémentaire. Vous devrez chercher votre propre chemin.

—Vous voulez dire que vous ne comptez pas frapper de coup décisif au nom de tous les orcs réduits en esclavage?

—Pas vraiment, non… Nous laisserons à d'autres le soin de s'en charger. Vous ne vous êtes pas adressé aux bonnes personnes. Je suis navré.

—Je savais que c'était trop beau pour être vrai… (Il se reprit.) Mais votre compagnie et vous êtes déjà une source d'inspiration pour beaucoup d'orcs. Bientôt, d'autres réagiront comme nous et voudront vous rejoindre.

—Je leur dirai la même chose qu'à vous.

—Dans ce cas, il nous faudra trouver une solution de rechange.

—Par exemple? demanda Haskeer, curieux.

—Nous pourrions aller dans la forêt de Roc-Noir.

—Pour vous lancer dans le banditisme? devina Coilla.

—Que faire d'autre? demanda Trispeer. Aucun de nous ne veut devenir mercenaire.

—Il est bien triste d'en arriver là, grogna Coilla. Maudits humains!

Le caporal sourit.

—Nous les détrousserons en priorité. Il faut bien manger.

—Si c'est votre décision, tâchez de ne pas trop vous approcher des kobolds, dit Stryke. Ils risquent de ne pas se montrer très amicaux après la raclée que nous leur avons mise…

— Nous nous en souviendrons.

— Vous avez besoin de quelque chose ? demanda Haskeer. Non que nous ayons beaucoup de provisions en trop, mais…

— Merci, sergent. Ça ira.

— Prenez quand même un peu de ça.

Stryke sortit sa bourse remplie de pellucide. De sa main libre, il tâta ses vêtements et en tira la proclamation du nouveau statut de renégats des Renards. C'était tout ce qu'il avait de convenable, et ça semblait approprié. Il plia le parchemin pour en faire une pochette rudimentaire, y versa une bonne quantité de drogue, puis la tendit à Trispeer.

— Merci, capitaine. Très généreux de votre part. Croyez bien que nous apprécions. Vous connaissez le dicton : le cristal vous aide à surmonter le manque d'argent mieux que l'argent ne vous aide à surmonter le manque de cristal.

— Usez-en sagement, recommanda Stryke. Ça n'a pas toujours eu des conséquences bénéfiques pour nous.

Le caporal sembla intrigué par ce commentaire, mais il ne dit rien.

Stryke lui tendit la main.

— Nous devons continuer notre chemin vers Drogan. Bonne chance.

— Vous aussi. Que les dieux vous accompagnent, où que vous alliez. Surveillez vos arrières.

Les quatre déserteurs saluèrent les Renards, firent volter leurs chevaux et repartirent dans la direction d'où ils venaient.

Coilla les suivit du regard.

— Ils avaient l'air d'orcs dignes de ce nom.

— Je le pense aussi, dit Jup. Dommage que nous n'ayons pas pu les laisser se joindre à nous. Quelques épées de plus nous auraient été utiles.

— Non, grogna Stryke. Comme je l'ai dit, j'ai déjà assez de responsabilités.

— Si ce qu'il a dit à ton sujet est exact, fit Coilla, tu pourrais devenir le point de ralliement de…

— Je ne veux être le point de ralliement de personne, coupa Stryke.

— Stryke, le nouveau Messie ! lança Jup.

Son capitaine le foudroya du regard.

Il faisait nuit quand ils atteignirent le point de rendez-vous.

Stryke aurait aimé être en mesure d'indiquer un endroit plus spécifique. Mais il n'avait pas pu, parce qu'aucun des Renards ne connaissait suffisamment la région. Ils durent donc longer la lisière des arbres dans l'obscurité, à la recherche de leurs camarades.

Comme d'habitude, Haskeer fut le premier à se plaindre.

—Nous perdons notre temps. Pourquoi ne pas attendre jusqu'à demain matin ?

Pour une fois, Coilla fut d'accord avec lui.

—Ce n'est pas idiot. Nous avons besoin de lumière.

—Nous sommes arrivés en retard, dit Stryke. Le moins que nous puissions faire, c'est chercher les autres. Encore une heure. Mais nous ferions mieux de mettre pied à terre.

Un ordre qui donna à Haskeer un prétexte supplémentaire pour râler.

Tenant leurs chevaux par la bride, ils piétinèrent dans le sous-bois. Le clapotis de l'eau résonnait une trentaine de pas sur leur gauche.

—Ils ne sont peut-être pas là, lâcha Haskeer.

—Que veux-tu dire ? demanda Jup.

—Ils étaient une douzaine. Il a pu leur arriver n'importe quoi.

—Nous aussi, nous ne sommes qu'une douzaine, rappela Stryke. Et nous sommes bien là.

—Peut-être sont-ils entrés à Drogan pour négocier avec les centaures, avança Coilla.

—Nous verrons bien. Et maintenant, taisez-vous. Il pourrait y avoir des ennemis dans les parages.

Ils continuèrent leur chemin en silence une dizaine de minutes.

Soudain, un bruit retentit entendre dans les buissons. Ils dégainèrent leurs épées. Deux silhouettes jaillirent de la végétation.

—Eldo ! Noskaa ! s'exclama Coilla.

Armes rengainées, les orcs se saluèrent. Puis les soldats conduisirent la compagnie jusqu'à leur camp.

Rayonnant, Alfray se porta à leur rencontre pour serrer l'avant-bras de Coilla.

—Ravi de vous revoir, caporal. Vous aussi, Stryke et Jup.

—Et moi ? grommela Haskeer.

—Toi, tu as des explications à nous donner.

—Et il vous les donnera, promit Stryke. Mais ne soyez pas trop durs avec lui. Comment s'est passé le voyage ? Des incidents ? Du nouveau ?

—Rien de particulier, répondit Alfray.

—Nous, nous avons des tas de choses à vous raconter, dit Jup.

—Venez manger et vous reposer. Vous semblez en avoir besoin.

Les Renards se saluèrent bruyamment et se tapèrent dans le dos. Autour du feu qu'Alfray les avait autorisés à allumer pour lutter contre le froid, ils mangèrent en riant et en bavardant.

Lorsque chaque groupe eut terminé son récit, Stryke aborda la question des centaures.

—Nous n'en avons pas encore vu, dit Alfray. Mais nous ne nous sommes pas aventurés très loin dans la forêt. Nous avons préféré suivre tes conseils et nous contenter d'observer.

—Vous avez bien fait.

—Alors, que suggères-tu ?

—Une approche pacifique. Nous n'avons pas de querelle avec les centaures. Sans oublier qu'ils seront bien plus nombreux que nous, et sur leur propre terrain.

—Ça paraît logique. Mais n'oublie pas : s'ils sont lents à s'énerver, ils font d'implacables ennemis.

—Voilà pourquoi nous nous présenterons à eux sous la bannière de la paix, pour leur proposer un marché.

—Et s'ils refusent ? demanda Haskeer.

—Nous envisagerons une solution de rechange. Si ça implique de les attaquer, nous avons l'entraînement nécessaire. Mais commençons par essayer la diplomatie. (Stryke fixa le sergent.) Et je ne tolérerai aucun manquement à la discipline. Nous nous battrons si j'en donne l'ordre, ou si on nous attaque les premiers.

Alfray tendit les mains vers le feu. À chaque expiration, un petit nuage de vapeur se formait devant sa bouche, comme devant celle de tous ses camarades.

—On se les pèle, gémit-il.

—Nous ne sommes pas vraiment équipés pour le froid, dit Stryke.

—Nous avons aperçu un petit troupeau de lembarrs ce matin. Je pensais en chasser quelques-uns pour leur fourrure. Ils sont encore très nombreux dans cette région. Nous ne compromettrions pas l'équilibre écologique…

—Bonne idée. Un peu de viande fraîche ne nous fera pas de mal non plus. Nous nous lèverons tôt pour nous occuper de ça avant d'aller voir les centaures.

Aux premières lueurs de l'aube, ils étaient tous debout.

Stryke décida de prendre la tête du groupe des chasseurs. Jup et Haskeer se portèrent volontaires pour l'accompagner. Ils désignèrent Zoda, Hystykk, Gleadeg, Vobe, Bhose et Orbon pour se joindre à eux. Neuf était un bon chiffre : pas assez pour effrayer leurs proies s'ils se séparaient en deux groupes, mais suffisamment pour ramener les carcasses au campement.

Ils durent renoncer à emmener leurs chevaux. Les lembarrs les détestaient, et les repéraient à une centaine de pas. Le meilleur moyen de les effrayer, c'était de s'approcher à dos de cheval. Il fallait chasser à pied.

Juste avant de partir, Alfray prit Stryke à part.

—Tu devrais me laisser les étoiles.

—Pourquoi ?

— Plus nous en récoltons, plus elles deviennent précieuses. Et s'il vous arrivait quelque chose dans la forêt ? Nous devrions peut-être faire comme avec le cristal : les diviser entre les officiers. Haskeer excepté, bien entendu.

Stryke hésita.

— Tu crains que je ne m'enfuie avec, comme lui ? Alors qu'il reste les deux tiers de la compagnie autour de moi ?

— Tu sais bien que je te fais confiance, mon vieil ami. Mais je m'interroge toujours sur ce qui est arrivé à Haskeer. Suppose que ce soit un enchantement qui l'ait poussé à se conduire ainsi ?

— Un enchantement lancé par Jennesta ?

— C'est la suspecte la plus évidente.

— Dans ce cas, qu'est-ce qui l'empêcherait de te faire la même chose ? Il vaut mieux que tu me les laisses. Je donnerai l'ordre aux soldats de garder un œil sur moi, et de me ligoter si je commence à agir de façon étrange.

Stryke savait que c'était la meilleure solution.

— D'accord, dit-il à contrecœur. (Il défit sa bourse et la remit à Alfray.) Mais il va falloir que nous réfléchissions à un dispositif de sécurité plus militaire.

— Pas de problème. Va nous chercher des tenues d'hiver, et nous en reparlerons à ton retour.

Chapitre 18

M oins d'une heure plus tard, dans la plaine, ils repérèrent leur premier troupeau de lembarrs.

Ces animaux ressemblaient à de petits cerfs. Les mâles avaient aussi des andouillers, mais ils étaient beaucoup plus robustes. Leur fourrure abondante, d'un brun rayé de gris et de blanc, tenait aussi chaud que celle des ours et était presque aussi convoitée.

Pendant que les lembarrs paissaient paisiblement, inconscients du danger qui les menaçait, les orcs se séparèrent en deux groupes. Haskeer emmena quatre soldats pour servir de rabatteurs et pousser les animaux en direction du second groupe composé de Stryke, de Jup et des deux orcs restants.

Au début, tout se passa bien. Profitant de l'élément de surprise, les chasseurs abattirent trois lembarrs. Mais les autres devinrent méfiants, et ils durent se lancer à leur poursuite.

Les lembarrs n'étaient pas assez rapides pour distancer des orcs sur un terrain plat. Quand ils arrivèrent dans une zone plus accidentée, l'agilité des animaux leur conféra l'avantage.

Stryke se plaça en arrière pour les empêcher de passer pendant que le groupe d'Haskeer en rabattait une demi-douzaine dans sa direction. Trois lembarrs dévièrent de la trajectoire et furent perdus pour les chasseurs. Deux autres foncèrent vers Jup et ses deux compagnons, qui se jetèrent sur eux en brandissant lances et épées. Le dernier parvint à s'échapper et se retrouva face à Stryke.

L'orc leva son épée. Mais le lembarr n'avait pas l'intention de se laisser faire. Au dernier moment, il bondit sur le côté et détala à toute vitesse. La lame de Stryke rencontra l'air.

—À moi! cria-t-il en se lançant sur les traces de sa proie.

Les autres étaient tellement absorbés par le massacre qu'ils ne l'entendirent pas.

Le lembarr s'enfonça dans un bosquet. Stryke le suivit, un bras levé pour écarter les branches qui lui giflaient le visage.

Une minute plus tard, ils émergèrent de l'autre côté des arbres. Ici, le sol était dégagé, et Stryke commença à gagner du terrain.

Le lembarr filait vers une série de collines. Il escalada la première en bondissant comme une chèvre, Stryke vingt pas derrière lui. Puis il descendit la pente de l'autre côté et attaqua le flanc de la butte suivante.

La chasse s'avérait plus difficile que prévu, mais Stryke savourait chaque instant.

Il prit pied sur le plateau derrière sa proie, qui dévala la pente, moitié courant moitié glissant. En atteignant le ravin qui séparait cette colline de la suivante, l'animal vira sur la droite et fila vers un bouquet d'arbres. Stryke l'imita en haletant. Il aperçut une tache de fourrure blanche, et accéléra pour la rattraper.

Alors le ciel lui tomba sur la tête.

Il s'effondra, la douleur lui martelant les tempes, et roula sur un lit de feuilles mortes. Puis il s'immobilisa sur le dos. La tête lui tournait ; il avait mal partout et les ténèbres menaçaient de l'engloutir.

Quelqu'un se tenait au-dessus de lui. Correction : plusieurs personnes se tenaient autour de lui, s'avisa-t-il tandis que sa vision s'éclaircissait. L'une lui arracha son épée des mains et parla avec les autres dans une langue gutturale qui lui était trop familière, bien qu'il ne la comprît pas.

Les gobelins forcèrent Stryke à se relever. Ils le fouillèrent pour s'assurer qu'il ne portait pas d'autres armes, puis agitèrent leurs massues sous son nez en guise d'avertissement. Sans doute s'en étaient-ils déjà servis pour le frapper, car le ciel ne semblait pas être tombé…

Les gobelins avaient également des épées. Ils aiguillonnèrent Stryke pour l'inciter à avancer. En marchant, l'orc porta une main à sa tête. Un gobelin l'arrêta et cria quelque chose qu'il ne comprit pas.

Mais il ne put se méprendre sur le ton…

Ils lui firent escalader une autre colline, le pressant bien qu'il boitât. Arrivé au sommet, Stryke aperçut un long bâtiment, en contrebas. Pendant que les gobelins le poussaient dans sa direction, il se dit que les autres chasseurs ne devaient pas être loin. Mais la poursuite l'avait entraîné si loin qu'il pouvait se tromper. Mieux valait ne pas compter sur l'aide de ses camarades.

Le souffle court, il atteignit le bâtiment. C'était une maison aux parois de bois et au toit de chaume. Sans particularité architecturale, elle aurait pu être construite par une douzaine de races de Maras-Dantiens. Elle avait une unique porte et deux fenêtres barricadées. À en juger par son état de décrépitude, elle devait être abandonnée depuis un certain temps. Le chaume était à moitié arraché et la façade toute pourrie.

Les gobelins poussèrent Stryke vers la porte.

Razatt-Kheage l'attendait à l'intérieur.

L'esclavagiste lui fit la grimace hideuse qui passait pour un sourire chez ses semblables.

—Salutations, orc!

—Salutations, répondit Stryke.

Il luttait pour oublier la douleur et recouvrer ses esprits. Quelque chose lui disait qu'il ne tarderait pas à en avoir besoin.

—Vous regrettiez tant que ça d'avoir filé sans nous dire au revoir?

—Nous vous avons suivis.

—Je m'en doute. Pas pour me remercier, je suppose?

—Oh que si! Nous voudrions remercier personnellement l'ensemble de votre compagnie! D'abord parce que Jennesta a placé une prime très conséquente sur vos têtes. Ensuite parce que j'ai récemment eu sous les yeux une proclamation indiquant que vous êtes en possession d'une relique qui lui appartient. Elle nous sera très reconnaissante de la lui rapporter.

Stryke se réjouit de ne pas avoir emporté les étoiles. Il regarda les six ou sept gobelins présents.

—Vous comptez attaquer ma compagnie avec ça? Vous en avez assez de vivre, ou quoi?

—Oh, je n'envisageais pas de le faire moi-même. Je vais envoyer un message à Jennesta.

L'horizon s'assombrissait de seconde en seconde…

—Et vous croyez que mes soldats attendront gentiment l'arrivée de son armée?

—Je pensais plutôt vous garder en otage pour m'assurer qu'ils resteraient dans le coin, avoua Razatt-Kheage.

—Ils ne marcheront pas, esclavagiste! Pas ma compagnie. Vous ignorez tout des orcs, pas vrai?

—Je suis toujours prêt à apprendre. Vous voulez peut-être éclairer ma lanterne?

Stryke bondit sur cette occasion de gagner du temps.

—Tous les orcs savent qu'ils mourront au combat un jour. On nous enseigne à faire notre possible pour sauver un camarade en danger, mais pas à risquer la vie d'une unité pour un seul individu. Voilà pourquoi votre plan ne marchera pas. Ils s'en iront.

—Pourtant, vous avez fait le contraire en venant sauver la femelle, dit Razatt-Kheage. Peut-être jugez-vous que certains individus valent plus que d'autres. Dans ce cas, en tant que capitaine, vous seriez le plus précieux des Renards. Nous verrons bien.

Stryke changea de sujet pour continuer à le faire parler.

—Je ne vois pas vos amis humains.

—Pas des amis: des associés temporaires, corrigea le gobelin. Ils sont repartis de leur côté. Notre séparation fut désagréable. Ils me jugeaient responsable de votre fuite. Nous aurions pu en venir aux mains, si l'un d'eux n'avait pas eu besoin des soins d'un guérisseur dans les plus brefs délais. Par bonheur, j'avais un nom et une adresse à leur vendre.

— Je parie qu'ils vous ont été très reconnaissants, ricana Stryke. (Il regarda autour de lui.) Alors, on fait quoi ?

— Vous m'attendrez pendant que je rédigerai un message pour les agents de la reine.

Razatt-Kheage fit signe à ses gardes. Ils poussèrent Stryke vers le fond de la pièce, où se dressait un brasero qui émettait une maigre chaleur. Puis ils bavardèrent dans leur langue, sans lui prêter trop d'attention.

L'esclavagiste resta près de la porte. Il s'assit à une table branlante, devant un parchemin et une plume.

Stryke étudia le brasero. Une idée folle germa dans son esprit. Une action qui l'affecterait tout autant que les gobelins… Mais il aurait sur eux l'avantage de le savoir. Vérifiant que personne ne le surveillait, il glissa une main dans sa poche et en sortit une poignée de pellucide, qu'il lança sur les charbons ardents. Les cristaux rosâtres dégagèrent aussitôt une épaisse fumée blanche.

Personne ne remarqua rien pendant une minute. Stryke tenta de retenir son souffle. Puis un des gardes s'approcha du brasero, qu'il examina en fronçant les sourcils.

Stryke regarda les autres. Ils n'avaient pas encore compris que quelque chose clochait. Le moment était venu de passer à l'action.

L'orc ne savait pas grand-chose sur l'anatomie des gobelins, mais il supposa qu'ils avaient une chose en commun avec les autres races aînées. Un coup de pied dans l'entrejambe du garde le plus proche confirma ses soupçons. La créature lâcha un couinement aigu et se plia en deux. Stryke recommença.

Les autres s'approchèrent. Il saisit la main du gobelin blessé et l'abattit de toutes ses forces sur son genou plié. Le gobelin lâcha son épée. Stryke la prit, la retourna d'un mouvement du poignet et la lui plongea dans le dos.

Il pivota pour faire face aux autres, qui approchaient prudemment : un demi-cercle de cinq tueurs déterminés et armés jusqu'aux dents.

— C'est une manie, chez vous ! brailla Razatt-Kheage. Chaque fois que vous tuez un de mes serviteurs, vous me coûtez de l'argent ! Vous me causeriez moins de problèmes mort.

Les gardes avançaient en brandissant leurs armes. Stryke retenait toujours son souffle.

La fumée du brasero commença à envahir la maison. Des volutes pareilles à des tentacules se répandirent sur le sol. Un gros nuage s'était formé sous les poutres.

Les poumons en feu, Stryke inspira instinctivement. Aussitôt, la tête lui tourna, et il dut lutter pour garder sa concentration.

Un gobelin chargea en agitant sa massue. Stryke fit un pas de côté et lui porta un coup de taille.

Les vagues houleuses d'un immense océan. Il secoua la tête pour se débarrasser de cette image. Comme il avait manqué sa cible, il arma de nouveau son bras. Le gobelin esquiva et riposta, ratant de peu son épaule.

Un ciel d'azur infiniment pur. Stryke recula, tentant désespérément de se raccrocher à la réalité. Le plus inquiétant, c'était que son adversaire ne paraissait pas affecté par le cristal.

Il passa de nouveau à l'attaque. Alors qu'il abattait son épée, il lui sembla que la lame se démultipliait. À la fin de sa trajectoire, un arc-en-ciel multicolore et scintillant resta suspendu dans les airs un instant. La massue du gobelin fit exploser la chimère comme une bulle de savon.

Fou de rage, Stryke bondit sur son adversaire. À travers la myriade d'images kaléidoscopiques qui se succédaient dans son esprit, il crut voir que le gobelin titubait, et que son regard se voilait.

Stryke empoigna son épée à deux mains, plus pour s'accrocher à quelque chose de solide que parce qu'elle devenait trop lourde à manier. Il fit sauter la massue des mains de son adversaire, puis plongea en avant et lui transperça la poitrine.

Jusque-là, il n'avait jamais mesuré à quel point la couleur du sang était fascinante.

Il s'arracha à sa contemplation et prit de grandes inspirations pour se calmer. Trop tard, il comprit que c'était une erreur.

Deux autres gobelins avancèrent d'une démarche de somnambules.

Des gouttes de pluie cristallines sur les pétales d'une fleur jaune. Stryke para l'attaque du plus proche et engagea un duel au ralenti, comme si son adversaire et lui étaient enfoncés jusqu'à la taille dans un bourbier.

Une entaille courut sur le bras du gobelin, soulignée par une traînée écarlate lumineuse. Stryke enchaîna par un coup à l'estomac qui fit fleurir une autre explosion de couleurs. Pendant que son adversaire basculait lentement, comme si sa chute devait se prolonger jusqu'à la fin des temps, il se tourna pour faire face à son camarade.

Le second gobelin tenait une lance dont il aurait mieux fait de se servir comme d'une canne. Ses jambes semblèrent se dérober sous lui alors qu'il agitait faiblement son arme en direction de Stryke.

L'épée du capitaine s'abattit sur la hampe de la lance tel *un éclair aveuglant contre le velours des cieux* et parvint à la briser. Le gobelin resta avec une moitié de lance dans chaque main, ses petits yeux clignant stupidement.

Stryke lui plongea son épée dans le cœur et s'enivra du geyser de sang qui l'arrosa.

Une cavalcade dans une forêt d'arbres immenses. Non, ce n'était pas ce qu'il était en train de faire ! Il se concentra avec difficulté sur les deux gardes restants, qui voulaient jouer à un jeu étrange où la mise était leur vie. Mais Stryke avait oublié les règles. Il se souvenait seulement que le but était de les empêcher de bouger. Il s'attela donc à la tâche.

Les pupilles dilatées, le premier gobelin tenait à peine sur ses jambes. Il balançait son épée, mais pas spécialement en direction de Stryke. Leurs lames se cherchèrent maladroitement. *La lune se reflète à la surface d'un fleuve bordé de saules pleureurs.* Non, ce n'était pas ça non plus ! Il fallait vraiment qu'il se concentre sur la partie en cours.

Quelque chose passa en sifflant devant ses yeux. Tournant la tête, il vit que c'était l'épée du second garde, et songea que c'était bien agressif de sa part. Pour le punir, il lui plongea sa propre lame dans l'œil. Elle s'y enfonça avec un bruit mou, gémissement presque musical qui se tut lorsque le gobelin bascula en arrière.

Plus qu'un seul garde et Razatt-Kheage. L'esclavagiste restait en retrait. Ses lèvres se tordaient en crachant des mots silencieux. *Une forteresse blanche en ruines au sommet d'une falaise.* Stryke chassa sa vision et voulut se jeter sur son dernier adversaire. Mais il eut du mal à le localiser dans le brouillard.

Le garde enfin repéré lui porta des coups presque poliment. Stryke augmenta la force et la vitesse de ses attaques, faisant de son mieux pour tromper la garde de son adversaire. Même si ce n'était pas un grand exploit.

Une cascade plongeant dans un précipice de granit. Il bondit en avant. Alors qu'il flottait dans les airs comme une plume, il tenta de graver ses initiales sur la poitrine du gobelin. Il avait à peine dessiné la moitié d'un S quand il fut privé de sa toile. *Une prairie verdoyante piquetée de bétail en train de paître.*

Stryke avait du mal à rester debout. Mais il le devait : la partie n'était pas encore terminée. Il restait un joueur.

L'orc pivota sur lui-même. Razatt-Kheage était près de la porte. Pourtant, il ne faisait pas mine de fuir. Stryke nagea vers lui à travers un long tunnel rempli de miel.

Quand il l'atteignit enfin, le gobelin n'avait pas bougé. Il ne pouvait pas : il était pétrifié. Apercevant Stryke, il se jeta à genoux comme un courtisan. Sa bouche s'ouvrait et se refermait, mais l'orc n'entendait qu'un sifflement indistinct. Il supposa que le gobelin l'implorait d'épargner sa misérable existence. Certains joueurs réagissaient parfois ainsi.

Le soleil dardant ses rayons sur une plage infinie. Mais cette créature ne jouait pas. Elle refusait de le faire, ce qui allait certainement contre les règles. Stryke n'aimait pas ça du tout.

Il leva son épée. *Des empreintes de pas dans le sable.* Razatt-Kheage, ce misérable tricheur, continuait à remuer les lèvres. *Des collines en pente douce sous la voûte des nuages en sucre filé.*

L'épée de Stryke atteignit sa cible. La bouche de l'esclavagiste resta grande ouverte, figée sur un cri silencieux. *Le visage souriant de la femelle orc de ses rêves.*

La lame trancha le cou de Razatt-Kheage. Sa tête sauta de ses épaules et fit un saut périlleux arrière alors que son corps s'affaissait. Stryke la suivit du regard. Il trouva qu'elle ressemblait à un oiseau obèse sans ailes et crut la voir rire.

Puis elle heurta le sol à trois ou quatre pas de lui, émit le même bruit qu'un melon trop mûr, rebondit deux fois et s'immobilisa.

Stryke s'adossa au mur, épuisé et soulagé. Une bonne chose de faite. Toussant et crachant, la tête pleine de visions, de sons, d'odeurs et de musique, il se força à tituber jusqu'à la porte.

Il se battit quelques instants avec le verrou et parvint à l'ouvrir. Enveloppé par un nuage de fumée blanche, il émergea dans un paysage d'une clarté éblouissante.

Chapitre 19

B ois ça, ordonna Alfray en tendant au capitaine une chope de
potion verte fumante.

— Pitié, pas ça! grogna Stryke, la tête entre les mains.

— Tu as absorbé une dose massive de cristal, insista le caporal. Si tu
veux purger ton organisme, il faut que tu boives pour uriner un maximum.

Stryke leva la tête et soupira. Ses yeux étaient rouges et gonflés.

— D'accord, d'accord.

Il prit la chope, vida son contenu fétide d'un trait et grimaça.

— C'est bien, le félicita Alfray en récupérant la chope.

Il se pencha vers le chaudron qui bouillonnait sur le feu pour la remplir
de nouveau, puis força Stryke à la prendre.

— Tu n'as qu'à siroter ça doucement en attendant que le déjeuner soit
prêt. Je vais surveiller nos préparatifs de départ.

Il s'éloigna en direction des soldats qui chargeaient les chevaux.

Lorsqu'il fut certain qu'Alfray ne le regardait pas, Stryke renversa
discrètement le breuvage médicinal dans l'herbe.

Deux heures avaient passé depuis qu'il était sorti de la maison. Il
avait erré dans les collines un certain temps, incapable de s'orienter, avant de
tomber sur les chasseurs, qui traînaient une demi-douzaine de carcasses de
lembarrs. Ils durent pratiquement porter leur capitaine jusqu'au camp, où le
récit de sa mésaventure provoqua des exclamations de stupeur.

À présent, les carcasses des lembarrs rôtissaient sur le feu en dégageant
une odeur délicieuse. L'appétit décuplé par le pellucide, Stryke sentit sa
bouche se remplir de salive.

Coilla s'approcha avec deux écuelles pleines de viande et s'assit
près de lui. Il engloutit sa part comme s'il n'avait rien mangé depuis une
semaine.

— Je te suis vraiment reconnaissante d'avoir tué Razatt-Kheage.
Même si j'aurais préféré m'en charger personnellement.

— De rien, marmonna Stryke.

— Tu es certaine qu'il ne t'a pas dit où Lekmann et les autres étaient partis ?

Stryke commençait à peine à « redescendre ». Il n'avait pas envie qu'on le harcèle.

— Je t'ai dit tout ce que je sais.

Coilla se rembrunit.

— Il m'étonnerait beaucoup que tu retrouves ces chasseurs de primes, ajouta Stryke, impitoyable. Des lâches comme eux n'oseraient pas se frotter à une compagnie d'orcs.

— Ils m'ont maltraitée ! cracha Coilla. Et je compte bien le leur faire payer.

— Je sais, et nous t'aiderons autant que possible. Mais nous ne pouvons pas nous permettre de nous lancer à leur recherche. Si nos chemins se croisent de nouveau, en revanche…

— Oublie ça. Il est temps pour eux de devenir le gibier.

— Ça tourne à l'obsession…

— Évidemment ! Tu te comporterais de la même façon si tu avais été humilié et vendu comme une tête de bétail !

— C'est vrai. Mais nous ne pouvons rien y faire pour le moment. On ne pourrait pas en reparler plus tard ? Ma tête me fait encore mal.

Coilla posa son assiette et s'éloigna.

Un peu plus loin, plusieurs soldats étaient occupés à coudre des tuniques de fourrure. Il y en aurait juste assez pour tout le monde.

Stryke finissait son déjeuner quand Alfray le rejoignit.

— Nous sommes prêts à partir pour Drogan. Quand tu voudras…

— Je vais beaucoup mieux. J'ai encore l'esprit un peu embrumé, mais une petite balade à cheval arrangera ça en un rien de temps.

Haskeer s'approcha, un paquet de tuniques sous le bras. Jup le suivait de près. Il les distribua en tenant compte de la taille de chaque officier.

— Pas très raffiné, commenta-t-il en plissant le nez.

— Je n'aurais pas cru que tu te souciais de ton élégance, railla Jup.

Haskeer l'ignora.

— Voyons voir… Capitaine, dit-il en lui lançant une tunique. Alfray. Et voilà celle de Jup.

Il la tint en l'air pour que tout le monde puisse la voir.

— Regardez ça ! Aucun orc de plus de douze printemps n'entrerait dedans. Ça ne me couvrirait même pas le cul !

Jup lui arracha le vêtement.

— Couvre plutôt ta tête. Ce serait une amélioration esthétique.

Haskeer s'éloigna en maugréant.

Stryke se leva et enfila sa tunique en vacillant un peu.

—Comment te sens-tu ? demanda Alfray.

—Pas trop mal. Mais je m'abstiendrai de fumer du cristal pendant un moment.

Le caporal gloussa.

—Tu avais raison au sujet des étoiles, continua Stryke. Si je les avais eues sur moi…

—Je sais. C'était un coup de chance.

—Je vais les récupérer, à présent.

—Tu as pensé à ce que je t'ai dit, au sujet d'une éventuelle répartition entre les officiers ?

—Ça semble plus prudent, mais je préfère les garder. Si je dois encore me séparer de la compagnie, je te les confierai.

—C'est toi qui vois…

Le ton d'Alfray indiquait qu'il n'était pas d'accord, mais qu'il savait le moment mal choisi pour contrarier son capitaine. Plongeant une main dans sa poche, il en sortit les trois étoiles. Au lieu de les rendre tout de suite à Stryke, il les étudia.

—Tu sais, malgré tout ce que j'ai dit, je suis content de m'en débarrasser. C'est une trop lourde responsabilité.

Stryke les prit et les fourra dans sa bourse.

—Je vois ce que tu veux dire.

—C'est bizarre, pas vrai ? Nous ne savons pas à quoi elles servent. Qu'allons-nous faire à présent ? Que les centaures nous cèdent la leur ou pas…

—Au départ, je voulais m'en servir comme monnaie d'échange pour obtenir le pardon de Jennesta. Mais plus j'y réfléchis, plus je me dis que c'est une mauvaise idée.

—Pourquoi ?

—Imagines-tu Jennesta tenant parole ? Moi, non. Mais le plus important, c'est le pouvoir que ces objets semblent avoir.

—Nous ignorons de quel genre de pouvoir il s'agit.

—Certes, mais nous disposons de quelques indices. Le récit de Tannar, notamment, et le fait que Jennesta – une sorcière – les désire.

—Alors, que va-t-on en faire ?

—Je pensais chercher quelqu'un qui nous aiderait à les utiliser. Pour faire le bien, aider les orcs et les autres races aînées… Voire pour porter un coup fatal aux humains et à nos despotes.

—Où trouver quelqu'un comme ça ?

—Nous avons bien rencontré Mobbs. C'est lui qui nous a parlé des instrumentalités pour la première fois.

—T'arrive-t-il de souhaiter qu'il ne l'ait pas fait ?

—Il fallait que les choses changent. Elles avaient déjà commencé, avec ou sans nous. Mobbs ne nous a pas forcés à agir : il nous a simplement fourni une raison, même si elle est un peu fumeuse. Ce que j'essaye de dire, c'est qu'il existe forcément quelqu'un qui en sait davantage au sujet des étoiles. Un magicien, un alchimiste…

— Donc, c'est ce que tu comptes faire au lieu de négocier avec Jennesta ?

— Ce n'est qu'une idée, pour le moment… Mais réfléchis un peu, Alfray. Même si Jennesta acceptait le marché que nous lui proposons, et en supposant qu'elle tienne parole… Quel genre de vie aurions-nous ? Crois-tu que nous pourrions revenir en arrière ? Continuer comme s'il ne s'était rien passé ? Non, c'est fini. Nous avons tourné une page. De toute façon, le pays est à feu et à sang. Il faut rétablir l'ordre. (Stryke tapota sa bourse.) Et les étoiles sont peut-être la clé.

» Allons, il est temps de nous mettre en route pour Drogan.

Il donna l'ordre de lever le camp.

La forêt n'était qu'à deux ou trois heures de cheval, et la route n'aurait pas pu être plus simple : il suffisait de longer la rive du Bras de Calyparr.

Comme Stryke l'avait espéré, la balade acheva de dissiper la brume qui enveloppait son cerveau. Mais sa bouche était sèche, et il dut boire une quantité d'eau considérable pour étancher sa soif.

Il tendit sa gourde à Coilla, qui chevauchait près de lui en tête de la colonne. Elle secoua la tête.

— J'ai parlé à Haskeer, annonça-t-elle. Au moins, j'ai essayé. Au sujet de ce qui s'est passé quand il s'est enfui avec les étoiles.

— Et alors ?

— Il semble redevenu lui-même. Sauf quand il s'agit d'expliquer ce qui lui a pris.

— Il affirme qu'il ne comprend pas et qu'il ne se souvient de rien. Moi, je le crois.

— Moi aussi. Bien qu'il m'ait assommée. Mais je ne suis pas certaine de lui faire confiance à nouveau un jour, même s'il a participé à mon sauvetage.

— Je ne peux pas te blâmer. Mais je suis persuadé que ce qui s'est passé échappait à son contrôle. Haskeer est notre camarade. Quelques défauts qu'il ait, ce n'est pas un traître.

— La seule chose qu'il ait pu me dire, c'est que les étoiles chantaient pour lui. Puis il s'est tu, l'air embarrassé. Ça a l'air fou…

— Je ne pense pas qu'il soit cinglé.

— Moi non plus. Mais tu as une idée de ce que ça signifie ?

— Non. Pour moi, les étoiles sont de simples objets inanimés.

— Tu n'as toujours aucune idée de leur fonction ?

— Si je le savais, je te l'aurais dit. J'en parlais avec Alfray tout à l'heure. Même si ce n'étaient que des morceaux de bois inutiles, je chercherais à les rassembler.

Coilla lui jeta un regard intrigué.

— Je ne suis pas fou non plus, assura Stryke, malgré les doutes qu'il nourrissait au sujet de ses rêves. Mon avis, c'est que nous avons besoin d'un objectif. Sinon, cette compagnie se désintégrera avant que nous n'ayons le temps de dire « ouf ».

» C'est notre éducation militaire : même si nous n'appartenons plus à la horde de Jennesta, nous sommes toujours des orcs et nous faisons partie de la nation orc, aussi éparpillée et méprisée qu'elle soit. Ou nous restons ensemble et nous avons une chance de nous en sortir, ou nous nous séparons et aucun de nous ne survivra longtemps.

— Je comprends, dit Coilla. Il est dans notre nature de valoriser et de rechercher la camaraderie. Je doute que nous soyons faits pour vivre en solitaires. Mais tu nous as donné l'objectif dont nous avions besoin. Même si les choses tournent mal et que nous y laissons notre peau, personne ne pourra nous enlever ça. Nous aurons essayé.

Stryke lui sourit.

— Tu as raison. Nous aurons essayé.

Ils avaient atteint la lisière de la forêt.

Une forêt très ancienne, grande et sombre.

La colonne s'immobilisa. Stryke fit signe à Alfray, à Jup et à Haskeer de les rejoindre.

— C'est quoi, le plan ? demanda le nain.

— Comme je l'ai déjà dit, nous tenterons de prendre contact avec le clan de Keppatawn pour négocier.

Alfray avait déjà préparé un drapeau blanc en utilisant la hampe de la bannière des Renards.

— Et s'il y a plusieurs clans dans la forêt ? demanda-t-il.

— Espérons qu'ils sont en bons termes les uns avec les autres et qu'ils nous laisseront passer, répondit Stryke.

Avec quelque appréhension, ils entrèrent sous le couvert des arbres.

Alfray brandissait leur drapeau blanc. Comme les autres officiers, il avait conscience que ce symbole, bien qu'universellement reconnu, n'était pas universellement respecté.

Dans la forêt, il faisait frais mais pas aussi sombre qu'on aurait pu le croire, et une odeur d'humus planait dans l'air. Le silence les rendait nerveux.

Au bout de dix minutes, ils débouchèrent dans une petite clairière.

— Pourquoi ai-je l'impression de devoir chuchoter ? demanda Coilla.

Alfray leva les yeux vers les frondaisons que les rayons du soleil avaient du mal à percer.

— Parce que cet endroit respire la sainteté.

— Oui…

— La magie doit y être plus forte. L'eau du Bras de Calyparr et la densité de la végétation aident à la retenir. Nous devons nous trouver dans une des rares oasis intactes de Maras-Dantia. Les choses semblent être restées les mêmes qu'autrefois.

Seul Haskeer ne paraissait pas affecté par l'atmosphère sereine de la forêt.

— Qu'est-ce qu'on fait? On déambule au hasard jusqu'à ce qu'on tombe sur un centaure?

À cet instant, des dizaines de centaures jaillirent de derrière les arbres ou émergèrent des fourrés. Certains brandissaient des lances, mais la plupart portaient de courts arcs de corne pointés en direction des Renards.

— Ça ne sera pas nécessaire, apparemment, dit Coilla.

— Ne bougez pas, ordonna Stryke.

Un jeune centaure au port de tête orgueilleux se détacha du groupe et approcha des orcs. La moitié équine de son corps était recouverte d'un pelage brun soyeux, et ses pattes se terminaient par des sabots. Sa moitié supérieure était celle d'un humain avec des bras musclés et une abondante pilosité dont le fleuron était sa barbe bouclée.

Les chevaux des orcs hennirent nerveusement.

— Vous venez d'entrer sur le territoire de notre clan, annonça le centaure. Que faites-vous ici?

— Nous venons en paix, lui assura Stryke.

— En paix? Des orcs?

— Je sais que notre réputation nous précède. Mais comme vous, nous défendons une juste cause, et nous ne trahirions pas la bannière de la trêve.

— Bien dit. Je m'appelle Gelorak.

— Stryke. Et voilà ma compagnie, les Renards.

Le centaure leva un sourcil.

— Nous avons entendu parler de vous. Agissez-vous en tant qu'intermédiaires?

— Non. Nous n'avons plus de maître, dit Stryke.

Les autres centaures visaient toujours les intrus.

— Vous avez la réputation d'amener des problèmes avec vous, Stryke. Je vous le demande encore une fois: que faites-vous ici?

— Rien qui puisse vous nuire. Nous cherchons Keppatawn.

— Notre chef? Vous avez besoin d'armes?

— Non. Nous devons lui parler à propos d'autre chose.

Gelorak étudia pensivement les Renards.

—À lui de décider s'il souhaite ou non traiter avec vous… Je vais vous conduire… (Il regarda l'épée de Stryke.) Je ne vous ferai pas l'injure de vous demander de nous remettre vos armes pour la durée de votre séjour. Je sais que vous trouveriez ça inconvenant. Mais vous devez me promettre de ne pas en faire usage, même sur un coup de colère.

—Vous avez ma parole. Et je vous remercie de faire preuve d'autant de considération. Nous ne dégainerons pas nos armes à moins que quelqu'un n'en lève une contre nous.

—Parfait. Venez.

Gelorak agita la main, et les centaures baissèrent leurs arcs.

Ils s'enfoncèrent dans la forêt, Gelorak en tête, les orcs le suivant de près et les centaures fermant la marche. Enfin, ils arrivèrent dans une clairière beaucoup plus grande que la précédente.

Ils découvrirent des bâtiments qui ressemblaient à des écuries et des huttes rondes conventionnelles avec un toit de chaume. Le plus massif évoquait une grange ouverte sur tout un côté, et abritait une énorme forge.

Dans une chaleur suffocante, enveloppés par des nuages de vapeur, des centaures actionnaient des soufflets ou martelaient des enclumes. D'autres utilisaient des pinces à feu pour prendre des morceaux de métal chauffés à blanc dans des braseros et les plonger dans les tonneaux remplis d'eau où ils refroidissaient en sifflant.

Des poules, des oies et des cochons se déplaçaient librement à travers le village. Une odeur de fumier planait dans l'air, et elle n'était sûrement pas due qu'aux animaux.

Des dizaines de centaures de tous âges vaquaient à leurs occupations. La plupart s'interrompirent pour observer les Renards. Stryke fut quelque peu rassuré de voir qu'ils semblaient motivés par la curiosité plus que par l'hostilité.

—Attendez-moi ici, ordonna Gelorak.

Il s'éloigna en direction de l'armurerie.

—Qu'est-ce que tu en penses? demanda Coilla.

—Ils ont l'air assez amical, répondit Stryke. Et ils nous ont laissés garder nos armes. C'est bon signe.

Gelorak ressortit flanqué d'un centaure d'âge mûr à la barbe grisonnante. Il avait une musculature puissante, mais sa patte arrière droite était tordue et il boitait bas.

—Salutations, dit Stryke.

—Salutations. Mon nom est Keppatawn. Je suis très occupé et la patience n'est pas mon fort. Aussi me pardonnerez-vous d'aller droit au but. Que voulez-vous?

—Nous avons une affaire à vous proposer. Un marché qui pourrait vous intéresser.

—Ça reste à voir… (Le centaure les étudia, les yeux plissés.) Quoi qu'il en soit, il vaut toujours mieux parler affaires devant un bon repas. Voulez-vous vous joindre à nous?

—Volontiers.

Stryke avait des haut-le-cœur à la seule idée de manger, mais il savait qu'il ne tirerait rien de son hôte s'il refusait de se plier au protocole en vigueur.

Les orcs se laissèrent guider jusqu'aux longues tables de chêne disposées au centre de la clairière. Des bancs furent placés d'un seul côté, à leur intention, car les centaures mangeaient debout.

Il y avait de la viande et du poisson, du pain encore tiède, des plateaux de fruits frais et des paniers débordant de fruits secs, plus des pichets de bière et de vin rouge capiteux.

Dès qu'ils eurent entamé la nourriture, Stryke – qui en avait pris juste assez pour ne pas offenser les centaures – porta un toast à leurs hôtes.

—À ce généreux repas, fit-il en levant son verre.

—Je dis toujours qu'il est peu de querelles dont un festin bien arrosé ne puisse venir à bout, déclara Keppatawn.

Il vida son verre et rota. Une démonstration typique de l'hédonisme des centaures, dotés d'un appétit pour les plaisirs sensuels qui tournait parfois à l'excès.

—Mais je suppose que c'est un peu différent pour les orcs, reprit-il. Généralement, nous commençons par poser des questions, de préférence autour d'une table bien garnie. Vous, ce serait plutôt le contraire, non?

—Pas toujours, Keppatawn. Nous sommes aussi capables de raison.

—Bien entendu, admit gracieusement le centaure. Alors, à quel propos avez-vous décidé de vous montrer raisonnables aujourd'hui?

—Vous détenez un objet que nous aimerions vous acheter.

—Si c'est d'armes que vous parlez, vous n'en trouverez pas de plus belles en Maras-Dantia.

—Il ne s'agit pas de ça, bien que vos armes aient effectivement cette réputation. (Stryke but une gorgée de bière.) Je veux parler d'une relique que nous appelons «étoile», mais que vous connaissez peut-être mieux sous le nom d'instrumentalité.

Tout le monde se tut autour de la table. Stryke espéra qu'il n'avait pas gaffé.

Puis Keppatawn sourit et les centaures recommencèrent à bavarder. Mais si bas qu'il fallait tendre l'oreille pour comprendre leurs propos.

—Nous détenons l'artefact en question. Et vous n'êtes pas les premiers à venir le chercher ici.

—Vous avez eu d'autres visiteurs?

— Des multitudes, au fil des ans.

— Puis-je vous demander qui?

— Oh, il y avait un peu de tout. Des érudits, des soldats de fortune, des sorciers, des rêveurs…

— Que sont-ils devenus?

— Nous les avons tués.

Les orcs se raidirent.

— Pourquoi pas nous? demanda Stryke.

— Parce que vous êtes venus «demander» et non prendre par la force. Je parlais seulement de ceux qui nous ont agressés pour s'en emparer.

— Ça n'a pas été le cas de tous?

— Non. Nous avons laissé la vie aux autres, et ils sont repartis très déçus.

— Pourquoi?

— Parce qu'aucun n'a pu ou n'a voulu me donner ce que je réclamais en échange de l'étoile.

— Et de quoi s'agissait-il?

— Nous y viendrons plus tard. Mais d'abord, je voudrais vous présenter quelqu'un. (Keppatawn se tourna vers Gelorak qui se tenait près de lui.) Va chercher Hedgestus, et dis-lui d'apporter la relique.

Gelorak vida son verre et s'éloigna au petit trot.

— Hedgestus est notre chaman, expliqua Keppatawn, et le gardien de l'instrumentalité.

Gelorak ressortit d'une petite hutte située au bord de la clairière, accompagné par un centaure très âgé à la démarche chancelante. Contrairement à ceux que les Renards avaient rencontrés jusque-là, il portait des colliers de cailloux, ou peut-être d'écorces de fruits secs. Gelorak, lui, tenait un coffret de bois.

Au terme de présentations solennelles, Keppatawn ordonna à Gelorak de montrer l'étoile. Le jeune centaure posa le coffret sur la table et l'ouvrit.

À l'intérieur reposait une étoile semblable aux autres et pourtant différente. Elle était grise, avec seulement deux pointes.

— Ça n'a l'air de rien comme ça, pas vrai? lança Keppatawn.

— En effet, approuva Stryke. Puis-je?

Le chef des centaures hocha la tête.

Stryke prit doucement l'étoile. Pensant que ça pouvait être une copie, il lui appliqua une subtile pression. Mais elle était d'une solidité à toute épreuve, comme les trois que les orcs détenaient.

Keppatawn comprit ce que faisait Stryke, mais il ne parut pas s'en offenser.

— Elle est plus que robuste: indestructible, affirma-t-il. Je n'ai jamais rien vu de pareil, et j'ai pourtant travaillé tous les matériaux de Maras-

Dantia. J'ai même essayé de la jeter dans une fournaise. Elle en est ressortie sans trace de brûlure.

Stryke reposa l'étoile dans son coffret.

—Que voulez-vous en faire? demanda Keppatawn.

Une question que l'orc avait espéré éviter. Il opta pour une réponse périmée, la comptant comme une vérité partielle.

—La reine Jennesta nous a bannis. Nous pensions utiliser les étoiles pour regagner ses faveurs. Elle a une passion pour les artefacts religieux.

—Avec sa réputation, je trouve ça étonnant, murmura Keppatawn.

Stryke comprit qu'il ne croyait pas un mot de son explication, et il craignit d'avoir fait une erreur en mentionnant Jennesta. Tout le monde connaissait son fichu caractère. Le centaure penserait sans doute qu'elle n'était pas une gardienne idéale pour l'instrumentalité.

Stryke fut donc très surpris d'entendre Keppatawn déclarer:

—En réalité, je me moque de ce que vous comptez en faire. Je serai ravi de me débarrasser de cette maudite relique. Elle ne nous a apporté que des ennuis. Que savez-vous d'elle et de ses supposées semblables?

Stryke se raccrocha au mot « supposées ». Les centaures n'étaient pas certains de l'existence des autres étoiles. Il décida de ne pas leur révéler qu'il en détenait trois.

—Pas grand-chose, pour être honnête, répondit-il sans mentir.

—Notre ami Hedgestus va être bien déçu. Nous savons seulement qu'elles sont censées avoir des pouvoirs magiques. Mais voilà vingt saisons qu'il tente de lui arracher ses secrets, sans résultat. Moi, je pense que c'est de la crotte de lembarr.

Keppatawn ne leur livrait aucune information, mais il essayait de leur en soutirer. Stryke en fut soulagé. Ça simplifiait la situation.

—Vous disiez tout à l'heure que vous étiez prêt à vous séparer de l'étoile, rappela-t-il. Nous pouvons vous offrir une grande quantité de pellucide de premier choix.

—Vous vous méprenez, coupa Keppatawn. Ce que je réclame en échange, ce n'est pas un objet ni de l'argent, mais une *quête*. Et personne n'a voulu s'y lancer jusqu'à maintenant.

—De quelle quête s'agit-il?

—J'y arrive… Vous êtes-vous demandé d'où je tenais l'étoile?

—Ça m'a traversé l'esprit, reconnut Stryke.

—Tout comme mon infirmité, elle me vient d'Adpar, la reine du royaume des nyadds.

Stryke ne fut pas le seul surpris par cette déclaration.

—Nous avons toujours cru qu'elle était un mythe.

—Sans doute parce que sa sœur Jennesta y a veillé. Adpar est bien réelle, je peux vous l'assurer. (Keppatawn porta la main à sa patte estropiée.)

Je l'ai découvert à mes dépens. Mais elle ne quitte jamais son domaine, et très peu de ceux qui y pénètrent sans y avoir été invités en ressortent vivants.

—Ça vous ennuierait de nous raconter ce qui s'est passé ? demanda Coilla, curieuse.

—C'est une histoire très simple… Comme votre race, la mienne pratique certains rites de passage. Dans ma jeunesse, j'étais très orgueilleux. Je voulais entrer dans l'âge adulte en accomplissant un exploit dont aucun autre centaure n'avait rêvé. Alors je suis allé au palais d'Adpar, en quête de l'étoile.

» Je réussis à m'en emparer, mais je le payai cher. Tout juste si je parvins à m'enfuir vivant… Adpar me jeta un sort qui me laissa dans l'état où vous me voyez. Au lieu d'utiliser des armes sur le champ de bataille, j'en suis réduit à les fabriquer.

—Toutes mes condoléances, dit Coilla. Mais ça ne nous explique pas ce que vous attendez de nous.

—Retrouver mon intégrité physique est plus important qu'une relique. C'est la seule monnaie contre laquelle j'envisage de céder l'étoile.

—Nous ne sommes pas des guérisseurs, dit Jup. Notre camarade Alfray est un peu chirurgien, mais…

—Je n'ai pas les dons nécessaires pour guérir une telle infirmité, coupa Alfray.

Keppatawn secoua la tête.

—Vous vous méprenez. Je sais de quelle façon cela peut être accompli.

Stryke échangea un regard perplexe avec ses officiers.

—Dans ce cas, en quoi pouvons-nous vous aider ?

—La cause de mon infirmité est magique. Le remède doit l'être aussi.

—Nous ne sommes pas non plus des sorciers.

—Je le sais, mon ami. Si c'était aussi simple, j'en aurais engagé un depuis longtemps. La seule thérapie qui me rendra ma motricité, c'est l'application d'une des larmes d'Adpar.

—Hein ?

Un murmure incrédule courut parmi les orcs.

—Vous êtes soûl, affirma Haskeer.

Stryke le foudroya du regard. Par bonheur, Keppatawn ne parut pas s'offenser.

—Je préférerais. Mais c'est la vérité. Adpar elle-même m'a fait savoir que c'était le seul remède.

—Vous avez certainement pensé à lui offrir un marché, du genre l'étoile contre votre guérison, avança Coilla.

—En effet. Sa traîtrise m'en a dissuadé. Elle en profiterait pour me reprendre l'étoile et me tuerait en guise de vengeance. La première fois, elle m'a blessé parce qu'elle ne pouvait pas faire davantage. Les nyadds sont des créatures malveillantes et rancunières. Nous le savons à cause des escadrons qui remontent parfois le Bras de Calyparr jusqu'à notre forêt.

—Donc, résuma Stryke, vous nous donnerez l'étoile si nous vous ramenons une larme d'Adpar ?

—Sur mon honneur.

—Que faudrait-il faire ?

—Aller dans son royaume, entre les Marches de Scarroc et les îles Mallowtor. C'est à une journée de cheval d'ici. Mais le voyage risque d'être agité : Adpar fait la guerre à ses voisins, les merz.

—Ce sont des créatures pacifiques, n'est-ce pas ? demanda Haskeer sur un ton méprisant.

—Plus depuis qu'Adpar a décidé de s'en prendre à elles. Sans compter les problèmes de nourriture. L'océan n'est pas immunisé contre la corruption propagée par les humains. L'équilibre écologique est menacé au fond de l'eau comme sur terre.

—Où est le palais d'Adpar ? demanda Stryke. Pourriez-vous nous le montrer sur une carte ?

—Oui. Mais je crains qu'y aller ne soit que la partie la plus facile de votre quête. Jadis, mon père monta une expédition dans le but d'enlever Adpar. On ne le revit jamais, pas plus que ses compagnons. Un coup dur dont les clans eurent du mal à se relever.

—Sans vouloir insulter votre père, nous sommes des combattants aguerris. Nous avons affronté et vaincu de redoutables adversaires.

—Je n'en doute pas. Mais ça n'était pas ce que je voulais dire. Je me demandais comment vous pourriez pousser quelqu'un d'aussi impitoyable qu'Adpar à verser une larme.

—C'est un processus assez mystérieux pour nous, avoua Coilla.

—Que voulez-vous dire ?

—Les orcs ne pleurent pas…

Keppatawn eut l'air étonné.

—Je l'ignorais. Je suis navré.

—Pourquoi ? Parce que nos yeux ne coulent pas ?

—Nous devrons réfléchir à cet aspect du problème, dit Stryke. À condition que mes soldats soient d'accord, je suis prêt à essayer.

—Vraiment ?

—Je ne vous promets rien, Keppatawn. Nous inspecterons le terrain, et si ça ressemble à une mission impossible, nous nous arrêterons là. Dans un cas comme dans l'autre, nous reviendrons vous en informer.

—Si vous le pouvez ! Sans vouloir vous offenser…

—Je ne suis pas vexé. Vous avez été très clair sur les dangers qui nous attendent.

—Je suggère que vous vous reposiez ici ce soir et que vous vous mettiez en route demain matin. Et... Je n'ai pas pu m'empêcher de remarquer que vous êtes mal équipés. Nous vous fournirons les meilleures armes dont nous disposons.

—Vous savez parler aux orcs, fit Stryke avec un sourire.

—Encore une chose.

Keppatawn glissa une main dans la poche de son tablier de cuir et en sortit une exquise petite fiole de céramique qu'il tendit à Stryke.

—Puis-je vous demander où vous vous l'êtes procurée ? lança Alfray, curieux.

Une expression qu'on aurait pu qualifier de honteuse s'afficha sur le visage du centaure.

—Encore un mauvais tour que j'ai joué dans ma jeunesse...

Chapitre 20

*C*haque fois qu'il s'aventurait dans le monde qu'il persistait à considérer comme « là-bas », il en payait le prix. Ses pouvoirs diminuaient de façon subtile mais perceptible. Sa capacité de coordonner ses pensées faiblissait.

Il précipitait l'instant de sa mort.

Comme il ne pouvait pas passer assez de temps chez lui pour se régénérer entre deux visites, le problème risquait de s'aggraver dans des proportions dangereuses. En fait, ses actions compromettaient l'existence même de son domaine.

Et c'était compter sans la possibilité bien réelle que ses interventions ne fassent aucune différence. Voire qu'elles aggravent la situation, malgré la circonspection dont il faisait preuve.

La dernière fois, il avait failli précipiter leur fin à tous. En essayant de faire le bien, il était passé près de déclencher une nouvelle catastrophe.

Mais il n'avait pas le choix. Les événements en étaient à un stade trop avancé. Et voilà que les fruits de sa propre chair se tournaient les uns contre les autres. Aussi las qu'il se sente, il devait retourner là-bas sous son déguisement.

Il aurait presque souhaité que la mort le délivre de son fardeau, n'était la culpabilité qu'il éprouvait à l'idée d'être responsable de tant de souffrances.

Et le pire restait à venir.

L'humeur lugubre de ces gens n'avait d'égale que la panique qui les gagnait peu à peu.

Dans une salle de corail faiblement éclairée, Adpar gisait sur un lit d'algues humides aux vertus régénératrices. Son corps était couvert de sangsues qui se repaissaient de ses fluides vitaux pour les purifier. Au moins, c'était ce qu'espéraient les médecins.

Elle délirait. Ses lèvres tremblaient et personne ne comprenait les paroles incohérentes qui en sortaient. Il semblait qu'elle maudissait les dieux, mais surtout sa sœur Jennesta.

Les visiteurs avaient été triés sur le volet parmi le Conseil des Anciens, les officiers supérieurs de l'armée nyadd et le corps de guérisseurs du palais.

Le président du Conseil prit à part le médecin-chef pour une conversation à voix basse.

—Avez-vous découvert la cause de cette maladie?

—Non. Nos recherches n'ont rien donné, et elle ne réagit à aucun de nos remèdes. Je soupçonne son affliction d'être de nature magique. Si cela n'allait pas contre les vœux qu'elle a exprimés quand elle avait encore toute sa tête, j'aurais appelé un sorcier.

—Ne devrions-nous pas passer outre ses désirs et en consulter un quand même, étant donné qu'elle ne mesure pas la gravité de son état?

—Je n'en connais aucun qui soit assez compétent pour la soigner. Souvenez-vous qu'elle a éliminé les meilleurs. Vous savez combien elle déteste qu'on rivalise de magie avec elle.

—Ne pouvons-nous pas en faire venir un de l'extérieur du royaume?

—Même si nous arrivions à trouver un sorcier qui accepte, je doute qu'il arrive à temps.

—Voulez-vous dire qu'elle ne s'en sortira pas?

—Pour être honnête, je n'ose pas me prononcer. Nous avons déjà remis sur pied des malades aussi mal en point, mais nous savions de quoi ils souffraient. Je ne peux…

—Ne tournez pas autour du pot, je vous en prie. L'avenir du royaume est en jeu. Survivra-t-elle, oui ou non?

—Pour le moment, je dirais qu'elle a plus de chances d'y rester que de s'en sortir. Bien que nous fassions tout ce qui est en notre pouvoir pour l'aider…

L'ancien étudia le visage pâle et baigné de sueur de leur souveraine.

—Peut-elle nous entendre?

—Je n'en suis pas certain.

Ils revinrent près du lit. Les officiels de rang inférieur s'écartèrent pour les laisser approcher.

L'ancien se pencha et appela doucement:

—Majesté?

Ne recevant pas de réponse, il parla un peu plus fort. Cette fois, Adpar s'agita faiblement.

Le guérisseur appliqua une éponge humide sur son front.

—Majesté, vous devez m'écouter, insista l'ancien.

Les lèvres d'Adpar remuèrent. Elle battit des paupières et grogna.

—Majesté, vous n'avez pas d'enfant. Aucune mesure n'a été prise pour votre succession. Plusieurs factions risquent de se battre pour s'emparer du trône. Vous devez désigner un héritier.

L'ancien savait qu'Adpar s'était débarrassée de tous ses rivaux potentiels en les faisant assassiner ou en les exilant loin du royaume.

—Un nom, Majesté. Donnez-moi un nom.

Adpar essayait de parler. L'ancien se pencha.

—Moi… Moi… Moi…

Alors, il sut que c'était sans espoir. Peut-être voulait-elle laisser le chaos dans son sillage. À moins qu'elle ne puisse pas croire à sa propre mortalité. Dans un cas comme dans l'autre, le résultat serait le même.

L'ancien leva les yeux vers les autres notables présents au chevet de leur souveraine. Un simple regard lui suffit pour comprendre qu'ils en étaient arrivés à la même conclusion.

Un processus inexorable venait de s'enclencher. Désormais, ils allaient cesser de penser au royaume pour se concentrer sur leurs intérêts privés. Comme le président du Conseil avait commencé à le faire.

Stryke savait que les centaures ne croyaient pas les voir revenir. D'ailleurs, ils ne faisaient aucun effort pour le cacher.

Keppatawn leur avait fourni d'excellentes armes. Coilla était particulièrement ravie par sa nouvelle paire de couteaux de lancer équilibrés à la perfection. Jup avait reçu une magnifique hache de bataille, et Stryke l'épée la plus affûtée qu'il ait jamais eue.

À présent que les Renards s'étaient mis en route, laissant le village derrière eux, les doutes faisaient surface. Bien entendu, Haskeer fut le premier à les formuler à voix haute.

—Dans quelle folie nous as-tu encore fourrés ? grommela-t-il.

—Je vous ai déjà dit de surveiller vos paroles, sergent ! cria Stryke. Si vous ne voulez pas nous accompagner, libre à vous. Mais ne vouliez-vous pas prouver que vous êtes digne d'appartenir à cette compagnie ?

—C'est ce que j'ai dit. Seulement… Ça servira à quoi, si on court tous au suicide ?

—Tu dramatises, comme d'habitude, dit Jup. Stryke, j'aimerais pourtant savoir ce que tu as en tête.

—Une simple mission de reconnaissance. Si nous pensons avoir affaire à trop forte partie, nous retournerons à Drogan pour dire à Keppatawn que sa quête est impossible.

—Et ensuite ? demanda Alfray.

—Nous essayerons une autre approche. Par exemple, lui trouver un bon guérisseur en échange de l'étoile.

—Vous savez bien qu'il refusera, capitaine, déclara Haskeer. Si vous voulez l'étoile à ce point, pourquoi ne pas nous en emparer ? De toute façon, il faudra nous battre. Qu'importe que ce soit contre les centaures ou les nyadds…

—Ce ne serait pas honorable, dit Coilla, indignée. Nous avons promis d'essayer, pas de revenir en catimini leur trancher la gorge.

—Un orc ne renie jamais sa parole, renchérit Alfray.

—D'accord, d'accord, soupira Haskeer.

Ils passèrent au pied d'une colline couverte d'herbe jaunie. Quand un soldat poussa une exclamation et tendit un doigt, tous tournèrent la tête pour voir ce qu'il désignait.

Au sommet de la colline, ils aperçurent un cavalier humain vêtu d'une cape bleu marine et monté sur un étalon blanc.

—Serapheim! cria Stryke.

—C'est lui? demanda Alfray.

—Ça alors! s'étonna Jup.

Coilla éperonnait déjà son cheval.

—J'ai deux mots à lui dire!

Ils galopèrent à la suite de la femelle orc. Pendant ce temps, l'humain redescendit de l'autre côté de la colline et disparut.

Quand les Renards atteignirent le sommet, il ne restait pas trace de lui. Pourtant, il n'y avait à proximité aucune cachette où il aurait pu se dissimuler. Le terrain était plus ou moins plat, et ils jouissaient d'une bonne visibilité dans toutes les directions.

—Par la Tétrade, que se passe-t-il? jura Coilla.

Une main en visière, Haskeer tournait la tête en tous sens.

—Mais comment? Où? C'est impossible, bafouillait-il.

—Ça ne peut pas être impossible, puisqu'il l'a fait, répliqua Jup.

—Il doit bien être quelque part, marmonna Coilla.

—Laissons tomber! ordonna Stryke. J'ai l'impression que nous perdons notre temps.

—Ah, ça… Il faut reconnaître qu'il est doué pour se volatiliser, dit Haskeer.

De leur perchoir, ils apercevaient l'amorce des Marches de Scarroc. Et un peu plus loin à l'ouest, l'océan avec son collier d'îlots maussades.

Il y avait beaucoup trop longtemps que Jennesta n'avait pas pris la tête d'une armée pour conduire une campagne.

Bon, peut-être pas une campagne, concéda-t-elle. En réalité, elle n'avait pas d'autre but que de harceler un peu ses ennemis. Et, si possible, de glaner quelque indice sur la localisation actuelle des Renards. Avoir enfin réglé le problème de son encombrante sœur l'avait mise en jambes pour s'emparer d'autres vies.

Surtout, Jennesta avait besoin de prendre l'air.

Ils avaient quitté Tumulus depuis une demi-journée quand ils avaient eu un premier coup de chance. Des éclaireurs leur avaient rapporté l'existence d'une communauté Uni encore trop récente pour figurer sur les cartes. Même ses espions ne l'avaient pas encore remarquée : une négligence dont Jennesta comptait les punir dès son retour au palais. En attendant, elle pourrait se défouler en lançant ses dix mille soldats orcs et nains sur la colonie.

Le dicton parlant d'utiliser une hache de bataille pour fendre le crâne d'un pixie n'avait jamais été aussi justifié. La communauté se réduisait à un amas de masures et de granges encore en construction. Elle devait abriter une cinquantaine de personnes, enfants inclus. Le mur d'enceinte n'était même pas terminé.

Jennesta n'avait que mépris pour les humains capables de s'installer sur son domaine. Fallait-il qu'ils soient ignorants ou inconscients pour venir la défier si près de son palais !

Les malheureux aggravèrent leur situation en tentant de se rendre. Si tous les Unis avaient été aussi faciles à écraser…

La vingtaine d'humains qui ne furent pas massacrés par ses soldats vint ajouter au pouvoir de Jennesta. Elle ne put consommer qu'une partie des cœurs encore palpitants qu'elle arracha à leurs poitrines, mais cette abondance de sacrifices lui donna l'occasion de mettre à l'épreuve une théorie qu'elle avait récemment découverte dans les écrits des anciens.

Avant le départ, Jennesta avait envoyé des agents dans le Nord, vers la toundra d'Hojanger, pour qu'ils lui rapportent des chariots entiers de glace et de neige compactée. À l'abri dans des tonneaux spécialement conçus, la cargaison était arrivée intacte. Jennesta y fit placer tous les organes dont elle ne s'était pas repue, constituant une réserve où elle puiserait tout au long de son voyage.

Évidemment, rien ne pouvait remplacer un cœur encore frais, mais ça ferait quand même un substitut acceptable. Et si ce mode de conservation s'avérait fiable, elle s'en servirait pour nourrir ses compagnies lors de campagnes futures.

Jennesta sortit d'une des huttes, rassasiée de tortures et d'autres menus plaisirs. Au moins, pour le moment. Elle tamponna ses lèvres maculées de sang avec un délicat mouchoir de dentelle.

Elle était la première surprise par l'énergie qu'elle venait de déployer. Peut-être le grand air affûtait-il son légendaire appétit.

Mersadion ne semblait pas aussi satisfait. Il attendait sur le dos de son étalon, le dos raide et l'air contrarié.

—Vous n'avez pas l'air heureux, général, constata Jennesta en s'essuyant les mains. Cette victoire ne vous réjouit pas ?

—Bien sûr que si, Majesté, répondit l'orc avec un sourire forcé.

—Dans ce cas, qu'est-ce qui vous préoccupe ?

—Mes officiers disent qu'il y a de l'agitation dans les rangs, ma dame.

Jennesta fronça les sourcils.

—Je croyais que vous maîtrisiez la situation, général. N'avez-vous pas fait exécuter les fauteurs de troubles, comme je l'avais ordonné ?

—Si, ma dame. Plusieurs dans chaque régiment. Mais le mécontentement des autres a augmenté…

—Tuez-les aussi ! De quoi se plaignent-ils, au juste ?

—Ils… ils ne sont pas d'accord pour raser cette communauté.

—Quoi ?

Mersadion pâlit mais s'expliqua :

—Certains pensent… Il s'agit bien entendu d'une minorité, mais… Enfin, ils pensent que ces bâtiments auraient pu servir à loger les veuves et les orphelins des soldats orcs tués à votre service. Des familles qui risquent de se retrouver sans abri.

—Mais je *veux* qu'elles soient sans abri ! s'exclama Jennesta. Pour motiver les mâles. Un guerrier qui sait que sa femelle et ses petits dépendent de lui aura davantage à cœur de survivre.

—Oui, ma dame.

—Je m'interroge sur votre aptitude à maintenir l'ordre, général. (Mersadion se recroquevilla sur sa selle.) La première chose que je compte faire dès notre retour à Tumulus, c'est de purger une bonne fois pour toutes mon armée de ces radicaux.

—Majesté…

—À présent, allez me chercher une torche.

—Majesté ?

—Une torche, pour l'amour des dieux ! Faut-il vous faire un dessin dans la poussière ?

—Non, Majesté. Tout de suite, Majesté.

Il se laissa glisser à terre et fila au pas de course.

En attendant son retour, Jennesta observa un des escadrons de dragons qui passait dans le ciel, sous la voûte des nuages.

Mersadion lui rapporta un morceau de bois dont une extrémité avait été enveloppée d'un chiffon imbibé de poix.

—Allumez-la, ordonna Jennesta.

Elle trépigna d'impatience pendant qu'il se battait avec ses silex. Enfin, le tissu s'enflamma.

—Donnez-moi ça, cria-t-elle en lui arrachant la torche des mains.

Elle s'approcha de la porte de la hutte dont elle était sortie quelques minutes plus tôt.

—Cette communauté est un nid de pestilence Uni. Je ne peux pas faire moins que le détruire. Ce serait une preuve de faiblesse, et ce n'est pas dans mes habitudes.

Jennesta lança la torche. Les flammes se répandirent aussitôt. Des cris résonnèrent : ceux des humains qu'elle avait laissés en vie.

Alors, elle revint vers son cheval et monta en selle. Mersadion l'imita.

—Donnez l'ordre de marche. Nous partons vers le nid suivant.

Tandis qu'ils s'éloignaient, Jennesta jeta un dernier coup d'œil à la colonie ravagée par l'incendie.

—Quand on veut qu'une chose soit bien faite, il faut s'en charger soi-même, déclara-t-elle joyeusement. Comme le disait mon estimée génitrice Vernegram!

Chapitre 21

Les Marches de Scarroc semblaient avoir leur propre climat. Non qu'il fût plus agréable que celui des plaines que les Renards venaient de quitter. Au contraire. Ici, le plafond des nuages était encore plus bas, la pluie plus drue et le froid plus mordant. Peut-être parce qu'aucun obstacle ne se dressait entre les marécages et le front glaciaire qui venait du nord : pas de montagnes pour bloquer le vent, pas de forêts pour le ralentir avant qu'il ne vienne se combiner à la brume gelée de l'océan de Norantellia.

Protégés par les tuniques de fourrure, les orcs s'immobilisèrent à la lisière des marais pour s'imprégner de leur atmosphère sinistre.

Un bourbier de sable et de vase noire s'étendait devant eux, semé de fossés et de petites mares d'eau sombre. Quelques arbres squelettiques aux branches nues et torturées se dressaient çà et là, indiquant que la corruption se répandait. L'endroit puait le poisson pourri. Il n'y avait aucun signe de vie.

De la butte, les orcs apercevaient le rivage de l'océan gris et paresseux. Un peu plus loin se découpaient les contours enveloppés de brume des îles Mallowtor. Quelque part entre les deux, sous les vagues, les merz s'accrochaient à leur existence précaire.

Une scène de désolation que Stryke ne put s'empêcher de comparer au glorieux paysage maritime de ses rêves.

— Et voilà. On est venus, on a vu et ça ne nous a pas plu. Rebroussons chemin, proposa Haskeer.

— Pas encore, dit Stryke. Nous avons promis à Keppatawn d'effectuer une reconnaissance.

— Je sais tout ce que j'avais besoin de savoir. Cet endroit est sinistre.

— Tu t'attendais à quoi ? lança Jup. Être accueilli par des vierges qui te lanceraient des pétales de roses ?

Coilla étouffa dans l'œuf la dispute qui menaçait d'éclater en demandant :

—Comment allons-nous procéder?

—D'après Keppatawn, le royaume des nyadds s'étend de l'autre côté des marécages, au bord de l'océan. Une grande partie est sous l'eau.

—Génial, marmonna Haskeer. Et on ira comment? En se laissant pousser des nageoires?

Stryke l'ignora.

—Apparemment, continua-t-il, le palais d'Adpar est accessible à la fois par la mer et par la terre. Nous nous y introduirons en force, à l'exception de ceux qui seront chargés de veiller sur les chevaux.

—J'espère que tu ne comptes pas sur moi pour rester en arrière, dit sèchement Alfray.

Encore cette histoire d'âge, pensa Stryke. Il devenait de plus en plus susceptible à ce sujet.

—Bien sûr que non. Nous aurons besoin de toi. Mais nous ne pouvons pas emmener les chevaux. Talag et Liffin, vous resterez avec eux. Désolé, mais c'est important.

Les deux soldats se résignèrent. Aucun orc n'aimait être affecté à une tâche de routine pendant que ses camarades partaient au combat.

Jup ramena la conversation sur leur plan d'attaque.

—Tu comptes envoyer des éclaireurs?

—Non. Nous traverserons le marais, et si les conditions nous semblent acceptables, nous foncerons. Je ne veux pas passer plus de temps ici que nécessaire.

—Pour une fois, je suis d'accord, approuva Haskeer.

—Souvenez-vous de ce que Keppatawn nous a dit: le royaume d'Adpar connaît des troubles. Ça peut nous aider ou jouer contre nous. Mais si ça a l'air trop dangereux, nous ressortirons sans engager le combat. L'existence des Renards est plus importante qu'une querelle locale.

—Ça me va, déclara Jup.

Stryke leva les yeux.

—Allons-y avant qu'il ne commence à pleuvoir pour de bon.

Il se tourna vers Talag et Liffin.

—Comme je viens de le dire, nous n'avons pas l'intention de traîner. Laissez-nous jusqu'à demain, même heure. Si nous ne sommes pas revenus, considérez-vous comme dégagés de toute obligation. Vendez les chevaux. Ça vous permettra de vivre pendant un moment.

Sur cette note pessimiste, ils se mirent en route.

—Restez groupés et ouvrez grand les yeux, recommanda Stryke. Si quelque chose bouge, frappez.

—La procédure habituelle, quoi, dit Jup.

—Souvenez-vous qu'ils sont dans leur élément. Ils peuvent vivre dans l'air aussi bien que dans l'eau. Pas nous. C'est compris, Haskeer?

—Oui. Pourquoi tu me demandes ça?

Ils entrèrent dans le marais. Comme dans la forêt de Drogan, il y régnait un silence absolu. Mais pas du genre paisible; plutôt lourd et malveillant. Ici, les orcs ne se sentaient pas sereins, mais menacés. Ils ne purent s'empêcher de parler à voix basse, même s'ils savaient que ça ne servait à rien: il n'y avait aucun endroit où un ennemi aurait pu se dissimuler.

Le sol devenait de plus en plus spongieux. Jetant un coup d'œil à la ronde, Stryke vit qu'Haskeer marchait à l'écart du reste de la compagnie.

—Ne t'éloigne pas! lui lança-t-il. Il ne faut pas que nous soyons séparés. J'ignore quel genre de surprise nous réserve cet endroit.

—Pas d'inquiétude, chef, répondit Haskeer sur un ton insouciant. Je sais ce que je fais.

Un bruit de succion retentit et il s'enfonça jusqu'à la taille dans des sables mouvants.

Ses camarades se précipitèrent vers lui. Il était en train de couler.

—Ne te débats pas, ou ce sera pire, lui conseilla Alfray.

—Sortez-moi de là! rugit Haskeer. Ne restez pas là à me regarder: faites quelque chose!

Stryke croisa les bras.

—Je ne sais pas trop… C'est peut-être le seul moyen de te fermer le clapet.

—Capitaine, supplia Haskeer. C'est glacé!

—D'accord. Aidez-le à sortir.

Avec quelques difficultés, les orcs parvinrent à extraire le sergent des sables mouvants. Sa tunique dégoulinait de boue noire.

—Et merde! jura-t-il. Je pue!

—Ne t'inquiète pas: personne ne remarquera la différence, assura Jup.

—Remercie la Tétrade de ne pas être tombé là-dedans à ma place, bas-du-cul! Tu te serais noyé!

Coilla se mordit les lèvres pour dissimuler son sourire.

Ils se remirent en route, leur progression ponctuée par les récriminations d'Haskeer et par les *splash* sonores de ses bottes imbibées d'eau.

Au bout d'une heure, ils aperçurent une ligne de rochers, droit devant eux. Stryke ordonna aux soldats de se déployer en regardant bien où ils marchaient.

Ils arrivèrent au pied des rochers constellés d'entrées de cavernes. Certains abritaient de grands puits ronds au fond desquels clapotait le ressac.

Coilla fronça les sourcils.

—Si le royaume nyadd commence ici, ne devrait-il pas y avoir des sentinelles?

—On pourrait le penser, dit Stryke. Elles sont peut-être un peu plus loin.

—Alors, on fait quoi ? demanda Alfray.

—Selon Keppatawn, un de ces passages conduit là où nous voulons aller. Dommage qu'il ne se soit pas souvenu duquel. Choisis-en un.

Alfray réfléchit quelques instants.

—Celui-là.

Ils entrèrent sur la pointe des pieds. Mais la caverne se terminait par un cul-de-sac.

—Une bonne chose qu'on n'ait pas parié, ricana Haskeer. Et maintenant ?

—On continue à les explorer jusqu'à ce qu'on trouve le bon.

Ils firent trois tentatives supplémentaires qui finirent de la même façon.

—Ras le bol de ces grottes, marmonna Haskeer. J'ai l'impression d'être une chauve-souris.

Puis ce fut le tour de Coilla. La femelle orc eut plus de chance que ses camarades. La caverne qu'elle avait choisie s'étendait tellement loin que la lumière du jour qui y pénétrait pourtant à flots suffit à peine à les guider jusqu'au bout.

Au-delà d'une arche naturelle, un tunnel en pente s'enfonçait dans le sol comme un toboggan. Une phosphorescence verte était visible à l'autre extrémité.

Les orcs dégainèrent leurs armes et se laissèrent glisser les pieds en avant, prêts à bondir sur ce qui pourrait les attendre en bas.

En guise de sentinelles, ils ne virent qu'une grotte souterraine humide. La lumière provenait des centaines de coraux qui poussaient sur les murs et au plafond. Alfray les examina.

—Je ne sais pas ce que c'est, mais c'est rudement pratique, chuchota-t-il.

—Tu l'as dit, bouffi ! lança Haskeer.

Il cassa un fragment de ce qui ressemblait à une stalactite et le lui tendit.

—Que chacun en prenne un morceau, ordonna Stryke.

Il n'y avait qu'une seule issue : un tunnel étroit qui partait du mur du fond. Contrairement à la grotte, il n'était pas éclairé. Les torches improvisées furent donc très utiles.

Les Renards s'engagèrent dans le boyau derrière Stryke.

Peu après, ils débouchèrent dans un puits aux parois très hautes qui remontait vers la surface. En levant la tête, ils aperçurent le ciel, très loin au-dessus de leurs têtes.

Trois autres passages s'offrirent à eux. L'eau y coulait librement, assez haute pour atteindre les chevilles des orcs.

—Qui veut choisir cette fois ? lança Coilla.

—Chut! lança Alfray en posant un doigt sur ses lèvres.

Un clapotis… Quelque chose approchait par un des tunnels, mais ils n'auraient su dire lequel.

Stryke fit reculer ses hommes vers le passage d'où ils venaient, et leur ordonna de dissimuler les coraux phosphorescents.

Alors qu'ils retenaient leur souffle, deux nyadds émergèrent du tunnel central. Grâce aux muscles puissants de la moitié inférieure de leur corps, ils se déplaçaient avec les ondulations caractéristiques de leur race. Sans doute auraient-ils été plus à l'aise et plus gracieux dans l'eau. Mais à les voir, on ne pouvait pas douter qu'ils se sentaient parfaitement bien sur terre. En équilibre sur deux branches de l'évolution, bien malin qui aurait pu dire de quel côté ils finiraient par pencher.

Les deux nyadds tenaient l'arme traditionnelle de leur peuple: mi-épée courte, mi-lance, avec une lame dentelée façonnée à partir du schiste durci qui abondait dans les profondeurs de l'océan. Des dagues de corail étaient fixées sur leur carapace.

—Ils ne sont que deux? souffla Alfray.

—Je crois que oui. Essayez d'en garder un en vie. Jup, assure-toi que personne ne nous prendra à revers.

Au signal de Stryke, Alfray, Haskeer, Coilla et quatre soldats se ruèrent avec lui sur les nyadds.

Pris par surprise, face à des adversaires supérieurs en nombre, ceux-ci n'avaient aucune chance. Alfray et Haskeer tailladèrent le cou du premier jusqu'à ce qu'il tombe. Stryke et Coilla se chargèrent du second, et lui infligèrent des blessures suffisantes pour le neutraliser sans le tuer.

La créature s'écroula, son sang se mêlant à l'eau de mer. Stryke s'agenouilla devant elle.

—La reine, exigea-t-il. Par où va-t-on au palais?

Le nyadd ne répondit pas.

—Où est ta reine? répéta Stryke, en aiguillonnant le nyadd de la pointe de son épée.

Au prix d'un gros effort, le blessé leva un bras et tendit une main palmée vers le tunnel de droite.

—Par là?

Il hocha faiblement la tête, puis s'affaissa.

—J'espère pour toi que tu ne nous as pas menti, grogna Haskeer.

—Laisse tomber, il est mort.

Jup et les autres sortirent de leur cachette.

Abandonnant les cadavres au fond du puits, les Renards entrèrent prudemment dans le passage, en brandissant leurs morceaux de corail pour éclairer le chemin.

Ce tunnel-là était plus long que le précédent, mais il finit aussi par déboucher sur une zone à ciel ouvert. Cette fois, les Renards se retrouvèrent sur une corniche. À leurs pieds, des marches irrégulières pareilles à des dalles empilées descendaient vers la suite du labyrinthe.

Plus loin se dressait une monstrueuse structure torturée. Œuvre de la nature autant que de la maçonnerie nyadd, elle ne comportait pas la moindre ligne droite. Rochers, coquillages, algues et coraux se combinaient pour lui donner un aspect organique.

—Je crois que nous avons trouvé le palais, dit Stryke.

Jup lui tira sur la manche et pointa un index vers le bas. Une douzaine de marches sous eux, assez loin sur leur gauche, deux groupes de nyadds s'affrontaient. Une lutte vicieuse, sans aucune retenue. Plusieurs combattants s'écroulèrent sous le regard interloqué des Renards.

—Keppatawn avait raison : on dirait que c'est la guerre civile, commenta Coilla.

—Si le royaume est livré au chaos, ce sera une couverture parfaite pour nous, dit Jup. Nous arrivons au bon moment.

—Sauf si Adpar est déjà morte, objecta Stryke.

—Si elle avait gouverné plus sagement, ses sujets n'en seraient pas là, rappela Coilla. Quel genre de souverain est assez égoïste pour laisser son royaume mourir avec lui ?

—Le genre habituel, pour ce que j'en sais, répondit Jup. Et souviens-toi qu'Adpar est la sœur de Jennesta. Ça doit être de famille.

Stryke désigna un tunnel qui semblait mener au palais.

—On y va !

Pliés en deux pour ne pas se faire remarquer, ils descendirent rapidement vers le passage et l'atteignirent sans incident. Une fois à l'intérieur, ce fut une autre histoire.

Au bout d'une vingtaine de pas, le tunnel décrivait un virage serré. Cinq nyadds en surgirent et se retrouvèrent nez à nez avec les Renards. Quatre étaient armés et semblaient escorter le dernier, qui n'avait l'air ni d'un guerrier ni d'un prisonnier.

Dès qu'ils se furent remis de leur surprise, les nyadds brandirent leurs étranges épées courtes et chargèrent. D'un jet de couteau bien placé, Coilla régla instantanément son compte au premier. Craignant que sa lame ne parvienne pas à perforer la carapace de la créature, elle visa la tête. Le couteau s'enfonça dans l'œil de sa cible.

Les trois autres nyadds engagèrent le combat au corps à corps. Une fois de plus, la supériorité numérique des orcs leur permit de gagner.

Maniant son épée à deux mains, Haskeer assomma son malheureux adversaire du plat de sa lame et lui fendit le crâne. Alfray et Jup tailladèrent le leur. Il s'effondra, saignant d'une multitude de plaies. Plusieurs soldats se chargèrent du dernier.

Coilla n'oublia pas de récupérer son couteau : le meilleur qu'elle ait jamais eu.

Ne restait que le nyadd désarmé.

— Je suis un ancien ! cria-t-il, tout tremblant. Pas un militaire ! Épargnez-moi !

— Où est Adpar ? demanda Stryke.

— Quoi ?

— Si tu veux vivre, conduis-nous à elle.

— Je ne…

Haskeer lui plaqua sa lame sur la gorge.

— D'accord, d'accord, dit le nyadd. Je vous emmènerai.

— Pas d'entourloupe, le prévint Jup.

L'ancien les guida dans le labyrinthe de passages envahis par les lichens et plusieurs centimètres d'eau de mer.

Ils débouchèrent dans un grand tunnel éclairé par des coraux phosphorescents. Une double porte se dressait au bout. Les orcs ne firent qu'une bouchée des deux sentinelles qui montaient la garde devant.

Pendant que quatre soldats traînaient les cadavres à l'écart, deux autres poussèrent devant eux l'ancien terrifié.

— Il y a quelqu'un d'autre qu'elle là-dedans ? demanda Stryke.

— Je l'ignore. Peut-être un guérisseur. Notre royaume est en proie à la confusion. Les factions rivales se déchirent. Pour ce que j'en sais, la reine pourrait être morte.

— Misère ! s'exclama Jup.

L'ancien eut l'air étonné.

— Vous n'êtes pas venus la tuer ?

— La raison de notre présence serait trop compliquée à expliquer, répondit Alfray. Mais il est très important pour nous qu'Adpar soit toujours en vie.

Sur un signal de Stryke, deux soldats éprouvèrent prudemment les battants, qui n'étaient pas verrouillés. Ils les ouvrirent à la volée et entrèrent.

Dans la pièce déserte, la reine gisait sur son lit d'algues ondulantes. Ils pataugèrent jusqu'à elle.

— Par les dieux, murmura Coilla. C'est incroyable ce qu'elle ressemble à Jennesta.

— Ça donne à réfléchir, pas vrai ?

— Et ils ont fini par la laisser seule, souffla Jup.

— Ce qui en dit long sur l'affection qu'ils lui portent, renchérit Coilla.

— Tout ce qui compte, c'est qu'elle soit encore vivante, trancha Stryke.

Alfray chercha le pouls d'Adpar.

— C'est tout juste…

Ils avaient oublié l'ancien, qui en profita pour battre en retraite vers la porte et s'élancer dans le couloir en hurlant :

—Gardes ! Gardes !

—Et merde ! jura Stryke.

—Laisse-le moi.

Coilla saisit un couteau et arma son bras. Le projectile fila dans les airs et atteignit le nyadd à la nuque. Il s'effondra dans une gerbe d'éclaboussures.

—Les centaures n'ont pas menti : ce sont des lames remarquables, dit Coilla.

Stryke ordonna à deux soldats de monter la garde près de la porte. Les autres se concentrèrent sur Adpar.

—Jusqu'ici, nous avons eu de la chance. Mais ça ne durera pas. Tu crois qu'elle nous entend, Alfray ?

—Difficile à dire… Elle est dans un sale état.

Stryke se pencha vers la reine.

—Adpar. Adpar ! Écoutez-moi. Vous êtes mourante.

La tête de la souveraine remua sur son oreiller d'émeraude.

—Écoutez-moi, Adpar, répéta Stryke. Vous êtes mourante, et c'est la faute de votre sœur Jennesta.

Les lèvres de la reine bougèrent ; elle remua faiblement.

—Vous m'entendez ? C'est votre propre sœur qui vous a fait ça. Jennesta.

Elle battit des paupières et ses branchies frémirent. À part ça, elle n'eut pas la moindre réaction.

—C'est sans espoir, soupira Coilla.

—Ouais, grogna Haskeer. Résigne-toi, Stryke : ça ne marchera pas. Il ne sert à rien de rester plantés là à répéter « Jennesta, Jennesta, Jennesta ».

Anéanti, Stryke se détourna du lit d'Adpar.

—Je croyais vraiment que…

—Attends ! cria Jup. Regarde !

Adpar clignait des yeux.

—Ça a commencé quand Haskeer a répété le nom de Jennesta.

Sous leur regard incrédule, les cils d'Adpar s'humidifièrent. Puis une larme solitaire se détacha du coin de son œil et roula sur sa joue.

—La fiole ! ordonna Alfray.

Stryke la sortit et tenta de l'appliquer contre la joue d'Adpar. Mais il était trop énervé.

—Laisse-moi faire, dit Coilla. Ça nécessite un peu de douceur féminine.

Elle plaça le goulot de céramique sous la larme et pressa sur la chair d'Adpar. La larme roula dans la fiole. Coilla la reboucha et la rendit à Stryke.

—Quelle ironie… Je parie que les souffrances qu'elle a infligées aux autres dans sa vie ne lui ont jamais arraché une larme. Pour pleurer, il aura fallu qu'elle s'apitoie sur son sort.

Stryke empocha la fiole.

—Je n'aurais jamais cru que nous réussirions, avoua-t-il.

—Et c'est maintenant qu'il nous le dit, grommela Haskeer.

—Les dieux étaient avec nous, conclut Alfray en reposant le poignet d'Adpar. Elle est morte.

—Je trouve approprié que son dernier acte ait été de guérir indirectement une de ses victimes, dit Stryke.

—Il ne nous reste plus qu'à sortir d'ici, rappela Jup.

Chapitre 22

Jennesta était au milieu d'une réunion stratégique avec Mersadion quand cela se produisit.

La réalité se reconfigura, devint malléable et se modifia. Un phénomène qui ressemblait à une vision mais n'en était pas une… Il s'agissait plutôt de la certitude inébranlable qu'un événement très important venait de se produire. Parallèlement, elle capta une sorte de message limpide – faute d'un mot plus approprié –, qu'elle trouva tout aussi excitant.

Jennesta n'avait jamais éprouvé une telle sensation. Elle supposa que cela venait du lien télépathique qu'elle partageait involontairement avec sa sœur. Qu'elle *avait* partagé, se corrigea-t-elle. Car Adpar était morte. Jennesta le savait sans l'ombre d'un doute. Et ça n'était pas tout.

Elle ne s'était pas aperçue qu'elle avait fermé les yeux et saisi le dossier d'une chaise pour se retenir. Son esprit s'éclaircit. Elle se redressa et prit de longues inspirations.

Mersadion la regardait, l'air inquiet.

—Vous allez bien, Majesté?

Jennesta cligna des yeux sans comprendre. Puis elle s'ébroua.

—Si je vais bien? Oh que oui! Je n'ai jamais été aussi bien de toute ma vie. Je viens de recevoir des nouvelles.

Mersadion ne comprit pas comment. Elle s'était interrompue au milieu d'une phrase, et avait vacillé comme si elle allait s'évanouir. Nul messager n'était entré dans la tente. Aucune lettre ne lui avait été communiquée.

Il se força à refermer la bouche.

—De bonnes nouvelles, je présume?

—Excellentes, dit Jennesta. À tous points de vue.

Son expression rêveuse se dissipa. Sur le ton déterminé auquel Mersadion commençait à s'habituer, elle cria:

—Apportez-moi une carte de l'ouest de Maras-Dantia.

—Oui, ma dame…

Il se hâta d'obéir.

Elle déroula le parchemin sur la table puis, d'un de ses ongles étrangement longs, entoura une zone qui comprenait Drogan et les Marches de Scarroc.

— Ici, annonça-t-elle.

— Majesté ?

— Les Renards. Ils sont dans cette région.

— Je vous demande pardon, mais comment le savez-vous ?

— Vous devrez vous fier à ma parole, général. C'est là qu'ils sont. Du moins, c'est là qu'est leur chef, Stryke. Nous nous mettrons en route dans deux heures.

— Deux heures… C'est très peu pour lever le camp et mettre en branle une armée de cette taille.

— Ne discutez pas avec moi, général ! Il est vital que nous agissions sans attendre. Depuis le temps que nous cherchons les Renards, je ne vais pas ficher cette occasion en l'air à cause de votre lenteur. Exécution !

— Majesté !

Mersadion gagna la sortie.

— Envoyez-moi Glozellan ! ajouta Jennesta.

La Maîtresse des Dragons entra quelques minutes plus tard. Sans préambule, la reine lui fit signe d'approcher.

— Les Renards sont quelque part par ici, dit-elle en désignant la carte. Vous allez prendre un escadron de dragons et partir en éclaireurs. Efforcez-vous de les localiser plus précisément, mais n'engagez pas le combat à moins d'y être obligés. Le cas échéant, faites-les prisonniers. Je veux qu'ils soient encore vivants quand nous arriverons.

— Oui, Majesté.

— Ne restez pas plantée là ! Remuez-vous !

La brownie inclina la tête et sortit.

Jennesta commença ses préparatifs. Pour la première fois depuis des semaines, elle était certaine que la situation tournait en sa faveur. En plus, elle était débarrassée d'Adpar !

Soudain, il lui sembla que la réalité se distordait autour d'elle, et que la lumière baissait malgré l'éclat des lampes à huile. Elle crut qu'elle allait avoir une nouvelle vision, et se demanda ce que le cosmos avait à lui apprendre.

Mais elle se trompait. Enveloppée de ténèbres presque absolues, elle vit un minuscule point lumineux apparaître devant elle. Des dizaines d'autres se joignirent bientôt à lui. Ils tourbillonnèrent et prirent une forme plus solide.

Jennesta se prépara à se défendre contre une attaque magique.

Mais les points lumineux dessinèrent un visage qu'elle reconnut instantanément.

—Sanara! Comment as-tu fait ça?

—*Mes capacités ont augmenté… Mais ce n'est pas de ça que je suis venue parler.*

—De quoi, alors?

—*De ta traîtrise.*

—Ah. Toi aussi…

—*Comment as-tu pu faire ça, Jennesta? Soumettre notre sœur à une telle indignité?*

—Tu as toujours trouvé son attitude aussi… offensante que la mienne. Pourquoi ce changement d'opinion?

—*Je n'ai jamais pensé qu'elle était au-delà de toute rédemption. Et je ne souhaitais pas sa mort.*

—Bien entendu, tu es persuadée que j'y suis pour quelque chose…

—*Pitié, Jennesta.*

—D'accord, admettons… Qu'est-ce que ça peut faire? Elle le méritait.

—*Ton geste n'est pas seulement maléfique: il complique une situation déjà précaire et incertaine.*

—De quoi veux-tu parler?

—*De ton petit jeu avec les reliques. De ta tentative d'accroître ton pouvoir. D'autres joueurs sont entrés dans la partie, et leurs capacités risquent de dépasser les tiennes.*

—Qui?

—*Repens-toi, pendant qu'il en est encore temps.*

—Réponds-moi, Sanara! N'élude pas mes questions à coup de platitudes! Qui dois-je craindre?

—*Personne, à part toi-même.*

—Dis-le-moi!

—*Quand les barbares sont à la porte, dit-on, la civilisation est perdue. Ne sois pas une barbare, Jennesta. Rachète-toi.*

—Tu es tellement collet monté! Et je déteste quand tu fais des mystères. Explique-toi!

—*Au fond de ton cœur, tu sais très bien ce que je veux dire. Ne crois pas que ce que tu as fait à Adpar restera impuni.*

Malgré les protestations de Jennesta, le visage de lumière se dissipa.

Dans une autre tente, pas très loin de là en termes maras-dantiens, un père et sa fille conversaient.

—Tu m'avais promis, papa, gémit Miséricorde Hobrow. Tu avais dit que ce serait pour moi.

—Ne t'inquiète pas, ma poupée. Tu récupéreras ton héritage, je te le jure. Nous sommes à la recherche de ces sauvages.

La jeune fille eut une moue grotesque.

—Ça prendra longtemps?

—Plus maintenant. Bientôt, je ferai de toi une reine. Tu deviendras la servante de notre Seigneur, et ensemble, nous purgerons ce royaume de la vermine sous-humaine. (Kimball Hobrow se leva.) À présent, sèche tes larmes. J'ai beaucoup à faire.

Il posa un baiser sur la joue de sa fille et sortit de la tente.

Les cadavres de trois orcs étaient allongés près d'un feu de camp. Un quatrième finissait d'agoniser.

Hobrow avança vers ses Inquisiteurs.

—Alors?

—Ils sont coriaces. Mais celui-là a fini par craquer. Que le Seigneur en soit remercié.

—Qu'a-t-il dit?

—Les Renards sont partis pour Drogan.

Un dernier souffle souleva la poitrine du caporal Trispeer, qui mourut dans un râle.

Le chaos qui régnait dans le palais d'Adpar facilita la fuite des orcs. Se trompant de chemin plusieurs fois, ils durent revenir sur leurs pas dans le labyrinthe. Ils furent contraints d'affronter des guerriers nyadds, mais de façon générale, ceux-là étaient trop occupés à se battre entre eux pour leur prêter la moindre attention.

Enfin, ils débouchèrent à l'air libre.

Dans un paysage qu'ils ne reconnurent pas.

—Nous sommes beaucoup plus au nord, dit Stryke.

—Que veux-tu faire? Retourner sur nos pas pour chercher la bonne sortie? demanda Jup.

—Non, c'est trop risqué. (Stryke tendit un doigt.) Si nous réussissons à traverser cette étendue d'eau et à reprendre vers l'est, nous devrions regagner le marécage près de l'endroit où nous avons laissé les chevaux.

—Ça fait un sacré détour, dit Coilla.

—Ça serait encore pire si nous nous égarions dans ce dédale de tunnels. Si une des factions prend le dessus sur les autres, elle finira par s'intéresser aux intrus.

—Dans ce cas, mettons-nous en route tout de suite, dit Alfray. Nous sommes beaucoup trop exposés ici.

Ils se faufilèrent entre des rochers déchiquetés et atteignirent le rivage. Devant eux, l'eau était couverte d'une mousse verdâtre.

—Décidément, ça ne sent pas la rose dans le coin, grogna Haskeer. À ton avis, Stryke, quelle profondeur?

—Il n'y a qu'un seul moyen de le savoir.

Le capitaine des Renards entra dans l'eau. Elle était froide mais ne lui arrivait qu'à la taille.

— Le fond est un peu instable. À part ça, ça devrait aller. Venez.

Les soldats le suivirent, leurs armes brandies au-dessus de leurs têtes pour ne pas les mouiller.

— On devrait nous donner une prime pour ce genre de trucs, grogna Haskeer.

— Une prime? répéta Jup. On n'a même plus de solde pour le moment.

— Ah oui. J'avais oublié.

Ils pataugèrent dix bonnes minutes. Alors qu'ils approchaient de la rive, ils se crurent tirés d'affaire.

Puis l'eau bouillonna devant eux. Des tourbillons se formèrent; des bulles éclatèrent à la surface. Les orcs s'immobilisèrent.

— Ce n'était peut-être pas une si bonne idée, en fin de compte, souffla Jup.

Des guerriers nyadds jaillirent du liquide fétide en brandissant leurs armes dentelées.

— Chef, tu te souviens d'avoir dit qu'il valait mieux ne pas les combattre dans leur élément? lança Coilla.

— Il est trop tard pour faire marche arrière, caporal.

Entendant un bruit d'éclaboussures, ils se retournèrent. D'autres nyadds venaient d'apparaître derrière eux. Les deux groupes se rapprochèrent, l'air menaçant.

— C'est l'heure du hachis de poiscaille! lança Stryke.

Jup, Haskeer et une moitié de la compagnie pivotèrent pour faire face aux nyadds qui tentaient de les prendre à revers.

Stryke, Coilla, Alfray et les autres Renards attendirent le reste de leurs adversaires de pied plus ou moins ferme. Les orcs étaient plus nombreux, mais les nyadds avaient l'avantage du terrain.

De la main gauche, Stryke dégaina un couteau pour affronter le guerrier le plus proche. Son épée s'abattit sur la carapace du nyadd et du sang coula. Mais la blessure n'était pas assez grave pour neutraliser son adversaire. Serrant les dents, Stryke attaqua de nouveau, aidé par deux soldats qui piquèrent les flancs du nyadd. À trois, ils réussirent à le mettre en fuite.

Coilla avait entrepris de lancer des couteaux à la tête de leurs agresseurs. Mais à chaque fois, elle en perdait un, et elle disposait d'un stock limité. Deux couteaux furent engloutis par les flots; le troisième se planta dans la tempe d'un nyadd qui rugit de douleur et coula dans un nuage écarlate.

Derrière Coilla, un cri de triomphe salua la chute de la première victime des orcs.

— Leurs rangs s'éclaircissent, cria Stryke, mais pas assez vite. Si d'autres arrivent…

Il s'interrompit, car un nyadd le chargeait.

Stryke s'accroupit pour esquiver. L'eau glaciale et fétide se referma au-dessus de sa tête. Il compta jusqu'à trois et refit surface.

Le nyadd était pratiquement sur lui. Stryke lui enfonça son épée dans le ventre. La carapace céda ; du sang jaillit de la plaie et de la bouche du guerrier, qui s'écroula pendant que Stryke recrachait l'eau qu'il avait avalée.

Haskeer et Jup avaient pris un nyadd en tenailles. Un bras entaillé, la créature luttait pour les repousser. Haskeer leva son épée et voulut la décapiter.

Le nyadd se baissa pour rechercher la protection de l'eau. Mauvaise idée : la lame d'Haskeer lui fit sauter le haut du crâne comme le chapeau d'un œuf à la coque.

Il ne restait que quatre nyadds. Bien qu'ils aient l'air toujours aussi enragé, Stryke avait confiance : les Renards ne tarderaient pas à avoir raison d'eux.

Coilla fendit maladroitement l'eau pour engager le combat avec le guerrier le plus isolé. Elle ne vit pas un autre homme-poisson émerger dans son dos et courir vers elle à une vitesse stupéfiante.

Au dernier moment, elle se retourna. Elle était prise entre deux feux. Un de ses adversaires leva son épée courte.

— Attention, caporal ! cria Kestix en bondissant vers elle.

Il s'interposa entre Coilla et l'arme du second nyadd. Sans doute pour la dévier avec la sienne. Mais il avait mal calculé son coup. La lame dentelée s'enfonça dans sa poitrine comme dans du beurre.

Kestix lâcha un cri de douleur.

— Non ! cria Coilla.

Mais elle dut se concentrer sur le premier nyadd et lever son épée pour parer ses coups.

Grièvement blessé, Kestix luttait faiblement contre l'étreinte de son adversaire.

Les autres avaient entendu ses cris déchirants. Plusieurs, dont Stryke, se précipitèrent à son secours.

Ils arrivèrent à temps pour le voir être entraîné sous l'eau par le nyadd.

Deux soldats plongèrent pour tenter de le sauver.

— Arrêtez ! ordonna Stryke. Il est trop tard pour lui.

Ils déchaînèrent leur colère mêlée de chagrin sur les derniers nyadds.

Ils étaient sur le point de vaincre quand l'eau recommença à bouillonner autour d'eux.

— Nous ne tiendrons plus très longtemps à ce rythme-là, haleta Jup.

Les orcs se raidirent, prêts à vendre chèrement leur peau.

Des têtes jaillirent de l'eau.

Elles n'appartenaient pas à des nyadds, mais à des dizaines de merz armés de tridents et de dagues.

—Ne me dites pas qu'ils nous en veulent aussi! s'exclama Alfray.

—Je ne crois pas, répliqua Stryke.

Il avait vu juste. Les merz se jetèrent sur les quelques nyadds survivants. L'un d'eux se tourna vers les orcs et leva une main dégoulinante d'eau saumâtre en guise de salut.

Stryke ne fut pas le seul à le lui rendre.

—Nous aurons une dette envers eux. Filons d'ici.

Les Renards regagnèrent la berge en pleurant la mort de Kestix.

Chapitre 23

D'une humeur morose, les orcs rejoignirent Talag et Liffin. Puis ils prirent le chemin de Drogan. Malgré le succès de leur mission, ils n'avaient pas le cœur à rire.

— Cela valait-il la vie d'un camarade ? demanda Alfray. Surtout aussi vaillant que Kestix ?

— Il est dans notre nature de risquer notre vie, lui rappela Stryke. Beaucoup d'entre nous sont morts pour des causes moins valables.

— Es-tu sûr qu'il s'agisse d'une cause valable ? Rassembler des reliques dont nous ne savons rien, dans un but que nous ignorons ?

— Il faut y croire, Alfray. Un jour viendra où nous lèverons notre verre à Kestix et à tous les héros qui sont tombés pour qu'un nouvel ordre voie le jour. Ne me demande pas quel genre d'ordre. Tout ce que je sais, c'est qu'il sera meilleur.

Stryke aurait aimé en être convaincu. Il s'efforçait de ne pas montrer qu'il se sentait responsable de la mort de leur camarade.

Alfray se tut et leva les yeux vers la bannière de la compagnie. La voir sembla lui procurer un certain réconfort, peut-être à cause de l'unité qu'elle symbolisait. Ou qu'elle avait jadis symbolisé.

Ils avaient presque atteint la forêt de Drogan quand Jup cria :

— Là-bas ! Regardez !

Venant de l'ouest, un groupe de cavaliers galopait dans leur direction.

— Ce sont les hommes d'Hobrow, ajouta Jup.

— On ne peut jamais avoir la paix ? gémit Coilla.

— Pas aujourd'hui, en tout cas, répliqua Stryke.

Ils coururent vers la lisière des arbres.

— Ils nous ont vus ! cria Haskeer. Et ils accélèrent.

La poursuite s'engagea. Les orcs espéraient atteindre l'abri des arbres, mais les humains en noir étaient déterminés à les rattraper avant. Et ils gagnaient du terrain à chaque seconde.

Exhortant les Renards à presser l'allure, Stryke se retrouva en queue de la colonne. Alors que la compagnie disparaissait de sa vue dans un virage, son cheval se prit une patte dans un terrier de lapin et trébucha.

Stryke fut projeté à terre.

À moitié assommé, il tenta de se relever. Sa monture fut plus rapide et détala, l'abandonnant sur place.

Un roulement de sabots le força à se retourner. Les cavaliers fonçaient sur lui. Il chercha désespérément un abri. Mais il n'y en avait aucun. Il dégaina son épée et fit face aux humains.

Alors, une ombre immense s'abattit sur la route.

Stryke leva la tête. Un dragon planait au-dessus de lui, le battement de ses ailes gigantesques soulevant de la poussière et des feuilles mortes.

Les humains tirèrent sur les rênes de leurs chevaux et firent halte si brusquement que plusieurs vidèrent les étriers.

Stryke savait que sa dernière heure était arrivée. Le dragon appartenait à la horde de Jennesta.

Il espéra être incinéré le plus rapidement possible.

La créature descendit jusqu'à lui. Stryke vit qu'elle était montée par Glozellan en personne.

La guerrière lui tendit une main.

—Montez, Stryke! Dépêchez-vous! Qu'avez-vous à perdre?

Il sauta sur le dos écailleux du dragon.

—Accrochez-vous! cria Glozellan.

Leur ascension fut si rapide que Stryke en eut le tournis. Les bras passés autour de la taille de la brownie, il jeta un coup d'œil prudent en bas. Ils survolaient des rivières pareilles à des rubans argentés, des pâturages verdoyants et des forêts d'émeraude. Vu de haut, le royaume ne semblait pas autant ravagé par la corruption.

Stryke tenta d'interroger Glozellan, mais le vent emporta ses paroles. À moins que la Maîtresse des Dragons n'ait choisi de l'ignorer.

Une heure plus tard, ils arrivèrent en vue d'une montagne.

Le dragon se posa au sommet.

—Descendez! ordonna Glozellan.

Stryke se laissa glisser à terre.

—Que se passe-t-il? Suis-je votre prisonnier?

—Je ne peux rien vous dire pour le moment. Vous serez en sécurité.

Sur ces paroles énigmatiques, la brownie enfonça ses talons dans les flancs de sa monture et reprit de l'altitude.

—Attendez! cria Stryke. Ne me laissez pas ici!

—Je reviendrai! Ne perdez pas courage.

Il la suivit du regard jusqu'à ce que le dragon disparaisse dans le ciel.

Stryke resta sur son perchoir pendant des heures, revoyant des événements passés et déplorant les vies perdues.

Après s'être assuré qu'il n'avait aucun moyen de descendre, il sortit les étoiles de sa bourse pour les contempler.

— Salutations ! lança une voix.

Stryke bondit sur ses pieds.

Serapheim se tenait devant lui.

— Comment êtes-vous arrivé ici ? Je n'ai pas vu Glozellan vous déposer.

— Ça n'a pas d'importance, mon ami. Je voulais m'excuser de vous avoir entraînés vers le piège tendu par les esclavagistes gobelins. Ce n'était pas mon intention.

— Nous nous en sommes bien sortis. Je ne vous en veux pas.

— J'en suis heureux.

— Et pour la différence que ça fait…, soupira Stryke. Tout s'écroule autour de moi. Maintenant, j'ai perdu ma compagnie.

— Pas perdu : seulement égaré. Il ne faut pas désespérer. Vous avez encore beaucoup à faire. Ce n'est pas le moment de vous abandonner au défaitisme. Connaissez-vous l'histoire du jeune garçon et des tigres à dents de sabre ?

— Une histoire ? Bah, c'est une façon comme une autre de passer le temps…

— Il était une fois un jeune garçon qui marchait dans la forêt. Il rencontra un tigre à dents de sabre qui se lança à sa poursuite. Arrivé au bord d'un précipice, il se laissa glisser le long de la falaise en s'accrochant à des lianes. Le tigre resta coincé en haut, réduit à émettre des grognements de rage impuissante. Mais en baissant les yeux, le jeune garçon vit qu'un autre tigre, tout aussi affamé que le premier, l'attendait au pied de la falaise. Il ne pouvait ni remonter ni continuer à descendre.

» Alors, il entendit un grattement. Deux souris, une noire et une blanche, se régalaient à ronger la liane à laquelle il était suspendu. Mais sur sa droite, presque hors de portée, poussait une fraise sauvage. Le jeune garçon tendit le bras, la cueillit et la mit dans sa bouche. La plus délicieuse qu'il ait jamais mangée !

— Je crois que je comprends. Ça me rappelle le genre de choses qu'une personne de ma connaissance aurait pu dire… dans un rêve.

Serapheim hocha la tête.

— Il faut toujours prêter attention à ses rêves. Vous savez, la magie est restée un peu plus forte par ici. Elle pourrait produire de l'effet sur *elles*, dit-il en désignant les instrumentalités.

— Il y a un rapport entre la magie et les étoiles ?

— Oh que oui. Me les donneriez-vous ?

—Et puis quoi encore? cria Stryke.

—Il fut un temps où j'aurais pu vous les prendre, et où je ne m'en serais pas privé. Mais apparemment, les dieux désirent qu'elles soient en votre possession.

Stryke baissa un regard incrédule vers les reliques.

Quand il releva la tête, l'humain n'était plus là.

Il se serait interrogé sur cette disparition si un autre prodige n'avait pas attiré son attention.

Les étoiles chantaient pour lui.

FIN DU DEUXIÈME VOLUME

Les Guerriers de la tempête

Orcs – livre troisième

Là où nous en sommes

*L*a structure sociale de Maras-Dantia, berceau des races aînées, était au bord de l'effondrement. Son fragile équilibre avait été compromis par l'arrivée en masse d'une espèce avide : les humains. Ils détruisaient les ressources naturelles, anéantissaient les autres cultures et fomentaient des conflits. Leurs deux groupes religieux, les Multis et les Unis, se livraient une sanglante guerre civile.

Et ils dévoraient la magie de la terre.

Leur pillage perturbait le flux d'énergie qui nourrissait les pouvoirs magiques dont bénéficiaient presque toutes les autres races. À cause d'eux, la source des enchantements se tarissait. Le climat se dégradait, les saisons étaient chamboulées, et la perspective d'un interminable hiver menaçait Maras-Dantia. Les glaciers avançaient vers le sud, annonçant un nouvel âge glaciaire.

Les orcs n'avaient pas de pouvoirs magiques à perdre. Ce qu'ils avaient, en revanche, c'étaient des talents martiaux inégalés et une soif de sang inextinguible.

Le capitaine Stryke commandait les Renards, une unité de trente orcs qui servait la reine Jennesta, une sorcière sadique alliée aux Multis. Il était secondé par quatre autres officiers : les sergents Haskeer et Jup (le seul nain de l'unité), et les caporaux Alfray et Coilla (sa seule femelle).

Sur les ordres de Jennesta, les Renards s'étaient emparés d'un mystérieux objet enfermé dans un cylindre qu'on leur avait ordonné de ne pas ouvrir. Ils avaient également mis la main sur une grande quantité de pellucide, ou cristal de foudre : un puissant hallucinogène.

Lorsque le cylindre fut dérobé par des kobolds, Stryke décida de les pourchasser pour reprendre le trophée. Ce fut le premier pas des Renards sur la voie qui les rabaisserait au rang de renégats.

Aidés par un érudit gremlin, Mobbs, ils ouvrirent le cylindre, qui contenait une instrumentalité – un artefact en forme d'étoile censé avoir de grandes propriétés magiques. Associé aux quatre autres instrumentalités, il était susceptible de libérer les races aînées. Forts de cette révélation, les Renards cessèrent de servir Jennesta et se mirent en quête des pièces manquantes du puzzle pendant que Maras-Dantia plongeait dans l'anarchie.

Sur leur chemin semé d'embûches, ils furent traqués par une unité de guerriers que Jennesta avait envoyée pour les tuer ou les capturer, puis par des armées d'Unis et de Multis, soutenues par d'autres orcs et par des nains opportunistes. Les maladies humaines – les races aînées n'avaient aucune défense contre elles – compromettaient leur survie. Irritée par les échecs de ses serviteurs, Jennesta engagea un trio d'impitoyables mercenaires humains, spécialisés dans la chasse aux orcs renégats.

Stryke était troublé par d'inexplicables rêves sur un royaume orc idyllique qui ne connaissait ni souillure humaine ni détérioration climatique. Ces visions lui semblaient si réelles qu'il commença à douter de sa santé mentale.

Les Renards dérobèrent une seconde étoile à l'extrémiste Uni Kimball Hobrow, dont les fidèles se lancèrent à leur poursuite. Ils découvrirent une troisième instrumentalité à Grahtt, le royaume souterrain des trolls, dont ils parvinrent à s'échapper en prenant le roi Tannar en otage.

Au sortir d'une fièvre étrange, Haskeer s'empara des deux premières étoiles et s'enfuit avec. En tentant de le rattraper, Coilla fut capturée par les chasseurs de primes humains et elle leur fit croire que le reste de l'unité était allé au port libre d'Hecklowe. Les mercenaires étaient prêts à trahir Jennesta pour exploiter la situation à leur profit. Comme ils avaient besoin de Coilla pour identifier ses camarades, ils se mirent en route pour Hecklowe avec leur prisonnière.

Stryke et le reste de l'unité partirent à la recherche d'Haskeer et de Coilla. Pour acheter sa liberté, le roi Tannar leur révéla qu'un centaure appelé Keppatawn détenait une étoile protégée par son clan dans la forêt de Drogan. Stryke refusa de libérer Tannar, qui tenta de s'échapper et se fit tuer par les orcs, ajoutant le tyrannicide à la liste de leurs « crimes ».

De plus en plus perturbé, Haskeer était convaincu que les étoiles communiquaient avec lui et qu'il devait les ramener à Jennesta, même si cela entraînait sa condamnation à mort. Avant qu'il puisse mettre son plan à exécution, il fut enlevé par les fidèles de Kimball Hobrow, les étoiles tombant entre ses mains.

Les Renards se colletèrent à plusieurs reprises avec les hommes d'Hobrow, et apprirent que Jennesta les avait officiellement déclarés hors-la-loi. Une prime était placée sur leur tête. Bien qu'il s'y soit toujours refusé jusque-là, Stryke décida de diviser l'unité en deux. Il continua à chercher leurs camarades avec la moitié des soldats, tandis qu'Alfray emmenait l'autre moitié enquêter sur l'éventuelle présence d'une étoile à Drogan.

Jennesta intensifia la chasse aux Renards, envoyant des patrouilles de dragons sous le commandement de la brownie Glozellan. Elle maintint un contact télépathique avec ses sœurs Adpar et Sanara, souveraines de leurs propres domaines, dans des régions différentes de Maras-Dantia.

Adpar, qui régnait sur le royaume nyadd, faisait la guerre à la race voisine, les merz. Jennesta lui proposa une alliance pour retrouver les étoiles et lui promit de partager leur pouvoir avec elle. Mais Adpar, qui n'avait pas confiance en elle, refusa. Furieuse, Jennesta lança une malédiction sur sa sœur.

Coilla et les chasseurs de primes rencontrèrent un humain énigmatique, Serapheim, qui se prétendait conteur itinérant. Mais il disparut avant qu'ils aient pu en apprendre davantage à son sujet.

Le petit groupe continua son chemin vers Hecklowe. Ce port libre, lieu de rencontre neutre pour toutes les races, était surveillé par les Veilleurs, des homoncules nés de la magie qui faisaient régner l'ordre avec une puissance meurtrière. Dans un des quartiers les plus mal famés de la ville, les chasseurs de primes négocièrent la vente de Coilla à l'esclavagiste gobelin Razatt-Kheage.

Le groupe de Stryke localisa Haskeer et l'empêcha d'être lynché par les fidèles d'Hobrow, puis récupéra les étoiles. Haskeer fut incapable de fournir une explication cohérente à ses actions. Stryke attribua son comportement à la fièvre et l'autorisa à regagner l'unité – sous surveillance.

Plus tard, pendant une tempête étrange pour la saison, le mystérieux Serapheim fit une nouvelle apparition. Il raconta à Stryke que Coilla avait été capturée par les chasseurs de primes, dont les Renards ignoraient l'existence, et qu'ils l'avaient emmenée à Hecklowe. Stryke envoya un message au groupe d'Alfray pour repousser leur rendez-vous de Drogan, et partit pour Hecklowe avec son groupe, sérieusement diminué.

Les Renards revirent Serapheim et le suivirent à distance. Le conteur les guida jusqu'à l'antre des esclavagistes, où Coilla était prisonnière. Ils la libérèrent au prix d'une bataille sanglante, mais Razatt-Kheage et les chasseurs de primes réussirent à leur échapper. Serapheim aussi avait disparu. Les Renards quittèrent précipitamment Hecklowe, malgré les Veilleurs qui tentaient de les arrêter.

Le groupe de Stryke et celui d'Alfray se retrouvèrent au Bras de Calyparr, près de la forêt de Drogan. Peu de temps après, pendant qu'il chassait, Stryke tomba dans une embuscade tendue par Razatt-Kheage et ses gobelins assoiffés de vengeance. Il parvint à leur fausser compagnie, tuant au passage l'esclavagiste.

Les Renards entrèrent dans la forêt de Drogan et prirent contact avec le clan des centaures. Keppatawn, un armurier renommé mais infirme, détenait bien une étoile, volée à Adpar quand il était jeune. Il n'en était pas sorti indemne : la reine des nyadds lui avait lancé un sort qui l'avait rendu boiteux, et seule une de ses larmes pouvait le guérir. Keppatawn déclara aux Renards qu'il était prêt à échanger l'instrumentalité contre ce curieux trophée. Stryke accepta le marché.

Les Renards allèrent dans le domaine des nyadds, à la frontière des Marches de Scarroc et des îles Mallowtor. Le chaos y régnait : les nyadds et leurs voisins, les merz, étaient toujours en guerre, et Adpar était tombée dans le coma après l'attaque magique de Jennesta. Comme elle avait éliminé tous ses rivaux et que des factions antagonistes luttaient pour s'emparer du pouvoir, sa disparition risquait de plonger son royaume dans la tourmente.

Les Renards se frayèrent un chemin jusqu'à ses appartements privés, où ils la trouvèrent sur son lit de mort, abandonnée par ses courtisans. Se sentant perdue, Adpar versa une larme d'auto-apitoiement, que Coilla recueillit dans une fiole.

Prévenue de la mort de sa sœur par une vision, Jennesta apprit également que les Renards étaient dans le royaume des nyadds. Elle partit pour Scarroc à la tête d'une armée de dix mille Multis, déterminée à écraser les renégats. Kimball Hobrow, lui, découvrit que les Renards étaient passés par Drogan, et y conduisit sa propre armée d'Unis.

Les orcs durent lutter pour quitter le royaume des nyadds et y parvinrent avec l'aide des guerriers merz. Mais le soldat Kestix fut tué pendant la bataille. Les autres regagnèrent la Forêt de Drogan avec la larme d'Adpar et leurs étoiles.

En route, ils furent attaqués par un groupe de fidèles d'Hobrow. En infériorité numérique, ils tentèrent de fuir, mais le cheval de Stryke trébucha et le désarçonna.

Alors que ses adversaires allaient s'emparer de lui, un dragon descendit du ciel et Glozellan le sauva. Elle l'emmena au sommet d'une montagne isolée, l'y déposa et l'abandonna sans explication. Malgré l'impossibilité d'escalader le pic, Serapheim apparut de nouveau et supplia Stryke de ne pas perdre espoir. Quand il disparut, l'orc s'en aperçut à peine.

Parce que les étoiles chantaient pour lui.

Chapitre premier

Ils galopaient comme des harpies fraîchement sorties de l'enfer.

Jup se retourna sur sa selle pour observer leurs poursuivants. Ils étaient peut-être une centaine, soit quatre ou cinq fois plus que les Renards, tout de noir vêtus et lourdement armés. Visiblement, la durée de la traque n'avait en rien douché leur ardeur.

À présent, les humains de tête étaient assez près pour qu'il leur crache dessus. Jup regarda Coilla, qui chevauchait en queue du groupe, penchée sur l'encolure de son cheval, la tête baissée et les dents serrées. Ses cheveux flottaient derrière elle comme de la fumée dansant sur une baie et les tatouages de ses joues accentuaient la dureté de ses traits.

À l'avant, les sergents Haskeer et Jup galopaient côte à côte. Les sabots de leurs montures martelaient le sol gelé et en faisaient jaillir des mottes de terre. Les autres Renards s'étaient déployés derrière eux, pliés en deux pour se protéger du vent qui leur cinglait le visage.

Tous les regards étaient rivés sur un refuge lointain : la forêt de Drogan.

— Ils se rapprochent ! rugit Jup.

— Alors, ne gaspille pas ta salive ! hurla Coilla en le foudroyant du regard.

Elle pensait toujours à la scène dont ils avaient été témoins un peu plus tôt : Stryke désarçonné et emporté sur les ailes d'un dragon de guerre. Les orcs pensaient que la créature appartenait à Jennesta et que leur commandant était perdu.

Jup cria de nouveau, arrachant Coilla à ses pensées. Un bras tendu, il désignait le flanc gauche découvert de la femelle orc, qui tourna la tête. Un des fidèles d'Hobrow était arrivé à son niveau. Épée brandie, il semblait sur le point de la percuter.

— Et merde, jura Coilla.

Elle tira sur ses rênes pour faire pivoter son cheval, s'écarta de la trajectoire de l'humain et gagna le temps nécessaire pour dégainer son arme.

Son poursuivant cracha des imprécations que le vacarme de la cavalcade engloutit. Il fit décrire un arc de cercle à son épée, dont la lame siffla tout près du mollet de Coilla. Son second coup arriva de plus haut et plus rapidement ; il aurait coupé Coilla en deux si elle ne s'était pas jetée en arrière.

Furieuse, la femelle orc contre-attaqua. L'humain se baissa pour esquiver, et l'épée fendit l'air quelques pouces au-dessus de sa tête. Il riposta, visant la poitrine de Coilla, mais elle para le coup. Elle dévia également les deux attaques suivantes, leurs lames s'entrechoquant avec fracas.

Tous continuèrent leur galop infernal. Ils entrèrent dans un petit ravin large comme une douzaine de chevaux. Le terrain défilait sous les sabots de leurs montures comme un tapis flou tacheté de vert et de marron. Du coin de l'œil, Coilla vit qu'une masse d'humains les rattrapaient et se pressaient sur leurs flancs.

Elle s'étira pour frapper à nouveau. Mais elle manqua sa cible et, déséquilibrée, faillit tomber de sa selle. Son adversaire riposta. De nouveau, leurs lames se percutèrent sans trouver d'ouverture.

Il y eut un bref instant de répit quand les cavaliers se séparèrent. Coilla regarda devant elle. Bien lui en prit : les orcs de tête contournaient un arbre mort. Coilla tira ses rênes vers la droite ; son cheval fit un écart et évita l'obstacle. Elle aperçut brièvement le grain rugueux de l'écorce, et une branche squelettique lui érafla l'épaule. Puis elle laissa l'arbre derrière elle.

L'humain avait pris à gauche. Mais les fidèles qui le suivaient furent forcés de ralentir pour contourner l'arbre. Un instant, il se retrouva seul. Déterminée à se débarrasser de lui, Coilla revint à la charge. Ils reprirent leur duel au moment où le ravin débouchait sur une vaste plaine.

Pendant qu'ils échangeaient des coups, la femelle orc prit conscience que ses camarades la distançaient. Jup devait se tordre le cou pour la regarder par-dessus son épaule. Derrière elle, leurs poursuivants redoublaient de vitesse.

Coilla opta pour une manœuvre hardie. Lâchant les rênes, elle saisit son épée à deux mains. Elle risquait de tomber en chevauchant à pareille allure une monture qu'elle ne guidait plus, mais c'était un risque à courir.

Un risque qui paya.

L'attaque où elle avait mis toutes ses forces et toute son allonge atteignit son but. Sa lame mordit profondément le coude de l'humain. Du sang jaillit. Son adversaire cria, lâcha son arme et comprima la plaie. Le coup suivant s'enfonça dans sa poitrine, brisant quelques côtes et libérant un flot de sang.

Coilla brandit de nouveau son épée, mais c'était inutile. Le blessé lâcha les rênes de son cheval. Une seconde, passager emporté comme une poupée de chiffon, il continua à se balancer sur sa selle. Puis il bascula sur le sol.

Avant qu'il s'immobilise, ses compagnons arrivèrent à son niveau.

Dans la confusion, certains vidèrent les étriers et furent piétinés à leur tour. Coilla rattrapa ses rênes et talonna sa monture. Plusieurs chevaux sans cavaliers continuèrent à galoper dans son sillage.

Quand elle rejoignit la queue de la colonne orc, elle vit que Jup avait ralenti pour l'attendre.

L'ennemi se regroupa prestement.

—Ils n'abandonneront pas, dit Jup.

—Ils n'abandonnent jamais, soupira Coilla. (Elle désigna le sol boueux, devant eux.) Et ce n'est pas le terrain idéal pour la vitesse.

—De toute façon, nous ne pouvons pas les conduire à Drogan, rappela le nain.

Coilla fronça les sourcils.

—Tu as raison. Ce serait une drôle de façon de remercier Keppatawn.

—Ça laisse une seule possibilité.

—Laquelle ?

—Allons, Coilla, tu le sais aussi bien que moi.

—Merde, merde, merde !

—Tu vois une autre solution ?

La femelle orc regarda approcher la meute humaine.

—Non, admit-elle. Allons-y.

Elle talonna son cheval pour qu'il accélère. Jup l'imita. Ensemble, ils se frayèrent un chemin parmi les soldats jusqu'à la tête de l'unité, où Alfray et Haskeer conduisaient la retraite. Le terrain mou les ralentissait. Pourtant, la monture de Coilla galopait si vite que les yeux de la femelle orc la brûlaient.

—Pas dans la forêt ! cria-t-elle aux Renards. Pas dans la forêt !

Alfray comprit aussitôt.

—On les affronte ici ? demanda-t-il en saisissant la bannière de l'unité.

—On ne peut rien faire d'autre, dit Jup.

—Ouais, c'est ça ! brailla Haskeer. Les orcs ne s'enfuient pas : ils se battent !

Coilla tira sur les rênes de son cheval et lui fit faire volte-face.

—En position ! cria-t-elle aux autres. Il faut les arrêter !

Ce n'était pas à elle de donner des ordres, puisqu'il restait deux officiers plus gradés qu'elle : Jup et Haskeer. Mais dans un cas pareil, personne ne se souciait de la hiérarchie.

—Déployez-vous ! cria le nain. Tous en ligne !

Leurs poursuivants étaient presque sur eux. Les Renards ne se le firent pas dire deux fois. Ils obéirent, saisissant des frondes et des couteaux de lancer – des armes qu'ils détenaient en abondance – plus quelques arcs et des épieux courts.

Les fidèles d'Hobrow chargèrent en rugissant. Alors qu'ils se rapprochaient, les orcs distinguèrent leurs visages déformés par la soif de sang. Leurs chevaux transpiraient à flots et la terre vibrait sous leurs sabots.

—Ne bougez pas! lança Alfray.

Puis une pierre s'envola des rangs orcs.

—Maintenant! brailla Jup.

Les Renards sortirent leurs maigres munitions: des flèches, des épieux et des cailloux.

Il y eut un instant d'indécision au moment où les humains ralentirent abruptement. Plusieurs furent désarçonnés; d'autres tombèrent sous les projectiles ennemis. Çà et là, des boucliers se levèrent.

La riposte fut immédiate, bien que pitoyable. Des flèches et des lances volèrent vers les orcs, mais leur rareté indiquait que les fidèles d'Hobrow étaient aussi mal équipés qu'eux. Les Renards, qui avaient des boucliers, les levèrent à leur tour et les projectiles vinrent s'écraser dessus.

Bientôt, les deux camps eurent épuisé leurs munitions et durent se résoudre à échanger des insultes. Les armes de poing sortirent de leur fourreau.

—Je leur donne encore deux minutes, dit Coilla.

Elle se trompait. L'attente dura moitié moins.

Enhardis par leur supériorité numérique, les humains déferlèrent comme une marée noire hérissée d'acier.

—Nous y voilà, grommela Jup en empoignant la hache à double tranchant fixée à sa selle.

Haskeer dégaina une épée large. Coilla releva sa manche et saisit le couteau de lancer dissimulé le long de son avant-bras.

Alfray brandit la bannière des Renards.

—Tenez bon, et surveillez-moi ces flancs!

Ses autres conseils furent couverts par le fracas de la charge.

Les humains se regroupèrent pour affronter les orcs. Ainsi, ils se gênaient les uns les autres. Les Renards auraient quand même beaucoup de mal à les vaincre, mais cela leur fit gagner de précieuses secondes.

Coilla voulut en profiter pour abattre quelques-uns de leurs adversaires avant qu'ils n'arrivent au contact. Elle lança son couteau vers l'humain le plus proche. La lame se planta dans sa gorge et il s'effondra.

Coilla saisit très vite un autre couteau et le projeta dans l'œil d'un second humain. Son troisième couteau manqua sa cible et c'était le dernier. Désormais, les fidèles d'Hobrow étaient trop près. Avec un cri de bataille, la femelle orc dégaina son épée.

Le premier guerrier qui atteignit Jup le paya cher. Un coup de hache lui fendit le crâne, projetant du sang et des fragments d'os dans toutes les directions. Deux humains avancèrent pour prendre sa place. Jup esquiva leurs attaques et balança sa hache à l'horizontale, tranchant la main de l'un et déchirant la poitrine de l'autre.

Sans répit, les fidèles d'Hobrow continuaient à affluer. Grimaçant sous sa barbe, le nain les tua l'un après l'autre.

Haskeer fit pleuvoir un déluge de coups meurtriers sur ses deux premiers adversaires. Mais le second lui arracha son épée avant de s'écrouler. Il eut donc les mains vides pour affronter un nouveau guerrier armé d'une pique.

Ils se disputèrent l'arme, les jointures blanchies. Bandant ses muscles, Haskeer enfonça le manche de la pique dans le ventre de l'humain, qui lâcha prise. Puis il lui plongea la pointe barbelée dans les entrailles.

La pique lui servit à embrocher un autre adversaire, mais ses convulsions brisèrent le manche et Haskeer n'eut plus qu'un morceau de bois inutilisable dans les mains.

Alors, deux choses se produisirent simultanément. Un humain avança vers lui en brandissant son épée. Et une flèche jaillit de la mêlée pour lui transpercer l'avant-bras.

Hurlant de rage plus que de douleur, Haskeer arracha le projectile ensanglanté et l'abattit comme une dague sur le crâne de son nouvel adversaire. Il profita de la déconcentration de l'homme pour lui prendre son épée et l'éventrer.

Alfray se battait d'habitude avec sa bannière à la hampe garnie d'une pointe. Pour une mêlée aussi rapprochée, il avait préféré se fier à sa hachette, qu'il maniait avec une précision mortelle. Mais il réussissait de justesse à ne pas se laisser submerger par les fidèles d'Hobrow. Malgré sa vigueur d'orc, le poids des ans se faisait sentir. Un handicap qui ne l'empêchait pas de rendre coup pour coup. Pour le moment.

Balayant du regard le champ de bataille, Alfray vit qu'il n'était pas le seul en difficulté. Tous les Renards semblaient sur le point de succomber. La lutte était particulièrement féroce sur les flancs, aux endroits où les humains tentaient de les déborder. Les orcs avaient déjà de nombreuses blessures, même si aucun n'était tombé jusque-là. Mais ça ne durerait pas.

Bien qu'il soit un simple caporal, Alfray était sur le point d'oublier la hiérarchie et de donner l'ordre lui-même. Jup le prit de vitesse, utilisant des mots qui auraient brûlé la gorge d'un orc comme de l'acide.

— Repliez-vous! Repliez-vous!

Les Renards obéirent à la hâte. Quelques-uns continuèrent l'affrontement pour couvrir la retraite des autres. Mais les fidèles d'Hobrow soupçonnèrent une feinte et ne montrèrent aucun empressement à poursuivre leurs adversaires. Hélas, les Renards savaient que leur hésitation ne durerait pas.

Les muscles des bras lourds de fatigue, Coilla se replia avec les autres.

Une brèche s'ouvrit de nouveau entre les deux camps.

—Et maintenant ? demanda-t-elle à Jup. On recommence à fuir ?

—Impossible, dit le nain.

Coilla essuya sa joue ensanglantée.

—C'est bien ce qui me semblait.

Leurs adversaires se regroupaient pour l'assaut final.

—On en a eu pas mal, dit Alfray.

—Pas assez, bougonna Haskeer.

À voix basse, quelques Renards prièrent leurs dieux de guider leur lame ou de leur accorder une mort rapide et héroïque. Coilla supposa que les humains devaient en faire autant de leur côté.

Les fidèles d'Hobrow avancèrent.

Un sifflement retentit et une ombre passa au-dessus des Renards. Levant les yeux, ils virent un nuage noir, qui ressemblait à un essaim d'insectes allongés, atteindre son apogée et retomber sur leurs ennemis.

Des projectiles pilonnèrent les premières lignes adverses. Ils s'enfoncèrent dans les visages levés vers le ciel ou dans les poitrines, les cuisses et les bras découverts. Leur vélocité les aida à percer les heaumes et les boucliers, qu'ils crevèrent avec autant de facilité que du papier. Les humains et les chevaux s'effondrèrent, masse grouillante, agonisante et ensanglantée.

Un groupe de cavaliers sortit du couvert de la forêt et galopa vers les Renards en tirant. Les flèches passèrent largement au-dessus de la tête des orcs, qui s'aplatirent par réflexe sur l'encolure de leurs montures. Une fois encore, les traits impitoyables s'abattirent sur les fidèles d'Hobrow, semant parmi eux la désolation et le chaos.

Leurs sauveurs approchant, les Renards purent enfin les identifier.

—Le clan de Keppatawn ! s'exclama Alfray, une main en visière.

—Ils arrivent juste à temps, dit Jup.

Les centaures étaient au moins aussi nombreux que les humains. Et ils atteindraient le champ de bataille dans quelques minutes.

—Qui est à leur tête ? demanda Alfray.

Sachant que Keppatawn boitait, il ne s'attendait pas à le voir mener une offensive.

—On dirait Gelorak, répondit Jup en étudiant la silhouette musclée et la crinière couleur noisette du jeune centaure.

Haskeer noua un chiffon sale autour de son bras blessé.

—Pourquoi bavarder quand il reste encore des humains à massacrer ?

—Tu as raison, approuva Coilla en sortant du rang. Tous sur ces fumiers !

Les orcs ne se firent pas prier pour la suivre.

Les fidèles d'Hobrow avaient déjà été mis en déroute par les flèches. Leurs morts et leurs blessés jonchaient la plaine. Les chevaux privés de cavaliers et les blessés qui déambulaient au hasard ajoutaient à la confusion.

Les guerriers encore valides et en selle, mais désorientés, offraient des cibles faciles à leurs ennemis.

Les orcs venaient d'arriver au contact quand leurs alliés les rejoignirent. Jouant de leurs massues, de leurs piques, de leurs arcs courts et de leurs épées, ils se jetèrent sur les humains qui tournèrent les talons et s'enfuirent, poursuivis par plusieurs centaures.

Épuisée, Coilla balaya du regard le champ de bataille. Le commandant en second du clan de Drogan s'approcha d'elle en trottinant et rengaina son épée.

— Merci, Gelorak.

— Tout le plaisir était pour nous. Nous n'avions pas besoin de visiteurs aussi indésirables. (Le jeune centaure battit l'air de sa queue tressée.) Qui étaient-ils ?

— Des humains au service de leur dieu d'amour, dit Coilla.

— Comment s'est passé votre voyage à Scarroc ?

— Bien… et pas bien du tout.

Du regard, Gelorak passa en revue les Renards.

— Je ne vois pas Stryke.

— En effet, dit Coilla. Il n'est pas là.

Elle leva les yeux vers le ciel qui s'assombrissait et tenta de maîtriser son désespoir.

Chapitre 2

*I*l marchait dans un tunnel étroit qui s'étendait à l'infini devant et derrière lui.

Sa tête touchait presque le plafond. S'il écartait les bras, il pouvait poser ses mains sur les murs froids et légèrement humides. Bien que les parois fussent de pierre, le passage semblait avoir été creusé à même le roc, car on ne distinguait ni blocs ni jointures. Il n'y avait pas non plus de lumière. Pourtant, il y voyait très bien.

Le seul son était celui de sa propre respiration.

Il ignorait où il était et comment il y était arrivé.

Il resta immobile un moment, tentant d'appréhender son environnement et ne sachant que faire. Puis une lumière blanche apparut loin devant. Comme il n'y en avait pas derrière lui, il supposa qu'il faisait face à l'entrée du tunnel. Il avança vers elle. Contrairement au plafond et aux murs lisses, le sol était rugueux et ses pieds ne glissaient pas.

Il avait du mal à mesurer le temps. Mais au bout de dix minutes, selon ses estimations, la lumière ne lui parut toujours pas plus proche. Les parois étaient toujours parfaitement uniformes et seul le bruit de ses pas troublait le silence.

Alors, toute notion de temps s'envola. Il n'y avait qu'un interminable « maintenant », un univers réduit à la quête d'une lumière qu'il ne parvenait pas à atteindre. Son corps devint une sorte d'automate.

À un moment indéfinissable de sa progression monotone, il imagina que la lumière devenait plus brillante, mais pas nécessairement plus grande. Bientôt, il eut du mal à la fixer pendant plus de quelques secondes.

À chaque pas, la lumière blanche et pure gagnait en intensité, oblitérant les parois du tunnel autour de lui. Même en fermant les yeux, il la voyait encore. Il continua en plaquant ses mains sur son visage, mais cela ne fit aucune différence.

À présent, elle pulsait à un rythme qu'il sentait se répercuter dans sa poitrine, malmenant le cœur même de son être.

La lumière était douleur!

Il voulait tourner les talons et s'enfuir. Mais il ne pouvait pas. Il ne se déplaçait plus de son plein gré : il était aspiré vers cette clarté froide qui le brûlait à l'intérieur.

Il cria.

La lumière mourut.

Lentement, il baissa les mains et ouvrit les yeux.

Devant lui s'étendait une plaine désolée. Pas d'arbres, pas de brins d'herbe, rien qu'il puisse assimiler aux paysages qu'il connaissait. Un sable très fin, couleur d'étain comme la cendre volcanique, couvrait le sol à perte de vue. Seule une multitude de rochers déchiquetés, de tailles diverses mais tous aussi noirs que de l'ébène, émergeaient çà et là des sédiments dont ils brisaient l'uniformité.

L'atmosphère était tropicale. Des tentacules de brume vert-jaune s'enroulaient paresseusement autour de ses chevilles ; une odeur déplaisante qui rappelait le soufre et le poisson pourri planait dans l'air. Au loin se dressaient des montagnes noires, d'une hauteur impossible.

Mais ce fut le ciel qui le troubla le plus.

Il était rouge sang, dépourvu de nuages ou d'étoiles. En revanche, une lune énorme se détachait à l'horizon. Sur sa surface vérolée et luisante, il distinguait chaque cratère, chaque cicatrice. Elle était si monstrueuse et si proche qu'il lui semblait pouvoir la transpercer d'une flèche.

Il se demanda pourquoi elle ne tombait pas sur cette terre désolée.

Se forçant à détourner la tête, il regarda derrière lui. Le paysage était exactement la même. Du sable gris argenté, des rochers épars, des montagnes distantes, un ciel écarlate. Rien qui ressemblât à l'entrée d'un tunnel.

En dépit de la chaleur, une pensée sinistre le fit frissonner. Se pouvait-il qu'il soit mort et arrivé à Xentagia, l'enfer des orcs ? Cet endroit ressemblait bien à un purgatoire. Aik, Zeenoth, Neaphatar et Wystendel – la sainte Tétrade de sa race – allaient-ils apparaître dans un chariot de feu et condamner son esprit à un éternel châtiment ?

Puis il s'avisa d'un détail : si c'était bien Xentagia, il aurait dû y avoir plus de monde. Était-il le seul orc de l'histoire qui méritât d'être ici ? Avait-il commis envers les dieux et sans le savoir, un crime si terrible qu'il méritait d'être damné ? Et où étaient les Sluaghs, ces démons censés habiter les régions infernales et tourmenter les âmes errantes ?

Quelque chose attira son attention : un mouvement de l'autre côté de l'étendue désertique. Au début, il ne comprit pas ce que c'était. Puis il s'aperçut qu'une nappe de brouillard fondait sur lui. Avait-il vu juste ? Était-il sur le point d'être condamné par les dieux et horriblement torturé ?

Son premier réflexe fut de se battre. Mais ç'aurait été une réaction futile face à des dieux. S'enfuir semblait tout aussi stupide. Il décida donc d'affronter ce qui l'attendait. Divinité ou démon, il ne laisserait personne compromettre son honneur en lui imposant de se comporter comme un lâche. Il bomba le torse et se prépara du mieux qu'il le put.

Il n'eut pas besoin d'attendre longtemps. Le nuage, qui bouillonnait tout en restant compact, approchait rapidement. Il ne pouvait être déplacé par le vent : il volait avec trop de précision. De toute manière, il n'y avait pas le moindre souffle d'air.

Il s'arrêta à une longueur de lance de lui, continuant à tourbillonner sur lui-même. À cette distance, d'innombrables points de lumière dorée étaient visibles au cœur de la fumée. Et ils dessinaient une silhouette.

Quand elle fut achevée, le nuage s'immobilisa et se dissipa, une couche de brume après l'autre, révélant progressivement une silhouette.

Il se tendit.

Les dernières volutes s'éparpillèrent et une créature apparut devant lui. Il avait imaginé beaucoup de choses, mais pas ça.

Petite et charnue, la créature avait une peau verdâtre et ridée. Des oreilles saillantes encadraient sa grosse tête ronde. Ses yeux légèrement proéminents évoquaient deux orbes couleur d'encre entourés d'un blanc veiné de jaune et à demi cachés par des paupières lourdes. Son crâne était chauve, mais deux favoris broussailleux d'un roux virant au gris lui mangeaient les joues. Son nez était petit et pincé ; sa bouche évoquait une traînée de résine durcie où on aurait laissé courir la pointe d'une lime.

Elle portait une modeste robe de couleur neutre, ceinturée par une cordelette.

Et elle était très vieille.

— Mobbs ? chuchota Stryke.

— Salutations, capitaine des orcs, répondit le gremlin.

Un sourire éclaira son visage.

Des myriades de questions se bousculaient dans l'esprit de Stryke. Il opta pour la plus évidente :

— Que fais-tu ici ?

— Je n'ai pas le choix.

— Et moi oui, peut-être ? Où suis-je, Mobbs ? Une sorte d'enfer ?

Le gremlin secoua la tête.

— Non. Enfin, pas dans le sens où vous l'entendez.

— Où, alors ?

— Un royaume... intermédiaire qui n'est ni dans votre monde ni dans le mien.

— De quoi parles-tu ? Ne venons-nous pas tous les deux de Maras-Dantia ?

— Vos questions sont moins importantes que ce que j'ai à vous dire. (Mobbs désigna le paysage d'un geste négligent.) Acceptez ce que vous voyez. Considérez ça comme un forum qui nous permet de nous rencontrer.

— *Plus de devinettes que de réponses! Ça ne m'étonne pas de la part d'un érudit.*

— *J'ai cru en être un. Mais depuis mon arrivée ici, j'ai compris que je ne savais rien. Allons, le temps presse! Vous souvenez-vous de notre première rencontre?*

— *Bien sûr que oui. Elle a tout changé.*

— *À mon avis, elle a accéléré un changement déjà amorcé. Disons que c'était comme un accouchement. Même si aucun de nous ne mesurait la magnitude de ce qui se produirait une fois que vous auriez choisi votre nouvelle voie.*

— *Pour la magnitude,* dit Stryke avec le respect dû à un mot dont il ignorait le sens (et même l'existence), *je ne sais pas. Tout ce que ça nous a rapporté, à mon unité et à moi, ce sont des problèmes sans fin.*

— *Vous en connaîtrez encore beaucoup, et de pires, avant de triompher. Éventuellement!*

— *Nous passons notre temps à chercher les pièces d'un puzzle que nous ne comprenons pas. Seules notre chance et notre débrouillardise nous maintiennent en vie. Pourquoi voudrions-nous nous attirer davantage d'ennuis au nom d'une cause qui nous échappe?*

— *Vous ne savez pas ce que vous faites, mais vous savez pourquoi vous agissez. Pour la liberté, la vérité et la solution du mystère. Des choses capitales qui ont un prix. À vous de juger si vous êtes prêt à le payer.*

— *Notre quête ne nous a-t-elle pas déjà coûté assez cher? J'ai perdu des camarades, j'ai vu l'ordre céder face au chaos et nos vies sont complètement chamboulées.*

— *Ne croyez-vous pas que ce serait arrivé de toute façon? Maras-Dantia périclite à cause des envahisseurs. Mais vous avez une chance de renverser la situation. Si vous baissez les bras maintenant, la défaite est assurée. Si vous continuez, vous aurez une petite chance de victoire. Je n'essaierai pas de vous persuader que le succès est garanti.*

— *Dis-moi au moins ce que je dois faire.*

— *Vous voulez savoir où trouver la dernière instrumentalité? Et que faire des cinq quand elles seront réunies? Je ne peux pas vous aider, parce que je l'ignore aussi. Mais avez-vous envisagé la possibilité que l'objet de votre quête désire être trouvé?*

— *Ce ne sont que... des objets.*

— *Peut-être. Peut-être pas...*

— *N'as-tu rien à m'offrir, à part des énigmes?*

— *Des encouragements! Vous êtes si près du but... Je ne doute pas que vous ayez l'occasion d'achever votre mission. Mais il y aura encore du sang à verser, des morts à pleurer, de la douleur à surmonter.*

— *Tu sembles si sûr de toi... Comment le sais-tu?*

— *Mon... état actuel me permet d'entrevoir l'avenir. Pas d'événements particuliers, juste les courants qui le modèleront. (Le visage du gremlin s'assombrit.) Un incendie se prépare.*

Un frisson courut le long de l'échine de Stryke quand il comprit le sens profond des paroles de Mobbs.

— Tu as dit tout à l'heure que tu n'avais pas choisi d'être ici.

Le gremlin ne réagit pas.

— Où sommes-nous ? insista Stryke.

Mobbs soupira.

— Dans le royaume des ombres.

— Depuis combien de temps y es-tu ?

— Quasiment depuis notre séparation. Grâce aux bons soins d'un autre orc, le capitaine Delorran.

Le gremlin écarta les pans de sa robe, révélant sa poitrine. Elle portait une blessure qui ne saignait plus, mais si profonde qu'elle n'avait pu avoir qu'un seul effet.

Voyant ses soupçons confirmés, Stryke pâlit.

— Tu es…

— Mort. Mort-vivant. Entre deux mondes. Et peu susceptible de trouver le repos tant que la crise ne sera pas résolue dans le vôtre.

— Mobbs, je… je suis désolé…

— Il n'y a pas de raison, dit le vieil érudit en refermant sa robe.

— C'est moi que Delorran pourchassait. Si je ne t'avais pas impliqué…

— Oubliez ça ! Je ne vous en veux pas, et Delorran a déjà payé. La solution est très simple. Libérez-vous, et vous me libérerez.

— Mais…

— Que ça vous plaise ou non, capitaine, la partie est déjà bien engagée, et vous êtes un des joueurs. (Mobbs tendit un doigt pour désigner quelque chose par-dessus l'épaule de l'orc.) Attention !

Stryke se retourna. Et crut qu'il devenait fou.

La lune gigantesque qui commençait à se coucher derrière les montagnes était devenue un visage. Elle avait les traits d'une femme qu'il connaissait trop bien. Les cheveux étaient noirs, le regard insondable, sa peau brillait d'une lueur émeraude teintée d'argent, comme des écailles de poisson.

Jennesta, la reine hybride, ouvrit sa très grande bouche garnie de dents pointues et éclata d'un rire silencieux.

Une main s'éleva entre les pics. À la même échelle incroyable que le visage, ses doigts trop minces, terminés par des ongles moitié aussi longs qu'eux, serraient un gros objet. D'un geste presque négligent, elle le laissa tomber dans la plaine.

Stupéfait, Stryke regarda l'objet tournoyer sur lui-même et heurter le sol en soulevant un monstrueux nuage de poussière. La terre frémit.

Puis l'objet rebondit.

Alors, deux évidences s'imposèrent à Stryke. Primo, il s'agissait de ce que

Mobbs appelait une instrumentalité et que les Renards avaient baptisé « étoile ». Plus précisément, celle qu'ils avaient trouvée au début de leur aventure à Doux-Foyer, une communauté Uni. Mais si elle tenait d'ordinaire dans la main d'un orc, elle avait maintenant des proportions titanesques. Un attelage de chevaux aurait été nécessaire pour déplacer la sphère centrale couleur de sable et les sept pointes étaient aussi grosses que le tronc d'un chêne centenaire.

Secundo, elle fonçait vers lui.

Stryke se tourna vers Mobbs. Mais le gremlin avait disparu.

L'étoile se rapprochait, faisant trembler le sol chaque fois qu'elle le touchait. Elle n'avait pas l'air de vouloir ralentir.

Stryke prit ses jambes à son cou.

Il s'élança dans le paysage désolé, zigzaguant entre les rochers. L'étoile gagnait du terrain ; elle pulvérisait les pierres sur son passage et soulevait des nuages de cendre. Stryke l'entendait et la sentait se rapprocher derrière lui.

Luttant pour la distancer, il regarda par-dessus son épaule et vit deux des pointes gigantesques, telles les jambes d'un géant, basculer vers l'avant, s'arracher au sable gris et prendre de nouveau leur envol. Un instant, la poussière aveugla Stryke. Puis l'étoile rebondit de nouveau et fut assez près pour qu'il puisse la toucher.

Il plongea sur le côté, mobilisant toutes les forces que sa course n'avait pas consumées. Alors qu'il roulait à terre, il craignit que l'étoile n'infléchisse sa trajectoire pour continuer la poursuite. Il se releva d'un bond, prêt à détaler.

Mais l'étoile continua à rebondir dans la même direction, aplatissant les obstacles et martelant le sol. Stryke la regarda s'éloigner dans la plaine. Quand elle ne fut plus qu'un point minuscule à l'horizon, il cessa de retenir son souffle.

Il se concentra sur ce qu'il espérait être redevenu la lune. Mais le visage monstrueux de Jennesta continuait à flotter dans un océan de sang.

Elle leva de nouveau la main. Cette fois, trois étoiles en tombèrent, soulevant autant de nuages de cendres. Comme la précédente, elles rebondirent et se dirigèrent vers Stryke. La première était verte et avait cinq pointes ; la seconde, bleue, en avait quatre ; la troisième, grise, arborait seulement deux pointes.

Les autres instrumentalités collectées par les Renards !

Alors qu'elles fonçaient sur lui, Stryke comprit qu'elles étaient guidées par une intelligence supérieure. Celle du milieu filait en ligne droite ; les deux autres avaient adopté une trajectoire plus aléatoire, s'éloignant et se rapprochant de leur sœur pour prendre leur cible en tenailles.

Stryke aurait juré qu'elles se déplaçaient encore plus rapidement que la première.

De nouveau, il courut en zigzag pour essayer de les semer. Mais chaque fois qu'il regardait en arrière, elles étaient toujours sur sa piste, déployées comme un filet prêt à s'abattre sur lui. Stryke accéléra. Les muscles de ses jambes le torturaient, et il avait les poumons en feu.

Puis une des étoiles rebondit sur sa droite dans une gerbe de cendres. Stryke fila vers la gauche. Une autre étoile heurta le sol, lui barrant le chemin. La troisième tournait déjà au-dessus de sa tête.

Il trébucha et s'étala sur le sol. Alors qu'il roulait sur le dos, une ombre s'abattit sur lui. Impuissant, il fixa l'étoile qui plongeait sur lui pour le pulvériser.

Il se sentait pareil à un insecte qui regarde la botte qui le réduira en charpie.

Au loin, il crut entendre une étrange mélodie.

Il hurlait.

Il lui fallut un moment pour comprendre qu'il était réveillé. Et vivant. Quelques secondes passèrent avant qu'il se rappelle où il était. Il se rassit et essuya d'un revers de la manche la sueur qui lui maculait le front en dépit du froid. Il haletait et son souffle formait un nuage de buée devant sa bouche.

Ce rêve ne ressemblait pas aux autres, mais il était tout aussi vivace et réel. Il se le remémora, tentant de déchiffrer sa signification. Puis il pensa à Mobbs.

Encore du sang sur ses mains.

Stryke se secoua. Il était stupide de culpabiliser à cause d'un rêve. Pour ce qu'il en savait, Mobbs était rentré chez lui sans encombre. Mais il n'arrivait pas à s'en persuader.

Toujours hébété, il se releva et s'approcha du bord de sa prison. Le plateau où l'avait déposé Glozellan, la Dame des Dragons de Jennesta, devait mesurer cent pas de long sur soixante de large. Il n'y avait guère que deux saillies rocheuses susceptibles de l'abriter du vent. Stryke ne comprenait pas pourquoi Glozellan l'avait amené ici. Sans doute avait-elle agi sur ordre de sa maîtresse. Dans ce cas, Stryke devrait bientôt subir le courroux de Jennesta.

Il balaya le paysage du regard. Il ne savait pas vraiment où il était : quelque part au nord de Drogan, peut-être au sommet d'un des pics de Bandar Gizatt ou de Goff. L'océan qu'il apercevait à l'ouest, et le mur de glace qu'il distinguait clairement au nord, semblaient confirmer cette hypothèse. Non que sa position ait la moindre importance.

La température était basse et le vent lui fouettait le visage. Stryke se réjouit de porter une tunique de fourrure. Il la resserra autour de son torse en s'interrogeant sur les événements des dernières heures. Glozellan était partie sans lui fournir d'explication. Peu de temps après, le mystérieux humain qui se faisait appeler Serapheim était apparu comme par enchantement. Puis il y avait eu les instrumentalités.

Les étoiles !

Stryke se souvenait de les avoir entendues chanter. Avant qu'il s'endorme, elles émettaient un son bizarre. Pas du tout fort, il résonnait seulement dans sa tête. Et ce n'était pas vraiment une chanson. Mais il n'avait pas de meilleur mot pour le décrire. Comme Haskeer avant lui…

Stryke glissa une main engourdie par le froid dans la poche de sa ceinture et en sortit les étoiles. Il les examina. Celle que les Renards avaient trouvée à Doux-Foyer, couleur de sable avec sept pointes de longueur différente ; celle de Trinité, verte avec cinq pointes, celle des trolls, bleu foncé avec quatre pointes. Elles étaient silencieuses à présent.

Stryke fronça les sourcils. Rien de ce qui touchait aux instrumentalités n'avait le moindre sens.

Puis il vit quelque chose approcher dans le ciel. Une grande forme noire dont les ailes dentelées battaient paresseusement. Il n'y avait pas à s'y méprendre.

Stryke posa la main sur son épée et attendit.

Chapitre 3

Les Renards furent escortés par leurs alliés jusque dans la forêt de Drogan. Les centaures étaient sur le pied de guerre ; ils avaient fait doubler la garde au cas où les humains reviendraient.

Alfray s'occupa de panser proprement les blessures d'Haskeer, puis examina les autres soldats blessés. Les Renards indemnes s'éparpillèrent dans le village, en quête de boisson et de nourriture. Accompagnés par Gelorak, Coilla et Jup rendirent visite au chef du clan.

Keppatawn était debout à l'entrée de sa forge, donnant des ordres et envoyant des messagers. L'âge avait buriné le visage et fait grisonner la barbe de ce centaure autrefois si vigoureux. Et sa patte arrière droite traînait sur le sol.

Il salua Gelorak, puis se tourna vers les officiers orcs.

— Sergent, caporal, ravi de vous revoir.

Jup hocha la tête.

— Navrée de vous avoir attiré des ennuis, dit Coilla.

— Ne vous excusez pas. Une bonne bataille de temps en temps évite qu'on s'encroûte ! Alors, comment s'est passée votre expédition ?

— Nous avons trouvé ce que vous cherchiez.

— Vraiment ? (Le visage du centaure s'illumina.) C'est une merveilleuse nouvelle ! Tout ce qu'on raconte au sujet des orcs... (Puis il vit l'expression de ses interlocuteurs.) Qu'est-ce qui ne va pas ?

Ni Coilla ni Jup ne répondirent. Keppatawn balaya la clairière du regard.

— Où est Stryke ?

— Nous l'ignorons, avoua le nain, sinistre.

— Soyez plus clair.

— Son cheval est tombé pendant que nous tentions de semer les humains, expliqua Coilla. Puis un dragon de guerre a jailli de nulle part et l'a emporté.

— Vous dites qu'il a été capturé ?

— Nous n'avons pas vu grand-chose, car nous étions trop occupés à fuir. Mais Jennesta est une des rares personnes qui disposent encore de dragons.

— Et j'ai eu le temps de voir la cavalière, révéla Jup. Je suis à peu près certain que c'était Glozellan.

Coilla soupira.

— La Dame des Dragons de Jennesta. Ça règle la question.

— Peut-être pas, murmura le nain. Imagines-tu qu'une brownie puisse forcer Stryke à faire quelque chose dont il n'aurait pas envie ?

— Je ne sais pas, Jup. Ma seule certitude, c'est que Stryke a disparu avec la larme et les étoiles. Je suis navrée, Keppatawn.

Le chef des centaures ne manifesta aucune déception, mais Coilla le vit masser distraitement la cuisse de sa jambe infirme.

— Ce que je n'ai jamais eu ne peut pas me manquer, dit-il, stoïque. Quant à votre capitaine, je vais organiser une battue.

— C'est aux Renards de s'en charger, objecta Jup. Stryke est un des nôtres.

— Vous avez besoin de repos, et nous connaissons mieux le terrain, insista Keppatawn. Gelorak, forme les groupes de recherche et poste des sentinelles.

Le jeune centaure s'éloigna au galop. Keppatawn se tourna vers Jup et Coilla.

— Nous ne pouvons rien faire de plus pour le moment. Venez.

Il les conduisit vers une table à tréteaux. Les deux orcs se glissèrent sur le banc d'un air las. Un centaure s'approcha, poussant une brouette chargée de nourriture et de boisson. Keppatawn saisit une jarre de pierre au goulot étroit.

— Une bonne bière ne vous fera pas de mal, déclara-t-il.

Il arracha le bouchon de liège avec les dents, le recracha et posa la jarre sur la table.

— Volontiers.

Jup saisit la jarre à deux mains et but longuement, puis la tendit à Coilla, qui secoua la tête.

Il la fit alors passer à Keppatawn, qui la souleva d'une seule main, avala une grande lampée de bière et s'essuya la bouche d'un revers de la manche.

— Maintenant, racontez-moi ce qui s'est passé.

Coilla s'y colla.

— Stryke n'est pas le seul camarade que nous ayons perdu. Sur le chemin du retour, un de nos soldats, Kestix, a été tué par des guerriers nyadds dans les Marches de Scarroc.

Kestix était mort en la sauvant.

— Je suis désolé, dit Keppatawn. D'autant plus que vous aviez entrepris cette mission pour moi.

— C'est faux ! Notre seule intention était de récupérer votre étoile. Vous n'êtes pas en cause.

— Franchement, je suis surpris que nos pertes n'aient pas été plus élevées, intervint Jup. Avec le chaos qui régnait là-bas…

— Comment ça ?

— Adpar est morte.

— Quoi ? s'exclama Keppatawn. Vous en êtes sûrs ?

— Nous étions là quand ça s'est produit, dit Coilla. Et non, ce n'est pas notre faute !

— Votre voyage a été riche en rebondissements, à ce que je vois. Qui l'a tuée ?

— Jennesta.

— Elle était là-bas ?

— Euh… Pas exactement.

— Dans ce cas, comment savez-vous que c'était son œuvre ?

Une bonne question à laquelle Coilla n'avait pas eu le temps de réfléchir.

— C'est Stryke qui nous l'a dit. Il avait l'air convaincu.

— Pourquoi ?

— Il devait savoir quelque chose que nous ignorons. Bref, à notre départ, ce n'était plus Adpar mais l'anarchie qui régnait sur le royaume des nyadds. Mais nous avons pu nous enfuir avec l'aide des merz.

Keppatawn se caressa pensivement la barbe.

— Nous allons devoir nous montrer encore plus vigilants que de coutume. La disparition d'Adpar modifiera l'équilibre politique de cette région, et pas nécessairement en bien.

— C'était un tyran !

— Oui. Mais nous savions à quoi nous attendre de sa part. À présent, d'autres requins tenteront de s'emparer de son trône, et nous ignorons comment ils gouverneront. Ça entraînera un regain d'instabilité, et Maras-Dantia a déjà son compte en la matière.

Ils furent interrompus par l'arrivée d'Haskeer. Un bras en écharpe, le sergent dévorait un cuissot de daim rôti. Il avait le menton et les joues barbouillés de graisse.

— Où est Alfray ? demanda Coilla.

— Il choigne les jautres, répondit Haskeer, la bouche pleine.

— Comment va ton bras ?

Haskeer déglutit, jeta l'os et rota bruyamment.

— Ça va.

Sans rien demander, il s'empara de la jarre de bière, inclina la tête et but en laissant couler du liquide dans son cou. Puis il rota de nouveau.

—Comme toujours, tes bonnes manières nous font honneur, commenta Jup.

Haskeer fronça les sourcils.

—Hein ?

—Laisse tomber.

Autrefois, la pique du nain aurait provoqué une altercation entre les deux sergents. Haskeer mollissait-il ou n'avait-il pas compris le sarcasme ? Quoi qu'il en soit, il se contenta de hausser les épaules.

—Et maintenant, qu'est-ce qu'on fait ?

—On essaye de retrouver Stryke. À part ça, je n'en ai pas la moindre idée, avoua Jup.

Haskeer s'essuya les doigts sur sa tunique de fourrure.

—Et s'il ne revient pas ?

—Ne pense pas à ça, dit Coilla.

En vérité, elle ne pensait à rien d'autre.

Stryke regarda l'énorme créature se poser sur le plateau.

Les ailes du dragon craquèrent en se repliant. Sa tête massive se tourna lentement vers l'orc ; ses yeux jaunes plissés ne cillaient pas, et de la fumée blanche montait de ses narines caverneuses. La bête haletait comme un chien, une langue luisante de la taille d'un tapis de selle pendant entre ses crocs. Son haleine empestait le poisson pourri.

Stryke recula de quelques pas.

La cavalière défit son harnais et se laissa glisser contre le flanc écailleux du dragon. Elle était entièrement vêtue de brun, de la tunique et du pantalon jusqu'aux bottes hautes et au chapeau. Seules la plume gris et blanc de son couvre-chef et les fines chaînes en or pendues à son cou et à ses poignets rompaient cette monochromie.

Personne ne comprenait comment les brownies, une race hybride née des elfes et des gobelins, qui ne se distinguaient pas par leur haute taille, pouvaient être aussi immenses.

Glozellan était encore plus grande que la moyenne. Cela se voyait d'autant plus qu'elle se tenait toujours très droite. Pourtant, elle avait une silhouette délicate, presque frêle. Et son attitude altière pouvait aisément passer pour du mépris.

—Glozellan ! s'exclama Stryke. Que diantre se passe-t-il ?

—Je suis navrée de vous avoir laissé si longtemps, répondit la brownie sans se troubler. Je n'ai pas pu faire autrement.

—Suis-je prisonnier ? demanda Stryke, une main sur la garde de son épée.

Glozellan fronça ses sourcils clairsemés.

—Non, vous n'êtes pas prisonnier, le rassura-t-elle. Je ne suis pas de taille à vous retenir contre votre gré. Et il n'y a pas d'autre escadron de dragons en route pour amener ici les troupes de Jennesta, si c'est à ça que vous pensez. Apparemment, vous n'avez pas compris que j'essaye de vous aider. Peut-être ne me suis-je pas montrée assez claire.

—Ça, on peut le dire!

—Je pensais que vous avoir sauvé serait un indice suffisant.

—Oui, ça aurait dû me mettre la puce à l'oreille, convint Stryke. Merci, au fait.

Glozellan hocha imperceptiblement la tête.

—Lâchez donc cette épée. Vous êtes en sécurité avec moi.

Stryke obéit, l'air contrit.

—Vous ne pouvez pas m'en vouloir de me méfier, se défendit-il. Vous êtes quand même la Dame des Dragons de Jennesta, et…

—Plus maintenant! coupa Glozellan, imperturbable.

—Expliquez-vous.

—Trop d'humiliations… J'en ai eu assez, Stryke. Je l'ai quittée. Pour un membre d'une race qui s'enorgueillit de sa loyauté, ça n'a pas été facile. Mais la cruauté et les abus de Jennesta ont eu raison de mes scrupules. Je suis désormais une renégate. Comme vous.

—Nous vivons une étrange époque…

—Deux autres dresseurs de dragons et leurs montures sont partis avec moi. Je vous ai laissé ici pour retourner les aider.

—Ça portera un sacré coup à Jennesta.

—Beaucoup d'autres soldats suivent le même chemin. Ils ne désertent pas par hordes entières, mais l'hémorragie n'est pas négligeable. (Glozellan marqua une pause.) La plupart sont prêts à se rallier à vous.

—Ils ne me connaissent pas! Je ne suis pas le messie des orcs. Et je n'ai pas fait exprès de déserter!

—Mais vous êtes un chef. Vous l'avez prouvé en commandant les Renards.

—Commander une unité n'est pas la même chose que diriger une armée ou un pays. Tous ceux qui s'y sont essayés sont devenus d'affreux tyrans: Jennesta, Adpar, Kimball Hobrow… Je ne veux pas être comme eux.

—Vous ne le seriez pas. Au contraire, vous aideriez à éliminer leurs semblables.

—Les races aînées ne devraient pas se battre entre elles, mais contre les humains. Ou au moins contre les Unis.

—Exactement. Et pour ça, il faut que quelqu'un les fédère.

—Oui. Quelqu'un d'autre que moi! Je ne suis qu'un soldat!

Stryke observa le mur de glace qui avançait et la lueur surnaturelle qui éclairait le ciel.

Quelques flocons de neige tombèrent ; le dragon grogna.

— Les humains sont fous, irrationnels et destructeurs. Ils dévorent la magie. Mais ils ne sont pas les seuls à ravager Maras-Dantia. D'autres races…

— Je sais. Vous ne me ferez pas changer d'avis sur ce point, Glozellan. Économisez votre salive.

— Comme vous voudrez. Mais il se peut que vous n'ayez pas le choix…

Stryke ne releva pas, préférant changer de sujet.

— En parlant d'humains, le nom de Serapheim vous dit quelque chose ?

— Je ne connais pas beaucoup d'hommes, et aucun qui s'appelle ainsi.

— Vous n'avez amené personne ici la nuit dernière, avant ou après moi ?

— Non. Pourquoi l'aurais-je fait ?

À moitié convaincu que l'apparition du conteur ait été une hallucination, Stryke bredouilla :

— Je suppose que… j'ai rêvé. Oubliez ça.

Glozellan le dévisagea. La neige tombait de plus en plus dru.

— Selon les rumeurs, dit enfin la brownie, vous détenez quelque chose que Jennesta veut récupérer.

Stryke prépara soigneusement sa réponse, avant de décider qu'il pouvait faire confiance à Glozellan. Après tout, elle lui avait sauvé la vie.

— Pas une chose, mais plusieurs, rectifia-t-il en plongeant la main dans sa poche.

Les trois étoiles remplissaient sa paume. Glozellan les observa longuement.

— J'ignore de quoi il s'agit et à quoi elles servent, ajouta Stryke. Mais je sais qu'on les appelle des instrumentalités.

— Des instrumentalités ? Vraiment ?

Il hocha la tête. C'était la première fois qu'il voyait une expression aussi respectueuse sur les traits de Glozellan. Si elle n'avait pas été une brownie, il aurait juré que la Dame des Dragons était impressionnée.

— Vous en avez entendu parler ?

— Mon peuple connaît la légende des instrumentalités…

— Que pouvez-vous me dire à leur sujet ?

— Pas grand-chose. Je sais qu'elles sont cinq, et très anciennes. Un de nos ancêtres les plus célèbres, Prillenda, était un devin et un philosophe. On raconte qu'un de ces objets lui aurait inspiré des prophéties.

— Quel genre de prophéties ?

—Leur sens est perdu depuis longtemps. Mais ça avait un rapport avec les Jours de la Fin, le moment où les dieux remballeront ce monde pour partir jouer ailleurs.

—Il existe un mythe similaire chez les orcs...

—Plus personne ne se rappelle comment Prillenda était entré en possession de l'instrumentalité, ni ce qu'elle est devenue. Certains affirment que l'étoile provoqua sa mort. Pour être honnête, j'ai toujours pensé que cette histoire était une fable colportée par des fées ivres de pollen. (Glozellan fixa les étoiles.) Et voilà que vous détenez trois de ces objets. Êtes-vous certain de leur authenticité ?

—Tout à fait, affirma Stryke en rangeant les instrumentalités dans sa poche.

—Je ne sais pas plus que vous ce qu'elles sont capables de faire, mais celui qui les possède détient un pouvoir absolu. C'est le seul point sur lequel les légendes sont sans équivoque.

Depuis son dernier rêve – si c'en était bien un –, Stryke pensait que le pouvoir des étoiles était plus considérable encore qu'ils ne l'imaginaient. Mais il se garda de le mentionner. Et il ne révéla pas non plus que les étoiles « chantaient » pour lui.

—Je comprends que Jennesta les désire à ce point, continua Glozellan. Même si elles ne sont pas magiques, elles ont une grande valeur symbolique. Elles pourraient restaurer son autorité défaillante. Si vous les utilisiez pour rassembler une opposition...

—Assez ! coupa Stryke sur un ton qui n'admettait pas de réplique. Que comptez-vous faire à présent ?

—Je ne sais pas... J'aimerais regagner mon kith pour une période de contemplation. Mais les brownies sont originaires du Sud, où les humains grouillent davantage qu'ailleurs. Mes semblables se sont éparpillés depuis longtemps. Alors, j'irai peut-être dans une forteresse draconique, histoire de ne pas quitter les hauteurs.

Glozellan tapota affectueusement le cou de sa monture aux paupières mi-closes, qui se laissa faire sans réagir.

—Les brownies et les dragons se sont toujours compris. C'est la seule autre race à qui nous fassions confiance. Ils semblent être dans les mêmes dispositions vis-à-vis de nous. Peut-être nous tenons-nous pour des alliés face à l'adversité.

Stryke comprit que Glozellan était devenue une paria, comme lui et les autres Renards. Il éprouva un élan de sympathie envers elle.

—Continuerez-vous à lutter contre la reine ?

—Quand j'y serai forcé. Et je combattrai tous ceux, humains ou non, qui se dresseront sur mon chemin. Mais je n'irai pas les chercher moi-même. Mon but, c'est de garder mes soldats en vie.

—Les dieux ont sans doute d'autres projets pour vous.

Stryke éclata d'un rire amer.

—Nous verrons bien. Pour le moment, je dois rejoindre les Renards.

—Dans ce cas, mieux vaut partir avant que le temps ne nous en empêche. Venez, je vous emmène.

Chapitre 4

Elle voyageait à bord d'un char noir décoré de symboles magiques dorés et argentés tiré par deux chevaux aux harnais et aux jambières cloutés. Des lames étincelantes étaient fixées aux roues du véhicule.

Derrière Jennesta marchait une armée de dix mille orcs, nains et humains dévoués à la cause Multi. La horde brandissait des étendards et des lances. Des chariots bâchés de blanc avançaient au cœur de cette marée, dont des régiments de cavalerie renforçaient les flancs.

Ils avaient contourné Taklakameer, l'immense mer intérieure, et traversé la partie supérieure des Grandes Plaines en passant entre Drogan, au sud, et Bevis, au nord. Bientôt, ils atteindraient les rivages de Norantellia et la péninsule de Scarroc. Alors, dans le royaume marécageux des nyadds, autrefois gouverné par sa sœur, Adpar, qu'elle avait tuée en usant de sorcellerie, Jennesta se lancerait à la poursuite des Renards et du trophée qu'ils détenaient.

Elle savait qu'ils étaient là-bas, ou au moins qu'ils y étaient passés récemment. L'explosion télépathique produite par la mort d'Adpar le lui avait révélé.

Jennesta avait déjà envoyé en reconnaissance sa Dame des Dragons et trois de ses bêtes.

Des renforts ne tarderaient pas à grossir les rangs de son armée. Des unités d'élite étaient en route, venant de Tumulus, le siège de son pouvoir. Elle maîtrisait la situation, parant à toutes les éventualités. Jamais elle n'avait été aussi proche de sa vengeance et de l'accomplissement de ses plans. L'armée qu'elle dirigeait attestait de sa puissance.

Et pourtant, Jennesta n'était pas satisfaite.

L'objet de son insatisfaction chevauchait près d'elle. Le général Mersadion, commandant de la Horde Royale, était encore jeune, mais le service d'une maîtresse si exigeante l'avait usé prématurément, comme le montraient son front ridé et ses yeux cernés. Si les orcs mâles avaient eu des cheveux, les siens seraient déjà devenus gris.

Jennesta le harcelait.

—Où qu'elle se manifeste, écrasez-la! La rébellion est une gangrène que seule l'amputation peut enrayer.

—Avec tout le respect que je vous dois, ma dame, je pense que vous surestimez le problème, osa dire Mersadion. La majorité de vos sujets vous sont toujours loyaux.

—C'est ce que vous ne cessez de me répéter! Et pourtant, chaque jour, certains désertent ou sèment la sédition dans nos rangs. Faites de la plus petite désobéissance un crime passible de mort. Sans exception et quel que soit le grade des personnes concernées.

—C'est déjà fait, Majesté.

S'il s'était senti d'humeur suicidaire, Mersadion aurait pu ajouter qu'elle était bien placée pour le savoir.

—Dans ce cas, vous ne devez pas appliquer la règle assez durement. C'est par la tête que les poissons pourrissent, général!

—Ma dame…, dit prudemment Mersadion.

—Ceux qui me servent bien sont récompensés. Les autres en payent le prix.

L'existence de récompenses était une révélation. Mersadion n'en avait jamais reçu aucune, à part une promotion qu'il n'avait pas réclamée. Depuis, Jennesta exigeait de lui des choses impossibles.

—Dois-je vous rappeler le sort de votre prédécesseur, Kysthan, et celui de son protégé, le capitaine Delorran?

—C'est inutile, ma dame.

D'autant plus que vous l'avez fait une dizaine de fois depuis notre départ, se garda d'ajouter Mersadion.

De toute façon, il n'était pas près de l'oublier. C'était un des éléments qui lui donnaient l'impression de vivre sur le cratère d'un volcan en activité. Il commençait à penser que l'attitude des déserteurs était compréhensible, la dureté de Jennesta aggravant la situation. Il étouffa vite cette idée. Même si c'était irrationnel, il ne pouvait se défaire de la peur que Jennesta lise dans son esprit.

Quand elle reprit la parole, il faillit sursauter. Mais elle s'adressait davantage à elle-même qu'à lui.

—Lorsque j'aurai obtenu ce que je veux, aucun de vous n'aura plus le choix, en matière de loyauté comme pour le reste, marmonna-t-elle. (Puis, plus haut:) Faites-les avancer! Je ne tolérerai plus aucun retard!

Son fouet claqua sur le dos des chevaux, et le char noir fit un bond en avant. Mersadion s'écarta pour éviter les lames des roues. Alors qu'il talonnait sa monture pour rattraper Jennesta, il admira sa petite mise en scène.

Quatorze «dissidents», tous morts, à présent, étaient emprisonnés dans des cages pendues au-dessus d'énormes brasiers. L'armée fut forcée de passer à côté d'eux pour admirer le sens de la justice de la souveraine. Certains soldats détournèrent le regard. Beaucoup se couvrirent le bas du visage avec un chiffon pour ne pas respirer l'horrible odeur.

Le vent souleva les cendres et des nuages d'étincelles orange montèrent vers le ciel.

Les orcs étaient conçus pour la terre ferme.

Stryke en reçut une deuxième confirmation lorsque Glozellan le ramena à Drogan. Le vent était violent, et le battement des ailes du dragon ne l'aidait pas à conserver son équilibre. Ses fesses étaient meurtries par les écailles de la créature ; la neige lui picotait les yeux et il faisait si froid qu'il ne sentait plus ses mains. Il ne pouvait même pas parler avec Glozellan, car sa voix ne parvenait pas à couvrir le mugissement de l'air.

Il se concentra donc sur la vue. Au nord, le glacier ressemblait à une cascade de lait et Stryke fut stupéfait par l'étendue de terrain qu'il couvrait. Puis le dragon vira sur l'aile, et ils survolèrent des montagnes basses aux pics enneigés, qui cédèrent la place à des falaises abruptes, puis à un sol accidenté et broussailleux.

Ensuite défilèrent des successions de collines entrecoupées de longues vallées. Des lacs à la surface réfléchissante enveloppés par une brume cotonneuse. Des bois ondulants.

Enfin, ils atteignirent les Grandes Plaines. Plus tard, Stryke repéra le ruban argenté du Bras de Calyparr, et l'amas verdoyant de la forêt de Drogan.

Le dragon rugit, faisant vibrer les tympans et les os de l'orc. Glozellan brailla quelque chose qu'il ne comprit pas.

Il lui sembla qu'ils tombaient, puis qu'ils plongeaient. Il sentit le dragon redresser légèrement sa course, et leur piqué se transforma en vol plané. Le sol les aspirait ; la cime des arbres, pas plus grosse que des gouttes de pluie, grandit jusqu'à atteindre la taille d'un couvercle de tonneau.

À présent, ils volaient parallèlement au sol, plus vite qu'un cheval lancé au galop. Ils s'éloignaient de la forêt, mais en décrivant un arc de cercle, comme pour tourner autour. Stryke comprit que Glozellan sondait le terrain en quête d'humains ou d'autres forces hostiles.

Ils survolèrent brièvement l'océan. Stryke aperçut des vagues qui pilonnaient des rochers déchiquetés. Une plage de cailloux. Une étendue de terre nue. De l'herbe. Et de nouveau des arbres. Le Bras de Calyparr fendait le continent comme la lame géante d'un dieu.

Avant qu'ils atterrissent, une petite troupe émergea de la forêt pour venir à leur rencontre : des centaures et des orcs, à cheval ou à pied.

Le dragon se posa. Les membres raides, Stryke se laissa glisser à terre.

—Merci, Glozellan, dit-il en levant les yeux vers la brownie restée en selle. Quoi que vous entrepreniez, je vous souhaite bonne chance.

—À vous aussi, capitaine. J'ai encore une chose à vous dire. Jennesta marche sur Scarroc à la tête d'une armée. Elle n'a que deux jours de retard sur nous, et elle retrouvera facilement votre piste. Vous n'êtes pas en sécurité, ici.

Avant que Stryke puisse répondre, Glozellan se pencha pour chuchoter à l'oreille du dragon, qui décolla en repliant les pattes. Le souffle de ses ailes força Stryke à reculer.

Il regarda le dragon s'élever dans les airs avec grâce. La créature prit de l'altitude et vira sur l'aile pour le survoler une dernière fois. Glozellan agita la main. Stryke lui rendit son salut. Puis elle s'éloigna en direction de l'est.

Stryke la fixait encore quand les autres le rejoignirent. Alfray, Haskeer, Jup et plusieurs bleus montaient leurs propres chevaux. Coilla était juchée sur le dos de Gelorak. Des dizaines de centaures les accompagnaient et d'autres soldats les suivaient en courant. Ils se rassemblèrent autour de leur capitaine avec un soulagement visible et le bombardèrent de questions.

Stryke les fit taire d'un geste.

—Je vais bien, assura-t-il.

Coilla sauta à terre.

—Que s'est-il passé ? Où étais-tu ?

—Avec une ennemie qui s'est révélée être une amie.

—Hein ?

—Je t'expliquerai. Mais devant un verre et quelque chose à manger.

On lui donna un cheval et ils prirent le chemin de la clairière.

Le court trajet lui laissa un peu de temps pour réfléchir à la mise en garde de Glozellan. Cette fois encore, les Renards ne connaîtraient pas le moindre répit !

Non loin de la forêt se dressaient des collines basses et boisées. Au sommet de la plus verdoyante, allongés dans la végétation, trois sinistres personnages observaient les événements en contrebas.

—Les salauds ! grogna l'un d'eux.

En apparence aussi dépravé que ses compagnons, il était le seul à paraître vaguement lucide. Ses cheveux jaunes étaient aussi rares que les poils de son bouc et toutes ses dents pourrissaient sur leurs racines. Ses ennemis s'étaient chargés d'aggraver la décrépitude causée par la nature et la négligence : un bandeau de cuir noir masquait son œil droit, une bonne partie de son oreille gauche manquait, et un pansement crasseux couvrait le petit doigt de sa main droite.

—Rien que de les voir, ça me donne envie de gerber ! ajouta-t-il en fixant les orcs qui se retiraient dans la forêt. Espèces de misérables, de sales petits…

—Ferme-la, Greever! siffla l'humain tapi près de lui. Tu m'empêches de réfléchir.

Son compagnon n'était pas du genre à se laisser rabrouer. Mais l'expérience lui avait appris que contrarier le chef de leur petit groupe n'était pas une bonne idée.

Encore très costaud, ses multiples excès commençaient à enrober ses muscles de graisse. Une cicatrice barrait son visage constellé de marques de petite vérole, du milieu de sa joue jusqu'au coin de sa bouche. Des cheveux noirs gras, une moustache en bataille et des yeux sombres et durs.

—C'est facile pour toi de dire ça, Micah, grogna néanmoins Greever. Tu ne t'es pas fait défigurer par cette chienne d'orc.

—Ce n'est pas elle qui t'a crevé l'œil, fit remarquer le troisième humain.

—En effet, Jabez, dit Greever en détachant bien les syllabes, comme s'il s'adressait à un enfant un peu simple d'esprit. C'était un autre orc. Ça revient au même.

Le front de son interlocuteur se plissa de concentration.

—Ah, ouais, dit-il enfin. Je vois.

Il était le plus repérable des trois : plus lourd et plus massif à lui seul que les deux autres ensemble. Une véritable montagne de muscles dépourvue de graisse, de cheveux et de barbe. Son nez, cassé au moins une fois, s'était ressoudé de travers. Sa bouche ressemblait à un trait de couteau tracé dans une boule de pâte à pain, et il avait les yeux d'un porcelet nouveau-né.

Greever Aulay et Micah Lekmann scrutèrent la forêt, où les derniers orcs et leurs alliés venaient d'entrer. Jabez Blaan s'agita, telle une taupinière humaine tentant de s'aplatir elle-même.

—Alors, qu'est-ce qu'on fait ? demanda Aulay. On attaque ?

—Attaquer ? Tu as envie de crever ?

—Ce sont seulement des putains d'orcs !

—*Seulement* des putains d'orcs ? Tu veux dire, *seulement* les meilleurs combattants de Centrasie, après nous ? Ceux qui se sont chargés de te donner une apparence si séduisante ? C'est bien d'eux que tu parles ?

Aulay encaissa, mais le foudroya du regard.

—Nous avons déjà tué pas mal de ces vermines !

—Oui, mais pas en attaquant de front un groupe de cette taille. Et sûrement pas en les combattant à la loyale.

—Alors, qu'est-ce qu'on fait ? répéta Aulay.

—On se sert de notre tête. (Lekmann regarda Blaan.) Enfin, ceux d'entre nous qui en sont capables… Ce qui n'est pas ton cas pour le moment. La colère affecte ton jugement. On procédera comme d'habitude : prendre notre mal en patience et les éliminer un par un. En la jouant fine, on peut encore se faire du blé sur leur dos.

—Ce n'est plus une question d'argent mais de vengeance! cracha Aulay.

—Je sais. Et je veux la peau de ces monstres autant que toi. Mais si on peut récolter des primes au passage, je ne cracherai pas dessus. Et la relique qu'ils ont volée doit valoir un paquet de fric. La vengeance a un goût délicieux, mais la bouffe et le bon vin aussi. Il faut songer à remplir notre bourse.

—Qui nous versera les primes ou nous rachètera la relique, à part Jennesta? Et je doute que nous soyons ses petits favoris depuis que nous l'avons doublée.

—Je préfère dire que nous avons «quitté son service», corrigea Lekmann.

—Appelle ça comme tu veux, mais ça n'était sans doute pas notre idée la plus brillante.

—Fais gaffe, Greever! Tu commences à réfléchir, et ça n'est pas dans tes attributions. Je sais comment m'y prendre avec Jennesta.

Les deux autres firent une moue dubitative.

—Peut-être que oui, peut-être que non. Personnellement, je m'en contrefous, affirma Aulay. Je veux juste la peau de cette chienne d'orc!

—Mais si tu peux en tirer quelque chose, ça ne sera pas plus mal, non? (L'expression de Lekmann se durcit.) Ne t'avise pas de tout gâcher. On ne s'en sortira pas si on ne bosse pas tous ensemble.

—Ne t'inquiète pas pour ça, Micah.

Aulay leva ce qui avait été sa main gauche. À présent, un cylindre de métal était fixé à son poignet. Il se terminait par un crochet dont la surface polie reflétait la lumière du soleil.

—Amène-nous près de ces monstres, et je ferai ma part du boulot, promit-il.

Chapitre 5

Stryke craignait que la fiole de céramique ne se soit cassée. Mais quand il la sortit de sa poche, il constata qu'elle était intacte, et que son bouchon minuscule ne s'était pas ouvert.

Il la posa dans la main tendue de Keppatawn. Le centaure la regarda un long moment en silence.

— Merci, lâcha-t-il enfin d'une voix étranglée.

— Nous nous efforçons toujours de tenir parole, dit Stryke.

— Je n'en ai jamais douté. Mais je déplore que vous ayez perdu l'un des vôtres pour ça…

— Kestix connaissait les risques. Comme nous tous. Et cette mission servait nos intérêts autant que les vôtres.

Coilla désigna la fiole.

— Qu'allez-vous en faire ?

— Une bonne question, approuva Keppatawn. Il faut que je consulte notre chaman. De toute façon, nous aurons besoin de lui pour finaliser notre accord. Gelorak, va chercher Hedgestus.

Le second du chef traversa le campement pour gagner l'abri du devin.

Stryke fut soulagé que l'attention générale se détourne de lui. Les autres l'avaient nourri, abreuvé et couvé. Face à un nombreux public, il avait relaté son aventure, omettant uniquement l'apparition de Serapheim au sommet de la montagne et son étrange rêve au sujet de Mobbs et des étoiles. Il n'avait pas non plus mentionné leur chant, même si ce souvenir le forçait à considérer Haskeer avec davantage de sympathie.

Son récit achevé, les autres orcs s'étaient éparpillés pour vaquer à leurs occupations. Seuls ses officiers, Keppatawn et Gelorak étaient restés avec lui. Stryke préférait ça : il ne savait pas comment les autres centaures réagiraient en apprenant que l'arrivée de Jennesta était imminente.

Gelorak sortit de l'abri en compagnie du vieux devin. Hedgestus se déplaçait avec difficulté sur des jambes tremblantes. Gelorak le soutenait d'un bras ; sous l'autre, il avait glissé un coffret.

Hedgestus salua les orcs pendant que Keppatawn récupérait le coffret. Il l'ouvrit et leur montra l'étoile : une sphère grise ornée de deux pointes de longueur différente, taillée dans une matière inconnue.

— Nous aussi, nous tenons parole, affirma Keppatawn en tendant le coffret à Stryke.

— Nous n'en avons jamais douté !

— Avant de la prendre, êtes-vous certains que c'est ce que vous désirez ?

— Quoi ? s'exclama Jup. Évidemment ! Pourquoi croyez-vous que nous nous soyons donné autant de mal ?

— Stryke sait ce que je veux dire.

— Vraiment ? dit le capitaine.

— Je pense que oui, dit Keppatawn. Ce pourrait être un cadeau empoisonné qui vous attirera plus d'ennuis qu'autre chose. En tout cas, ces objets en ont la réputation et nous avons pu constater qu'elle est méritée.

— Nous aussi ! lança Coilla.

— Nous avons choisi notre voie, dit Alfray. Nous ne pouvons pas rebrousser chemin maintenant.

Événement très inhabituel, Haskeer gardait le silence. Stryke crut comprendre pourquoi.

Il tendit la main et prit l'étoile.

— Comme viennent de le dire mes officiers, il est trop tard pour reculer. De toute façon, nous n'avons aucun autre plan.

— Si, intervint Haskeer. Nous pourrions nous débarrasser de ces trucs et laisser nos problèmes derrière nous.

— Maras-Dantia n'est pas assez vaste pour que nous trouvions un endroit où vivre en paix, dit Coilla. À part en rêve.

Stryke se raidit, puis décida que cette remarque ne le visait pas spécialement.

— Coilla a raison, affirma-t-il. Nous n'avons nulle part où aller. Et nous ne nous débarrasserons jamais de Jennesta et des autres. Les étoiles nous donnent un avantage.

— Espérons-le…, murmura Jup.

— Nous avons décidé de les rassembler, insista Stryke. Toute l'unité était d'accord.

— Personnellement, l'idée ne m'a jamais plu, grommela Haskeer.

— Tu pouvais quitter les Renards. Personne ne t'en aurait empêché.

— Ce n'est pas vous qui me dérangez, mais les étoiles. Elles ont quelque chose de malsain.

—C'est toi qui es malsain, marmonna Jup.

—Qu'est-ce que tu dis ? grogna Haskeer.

—Tu passes ton temps à te plaindre.

—Ce n'est pas vrai !

—Ah non, j'oubliais : parfois, tu délires, rectifia Jup. Tu racontes que les étoiles chantent pour toi…

—Tu me traites de fou ? rugit Haskeer.

Il recommençait à s'emporter comme au bon vieux temps. Stryke se réjouissait qu'il redevienne lui-même. Mais il ne pouvait pas laisser dégénérer la dispute entre ses deux sergents.

—Ça suffit ! cria-t-il. Nous sommes invités, ici ! Tâchez de vous tenir un peu mieux !

Il se tourna vers Keppatawn, Gelorak et Hedgestus, qui semblaient perplexes.

—Nous sommes tous un peu tendus, s'excusa Stryke.

—Je comprends, dit Keppatawn.

Stryke rangea l'étoile avec les trois autres. Il sentit le regard de ses officiers peser sur lui – surtout celui d'Haskeer. Le sergent affichait une expression proche du dégoût.

—Bon débarras, soupira Keppatawn quand Stryke eut refermé la poche de sa ceinture.

Jup leva un sourcil. Les orcs se regardèrent, mais aucun ne fit de commentaire.

—Là, dit le centaure en tendant la fiole à Hedgestus. Une larme d'Adpar.

Le devin la prit respectueusement.

—J'avoue que je croyais ça impossible. Qu'elle soit capable d'une chose aussi humaine que pleurer, je veux dire…

—C'était de l'auto-apitoiement, l'informa Coilla.

—Ah !

—Mais que suis-je censé en faire ? demanda Keppatawn.

—Des précédents peuvent nous guider. Comme le sang d'un mage de guerre ou la poudre d'os d'une sorcière, cette essence est sûrement très puissante. Il faut sans doute la diluer dans de l'eau purifiée.

—Que je boirai ?

—Pas si tu tiens à ta vie.

—Ou à votre vessie ! souffla Jup.

Stryke le foudroya du regard, mais Keppatawn sourit.

Hedgestus se racla la gorge.

—La potion doit être appliquée sur le membre affecté, dit-il. Pas d'un coup, mais en trois jours, et pendant la nuit pour plus d'efficacité.

—C'est tout ? s'impatienta Keppatawn.

—Bien entendu, il y a des rituels à mener et des incantations à réciter, qui...

—Qui ne servent à rien, sinon à remplir la forêt de vacarme.

—Elles ont une fonction capitale! s'indigna Hedgestus. Elles...

—Je plaisantais, coupa Keppatawn. Tu sais bien que j'adore te taquiner. S'il y a une chance que ça fonctionne, tu peux bien t'époumoner pendant un mois...

—Merci.

—Alors, on commence quand?

—Il devrait me falloir... Disons, quatre ou cinq heures pour préparer la décoction. Ce soir, tu pourras avoir ta première application.

—Parfait.

Keppatawn flanqua une grande claque dans le dos d'Hedgestus, qui vacilla. Gelorak lui tendit de nouveau son bras.

—On va fêter ça! rugit le chef des centaures. Manger, boire, et raconter un tas de boniments! (Il dévisagea Stryke.) Vous n'avez pas l'air très réjoui. Je sais que vous avez perdu un soldat, et je ne voulais pas lui manquer de respect.

—Ce n'est pas ça...

—Que t'arrive-t-il? demanda Coilla.

—La larme d'Adpar n'est pas la seule chose que nous ayons ramenée.

—Vraiment? s'étonna Keppatawn.

—J'aurais dû vous en parler plus tôt. Jennesta arrive à la tête d'une armée!

—Et merde! souffla Jup.

—Comment le sais-tu? demanda Alfray.

—Glozellan me l'a dit. Elle n'avait aucune raison de mentir.

—Dans combien de temps? demanda Keppatawn.

—Deux ou trois jours. Je suis navré. C'est nous qu'elle recherche. Nous et les étoiles.

—Elle n'a pas de querelle contre nous. Et réciproquement.

—Ça ne l'arrêtera pas.

—Nous saurons nous défendre, en cas de besoin. Mais si c'est après vous qu'elle en a, pour quelle raison gaspillerait-elle la vie de ses soldats? Pourquoi perdrait-elle son temps à nous attaquer?

—Pour retrouver notre piste. Elle a découvert que nous étions allés à Scarroc. Quand elle s'apercevra que nous n'y sommes plus, elle pourrait très bien venir dans votre forêt.

—Dans ce cas, nous lui dirons que vous n'y êtes pas. Et si elle refuse de nous croire, elle le paiera très cher.

—Nous nous battrons avec vous, promit Haskeer.

—Oui. Nous devrions rester, renchérit Stryke. Sans compter que les fidèles d'Hobrow pourraient revenir et vous chercher des noises.

—Il est très aimable à vous de le proposer, mais… Je comprends l'importance des étoiles. Nous nous débrouillerons sans vous. Vous devez filer d'ici.

—Pour aller où ? demanda Jup.

—C'est le problème suivant, répondit Stryke.

—Vous n'avez pas besoin de le résoudre tout de suite. Joignez-vous à nous et oubliez vos soucis pendant quelques heures. Considérez ça comme un dernier hommage à votre camarade.

—Pendant que l'ennemi approche ?

—Que vous festoyiez ou que vous soupiez d'un bol de gruau, n'arrêtera pas Jennesta, dit Keppatawn.

—Il a raison, intervint Alfray. Et nous avons tous besoin de nous détendre.

—Célébrer la mémoire d'un guerrier ou une victoire est aussi une coutume orc, dit Stryke au chef des centaures. Mais il y a toujours un risque d'en faire trop, ajouta-t-il en pensant à l'orgie de pellucide responsable de tous leurs problèmes. (Avant que Keppatawn puisse l'interroger sur cette remarque énigmatique, il ajouta :) Nous serons très honorés de nous joindre à vous.

Les heures suivantes adoucirent l'humeur des Renards.

À la fin du banquet, les tables étaient jonchées d'os de gibier, d'arêtes de poisson, de coquilles de fruits secs, de trognons et de croûtes de pain surnageant au milieu de flaques de bière renversée.

Les serveurs apportèrent des brocs de vin épicé et allumèrent des feux pour lutter contre le froid. Sur une suggestion d'Alfray, Stryke puisa dans les réserves de pellucide de l'unité et fit passer à la ronde des cristaux fumants.

D'un côté de la clairière, un groupe de centaures jouait de la flûte de Pan et de la harpe. D'autres martelaient des tambours fabriqués avec des souches d'arbres creuses.

Alors que la satiété, l'alcool et le pellucide mettaient une sourdine au brouhaha, Keppatawn flanqua un coup de poing sur sa table. Les bavardages et la musique s'interrompirent.

—Ce n'est pas mon genre de faire de longs discours, et pas le vôtre de les écouter ! Contentons-nous de porter un toast à nos alliés les Renards.

Des chopes se levèrent dans un concert d'exclamations incohérentes. Keppatawn se tourna vers Stryke.

—Et saluons ensemble vos disparus.

Le capitaine orc se leva en vacillant.

—À nos camarades Slettal, Wrelbyd, Meklun, Darig et Kestix.

— Puissent-ils festoyer en ce moment dans la salle de banquet des dieux, ajouta Alfray.

Les convives vidèrent leurs verres.

Un serveur déposa une nouvelle chope de vin devant Stryke. Puis il y plongea un fer porté au rouge, pour le réchauffer et libérer l'arôme des épices.

— À vous, Keppatawn, et à votre clan, lança Stryke en brandissant la chope. Et à la mémoire de votre honorable père…

— Mylcaster, chuchota le chef des centaures.

— Mylcaster, répéta Stryke.

Plusieurs centaures reprirent ce nom en chœur avant de boire.

— À nos ennemis ! rugit ensuite Keppatawn. (Les orcs le dévisagèrent en fronçant les sourcils.) Puissent les dieux confondre leurs perceptions, émousser leurs lames et leur boucher le cul !

Des rires gras explosèrent autour des tables, surtout celles des Renards.

— À présent, prenez vos aises. Demain sera un autre jour.

La musique reprit, et les conversations aussi. Keppatawn se tourna vers Stryke.

— Mon père, soupira-t-il. (Une ombre passa sur son visage.) Les dieux seuls savent comment il aurait réagi à tous ces changements. Son père à lui reconnaîtrait à peine Maras-Dantia. Les saisons chamboulées, la guerre, la disparition de la magie…

— L'arrivée des humains.

— Il est vrai que cette race infernale est la source de tous nos maux.

— Pourtant, vous ne semblez pas vous en sortir trop mal, fit remarquer Alfray.

— Nous nous en sortons mieux que la plupart, admit Keppatawn. La forêt nous nourrit et nous protège ; elle est notre berceau et notre tombe. Mais nous ne vivons pas dans un isolement total. Nous devons quand même traiter avec le monde extérieur, et nous ne maintiendrons pas éternellement le chaos à distance.

— Aucun de nous ne sera libre tant que nous n'aurons pas chassé les humains.

— Et peut-être même après, mon ami. Je crains que les choses ne soient allées trop loin.

— Nous étions sincères quand nous avons proposé de nous battre à vos côtés. Vous n'avez qu'un mot à dire.

— Non, fit Keppatawn. Vous devez partir et finir ce que vous avez commencé.

Stryke se garda de révéler qu'il n'avait pas la moindre idée sur la façon de s'y prendre.

— Dans ce cas, laissez-nous au moins vous aider à renforcer vos défenses, proposa-t-il. Nous disposons de quelques jours avant l'arrivée éventuelle de Jennesta.

—C'est entendu. Vos compétences seront les bienvenues. Mais je ne veux pas que vous vous attardiez trop. Nous profiterons de ce délai pour vous forger de nouvelles armes. Car vous avez malmené le dernier lot que nous vous avions donné, ajouta Keppatawn, non sans humour.

—Nous en faisons une grosse consommation, s'excusa Jup. Un des inconvénients du métier.

—Merci, Keppatawn. Nous serons ravis de faire quelque chose pour vous. Nous vous avons déjà tellement pris, et si peu rendu en retour...

Le centaure eut un geste négligent.

—Les armes ne sont rien. Nous en fabriquons plus que nous ne pouvons en utiliser. Et pour ce qui est du «retour»... Si ma jambe guérit grâce à vous, dit-il en frottant sa patte infirme, vous m'aurez remboursé de mes efforts.

Il y eut de l'agitation du côté des paddocks. Un petit groupe de centaures apparut. Hedgestus venait en tête, soutenu par Gelorak. Quatre ou cinq acolytes les suivaient en psalmodiant. Ils traversèrent la clairière d'une démarche altière.

—Ah, le moment de vérité, dit Keppatawn en ordonnant aux musiciens de s'arrêter.

La petite colonne avança vers lui en baissant la voix. Deux des acolytes portaient une solide baignoire de bois équipée de poignées en fer forgé. Ils la posèrent à la place de la table que les serveurs avaient emportée à la hâte. Elle était pleine aux deux tiers de ce qui ressemblait à de l'eau ordinaire.

—Ce n'est pas très spectaculaire, fit Haskeer, déçu.

Stryke posa un doigt sur ses lèvres en le foudroyant du regard.

—Allons-y! ordonna Keppatawn.

Quelqu'un lui apporta un tabouret sur lequel il étendit sa jambe. Un des acolytes donna une grosse éponge jaune à Hedgestus. Le devin la plongea dans la baignoire, l'essora et se pencha pour l'appliquer sur la jambe de Keppatawn.

Si les spectateurs espéraient un résultat instantané, ils durent être déçus. Hedgestus remarqua l'expression interloquée de Keppatawn.

—Nous devons être patients. Il faut du temps pour que l'enchantement agisse.

Le centaure infirme prit un air stoïque. Hedgestus continua à lui laver la jambe avec son éponge.

Au bout d'un moment, la foule se dissipa. Alfray s'éloigna en compagnie de plusieurs bleus. Haskeer eut un monstrueux bâillement et partit en quête d'un autre verre. Jup s'affaissa, le menton dans les mains et le regard lointain.

Les yeux aussi limpides que des opales malgré l'alcool et le cristal qu'elle avait consommés, Coilla attira Stryke à l'écart.

—Je m'inquiétais pour toi, confessa-t-elle. Tu as disparu si brusquement...

—Pour être honnête, je m'inquiétais aussi.

Depuis son retour, c'était la première fois que Stryke avait l'occasion de parler en privé avec un membre de l'unité. Il était content de pouvoir baisser sa garde.

—Cette fois, j'ai cru que tout était fichu, dit Coilla. Tu avais les étoiles avec toi, et personne ne savait si tu étais prisonnier – ou encore vivant.

—Ça nous en fait quatre, murmura Stryke en tapotant la poche de sa ceinture. Je n'aurais jamais cru que nous arriverions jusque-là.

Coilla sourit et désigna les autres Renards.

—Évite de leur dire ça.

—Mais nous ne savons toujours pas ce qu'elles font, soupira Stryke.

—Ni où chercher la cinquième.

—Il s'est passé quelque chose d'étrange pendant que j'étais au sommet de la montagne, dit Stryke. Le conteur humain, Serapheim, était là.

—Glozellan l'a emmené là-haut ?

—Justement, non. Il est apparu comme par miracle. Et reparti de la même façon. Et crois-moi, arriver à dos de dragon était le seul moyen d'atteindre ce plateau.

—Tu lui as parlé ?

—Oui. Il n'a pas été très clair. J'ai plus ou moins compris ce qu'il voulait dire, mais... D'après lui, je dois continuer à chercher les étoiles.

—Qu'est-ce que ça peut bien lui faire ? s'étonna Coilla. Qui est-il ?

Stryke haussa les épaules. La femelle orc le dévisagea.

—Tu n'as pas l'air dans ton assiette. Qu'est-ce qui ne va pas ? À part tous les ennuis qui nous tombent dessus, évidemment.

—Je vais bien. Sauf que...

Il voulait lui parler de ses rêves, et de son angoisse d'être en train de perdre la raison.

—Oui ? l'encouragea Coilla.

—C'est juste que...

À cet instant, un soldat les rejoignit au pas de course.

—Capitaine ! Le caporal Alfray veut organiser les équipes pour le boulot de demain.

—Très bien, Orbon. Dis-lui que j'arrive.

—Bien chef !

Le soldat s'éloigna.

—Qu'allais-tu dire ? demanda Coilla.

—Rien, mentit Stryke. (Voyant qu'elle allait insister, il l'arrêta.) Nous en parlerons plus tard. Pour l'instant, nous avons du pain sur la planche.

Chapitre 6

Kimball Hobrow regarda les retardataires entrer dans le bivouac. Il savait ce qui s'était passé. Des cavaliers d'une de ses unités d'éclaireurs, déprimés et ensanglantés, lui avaient raconté la débâcle de Drogan. La honte d'avoir été vaincu par des sous-humains n'avait eu d'égale que la rage qui bouillonnait en lui. Puis il s'était abîmé dans un silence maussade, nourrissant des idées de revanche.

Il se détourna et rentra dans la tente qui lui servait de quartier général de campagne.

Accablé par la mission qu'il s'était imposée et par le goût amer de la défaite, il était un peu moins raide que d'habitude, et ses yeux avaient perdu une partie de leur éclat d'acier. Néanmoins, sa silhouette restait imposante, immense et d'une maigreur presque squelettique.

Ses vêtements noirs et son haut-de-forme renforçaient son aspect sinistre. Son visage ridé avait la texture du cuir, comme celui d'un fermier, mais l'épuisement des derniers jours avait ramolli sa chair. Il avait une bouche très mince, et un menton pointu encadré par une moustache argentée qu'aucun sourire ne faisait jamais frémir.

Mais chez lui, l'habit et l'expression jouaient un rôle superficiel. Hobrow était le genre d'homme qui, même nu et souriant, se serait démarqué des autres par la ferveur glaciale de son cœur.

— Père ! Père !

La vue de sa fille le radoucit un peu. Il s'approcha d'elle et lui posa une main sur l'épaule.

— Que se passe-t-il, père ? Les sauvages sont là ?

— Non, la rassura-t-il. Tu n'as pas à avoir peur des hérétiques, Miséricorde. Je suis là.

Il la força à s'asseoir.

Miséricorde Hobrow ressemblait plus à sa mère, dont ils ne parlaient jamais, qu'à son père. Il n'y avait rien de cadavérique chez elle. Elle n'avait pas encore franchi la frontière qui sépare l'enfance de l'adolescence, ni même perdu ses rondeurs de gamine. Avec ses cheveux blonds comme les blés, son teint de porcelaine et ses yeux bleu clair, elle aurait évoqué une poupée, sans le pli dur de sa bouche et l'absence totale de compassion dans son regard.

Ses vêtements étaient presque flamboyants, comparés à ceux des autres membres de l'entourage de Kimball Hobrow. Elle ne portait jamais de noir : plutôt des tissus à motifs et même quelques bijoux. Sa tenue trahissait l'indulgence que son père avait pour elle, flagrante contradiction des diktats qu'il imposait au reste du monde.

— Ils nous ont battus, père ? demanda-t-elle, les yeux écarquillés. Les monstres nous ont battus ?

— Non, ma chérie. C'est le Seigneur qui nous a punis, pas les sous-humains. Il s'est servi d'eux pour nous donner un avertissement.

— Pourquoi ? Parce que nous avons été méchants ?

— Pas méchants, non. Mais pas assez bons non plus. Je comprends à présent que nous n'avons pas accompli avec assez de zèle la mission qu'Il nous a confiée. Nous devons nous reprendre.

— Comment ?

— Il veut que nous fassions mordre la poussière aux orcs et à leurs semblables, ainsi qu'aux humains dégénérés qui se sont alliés à eux. J'ai réclamé des renforts à Trinité, et envoyé des messagers à Hexton, à Endurance, à Clapotis, à Falèze, à Fumoir et à toutes les autres communautés d'humains qui craignent Dieu comme il se doit. Quand ils entendront l'appel du Seigneur, nous ne serons plus à la tête d'une armée, mais d'une croisade.

Le visage de Miséricorde s'était assombri à la mention des orcs.

— Je hais les Renards, siffla-t-elle.

— Et tu as raison, mon enfant. Ces bêtes ont attisé la colère de Dieu. Elles ont ruiné mon plan visant à nettoyer ce continent au nom du Seigneur, et volé notre relique.

— Et le nain m'a menacée avec un couteau !

— Je sais. Les Renards ont beaucoup de choses à se reprocher.

— Fais-les mourir, papa.

— Leurs âmes brûleront en enfer !

— Mais nous ignorons où ils sont.

— Nous savons qu'ils sont passés par Drogan, où vit une autre bande de brutes hérétiques, des abominations mi-chevaux mi-hommes. Nous chercherons leur piste dans la forêt.

— Si Dieu déteste tant les races inférieures, pourquoi les a-t-Il créées ?

— Peut-être pour nous mettre à l'épreuve. À moins qu'elles ne soient pas l'œuvre du Seigneur, mais celle du Cornu. (Hobrow baissa la voix.) L'engeance de Satan, venue corrompre les purs.

Miséricorde frissonna.

—Que Dieu nous en préserve, souffla-t-elle.

—Il le fera, et Il assurera notre prospérité si nous répandons Sa parole. À coups de lance et d'épée, au besoin. Telle est Sa volonté. (Hobrow leva les yeux au ciel.) Tu m'entends, Seigneur? Avec Ton aide, nous accomplirons la mission de purification raciale que Tu nous as affectée. Prête-moi Ton épée de vengeance et Ton bouclier de justice, et je ferai brûler les sauvages dans les flammes de Ta colère!

Sa fille se signa respectueusement.

—Amen, chuchota-t-elle.

—Bas du cul!

—Merdeux!

Les poings serrés, Jup et Haskeer marchèrent l'un sur l'autre, impatients de passer du stade des insultes à celui des coups.

—Arrière! cria Stryke.

Rouges de fureur, les deux sergents hésitèrent, au bord de la mutinerie. Stryke s'interposa en jouant des coudes, posa une main sur la poitrine des belligérants et les écarta l'un de l'autre.

—Vous êtes des officiers, oui ou non? Si vous voulez le rester, comportez-vous comme tels!

Jup et Haskeer reculèrent, maussades.

—Je ne tolérerai aucune bagarre au sein de cette unité. Réservez votre agressivité pour nos ennemis. Si vous avez de l'énergie à dépenser, je vais vous donner du travail. (Il fit taire leurs protestations d'un regard noir.) Haskeer, va ramasser le crottin des chevaux.

Jup fit la grimace. Stryke se tourna vers lui.

—Tu vois cet arbre? dit-il en désignant un des plus hauts de la clairière. Grimpe dedans. Tu es de garde. Allez, on se remue!

Les deux sergents s'éloignèrent.

—Leur trêve n'aura pas duré longtemps, dit Alfray.

—On se croirait revenus au bon vieux temps, renchérit Coilla.

—Je crois qu'ils aiment bien se disputer, fit Stryke. Ça les occupe. Il faut avouer qu'il n'y a pas grand-chose à foutre ici.

—Les bleus non plus ne tiennent pas en place, rapporta Alfray. Rien de sérieux, mais ils n'arrêtent pas de râler et de se chamailler pour des bêtises.

—Nous sommes là depuis trente-six heures seulement, pour l'amour des dieux! s'exclama Stryke, exaspéré.

—Heureusement qu'il a fallu aider nos hôtes à renforcer leurs défenses. Sinon, ils auraient craqué plus tôt. Mais maintenant que le boulot est fini…

—L'inactivité n'excuse pas l'indiscipline.

—Ce n'est pas tant qu'ils s'ennuient, Stryke, intervint Coilla. Ils sont frustrés de ne pas savoir ce que nous allons faire ensuite. Pas toi ?

Le capitaine orc soupira.

—Si, avoua-t-il. Mais je n'ai pas la moindre idée de l'endroit où chercher la dernière étoile.

—Nous ne pouvons pas attendre d'avoir une illumination. Il faut filer d'ici. À moins que tu ne veuilles affronter Jennesta…

—Nous partirons aujourd'hui, promit Stryke. Même si je dois décider à pile ou face la direction que nous prendrons.

—Mais qu'allons-nous faire ? s'inquiéta Alfray. Errer sans but ? Passer le reste de notre vie à fuir Jennesta et tous les gens qui voudraient nous voler les étoiles ?

—Si tu as une meilleure idée, je t'écoute ! s'emporta Stryke.

—Taisez-vous un peu, dit soudain Coilla.

Keppatawn s'approchait d'eux. Sa jambe infirme s'était déjà améliorée de manière visible. De la peau saine s'y formait, et il boitait moins qu'avant. Tout en lui semblait plus robuste.

Stryke s'empressa de lui faire remarquer.

—Ce n'est pas encore totalement guéri, mais d'après Hedgestus, l'application de ce soir devrait y remédier.

—Vous m'en voyez ravi.

—C'est grâce à vous, rappela le centaure. À vous tous. Je serai à jamais votre débiteur.

—Vous ne nous devez rien. Nous nous sommes rendu mutuellement service.

—Où en sont vos préparatifs ? Avez-vous décidé où vous irez ensuite ? Non que nous soyons pressés de nous débarrasser de vous…

—Je sais… Pour dire la vérité, nous n'avons pas encore choisi notre destination. Mais nous partirons quand même aujourd'hui. Nous savons que rester ici vous mettrait en danger et attirerait sur vous les foudres de nos ennemis.

—Je suis soulagé que vous compreniez… Les armes que nous vous avons forgées sont prêtes, et…

Un cri interrompit Keppatawn. Jup courut vers eux.

Stryke le foudroya du regard.

—Je croyais t'avoir dit de…

—Regarde ce qui arrive, coupa le nain, haletant.

Les centaures escortaient un groupe de visiteurs. Quatre ou cinq d'entre eux avaient le physique et l'allure reconnaissable entre toutes des pixies. Ils tenaient la bride de plusieurs chevaux chargés de sacoches, de rouleaux de tissus et de coffres.

Tous les soldats abandonnèrent leurs corvées pour venir voir ce qui se passait. Stryke ne les réprimanda pas.

— Tu les vois ? demanda Jup en désignant la dizaine de silhouettes qui marchaient en queue de la caravane.

— Des orcs.

Les Renards dégainèrent leurs armes.

— Nous avons été trahis, grogna Haskeer.

Keppatawn saisit le bras de Stryke, qui portait la main à son arme.

— Non, mon ami. Vous ne courez aucun danger. Nous connaissons ces marchands. Ils viennent souvent nous voir.

— Et eux ? demanda Stryke en indiquant les orcs.

— Vous savez que tous vos semblables ne vivent pas au sein d'une horde. Certains préfèrent une vie indépendante. Ceux-là sont des gardes du corps mercenaires. Quelle meilleure protection les marchands pourraient-ils se payer ? Faites-moi confiance.

Stryke lâcha son épée et ordonna à ses soldats de rengainer les leurs. Ils s'exécutèrent à contrecœur... Surtout Haskeer.

Les gardes du corps avancèrent d'une démarche raide.

— Quelle déchéance d'en être réduits à servir de chaperons à des colporteurs, dit Alfray.

Les pixies et les centaures déballèrent les marchandises. Ils déroulèrent les tapis et les soieries, ouvrirent les coffres et dénouèrent les cordons des sacs. Un des orcs se détacha du groupe de gardes du corps et s'approcha des Renards.

— Souvenez-vous qu'ils sont aussi nos invités, dit Keppatawn.

— Ne vous en faites pas, répondit Stryke. Nous n'avons pas l'habitude de nous battre avec nos semblables.

— À moins qu'ils cherchent la bagarre, ajouta Coilla.

Keppatawn eut l'air ennuyé, mais il tint sa langue.

L'orc les rejoignit, les mains loin de ses armes, l'expression aussi inoffensive que sa nature le lui permettait.

— Salutations, lança-t-il.

— Salutations, répondit Stryke.

Les autres Renards se contentèrent de hocher la tête.

— Je m'appelle Melox. Je suis le chef de notre groupe... Et plutôt surpris de vous voir ici.

— C'est réciproque. Je suis le capitaine Stryke.

— Je m'en doutais. Vous êtes les Renards, n'est-ce pas ?

— Et alors ?

— Nous aussi, nous avons quitté la horde de Jennesta. Nous étions fantassins, autrefois...

— Comment en êtes-vous arrivés là ? demanda Alfray, une nuance de mépris dans la voix.

—Que pouvions-nous faire d'autre? Il faut bien manger. Et sans vouloir vous vexer, je pourrais vous faire la même remarque.

—Je comprends, dit Stryke. Rassurez-vous, personne ne porte de jugement sur vos occupations. Les temps sont difficiles.

—Pourquoi avez-vous déserté? demanda Coilla.

—Pour la même raison que vous, j'imagine. Nous ne supportions plus la façon dont elle nous traitait.

—Ça ne s'est pas tout à fait passé ainsi pour nous. Mais le résultat est identique.

—Nous admirons ce que vous faites. Quelqu'un aurait dû prendre cette initiative depuis longtemps. (Melox désigna la caravane.) Nous abandonnerions ce boulot sur-le-champ si vous nous preniez à votre service, capitaine.

—Nous ne recrutons pas, répondit Stryke sur un ton sans appel.

—Mais c'est pour ça que vous êtes partis, non? Pour diriger le soulèvement contre Jennesta? Et faire redevenir les choses comme avant?

—Non.

—C'est ce que tout le monde pense.

—Tout le monde a tort.

Un silence tendu s'abattit sur le groupe.

Ce fut Jup qui le brisa.

—On vous appelle.

Les autres gardes du corps faisaient signe à Melox.

—Peut-être pourrons-nous reprendre cette conversation plus tard…

—Nous partons aujourd'hui, répliqua Stryke.

—Ah! Je vois. Si vous changez d'avis, vous savez où nous sommes.

Melox se détourna et s'éloigna.

—Bonne chance! cria Coilla dans son dos. (Puis, plus bas :) Tu as été un peu dur avec lui, Stryke.

—Je t'ai déjà dit que je ne conduisais pas une croisade.

—On dirait que tu es le seul à le penser.

—Un autre emmerdeur arrive, grommela Haskeer.

Un des marchands venait vers eux.

Keppatawn lui sourit.

—Il faut absolument que vous fassiez sa connaissance.

L'individu qui les rejoignit, petit mais assez robuste, semblait pourtant très fragile. Il avait des traits presque féminins : des lèvres pulpeuses, à la courbe légèrement boudeuse, des yeux rêveurs, une peau de porcelaine, un nez fin et retroussé… Son chapeau de feutre vert ne parvenait pas à retenir sa crinière de cheveux noirs, d'où dépassaient deux petites oreilles pointues. Sa tunique et ses hauts-de-chausses étaient également verts ; une large ceinture de cuir brun, à la boucle étincelante, et une cape noire doublée de vert rompaient la monotonie de sa tenue. Il portait des bottines de peau souple dont les revers retombaient comme des pétales de fleurs.

Il était impossible de deviner son âge : tous les membres de sa race avaient un visage enfantin et une voix pointue.

— Keppatawn ! couina le pixie. C'est merveilleux de te revoir, vieux brigand ! Et ta jambe ! Tu marches tellement mieux ! Un miracle ! (Il fit un clin d'œil au centaure.) Ça te donne une de ces allures !

Keppatawn éclata de rire et serra la main délicate que lui tendait le pixie. Elle semblait minuscule à côté de la sienne.

— Bienvenue. Nous sommes toujours ravis de vous accueillir. (Il désigna ses invités.) Je te présente des amis à moi, les Renards.

— J'ai entendu parler de vous ! s'exclama le pixie. N'êtes-vous pas des hors-la-loi ?

— Voilà Stryke, le capitaine de l'unité. Stryke, le maître marchand Katz…

— Très honoré, capitaine, dit le pixie en lui tendant la main.

Interloqué, Stryke la prit, mais n'osa pas la serrer trop fort de peur de lui briser quelques os.

— Euh, moi aussi.

Les autres officiers se présentèrent. Katz se contenta de leur adresser un signe de tête. C'était probablement avisé de sa part, car Haskeer le regardait comme s'il allait le mordre.

— Vous savez, pour des gens qui ont une réputation si effrayante, vous n'êtes pas si mauvais, babilla Katz. Je m'en suis aperçu à force de fréquenter mes employés. Des gars courageux et serviables, qui ne rechignent pas à la tâche. Et bien entendu, on ne pourrait rêver meilleurs protecteurs. Les pixies n'ont pas la nature guerrière, comme vous devez le savoir, et…

— Ça vous arrive de la fermer ? grommela Haskeer.

— Bien sûr. Il est impoli de ma part de vous assommer de bavardages futiles, alors que vous mourez d'envie d'examiner ma marchandise !

— Hein ?

— Je sais ce que vous pensez. Vous vous demandez comment vous pourriez vous offrir des merveilles pareilles. Ne vous inquiétez pas pour ça : mes prix sont si ridicules que vous croirez que je me vole moi-même – ce qui est effectivement le cas –, et s'ils dépassent encore vos moyens, je suis prêt à négocier.

— Mais je ne…

— De quoi avez-vous besoin ? De casseroles ? De nouvelles bottes ? D'une selle ? D'une couverture tissée à la main ? (Katz enfonça un index délicat dans la poitrine d'Haskeer.) Que diriez-vous d'un rouleau de coton de grande qualité, avec un ravissant motif fleuri ?

— Que vous voulez que j'en fasse ?

—Eh bien, ça pourrait améliorer un peu votre consternant uniforme.

Haskeer tenta de déterminer si le pixie venait de l'insulter. Jup se couvrit la bouche d'une main tandis que Coilla observait ses pieds avec grand intérêt.

—Alors… Comment vont les affaires ? lança très vite Alfray.

Katz eut un haussement d'épaules philosophe.

—Si je vendais des chapeaux, mes clients seraient nés sans tête.

—Les marchands gémissent toujours sur leur sort, aussi vrai que le soleil se lève chaque jour, dit Keppatawn.

—Nous vivons une époque difficile, insista Katz. Les dieux pourraient accorder un petit répit aux honnêtes commerçants. Mais je suppose que c'était écrit d'avance.

Ravie de détourner la conversation de l'uniforme d'Haskeer, qui avait décidé de fulminer, Coilla demanda :

—Vous ne croyez pas au libre arbitre ?

—En partie. Mais je pense que les dieux et les étoiles décident de la majeure partie de nos actes.

—Les signes solaires ? ricana Haskeer. Des foutaises !

—Ça, c'est parler comme une vraie Chèvre.

—Loupé.

—Une Vipère, alors ?

—Non plus.

—Un Archer ?

—Non.

—Un Barde, un Poisson-Lune, un Scarabée ?

—Non, non, et non.

Katz se massa les tempes.

—Ne me dites rien… Un Ours ?

—Encore raté.

—Un Aigle ? Un Cocher ?

Haskeer croisa les bras et se balança sur ses talons.

—Un Basilic ? Un Bœuf ? Ah, en plein dans le mille ! Un Bœuf. Évidemment. Je devine toujours. C'est un don.

Haskeer marmonna quelques insultes.

—Bref, reprit Katz, étant un Bœuf clairvoyant, je sais que vous apprécierez la qualité des exquises étoffes que je peux vous proposer pour seulement…

Haskeer rugit, le saisit par la gorge et le souleva de terre.

—Sergent ! cria Keppatawn. N'oubliez pas que les pixies…

Avec bruit de tissu déchiré, une langue de flammes jaunes jaillit de l'arrière-train du marchand. Les soldats qui se tenaient à trois pas de lui s'éparpillèrent promptement.

—… ont la capacité de péter du feu.

Haskeer lâcha Katz, qui eut une grimace contrite.

—Oups. Désolé. Je digère mal en ce moment.

Keppatawn s'interposa.

—Mieux vaudrait revenir à nos affaires, dit-il, en entraînant Katz.

Les Renards suivirent des yeux le pixie, qui s'éloignait en titubant. Ses hauts-de-chausses fumaient encore.

—Ils doivent avoir le cul comme du quartz, commenta Jup, admiratif.

Gelorak posa un index sur ses lèvres pour imposer le silence à Coilla.

Au début, la femelle orc eut beau plisser les yeux, elle ne vit pas grand-chose dans le sous-bois touffu. Puis il y eut un mouvement, et elle repéra ce qu'ils cherchaient.

Deux créatures aussi hautes que des centaures, très musclées, avec des jambes couvertes de fourrure noire terminées par des sabots fourchus. Leurs poitrines nues n'étaient pas plus poilues que celles d'un humain hirsute. Leurs visages anguleux s'ornaient d'une barbe taillée en pointe et de sourcils broussailleux. Leurs cheveux noirs et bouclés descendaient en pointe sur leurs fronts. Elles avaient un regard pénétrant et rusé. L'une d'elles tenait une flûte de Pan.

—Je n'en avais jamais vu, chuchota Coilla.

—Les satyres vivent repliés sur eux-mêmes, expliqua Gelorak. Il est très rare d'en rencontrer, même si nous entendons souvent leur musique.

—Y a-t-il déjà eu des conflits entre vous?

—Non. Ce sont des habitants de la forêt, qui ont autant que nous le droit d'être là. Nous nous fichons mutuellement la paix.

Alors qu'elle se penchait en avant pour mieux voir, Coilla marcha sur une branche morte. Les satyres se pétrifièrent. Deux paires d'yeux vert-jaune, presque félins, se tournèrent dans la direction de Coilla et de Gelorak. Puis les créatures disparurent avec une rapidité étonnante et en ne faisant presque aucun bruit.

—Et zut! Désolée.

—Ne vous inquiétez pas. Nous avons eu de la chance de tomber sur eux. Considérez-vous comme une privilégiée. (Gelorak leva la tête pour scruter le ciel à travers les frondaisons.) Ça fait plus d'une heure. Votre unité doit être prête à partir. Voulez-vous que nous retournions dans la clairière?

—Merci, Gelorak, dit Coilla en se demandant si Stryke avait enfin pris une décision sur la suite de leur voyage.

Ils se frayèrent un chemin dans la végétation pour regagner le campement des centaures.

Les Renards étaient en train d'empaqueter leurs affaires. La plupart se pressaient autour de leurs chevaux. Stryke, Alfray et Jup bavardaient avec Katz. Un peu à l'écart, Haskeer observait le pixie d'un air soupçonneux.

Gelorak prit congé de Coilla, qui rejoignit ses camarades.

—Alors, tu as décidé où nous allions? demanda-t-elle à Stryke, qui remplissait ses sacoches de selle.

—Au nord, je pense.

—Pourquoi?

—Pourquoi pas?

Stryke s'accroupit et sortit les étoiles de sa poche. Il les plaça dans l'herbe, devant lui. Katz s'approcha sans rien dire – pour une fois! Au bout d'un moment, il laissa tomber sur un ton négligent:

—J'ai déjà vu un de ces trucs. Il y a deux mois.

Personne ne lui prêta attention, et surtout pas Stryke.

—Mouais?

—Un de ces trucs, répéta Katz en désignant les étoiles du bout de sa botte. Dans les mains des humains.

Stryke leva les yeux.

—Quoi?

—Ce n'était pas tout à fait le même, mais ça y ressemblait.

—Ça ressemblait à quoi? À une étoile?

—Si c'est ainsi que vous les appelez. (Voyant l'expression de Stryke, Katz blêmit.) Euh, j'ai dit quelque chose de mal?

Chapitre 7

Les Renards se pressèrent autour de lui, le bombardant de questions. Katz les regarda d'un air ahuri, comme s'il avait perdu l'usage de la parole.

Haskeer bouscula les soldats pour atteindre le pixie, qu'il saisit par la peau du cou.

—Qui? Où? rugit-il en secouant la créature terrifiée.

—Attention! cria Alfray.

—Ne pointe pas son cul sur moi! glapit Jup.

—Reculez tous! cria Stryke.

Haskeer se reprit. Il posa délicatement Katz sur le sol et le brouhaha se calma.

—Je suis désolé, dit Stryke.

Il força les autres à reculer pour laisser respirer le pixie. Katz déglutit et se frotta le cou.

Ses gardes du corps s'approchèrent des Renards. Stryke leva lentement les mains.

—Tout va bien! Pas de problème! Katz?

—Oui, croassa le pixie. Oui, je vais bien.

Les gardes du corps s'immobilisèrent, hésitèrent un instant et se dispersèrent à contrecœur.

Stryke posa une main sur l'épaule de Katz, qui ne put s'empêcher de frémir.

—Pardonnez la violence de notre réaction, mais ce que vous venez de dire est très important pour nous. Pouvons-nous en parler?

Le pixie hocha la tête.

—Vous prétendez avoir déjà vu un de ces objets, dit Stryke en désignant les étoiles, à ses pieds.

—Oui. Enfin, il était d'une autre couleur, et il n'avait pas le même nombre de pointes, mais à part ça...

—Vous en êtes certain ?

—C'était il y a deux mois, mais je crois bien…

—Où ?

—À Ruffet. Vous connaissez ?

—C'est une communauté Multi, dans le Sud.

—À l'extrémité du Bras de Calyparr, dit Katz. Ça construit pas mal dans le coin, et j'ai pensé que je pourrais faire des affaires.

—Quel genre de constructions ?

—Vous n'êtes pas au courant ?

—Au courant de quoi ? s'impatienta Stryke.

—Il y a une fuite d'énergie. Une grosse, expliqua Katz. Les humains essayaient de la colmater pour préserver la magie.

—Et ils ont réussi ?

—Je n'en sais rien. Quand je suis parti, ils n'avaient pas terminé. À mon avis, ils n'y arriveront pas. Personne d'autre n'y est parvenu. Bref, ils étaient en train de bâtir un temple. C'est là-bas que j'ai vu l'étoile. Ça n'a pas plu du tout aux Multis, et ils m'ont fait sortir en vitesse. Que sont ces objets ?

—Certains les appellent des instrumentalités, répondit Stryke.

—Des instru… *Les* instrumentalités ? s'exclama Katz.

—Vous en avez entendu parler ?

—Comme tout le monde. Mais je croyais que c'était un mythe. Elles ne peuvent pas être réelles.

—Nous pensons que si.

—J'ai vu des foules de reliques prétendument authentiques, un peu partout en Maras-Dantia.

—Celles-ci sont différentes.

Une lueur cupide dansa dans le regard du pixie.

—Si vous avez raison, elles pourraient vous rapporter une fortune… À condition de trouver le bon acheteur. Je pourrais vous servir d'intermédiaire…

—Pas question ! coupa Stryke. Elles ne sont pas à vendre.

Cette notion eut l'air d'échapper à Katz.

—Pourquoi les cherchez-vous, si vous n'avez pas l'intention de gagner de l'argent avec ?

—Il existe différentes sortes de valeur, intervint Coilla. La leur ne se mesure pas en pièces d'or.

—Je vous ai dit où vous pourriez en trouver une autre. Ça mérite une récompense, non ?

—Absolument, susurra Haskeer. Ta vie.

L'arrivée de Keppatawn empêcha que la situation dégénère.

—Que se passe-t-il ?

—On dirait que Katz vient de nous mettre sur la piste d'une autre étoile, révéla Stryke.

—Qui serait… ?

—À Ruffet.

—Avez-vous entendu parler d'une fuite d'énergie magique dans le coin, Keppatawn ? demanda Alfray.

—Oui. Ça fait un moment que ça dure.

—Pourquoi ne l'avez-vous pas dit ?

—J'ignorais que ça pourrait vous intéresser. Depuis l'arrivée des humains, ce type de phénomène se multiplie. (Le centaure se tourna vers Katz.) Tu es sûr de ton information ?

—J'ai vu quelque chose qui ressemble à ça, répéta le pixie en désignant les étoiles. C'est tout ce que je sais.

—Pourquoi aurait-il davantage raison sur ce sujet qu'à propos des signes solaires ? grommela Haskeer.

—Il se trompe peut-être, dit Stryke, mais c'est la seule piste que nous ayons. Ou nous allons à Ruffet, ou nous errons sans but. Je préfère Ruffet.

Un murmure approbateur monta des rangs des Renards.

—Les instrumentalités se révèlent à vous l'une après l'autre, dit Keppatawn. Ce n'est pas une coïncidence. Une force supérieure est à l'œuvre.

—C'est difficile à croire, fit Alfray.

—Les orcs ont des multitudes de qualités admirables. Mais si je puis me permettre, vous avez une vision des choses trop limitée. Les centaures aussi ont les pieds sur terre. Ça ne nous empêche pas d'admettre qu'il existe des choses incompréhensibles. Les mains des dieux sont peut-être invisibles, mais elles manipulent quand même le cours des événements.

—On pourrait arrêter de jacasser et prendre une décision ? implora Jup.

Stryke rangea les étoiles dans sa poche.

—On va à Ruffet ! trancha-t-il.

Deux heures plus tard, ils laissèrent la forêt de Drogan derrière eux. Ils avaient des armes neuves, des chevaux reposés, des rations plein leurs sacoches… et une détermination plus grande que jamais.

Ils prirent la direction du sud-ouest, pour traverser la péninsule dans sa longueur en gardant le Bras de Calyparr sur leur gauche. Sur leur droite, de modestes falaises découpaient la côte sombre de l'océan de Norantellia. S'ils chevauchaient à bonne allure, ils atteindraient le plateau de Ruffet dans deux jours.

Stryke n'avait toujours pas parlé de ses rêves à ses officiers, ni mentionné qu'il avait entendu chanter les étoiles. Il n'avait même pas évoqué son expérience avec Haskeer, qui se montrait étrangement peu bavard, comme s'il souhaitait oublier l'incident. Mais il était peu probable que deux personnes soient simultanément assaillies par la même démence, et cette idée réconfortait quelque peu Stryke. Ajoutée à la nouvelle piste que suivaient les Renards, elle lui redonnait confiance.

Néanmoins, la question de ses rêves demeurait toujours en suspens. Elle l'absorbait au point qu'il n'avait pas toujours conscience de ce qui se passait autour de lui.

— Stryke ? *Stryke !*

— Hein ?

Tournant la tête, il vit que Coilla le regardait.

— Tu étais de l'autre côté du continent, le taquina-t-elle gentiment. À quoi pensais-tu ?

— À rien.

Visiblement, il n'avait pas envie d'en parler. Coilla changea de sujet.

— Nous disions que ça devait être dur pour Melox et les autres de faire ce genre de boulot.

— Tu crois que j'aurais dû les laisser se joindre à nous ?

— Eh bien…

— Nous ne sommes pas un refuge pour les orcs errants.

— Ce sont de bons combattants, d'après Katz. Tu aurais au moins pu y réfléchir.

— Non !

— Mais que vont-ils devenir ?

— Je me pose la même question à notre sujet. Et je ne suis pas leur mère.

— Ils sont de notre race.

— Je sais. Mais comment cela se serait-il terminé ?

— Avec toi à la tête d'une vraie révolte, peut-être… Contre Jennesta, contre les humains et contre tous ceux qui voudraient nous asservir.

— Tu rêves ! ricana Stryke.

— Même si c'est fichu d'avance, ne vaut-il pas mieux tomber au combat, en essayant de faire avancer les choses ?

— Peut-être. Mais au cas où tu ne l'aurais pas remarqué, je suis capitaine, pas général. Ce n'est pas mon boulot.

— Tu as vraiment les idées courtes, fulmina Coilla. Parfois, tu ne vois pas plus loin que le bout de ton nez !

— Diriger cette unité est déjà assez de travail. Que quelqu'un d'autre se charge de sauver le monde, répliqua Stryke.

Enragée par son obstination, Coilla se tut. Alfray prit le relais.

— Si beaucoup d'orcs désertent la horde de Jennesta, c'est une occasion inespérée de rassembler une armée. Vu la façon dont tournent les choses, plus nous serons nombreux, plus nous serons en sécurité.

—Et plus nous serons repérables! riposta Stryke. Nous sommes une unité de combat, plus mobile et plus adaptable qu'une armée.

—Mais les orcs se font toujours exploiter! Nous avons peut-être une chance de changer ça.

—Ouais, fit Haskeer. Tout le monde nous tape dessus. Même les enfants humains nous prennent pour des monstres.

—Si tu veux te battre pour délivrer notre race du joug de ses oppresseurs, je ne te retiens pas, dit Stryke. Moi, je préfère me concentrer sur la dernière étoile, même si je dois mourir en tentant de m'en emparer.

Un bruit lointain interrompit leur conversation. Aigu et lugubre, il leur donna la chair de poule et fit courir des frissons le long de leur échine. Les chevaux renâclèrent.

—Qu'est-ce que c'est? chuchota Coilla.

Alfray tendit l'oreille.

—Une banshee, affirma-t-il. Il fut un temps où la plupart des gens mouraient sans en avoir entendu une.

—C'est la première fois que ça m'arrive, avoua Jup en frémissant. Je comprends pourquoi on pense qu'elles annoncent un désastre.

—J'en ai déjà entendu une, il y a des années, dit Alfray. À la veille d'une grande bataille contre les humains, du côté de Carascrag. Et elle avait bien mérité sa réputation. Il y a eu des milliers de morts. C'est le genre de chose qu'on n'oublie pas.

—Elles ne sont plus si rares de nos jours, ajouta Stryke. Selon certains récits, elles se manifestent un peu partout.

Au bout d'une éternité, le bruit faiblit et mourut. Mais il avait considérablement assombri l'humeur des Renards.

Puis il commença à pleuvoir. Des gouttes aussi grosses que des perles, à la couleur de rouille et à l'odeur nauséabonde, s'abattirent sur les cavaliers.

—Et merde! se lamenta Jup en relevant son col.

—Encore un truc pour lequel nous pouvons remercier les humains, maugréa Haskeer en l'imitant.

Plusieurs têtes se tournèrent vers le mur de glace dont ils s'éloignaient. Désormais invisible, mais toujours omniprésent.

Les Renards continuèrent leur chemin dans un silence maussade. Une heure passa. Quand les conversations reprirent enfin, quelqu'un mentionna Adpar et le sort des tyrans.

—En parlant de ça… J'avais quelque chose à te demander, Stryke. Ça m'était complètement sorti de la tête. Quand nous étions avec Adpar, tu lui as dit qu'elle mourait à cause de Jennesta. Comment le savais-tu?

—Elle a raison, dit Alfray. Nous ignorons ce qui l'a tuée.

Stryke fut pris au dépourvu.

—Je… J'ai juste dit ça pour lui soutirer une réaction, je suppose.

—Et tu as réussi.

—Ça ne signifie pas que j'avais raison. Peut-être le nom de Jennesta a-t-il suffi à la ranimer.

—Peut-être.

—Ou peut-être que tu développes une double vue, dit Jup. J'espère qu'elle fonctionnera mieux que la mienne.

Stryke se rembrunit.

—Les orcs n'ont pas de…

Une flèche siffla près de son oreille. Son cheval voulut partir au galop et il tira sur les rênes.

—Volte-face! rugit Jup.

Les Renards firent pivoter leur monture.

Montés sur des yaks nains à la fourrure laineuse et au regard malveillant, les cavaliers ennemis, deux fois plus nombreux qu'eux, mesuraient environ deux têtes de moins que les orcs malgré leur corpulence. Leurs têtes sphériques semblaient beaucoup trop larges pour leurs corps. Les oreilles saillantes, les paupières lourdes et charnues, ils avaient une peau verdâtre et n'arboraient pas le moindre poil, à l'exception de leurs favoris broussailleux.

—Des gremlins? s'exclama Haskeer. Qu'est-ce qu'on leur a fait, à ceux-là?

—Tu veux aller le leur demander? lança Stryke.

—Ils arrivent! cria Alfray.

Les cavaliers de tête tenaient des arcs miniatures. Ils tirèrent en galopant, et plusieurs flèches passèrent au-dessus des Renards. L'une d'elles se planta dans la selle d'Haskeer. Une autre érafla le bras d'un soldat. Deux archers orcs ripostèrent.

—Il ne manquait plus que ça, grogna Stryke. À l'attaque!

Il talonna son cheval et prit la tête de l'unité. Sous une pluie torrentielle, les orcs se portèrent à la rencontre de leurs adversaires.

Les deux camps se percutèrent dans un concert de cris et de chocs métalliques. Les épées décrivirent des arcs; les lances jaillirent et les boucliers se dressèrent pour bloquer les coups.

Stryke se débarrassa rapidement du premier gremlin qu'il affronta. Esquivant un estoc imprécis, il lui lacéra la poitrine et l'envoya voler en arrière. Le gremlin suivant croisa le fer avec lui, faisant montre d'une fureur étonnante chez une créature aussi grotesque. Sa force supérieure permettant à Stryke d'enfoncer les défenses de son adversaire, il lui transperça un poumon.

Il n'eut pas le temps de souffler. Déjà, un autre gremlin engageait le combat contre lui.

Alfray chargea entre deux gremlins, la hampe de sa bannière tenue à l'horizontale. Frappés à la poitrine, les cavaliers décollèrent de leurs yaks et retombèrent sur le sol boueux qui amortit leur chute. D'un mouvement du poignet, Alfray retourna son arme pour dévier l'attaque d'un troisième gremlin. Puis il lui enfonça la pointe dans l'estomac. Éviscérée, la créature s'effondra.

Un des couteaux de Coilla alla se ficher dans l'œil d'un gremlin, qui disparut dans la mêlée en hurlant. La femelle orc repéra une autre cible. Elle allait lancer son arme quand l'épée d'une autre créature siffla devant elle, manquant de peu son nez. Les doigts de Coilla se refermèrent sur le poignet du gremlin. Elle lui porta trois coups en succession rapide, et laissa tomber son cadavre.

Un autre gremlin approcha, bouclier levé, en brandissant un cimeterre. Coilla se pencha en arrière et flanqua un coup de pied dans son bouclier. Se tortillant afin d'éviter sa lame, elle poussa assez fort pour le désarçonner. Le gremlin tomba dans un entrelacs de pattes de chevaux et de yaks. Coilla venait de se redresser quand un autre gremlin voulut entrer dans la légende en la tuant. Elle l'embrocha sans regret.

L'épée d'Haskeer était restée coincée dans le ventre d'une de ses premières victimes. Sa dague aussi. À présent, le sergent esquivait les attaques de ses adversaires en essayant de s'emparer d'une arme.

Il avisa un gremlin occupé à se battre contre un bleu. La créature faisait une cible facile pour un orc assoiffé de sang. Haskeer tendit un bras, souleva le guerrier de sa selle et l'abattit sur le pommeau de la sienne. L'échine brisée, le gremlin s'écroula.

Haskeer lui arracha vivement son épée.

Un cavalier fondit sur lui, lance baissée. Haskeer fit un écart et abattit sa nouvelle épée sur la hampe de bois, qu'il coupa en deux. Puis il se retourna et flanqua un second coup dans la nuque de son adversaire, qui s'effondra. Deux autres gremlins se rapprochèrent. Poussant un cri de guerre, il se porta à leur rencontre.

Profitant d'une brève accalmie, Stryke balaya du regard le champ de bataille. Il estima que les orcs avaient éliminé la moitié de leurs ennemis. Les bleus se défendaient bien, et il semblait qu'aucun n'avait encaissé de blessures sérieuses. Finir de massacrer les gremlins ne serait pas difficile. Stryke se jeta de nouveau dans la mêlée.

Dix minutes plus tard, les gremlins encore valides commencèrent à se retirer, abandonnant les corps de leurs camarades et les carcasses de quelques yaks. Coilla en arrêta un en lui plantant un couteau entre les omoplates.

— Tu veux qu'on les poursuive ? demanda-t-elle à Stryke.

Le capitaine orc plissa les yeux pour voir les fuyards malgré la pluie battante.

— Non. Nous n'avons pas de temps à perdre ! (Il mit ses mains en porte-voix et hurla :) Laissez-les partir !

Plusieurs soldats firent demi-tour. Les autres entreprirent d'examiner les cadavres des gremlins, au cas où certains auraient fait semblant d'être morts.

Les officiers se regroupèrent.

— Je me demande ce qui leur a pris, murmura Alfray.

— Les dieux seuls le savent, répondit Stryke. Des blessés ?

— Rien de grave, au premier abord. Je m'occupe d'eux.

— Je suppose que c'était pour la prime, avança Coilla.

— Ou que Jennesta a engagé de nouveaux mercenaires, ajouta Jup.

— Des gremlins ? Ça m'étonnerait ! lança Stryke. Je penche plutôt pour la prime.

Un soldat les appela.

— Qu'y a-t-il, Hystykk ? demanda Stryke.

— Il en reste un de vivant, chef !

Ils mirent pied à terre et approchèrent en pataugeant dans la gadoue. Alfray était déjà à genoux près d'un gremlin qui aurait pu être jeune, pour ce qu'ils en savaient. Une vilaine blessure à la poitrine, les yeux encore ouverts, il respirait avec difficulté et s'humectait constamment les lèvres.

Jup ne perdit pas de temps.

— C'est pour la prime ? lança-t-il. (Le gremlin le regarda sans comprendre.) Pourquoi nous avez-vous attaqués ?

Alfray toucha la plaie. Le gremlin toussa et un filet de sang coula au coin de sa bouche.

— Vengeance, chuchota-t-il.

— Mais pourquoi ? Que nous reprochez-vous ?

— Vous avez… assassiné l'un des nôtres.

— On a tué d'autres gremlins récemment ? demanda Haskeer.

Coilla lui fit signe de se taire.

— Et qui sommes-nous censés avoir assassiné ? demanda Stryke.

— L'oncle… de notre clan. Un pauvre… vieil érudit… inoffensif. Il ne méritait… pas ça.

Un mauvais pressentiment noua l'estomac de Stryke.

— Son nom ?

Le gremlin remua les lèvres plusieurs fois avant de réussir à souffler :

— Mobbs.

Le sang se glaça dans les veines de Stryke. Ainsi, il avait vraiment visité l'au-delà en rêve…

— Le rat de bibliothèque ? s'étonna Haskeer.

Coilla se pencha vers le blessé.

— Vous vous trompez. Nous avons rencontré Mobbs, mais il allait bien quand nous l'avons quitté.

Elle n'était pas certaine que le gremlin l'ait entendue.

Alfray redoubla d'efforts pour panser sa plaie, qui saignait toujours. Il essuya le visage de son patient avec un chiffon.

—Je suis navré que Mobbs soit mort, dit enfin Stryke. Nous le sommes tous. Il n'était pas notre ennemi. D'une certaine façon, nous lui devons beaucoup.

Haskeer ricana.

—Qu'est-ce qui vous fait croire que c'était nous? continua Stryke.

—Nous avons… trouvé son cadavre… à Roc-Noir. Des orcs… ont été repérés dans le coin. (Malgré la douleur, le blessé prit un air méprisant.) Mais vous le savez déjà.

—Non! s'exclama Coilla. Nous avons *sauvé* Mobbs, pour l'amour des dieux!

—Et vous nous suivez depuis si longtemps? s'émerveilla Stryke. Tous vos efforts ont été vains, mon ami.

—Delorran, lâcha Coilla.

—Évidemment. Ça ne peut être que lui, soupira Stryke. Et je parie que Jennesta s'est empressée de colporter cette histoire pour salir notre réputation. (Il se tourna vers le gremlin.) Ce n'était pas nous. Croyez-moi.

Le blessé ne semblait pas convaincu.

—Vous avez beaucoup… d'ennemis. Vous ne tiendrez pas… longtemps.

—Il était stupide et suicidaire de votre part de nous attaquer. N'y a-t-il pas eu assez de carnage?

—De belles paroles… venant d'un orc.

—Nous ne sommes pas des animaux. Mais quand on nous agresse, nous ripostons. C'est dans notre nature. En ce qui concerne Mobbs, je vous assure que…

Alfray lui posa une main sur le bras et secoua la tête. Puis il se pencha et ferma doucement les yeux du gremlin.

Stryke se releva.

—Et merde! Nous apportons partout la mort et la souffrance!

—Et on nous accuse de tous les maux du monde, ajouta Jup.

—Pauvre Mobbs, dit Coilla.

—Nous sommes responsables de sa mort, déclara Stryke. Pas directement, mais nous en sommes responsables quand même.

—Tu sais bien que c'est faux.

—Ah oui? Prouve-le-moi.

Coilla garda le silence.

Stryke se consola en pensant que Delorran avait payé. Puis il s'avisa qu'il avait appris ça dans un rêve.

La pluie redoubla d'intensité.

Chapitre 8

La pluie tambourinait sur la toile de tente.

Jennesta faisait les cent pas. Ne considérant pas la patience comme une vertu, elle n'avait jamais pris la peine de la cultiver. Son credo, c'était que la racaille attendait pendant que les dirigeants s'emparaient de ce qu'ils désiraient. Ça permettait de faire avancer les choses ! Mais ce que Jennesta désirait ne cessait de se dérober à elle.

En outre, le tarissement de l'énergie magique diminuait ses pouvoirs, compromettait le résultat de ses sorts et l'obligeait à prendre des mesures de plus en plus radicales pour reconstituer ses forces. La frustration et l'incertitude la rendaient encore plus dangereuse que d'habitude. Ce qui n'était pas peu dire.

Jennesta caressait l'idée de faire un caprice – donner un ordre n'ayant pas d'autre intérêt que gaspiller quelques vies et lui procurer le plaisir de sentir l'odeur du sang – lorsque le rabat de la tente se souleva. Mersadion entra et s'inclina respectueusement.

— Sommes-nous prêts à partir ? lui demanda-t-elle.

— Presque, Majesté.

— Je déteste perdre du temps.

— Vos soldats avaient besoin de repos, et il fallait bien nourrir le bétail.

Jennesta, qui connaissait déjà les raisons de ce retard, coupa court aux explications du général d'un geste impatient.

— Qu'êtes-vous donc venu m'annoncer, à part que nous pouvons nous remettre en route ?

Mersadion hésita.

— Nous avons reçu des nouvelles, ma dame.

— Et pas des bonnes, à en juger par votre expression.

— C'est à propos de votre Dame des Dragons. Glozellan.

— Je connais son nom, merci. Que lui est-il arrivé ?

—Elle a… quitté votre service, Majesté. Avec deux autres dresseurs et leurs montures.

Les yeux de Jennesta s'embrasèrent.

—Quitté mon service, répéta-t-elle lentement. Autrement dit, ils ont déserté, n'est-ce pas ?

Elle ressemblait à une vipère, prête à frapper. Mersadion approuva en silence.

—Vous en êtes certain ? Évidemment. Sinon, vous n'auriez pas pris le risque de venir me l'annoncer.

Mersadion ne put pas prétendre le contraire.

—Nous n'avons aucune raison de douter de la loyauté des autres dresseurs, dit-il en guise de consolation.

—Comme nous n'avions aucune raison de douter de celle de Glozellan !

—Nous pouvons les remplacer, Majesté. Et il nous reste assez de dragons, même sans ces trois-là. Pour la nouvelle Dame, nous disposons de plusieurs candidates…

—Ce sont toutes des brownies ! coupa Jennesta. Comment pourrais-je leur faire confiance ? Il va falloir purger les rangs des dresseurs.

—Majesté…

—D'abord les Renards, puis les chasseurs de primes, et maintenant, c'est ma Dame des Dragons qui me tourne le dos. Pendant ce temps, mon armée subit une véritable hémorragie de forces vives. Pourquoi suis-je entourée par autant de traîtres et de lâches ?

Une question à laquelle Mersadion n'oserait jamais répondre…

—Considérez ça comme une purification, Majesté. Il restera seulement les soldats vraiment dévoués à votre cause.

Jennesta éclata de rire. Ses cheveux noirs cascadant dans son dos, ses dents pointues étincelant, ses yeux brillaient d'une gaieté féroce.

Mersadion eut un rictus. Jennesta se calma et, toujours souriante, lui lança :

—Ne croyez surtout pas que je vous trouve drôle ! C'était de la dérision. Vous avez une manière très diplomatique de présenter les choses. L'art de me faire voir le verre à moitié plein !

Redevenue sérieuse, elle se pencha vers lui.

—Mais vous n'êtes qu'un orc, donc pas équipé pour réfléchir. Laissez-moi vous expliquer pourquoi la rébellion éclaircit nos rangs. Parce que les officiers n'imposent pas une discipline assez ferme ! Et ils dépendent tous de vous.

Seulement quand les choses tournent mal, pensa Mersadion.

Jennesta recula.

—Je ne tolérerai aucun laxisme ! C'est votre dernier avertissement.

Mersadion s'attendait à tout, sauf à ce qui se passa ensuite.

Jennesta lui cracha dessus. Sa salive l'atteignit à la joue droite, sous l'œil et coula jusqu'à l'oreille. À la fois choqué et perplexe, le général ne sut comment réagir.

Puis il sentit quelque chose de chaud sur son visage. Sa chair le picota. Frémissant, il leva une main, mais ne réussit qu'à étaler la salive de Jennesta. En un instant, elle devint brûlante, et Mersadion eut l'impression que des milliers d'aiguilles chauffées à blanc lui transperçaient la peau.

Jennesta l'observait, immobile, fascinée et vaguement amusée.

La sensation était de plus en plus intolérable, comme si on l'avait aspergé de vitriol. Renonçant à son stoïcisme, Mersadion hurla tandis que sa peau se couvrait de cloques et qu'une odeur de brûlé lui chatouillait les narines.

—Dernier avertissement, répéta Jennesta sur un ton menaçant. Méditez là-dessus.

Elle le congédia d'un geste indolent.

Mersadion sortit en titubant. Par la fente du rabat, Jennesta le vit se traîner jusqu'à un abreuvoir.

Sa réaction exprimait une infime partie de la rage qui l'avait envahie à la nouvelle du départ de Glozellan. Elle en avait assez. Si cette vague de désertions continuait, Mersadion le paierait de sa vie. Pour le moment, elle se contentait de le marquer en guise de punition…

Quelques minutes passèrent pendant qu'elle s'interrogeait sur la suite des événements. Sa réflexion fut interrompue par l'arrivée de plusieurs orcs de sa garde personnelle. Ils lui apportaient une prisonnière enchaînée, une offrande destinée à raviver ses forces, même temporairement. Malgré sa mauvaise humeur, la captive éveilla la curiosité de Jennesta.

Elle n'avait jamais eu l'occasion de savourer une nappie, car ces nymphes des pâturages et des forêts étaient aussi farouches que rares. Mais ses gardes avaient réussi à capturer un très beau spécimen. La créature mesurait un peu moins de trois pieds – une taille considérable pour une nappie. Elle était mince, avec une peau lumineuse et des traits d'une beauté délicate.

Certains prétendaient que les nappies avaient deux cœurs. Vérifier cette théorie détournerait momentanément Jennesta de ses soucis.

La pluie avait enfin cessé.

Stryke ordonna une halte à un endroit où l'océan de Norantellia avait particulièrement érodé la côte. Le crépuscule assombrissait le ciel et des nuages se massaient au-dessus de l'eau noire agitée par le vent.

Après le repas, Coilla et Stryke s'éloignèrent des autres. Assis sur leurs tapis de selle, ils partagèrent une outre de vin offerte par les centaures en parlant de l'attaque des gremlins. Mais la fatigue, la chaleur de l'alcool et surtout le besoin de se délester de son fardeau eurent bientôt raison de Stryke. Il orienta la conversation sur ses rêves étranges.

— Es-tu certain de ne pas connaître cet endroit? demanda Coilla lorsqu'il lui eut tout raconté.

— Non. Il n'appartient pas au monde réel. Son magnifique climat en est la preuve irréfutable.

— Dans ce cas, tu l'as peut-être inventé. Ton esprit a créé un monde selon tes désirs.

— Bref, tu penses que je deviens fou !

— Non, ce n'est pas ce que je voulais dire. Dans une situation dramatique, il est normal de chercher une forme de... d'évasion.

— Je ne crois pas que ce soit ça. Comme je te l'ai dit, ces rêves sont aussi tangibles que la réalité. Ou presque.

— Et tu rencontres cette femelle chaque fois?

— Oui. Je parle avec elle comme avec toi en ce moment. Mais beaucoup de choses qu'elle raconte n'ont aucun sens pour moi.

— C'est assez inhabituel, reconnut Coilla. Mais tout de même, il n'y a pas de quoi s'inquiéter. Ce ne sont que des rêves.

— Je n'en suis pas si sûr. Je les appelle ainsi faute d'un terme plus approprié.

— Ils ont lieu pendant que tu dors, n'est-ce pas? Donc, ce sont forcément des rêves.

— C'est beaucoup plus que ça. (Frustré, Stryke secoua la tête.) Je ne peux pas t'expliquer. Il faut l'avoir vécu.

— Mais que veux-tu que ce soit d'autre?

— Je ne sais pas... Pendant mon sommeil, je baisse ma garde, et ça... laisse entrer quelque chose.

— Là, tu délires, dit gentiment Coilla.

— J'en suis au stade où je redoute de m'endormir...

— Et tu fais ces... rêves chaque nuit?

— Non. Mais c'est presque pire, parce que je ne peux jamais prévoir ce qui m'attend. Comme si je lançais les dés tous les soirs.

— Il reste une possibilité que nous n'avons pas envisagée, fit remarquer Coilla. Si ce ne sont pas des rêves, pourrait-il s'agir d'une sorte d'attaque magique?

— Venant de Jennesta? J'y ai déjà pensé. Tu crois qu'elle en serait capable?

— Qui sait?

— Mais pourquoi ferait-elle ça? Je veux dire, quel intérêt?

— Pour te faire croire que tu deviens fou, assiéger ton esprit et y semer la graine du doute.

— L'idée m'a effleuré, mais je n'y crois pas. Comme je te l'ai dit, mes… rêves sont plutôt agréables. Ils ont même renforcé ma détermination une ou deux fois. En quoi ça servirait les plans de Jennesta ?

— Je ne dis pas que c'est elle. J'émets une hypothèse… Elle a l'esprit tellement tortueux…

— Ça, je te l'accorde volontiers. Mais je pense qu'elle choisirait un moyen d'action plus direct.

Stryke étudia le visage de Coilla. Ce qu'il y vit lui donna la certitude qu'il pouvait tout lui confier.

— Ce n'est pas tout. Il m'est arrivé autre chose de bizarre.

— Quoi donc ?

— Cette histoire avec Haskeer et les étoiles. Tu sais, quand il a dit qu'elles chantaient pour lui.

— Il avait de la fièvre.

— Mais moi non.

Coilla mit un moment à comprendre.

— Toi aussi ? s'exclama-t-elle, incrédule.

— Moi aussi, confirma Stryke.

— Par les dieux, tu nous en as caché, des choses !

— Tu penses toujours que je suis sain d'esprit ?

— Si tu es fou, Haskeer l'est aussi. Encore que ça ne m'étonnerait qu'à moitié ! (Ils échangèrent un sourire ironique.) Que veux-tu dire par « chanter » ? Peux-tu l'expliquer mieux que lui ?

— Pas vraiment. C'est comme avec les rêves. Je ne connais pas de mot plus approprié.

D'instinct, Stryke porta la main à sa poche. Il le faisait de plus en plus souvent, comme on caresse un fétiche sans s'en apercevoir. Si on lui avait posé la question, il aurait répondu qu'il voulait s'assurer de ne pas avoir perdu les étoiles.

— Je dois des excuses à Haskeer, dit Coilla. J'ai douté de lui. Comme nous tous.

— Ça a modifié le jugement que je portais sur ses actions. Mais ne lui en parle pas. Ne dis rien à personne de tout ça.

— Pourquoi ?

— Peu de soldats auraient confiance en un chef perturbé par ses rêves, et persuadé d'entendre chanter des étoiles.

— Alors, pourquoi m'avoir raconté tout ça ?

— Je pensais que tu comprendrais. Et que si tu me trouvais dingue, tu me le dirais.

— Il est clair qu'il t'arrive quelque chose, mais ça ne ressemble pas à de la folie, de mon point de vue.

— Espérons que tu as raison. Alors, tu tiendras ta langue ? Dans l'intérêt de l'unité ?

—Si c'est ce que tu veux, oui. Mais je crois qu'ils comprendraient aussi. Les officiers, au moins. Même Haskeer. *Surtout* Haskeer. De toute façon, ce n'est pas le genre de chose que tu pourras taire éternellement.

—Si ça commence à influencer ma façon de commander les Renards, j'en parlerai.

—Et ensuite?

—Nous verrons bien.

—D'accord. Si tu as encore besoin d'une oreille amicale, je suis là.

—Merci, Coilla.

Stryke se sentit soulagé, mais un peu honteux d'avoir confessé une chose qu'il considérait comme une faiblesse. Même si ça le réconfortait que Coilla n'ait pas l'air de la voir ainsi.

Les autres Renards ramassaient leurs affaires et roulaient leurs couvertures. Un ou deux se tournèrent vers Stryke, attendant des ordres. Il fit passer l'outre à Coilla.

—Réchauffe-toi avec ça. Il va falloir se remettre en route.

La femelle orc but une gorgée de vin et se leva.

—À ton avis, quelles sont nos chances de trouver la dernière étoile à Ruffet?

—La piste semble prometteuse.

—Jusqu'ici, suivre tes intuitions nous a toujours servis. Même quand toutes les probabilités sont contre nous, nous arrivons à nous en sortir. Jup n'avait peut-être pas tort, au sujet de ta «double vue».

Coilla plaisantait. Ils savaient tous les deux qu'aucun orc n'avait jamais eu de pouvoirs magiques. Mais il y avait là un nouveau mystère qui ne les amusait ni l'un ni l'autre.

—Fichons le camp d'ici! dit Stryke.

Ils chevauchèrent toute la soirée.

Coilla et Alfray s'étaient placés en queue de colonne, juste avant les sentinelles qui surveillaient leurs arrières.

—Je m'inquiète pour Stryke, dit Alfray.

Coilla fut surprise mais s'efforça de n'en rien laisser paraître.

—Pourquoi? demanda-t-elle.

—Tu as dû remarquer combien il est absorbé par ses pensées depuis quelque temps…

—Il est parfois un peu distant…

—Je dirais plutôt: préoccupé.

—C'est normal, vu la pression qu'il subit. Et il nous dirige bien…

—Certains d'entre nous ne seraient sans doute pas d'accord avec toi. Non que j'en fasse partie! J'ai servi beaucoup de commandants, et j'en ai connu des dizaines d'autres. Stryke est le meilleur.

Bien que sa propre expérience fût beaucoup plus limitée, Coilla en convint volontiers. Puis elle pensa qu'Alfray était vraiment vieux, comparé au reste des Renards. Elle l'avait toujours su. Pourtant, elle ne s'en était pas réellement rendu compte. Mais le danger les rapprochait les uns des autres, comme s'ils se voyaient réellement pour la première fois.

— Nous devons le soutenir, dit Alfray.

— Évidemment. Nous sommes une unité de combat. La plus redoutable qui existe. Même ceux d'entre nous qui désapprouvent Stryke l'épauleraient en cas de besoin.

Coilla ne dit pas ça seulement parce qu'elle pensait que c'était ce qu'Alfray voulait entendre…

Satisfait, le vieux caporal sourit.

Ils continuèrent à chevaucher en silence, perdus dans leurs pensées et vaguement somnolents.

— La bataille que tu as mentionnée, dit tout à coup Coilla. Tu sais, celle de Carascrag…

— Oui ?

— Ça me fait penser que nous ne savons presque rien de notre histoire. Elle disparaît comme tout le reste. Mais toi, tu as vu tellement de choses…

La femelle orc se tut, craignant qu'il prenne ses paroles pour une allusion malheureuse à son âge : un sujet qui le hérissait, depuis quelque temps. Mais Alfray n'eut pas l'air offensé.

— C'est vrai, dit-il. J'ai connu Maras-Dantia quand il faisait encore bon y vivre. Pas autant qu'à l'époque de nos ancêtres, mais plus que maintenant. Les humains n'étaient pas si nombreux, et la magie commençait à peine à souffrir de leur présence.

— Les races aînées ont pourtant lutté contre les nouveaux venus.

— Le problème, c'est que ce qui a fait la grandeur de ce continent est aussi sa plus grande faiblesse. Nous sommes trop différents les uns des autres. Les vieilles rancœurs et la méfiance ont retardé l'union des races aînées. Certaines n'ont même pas vu la menace avant qu'il soit presque trop tard.

— Et depuis, la situation s'aggrave.

— Voilà pourquoi il est important de préserver les anciennes coutumes. (Alfray se frappa la poitrine, au niveau du cœur.) Ici, à défaut d'autre chose. C'est à l'intérieur qu'on doit commencer par respecter les traditions.

— Il ne reste plus beaucoup de gens pour croire ça…

— Peut-être. Mais pense aux camarades que nous avons perdus. Slettal, Wrelbyd, Meklun, Darig et Kestix. Nous ne leur avons pas offert des funérailles décentes et ça diminue la valeur de leur existence.

— Tu sais bien que c'était impossible, rappela Coilla. Parfois, les circonstances…

—Il fut une époque où nous nous serions débrouillés envers et contre tout! coupa Alfray.

Coilla fut surprise par sa véhémence.

—J'ignorais que ça t'importait autant.

—La tradition est ce qui nous soude. Nous la piétinons à nos risques et périls. C'est ce qui nous distingue des autres, ce qui nous définit. Mais aujourd'hui, beaucoup d'orcs ne vénèrent plus la Tétrade. Les jeunes vont jusqu'à s'en moquer ouvertement.

—J'admets que je me demande parfois si la religion ne nous a pas plus desservis qu'autre chose.

—Ne le prends pas mal, Coilla, mais il fut un temps où aucun orc n'aurait osé dire une chose pareille.

—Je respecte la Tétrade. Mais qu'a-t-elle fait pour nous protéger? Et pense au dieu unique des humains: il n'a apporté que de la souffrance.

—Que peut-on attendre d'autre de la part d'une fausse divinité? Quant à la Tétrade, peut-être nous ignore-t-elle d'autant plus que nous perdons foi en elle.

Coilla ne sut pas que répondre à ça.

Leur conversation fut interrompue par des cris qui montaient tout le long de la colonne. Des soldats tendirent un doigt vers l'ouest.

Très loin par-delà l'océan, Coilla distingua une forme noire qui volait vers le nord, masquant les étoiles. Elle crut voir battre une paire d'ailes aux bords dentelés, et un jet de flammes orange s'échappant d'une gueule dissipa ses derniers doutes.

—Tu crois qu'il peut nous voir? demanda Alfray.

—Avec la distance et la pénombre, nous devons être difficiles à repérer. Mais le plus important, c'est de savoir s'il est avec Jennesta ou avec Glozellan.

—Si c'est un ennemi, nous le saurons bien assez tôt.

Ils regardèrent le dragon disparaître à l'horizon.

Chapitre 9

Assis en tailleur, la langue pointant au coin de sa bouche, Blaan rasait son crâne luisant avec la lame d'un couteau.

Non loin de là, Lekmann remuait le contenu d'une marmite noircie pendue au-dessus du feu. Aulay était allongé sur une couverture. La tête posée sur sa selle, il contemplait mornement le ciel qui s'éclaircissait.

De la rosée scintillait encore dans l'herbe. L'eau du Bras de Calyparr coulait paresseusement sur leur droite, couverte par une nappe de brume qu'agitait la brise fraîche de l'aube. La forêt de Drogan était toujours en vue, mais assez loin derrière eux pour qu'ils ne risquent plus de se faire repérer par les patrouilles de centaures.

— On repart quand ? grommela Aulay en frottant l'endroit où le cylindre de métal, nu pour le moment, était attaché à son moignon.

— Quand je serai prêt, répliqua Lekmann. D'après mes estimations, nous ne sommes plus très loin, et nous ne pouvons pas débouler comme ça parmi eux. Il faut être prudent quand on a affaire à des orcs.

— Je sais, Micah. Je veux juste savoir quand.

— Bientôt. Économise ton souffle pour refroidir ton déjeuner.

De la marmite montait une odeur franchement vomitive.

— C'est prêt ? demanda Blaan en lorgnant le récipient.

— Attention, Brutus a repéré la gamelle ! marmonna Aulay, sarcastique.

Lekmann l'ignora.

— Oui, Jabez. Tu peux amener ton bol.

Il fit le service. Aulay s'assit en tailleur et posa sa part sur ses genoux.

— Encore de la bouillie, gémit-il comme tous les matins, en la remuant avec son couteau.

Blaan engloutit la sienne, et se lécha bruyamment les doigts quand il eut terminé. Aulay fit la grimace.

— Beurk.

—Tu es bien content qu'il soit là quand il faut se battre, lui rappela Lekmann.

—Mais je ne suis pas obligé de le regarder bouffer.

Aulay tourna le dos à ses compagnons. Blaan comprit enfin qu'ils parlaient de lui.

—Hé! dit-il, la bouche pleine.

—On a de la compagnie! cria soudain Aulay en lâchant son bol.

Les trois chasseurs de primes se levèrent d'un bond et dégainèrent leurs armes.

Un groupe de cavaliers remontait la piste. Des humains, au nombre de sept.

—À ton avis, ils sortent d'où?

—Une chose est sûre: ce ne sont pas les chiens de garde d'Hobrow. À moins que leur tenue habituelle soit au linge sale.

Les cavaliers étaient habillés comme les chasseurs de primes: pantalon de cuir, bottes hautes et épaisse tunique de laine ayant connu des jours meilleurs. La plupart portaient en outre une cape de fourrure pour se protéger contre le froid, et un casque rond ou une calotte en cotte de mailles. Ils étaient minces, musclés, burinés, barbus et armés jusqu'aux dents.

—Ça pourrait être des brigands, avança Lekmann. Mais je n'ai pas entendu dire qu'il y en ait dans le coin.

—Il ne manquait plus que ça! cracha Aulay.

—Qu'est-ce qu'on fait? demanda Blaan.

—On la joue tranquille. Souvenez-vous qu'on obtient plus de choses en versant du miel qu'en tranchant des gorges. Et puis, ils ont l'avantage du nombre.

—Ah ouais?

—Tiens-toi tranquille, Greever, et laisse-moi parler. Si on en vient aux mains, faites comme moi. En attendant, rangez ces épées. C'est compris?

Les deux autres acquiescèrent – à contrecœur pour Aulay.

Les cavaliers les avaient aperçus. Ils ralentirent et approchèrent prudemment.

—Salutations! leur lança Lekmann avec son sourire le plus affable.

Deux ou trois types lui adressèrent un signe de tête. Mais seul un individu aux cheveux longs emmêlés prit la parole.

—Salutations, répondit-il d'une voix bourrue.

—À quoi devons-nous le plaisir de vous voir? demanda Lekmann sans se départir de son sourire.

—À rien de particulier. Nous vaquons à nos occupations…

—C'est-à-dire?

—La chasse aux renégats.

—Vraiment?

Aulay trépigna mais garda le silence. Blaan suivait la conversation avec son hébétude coutumière.

—Oui. Et vous?

—Nous sommes des fermiers. Nous allons à Bevis acheter du bétail.

Le chef des cavaliers les détailla de la tête aux pieds. Lekmann espéra qu'il n'y connaissait pas grand-chose en paysans.

—Vous ne faites pas de propagande pour les âneries Multi ou Uni, pas vrai?

—Certainement pas. La religion est une malédiction. Nous voulons juste mener une existence paisible sur nos terres.

—Tant mieux. (Le cavalier dévisagea Aulay et Blaan.) Vos amis ne disent pas grand-chose.

—Ce sont d'humbles garçons de ferme. Le gros est un peu simple d'esprit. Ne faites pas attention à lui.

—Il a l'air capable d'enfoncer une porte avec sa tête.

—Il est inoffensif… Donc, vous êtes des chasseurs de renégats. Je suppose que des gens comme nous ne peuvent pas faire grand-chose pour vous aider…

—Sauf si vous avez vu des orcs dans le coin.

Aulay et Blaan se raidirent.

—Des orcs? Non. Mais j'espère que vous trouverez ces assassins. (Lekmann désigna leur feu de camp.) Partagez donc notre déjeuner. Nous avons de l'eau fraîche et un peu de vin.

Les cavaliers se regardèrent. Enhardi par leur supériorité numérique, leur chef accepta.

—C'est très aimable à vous.

Ils mirent pied à terre. Lekmann leur passa les gourdes et leur dit de se servir. Les cavaliers burent avec empressement. Mais après avoir vu le contenu de la marmite, ils ne se battirent pas pour finir le gruau. Aulay et Blaan restèrent où ils étaient. Leurs invités ne leur prêtaient aucune attention.

—Parlez-moi des orcs que vous poursuivez, dit Lekmann.

—Ces chiens sont désespérés et assoiffés de sang. Ils ne reculeront devant rien. Une unité de combat qui a déserté. Ils se font appeler les Renards.

Lekmann pria pour que ses partenaires ne le trahissent pas.

—Vous pourchassez une unité de combat à sept?

—Nous nous sommes séparés. L'autre moitié de notre groupe cherche par là, dit le cavalier en désignant l'autre côté du Bras de Calyparr. Nous sommes largement de taille à les neutraliser.

—Les orcs ont la réputation d'être de féroces combattants.

—Une réputation surfaite, si vous voulez mon avis.

—Vous avez trouvé une piste?

—Pas encore. Nous avons cru tomber sur eux, hier soir, mais c'était juste une bande de gremlins qui fuyaient comme s'ils avaient le feu au cul.

—Vous semblez certains que ces orcs sont dans les parages.

—On les a signalés à plusieurs reprises.

—Et la récompense est juteuse?

—Très juteuse. (Le cavalier dévisagea Lekmann, l'air vaguement soupçonneux.) Pourquoi? Vous voulez essayer de les capturer vous-mêmes?

—Qui, nous? Vous nous voyez en train d'attaquer des orcs?

Le cavalier fit la grimace.

—Pas vraiment, non. Vous trouvez qu'ils ressemblent à des chasseurs de primes, les gars?

Ses hommes jugèrent l'idée si risible qu'ils s'esclaffèrent en se flanquant de grandes claques sur les cuisses. Lekmann sourit pour montrer qu'il n'était pas vexé. Même Aulay fit un effort et découvrit ses dents gâtées. Blaan fut le dernier à s'y mettre, mais il ne ménagea pas ses efforts: ses épaules tressautèrent, ses bajoues tremblèrent, et ses yeux s'embuèrent.

L'aube se leva sur dix mâles humains hilares.

Puis quelque chose s'échappa de la tunique de Blaan, rebondit sur le sol et vint s'immobiliser aux pieds du chef des cavaliers. Sans cesser de rire, il baissa les yeux.

L'objet tout plissé, d'un brun foncé, était une tête d'orc réduite.

Lekmann dégaina son arme.

—Que…? fit le chef des cavaliers.

L'épée glissa proprement entre ses côtes. Il hoqueta de stupeur, et ses yeux roulèrent dans leurs orbites. Puis il s'effondra, étouffé par son propre sang, avant que ses hommes aient compris ce qui se passait.

Lekmann bondit sur un autre cavalier et l'éventra. Blaan chargea en jouant des poings. Aulay fixa rapidement une lame au bout du cylindre métallique qui ornait son moignon, puis saisit une dague de sa main libre.

Les cavaliers sortirent précipitamment leurs armes.

Lekmann se jeta sur son troisième adversaire. Cette fois, il rencontra une résistance, et la boucherie se transforma en combat. Les deux hommes échangèrent des coups, mais il apparut très vite que Lekmann était meilleur bretteur que le cavalier.

Blaan écrasa sa première victime dans son étreinte d'ours. Tandis qu'il lâchait son cadavre, un autre cavalier chargea et lui flanqua à la tempe un coup de poing qui eut autant d'effet que la chute d'une goutte de pluie sur une falaise de granit. Le cavalier recula en se massant les articulations. Blaan avança vers lui, entrelaçant les doigts, et lui propulsa ses deux mains dans la poitrine. Des côtes craquèrent. Le visage déformé par la douleur, l'homme s'effondra comme une marionnette aux fils coupés. Blaan le piétina sauvagement.

Épouvantés par cette agitation, les chevaux hennirent et s'enfuirent.

Aulay retira sa lame de l'estomac de son adversaire. Un autre cavalier prit aussitôt sa place, grognant de fureur et brandissant une hache. Une arme redoutable, mais qui donnait à Aulay l'avantage d'une allonge supérieure. Il esquiva une attaque, riposta et entailla le bras du cavalier, qui rugit et frappa de nouveau. Au lieu de reculer, Aulay plongea sous sa garde et lui planta sa lame dans le cœur.

Lekmann bloqua les derniers coups de son adversaire, le désarma d'un moulinet et lui trancha la gorge. L'homme tomba à genoux, du sang jaillissant de sa plaie, vacilla et tomba la tête la première.

Aulay et Lekmann contemplèrent froidement les cadavres figés dans le genre de postures grotesques que génère la mort. Puis ils se tournèrent vers Blaan. À genoux, il tenait la tête du dernier cavalier. D'une torsion puissante, il lui brisa la colonne vertébrale.

—Vous avez entendu ça ? fulmina Lekmann. Vous avez entendu ce qu'a dit ce fils de pute ? (Il foudroya du regard le corps du chef des cavaliers.) Quel toupet de chasser les Renards ! Ce sont *nos* orcs !

Aulay essuya sa lame.

—Je t'avais bien dit qu'il fallait bouger.

—Ne recommence pas, Greever. Occupons-nous plutôt de nettoyer tout ça.

Ils détroussèrent les cadavres, s'emparant de leurs bourses, de leurs bijoux et de leurs armes. Dans la poche d'un des cavaliers, Blaan découvrit un morceau de pain dur qu'il engloutit avec enthousiasme. Aulay récupéra une paire de bottes à sa taille, et en meilleur état que les siennes.

Lekmann se lamentait toujours sur la décadence morale de leur époque.

—Regardez ça ! s'exclama Blaan en postillonnant des miettes.

Il brandit un rouleau de parchemin.

—Qu'est-ce que ça dit ? (Lekmann se souvint que son compagnon ne savait pas lire.) Donne-moi ça, ordonna-t-il en claquant des doigts.

Il arracha le parchemin à Blaan et le déroula.

—C'est une copie de la proclamation de Jennesta, annonça-t-il. À propos des Renards et de la récompense.

Il froissa le parchemin et le jeta.

—Et merde ! La nouvelle se répand, dit Aulay.

—Ouais. Venez ! Ces gars-là avaient des amis, et nous, on a de la concurrence. On ne peut pas se permettre de traîner dans le coin.

Ils poussèrent les cadavres dans l'eau qui les emporta dans un nuage écarlate.

Trop occupés à effacer toute trace de leur passage, ils ne remarquèrent pas, sur la piste de Drogan, la silhouette immobile qui les observait.

L'homme était grand et se tenait très droit. Il avait de longs cheveux auburn, une cape bleue volait dans son dos et il montait un étalon du blanc le plus pur.

Mais si les chasseurs de primes avaient regardé dans sa direction, il n'aurait pas été là.

Le chaos régnait dans le pays.

Ayant usé de sorcellerie pour tuer sa sœur et plonger son royaume dans la confusion, Jennesta n'en attendait pas moins. Mais elle s'était laissée aller à croire que les Renards seraient peut-être toujours là, et il devenait évident que ce n'était pas le cas.

Perchée sur son char, à la limite des Marches de Scarroc, elle regarda ses derniers fantassins revenir après avoir fouillé le domaine des nyadds. Un épais brouillard planait sur le marécage, accompagné d'une odeur de végétation pourrissante. Au loin, les pics déchiquetés des îles Mallowtor étaient à peine visibles dans cette purée de poix.

Jennesta ne s'attendait pas à ce que ces troupes lui fassent un rapport différent des précédents. Ses soldats n'avaient rien d'autre à lui raconter que quelques escarmouches avec les guerriers d'Adpar, et de rares rencontres avec les merz. À moins qu'on ne lui apporte très vite une bonne nouvelle, elle ne tarderait pas à laisser libre cours à sa colère.

Elle se retourna pour observer le gros de son armée, massé derrière elle. Un dragon venait de se poser près de son char ; le général Mersadion parlait avec son dresseur. Il mit un terme à leur conversation et revint au galop vers sa souveraine.

— Nous savons peut-être où sont les Renards, Majesté, annonça-t-il après l'avoir saluée.

— Vraiment ?

Jennesta le dévisagea. Le côté droit de sa tête était couvert par un pansement. Un trou avait été découpé pour son œil, et un peu de chair à vif était visible à la limite des bandages.

— Un groupe correspondant à leur description a été aperçu la nuit dernière près de Drogan. Il avançait vers le sud en longeant le Bras de Calyparr.

Mersadion s'exprimait avec une froideur compréhensible... et une plus grande déférence que d'ordinaire.

— Cette information est-elle fiable ?

— Une erreur est toujours possible, à cause de l'obscurité. Mais ça colle avec les autres rapports que nous avons reçus en provenance de cette zone.

Jennesta regarda le dragon, qui déployait déjà ses ailes pour reprendre son envol.

— Pouvons-nous faire confiance au dresseur ?

—Après mes menaces, je pense que oui. De toute façon, s'il pensait à se rebeller, il ne serait pas revenu. Quoi que vous en disiez, vous avez encore de fidèles serviteurs, ma dame.

—Comme c'est touchant! railla Jennesta. À supposer que ce soient vraiment les Renards, où peuvent-ils aller?

—Il y a plusieurs communautés Multis à l'extrémité de la péninsule. La plus importante est celle de Ruffet. Je présume que Votre Majesté y serait bien accueillie.

—Je me fiche que les habitants soient contents de me voir ou pas. Ils peuvent s'allier avec moi s'ils le désirent. Mais s'il apparaît que certains d'entre eux dissimulent les Renards, je les considérerai comme mes ennemis. Les alliances sont faites pour être rompues lorsque cela sert mes intérêts.

—Nous avons beaucoup de Multis dans nos rangs, Majesté, rappela Mersadion.

—Ce sera une parfaite occasion d'éprouver leur loyauté. Donnez l'ordre du départ, général. Nous marchons sur Ruffet.

Derrière le gros de l'armée se dressait un bosquet que quelqu'un avait pompeusement baptisé «bois». Vingt renégats y avaient élu domicile. Tous orcs, ils guettaient avec inquiétude les patrouilles chargées de repérer les déserteurs. Le plus gradé, comme en attestaient les tatouages, sur ses joues, était un caporal. Et il avait un plan.

—Même en contournant la horde, nous pouvons atteindre la péninsule les premiers, si nous voyageons léger et sans ménager nos montures. Ensuite, nous n'aurons plus qu'à longer la côte jusqu'à Ruffet.

—Vous êtes sûr que les Renards y sont, chef? demanda un bleu.

—C'est ce qu'affirme le dresseur de dragon qui est passé ici il y a deux heures. J'y étais et je l'ai entendu.

—Déserter est une grave décision, dit un autre soldat. Quitter Jennesta pourrait être très dangereux.

—Plus dangereux que de rester avec elle?

Un murmure approbateur salua la réplique du caporal.

—Il a raison. Regarde ce qu'elle a fait au général! s'écria un orc.

Ses compagnons s'empressèrent d'allonger la liste des doléances.

—Et les exécutions!

—Les ordres débiles, les missions suicides!

—Les coups de fouet pour un oui ou pour un non!

—D'accord, d'accord! (Le caporal les fit taire d'un geste.) Nous connaissons tous ses crimes. La question est: que sommes-nous prêts à faire? Allons-nous rester ici et perdre la vie pour elle, ou rejoindre Stryke?

—Que savons-nous au sujet de Stryke? demanda le premier soldat. Comment être certains qu'il ferait un meilleur commandant?

—Ça tombe sous le sens… D'abord, c'est un des nôtres. Ensuite, il fait tourner Jennesta en bourrique depuis un bon moment. Si tu ne veux pas venir, libre à toi. De mon point de vue, l'existence que nous menons est indigne des orcs. Mourir ici ou là-bas ne fera aucune différence, mais au moins, nous aurons l'occasion de nous venger.

—De Jennesta *et* des humains, dit un soldat.

—Exact. Et nous ne serons pas les derniers à nous rallier à la bannière de Stryke. Beaucoup parlent de déserter pour le rejoindre. Le temps des palabres est terminé!

—Vous croyez que les dieux l'ont vraiment envoyé pour nous libérer? demanda une voix hésitante.

—Je l'ignore. Mais d'où qu'il vienne, il tombe à pic. Il ne peut pas nous réserver un pire sort que Jennesta.

Cela suffit à faire pencher la balance.

—Tous avec Stryke! cria un orc.

—Tous avec Stryke! reprirent les autres.

Chapitre 10

L' obscurité totale. Rien à entendre, à toucher ou à sentir. Le vide absolu.

Un point de lumière. Il grandissait rapidement. Si rapidement qu'il eut l'impression de jaillir hors d'un puits, et que cela lui donna le vertige.

Des sensations affluèrent en lui.

De la clarté, une brise fraîche sur sa peau, l'odeur de l'herbe après la pluie, un clapotis.

Il s'aperçut qu'il tenait quelque chose. Baissant les yeux, il vit qu'il serrait un bâton. Et que ses pieds étaient plantés sur de solides planches. Hébété, il leva la tête.

Il était à l'extrémité d'une jetée qui fendait une vaste étendue d'eau transparente. Le soleil faisait scintiller la surface ondulante du lac. Des arbres touffus s'alignaient sur le rivage d'en face. Derrière se dressaient des collines, et plus loin, des montagnes bleues dont la cime disparaissait dans des nuages duveteux. Le chant des oiseaux contribuait à la perfection de cette journée.

—Alors, on rêve ?

Il fit volte-face.

Elle était là. Droite, fière, magnifique. Coiffée d'un bandeau de plumes noires brillantes, un bâton dans les mains, elle lui fit son sourire d'acier.

Il voulut dire quelque chose.

Aussitôt, elle adopta une position de combat.

Elle pointa son bâton sur lui, le tenant les deux mains écartées à hauteur d'épaule, comme un épieu.

Le coup partit si vite qu'il le vit à peine venir. D'instinct, il leva son bâton pour le bloquer.

L'impact ébranla tout son corps.

La femelle orc recula, fit passer son bâton devant elle et attaqua de nouveau. Une fois encore, il para son coup, mais sentit des vibrations remonter *le long de ses muscles jusqu'à ses épaules. Elle se baissa et tenta de l'atteindre à la taille, mais il fut assez rapide pour dévier son bâton.*

— Réveillez-vous ! cria-t-elle en dansant hors de sa portée.

Alors, il comprit que ce n'était pas une agression injustifiée. La femelle orc lui faisait l'honneur de lui proposer un duel amical. Un membre d'une autre race aurait eu du mal à voir l'aspect bon enfant de la chose, car il n'était pas rare que de telles joutes se terminent par des os cassés, voire par une blessure mortelle.

— Battez-vous ! cria-t-elle, confirmant ses soupçons. Ce n'est pas amusant si vous vous contentez de parer !

En restant sur la défensive, il risquait de l'insulter.

Il bondit en avant pour lui faucher les jambes. S'il avait réussi, elle se serait effondrée. Mais elle sauta avec agilité par-dessus son bâton et contre-attaqua immédiatement.

Ils tournèrent l'un autour de l'autre, pliés en deux pour offrir une cible moins importante.

La femelle orc visa sa tête. Il bloqua avec une extrémité de son bâton, au risque de le briser. L'arme de son adversaire rebondit sur la sienne. Il tenta de lui porter au ventre un coup qui lui aurait coupé le souffle, si elle ne l'avait pas dévié.

Elle revint à la charge, lui flanquant une série de coups puissants, qui le forcèrent à faire tournoyer son bâton comme un jongleur pour les éviter. Une seconde de répit lui permit de reprendre l'offensive, mais toutes ses attaques furent parées avec dextérité.

Ils s'écartèrent d'un bond.

L'excitation du combat coulait dans ses veines, lui fouettant l'esprit et les sangs. La femelle orc était une remarquable guerrière ; il n'aurait pu rêver meilleure partenaire.

Après quelques secondes de repos, ils se jetèrent de nouveau l'un sur l'autre. Il frappa et elle esquiva en pivotant.

Il feinta, attaqua, se retira. Elle s'effaçait devant ses coups avec fluidité et en rendait autant qu'elle en recevait. Chacun d'eux passait à l'assaut tour à tour, rencontrait une défense impénétrable et était forcé de reculer face à la contre-attaque.

Puis elle voulut le frapper à l'épaule. Stryke esquiva et son bâton se brisa sur un des poteaux de la jetée. Il lui saisit le poignet et ils éclatèrent de rire.

Elle laissa tomber sa moitié de bâton, qui roula sur les planches.

— On arrête là ? proposa-t-elle.

Il acquiesça et se débarrassa de sa propre arme.

— Vous maniez le bâton à la perfection, haleta-t-elle.

— Et vous êtes une guerrière hors pair...

Ils se regardèrent avec un respect accru. Les muscles lustrés de sueur de la femelle orc la rendaient encore plus séduisante.

—Avez-vous accompli la mission dont vous m'avez parlé, et qui signifie tant pour vous? demanda-t-elle enfin, brisant un silence lourd de tension.

—Non. Il y a beaucoup d'obstacles sur mon chemin. Peut-être trop.

— Vous pouvez sûrement les contourner.

Ce n'était pas sa façon de voir les choses.

—Les orcs ne contournent pas : ils pulvérisent.

—C'est vrai. Mais parfois, une plume est plus efficace qu'une épée.

Il fronça les sourcils, perplexe.

Il y eut un bruit d'éclaboussures. Un poisson jaune et orange aux moustaches noires fouillait les algues qui poussaient sous la jetée. La femelle orc le désigna.

—Voici une créature qui ignore les limites de son monde, et qui dans son ignorance jouit d'une sorte de bonheur.

Elle s'agenouilla et plongea une main dans l'eau. Le poisson s'enfuit.

—Devenez un poisson et ce qui vous barre la route ne sera plus que de l'eau.

—Je ne sais pas nager.

—Ce n'est pas ce que je voulais dire! Mesurez combien vous êtes supérieur à un poisson! (Pendant qu'il réfléchissait, elle se releva et ajouta :) Pourquoi, chaque fois que nous nous rencontrons, ai-je l'impression que vous êtes... éthéré?

—Éthéré?

— Venu d'un autre monde. Comme si vous étiez ici, mais pas tout à fait. Dans mon souvenir, nos conversations tiennent plus du rêve que de la réalité.

Il aurait voulu comprendre ce que ça signifiait, et lui dire que c'était la même chose pour lui.

Mais il retomba dans le vide avant de pouvoir ouvrir la bouche.

Stryke se réveilla en sursaut.

Des rênes dans les mains, il chevauchait avec son unité sur la route de Ruffet. C'était le milieu de matinée d'une journée couverte et pluvieuse.

Il secoua la tête, puis se massa le haut du nez entre pouce et index.

—Tu vas bien, Stryke? s'inquiéta Coilla, sur sa droite.

—Oui. Je suis juste un peu...

—Un autre rêve?

—Oui.

—Mais tu as fermé les yeux trente secondes!

—Vraiment?

—Peut-être encore moins que ça.

—Ça avait l'air... beaucoup plus long, déclara-t-il, stupéfait.

—De quoi s'agissait-il cette fois?

—La femelle orc était là. Elle m'a raconté des choses que j'ai presque comprises... mais pas tout à fait. Ne me regarde pas comme ça!

—Je suis un peu perplexe, c'est tout… Quoi d'autre ?

Stryke plissa le front.

—Elle a dit que je lui paraissais… irréel.

—Pourquoi un rêve ne rêverait-il pas ? demanda Coilla.

Ça devenait un peu trop compliqué pour Stryke.

—Et nous nous sommes livré un duel amical, ajouta-t-il.

Coilla leva un sourcil. Elle savait bien que, dans certaines circonstances, un duel amical était l'équivalent orc du flirt.

—Je sais ce que tu penses. Mais c'est juste quelqu'un dont je rêve !

—Peut-être as-tu créé une femelle parfaite dans ta tête…

—Voilà qui ne me donne pas du tout l'impression d'être cinglé !

—Non, ce n'est pas ce que je voulais dire… D'une certaine façon, c'est compréhensible. Tu n'as jamais eu de compagne. Peu d'entre nous en ont l'occasion, avec la vie que nous menons. Mais tu as du mal à réprimer tes… pulsions naturelles, et elles ressortent dans tes rêves.

—Comment puis-je penser à m'unir à quelqu'un qui n'existe pas ?

—Cette femelle représente ce que tu désires, pas forcément ce que tu peux avoir.

—Ce n'est pas l'impression qu'elle me donne. Mais je vais te dire ce qui m'énerve vraiment. Je ne connais même pas son nom !

Plusieurs heures passèrent sans incident.

En début d'après-midi, Stryke ordonna une autre halte pour reconstituer leurs réserves d'eau et de nourriture avant la dernière ligne droite jusqu'à Ruffet. Quelques orcs partirent chasser et pêcher. D'autres cherchèrent du bois, des racines et des baies.

Stryke garda Coilla près de lui. Il l'entraîna à l'écart, dans un bosquet, du côté océan de la péninsule.

—Qu'y a-t-il ? demanda-t-elle, croyant qu'il voulait de nouveau lui parler de ses étranges rêves.

—Quelque chose que j'ai remarqué un peu plus tôt. Je ne sais pas quoi en penser. (Stryke sortit les étoiles de sa poche, et les posa dans l'herbe entre eux.) J'étais en train de les examiner, et… Voyons si j'arrive à le refaire.

Sous le regard intrigué de Coilla, il prit l'étoile à sept branches de Doux-Foyer, et celle à quatre branches qu'ils avaient récupérée à Grahtt. Très concentré, il les rapprocha l'une de l'autre et les manipula pendant une ou deux minutes.

—Je ne sais pas si… (Un cliquetis étouffé.) Ah, voilà !

Même s'il était difficile de voir comment, les étoiles étaient fixées l'une à l'autre par plusieurs pointes.

—Comment as-tu fait ça ?

—Très franchement, je l'ignore.

Stryke passa les instrumentalités à Coilla. Mais elle ne vit pas quel mécanisme les liait. Pourtant, les deux étoiles s'emboîtaient si parfaitement qu'on aurait dit un seul objet.

—C'est impossible, marmonna Coilla.

—Je sais, dit Stryke.

—La personne qui les a fabriquées devait être très intelligente… (Mais Coilla n'avait jamais rencontré d'artisan capable d'une telle prouesse.) Et comment les détache-t-on?

—Il faut tâtonner et forcer, peut-être parce que je m'y prends mal. (Stryke tendit la main pour récupérer les étoiles.) Mais le truc, c'est qu'elles ont l'air conçues pour être assemblées, pas vrai? À moins que je me fasse des idées…

—Je ne pense pas… Et comment t'en es-tu aperçu? Un coup de chance?

—Pas tout à fait. J'étais en train de les observer, et soudain, ça m'est apparu comme une évidence.

—Tu as des talents cachés. Je ne m'en serais jamais doutée.

Coilla ne pouvait détacher son regard des étoiles. Il y avait dans leur union quelque chose qui défiait toute logique. Un mystère qui la fascinait.

—Mais qu'est-ce que ça signifie?

—Je ne sais pas.

—Évidemment, tu te doutes que si deux d'entre elles s'assemblent…

—Les autres doivent le faire aussi. Mais je n'ai pas eu le temps d'essayer.

—Maintenant, tu l'as!

Stryke voulut prendre une des deux étoiles restantes. Tout à coup, il se pétrifia. Le sous-bois venait de frémir. Coilla et lui se relevèrent d'un bond.

Les buissons s'écartèrent, et une silhouette en sortit à moins de deux pas des orcs.

—Toi! cracha Coilla en portant la main à son épée.

—Je t'avais promis qu'on se reverrait! lança Micah Lekmann.

—Tant mieux, grogna la femelle orc. Comme ça, je vais pouvoir finir le travail.

Ignorant la menace qu'elle venait de proférer, Lekmann baissa les yeux vers les étoiles.

—Très aimable à vous de nous les avoir préparées.

—Si tu les veux, viens donc les prendre! lâcha Stryke.

—Tu as entendu, Greever? appela Lekmann.

Un second humain émergea des fourrés, de l'autre côté de Stryke et de Coilla. Une lame dentelée au bout de son moignon, il tenait un couteau dans son unique main.

—La réunion des fumiers! constata Coilla.

Aulay la foudroya d'un regard haineux.

— Tu vois, Greever ? susurra Lekmann. Je te l'avais dit : il faut diviser pour mieux conquérir.

— Tu vas payer, salope ! dit Aulay en pointant sa lame dentelée vers Coilla.

— Quand tu veux, le borgne. Au fait, il existe un mot pour les gens qui n'ont qu'une main ? Ou qu'une oreille ?

— Où est le débile ? demanda Stryke.

— Tu veux dire, l'autre débile, rectifia Coilla.

Blaan jaillit de la végétation, une énorme massue cloutée au poing. Les autres Renards n'étaient pas en vue.

— Nous voulons juste vos têtes, dit Lekmann, et ces trucs. (Il désigna les étoiles.) Alors, pas la peine de vous mettre dans tous vos états, hein ?

— Rêve toujours, la vérole ! ricana Coilla.

Les épées sortirent de leurs fourreaux huilés.

Stryke et Coilla se placèrent dos à dos, elle face à Aulay, lui face à Lekmann et Blaan.

Les chasseurs de primes approchèrent.

Stryke détourna la lame de Lekmann, qui cherchait une ouverture. Une fois, deux fois, trois fois, leurs lames s'entrechoquèrent. L'humain fit un pas en arrière, donnant à son adversaire l'occasion de pivoter très vite pour lancer un coup de pied dans l'estomac de Blaan. Le gros homme se plia en deux. Stryke se tourna vers Lekmann.

Du côté de Coilla, une tempête à quatre lames faisait rage. Pour ne pas laisser l'avantage au borgne, la femelle orc avait dégainé son épée et un couteau. Les attaques et les contre-attaques se succédaient à la vitesse de l'éclair. Les coups de taille sifflaient au-dessus des têtes et à quelques pouces des estomacs ; les estocs étaient déviés ou esquivés.

Alors qu'ils croisaient le fer, Coilla lança son pied dans le mollet d'Aulay pour l'obliger à reculer. Il sautilla en arrière, furieux, et se reprit si vite qu'il faillit réussir à l'égorger. Mais la femelle orc dévia son épée et riposta.

Blaan tenta de déborder Stryke. Esquivant l'épée de Lekmann, l'orc se retourna et fendit l'air de sa lame. Il ne parvint pas à atteindre le gros homme, mais le manqua d'assez peu pour l'inciter à reculer et put se concentrer de nouveau sur le chef des chasseurs de primes.

Aulay pénétra la garde de Coilla. Il lui porta une attaque avec sa dague tout en s'efforçant de l'embrocher avec son épée. La femelle orc sauta sur le côté et avança en faisant de grands moulinets pour le forcer à battre en retraite. Pendant qu'il reculait, elle se jeta sur lui en brandissant son épée. Elle aurait pu lui fendre le crâne en deux s'il n'avait pas levé sa main artificielle. La lame de Coilla ricocha sur le cylindre métallique.

La fureur d'Aulay redoubla.

Stryke dut faire un choix. Ses deux adversaires étaient assez proches pour lui infliger de graves blessures, mais il ne pouvait pas s'en débarrasser en même temps. Blaan décida pour lui. Sa massue s'abattit pour pulvériser le crâne de l'orc. L'agilité de Stryke lui permit d'esquiver. Sa lame vola et entailla le bras du gros humain qui cria de rage plus que de douleur.

Ni Coilla ni Aulay ne parvenaient à prendre un avantage décisif. Stimulés par leur entêtement et leur soif de sang, ils se jetaient l'un sur l'autre comme des possédés, sans qu'aucun ne parvienne à toucher sa cible.

Profitant de la diversion provoquée par Blaan, Lekmann chargea. Stryke dévia ses coups, puis contre-attaqua et l'obligea à reculer. Ses chances d'en finir étaient bonnes, mais Blaan les gâcha. Du sang dégoulinant de sa plaie, le colosse se jeta de nouveau dans la mêlée. Stryke lui porta un coup latéral qui l'envoya s'écraser dans les buissons.

Blaan venait de se relever lorsqu'un grand frisson le parcourut. Il s'avança vers Stryke d'une démarche raide, le regard vitreux.

Et une hache plantée dans le dos !

Cette vision pétrifia les duellistes. Bouche bée, Coilla et Aulay, Stryke et Lekmann regardèrent Blaan, qui titubait, sa massue toujours à la main.

Puis Haskeer jaillit des fourrés et brisa l'enchantement. Jup et trois autres soldats le suivaient.

Lekmann et Aulay tournèrent les talons pour s'enfuir. Jup et les soldats se lancèrent à leur poursuite, bientôt imités par Coilla.

Stryke et Haskeer restèrent sur place, fascinés par Blaan. La lame de la hache était enfoncée profondément entre ses omoplates, et du sang ruisselait dans son dos. Pourtant, il continuait à marcher. Levant sa massue, il fit mine de l'abattre sur Haskeer.

Stryke et son sergent réagirent ensemble. Le premier plongea son épée dans la poitrine de Blaan ; le second, dans son flanc. Libérant leurs lames, ils regardèrent la montagne de muscles s'effondrer face contre terre. Le sol trembla sous leurs pieds.

Il y eut de l'agitation dans le sous-bois. Lekmann et Aulay en sortirent au galop, talonnés par les orcs – à pied. Stryke et Haskeer se jetèrent sur le côté pour ne pas être piétinés. Coilla lança un couteau, qui passa en sifflant au-dessus de l'épaule d'Aulay. Les chasseurs de primes talonnèrent leurs montures et s'éloignèrent le long de la côte.

— On les suit ? demanda Coilla, le souffle court.

— Le temps d'aller chercher les chevaux, ils auront déjà disparu. Laissons-les partir. Nous aurons d'autres occasions.

— Tu peux compter là-dessus !

Stryke ramassa les étoiles, puis se tourna vers Haskeer.

— Beau boulot, sergent.

—Tout le plaisir était pour moi. De toute façon, je lui en devais une!

Haskeer approcha du cadavre de Blaan, posa un pied dessus et dégagea sa hache. Puis il s'accroupit pour essuyer la lame ensanglantée avec une poignée d'herbe. Jup s'approcha.

—Les charognards vont faire bombance aujourd'hui, dit-il en observant la montagne de chair.

—Cette péninsule commence à être un peu trop fréquentée à mon goût, grogna Coilla.

—Il est vrai que nous attirons sur nous beaucoup trop d'attention, dit Stryke.

—Et il ne faut pas espérer que ça s'améliore, soupira Jup.

Chapitre 11

Les Renards arrivèrent à Ruffet en début de soirée.

Ils surent qu'ils touchaient au but quand ils aperçurent des dessins à la craie sur le flanc d'une colline : un dragon stylisé, un aigle aux ailes déployées et le fronton d'un bâtiment soutenu par des colonnes. Les marques étaient toutes fraîches, presque lumineuses dans la lumière mourante du crépuscule.

Ruffet se dressait dans une petite vallée, près du rivage. Un affluent du Bras de Calyparr serpentait tout autour. Plusieurs canoës et pirogues à fond plat étaient amarrés à un ponton de bois.

Leur approche vigilante conduisit les Renards jusqu'à une butte surplombant la colonie. Stryke confia à deux bleus le soin de veiller sur les chevaux, puis précéda l'unité vers le sommet de la colline.

Au fil des ans, Ruffet s'était agrandi jusqu'à occuper la majeure partie de la vallée. C'était une communauté fortifiée, entourée par de hautes barricades de bois. Çà et là, des tours de garde pointaient au-dessus des remparts, telles de modestes cabanes prises par la folie des grandeurs. Il y avait plusieurs doubles portes, et toutes étaient ouvertes.

— Ils n'ont pas l'air de se croire menacés, dit Coilla.

— Mais ils ont tout prévu pour se défendre au cas où, rappela Stryke. Ce ne sont pas des inconscients.

— Drôle d'endroit, marmonna Jup.

Personne ne le contredit.

Une rangée de tessons courait contre la face intérieure du mur d'enceinte, qui abritait un amas de constructions en bois, en adobe, en ardoise ou même en pierre. Au centre, les Renards remarquèrent trois zones dégagées collées les unes aux autres.

Dans celle de gauche se dressait une pyramide plus haute que les fortifications extérieures de Ruffet, son sommet aplati et entouré de remparts. La pluie tombée récemment faisait luire ses blocs de pierre.

Dans celle de droite, les Multis construisaient un bâtiment, son squelette de poutres visible à travers les échafaudages. Sans doute s'agissait-il du temple mentionné par Katz. Son sol était dallé de marbre gris et blanc. Il semblait évident que le dessin à la craie aperçu par les Renards le représentait sommairement.

Ce fut surtout la clairière du milieu qui retint leur attention. Elle était entourée par des menhirs bleus aussi grands que des maisons et disposés par paires. Au sommet, une troisième pierre, non moins massive, reposait à l'horizontale. Le tout formait une série d'arches étroites.

—Vous imaginez la quantité de travail que ça représente ? s'émerveilla Alfray.

—Les humains sont cinglés, dit Haskeer. Quel gaspillage !

D'autres rochers plus petits étaient éparpillés sans ordre apparent à l'intérieur du cercle.

—Ça alors, murmura Coilla.

—Tu n'en avais jamais vu ? demanda Alfray.

La femelle orc secoua la tête.

—Moi non plus, fit Jup.

—J'en ai déjà vu deux ou trois, dit Alfray, mais ils n'étaient pas si énormes.

Au centre du cercle, dix pierres bleues dessinaient un pentacle. Un flux de magie jaillissait du cœur de l'anneau.

Arc-en-ciel vertical, silencieux et scintillant, il bouillonnait comme un geyser de vapeur. Ses contours fluctuants étaient délimités par une palette de couleurs primaires légèrement plus foncées. Tout autour, l'air ondulait comme sous l'effet d'une intense chaleur.

—La magie doit être très dense ici pour s'échapper en telle quantité, dit Jup.

—C'est grave, souffla Alfray. Elle devrait être à l'intérieur de la terre, occupée à la nourrir.

La colonie grouillait d'habitants à l'air très affairé. Ils se pressaient dans les rues, guidant des chevaux, conduisant des chariots ou vaquant à d'autres occupations. Beaucoup se concentraient autour du temple où ils travaillaient la pierre et le bois. Le bruit de leur labeur montait jusqu'aux Renards.

Coilla se tourna vers Stryke.

—Alors, on fait quoi ?

Fasciné par l'incroyable vision du flux de magie, le capitaine orc eut du mal à s'arracher à sa contemplation.

—Ces gens sont des Multis. Ils devraient se montrer plus accueillants que les Unis face à des représentants des races aînées.

—Ce sont quand même des humains, rappela Haskeer. On ne peut pas leur faire confiance.

—Il a raison, approuva Alfray. Suppose qu'ils décident de nous attaquer?

—Il n'y a que deux possibilités, résuma Stryke. Ou ils sont amicaux et nous leur achèterons peut-être l'étoile. Ou ils sont hostiles, et nous ne pourrons rien faire. Donc, autant nous pointer avec un drapeau blanc.

—Ce sera plus sûr, dit Coilla. Nous savons que Katz est venu ici. Au moins, ils ne font pas la guerre aux pixies…

—Mais souviens-toi de ce qu'il nous a dit: ils construisent un temple pour abriter l'étoile, rappela Jup. S'ils se donnent autant de mal, ça m'étonnerait qu'ils acceptent de s'en séparer.

—Exact, dit Alfray. Quelques sacs de cristal ont peu de chances de les faire changer d'avis.

—S'ils tiennent autant à leur étoile, est-il sage d'avoir les quatre autres avec nous? demanda Coilla.

—Je n'avais pas l'intention de leur en parler, dit Stryke.

—Non, mais qu'est-ce qui les empêchera de nous fouiller?

—Tu pourrais laisser les étoiles ici, sous la garde de deux ou trois soldats, proposa Alfray.

—Ça ne me plaît pas beaucoup. Je fais confiance à tous les membres de cette unité, mais ils seraient trop vulnérables à une attaque. Je préfère les avoir sur moi.

Coilla estima que ce n'était pas la seule raison. Stryke refusait tout simplement de se séparer des reliques! Mais elle garda son opinion pour elle.

—C'est vraiment tout ou rien avec toi, hein? grogna-t-elle.

Stryke ne répondit pas.

—Pourquoi ne pas faire comme à Trinité? lança Haskeer.

—Parce que ce n'est pas une communauté naine où Jup pourrait s'infiltrer facilement, répliqua Stryke. Il n'y a pas d'autres poissons avec lesquels nager.

Si les autres trouvèrent l'image étrange, ils s'abstinrent d'en faire la remarque.

—Alors, quel est ton plan?

—Puisque les portes de la colonie sont ouvertes, et qu'il n'y a pas de patrouilles, je suppose que ces gens souhaitent vivre en paix. Je suggère que nous y allions, que nous les espionnions, que nous voyions comment ils se conduisent…

—Et que nous tentions de voler leur étoile, acheva Jup.

—En dernier ressort, dit Stryke. S'ils refusent de nous la vendre ou d'entendre raison.

—Parce que la raison est de notre côté? railla le nain.

—Je voudrais y réfléchir encore un peu. (Stryke leva les yeux vers le ciel.) Ou on y va maintenant, avant la tombée de la nuit, ou on attend demain matin ? Je vote pour demain matin.

Il semblait si décidé que personne ne protesta.

— Il ne faudrait pas traîner trop longtemps dans le coin, conseilla tout de même Alfray. Nous pourrions recevoir des… visites indésirables.

— Je vais doubler la garde, et nous dormirons d'un œil cette nuit.

Au sommet d'une autre colline, non loin de là, Kimball Hobrow déclamait une harangue :

— … Nous marcherons sous la bannière de notre Seigneur Dieu Tout-Puissant !

Un chœur de rugissements ponctua ses paroles.

Il se tenait près de Miséricorde, tous deux baignés par la lumière vacillante des torches qui les encadraient. Devant eux se dressait une armée, océan de soldats humains brandissant leurs propres brandons enflammés. Ses gardes occupaient la place d'honneur, aux premiers rangs.

— L'heure de notre délivrance approche, mes frères ! Il ne nous faut plus que la volonté d'écraser les hérétiques, de pulvériser les os des Multis et des races aînées sans foi ni loi ! Or, j'ai cette volonté !

Un autre tonnerre de rugissements le pressa de continuer.

— J'ai cette volonté, et le soutien du Dieu de la création pour l'exercer !

Il tourna la tête pour balayer du regard une foule hétéroclite de gardes, d'Unis venus de loin pour répondre à son appel, et de quelques nains. Mais tous étaient là pour servir le Saint-Esprit, à l'exception des nains, qui se battaient pour de l'argent.

— Nous avons de nombreux ennemis, car le mal est partout ! En ce moment même, l'une de ses représentantes marche sur Ruffet ! Vous la connaissez : c'est la putain des Écritures, la vipère dans le royaume terrestre de Dieu ! Ensemble, nous la mettrons en déroute !

De nouveaux vivats firent vibrer ses tympans.

— Nous sommes déjà nombreux, et nous le serons davantage encore ! Alors nous nous battrons pour l'avenir de nos races ! (Il fallait bien inclure les nains, pour le moment.) Pour nos enfants ! (Il tendit une main vers Miséricorde.) Pour nos âmes immortelles !

La clameur de son armée aurait suffi à réveiller les morts.

Trois ou quatre cents cadavres humains jonchaient le champ de bataille près d'innombrables carcasses de chevaux et de bêtes de somme. Des chariots renversés, dont certains brûlaient, formaient des îlots au milieu de ce carnage.

L'air de s'ennuyer mortellement, Jennesta observait ses troupes qui se déplaçaient parmi leurs victimes, à la lueur des torches, détroussant les morts et achevant les blessés.

Mersadion vint l'inviter à célébrer cette petite victoire, mais elle n'était pas d'humeur à ça.

—Je la *maudis,* votre victoire! Être tombés sur ces imbéciles nous a encore retardés. Rien n'est aussi important que les Renards et l'instrumentalité.

Elle s'était oubliée, employant devant lui un mot qu'il n'avait jamais entendu dans sa bouche. Il avait une vague idée de son importance, mais lutta pour n'en rien laisser paraître.

—Un de nos ennemis mourants nous a révélé qu'ils étaient en route pour rejoindre une grande armée Uni, ma dame.

—Où ça?

—Nous n'en sommes pas certains, mais elle ne doit pas être loin.

—Dans ce cas, renforcez la sécurité. Faites votre devoir, et ne venez pas m'ennuyer avec ce genre de détails. Contentez-vous de m'emmener à Ruffet!

Jennesta le congédia d'un geste rageur. Mersadion s'éloigna, remâchant son ressentiment.

Un ruisseau coulait non loin de là. Jennesta prit une torche et alla s'asseoir sur la rive pour bouder à loisir.

La torche, qu'elle avait plantée dans le sol, projetait des ombres vacillantes sur la surface noire de l'eau. Au bout d'un moment, elle s'aperçut que le reflet des flammes se précisait. Leur mouvement devenait moins aléatoire et leur clarté augmentait. Le feu et l'eau s'unirent et tourbillonnèrent.

Plus résignée que surprise, Jennesta regarda un visage se former dans le ruisseau. Depuis la mort d'Adpar, sa dernière sœur et elle n'avaient plus besoin d'un médium élaboré pour communiquer. Le problème était que ça fonctionnait dans les deux sens.

—Il ne manquait plus que toi, Sanara!

—*Tu ne pourras pas échapper éternellement aux conséquences de tes actes.*

—Et que sais-tu de mes actes, sale petite fouineuse?

—*Je sais ce que tu as fait à notre sœur.*

Si l'occasion se présentait, Jennesta recommencerait volontiers! Et si elle ne se présentait pas, elle la provoquerait!

—Tu devrais te réjouir. Ça fait un tyran de moins en Maras-Dantia.

—*Ton hypocrisie est stupéfiante! Ne vois-tu pas que beaucoup te considèrent comme le pire des tyrans?*

—Vraiment?

—*Tu sais très bien que ton despotisme est sans égal.*

—Pire que celui de l'absurde divinité des Unis?

— *Tu te compares à un dieu, maintenant ?*

— Tu sais bien ce que je veux dire. Nous ne sommes même pas certains qu'il existe !

— *On pourrait en dire autant des dieux des races aînées.*

— Qui se croit au-dessus des dieux, à présent ? ricana Jennesta. Bref... Tu voulais seulement me critiquer, ou as-tu quelque chose d'utile à me dire ? Je suis très occupée, tu sais...

— *Tu repousses même ceux qui tentent de t'aider.*

— Je suis assez forte pour me débrouiller seule.

— *Peut-être. Et l'idée que tes fidèles désertent en masse devrait sans doute me ravir.*

— J'obtiendrai très bientôt ce que je désire. Alors, je n'aurai plus besoin de fidèles mortels.

— *Il y a d'autres joueurs dans cette partie. Des joueurs puissants. Dont quelqu'un que tu devrais craindre.*

— Qui ? Les Unis, les Multis, les fanatiques religieux ? Ou les orcs que je poursuis ? Une unité de combat qui fuit devant moi sans oser m'affronter ? Ces sauvages ?

— *Tu te moques d'eux, mais jusque-là, ils ont mieux réussi que toi.*

— Ce qui signifie ?

— *J'en ai assez dit.*

— Ils détiennent plus d'une instrumentalité, c'est ça ? demanda Jennesta.

Sanara ne répondit pas.

— Ton silence est très éloquent, petite sœur. Et je t'en remercie. À présent, capturer cette unité me rapportera plus que je ne l'espérais. Ces idiots ont fait le travail pour moi.

— *Tu courtises la mort et la damnation !*

— Je ne les courtise pas, Sanara : je suis leur maîtresse et je ne les redoute pas.

— *Nous verrons bien. Mais pourquoi causer tant de souffrances ? Tu peux encore te racheter.*

— Oh, pitié ! Joue-moi un autre air, espèce de pleurnicheuse !

— *Tu ne pourras pas dire que tu n'as pas été prévenue.*

— Tu m'enlèves les mots de la bouche !

Jennesta gifla l'eau, brisant la communication.

Elle savait qu'elle aurait plus de mal à se débarrasser de Sanara que d'Adpar : sa deuxième sœur bénéficiait d'une protection supérieure. Mais elle se promit de mettre cette tâche en deuxième position sur sa liste des choses à faire.

D'abord, les Renards !

Stryke et son unité étaient toujours perchés sur leur colline quand l'aube se leva.

Les premiers rayons du soleil éclairèrent les étranges structures de Ruffet, en contrebas. Les oiseaux chantaient. Les orcs qui n'étaient pas de garde se réveillèrent l'un après l'autre. Stryke avait à peine dormi, comme Coilla.

—Ils ne s'arrêtent donc jamais? demanda la femelle orc en désignant la colonie.

Malgré l'heure matinale, des humains s'affairaient déjà. Ils apportaient des matériaux sur le chantier et escaladaient les échafaudages.

—Ils sont très industrieux, dit Stryke. En fait, ils ont travaillé toute la nuit.

À pied ou à cheval, d'autres humains faisaient le tour du mur d'enceinte.

—Finalement, ils organisent quand même des patrouilles, constata Jup.

—Ils seraient stupides de ne pas le faire, marmonna Haskeer.

—Qu'as-tu décidé, Stryke? demanda Alfray.

—D'y aller à découvert, et de montrer que nous ne voulons pas les agresser.

—Comme tu voudras.

—Tu as l'air sceptique.

—Nous le sommes tous un peu, soupira Coilla. Si les choses tournent mal, nous devrons compter uniquement sur notre chance.

—Je ne vois pas d'autre solution. Comme je l'ai dit hier…

Stryke s'interrompit, étudiant le pied de la colline par-dessus son épaule.

—Qu'est-ce que c'est? s'impatienta Coilla.

—Quelqu'un arrive.

Haskeer dévisagea le capitaine.

—Hein?

Des cavaliers apparurent au bout de la route, à l'autre extrémité de la vallée.

—Par les dieux! s'exclama Jup. Ils sont au moins deux cents.

Coilla mit une main en visière.

—Et ce sont des orcs.

—Tu as raison, souffla Alfray. À ton avis, que veulent-ils, Stryke?

—Si nous jouons de malchance, il peut s'agir des éclaireurs de Jennesta.

—Ils nous ont vus, annonça Haskeer.

Certains cavaliers agitaient des lances et des boucliers dans leur direction.

—Ils ne semblent pas hostiles, dit Jup.

—À moins que ce soit un piège, grogna Haskeer.

—Je t'avais prévenu, Stryke ! C'est la double vue ! affirma le nain, très excité.

—Que veux-tu dire ? demanda Stryke, mal à l'aise.

—Tu savais qu'ils venaient avant que nous les voyions. Or, ils n'ont fait aucun bruit. Tu as une autre explication ?

—C'était un… pressentiment. (Il eut conscience que les autres le dévisageaient, perplexes.) Quoi ? Il ne vous arrive jamais de faire confiance à votre instinct ?

Alfray désigna les cavaliers.

—Ce n'est pas le moment de nous disputer. Qu'est-ce qu'on fait ?

—Je vais descendre leur parler, décida Stryke. Tu m'accompagnes, avec Coilla et quatre bleus. Haskeer, Jup, vous commanderez en notre absence.

Stryke fit signe à Orbon, à Prooq, à Vobe et à Finje. Le petit groupe descendit la colline et arriva en bas en même temps que les cavaliers, qui arboraient un grand sourire. Parmi eux, Stryke crut reconnaître deux ou trois gardes du corps de Katz.

À leur tête chevauchait un caporal qui semblait être le chef. Il salua les Renards.

—Je m'appelle Krenad, se présenta-t-il. Salutations. Vous êtes Stryke ?

—Qu'est-ce que ça peut vous faire ?

—Nous sommes venus nous joindre à vous.

—Je ne recrute pas.

Le caporal Krenad sursauta.

—Écoute-le, Stryke, souffla Coilla.

Stryke reprit la parole un peu moins sèchement.

—D'où venez-vous ?

—De partout, capitaine. La majorité de mes compagnons ont déserté la horde de Jennesta. Nous avons ramassé le reste en route. Et il en vient encore d'autres.

—Pourquoi tant d'orcs souhaitent-ils se rallier à moi ?

—Je pensais que c'était évident, répondit Krenad, stupéfait.

—Comment avez-vous su où nous trouver ? demanda Alfray.

—C'est grâce à Jennesta, d'une certaine façon, répondit Krenad. Elle arrive à la tête d'une armée. Une grosse. Et tous ses soldats ne sont pas dans les mêmes dispositions que nous, loin de là. Nous avons voyagé léger pour la distancer. Ça fait un moment qu'elle vous piste, et un de ses dresseurs de dragons vous a repérés.

—Nous pensions qu'elle se dirigeait vers Drogan, dit Alfray.

—Quand elle a appris que vous longiez la péninsule, elle a décidé de contourner la forêt.

—Au moins, les centaures n'auront pas à souffrir de son passage, se réjouit Coilla.

—Oh, c'est vous qu'elle veut, dit Krenad, ça ne fait aucun doute. Mais ce n'est pas tout.

Coilla leva un sourcil.

—Quoi encore?

—Une autre armée la précède. Nous pensons que ce sont des Unis, et qu'ils devraient être ici demain.

—De pire en pire. (Coilla se tourna vers Stryke.) Tu ne peux pas les renvoyer. Pas alors que tout ce joli monde ne tardera pas à nous tomber sur le dos!

Stryke eut une moue dubitative.

—Nous sommes à l'extrémité d'une péninsule, au cas où tu ne l'aurais pas remarqué, intervint Alfray. Si nous voulons sortir vivants de ce cul-de-sac, un peu d'aide ne sera pas superflue.

Stryke réfléchit encore.

—Allez! le pressa Coilla. La logique militaire te souffle que c'est la seule solution.

—D'accord, capitula Stryke. Pour le moment. Mais jusqu'à ce que le problème soit réglé, vous serez sous mon commandement, caporal.

—Oui, chef! C'est tout ce que nous souhaitons!

Dans les rangs, un orc hurla:

—On commence bientôt à se battre?

—Je n'ai pas l'intention de le faire, répliqua Stryke. (Il s'adressa aux quatre bleus qui l'accompagnaient.) Cantonnez ces soldats. (Puis il se tourna vers Krenad.) Vous exécuterez leurs ordres comme si c'étaient les miens. Compris?

Le caporal acquiesça. Stryke se détourna et remonta la pente, Alfray et Coilla sur les talons.

—Misère, grogna-t-il entre ses dents. Une force aussi importante fera croire aux Multis que nous sommes venus les attaquer.

—Pas nécessairement, dit Coilla. Pas si nous y allons maintenant et que nous leur exposons la situation avant qu'elle dégénère.

—Moi, je pense que l'arrivée de ces déserteurs est providentielle, dit Alfray.

Stryke le foudroya du regard. Coilla sourit.

—On dirait que tu te retrouves dans le rôle du meneur, que ça te plaise ou non.

Par-dessus son épaule, Stryke regarda les deux cents cavaliers.

—Je n'ai jamais voulu ça…

—Mais c'est arrivé quand même. Assume!

Chapitre 12

Brandissant un drapeau blanc, Stryke approcha des portes de Ruffet. Coilla, Alfray et Jup l'accompagnèrent. Haskeer était resté en arrière, avec pour mission de surveiller leurs nouvelles recrues.

Une demi-douzaine de gardes avancèrent à leur rencontre. Ils étaient vêtus de tuniques marron foncé, de pantalons noirs et de hautes bottes de cuir. Tous avaient des épées, et la moitié portaient un arc en bandoulière.

—Salutations! lança Stryke. Nous venons en paix.

Un des gardes portait un brassard vert qui semblait indiquer son grade.

—Et nous vous accueillons dans le même esprit, récita-t-il. (Puis, oubliant le protocole, il ajouta :) Que venez-vous faire ici?

—Nous voulons parler avec votre chef.

—Nous n'avons pas de chef, mais un conseil composé de civils, de prêtres et de militaires qui prennent toutes les décisions relatives à la communauté.

—Très bien. Dans ce cas, pouvons-nous voir ses représentants?

—Nous ne refusons pas d'accorder des audiences, à condition qu'elles soient justifiées.

—Nous cherchons seulement la protection de vos murs pour nous reposer avant de continuer notre chemin.

—Vous avez des troupes importantes, et vous êtes des orcs. À quoi vous servirait notre protection?

—Même les orcs ont besoin de dormir, et nous vivons une époque agitée. Je vous donne ma parole que nous ne sommes pas une menace pour vous. Pour prouver notre bonne foi, nous sommes prêts à vous confier nos armes.

Cet argument fit pencher la balance en faveur de Stryke.

—Je sais que c'est une proposition difficile à faire pour un orc, dit l'officier. Vous pouvez conserver vos armes. Mais sachez que toute trahison sera sévèrement punie.

Il désigna les deux tours de garde qui encadraient les portes. Au sommet, des archers étaient prêts à tirer.

—Vos déplacements seront surveillés, et mes hommes ont l'ordre de vous abattre au premier signe de violence. J'espère que vous comprendrez notre prudence…

—Bien entendu, fit Stryke. Comme je l'ai dit, nous vivons une époque agitée.

L'officier les précéda dans l'enceinte de la colonie.

—Un début prometteur, murmura Coilla.

Avant que Stryke puisse répondre, un second comité d'accueil avança vers eux. Il se composait de deux humains qui devaient être des anciens, et d'un militaire très raide dont la manche portait trois bandes vertes.

—Je suis le conseiller Traylor, se présenta un des vieillards. Voilà le conseiller Yandell, et le commandant Rellston, qui dirige notre milice.

Rellston ne daigna pas sourire. Il était encore assez jeune, avec une barbe blonde et des cheveux qui commençaient à grisonner sur les tempes.

—Salutations. Je suis le capitaine Stryke, et voilà une partie de mes officiers. Merci de nous faire si bon accueil.

Rellston ricana.

—Vous êtes les Renards, pas vrai ?

Il semblait inutile de le nier.

—Oui.

—J'ai entendu dire que vous aviez fait du grabuge un peu partout en Maras-Dantia.

—Nous ne cherchons pas les ennuis, et nous en avons causé seulement aux Unis.

Ce n'était pas tout à fait vrai, mais Stryke ne pouvait pas s'offrir le luxe de l'honnêteté.

—Peut-être, répliqua Rellston, sceptique. Laissez-moi vous dire que nous n'encourageons pas la violence, ici ! Nous respectons nos voisins, mais tout ce qui nous importe réellement, c'est qu'on nous fiche la paix. Toute personne qui compromet notre tranquillité le paie chèrement, surtout si elle est d'une autre race.

Stryke se réjouit qu'Haskeer ne soit pas avec eux. Les dieux seuls savaient comment il aurait réagi face au commandant.

—Nous ne sommes pas animés de mauvaises intentions, affirma-t-il, même si c'était un demi-mensonge, à cause de l'étoile.

—Que voulez-vous de nous ?

—Rien qui vous nuira.

—Plus spécifiquement ?

—Nous aspirons à nous reposer dans un endroit sûr. Et nous ne réclamons même pas de provisions ou d'eau.

— Notre colonie n'est pas un refuge !

— Souvenez-vous que nous combattons pour la même cause.

— Ça se discute.

Stryke ne mordit pas à l'hameçon. De toute manière, Rellston avait plus ou moins raison.

À cet instant, ils furent rejoints par deux autres humains : une adulte et un enfant mâle.

La femme était grande et mince, avec de longs cheveux noirs brillants tenus par un bandeau orné d'opales. Elle avait un teint de pêche et des yeux bleu cobalt de la même couleur que sa robe fermée par une cordelette dorée. Pour autant que des orcs et un nain puissent le dire, elle devait être jugée très belle par ses semblables.

— Voilà Krista Galby, notre Grande Prêtresse, annonça Traylor.

Stryke se présenta. La femme tendit un bras. Peu habitué à fréquenter des humains, ce geste le surprit. Mais il lui serra quand même la main, prenant garde à ne pas écraser ses doigts trop fins.

La paume de Krista Galby était douce et tiède : rien à voir avec la saine rugosité de celle d'un orc.

Diplomatiquement, Stryke dissimula son dégoût.

— Ce sont les Renards, annonça Traylor. Enfin, une partie.

— Vraiment ? Vous avez mouché quelques nez ces derniers temps, dit Krista.

— Seulement ceux qui s'étaient fourrés dans nos affaires, répliqua Coilla.

La prêtresse éclata de rire.

— Bien dit ! Même si je désapprouve la violence injustifiée.

Stryke présenta Coilla, Alfray et Jup sous le regard désapprobateur de Rellston. Puis Krista posa une main sur la tête du petit garçon et lui ébouriffa tendrement les cheveux.

— Mon fils, Aidan.

Même un orc n'aurait pas pu douter de leur parenté. L'enfant avait les cheveux noirs, les yeux bleus et les traits séduisants de sa mère. Quand il leur fit un sourire hésitant, Stryke estima qu'il devait avoir sept ou huit printemps.

Il remarqua également que Krista Galby devait être une femme importante, car tous les autres, y compris l'arrogant commandant Rellston, lui manifestaient une grande déférence.

— Quel est le but de votre visite ? demanda-t-elle.

Stryke n'eut pas le temps de répondre.

— Stryke et sa compagnie réclament notre protection, dit le conseiller Yandell, qui s'exprimait pour la première fois depuis leur arrivée. (Il regarda Rellston.) Mais le commandant a quelques réserves.

—Il a raison de s'inquiéter pour notre sécurité, approuva Krista. Comme toujours, nous lui sommes reconnaissants de sa vigilance.

Stryke devina qu'il assistait à une lutte entre les pouvoirs spirituel et temporel de la colonie. Et Krista s'en sortait bien.

—Mais je ne vois aucune raison de douter des bonnes intentions de nos invités, continua-t-elle. Et il est dans nos principes d'accueillir tous ceux qui viennent à nous sans malveillance.

Les deux anciens opinèrent du chef.

—Vous allez leur donner une autorisation de séjour illimitée? s'exclama Rellston.

—Je souhaite qu'ils profitent de notre hospitalité pendant une journée. Je me porte garante d'eux. Cela vous convient-il, capitaine?

—C'est tout ce que nous demandions, dit Stryke.

Les anciens prirent congé, invoquant les travaux qui requéraient leur attention, et s'éloignèrent.

Rellston s'attarda.

—Avez-vous besoin d'une escorte, ma dame?

—Non, commandant, dit Krista. Ce ne sera pas nécessaire.

L'officier foudroya les Renards du regard et s'en fut à son tour.

—Pardonnez son impolitesse… Rellston est un excellent militaire, mais il a des préjugés contre les autres races. À Ruffet, nous ne sommes pas tous comme lui.

Coilla changea de sujet.

—Il semble y avoir beaucoup d'activité ici. Pouvons-nous vous demander ce qui se passe?

Krista désigna le geyser magique, son sommet visible par-dessus les toits de la colonie.

—Tout ce que nous faisons tourne autour de ça.

—Quand cela a-t-il commencé? demanda Alfray.

—C'était une petite fuite quand nous nous sommes installés ici, à l'époque où je n'étais pas plus âgée qu'Aidan. C'est pour ça que nos pères ont choisi cet endroit. Mais dernièrement, la brèche s'est agrandie.

—Une telle déperdition d'énergie doit être nocive pour la terre, dit Jup.

—Très nocive, approuva Krista. Mais nous n'avons pas trouvé de moyen de l'endiguer. Aussi, nous avons opté pour une autre solution.

—Laquelle?

Elle le dévisagea un moment, comme si elle pesait ses mots.

—Je vais vous montrer, proposa-t-elle enfin. Aidan, retourne à tes études.

Le petit garçon aurait visiblement préféré rester, mais il hocha la tête et partit en courant.

Krista entraîna les Renards dans une direction différente.

— Une seule journée, dit Jup à voix basse.

Stryke acquiesça, conscient qu'ils devraient faire très vite pour atteindre leur objectif en si peu de temps.

La Grand Prêtresse les guida vers le cœur de la colonie. Les passants les observaient sans cacher leur curiosité, mais sans faire montre d'hostilité. Enfin, ils s'engagèrent sur le chemin qui menait au temple en construction.

Bien qu'inachevée, c'était une structure imposante. La façade était en marbre, comme ils le soupçonnaient, et la demi-douzaine de piliers qui entouraient l'entrée étaient aussi hauts qu'un chêne centenaire. Une volée de marches montait jusqu'à la double porte, gardée par des miliciens armés de piques.

L'intérieur était éclairé par des torches et des lampes à huile. Il y avait même quelques échantillons de verre teinté, un matériau précieux entre tous. Des centaines d'hommes et de femmes entraient et sortaient du temple ou s'affairaient sur les échafaudages qui l'entouraient. Des chariots faisaient la queue pour livrer du matériel.

— Je suis désolée, mais l'accès est interdit aux visiteurs, qui ralentiraient les travaux.

Stryke pensa que ça n'était sûrement pas la seule raison.

— C'est magnifique, dit Alfray en se tordant le cou pour admirer le toit en forme de dôme.

— Nous en sommes très fiers, dit Krista. Connaissez-vous nos croyances ?

— Pas vraiment, répondit Jup. Nous savons que vous êtes des Multis, que vous vénérez les vrais dieux et partagez notre respect de la Nature.

— C'est exact. Mais à Ruffet, nous avons développé nos propres traditions. Nous pensons que la création repose sur une triade. Au niveau séculier, cela se traduit par l'existence d'un conseil formé de citoyens, de militaires et de prêtres. Au niveau spirituel, nous vénérons la sainte Trinité de l'Harmonie, de la Connaissance et du Pouvoir. (Krista désigna le temple.) Il représente la Connaissance. Venez voir l'Harmonie et le Pouvoir.

Intrigués, les Renards la suivirent le long d'une avenue orientée vers le sud. Ils débouchèrent dans la clairière centrale, au cœur du cercle de pierres bleues. Vu de près, ils furent frappés par son énormité. Mais le geyser magique les impressionna encore davantage.

— L'énergie est si forte que je peux presque la goûter, dit Jup.

Stryke avait la même impression. Ses oreilles bourdonnaient, et tous ses poils se hérissaient. Pourtant, les orcs n'étaient pas censés être sensibles à la magie, Alfray et Coilla ne paraissant pas affectés.

— C'est l'Harmonie, dit Krista. Ces pierres ont des propriétés très particulières. Nous ne comprenons pas comment, mais nous savons qu'elles attirent et canalisent l'énergie de la terre. (Elle désigna la pyramide.) Cette énergie est ensuite stockée là, au centre du Pouvoir.

— Vous réussissez à la conserver ? s'exclama Jup.

Une vague contrariété passa sur le visage de Krista.

— Pas encore, mais je crois que nous touchons au but. L'énergie de la terre est une force mystérieuse, et nous disposons de très peu de données à son sujet.

— Raison de plus pour ne pas chercher à la manipuler, non ?

— Je suis d'accord avec vous, et je sais que le problème est de notre faute. Ou plutôt de celle des Unis qui saccagent les lignes de pouvoir.

— Je ne voulais pas vous offenser.

— Je ne le suis pas ! Croyez-moi, nous nous efforçons seulement de guérir la terre et de restaurer son énergie. Nous nous sentons responsables des crimes des humains…

— Votre entreprise est très louable, la félicita Alfray.

— Nous pensons que toutes les races peuvent vivre ensemble, et en harmonie avec la Nature. Je sais que cela semble utopique dans les circonstances actuelles.

— Hélas, dit Jup.

— Ce n'est pas une raison pour ne pas essayer, intervint Coilla. Nous avons tous des rêves…

— J'espère que vous réaliserez le vôtre, lui souhaita Krista.

Les Renards avaient si rarement affaire à des humains amicaux qu'ils ne trouvèrent rien à répondre.

Dehors, les Renards et les déserteurs orcs commençaient à s'ennuyer ferme. Ils furent momentanément détournés de leur frustration par la visite de plusieurs gardes, accompagnés par des citoyens venus leur distribuer de la nourriture et de la bière.

Ils ne pouvaient pas se douter que le calme touchait à sa fin.

Une des sentinelles postées sur une colline voisine cria soudain en agitant les bras. Les autres l'imitèrent avec un temps de retard. Mais elles étaient un peu trop loin, et le vent un peu trop fort, pour que leurs paroles atteignent le gros des troupes.

Haskeer se tourna vers un des bleus.

— Qu'est-ce qu'ils racontent, Eldo ?

Le soldat haussa les épaules.

— Je ne sais pas, chef.

Haskeer glissa une main derrière son oreille et écouta. Comme il ne comprenait toujours rien, il fit de grands signes aux sentinelles pour leur ordonner de revenir.

— Des cavaliers, haleta le premier orc qui le rejoignit en courant. Des tas… de cavaliers… dans la vallée.

—Quel genre ? demanda Haskeer.

—Des… chemises noires. Par centaines.

—Et merde ! Les hommes d'Hobrow ! Krenad ! Venez ici !

Le caporal accourut.

—Je croyais qu'ils devaient arriver demain !

—Selon nos estimations, oui.

—Vous dites que des Unis arrivent ? demanda un garde Multi, qui avait surpris la conversation.

—Oui. Les fidèles de Kimball Hobrow, de Trinité.

—Malédiction ! Il faut faire rentrer tout le monde et donner l'alerte.

—Très juste… Eldo, Vobe, Orbon ! Conduisez les autres dans la colonie, et que ça saute !

Alors que les bleus s'empressaient de faire passer le mot, le garde Multi déclara :

—Nous devons y aller à pied pour ne pas déclencher la panique.

—Hein ?

—Si vous déboulez à cheval, mes concitoyens penseront que vous les attaquez !

—Ouais… (Haskeer mit ses mains en porte-voix.) Ne montez pas en selle ! Tenez vos montures par la bride !

Puis ce fut la ruée vers les portes de Ruffet.

Stryke et Krista s'interrogeaient sur la meilleure façon d'introduire les orcs dans la colonie quand ils furent interrompus par une clameur distante. Une cloche sonna. Puis une autre, et encore une autre.

—L'alarme ! s'exclama la Grande Prêtresse. Nous sommes attaqués !

—Mais qui… ? commença Coilla.

L'arrivée de Rellston l'empêcha de finir sa question.

—Que se passe-t-il, commandant ? demanda Krista.

—Des Unis approchent. (Il foudroya les Renards du regard.) Ça m'a tout l'air d'une trahison.

—Non ! dit Stryke. Pourquoi comploterions-nous avec des Unis ? Ça n'a aucun rapport avec nous.

—C'est ce que vous dites.

—Utilisez votre cerveau, commandant ! ordonna Krista. Si nos invités étaient hostiles, ils ne se seraient pas livrés à nous.

—Ces humains sont-ils vêtus de noir ? demanda Alfray.

—Oui, répondit Rellston.

—Ce sont les soldats de Kimball Hobrow.

—Hobrow ? répéta Krista.

—Vous le connaissez ?

—Évidemment. C'est un des chefs religieux Unis les plus implacables. Et ses fidèles sont de vrais fanatiques.

—À qui le dites-vous! grogna Jup.

—Tous aux portes de Ruffet! ordonna Stryke.

—Une minute! tonna Rellston. C'est moi, le responsable de la sécurité.

—Nous sommes des combattants professionnels. Croyez-moi, nous pouvons vous aider.

—Nous n'avons pas le temps de nous disputer, rappela Krista. Laissez les orcs vous prêter main-forte, commandant. Je dois aller au temple.

Elle partit en courant.

L'air dégoûté, Rellston fit demi-tour et s'éloigna. Les Renards coururent vers les portes de la colonie.

Quand ils les atteignirent, quelques minutes plus tard, ils virent leurs compagnons orcs les franchir. Une foule de Multis s'étaient rassemblés pour distribuer des armes. D'autres se tenaient prêts à refermer les portes derrière les derniers retardataires. Au milieu du chaos, Haskeer organisait les défenses.

Prooq sortit de la foule.

—Chef, les soldats d'Hobrow sont juste derrière nous. Quatre cents, peut-être cinq cents.

—Bordel, ils sont en avance!

Stryke repéra Krenad et lui ordonna de déployer les déserteurs.

Par les portes entrouvertes, ils virent une horde d'humains déferler sur les talons des derniers orcs. Dès qu'ils eurent franchi le mur d'enceinte, des dizaines de défenseurs s'empressèrent de fermer la porte.

Avant qu'ils aient fini, une vingtaine de cavaliers força le passage.

—En avant! rugit Stryke.

Les orcs passèrent à l'attaque au moment où les portes se refermaient sur le gros des assaillants. Du coup, ceux qui avaient réussi à entrer furent encerclés par les défenseurs.

Haskeer adopta une tactique directe mais efficace. Soulevant un tonneau à bras-le-corps, il le jeta sur le cavalier le plus proche. Percuté de plein fouet, l'humain vida les étriers.

Le tonneau éclata et tous les combattants qui étaient à proximité reçurent une douche de vin rouge.

—Quel gaspillage, gémit Jup.

Un couteau entre les dents, il escalada un tonneau intact et sauta sur un cavalier qui passait près de lui.

Les deux adversaires roulèrent sur le sol. Jup planta son couteau dans le cœur de l'humain, puis se redressa et se chercha une autre victime.

Coilla empoigna les rênes d'un cheval privé de cavalier et se hissa en selle. Dégainant son épée, elle fonça vers un Uni qui harcelait deux défenseurs armés de piques. L'humain se retourna pour croiser le fer avec elle. Ils échangèrent quelques coups avant que la femelle orc réussisse à le blesser. L'homme s'écroula, et les défenseurs l'achevèrent. Coilla attrapa au vol les rênes de son cheval et l'immobilisa pour permettre à Stryke de sauter en selle. Puis ils se séparèrent.

Stryke remporta une première victoire facile en frappant un Uni dans le dos. Le suivant lui opposa davantage de résistance. Ils luttèrent furieusement tandis que leurs montures hennissaient et se cabraient. Enfin, Stryke plongea son épée dans la poitrine du soldat. Son cheval détala, emportant son cadavre vers un groupe de Multis qui le délogèrent de sa selle sans cérémonie. L'un d'eux prit sa place et partit en quête d'autres proies.

Un Uni tenta d'embrocher Alfray avec sa lance. Le caporal dévia l'arme, mais il fut forcé de reculer contre un mur. Soudain, deux orcs apparurent derrière l'Uni et lui sautèrent dessus pour le désarçonner. L'humain tomba sur la terre battue ; un des orcs l'égorgea avec son épée.

Un couteau lancé par Jup abattit un Uni. Pendant ce temps, Haskeer en déséquilibra un autre et lui cogna la tête sur le sol pour l'assommer.

La supériorité numérique prévalut. En quelques minutes, tous les envahisseurs furent morts ou agonisants. Stryke et ses officiers se rassemblèrent.

— C'était sans doute une attaque improvisée. Ils ont vu une occasion et ils ont sauté dessus. Nous devons renforcer la sécurité avant que le gros de leurs forces ne s'organise.

Les cloches sonnèrent de nouveau. Au loin, un rugissement retentit. Un soldat que Stryke ne connaissait pas accourut vers lui.

— Ils n'ont pas pu fermer la porte ouest à temps !

— Krenad ! cria Stryke. La moitié de votre groupe avec moi ! Vous restez ici avec le reste pour défendre cette porte !

Des Multis fonçaient déjà vers l'ouest. Les cloches et le vacarme redoublèrent d'intensité.

— Nous allons perdre le contrôle si nous ne réagissons pas très vite, dit Alfray en se hissant sur le dos d'un cheval.

Haskeer et Jup avaient également récupéré des montures. Les fantassins orcs se massèrent autour d'eux.

— En avant ! s'égosilla Stryke.

Il galopa vers la source du tumulte.

Chapitre 13

La petite armée d'orcs déferla dans les rues de Ruffet, ralliant des citoyens sur son passage. À l'exception des officiers, tous étaient à pied.

Leur cavalcade ajouta à la confusion, car la plupart des Multis ignoraient qui ils étaient. Tous les dix pas, ceux qui les accompagnaient et qui étaient au courant de la situation devaient justifier leur présence.

Lorsqu'ils atteignirent la porte ouest, elle était grande ouverte.

Une bataille monstrueuse se livrait autour de l'entrée. Les hommes d'Hobrow étaient bien plus nombreux que devant les autres issues de la colonie. Seuls quelques rares défenseurs avaient réussi à s'emparer de chevaux et se frayaient un chemin dans la marée humaine.

Le commandant Rellston était du nombre. Stryke vit son épée tournoyer au-dessus de la foule.

L'ennemi ne cessait d'affluer. Les gardes chargés de refermer les portes étaient confrontés à une mission impossible. Les Unis n'avaient plus qu'une très légère infériorité numérique, et ils semblaient sur le point de prendre le dessus.

— Ton plan, Stryke ? demanda Jup.

— Utilise la moitié de nos forces pour arrêter les Unis. Moi, je garde l'autre moitié pour refermer la porte. (Il fit appeler les meilleurs cavaliers orcs et leur lança :) Surveillez nos chevaux, nous n'en aurons pas besoin. Coilla, Haskeer, venez avec moi. Alfray, tu restes avec Jup. Bougez-vous !

Un Uni harcelait les Multis qui s'affairaient près des portes. Une flèche survola la foule et se planta dans sa poitrine. Les défenseurs qui le virent tomber se réjouirent bruyamment.

Confronté à une horde d'orcs, la plupart n'ayant pas l'habitude de la discipline d'une unité de combat, Jup perdit de précieuses minutes à diviser ses soixante soldats en cinq groupes. Il prit la tête du premier, confia celle du second à Alfray et celle des trois autres à des vétérans.

—Je m'inquiète un peu de bosser avec des inconnus, avoua-t-il à Alfray.

—Ce sont des orcs ! Tu peux compter sur eux.

—Suppose qu'ils détestent les nains ? insista Jup.

—Ne t'inquiète pas. Ils sont nouveaux et impatients de faire leurs preuves. Ils t'obéiront au doigt et à l'œil.

Les soixante soldats de Stryke adoptèrent une formation de combat triangulaire, leur commandant leur répétant sans répit de se concentrer sur la porte.

—Attendez mon signal, ordonna-t-il lorsqu'ils furent prêts.

Il prit place à la pointe du triangle, une épée dans une main et une dague dans l'autre. Haskeer et Coilla se placèrent de part et d'autre de lui, un peu en retrait. Puis il donna le signal, déclenchant une opération en deux temps.

La première étape exigeait que Jup et Alfray douchent l'ardeur de l'opposition. Les cinq groupes se jetèrent dans la mêlée.

Ils comprirent très vite qu'ils gaspillaient autant d'énergie à écarter les Multis de leur chemin qu'à combattre les Unis.

L'escadron d'Alfray rencontra d'abord une résistance symbolique, parce qu'il lui fallut plusieurs minutes pour atteindre un groupe d'ennemis significatif. Au-delà, les Unis continuaient à franchir la porte ouverte. Ils étaient dangereusement près d'établir une position tenable. Mais Alfray avait l'intention de les en empêcher.

Un cavalier s'approcha de lui. Alfray put seulement dévier ses coups avec son bouclier. Pendant qu'il cherchait une ouverture pour contre-attaquer, un autre Uni se joignit à la bataille, martelant les épées des fantassins qui l'entouraient.

Sa détermination et son expérience permirent à Alfray de percer la garde de son adversaire. Sa lame entailla le bras tendu de l'humain. Hurlant de douleur, il ne parvint pas à se défendre contre l'orc qui s'avançait pour l'embrocher avec sa pique. Il dégringola de son cheval, son camarade tombant sous les coups d'une demi-douzaine de soldats enragés.

Bientôt, il ne resta plus de cavaliers, mais des centaines d'Unis à pied. Alfray préférait ça : tous les combattants ou presque seraient au même niveau.

Il allait choisir une cible, mais un adversaire le choisit le premier. Un type bien bâti à la mine patibulaire bondit sur lui en brandissant une épée et une hachette.

Alfray dévia la hache, para le coup d'épée et riposta. Autour de lui, il avait conscience que son groupe se battait férocement. Par-dessus le brouhaha, il entendit les Unis déclamer des prières ou chanter les louanges de leur dieu.

Alfray et son adversaire échangeaient des coups brutaux, s'appuyant uniquement sur leur force et leur endurance. Le bouclier de l'orc lui conférait un léger avantage. Mais le poids de l'âge se faisait sentir, ce qui ne présageait rien de bon, si tôt dans la bataille.

Cette pensée lui fit honte et ranima son énergie défaillante. Il porta des coups de plus en plus sauvages, l'Uni étant forcé de reculer. Alfray para une attaque avec son bouclier et frappa le type au flanc. La blessure n'était pas profonde, mais la douleur restait toujours un bon moyen de déconcentrer un ennemi.

L'Uni tenta de se reprendre et riposta plutôt honnêtement, mais sa situation ne cessa de se détériorer. Alfray esquivait de plus en plus facilement, attendant une ouverture qui se présenta quand l'humain porta une attaque trop haute. Alfray perça sa garde, frappa sa hachette avec son bouclier pour l'immobiliser et lui plongea son épée dans le cœur.

Autour de lui, le combat faisait rage. Alors que le caporal reculait, un orc s'écroula près de lui, le crâne enfoncé. Ce n'était pas un Renard. Alfray se retourna pour affronter un nouvel Uni.

Un oiseau ou une sentinelle perchée en haut d'une tour aurait pu distinguer un certain ordre dans l'anarchie qui régnait en bas. Il aurait vu le groupe d'Alfray s'enfoncer dans la mêlée et celui de Jup progresser en parallèle. Les trois autres avaient un peu plus de mal à avancer, mais tous fondaient inexorablement sur l'ennemi.

Stryke retint son groupe, attendant le moment opportun.

Jup voyait ses compagnons d'armes tomber les uns après les autres autour de lui. Ils payaient au prix fort chacun de leurs pas. Aidé par deux membres de son unité, le nain évita la lance d'un cavalier et parvint à le désarçonner. Pendant que ses camarades l'achevaient, il saisit les rênes de son cheval. Mais l'animal effrayé détala, piétinant sans distinction les Multis et les Unis. Lorsqu'un humain en quête d'une monture lui barra le chemin, il se cabra et lui abattit ses sabots sur la poitrine, avant de disparaître dans la mêlée.

Jup n'eut pas le loisir de déplorer cette mort. Son détachement engagea le combat avec d'autres cavaliers, que rejoignirent bientôt des fantassins Unis.

Deux fanatiques en uniforme noir s'approchèrent de Jup en brandissant leurs épées. Ses camarades étaient occupés de leur côté ; cette fois, le nain devrait se débrouiller seul. Avec un cri de guerre, il chargea ses adversaires en faisant des moulinets désordonnés. Le premier humain assura la défense, pendant que le second restait à la périphérie de leur duel et cherchait une ouverture.

Il faillit la trouver quand Jup, esquivant un estoc, trébucha et manqua tomber. L'humain se rua vers lui, épée tendue, avec l'intention manifeste de l'embrocher. Le nain dévia sa lame et lui trancha la gorge avec la sienne.

Le premier Uni visa les jambes de Jup pour lui sectionner les tendons. Le nain fit un bond sur le côté, évitant de justesse l'épée qui le menaçait. Puis il se jeta sur son adversaire et donna libre cours à sa fureur.

À la décharge de l'Uni, il ne recula pas, mais il aurait sans doute mieux valu qu'il le fasse. Confronté à un tourbillon d'attaques, il se laissa déborder. Jup lui fendit la figure, et, alors qu'il hurlait, le décapita d'un coup puissant.

Le nain eut à peine le temps de reprendre son souffle avant qu'un nouvel adversaire ne se présente.

Jugeant le moment venu, Stryke cria un ordre. Derrière lui, les boucliers se dressèrent. Flanqué d'Haskeer et de Coilla, il plongea dans la mêlée.

La formation triangulaire compacte fonça, bousculant les Multis qui lui barraient la route et massacrant sans pitié les Unis à sa portée.

Pourtant, Stryke se demandait si une force de soixante individus suffirait à atteindre et à reprendre la porte ouest de la colonie.

Il avançait aussi obstinément qu'un cheval portant des œillères. Près de lui, Haskeer et Coilla se démenaient, tranchant, découpant et embrochant les envahisseurs. Tel un léviathan hérissé d'acier, la formation triangulaire s'ouvrit un chemin dans le mur de chair ennemie, laissant dans son sillage un sol jonché de morts et de blessés. En toute honnêteté, Stryke n'était pas certain qu'ils appartiennent tous au camp des Unis.

Son détachement avait parcouru la moitié du chemin, et rencontrait une résistance de plus en plus farouche, lorsqu'il aperçut le commandant Rellston. Entouré par une meute grouillante de fanatiques, il semblait sur le point de succomber.

Stryke prit très vite sa décision. En temps normal, il ne se serait guère soucié de Rellston. Mais il connaissait la valeur d'un commandant, fût-il un bigot plein de morgue. Il cria un ordre et modifia légèrement sa trajectoire, visant le centre de la porte.

Stryke se réjouit d'être accompagné par deux officiers de valeur et d'avoir placé d'autres Renards à des endroits stratégiques de leur formation. Il pouvait leur faire confiance pour transmettre ses instructions et s'assurer qu'elles seraient exécutées à la lettre.

Tel un navire ballotté par un océan de sang et de chair tourmentée, le détachement fit demi-tour. Il était peut-être déjà trop tard pour sauver Rellston…

La formation triangulaire avança, renversant amis et ennemis sur son passage. Enfin, elle atteignit le commandant et entreprit de le débarrasser de ses adversaires. À cet instant, le cheval de Rellston s'écroula, une hachette plantée dans le crâne. L'humain disparut dans la mêlée. Stryke, Haskeer et Coilla se jetèrent sur les Unis, les autres couvrant leurs arrières.

Au centre du cercle de fanatiques, Rellston pouvait seulement se défendre avec son bouclier. Pendant que Stryke et Coilla abattaient ses agresseurs, Haskeer s'engouffra dans la brèche, le saisit par la peau du cou et le releva. Puis il l'entraîna vers le cœur de leur détachement.

Pâle et ensanglanté, Rellston remercia ses sauveurs d'un signe de tête. Le groupe se remit en route.

Six pas plus loin, Coilla fut victime du pire malheur qui pouvait arriver à un membre d'une formation en triangle. Une seconde d'inattention l'empêcha de remarquer une lame – jusqu'à ce qu'il soit presque trop tard. La femelle orc esquiva, riposta et perdit l'équilibre. Le temps de se reprendre, elle fut séparée de ses camarades, seule au cœur de la mêlée.

La formation continuait à avancer. Elle ne se déplaçait pas très vite. Pourtant, Coilla ne pouvait la rejoindre.

Trois Unis l'encerclèrent. Coilla dévia l'épée du premier et lui larda la poitrine de coups. Puis elle se tourna vers les deux autres. Elle para l'estoc de l'un et abattit son épée sur le bouclier de l'autre.

Bientôt, un des Unis s'effondra en crachant du sang. Le survivant hésita. Coilla en profita pour lui lacérer l'abdomen. L'humain tomba à genoux, les deux mains sur son ventre ensanglanté.

Coilla regarda autour d'elle. Plusieurs rangs de combattants la séparaient de l'arrière de la formation, et d'autres Unis approchaient d'elle. Ils étaient beaucoup trop nombreux.

Une idée un peu folle lui traversa l'esprit. *Oh, et puis pourquoi pas?* pensa-t-elle.

Elle courut vers l'humain éventré et se servit de son dos comme d'un tremplin. Sa victime cria, mais elle n'y prit pas garde. Propulsée par-dessus la foule, elle atterrit au milieu de la formation, évitant par miracle les lances et les épées brandies pour s'écraser sur un bouclier. Ses camarades l'aidèrent à en descendre ; haletante, elle se fraya un chemin jusqu'à la pointe du détachement.

— Tu tombes à pic ! railla Stryke.

Peu après, la pointe du triangle rejoignit l'escadron de Jup, qui se battait sur sa gauche. Les deux groupes attaquèrent ensemble les Unis qui luttaient pour franchir la porte ouest. Ils furent soutenus par le feu nourri des archers d'une des tours de garde. Mais d'autres projectiles volèrent, venant de l'extérieur. Les orcs prirent conscience de la précarité de leur position quand un bleu reçut une flèche dans la tête et s'écroula, raide mort.

Stryke ordonna à vingt soldats de quitter la formation pour aller aider les Multis qui s'efforçaient de fermer les portes. Grâce à leurs efforts combinés, les immenses battants s'ébranlèrent enfin, repoussant les envahisseurs restés dehors.

Certains furent coincés à l'intérieur. Isolés et en infériorité numérique, ils succombèrent vite.

Jup s'appuya contre la porte, le visage dégoulinant de sueur.

— C'est passé près, souffla-t-il.

Deux heures plus tard, Stryke et Coilla montèrent sur le chemin de ronde pour observer l'armée qui assiégeait Ruffet. Les Unis occupaient toute la plaine et quelques collines, dont celle où les orcs avaient campé la nuit précédente. Stryke et Coilla estimèrent qu'ils étaient mille cinq cents ou deux mille, soit autant d'hommes sinon plus, que la population de la colonie.

Au centre de Ruffet, une poignée de prêtresses Multis conduisaient une cérémonie religieuse. L'étrange lueur magique du geyser les inondait alors qu'elles se tenaient par la main, leurs robes volant autour d'elles.

Stryke fulminait.

—La défense était lamentable, grommela-t-il. Nous avons perdu dix-sept soldats, et les dieux seuls savent combien de Multis. Sans compter les blessés. Ça n'aurait jamais dû arriver.

—Contrairement à nous, ces gens ne sont pas des guerriers, dit Coilla. Il n'y a pas plus de dix pour cent de militaires parmi eux. Tu ne peux pas les blâmer.

—Je ne blâme personne, précisa Stryke. Je dis simplement qu'on ne peut pas faire de bon boulot sans les outils adéquats, ni couper du beurre avec une massue.

—Ils ont leur propre rêve… (Coilla se demanda si le mot était bien choisi dans ces circonstances, mais son capitaine ne réagit pas.) Visiblement, c'est tout ce qui compte pour eux.

—Ils ne tarderont pas à découvrir que les rêves doivent être défendus. S'il n'est pas déjà trop tard…

—Alors, qu'est-ce qu'on fait?

—Le plus sage serait de ficher le camp d'ici. Nous arriverions peut-être à passer.

—Sans l'étoile? En abandonnant les humains à leur sort?

—Ce n'est pas notre problème.

—Ils nous ont offert l'hospitalité!

—L'autre solution, soupira Stryke, c'est de rester et de les aider à organiser une défense digne de ce nom.

—Poster des orcs partout dans la colonie, proposa Coilla. Diviser nos forces en cinq ou six unités, avec un officier à la tête de chacune. Mais il faudra convaincre Rellston.

—C'est une tête de cochon, pas un abruti. Enfin, j'espère. Si c'est un bon militaire, il comprendra qu'il n'a pas le choix.

—Et nous lui avons sauvé la vie, ce qui devrait jouer en notre faveur.

—Peut-être. Mais sait-on jamais avec les humains?

—J'aime bien Krista, dit Coilla. Nous avons rencontré des humains bien pires que ceux de cette colonie. Tu n'as qu'à regarder dehors…

—Quel gâchis! se lamenta Stryke. Nous retrouver coincés comme ça ne faisait pas partie du plan.

— Parce que nous avions un plan ? Écoute, nous ne pouvons pas nous permettre de faire les difficiles. Les alliés potentiels ne se bousculent pas au portillon. Et au moins, nous sommes enfermés avec l'étoile.

— Qu'en savons-nous ? Nous ne l'avons pas vue.

Stryke tapota distraitement sa poche.

— Katz semblait sûr de lui. Et ils ne construisent pas ce temple par hasard, mais pour abriter quelque chose.

— Ils ont pu déplacer l'étoile après le passage de la caravane.

— Nous ne le saurons jamais, à moins de nous donner la peine de vérifier.

— Comment ? En entrant dans le temple pour poser la question ?

— Je voudrais ta permission d'y aller pour jeter un coup d'œil.

— C'est risqué.

— Je sais. Mais ce genre de considération ne nous a pas arrêtés jusqu'ici.

— Très bien, capitula Stryke. Mais seulement pour regarder, et pas tout de suite. Ce n'est pas le moment de voler l'étoile.

— Évidemment, dit Coilla, vexée. Tu me prends pour une andouille ?

Ils continuèrent à observer les Unis.

Devant Ruffet, dans la vallée, Kimball Hobrow arpentait le campement en compagnie de Miséricorde. Sur leur passage, les soldats leur lançaient des salutations et des prières.

— L'échec de notre premier assaut me déçoit beaucoup, confia Hobrow à sa fille. Mais nous avons quand même mis à mal les hérétiques. Remercions le Seigneur de nous avoir fait arriver ici avant la putain.

— Et d'avoir livré les Renards à notre justice, père.

— À Sa justice, Miséricorde. C'est Sa volonté que nous détruisions le nid de vermine qui souille Son royaume terrestre. Quand nous brûlerons cette colonie, les flammes enverront un signal, et tous les habitants de Maras-Dantia sauront que notre croisade est commencée. Les sous-humains n'auront plus qu'à numéroter leurs abattis.

Miséricorde battit des mains, très excitée par cette perspective.

— En cas de besoin, je ferai construire des engins de siège pour nous ouvrir un accès.

Ils arrivèrent en vue d'un groupe de gardes qui s'étaient rassemblés autour d'un chevalet. Les hommes s'écartèrent, révélant un malheureux attaché les membres en croix. Son dos nu ensanglanté était zébré de boursouflures rouges.

— Quel crime a commis cet homme ? demanda Hobrow au garde qui tenait le fouet.

— La couardise, maître. Il s'est enfui au lieu de se battre.

— Dans ce cas, il a de la chance que je ne le condamne pas à mort. Tous ceux qui ignoreront la volonté de Notre Seigneur connaîtront le même sort. Vous pouvez continuer.

Le bourreau se remit au travail.

Miséricorde voulu rester pour assister à la fin du châtiment. Son père n'eut pas le cœur de la priver de ce plaisir.

Chapitre 14

Plus il inspectait les défenses de Ruffet, plus Stryke découvrait combien la colonie était mal protégée.

Il arpentait les rues en compagnie du commandant Rellston. Toujours aussi peu loquace, il ne s'était pas opposé à ce que les orcs lui donnent un coup de main. Et Stryke éprouvait pour lui autant d'admiration qu'il pouvait en avoir pour un humain. Car en bons militaires, Rellston et lui voyaient les choses de la même façon.

Le capitaine orc fut navré de constater que l'estimation de Coilla était plutôt optimiste. Il y avait moins de dix pour cent de guerriers expérimentés dans la population de Ruffet.

Ils croisèrent un groupe d'une trentaine de citoyens qui s'entraînaient deux par deux au maniement du bâton, sous la supervision d'un soldat. Un simple regard suffit à Stryke pour mesurer leur incompétence.

— Vous voyez le problème ? soupira Rellston.

— Vos hommes mis à part, il n'y a personne capable de se battre. Comment en êtes-vous arrivés là ?

— Ça a toujours été comme ça… C'est l'héritage de nos fondateurs. Cette colonie a été établie sur le principe de l'harmonie. Même ceux qui ont choisi la vie militaire l'acceptent. Mais les temps ont changé. Depuis quelques années, le danger est partout. Notre armée ne s'est pas développée proportionnellement à la menace. Le plus gros de notre main-d'œuvre et de notre argent est consacré à la construction du temple. Et je crains que nous ne soyons sur le point de le payer très cher.

Le plus long discours que Stryke l'ait jamais entendu faire.

— Tout n'est pas perdu… Avec une bonne stratégie, nous pouvons augmenter nos chances de nous en tirer. Je voulais vous proposer de diviser mes troupes en cinq ou six groupes qui pourront faire profiter vos concitoyens de leur expérience.

— C'est une bonne idée. Permission accordée. Si je peux faire quelque chose d'autre pour vous aider, n'hésitez pas à me le faire savoir.

— Vous pouvez faire quelque chose tout de suite.

— Quoi?

— Me dire où trouver la Grande Prêtresse.

— Ce n'est pas un secret. Elle habite la première maison de la rue qui longe l'arrière du temple.

Stryke remercia le commandant et ils se séparèrent.

Il n'eut pas de mal à trouver la maison de Krista Galby, qui semblait plus grande et plus solide que les autres, sans doute à cause du rang de son occupante. Un petit jardin entouré d'un muret de pierre s'étendait sur un côté. Krista était en train de s'occuper de ses plantes, son fils jouant un peu plus loin. Voyant approcher Stryke, elle se releva et le salua.

— Je vous dérange?

— Non, dit Krista en s'époussetant les mains. Je ne jardine pas par nécessité, mais pour des raisons spirituelles. Il est bon de maintenir un contact avec la terre, dans une époque troublée. M'apportez-vous des nouvelles?

— Pas vraiment. Les Unis s'organisent. Je crains qu'ils ne préparent une nouvelle attaque.

— Aucune chance qu'ils s'en aillent?

— Ça m'étonnerait.

— Sont-ils ici à cause de vous?

La question prit Stryke au dépourvu.

— Je… Si c'est le cas, je suis désolé. Je vous jure que je l'ignorais.

— Je vous crois. Et je ne rejette pas la faute sur vous, capitaine. (Le regard de Krista se posa sur son fils.) Mais je déteste la guerre. Je sais qu'elle est parfois nécessaire, et je ne suis pas naïve au point de prétendre que nous ne devrions pas nous défendre. Mais la guerre est inutilement destructrice, et souvent dénuée de sens. Pardonnez-moi d'insulter votre profession.

— Certains la considèrent comme un art, dit Stryke avec un petit sourire. Rassurez-vous, je ne suis pas vexé. Les orcs sont nés pour se battre, mais ils évitent de provoquer des souffrances inutiles ou de commettre des injustices. Même si les autres races refusent de le croire…

— Moi, je vous crois. Savez-vous que vous êtes le premier représentant de votre race à qui j'aie parlé? Les orcs vénèrent la Tétrade, n'est-ce pas?

— Beaucoup d'entre eux, oui…

— Pardonnez ma curiosité, mais je suis une Grande Prêtresse des Fidèles de la Voie Multiple. Il est donc naturel que le sujet m'intéresse. Vénérez-vous la Tétrade?

Une fois encore, Stryke fut désarçonné par sa question.

— Je suppose que oui. J'ai été élevé ainsi, mais je reconnais n'avoir pas beaucoup pensé à la religion, récemment…

— Peut-être le devriez-vous. Les dieux nous réconfortent quand nous traversons une passe difficile.

—Les miens sont remarquablement inactifs ces derniers temps, dit Stryke avec une amertume dont il fut le premier surpris. (Il tenta de changer de sujet.) Qu'est-il arrivé au père d'Aidan ?

—Il est mort. Pendant un de ces interminables conflits contre les Unis. À propos d'une chose si triviale que ce serait amusant si…

La voix de Krista se brisa.

—Navré. Je ne voulais pas raviver de souvenirs douloureux.

—Ne vous en faites pas. Vous ne pouviez pas savoir. Et c'était il y a longtemps. Je devrais m'en être remise.

Stryke pensa à la raison de sa présence, et éprouva un soupçon de culpabilité.

—Le chagrin nous accompagne toujours, dit-il.

Malgré lui, il frissonna.

Krista s'en aperçut.

—Vous avez froid ?

—Non, mais…

—C'est comme si quelqu'un avait marché sur votre tombe, pour reprendre l'expression populaire ?

—En quelque sorte.

—Ça vous est déjà arrivé depuis que vous êtes à Ruffet ?

—Pourquoi ces questions ? J'ai simplement frissonné…

—Je le fais aussi très souvent. C'est à cause de l'énergie qui s'échappe de la terre. Elle me donne la chair de poule, comme si du liquide gouttait sur ma peau.

Une description assez exacte de ce que Stryke venait d'éprouver.

—Mais seuls les *accordés* la ressentent. Cette énergie circule en moi ; j'en ai conscience en permanence. Ce qui n'est pas le cas de la plupart des humains.

—Selon vous, je serais… accordé ?

—C'est impossible, je sais. Les orcs n'ont aucune affinité avec la magie. Contrairement aux autres races aînées, ils n'absorbent pas son énergie. D'où votre absence de pouvoirs. À moins que…

—À moins que quoi ?

—Vous arrive-t-il d'avoir des visions ou des rêves prémonitoires ?

Stryke ne répondit pas.

—Oui, dit la jeune femme. Je le vois sur votre visage, qui n'est pourtant pas très expressif.

—Où voulez-vous en venir ?

—Vous êtes peut-être un déviant, comme moi. Je perçois le flux de la magie, mais il existe d'autres sortes de « singularités », comme mon peuple les appelle.

—Je ne comprends pas.

—De temps en temps, au sein de toutes les races, apparaît un individu spécial doté d'un pouvoir que les autres n'ont pas. En général, c'est en rapport avec l'énergie de la terre. Mais parfois, il s'agit d'un don très particulier. Beaucoup de sages se sont interrogés sur le mystère des déviants. Certains pensent qu'ils sont une exception à la norme raciale. Une mutation.

—Je serais donc un monstre ?

—Seulement aux yeux des ignorants qui prônent la conformité. Comme les Unis, et surtout les fidèles d'Hobrow. Ils vous considéreraient certainement comme une abomination.

—Et tout ça pour un frisson ?

—Il y a d'autres signes. Par exemple, beaucoup de déviants ont une intelligence plus élevée que la moyenne… Même si on rencontre parfois des idiots savants.

—Qu'est-ce qui vous fait penser ça de moi ?

—Vos actes.

—Je ne suis qu'un soldat…

—Mais vous pourriez être beaucoup plus, capitaine. Vous avez déjà une sacrée réputation. Nous en avons entendu parler et beaucoup d'orcs seraient prêts à vous suivre. Les déviants sont souvent des chefs ou des messies.

—Je ne suis ni l'un ni l'autre. Je ne veux pas de fidèles.

—Il semble que vous en ayez déjà attiré un certain nombre. À moins que la taille des unités de combat n'ait considérablement augmenté.

—Je ne leur ai rien demandé.

—C'est peut-être la volonté des dieux. Vous devriez apprendre à vous y plier.

—Et ma volonté à moi ? N'ai-je pas mon mot à dire ?

—Notre volonté est aussi importante que celle des dieux, car nous l'utilisons pour servir leur cause. (Krista réfléchit un moment.) Ces expériences étranges que vous faites – ou plutôt que vous niez faire – ont-elles commencé récemment ?

—Il m'arrive d'avoir des rêves bizarres, concéda Stryke. (Il ajouta très vite :) Mais vous vous trompez. Comme je vous l'ai dit, je suis un soldat, pas un mystique.

—S'ils ont commencé récemment, continua Krista sans lui accorder la moindre attention, quelque chose a dû les déclencher. Quelque chose qui a réveillé en vous une singularité en sommeil. Évidemment, je peux me tromper…

—Je dois y aller, coupa Stryke.

—J'espère que ce n'est pas à cause de mes révélations. Parce que, même si j'ai raison, la déviance n'est pas une mauvaise chose. Ce peut être un fardeau ou une bénédiction : à vous de choisir.

— Ce n'est pas votre faute, lui assura Stryke. Il faut que j'aille aider à organiser les défenses.

— Nous devrions reparler de tout ça plus tard. (Comme il ne répondait pas, Krista demanda :) Pourquoi étiez-vous venu me voir ?

— Sans raison particulière, mentit Stryke. Je passais dans le coin, c'est tout.

De nouveau, il se sentit coupable. Mais il avait gagné assez de temps pour permettre à Coilla de fouiller le temple sans que la Grande Prêtresse risque de la surprendre.

Coilla aurait déjà dû être ressortie du temple, et elle n'avait pas encore réussi à y entrer.

Stryke avait reconnu que c'était une superbe occasion. Pour la première fois depuis leur arrivée, les travaux étaient interrompus, et il n'y avait pas d'ouvriers sur le chantier. Mais ils avaient compté sans les gardes.

Quatre soldats se relayaient pour patrouiller. Deux restaient devant l'entrée pendant que les autres faisaient le tour du bâtiment ; puis ils inversaient. Coilla les surveilla pendant une heure, accroupie dans un buisson. Si elle ne trouvait pas très bientôt un moyen de passer, elle devrait abandonner sa mission.

Elle envisageait de renoncer quand une occasion se présenta enfin sous la forme de la relève. Quatre nouveaux gardes s'approchèrent du pied des marches, et leurs collègues descendirent les saluer, laissant l'entrée sans protection. Si Coilla courait très vite et restait dans l'ombre, elle arriverait peut-être à se hisser sur le côté de l'escalier et à se faufiler à l'intérieur. Mais il suffirait qu'un garde moins bavard que les autres tourne la tête pour l'apercevoir. C'était un gros risque, et elle devait le prendre maintenant ou jamais.

Coilla le prit. Pliée en deux, elle jaillit de sa cachette et traversa l'avenue.

Par bonheur, la porte du temple n'était pas éclairée. L'anxiété l'étreignit à l'idée qu'elle puisse être verrouillée. Mais visiblement, la présence des gardes était une précaution suffisante pour les Multis. La poignée métallique ronde, aussi grosse que sa main, tourna sans difficulté. Coilla entrebâilla le battant, se glissa de l'autre côté et referma prudemment derrière elle.

Immobile et silencieuse, elle tendit l'oreille au cas où elle n'aurait pas été seule. Aucun bruit. Elle regarda autour d'elle. Les lampes et les bougies étaient éteintes, mais de la lumière pénétrait dans le temple par son toit inachevé et ses hautes fenêtres – en quantité juste suffisante pour qu'elle y voie.

Du mobilier était déjà en place : des rangées de bancs et un autel. Plusieurs piliers, plus grands et plus fins que ceux de dehors, avaient été érigés, probablement pour soutenir le toit. Un piédestal cannelé, de la circonférence d'une roue de chariot, se dressait entre l'autel et une fenêtre barricadée. En s'approchant, Coilla vit qu'un objet était posé dessus, pour que les fidèles puissent le contempler de leur siège.

Elle grimpa sur l'autel pour mieux l'observer, et comprit aussitôt qu'elle avait trouvé l'étoile. Malgré la pénombre, elle distingua sa couleur rouge et ses pointes, plus nombreuses que celles des autres instrumentalités.

C'était tout ce qu'elle avait besoin de savoir pour l'instant. Coilla sauta de l'autel et revint vers la porte sur la pointe des pieds. Elle l'entrouvrit et se figea.

Deux sentinelles, à moins d'un pas d'elle, lui tournaient le dos. Pire encore, au pied de l'escalier, les deux autres gardes s'entretenaient avec la Grande Prêtresse et le commandant Rellston. Priant pour qu'ils ne l'aient pas vue, Coilla referma doucement la porte et battit en retraite.

Elle devait réfléchir vite et bien. En regardant autour d'elle, elle vit qu'il existait une seule issue – et encore, il n'était pas certain qu'elle l'atteigne.

Coilla regagna l'autel et l'escalada de nouveau. Même si elle se perchait au bord, le piédestal restait hors de portée. Mais elle pourrait peut-être sauter dessus. Si elle prenait un peu d'élan, si elle parvenait à saisir le haut et si les cannelures fournissaient une prise suffisante à ses pieds. Ce qui faisait beaucoup de « si ».

Coilla recula jusqu'à l'autre bout de l'autel, prit une grande inspiration et s'élança. Alors qu'elle bondissait, elle pensa que le piédestal n'était peut-être pas fixé au sol, et qu'il pourrait s'effondrer quand elle le toucherait. Dans ce cas, le raffut attirerait forcément les gardes.

La chance était de son côté. Ses mains se refermèrent sur le sommet du piédestal. Elle s'y accrocha de toutes ses forces, calant ses pieds dans les cannelures. Contrairement à ce qu'elle craignait, son perchoir ne bascula pas. Elle s'y hissa à la force des poignets et se redressa prudemment, en s'efforçant de ne pas déplacer l'étoile.

Car il s'agissait bien de l'étoile. À cette distance, Coilla pouvait compter ses pointes : neuf en tout. Une seconde, elle fut tentée de s'en emparer, mais le bon sens prévalut.

Elle n'avait pas encore fini. Il lui fallait atteindre la fenêtre, qui avait heureusement un rebord profond. Pour cela, il lui faudrait effectuer un saut aussi long que celui qu'elle venait de faire, mais sans élan.

Retarder l'échéance ne servirait à rien. Coilla se ramassa sur elle-même et bondit. Ses pieds se posèrent de justesse sur le rebord. L'espace d'une seconde, elle crut qu'elle allait tomber. Elle se retint, plaquant ses paumes moites de sueur des deux côtés de l'embrasure.

Puis elle sortit un couteau et s'attaqua aux clous qui maintenaient en place une des planches. Il lui sembla qu'une éternité passait tandis qu'elle s'acharnait dessus. Elle s'attendait à ce que les gardes ou la prêtresse déboulent à tout instant.

Enfin, elle parvint à déloger la planche, et fut soulagée d'apercevoir un échafaudage, dehors. Elle y posa la planche, puis se faufila par l'ouverture juste assez large pour la laisser passer si elle retenait son souffle.

Coilla prit pied sur l'échafaudage, recroquevillée sur elle-même pour être moins repérable. Elle remit la planche en place afin que personne ne découvre son effraction. Enfin, elle balaya la rue du regard et, ne voyant personne, gagna rapidement le niveau du sol. Avec un soupir de soulagement, elle se fondit dans les ombres en se promettant de ne jamais se lancer dans une carrière de cambrioleuse.

Sur le banc de son char, Jennesta jetait des morceaux de viande crue dans les airs. Une dizaine de charognards plongeaient en criaillant pour les rattraper au vol et les engloutir tout rond.

— Ne sont-elles pas adorables ? roucoula Jennesta.

Mersadion grommela une platitude en surveillant les harpies. « Adorables » n'était pas le terme qui convenait pour qualifier leur peau noire à la texture de cuir, leurs ailes de chauve-souris et leurs gueules garnies de crocs. Mais contredire sa maîtresse n'était jamais une bonne idée.

Le général avait retiré ses bandages. Des cloques rouges couvraient encore le côté droit de son visage, sa joue ressemblant à une chandelle à moitié fondue. Il se savait laid à faire peur et cela le mettait mal à l'aise.

Jennesta était ravie de son œuvre. Elle avait insisté pour que Mersadion chevauche à gauche de son char, histoire de l'admirer à loisir.

— Tout à l'heure, déclara-t-elle, j'étais contrariée que cette petite bataille nous ait empêchés d'atteindre Ruffet avant Hobrow et ses Unis.

Mersadion aurait pu éclater de rire devant cet euphémisme – s'il n'avait pas autant tenu à sa vie.

— Mais je commence à voir l'aspect positif de la chose, continua Jennesta.

— Ma dame ?

— Vous avez déjà entendu l'expression « faits comme des rats », général ? Que nos pires ennemis soient coincés au bout de cette péninsule présente certains avantages. Voire des avantages certains.

— Nous pouvons supposer que les Multis de Ruffet s'allieront à nous…

— Seulement si ça me chante. Je ne suis pas d'humeur à me montrer diplomate.

Rien de nouveau sous le soleil, pensa Mersadion.

— Et puisque vous me dites que les déserteurs de mon armée pourraient être là-bas, ça me donnera l'occasion de couper la tête de plusieurs serpents à la fois. Quelle est l'importance de nos forces, par rapport à celles de nos ennemis?

—Vos soldats sont plus nombreux que les Unis, et à peu près aussi nombreux que les Unis et les Multis rassemblés, au cas où vous voudriez attaquer Ruffet.

Mersadion pria les dieux que ça n'en arrive pas là.

Jennesta s'abîma dans un silence contemplatif. D'avance, elle savourait le massacre que sa horde allait perpétrer. La bataille finale qui confirmerait sa domination! Mais surtout, elle se réjouissait d'attraper enfin les Renards.

Elle n'avait plus de viande. Les harpies en réclamèrent bruyamment.

—Ces bestioles m'ennuient, décida Jennesta. Appelez les archers.

Coilla retrouva Stryke dans une des masures que Rellston avait affectées aux orcs à titre de baraquements. Jup, Haskeer et Alfray étaient là aussi. Stryke aurait voulu parler à la femelle orc de ce que Krista lui avait dit, mais seul à seul. Donc, ses confidences devraient attendre.

—Tu avais raison! lança Coilla. Elle est là. Mais je me suis donné un mal de chien pour la trouver.

—Tu me raconteras ça plus tard. À quoi ressemble-t-elle?

—Elle est rouge, avec neuf pointes.

—Facile à prendre? demanda Alfray.

—Une fois dans le temple, oui. Elle est posée sur un piédestal. Mais l'endroit est gardé, et pour ce qui est de sortir de la colonie…

—Que comptes-tu faire, Stryke? demanda Haskeer.

—Je ne sais pas encore. Il faut y réfléchir, imaginer un plan.

—Je crains que les Multis ne puissent retenir les Unis très longtemps. Je propose que nous nous emparions de l'étoile et que nous fuyions à la faveur des combats.

—Au risque de nous faire tomber dessus par les Unis *et* les Multis? Sois réaliste!

—Et puis, ajouta Coilla, ces humains méritent mieux que ça. Ils ne nous ont fait aucun mal.

Haskeer la foudroya du regard.

—Pour le moment, notre survie dépend de l'issue du siège, dit Stryke. Donc, nous allons aider les Multis. Si nous avons une chance de mettre la main sur l'étoile, nous le ferons.

—Ça me paraît bien, fit Alfray.

—Autre chose, chef? demanda Jup. Les gars doivent se demander où nous sommes passés.

—Oui, dit Stryke, excité mais plein d'appréhension.

Intrigués, ses officiers se rapprochèrent. Il sortit les étoiles de sa poche et les plaça sur la table.

—Ça alors! s'exclama Jup en tendant la main vers les deux qui étaient emboîtées.

Alfray et Haskeer semblaient tout aussi stupéfaits.

—Coilla était déjà au courant, révéla Stryke. J'attendais le bon moment pour vous le montrer.

—Comment as-tu fait ça? demanda Alfray.

—C'est difficile à expliquer. Mais regarde ça.

Stryke reprit les deux étoiles à Jup, saisit la grise que leur avait donnée Keppatawn et la manipula, le front plissé de concentration.

—Que fait-il? marmonna Haskeer.

—Chut! siffla Coilla.

—Là! s'exclama enfin leur capitaine, triomphant, en brandissant le résultat de ses efforts.

Les trois étoiles étaient si bien emboîtées qu'elles paraissaient former un seul artefact qui passa de mains en mains.

—Incroyable, souffla Jup. Je ne vois pas comment elles tiennent, et pourtant…

—Je sais, c'est bizarre, dit Stryke.

—Comment as-tu fait ça? répéta Alfray.

—Au début, je jouais avec machinalement, et puis… J'ai eu la certitude qu'elles étaient faites pour s'assembler. Vous auriez la même impression si vous les observiez assez longtemps.

—Je n'en suis pas si sûr, murmura Alfray. En tout cas, je ne vois pas le truc.

—Il n'y a pas de «truc». Elles ont dû être conçues pour ça.

—Pourquoi? grogna Haskeer.

—Je ne le sais pas plus que toi.

—Tu as essayé avec la quatrième? demanda Jup.

—Oui, mais je n'ai pas réussi à l'unir aux autres. Peut-être avons-nous besoin de la dernière pour que ça marche.

—Et une fois qu'elles seront toutes assemblées? Qu'en ferons-nous?

Si Stryke avait sa petite idée là-dessus, il était dit que les autres ne l'apprendraient pas tout de suite. Les cloches sonnèrent l'alarme.

—Et merde! cracha Jup. Ils reviennent.

Chapitre 15

La colonie grouillait de gens qui couraient et de chevaux lancés au galop. Les chariots prenaient les virages en penchant dangereusement, les groupes de défenseurs rejoignaient leurs positions et les civils distribuaient les armes entassées dans des carrioles.

Stryke, ses officiers et des dizaines de soldats gagnèrent le point de ralliement, à l'ombre de la pyramide. Les autres orcs étaient déjà là, ou sur le point d'arriver. Hurlant pour se faire entendre par-dessus le vacarme, Stryke leur ordonna de former les six escadrons prévus, d'environ quarante têtes chacun. Alfray, Coilla, Haskeer, Jup et lui prendraient le commandement des cinq premiers ; le sixième serait confié au caporal Krenad.

Avec l'accord de Rellston, Stryke avait affecté à chaque escadron une zone à fortifier, au côté des défenseurs Multis, mais indépendamment d'eux. Les orcs devraient cependant rester mobiles et se tenir prêts à gagner les positions où on aurait besoin d'eux.

— Gardez un œil sur les sentinelles des tours ; elles vous signaleront les déplacements nécessaires. Et n'oubliez pas d'écouter les cloches. Mais ne quittez pas votre poste sans que votre commandant vous l'ait ordonné !

Ce n'était pas un système parfait, mais le meilleur qu'ils aient imaginé dans ces circonstances.

Un par un, les chefs d'escadron levèrent le bras pour indiquer qu'ils étaient prêts.

— À vos postes ! rugit Stryke.

— Bonne chance, souffla Coilla en passant près de lui.

Les six groupes s'éparpillèrent. Celui de Stryke devait défendre le mur sud et le capitaine orc s'en réjouissait : il affronterait le plus gros de l'armée ennemie.

Dès qu'ils eurent gagné leur poste, Stryke ordonna à ses soldats d'escalader les échelles qui conduisaient au chemin de ronde. Des centaines de miliciens Multis s'y massaient déjà.

Il passa quelques minutes à déployer son escadron, prenant soin de mêler ses orcs aux humains.

—Où en sommes-nous ? demanda-t-il à un jeune officier Multi.

—Voyez par vous-même, répondit son interlocuteur en désignant la plaine.

Il n'y avait pas une armée, mais quatre. Les Unis s'étaient divisés en régiments et chacun avançait vers la colonie. Des chariots bâchés fermaient la marche.

—Ils vont nous attaquer de tous les côtés, constata Stryke.

—Et ils ont des réserves, fit remarquer l'officier Multi.

Deux ou trois mille soldats étaient restés dans le campement ennemi, à l'autre bout de la vallée.

—Je m'y attendais un peu. (Stryke baissa les yeux vers le pied du mur d'enceinte.) Y a-t-il suffisamment de citernes à proximité ?

—Je n'en suis pas sûr.

—Vous devriez aller vérifier. Le feu est un des plus grands dangers, dans ce genre de situation.

L'officier s'éloigna.

En contrebas, les armées approchaient. Chacune se composait d'un tiers de cavaliers et de deux tiers de fantassins, qui lui imposaient une allure assez lente. Mais leur déplacement semblait d'autant plus menaçant.

Stryke longea le chemin de ronde, vérifiant que ses troupes étaient en place.

—Noskaa, Finje, dit-il en reconnaissant deux des Renards.

—À votre avis, que vont-ils faire, chef ? demanda Finje en le saluant.

—Si on oublie l'escarmouche d'hier soir, ce sera leur premier assaut en règle. Je suppose qu'ils s'en tiendront à la tactique de base : essayer d'enfoncer les portes, assaillir les murs avec des échelles de siège…

—Ce sont des fanatiques religieux, chef, dit Noskaa. On ne peut pas prévoir leurs réactions.

—Bien raisonné, le félicita Stryke. Il faut toujours s'attendre à l'inattendu. Mais pendant un siège, les options des deux camps sont assez limitées. Nous sommes à l'intérieur et eux à l'extérieur. Notre boulot est de nous assurer qu'ils y restent.

—Oui, chef, répondirent Finje et Noskaa en chœur.

—Aidez les Multis quand vous pourrez, ajouta Stryke, à condition que ça n'aille pas à l'encontre de mes autres ordres.

Les deux soldats acquiescèrent, et il continua son inspection. Puis il ne lui resta plus qu'à regarder approcher les Unis.

Au fil des deux heures suivantes, les divisions ennemies se positionnèrent aux quatre points cardinaux. Sur le chemin de ronde, les défenseurs, désœuvrés, leur crièrent des insultes. Stryke passait parmi eux, leur distribuant des encouragements et des claques dans le dos.

—Attendez encore un peu, les gars… Et pensez à veiller les uns sur les autres.

Puis un silence sinistre tomba sur la plaine. Il fut brisé par une série de notes aiguës produites par des sifflets en roseau.

—C'est leur signal! cria Stryke. Préparez-vous à les repousser!

Un rugissement assourdissant monta des rangs des Unis, qui se lancèrent à l'assaut du mur d'enceinte. Les défenseurs répondirent par leurs propres cris de guerre et la bataille s'engagea.

La priorité était d'empêcher les assaillants d'atteindre les remparts. Les défenseurs firent pleuvoir des centaines de flèches sur les fantassins, qui levèrent leurs boucliers pour se protéger. Mais beaucoup de projectiles trouvèrent leurs cibles. Des Unis s'effondrèrent, l'œil, la gorge ou la poitrine transpercée; ceux des premiers rangs furent piétinés par leurs camarades de derrière. Des chevaux trébuchèrent, désarçonnant leurs cavaliers.

Puis des centaines d'archers canardèrent les remparts.

—À couvert! cria Stryke.

Une partie des flèches ennemies s'abattit sur le chemin de ronde, tuant des défenseurs et en blessant d'autres. Mais la plupart passèrent largement au-dessus du mur d'enceinte et retombèrent dans la colonie. Les réservistes et les auxiliaires civils encaissèrent le gros de la tempête. Des hommes, des femmes et des animaux de bât s'écroulèrent. D'autres villageois coururent se mettre à l'abri. Les chirurgiens se précipitèrent vers les victimes.

Stryke entendit les cloches sonner. Il leva les yeux vers la tour de garde la plus proche, mais aucune sentinelle ne lui fit signe. Mais ces hommes étaient déjà très occupés à éviter les flèches…

Livide de frayeur, l'officier Multi s'accroupit près de Stryke.

—C'est votre premier siège? lui demanda-t-il.

Le jeune homme acquiesça, trop nerveux pour parler.

—Si ça peut vous réconforter, ils ont aussi peur que nous.

—Que va-t-il se passer?

—Les archers Unis vont continuer à tirer pendant quelques minutes, histoire de couvrir les fantassins pendant qu'ils gagneront le mur d'enceinte et poseront leurs échelles.

Les archers Multis devaient en avoir conscience, car ils se redressaient de temps en temps pour décocher un trait, puis se baissaient de nouveau.

—Ne pouvons-nous pas les maintenir à distance?

—Il faudrait disposer d'un stock de flèches illimité. Même si c'était le cas, leurs officiers finiraient par s'impatienter et par leur ordonner d'avancer.

Baissant les yeux, Stryke vit approcher une citerne tirée par deux bœufs: un énorme tonneau monté sur roues, des seaux de bois accrochés tout autour. Des flèches pleuvaient autour. Deux d'entre elles se plantèrent dans le dos des animaux, qui poussèrent un meuglement pitoyable.

Des cris montèrent du chemin de ronde.

—Ils apportent les échelles!

Bravant les projectiles, Stryke regarda par-dessus les remparts. Des centaines de porteurs d'échelle, travaillant par paires, approchaient du mur d'enceinte de Ruffet. Quelques-uns furent abattus par les flèches des défenseurs, mais leur nombre et les tirs de leurs propres archers garantissaient qu'une grande partie passerait.

Stryke se tourna vers le jeune officier.

—Il faut qu'un minimum de soldats atteigne les remparts. Une poignée de types perchés sur une échelle peuvent faire beaucoup de dégâts s'ils sont déterminés. (Les assaillants poussaient des cris à glacer les sangs.) Et ils m'ont tout l'air de l'être.

Le haut des échelles apparut au-dessus des remparts. En contrebas, leurs porteurs luttaient pour les plaquer contre le mur. Les archers Multis concentrèrent leur tir sur eux. D'autres défenseurs les visèrent avec leurs lances. Particulièrement vulnérables, les assaillants tombèrent comme des mouches.

Pourtant, plus de la moitié des échelles furent mises en place. Les humains et les orcs s'avancèrent pour les déloger.

—Venez, dit Stryke au jeune officier.

Ils se relevèrent, saisirent les montants de l'échelle la plus proche et bandèrent leurs muscles.

L'échelle bascula en arrière ; ils la virent s'écraser au milieu des soldats Unis, qui s'éparpillèrent à la hâte.

D'autres envahisseurs bondirent sur les échelles les mieux calées, épée au clair et bouclier dressé. Aidés par deux soldats orcs, Stryke et le jeune officier s'empressèrent de pousser celle que trois ou quatre Unis escaladaient déjà. L'échelle resta un instant en position verticale, puis s'effondra avec sa charge.

Les assaillants ne laissèrent pas de répit aux défenseurs. Ceux qui n'étaient pas occupés à lancer des projectiles s'efforçaient désespérément de renverser les échelles, de plus en plus nombreuses.

Stryke savait qu'il devait en aller de même tout autour de la colonie. Il espérait que les fortifications ne comportaient aucun point faible, et qu'il n'y aurait pas de brèche majeure.

Un Uni atteignit les remparts et voulut les enjamber. Stryke bondit et lui lacéra le visage. L'homme dégringola, entraînant dans sa chute trois de ses camarades en équilibre sur les barreaux inférieurs de leur échelle.

D'autres têtes d'Unis apparurent tout le long du mur sud. En quelques secondes, une vingtaine d'envahisseurs prirent pied sur le chemin de ronde.

Il fallait absolument les arrêter. Stryke bondit sur l'un d'eux, para son attaque et l'éventra.

Une épée siffla au-dessus de la tête du capitaine. Se retournant, il plongea sa lame dans le cœur de son adversaire et la dégagea du cadavre d'un coup de pied. Non loin de lui, le jeune officier se battait comme un beau diable. Il avait déjà éliminé un Uni et en affrontait un second.

Des duels s'engagèrent sur le chemin de ronde. Des Unis, des Multis et des orcs plongèrent dans le vide en hurlant. Un jeune défenseur à peine sorti de l'enfance se jeta sur un envahisseur qui venait d'escalader les remparts, mais il n'était pas de taille. L'officier s'en aperçut et lui porta secours.

L'Uni lui enfonça son épée dans la poitrine. L'officier s'écroula, et l'assaillant se tourna vers l'adolescent.

Stryke s'interposa. Il lui fallut trente secondes pour percer la garde du fanatique et se débarrasser de lui. Alors, il se laissa tomber à genoux près du jeune officier, et comprit immédiatement qu'il était mort.

— Et merde ! siffla-t-il.

L'adolescent regardait le cadavre, les yeux écarquillés.

— Fais ton devoir ! cria Stryke.

Le gamin tourna les talons et plongea dans la mêlée. Stryke croisa le regard d'un orc et lui fit signe de le suivre. Puis il se releva et, furieux, décapita son adversaire suivant.

À l'autre bout de la colonie, Coilla aidait à défendre le mur nord. La situation était la même que du côté de Stryke. Des échelles raclaient contre les remparts et des grappins volaient par-dessus. Dix Unis avaient pris pied sur le chemin de ronde, où les Multis se jetèrent aussitôt sur eux.

Coilla enfonça sa lame dans la gorge d'un guerrier. Puis elle se retourna et martela de coups le bouclier d'un autre, le forçant à reculer vers un orc qui l'embrocha par-derrière.

Alors qu'elle cherchait des yeux un nouvel adversaire, elle vit une bouteille d'argile franchir les remparts et s'écraser sur le chemin de ronde. L'huile qu'elle contenait s'embrasa immédiatement, et un rideau de flammes monta des planches. Une deuxième bouteille atterrit derrière Coilla.

— Par les crocs de l'enfer ! s'exclama-t-elle. Montez de l'eau, vite !

Malgré le feu, les duels continuaient. Quelques défenseurs tentèrent d'étouffer les flammes avec des couvertures. Puis les pompiers de la colonie arrivèrent et mirent une chaîne en place. Des seaux remplis à ras bord furent hissés le long des échelles intérieures, vidés sur le chemin de ronde et renvoyés vers la citerne.

Laissant les professionnels faire leur boulot, Coilla contourna un foyer d'incendie pour engager le combat contre une nouvelle vague d'Unis. Elle en embrocha un alors qu'il enjambait les remparts. Le deuxième parvint à prendre pied sur le chemin de ronde et se défendit. Mais il se laissa surprendre par la vitesse de la femelle orc, qui lui porta un coup fatal. Un troisième assaillant bascula dans le vide, une dague dans le cœur.

Mais Coilla savait qu'ils ne parviendraient pas indéfiniment à repousser les envahisseurs.

À la porte ouest, site de l'incursion de la veille, Haskeer était dans l'œil du cyclone. La bataille faisait rage le long du chemin de ronde et aux abords des trois autres portes, mais rien ne se passait de son côté. Il entendait juste un martèlement contre les battants qu'il était censé défendre, et encore cela ressemblait plus aux bruits produits par des hachettes et des poings nus qu'au fracas d'un engin de siège.

Haskeer gardait un œil sur les tours, attendant un signal qui lui procurerait enfin un peu d'action.

Jusque-là, ses espoirs avaient été déçus.

— C'est bien notre veine, grommela-t-il.

— Ouais, c'est sacrément injuste, sergent, soupira Liffin près de lui.

— Ces fumiers ne sont même pas capables d'enfoncer une malheureuse porte, grogna Haskeer.

— C'est très décevant, dit Liffin.

Un objet vola par-dessus le mur d'enceinte. C'était une des bombes incendiaires ennemies et sa mèche crépitait.

— Je préfère ça! jubila Haskeer.

Alors que les défenseurs s'éparpillaient, il suivit la trajectoire de la bouteille d'argile. Elle tomba à cinq pas de lui et n'explosa pas.

— Couilles de taureau! grogna Haskeer.

— On aura peut-être plus de chance la prochaine fois, sergent, le réconforta Liffin.

La cloche de la tour de garde la plus proche sonna.

Les sentinelles firent de grands gestes.

— Enfin! jubila Haskeer. Liffin, je te laisse la moitié des troupes. Prends le commandement ici! On a besoin de moi dans un coin chaud.

— D'accord, sergent, fit Liffin, l'air maussade.

Au-dessus de la porte est, Alfray vivait la même expérience que Stryke et Coilla. Des envahisseurs escaladaient les remparts et faisaient de leur mieux pour abattre les défenseurs.

L'objet présent de son attention était un malabar moustachu qui tentait de le décapiter avec une hache de guerre. Mais Alfray comptait mettre un terme à ses ambitions. Son épée perça la garde de l'humain, deux fois. L'Uni tituba et s'écroula. Un orc s'empara de sa hache et la retourna contre un autre envahisseur.

Alfray avait les bras engourdis et il se sentait déjà épuisé. Cela ne l'empêcha pas de se ruer vers un nouveau groupe de fanatiques. Avec deux soldats orcs, il les repoussa vers les remparts. L'un d'eux bascula par-dessus ; les deux autres tombèrent sur le chemin de ronde.

Alfray se retourna en s'essuyant le front et vit de la fumée noire monter du mur nord.

Jup avait été appelé pour combattre le feu du côté du front de mer. L'escadron de Krenad, qui défendait une porte secondaire, s'était laissé surprendre. Les Unis avaient enfoncé le battant en utilisant un chariot enflammé en guise de bélier. La porte flambait, et les envahisseurs passaient par l'ouverture.

Par bonheur, elle était tellement étroite que les défenseurs les abattaient sans peine, les empêchant d'établir une position tenable dans la colonie. Des cadavres, essentiellement Unis, jonchaient le sol devant la porte. Mais le flot d'envahisseurs gagnait en puissance de seconde en seconde.

Jup entreprit de colmater la fissure. Il affecta à une formation triangulaire de trente soldats la mission d'endiguer le flux d'Unis. Puis il ordonna à l'autre moitié de son escadron de pousser le chariot dehors et de refermer les portes.

Les orcs de Krenad étaient occupés à éteindre le feu et à poursuivre les Unis qui leur avaient échappé.

Un instant, l'issue de la bataille parut incertaine. Puis le flot commença à se tarir.

Jup aurait aimé disposer de quelques secondes pour souffler. Mais son vœu ne fut pas exaucé. La cloche de la tour de garde sonna et les sentinelles lui désignèrent sa destination suivante.

Stryke aussi avait répondu à un appel au secours.

Il s'agissait d'un incident mineur survenu au nord de la colonie. Mécontent qu'on l'ait fait déplacer pour si peu, il se félicita d'avoir emmené seulement dix soldats avec lui, n'osant pas en retirer davantage à la défense du mur sud.

Le problème réglé, il revint en courant vers son poste, Talag et neuf autres orcs sur les talons. Alors qu'ils franchissaient l'angle d'un bâtiment et s'engouffraient dans l'avenue qui conduisait à la porte sud, ils aperçurent de l'agitation, droit devant.

Un cavalier Uni galopait vers eux, poursuivi par une foule de défenseurs enragés. L'homme avait dû entrer par une des portes enfoncées puis échapper au comité d'accueil.

À mi-chemin entre le cavalier et l'escadron de Stryke, un petit garçon tenta de traverser l'avenue.

Stryke le reconnut aussitôt : Aidan Galby !

Les orcs et la foule crièrent des avertissements. Le cavalier fonça sans modifier sa trajectoire.

Il percuta l'enfant de plein fouet. Aidan vola en arrière comme une poupée de chiffon et retomba face contre terre.

L'impact ralentit l'Uni mais ne l'arrêta pas. Alors qu'il talonnait son cheval, la moitié des soldats de Stryke le suivirent. Talag fut le premier à l'atteindre. Deux autres orcs empoignèrent les rênes de sa monture, mais il porta un coup sauvage à la base du cou de Talag, qui s'écroula.

Stryke saisit la tunique de l'Uni pour lui faire vider les étriers, puis il l'embrocha. Lâchant son cadavre, il se tourna vers Talag. Un simple coup d'œil lui suffit pour voir qu'il était mort.

Il courut vers le petit garçon. Grièvement blessé, il était inconscient et respirait à peine. Stryke savait qu'il était imprudent de déplacer un blessé, mais il devait amener l'enfant à un guérisseur. Il le souleva prudemment.

Noskaa apparut au-dessus de lui, sur le chemin de ronde.

— Ça va, chef ?

— Tu prends le commandement jusqu'à mon retour ! cria Stryke.

Puis il s'élança, le garçonnet dans les bras.

Chapitre 16

Stryke courait au milieu du chaos, serrant contre lui l'enfant blessé. Le combat faisait rage de tous côtés. Des cadavres continuaient à tomber des remparts et la fumée des incendies noircissait le ciel. Il s'écarta du périmètre extérieur de la colonie et gagna son cœur, bousculant ou contournant les humains qui se pressaient dans les ruelles.

Enfin, il atteignit la maison de Krista, que les Multis avaient transformée en hôpital de campagne. Des porteurs de civières faisaient la queue devant l'entrée. Les blessés encore valides la bouchaient. Mais quand ils virent l'enfant que portait Stryke, tous s'écartèrent.

L'orc s'engouffra dans la maison. Des paillasses improvisées jonchaient le sol de chaque pièce et obstruaient les couloirs. Les blessés légers attendaient que les acolytes de l'ordre Multi les examinent.

—La Grande Prêtresse! Où est-elle? cria Stryke.

Des novices lui désignèrent une chambre bondée. Il se précipita. Dans le fond, Krista bandait le bras d'un soldat. Elle leva les yeux et l'aperçut. La surprise et la terreur déformèrent ses traits.

—Que s'est-il passé? cria-t-elle.

Stryke le lui expliqua rapidement.

Krista prit son fils et le posa doucement sur une paillasse libre.

—Aidan. Aidan!

Elle se tourna vers Stryke.

—Il était censé être ici. Je ne comprends pas…

—Il a dû se laisser entraîner par la cohue, et il revenait sans doute chez vous quand l'accident s'est produit. C'est grave?

—Je ne suis pas assez experte pour l'affirmer, mais ça m'en a tout l'air.

Des guérisseurs Multis portant des encensoirs et des onguents se massèrent autour du jeune blessé. Ils l'examinèrent et s'entretinrent à voix basse.

Ils n'avaient pas l'air très optimistes. Ni très compétents, pensa Stryke.

Il regarda Krista, murée dans un désespoir muet. Puis il sortit de la maison et courut vers le mur où était affectée la division d'Alfray.

Des braises fumaient encore sur le chemin de ronde, mais le chaos semblait avoir diminué, comme le nombre d'assaillants qui franchissaient les remparts. Stryke se fraya un chemin parmi les défenseurs et finit par trouver son caporal, qui nettoyait son épée.

— Stryke ? Que se passe-t-il ?

— Le fils de Krista Galby a été blessé.

— Comment ?

— Un cavalier Uni l'a renversé. Il a l'air en mauvais état.

— Quel genre de blessures ?

— Il était inconscient quand je suis parti. Je crois qu'il a été touché à la poitrine.

— Des plaies ouvertes ? Il saigne ?

— Je suis à peu près sûr que non. Mais il avait du mal à respirer.

— Quel traitement lui administre-t-on ?

— Je ne sais pas. Il a une foule de guérisseurs Multis à son chevet. Le genre qui psalmodient en agitant des encensoirs.

— J'espère qu'ils pourront faire davantage que ça pour lui.

— J'espère aussi, mais je n'y crois pas beaucoup. Tu as déjà soigné ce genre de blessures, non ?

— Ça arrive quand des soldats tombent ou sont piétinés par des chevaux. La moitié s'en tirent. Évidemment, je ne peux pas faire de pronostic sans avoir vu le garçon.

— Je pense qu'ils auraient besoin de l'aide d'un médecin digne de ce nom.

— Le fils de la Grande Prêtresse doit bénéficier des meilleurs soins possibles, non ?

— Dans ce chaos, j'en doute. Veux-tu venir l'examiner ?

— Tu crois vraiment que les humains accepteront qu'un étranger – un orc, par-dessus le marché – fourre son nez dans leurs affaires ?

— Krista sera ravie de l'aide que nous pourrons lui apporter. Et tu dois avoir plus d'expérience que les médecins d'ici. Ils administrent un traitement plutôt sommaire à leurs blessés. Tu l'as forcément remarqué.

Alfray réfléchit.

— Ça n'a aucun rapport avec l'étoile, n'est-ce pas ?

— Que veux-tu dire ?

— Tu penses peut-être que, si nous sauvons son fils, la Grande Prêtresse te sera tellement reconnaissante que… Non, je vois que ça ne t'avait pas effleuré. Désolé. Cette idée était indigne de moi.

—Ça n'a rien à voir! affirma Stryke. Aidan est un enfant. Cette guerre ne le concerne pas davantage que les jeunes orcs innocents…

—La plupart ont souffert à cause des humains, rappela Alfray.

—Pas de ces humains-là! dit Stryke. Alors, acceptes-tu de venir?

—Oui. Les choses se sont un peu calmées dans le coin. Je pense qu'ils peuvent se passer de moi.

Alfray confia le commandement à un orc plus dégourdi que la moyenne.

Stryke et lui réquisitionnèrent deux chevaux pour regagner au plus vite la maison de Krista.

Ils durent jouer des coudes pour atteindre la chambre du fond, ignorant les protestations que Stryke n'avait pas entendues quand il avait amené le jeune humain blessé. Ils enjambèrent les défenseurs allongés dans le couloir, et se plaquèrent contre les murs pour laisser passer les Multis qui évacuaient des cadavres enveloppés d'un drap.

Quatre guérisseurs entouraient la paillasse d'Aidan. Ils marmonnaient des incantations en faisant brûler des herbes. Krista était agenouillée près de son fils, la tête dans les mains et l'air accablée.

Tous les regards se tournèrent vers les deux orcs. Leurs vêtements maculés de sang et leur expression féroce leur valurent quelques froncements de sourcils.

Stryke et Alfray approchèrent du lit à grands pas.

—Comment va-t-il? demanda le capitaine.

—Son état est stationnaire, dit Krista.

—Vous connaissez le caporal Alfray. Il a beaucoup d'expérience de ce genre de blessures. Ça vous ennuierait qu'il pose quelques questions?

—Non. Bien sûr que non…

Les guérisseurs n'eurent pas l'air ravis, mais ils n'osèrent pas contredire leur Grande Prêtresse.

—Votre diagnostic? demanda Alfray.

Les quatre humains se consultèrent du regard. Un instant, il sembla qu'aucun d'eux ne répondrait. Puis le plus âgé se décida.

—Le garçon est blessé à l'intérieur, dit-il comme s'il s'adressait à un simple d'esprit. Ses organes sont abîmés.

—Quel traitement lui administrez-vous?

—Nous avons appliqué des compresses et brûlé des herbes. Et naturellement, nous prions les dieux.

—Des herbes et des prières? Ça ne peut pas faire de mal. Mais quelque chose de plus radical serait nécessaire.

—Êtes-vous un guérisseur? Avez-vous étudié notre art?

—Oui, affirma Alfray. Sur le champ de bataille. Pas dans les livres ni en écoutant radoter un vieillard!

—L'âge est garant de la sagesse !

—Sauf votre respect, dit Alfray sur un ton indiquant qu'il n'en éprouvait aucun, il est aussi garant d'une certaine rigidité mentale. Je parle en connaissance de cause, puisque je suis presque aussi vieux que vous !

Le guérisseur et ses collègues semblaient de plus en plus scandalisés.

—Franchement, ma dame, c'en est trop, dit le vieillard en quêtant le soutien de Krista. Faut-il que nous nous laissions insulter par… ?

—Laissez Alfray l'examiner, coupa Stryke. Qu'avez-vous à perdre ?

—Ma dame ! s'exclama le vieux guérisseur.

Krista le fit taire d'un geste.

—C'est de mon fils qu'il s'agit. Si le caporal Alfray pense lui être utile, je lui en serai très reconnaissante. Dans le cas contraire, vous serez libres de continuer votre traitement. Merci de vous écarter.

Les quatre guérisseurs obtempérèrent – non sans jeter des regards furibonds aux orcs et marmonner des propos injurieux. Ils se regroupèrent à l'autre bout de la pièce pour converser à voix basse.

Alfray se pencha sur Aidan et écarta sa couverture. Voyant que l'enfant portait toujours sa chemise, il sortit son couteau. Krista se plaqua une main sur la bouche pour étouffer un hoquet.

Il lui fit un sourire réconfortant.

—Je veux juste dénuder la zone blessée. Ne vous inquiétez pas. Mais je m'attendais à ce que ce soit déjà fait…

Il coupa la chemise d'Aidan, puis rangea son couteau et lui palpa doucement la poitrine et les flancs. Par endroits, la peau de l'enfant commençait à virer au bleu.

—Des ecchymoses, dit Alfray. C'est bon signe. Il n'y a ni plaie ouverte, ni hémorragie externe. (Il pressa légèrement la cage thoracique d'Aidan.) Il doit avoir une côte cassée. Sa respiration est superficielle mais régulière. Son pouls aussi. (Il souleva les paupières de l'enfant.) Les yeux en disent long sur les afflictions du corps.

—Que vous révèlent ceux de mon fils ? demanda anxieusement Krista.

—Que sa blessure est grave, mais peut-être pas mortelle.

—Pouvez-vous l'aider ?

—Avec votre permission, je peux essayer.

—Vous l'avez. Que comptez-vous faire ?

—Bander la zone atteinte. Mais avant, il faut que je la nettoie pour éviter les infections. Et peut-être que j'y applique certains de mes onguents.

—Je peux m'en charger.

—Si vous le désirez. Quand il reprendra connaissance, j'aimerais qu'il boive une infusion d'herbes. Ensuite, il devra se reposer.

L'assurance d'Alfray impressionna Krista.

—Je vous remercie de vos conseils. Mettons-nous au travail.

—Je peux faire quelque chose ? demanda Stryke.

—Nous laisser, dit Alfray.

Proprement congédié, Stryke ne se le fit pas dire deux fois. Dehors, il respira à fond pour se débarrasser de l'odeur de mort et de souffrance omniprésente dans la maison.

Des humains passèrent près de lui en courant.

—L'ennemi bat en retraite ! lui cria un adolescent.

Pour le moment, pensa Stryke.

Il n'y eut pas d'autre offensive les heures suivantes. En début de soirée, les défenseurs sombrèrent dans une apathie réparatrice. Dehors, l'armée Uni se regroupait. Tous savaient qu'elle lancerait un autre assaut le lendemain.

Perchés sur le chemin de ronde, Stryke et ses officiers faisaient le point.

Haskeer s'était lancé dans une de ses diatribes habituelles.

—Cette bataille ne nous concerne pas. Ces gens sont des humains ! Qu'ont-ils fait pour nous, à part nous priver de Talag ?

Les autres partageaient son chagrin.

—Un des plus anciens membres de cette unité, rappela Alfray.

—Et nous avons eu de la chance de ne pas en perdre d'autres, souligna Haskeer.

—Ils ont fait beaucoup de choses pour nous, dit Coilla. J'aimerais que tu ne considères pas les autres races comme *elles* nous considèrent.

—Tu as changé d'avis ? La dernière fois que tu en as parlé, tu n'aimais pas beaucoup les humains, si mes souvenirs sont exacts.

—Ce n'est pas tout à fait vrai, et tu le sais. Je commence à comprendre que la vie est plus compliquée que nous ne le pensions. La race n'a peut-être rien à y voir. Et si c'était une question de bons et de méchants, plutôt que d'orcs et d'humains ?

—Je suis d'accord avec toi… En partie. Mais nous ne devons pas perdre notre identité, affirma Alfray. C'est le plus important.

—Il existe d'autres races qui n'hésitent pas à y renoncer, lança Haskeer en fixant Jup.

—Par les dieux, tu ne vas pas recommencer ! Quand cesseras-tu de me blâmer pour les actes de mes congénères ? Comme si j'étais responsable de la conduite de tous les nains de Maras-Dantia !

—Laisse tomber, Haskeer ! ordonna Stryke. Nous avons assez de conflits sur les bras !

—Tout ce que je sais, c'est que nous ne pourrons pas repousser une autre attaque, grommela Haskeer. Pas avec ces humains.

—Ils sont courageux, dit Coilla.

— Mais incompétents.

— Tu es dur avec eux.

— Normal : ce sont des humains.

Leur conversation fut interrompue par l'apparition de Krista Galby. La jeune femme s'approcha en soulevant le bas de sa robe pour ne pas l'accrocher à une écharde. Les orcs la saluèrent – sans enthousiasme pour Haskeer. Elle semblait un peu rassérénée.

— Je suis venue vous dire que l'état d'Aidan s'est amélioré. Il a repris connaissance et il m'a reconnue. Je trouve qu'il respire mieux. (Elle s'approcha d'Alfray et lui prit les mains.) C'est à vous que je le dois. Je ne pourrai jamais assez vous remercier.

— Inutile. Je suis ravi que votre fils aille mieux. Mais il a encore besoin de soins et d'une ou deux semaines de repos. Je passerai le voir plus tard.

— Les dieux ont veillé sur lui, dit Krista.

— Je pense qu'Alfray mérite plus de gratitude qu'eux, fit sèchement Stryke.

— Ne dis pas ça ! s'écria Alfray. Mes efforts n'auraient servi à rien s'ils ne m'avaient pas soutenu.

Stryke désigna l'armée qui assiégeait Ruffet.

— Je me demande si ces gens remercient ou maudissent *leur* dieu…

— Vous êtes un sceptique, capitaine, n'est-ce pas ? lança Krista.

— Honnêtement, je ne sais plus trop… Les derniers événements m'ont fait tourner la tête.

— J'ai dit que je ne pourrais jamais assez vous remercier. Mais s'il est en mon pouvoir de vous accorder quelque chose que vous désirez, vous n'avez qu'un mot à dire.

— Puisque vous le proposez, il y aurait bien l'étoile, lâcha Haskeer.

Les autres le foudroyèrent du regard.

— L'étoile ? répéta Krista. (Mais son intuition la mit sur la voie.) Vous voulez parler de l'instrumentalité ?

— La quoi ? dit Jup.

— L'instrumentalité. C'est une relique religieuse. Je suppose qu'elle ressemble un peu à une étoile. C'est de ça que vous vouliez parler ?

Ils pouvaient difficilement le nier.

— Haskeer avait envie de la voir, dit très vite Coilla.

— Comment savez-vous que nous en avons une ? Nous n'en faisons pas mystère, mais nous ne le crions pas non plus sur tous les toits.

— Un marchand rencontré à Drogan nous en a parlé. Un pixie appelé Katz.

— Ah, oui. Je me souviens de lui.

— Sa description nous a intrigués, expliqua Coilla, espérant qu'elle n'était pas en train de s'enfoncer.

— Katz a abusé de notre hospitalité en s'introduisant sans permission dans le temple. Nous avons dû lui demander de partir.

— Il s'est bien gardé de s'en vanter ! Nous n'étions pas au courant.

— L'instrumentalité est très importante à nos yeux. Elle signifie beaucoup pour mon peuple et pour nos dieux. Mais je ne vois pas d'inconvénient à vous la montrer. Sans vouloir vous offenser, je n'aurais pas cru qu'une unité de combat s'intéresse à une relique religieuse.

— Nous ne sommes pas des brutes uniquement préoccupées de faire couler le sang, affirma Jup. Nous apprécions aussi la culture. Vous devriez entendre les poésies d'Haskeer…

— Décidément, vous êtes des créatures surprenantes, dit Krista. J'adorerais ça.

Haskeer la regarda, bouche bée.

— Hein ? lâcha-t-il, croyant qu'elle voulait qu'il déclame sur-le-champ.

— L'instrumentalité et un peu de poésie orc, résuma la jeune femme. Ça devrait être passionnant.

— Je suis sûr que oui, dit Stryke sans conviction.

— Mais en attendant, il reste beaucoup à faire. Je dois vous laisser. Merci encore, Alfray !

Ils regardèrent Krista descendre l'échelle et s'éloigner.

— Haskeer, espèce d'abruti ! enragea Coilla.

— Qui ne demande rien n'a rien, se défendit le sergent.

— Tu es vraiment un imbécile de première, renchérit Jup.

— Va sucer des cailloux ! Pourquoi a-t-il fallu que tu lui dises que j'écrivais de la poésie, sale morveux ?

— Oh, la ferme !

— Au moins, nous savons qu'elle refusera de se séparer de l'étoile, dit Alfray.

— Oui. Mais grâce à cette cervelle de piaf, grogna Coilla en indiquant Haskeer, nous avons dévoilé notre jeu.

— Ce fichu Katz aurait pu nous dire qu'il s'était fait jeter dehors ! s'écria Jup. On fait quoi, maintenant ?

— On va dormir, répondit Stryke. Pendant qu'il en est encore temps.

— Ouais, dit Jup, l'air sombre. Et ce sera peut-être la dernière fois.

Chapitre 17

I l avait conscience qu'elle était à ses côtés. Ensemble, ils contemplaient l'océan. Un vent taquin agitait leurs vêtements et caressait leurs visages. Le soleil était haut dans le ciel. Des oiseaux d'un blanc très pur survolaient les îles distantes ou se rassemblaient à la pointe de la péninsule, au sud.

Ils n'éprouvaient pas le besoin de parler, se contentant de laisser la vaste étendue d'eau calme et scintillante purifier leur esprit.

Finalement, bien qu'ils ne soient pas encore rassasiés de ce spectacle – sans doute ne le seraient-ils jamais –, ils se détournèrent. Laissant derrière eux les falaises de craie, ils s'engagèrent sur la descente en pente douce vers les pâturages. L'herbe couleur d'émeraude piquetée de fleurs jaunes pareilles à des pépites d'or leur monta bientôt jusqu'aux chevilles.

—N'est-ce pas un endroit merveilleux? demanda-t-elle.

—Il dépasse la beauté de tous ceux que j'ai connus, et j'ai beaucoup voyagé.

—Dans ce cas, vous avez dû contempler beaucoup de lieux tout aussi enchanteurs. Notre royaume n'en manque pas.

—Celui d'où je viens est désolé…

—Vous m'en avez déjà parlé. J'avoue que je ne comprends toujours pas où il est.

—Moi non plus…

—Vous êtes décidément énigmatique, dit-elle, les yeux pétillants de malice.

—Je ne le fais pas exprès.

—Oh, je vous crois. Mais il ne tient qu'à vous d'oublier le mystère qui semble vous peser tellement.

—Comment?

—En venant vous installer ici.

Comme la première fois qu'elle avait évoqué cette possibilité, il sentit un frisson d'excitation et de désir le parcourir. À cause de la splendeur de ce royaume… et du rôle qu'elle serait amenée à jouer dans sa nouvelle vie.

—*Je suis très tenté, avoua-t-il.*

—*Qu'est-ce qui vous en empêche?*

—*Deux choses. La mission que je dois achever dans mon propre monde. Et le fait d'ignorer comment je viens ici, ou comment j'en repars. Je n'ai aucun contrôle sur mes déplacements.*

—*Résolvez votre premier problème, et la solution du second se présentera à vous. Votre volonté triomphera, si vous l'y autorisez.*

—*Je ne vois pas de quelle façon m'y prendre.*

—*Et j'imagine que ce n'est pas faute d'avoir cherché. Souvenez-vous de l'océan. Si vous préleviez un peu de son eau dans votre main, et que vous fixiez votre attention dessus, cela signifierait-il que le reste a cessé d'exister? Parfois, les choses nous échappent parce que nous les observons de trop près.*

—*Comme d'habitude, vos paroles ont un écho en moi, mais je ne parviens pas à le déchiffrer.*

—*Vous finirez par y arriver. Honorez vos obligations, comme tout orc qui se respecte, et la voie qui relie nos deux royaumes s'ouvrira à vous. Faites-moi confiance.*

Il éclata de rire.

—*Je vous fais confiance. Même si j'ignore pourquoi.*

—*Est-ce si terrible?*

—*Non. Loin de là.*

De nouveau, ils se turent.

Sous leurs pieds, la pente se fit plus raide, et il vit qu'ils descendaient vers une vallée entourée de collines. Un petit campement se nichait au milieu. Il se composait d'une douzaine d'habitations rondes aux toits de chaume, et de cinq ou six bâtiments rectangulaires flanqués d'enclos à bétail. Il n'y avait pas de fortifications. Des orcs, des chevaux et des bœufs circulaient à l'intérieur.

Il ne se rappelait pas être venu à cet endroit, qui ravivait pourtant en lui un vague souvenir.

—*Ce campement avait-il un mur d'enceinte autrefois?*

La question parut amuser la femelle.

—*Non. Il n'y en a jamais eu besoin. Pourquoi me demandez-vous ça?*

—*C'est juste… une impression. A-t-il un nom?*

—*Oui. Galleton.*

—*Vous en êtes sûre?*

—*Évidemment. Pourquoi voudriez-vous qu'il s'appelle autrement?*

—*Je ne sais pas trop. (Une idée lui traversa l'esprit.) Puisque nous parlons de ça, il y a une chose que je suis bien déterminé à découvrir, cette fois.*

—*Et de quoi s'agit-il?*

—*Votre nom. Vous connaissez le mien, mais vous ne m'avez jamais révélé le vôtre.*

— *Vraiment ? Je me demande où j'avais la tête. (Elle sourit.) Je m'appelle Thirzarr.*

— *Thirzarr, répéta-t-il. J'aime beaucoup. Ça sonne bien, et ça colle avec votre personnalité.*

— *Comme Stryke avec la vôtre. Je suis ravie que ça vous plaise.*

Il eut l'impression d'avoir remporté une victoire, aussi minuscule soit-elle, et s'autorisa à la savourer. Mais quand il baissa les yeux vers le campement, quelque chose remua de nouveau dans un coin de sa mémoire. Plus ils approchaient, et plus cette sensation s'amplifiait.

Ils entrèrent dans la modeste communauté. Personne ne leur prêta attention, à l'exception de deux orcs qui agitèrent la main pour saluer sa compagne. Pour saluer Thirzarr, corrigea-t-il.

Ils traversèrent le campement en contournant les huttes et les enclos. Parvenue à l'autre bout, Thirzarr s'arrêta et tendit un doigt. Il vit qu'elle désignait une mare parfaitement ronde à la surface étincelante. Ils allèrent s'asseoir côte à côte sur sa berge. Thirzarr plongea une main dans l'eau, savourant sa caresse sensuelle.

Il était toujours préoccupé par le souvenir qui se dérobait à lui.

— *Cette mare…, commença-t-il.*

— *Elle est ravissante, n'est-ce pas ? C'est à cause d'elle que cette communauté a été bâtie ici.*

— *Elle m'est vaguement familière. Comme le reste du campement.*

— *Elle le deviendrait encore davantage si vous veniez vous y installer. Avec moi.*

Ce moment qui aurait dû être délicieux fut gâché par son malaise. Pour la première fois lors d'une de leurs rencontres, il se sentait troublé. Tout ce qu'il venait de voir se bousculait dans son esprit. L'océan et la péninsule, la vallée et ses collines. Cette mare. La rive abrupte d'en face, qui aurait dû être décorée de dessins à la craie.

Soudain, il comprit.

Bouleversé, il bondit sur ses pieds et cria :

— *Je connais cet endroit !*

Il se réveilla en sursaut.

Il lui fallut quelques secondes pour s'adapter à son environnement. Puis il se souvint qu'il était dans une masure, à Ruffet, et qu'il attendait le prochain assaut de l'armée qui assiégeait la colonie.

Il prit de profondes inspirations pour chasser les lambeaux de son rêve et revenir à la réalité. Mais il ne pouvait oublier l'endroit qu'il venait de visiter – si visiter était bien le mot juste.

Car c'était ici même !

Le soleil se levait péniblement, mais aucun chant d'oiseau ne le salua.

Une lumière pâle et froide projetait de longues ombres, à l'est, mais rien n'aurait pu dissimuler le campement d'Hobrow. Un bruissement d'activité montait des tentes et des enclos. Les chirurgiens s'affairaient auprès des blessés de la veille, alors que les Unis se préparaient à lancer un nouvel assaut. Partout, les gardes en uniforme noir pressaient les cavaliers et les fantassins de se mettre en formation. Peu leur importait que beaucoup portent des bandages imbibés de sang et qu'ils n'aient pas eu le temps de déjeuner.

Hobrow n'avait pas faim. Il se tenait sur une pente boisée, hors de portée des flèches des hérétiques de Ruffet. Bien que la brise lui apportât les odeurs délicieuses des feux de camp, il avait seulement de l'appétit pour la mission que le Seigneur lui avait confiée.

Près de lui, Miséricorde, agenouillée, chuchotait avec ferveur:

—Amen!

Hobrow acheva sa prière et lui posa une main sur l'épaule.

—Vois-tu combien leurs fortifications sont fragiles et leurs défenseurs clairsemés? Aujourd'hui, le Seigneur les remettra entre nos mains, et ils tomberont sous nos lames comme le blé sous la faux du paysan.

Un instant, ils restèrent immobiles, ignorant le brouhaha des milliers de soldats. Vue de là, la colonie Multi ressemblait à un jeu de construction.

—Ils doivent savoir qu'ils sont condamnés, père. Comment pourraient-ils nous résister?

—Le mal les aveugle…

Au centre de la colonie, près du dôme inachevé du temple, le geyser magique brillait de toutes les couleurs imaginables.

—Il est donc vrai qu'il présente parfois un visage séduisant, osa dire Miséricorde. On serait presque tenté de croire que tant de beauté est l'œuvre du Seigneur.

—Le Seigneur des Mensonges, peut-être. Ne te laisse pas abuser, mon enfant. Les Multis sont des créatures corrompues. Et aujourd'hui, Dieu va les envoyer en Enfer. C'est tout ce qu'ils méritent.

Les défenseurs de Ruffet avaient toutes les peines du monde à endiguer le chaos.

Les flammes se mouraient, même si une atroce odeur de brûlé persistait. Les pompiers, épuisés, étaient couverts de suie. Ils avaient travaillé toute la nuit pour éteindre des dizaines de feux pendant que les Unis les bombardaient de bouteilles incendiaires. Près de la porte nord, la mare dont le niveau avait sérieusement baissé, suite aux prélèvements des chaînes de volontaires, se remplissait de nouveau.

Des coups de marteaux résonnaient autour du mur d'enceinte. On clouait des poutres à la hâte pour colmater des brèches. Dans les forges on réparait les armes endommagées. Des enfants couraient partout, les bras pleins de flèches qu'ils apportaient aux archers postés dans les tours de garde.

Toujours préoccupé par la révélation qu'il venait d'avoir, Stryke marcha d'un pas traînant vers la place où il avait rendez-vous avec Rellston. Il aperçut une famille d'humains qui se tenaient la main autour d'un brasier funéraire. Une fillette au visage couvert de cloques pleurait de douleur, et un garçon âgé de dix printemps pinçait les lèvres pour tenter de contenir les larmes qui sillonnaient ses joues maculées de poussière. Près de la veuve, une vieille femme toussait à cause de la fumée.

Stryke vit Rellston faire un bond sur le côté pour éviter une carriole croulant sous le poids des cadavres qu'elle conduisait au brasier. Le commandant s'arrêta pour échanger quelques mots avec un homme qui avait l'épaule bandée, puis s'approcha de Stryke.

—Venez donc boire un verre avec moi, lui lança-t-il avec une cordialité inhabituelle.

Sans attendre de réponse, il partit à grandes enjambées. Stryke le suivit.

—Où allons-nous ?

—Au mur du front de mer. Je veux voir si les réparations ont avancé.

Rellston allongea le pas, se frayant un chemin dans les rues bondées. Il ne cessait de jeter des coups d'œil en biais à Stryke, puis de détourner le regard comme s'il ne savait pas quoi dire.

Enfin, il lâcha :

—Vous nous avez beaucoup aidés. Nous n'avons pas l'habitude des conflits de ce type. Sans vous, nous aurions déjà succombé. Je tenais à vous remercier.

—Mais vous vous demandez toujours si les Unis auraient attaqué, si nous n'avions pas été là.

—À voir leur attitude, ils s'en seraient pris à nous un jour ou l'autre. Hobrow est un vrai fanatique.

L'orbe orange du soleil venait de dépasser l'horizon. Rellston plissa les yeux pour l'observer à travers le nuage de fumée.

—À votre avis, quand reviendront-ils ?

—Dès qu'ils auront fini de prier, je suppose. Quel est votre plan ?

Ils avaient atteint le mur du front de mer. Le commandant Multi se baissa pour passer sous une couverture tendue en travers d'une embrasure de porte calcinée. Le battant n'était plus qu'un amas de cendres qui s'émietta sous ses pieds. Il haussa les épaules.

—Continuer comme hier. Et prier nos dieux.

—Ça ne suffira pas, dit Stryke. Plus un siège dure, et plus les assaillants ont des chances de l'emporter.

Rellston enjamba quatre de ses hommes, qui dormaient par terre, et sortit une bouteille d'un placard. Sans prendre la peine de chercher des verres, il but au goulot et passa la bouteille à Stryke.

— Nous avons des puits remplis d'eau. Tant que nous les empêcherons d'entrer, nous pourrons tenir.

— Vos réserves de nourriture ne dureront pas éternellement, dit Stryke en se laissant tomber sur une chaise. Eux peuvent se réapprovisionner.

Rellston eut du mal à dissimuler son désespoir.

— Si nous continuons à perdre nos gens à cette allure, il n'y aura pas beaucoup de bouches affamées… Les Unis sont assez nombreux pour lancer un nouvel assaut chaque jour. Que pouvons-nous faire ?

— Je ne sais pas encore. Mais il faudra trouver quelque chose. D'ici là, ça vous ennuie que je fasse une suggestion ?

— Ne vous gênez pas. Rien ne m'oblige à en tenir compte.

— Avez-vous organisé des chaînes de volontaires pour passer les seaux d'eau lors de la prochaine attaque ?

— Bien sûr.

— Vous devriez demander à quelques hommes de collecter de l'huile de cuisine, de la graisse à traire – bref, tout ce qui est susceptible de brûler – et d'en remplir des marmites. Il suffira d'utiliser des chiffons comme mèche. Alors, nous pourrons rendre aux Unis la monnaie de leur pièce.

— Vous voulez combattre le feu par le feu ?

— Exactement ! Après ce que les Unis vous ont fait hier soir, je doute que vos gens y opposent des objections morales.

— Le problème, c'est qu'ils sont quand même plus nombreux que nous, et qu'ils n'ont ni femmes ni enfants pour faire baisser leurs réserves de nourriture. (Il se leva.) Mieux vaut nous mettre en position. Ils ne devraient plus tarder.

Stryke monta sur les remparts, face au campement principal d'Hobrow. De son perchoir, il distingua les Unis à genoux et leur chef perché sur une butte, les bras tendus vers le ciel. Mais la brise marine emportait ses paroles, et Stryke ne put comprendre ce qu'il disait. Il se douta quand même que ça ne présageait rien de bon pour les orcs et les Multis.

En contrebas, il repéra ses officiers, plongés dans une grande conversation. Haskeer gesticulait et Coilla lui faisait signe de se calmer. Quand ils aperçurent Stryke, ils s'approchèrent de lui. Malgré l'aide qu'ils leur avaient apportée, les humains s'écartèrent de leur chemin.

Stryke descendit des remparts pour les rejoindre. Ils parlaient tous en même temps.

— La ferme ! cria Stryke. Je n'ai pas besoin que vous vous disputiez ! (Il désigna une masure en ruines.) Là-dedans. Il faut qu'on parle.

Pendant qu'Alfray montait la garde à la porte, les autres s'accroupirent dans l'ombre.

—D'abord, commença Stryke, il est évident que Ruffet ne tiendra pas. La moitié des colons ne savent pas se battre et les fidèles d'Hobrow sont trop nombreux. Quelqu'un a une idée?

—Il faut nous battre, dit Coilla. Que pourrions-nous faire d'autre?

—Exactement: que pourrions-nous faire d'autre? répéta Stryke.

—Où veux-tu en venir? demanda Jup.

—Nous avons le choix. Par exemple, partir. Les humains seront trop occupés à se battre entre eux pour nous poursuivre.

—Tu veux filer d'ici pendant qu'ils se tapent dessus? résuma Haskeer. Ça me convient.

—Tu n'y penses pas sérieusement! dit Coilla. Sans eux, nous n'aurions eu aucune chance contre les Unis. Nous ne pouvons pas les abandonner maintenant.

—Réfléchis! insista Stryke. Je sais que les Multis sont nos alliés pour le moment. Mais que se passera-t-il si la dernière étoile tombe entre les mains d'Hobrow?

Jup bondit sur ses pieds.

—Qui se soucie de l'étoile? Nous en avons déjà quatre, pas vrai? Ça ne te suffit pas? Faut-il aussi que nous sacrifiions nos vies?

Stryke le foudroya du regard.

—Rassieds-toi et mets-la en veilleuse. Ne vois-tu pas que l'étoile a un grand pouvoir? Si Hobrow s'en empare, ce pouvoir sera à lui.

—À moins qu'il ne le détruise! lança Alfray de son poste. À mon avis, nous courons plus de risques de nous faire tuer en tentant une sortie au beau milieu de l'armée Uni. Sans compter que je ne suis pas du genre à trahir les gens avec qui j'ai combattu.

—Ce sont des humains! lança Haskeer tandis que Jup reprenait sa place, l'air maussade. D'accord, ils nous ont donné un abri et de la nourriture, mais ils ont plus besoin de nous que nous d'eux. Si c'était l'inverse, ils n'hésiteraient pas à nous planter là. Vous le savez bien. C'est dans leur nature.

Coilla avait réfléchi aux implications de la suggestion de Stryke.

—Tu veux voler l'étoile et foutre le camp?

—Pour l'instant, on reste et on se bat. Mais à la première occasion, on prend l'étoile et on file à la faveur de l'obscurité.

Un par un, ses officiers acquiescèrent, certains avec plus d'empressement que les autres. Alfray semblait le plus contrarié, mais il savait que les chances de Ruffet étaient nulles.

Ravalant sa culpabilité, Stryke demanda:

—Coilla? Puisque tu es déjà allée dans le temple, crois-tu pouvoir y retourner pour dérober l'étoile?

—Ça ne devrait pas être très difficile. Après tout, les Multis sont assiégés. Ils ont autre chose à fiche que de surveiller leur temple.

—Écoute! dit Alfray, abandonnant son poste pour s'approcher de Stryke, de la colère dans les yeux. Si nous devons filer en douce, j'aimerais savoir ce que tu comptes faire des nouvelles recrues. Tu n'as pas l'intention de les abandonner? Parce que je trouve ça difficile à croire, de la part du Stryke que je connais.

—Ne t'inquiète pas, Alfray. Je suis un orc, et les orcs veillent les uns sur les autres. Nous les mettrons dans le coup.

À cet instant, les cloches sonnèrent l'alarme. Des cris retentirent du côté des fortifications.

Les Renards se levèrent d'un bond.

Une bombe incendiaire explosa sur le toit de chaume, au-dessus de leurs têtes. Des morceaux de paille et de bois enflammés tombèrent dans la hutte, qui se remplit de fumée.

Stryke tira Coilla par le bras pour l'empêcher d'être écrasée par une poutre.

—Foutons le camp d'ici!

La pluie de feu continua, circonscrite à grand-peine par les archers que Rellston avait postés sur le chemin de ronde, et par les chaînes de volontaires qui arrosaient les foyers d'incendie. Les Renards gagnèrent leurs positions respectives au pas de course, pliés en deux pour éviter les projectiles ennemis. Ils allaient se séparer quand une sentinelle cria:

—Ils se sont arrêtés! Ils battent en retraite!

—Ça doit être pour ne pas percuter leurs propres troupes, supposa Stryke.

Puis un frisson le parcourut de la tête aux pieds.

—Qu'est-ce qui se passe? lança Coilla, un index tendu.

Au centre de la colonie assiégée, la Grande Prêtresse psalmodiait. Toujours vêtue de sa robe bleue, maintenant souillée, elle décrivait un cercle autour du geyser magique, main dans la main avec ses acolytes, un groupe de femmes de tous âges épuisées et contusionnées. Des reflets rouges, verts et jaunes se succédèrent sur leurs visages alors qu'elles reprenaient l'incantation en chœur.

—Que font-elles? demanda Jup.

—Elles essayent de retourner la magie contre les Unis, répondit Stryke.

Puis il se demanda comment il le savait.

—Toute aide sera la bienvenue, grommela le nain, sceptique.

Stryke tenta de s'arracher à sa fascination.

—Je n'ai rien contre les dieux, dit-il, mais il y a des problèmes que seule une épée peut résoudre.

Coilla lui posa une main sur le bras.

— Pourquoi ne pas leur dire que nous avons les autres étoiles ?

— Pourquoi ferions-nous ça ?

— Si elles sont aussi puissantes que tout le monde le dit, elles pourraient peut-être avoir un effet bénéfique.

— Crois-tu que Krista saurait qu'en faire ? demanda Stryke.

— Nous ne le savons pas non plus, lui rappela Jup.

Stryke lutta pour se contrôler. Ses « vibrations » intérieures ne lui facilitaient pas la tâche. Les autres attendirent sa décision pendant que Krista et ses acolytes continuaient à invoquer la Trinité.

Il regretta de ne pas avoir eu le temps de rapporter à Coilla sa conversation avec la Grande Prêtresse au sujet de sa possible « singularité ». Bombant le torse, il s'efforça de s'ancrer dans la réalité.

— Je pense que les étoiles sont plus en sécurité avec nous.

— Pourquoi ? demanda Coilla. Jusque-là, elles nous ont valu uniquement des ennuis. Il serait temps qu'elles fassent quelque chose pour nous, non ?

— Je ne veux pas courir le risque qu'elles tombent entre les mains des Unis, se justifia Stryke.

Coilla lui jeta un regard étrange.

— Ne répugnerais-tu pas plutôt à t'en séparer ? Tu es très possessif à leur égard.

— Ouais, renchérit Haskeer. Tu ne veux même plus me les laisser toucher.

— Pour que tu nous refasses une crise ? ricana Jup.

— Arrête avec ça ! C'était à cause des humains et de leur maudite épidémie !

Le chant de Krista et des acolytes monta si haut dans les aigus qu'il atteignit les limites de l'ouïe orc et sembla blesser Stryke comme la lame d'un couteau. Les prêtresses arboraient à présent une expression extatique.

— C'est insupportable ! gémit Jup.

— Vous croyez que ça va marcher ? demanda Alfray.

— Faut espérer, grogna le nain. Je suis ravi de me battre, mais je commence à en avoir marre que tout le monde nous coure après.

Un instant, les Renards furent plus optimistes sur l'issue du siège.

Puis les cloches sonnèrent de nouveau et quelqu'un cria :

— Une autre armée arrive !

Chapitre 18

Les orcs coururent sur le mur d'enceinte et gagnèrent rapidement le chemin de ronde. Aussi loin que portât le regard, des soldats avançaient, des chevaux piétinaient et des bannières ondulaient. Entre la fumée des incendies et celle des cinq cents feux de camp ennemis, il était impossible de distinguer les détails. Mais ça n'était pas utile pour voir que l'armée ennemie avait doublé de volume.

Les yeux plissés, un foulard noué sur le bas du visage pour ne pas s'asphyxier, les Renards scrutaient la marée d'hommes et de chevaux qui s'étendait par-delà les collines. Quand l'avant-garde des renforts atteignit le campement Uni, l'arrière-garde n'était toujours pas en vue.

Accablé, Stryke ferma les yeux.

— C'est le pompon, fit Haskeer, lugubre.

Soudain, des hurlements montèrent du campement Uni.

— Ils n'ont pas l'air très contents de se revoir, dit Coilla.

— Ce sont des Multis ! cria Jup. Regardez, il y a des orcs parmi eux ! Des centaines d'orcs ! Ils sont venus pour lever le siège !

— Tu as raison ! dit Coilla. Ils attaquent les Unis par-derrière !

— Des nains ! braille Jup, de plus en plus excité.

— Bah, ricana Haskeer, ils se battront seulement si on les paye grassement.

Jup le saisit par la gorge.

— Tu veux répéter ça, espèce de bouc puant ?

Avant qu'Haskeer puisse répondre, Stryke les sépara.

— Nous n'avons pas le temps de nous disputer. Qui commande cette armée ?

Agitant les mains pour chasser les étincelles soufflées par le vent, les Renards plissèrent les yeux et sondèrent la plaine.

— Je ne vois pas, dit enfin Coilla. Et franchement, je m'en moque. Ils sont plus nombreux que les Unis ; c'est tout ce qui compte.

— Un véritable cadeau des dieux, fit Stryke. Venez, il faut les aider !

La colonie bourdonnait d'activité. Rellston donna des ordres que des messagers s'empressèrent de relayer. En très peu de temps, les défenseurs se rassemblèrent. Les fantassins se massèrent dans les rues, non loin de la porte nord, tandis que les cavaliers sellaient leurs montures et les conduisaient près de la petite mare, sur la grand-place. Les civils mâles montèrent sur le chemin de ronde. Leurs femmes continuèrent à combattre les incendies qui faisaient rage dans les quartiers les plus pauvres, où toutes les maisons étaient en bois.

Stryke se fraya un chemin parmi les Multis, en regrettant d'avoir demandé aux nouvelles recrues de se regrouper près de la mare. Le vacarme était assourdissant.

Le capitaine orc évita un cheval effrayé qui se cabrait, fendant l'air de ses sabots, et bouscula les défenseurs pour approcher du rivage boueux.

Stryke ne fut pas surpris de constater que les humains avaient fait le vide autour du caporal Krenad. Deux cents guerriers orcs suffisaient à rendre prudents n'importe quels humains sains d'esprit.

Krenad se fendit d'un grand sourire.

— C'est beaucoup mieux que de moisir entre quatre murs. Si vous voulez tenter une sortie, je suis votre orc !

Il dut crier pour se faire entendre.

Soudain, un calme étrange s'abattit sur la place. Alors qu'il se hissait sur le dos du cheval que lui avait amené Krenad, Stryke vit la Grande Prêtresse avancer vers la mare. Bien que pressés les uns contre les autres comme des sardines, les humains réussirent à lui laisser le passage.

L'air serein, Krista s'entretint brièvement avec Rellston, puis s'approcha des Renards. Stryke talonna sa monture pour se porter à sa rencontre. Elle lui posa une main sur la cuisse et leva les yeux vers lui.

— Tout individu qui a senti en lui le pouvoir de la terre ne saurait rester sourd à ses appels. Tôt ou tard, il croîtra et se développera en lui. Et tôt ou tard, cet individu devra renoncer à le nier…

Elle se redressa, les yeux brillants d'exaltation. Bien qu'elle eût à peine élevé la voix, ses paroles se répercutèrent sur toute la place.

— Chacun de vous doit savoir qu'il se bat pour la terre. Elle vous prêtera sa force et transférera son pouvoir dans votre cœur. Ouvrez-vous à elle. Sachez que le vent est son souffle, et que nous luttons pour son bien-être. Car l'heure de la rébellion est arrivée. Pendant trop longtemps, la terre a versé des larmes à cause de ceux qui la souillaient. À présent, votre esprit va renaître, dans ce monde ou dans le suivant, et la bénédiction de la Voie Multiple vous accompagnera. Car vous êtes les enfants de la terre.

Krista leva les mains. Au centre du geyser, une langue de flammes bondit vers le ciel. Puis la prêtresse tourna les talons et s'en fut.

Le cri du commandant Rellston brisa le silence.

—Ouvrez les portes! En avant!

Dans la cohue, Stryke dut lutter pour garder son cheval en place.

—S'il t'arrive quelque chose, dit Coilla, nous perdrons toutes les étoiles en même temps. Répartis-les entre nous!

—Pas question, répondit Stryke. Elles ne doivent pas être séparées. J'ignore pourquoi, mais c'est comme ça.

Les premières colonnes de défenseurs atteignaient déjà la porte.

—Dis plutôt que tu es trop possessif pour les confier à quelqu'un d'autre, marmonna Coilla.

En sécurité au centre de son armée, Jennesta baissa les yeux vers le pied de la colline.

Une bataille faisait rage autour de la colonie. Coincés dans la vallée, harcelés d'un côté par ses loyaux serviteurs, de l'autre par les Multis et les renégats orcs, les Unis d'Hobrow ne pourraient pas résister longtemps. Elle éclata de rire.

—Pitoyables, n'est-ce pas?

—Oui, ma dame. (D'instinct, Mersadion porta la main à sa joue ravagée.) Mais ils sont encore près de vingt mille.

Les yeux de Jennesta lancèrent des éclairs.

—Que voulez-vous dire?

—Que... que ce sera une victoire mémorable pour vous, ma dame.

—Je l'espère bien. Et vous le devriez aussi, parce que, dans le cas contraire, vous ne verrez pas le soleil se coucher. C'est assez clair?

Mersadion s'inclina pour dissimuler la haine qui devait se lire sur son visage.

—Parfaitement clair, ma dame.

—Tant mieux. Organisez une attaque sur trois flancs. Je veux que nos humains mènent la charge frontale. Oui, général? Vous avez peut-être une proposition?

—Jamais, ma dame.

—Vous avez raison: c'est plus sain pour votre espérance de vie. Placez les orcs sur cette crête; qu'ils se tiennent prêts sous le couvert des arbres. Les nains prendront cette colline, sur la gauche. Quand mes humains attaqueront, les Unis ne pourront pas se diviser et partir sur les côtés pour éviter leur charge. Mais certains essaieront quand même. Alors, nos flancs harcèleront les leurs. Une tactique simplissime.

—Mais brillante, ma dame.

—Évidemment! (Jennesta observa en souriant la mer de lances et d'épées étincelantes.) Et pendant que nous y sommes, Mersadion, je veux que les harpies décollent dès que la vermine Uni aura lancé sa propre charge.

Pour ce qu'il en reste, pensa le général en se détournant. Il ne comprenait pas pourquoi Jennesta avait lâché ces horribles créatures les unes contre les autres la nuit précédente, mais la démence pure et simple n'était pas à exclure.

Au moins, sa souveraine était satisfaite, pour une fois. Excitée comme une fillette à l'idée du sang qui allait couler à flots dans la plaine.

Elle fit claquer les rênes de son attelage, et le char aux roues garnies de lames vint prendre place en tête de l'arrière-garde.

Une fois en position, Jennesta donna à Mersadion le signal de la charge.

Les chevaux avancèrent, gagnant de la vitesse à chaque foulée. Jennesta avait conscience que son armée était un spectacle majestueux. Elle lança l'assaut, déployant ses soldats autour d'elle comme une cape brodée de joyaux.

Ça s'annonçait presque trop facile.

Kimball Hobrow avait du mal à y croire. Quelques instants plus tôt, il assiégeait des hérétiques dans une colonie misérable aux défenses ridicules. Il ne pouvait pas perdre. D'une certaine façon, il avait presque pitié des Multis alignés devant lui comme des quilles, attendant que le pouvoir de Dieu les renverse.

À présent, il n'affrontait plus une, mais deux armées. À côté, ses hommes ressemblaient aux convives d'un pique-nique estival.

— Que faisons-nous, maître ? demanda devant lui un garde au front dégoulinant de sueur.

— Nous réalisons la volonté de Dieu, répondit Hobrow, apparemment très calme malgré la panique qui le gagnait.

— Dieu nous met-il encore à l'épreuve, père ? lança Miséricorde, en levant vers lui son visage innocent.

— En effet, mon enfant. (Il se tourna vers le garde :) Pourquoi ? Crois-tu que le Seigneur nous ait abandonnés ? Ta foi est-elle si fragile ?

— Non, maître…

— Je préfère ça. Nous massacrerons ces incroyants, et le nom du Seigneur sera glorifié à jamais. S'Il est avec nous, comment pourrions-nous perdre ? Va reprendre ta place, et accomplis la volonté de Dieu !

Hobrow fit signe à deux de ses hommes de confiance, qui s'approchèrent au trot.

— J'ai une mauvaise nouvelle pour vous, leur annonça-t-il. Je sais que vous mourez d'envie de prendre part au combat, mais le Seigneur a d'autres plans pour vous.

— Lesquels, maître ? demandèrent en chœur les deux hommes, l'air vaguement déçu.

— Protégez ma fille, fût-ce au prix de votre vie : le Seigneur ne nous ordonne-t-il pas de veiller sur les innocents ? (Ils approuvèrent du chef, confondus par tant de confiance.) Emmenez-la en sécurité.

Hobrow se pencha et embrassa le front de Miséricorde. L'adolescente baissa la tête en signe de soumission. Quand elle la releva, son père avait disparu.

Un regard suffit à Hobrow pour estimer que l'armée de bric et de broc qui venait d'émerger de Ruffet se composait de quelques centaines d'individus.

De l'autre côté, la putain galopait vers lui. Le premier rang de ses troupes percuta les lanciers Unis avec tant de force que le sol répercuta l'onde de choc. Un instant, Hobrow vit la reine et l'entendit hurler de rage alors qu'un de ses chevaux s'empalait sur une des armes meurtrières.

Souriant, il se hissa en selle et plongea dans la mêlée. Comment pouvait-elle être aussi idiote ? Depuis quand une charge de cavalerie avait-elle une chance d'enfoncer une ligne de lanciers ? Le Seigneur était bel et bien avec eux.

Ça s'annonçait presque trop facile.

Alors que l'armée de Jennesta fonçait vers l'avant-garde Uni, Stryke guida sa cavalerie orc vers l'arrière-garde.

Le sol montait, ce qui n'était pas conseillé pour une charge, mais la confusion régnait dans les rangs adverses. Les soldats d'Hobrow avaient tiré une seule volée de flèches, la plupart étant retombées avant d'atteindre leur cible. Il était difficile d'évaluer une distance quand on n'était pas au même niveau que l'ennemi.

— Je pense que les meilleurs archers d'Hobrow doivent être à la pointe de la formation, dit Coilla, penchée sur l'encolure de son cheval.

— On ne va pas s'en plaindre, répliqua Haskeer.

Les Renards continuèrent à galoper. Plus ils s'éloignaient de Ruffet, plus la fumée s'éclaircissait, mais la bataille soulevait tant de poussière qu'ils auraient pu être enveloppés de brouillard. L'herbe en devenait grise, et le soleil n'était plus qu'une sphère indistincte dans le ciel. En revanche, ce nuage n'arrêtait pas le bruit, et le sol tremblait sous le martèlement des sabots.

Stryke regarda à droite. Comme convenu, la cavalerie de Rellston dévalait une pente douce pour attaquer l'armée d'Hobrow par le flanc. Les cavaliers Unis, quant à eux, étaient invisibles dans la masse. Mais les Renards se doutaient qu'ils concentreraient leurs efforts sur l'armée Multi qui venait de surgir dans la vallée.

Des deux côtés, les fantassins de Rellston, partis avec quelques minutes d'avance sur le reste des défenseurs, se mettaient en formation. Ceux du premier rang portaient des épées courtes ; ceux du deuxième se disposèrent en quinconce et abaissèrent leurs lances.

Des nuées de javelots s'abattirent sur les Unis. Certains rebondirent sur des boucliers ; d'autres atteignirent leur cible, et un chœur de cris de douleur fit grimacer Stryke et Coilla de plaisir.

Plus que cinquante pas avant que la cavalerie orc ne rencontre les lignes Unis. Plus que vingt… Plus que dix…

Des rires hystériques éclatèrent au-dessus de la tête des Renards qui, surpris, levèrent les yeux et frémirent.

Une douzaine de créatures ailées venaient d'émerger du nuage de poussière et plongeaient sur les Unis. Les archers d'Hobrow n'eurent pas le temps de comprendre ce qui leur arrivait. Les harpies les saisirent par-derrière, les soulevèrent du sol et les laissèrent retomber sur leurs camarades. Du sang éclaboussa les cavaliers et leurs montures.

Une poignée d'archers comprirent ce qui se passait et décochèrent quelques flèches. Mais elles retombèrent, causant plus de dégâts dans leurs rangs que chez les harpies, qui se cachèrent derrière le nuage.

Il était trop tard pour arrêter sa charge. Stryke percuta un jeune homme à la bouche arrondie d'étonnement. Il tomba sous les sabots de son cheval, qui firent vite cesser ses cris.

Puis le combat s'engagea.

À présent que les orcs avaient ouvert une brèche dans les défenses des Unis, les troupes de Rellston s'élancèrent. Celles d'Hobrow se rassemblèrent, luttant pour leur vie. De temps en temps, une harpie piquait sur une nouvelle victime, lui arrachait les membres et les lâchait sur ses camarades terrifiés.

L'issue était inéluctable.

—C'est aussi facile que de pêcher des poissons dans un tonneau ! s'exclama Haskeer.

—Ouais, haleta Jup, dont les victimes jonchaient le sol. C'est presque *trop* facile.

Dans la partie la plus étroite de la vallée, Jennesta fulminait. Sa garde personnelle s'était jetée sur les lanciers Unis et les avait forcés à reculer. Mais ça n'avait pas redressé son char, ni ressuscité son cheval.

—Faites quelque chose ! cria-t-elle à Mersadion en se relevant.

—Oui, ma dame.

Jurant entre ses dents, le général se lança à la poursuite d'un autre char. Dès que le conducteur ralentit, il sauta à bord et le poussa sans ménagements dans l'herbe piétinée. Un troisième véhicule arrivait juste derrière. Sans un regard, Mersadion abandonna l'homme à la merci des lames meurtrières de ses roues.

Jennesta ne le traita pas avec davantage d'égards. Elle fouetta les chevaux et s'éloigna, son nouveau char cahotant dans les ornières. L'odeur du sang lui emplissait les narines, réveillant en elle une soif inextinguible.

Elle fonça vers la brèche où les lanciers étaient morts et plongea dans la mêlée.

Les survivants de sa garde personnelle accélérèrent pour la rattraper. Jennesta ralentit. Elle ne voulait pas les distancer.

Soudain, elle écarquilla les yeux de surprise. Un instant, la brise avait balayé le nuage de poussière, révélant la petite armée qui venait de la colonie pour attaquer les Unis par-derrière.

Cette troupe se composait d'humains et d'orcs.

Bien sûr, ça pouvait ne pas signifier grand-chose. Les orcs pullulaient en Maras-Dantia. Mais quelque chose lui souffla qu'elle venait de mettre la main sur les traîtres qui lui avaient volé sa relique.

Jennesta sourit.

Devant la porte nord de Ruffet, les Unis se battaient férocement, déterminés à entraîner dans la tombe autant de Multis que possible. Ils n'étaient pas plus de deux ou trois cents, coincés au fond de la vallée, mais ils vendaient chèrement leur peau.

Épuisé et couvert de sang, Stryke s'arrêta pour souffler. À force de se démener, il dégoulinait de sueur malgré une fraîcheur étonnante pour la saison.

Les harpies avaient disparu, abattues par les archers Multis ou reparties dans leur antre. Leur intervention l'avait inquiété. Pour ce qu'il en savait, elles n'avaient pas touché aux défenseurs de Ruffet. Qui leur avait ordonné d'attaquer seulement les Unis ? Et d'où venait la seconde armée Multi que personne n'avait appelée en renfort ?

Stryke voulut saisir sa gourde et jura en s'apercevant qu'il l'avait perdue dans la bataille. Par bonheur, les étoiles étaient en sécurité dans sa poche.

Coilla le rejoignit.

— Par les dieux, je tuerais pour une chope de bière ! s'exclama-t-elle en s'essuyant le front.

— Tu y seras peut-être obligée, dit Stryke. Il doit y en avoir dans le camp des Unis.

Il talonna sa monture et chargea. Alors que Coilla l'imitait, ils aperçurent Krenad en fort mauvaise posture. Le caporal était suspendu la tête en bas, un pied coincé dans son étrier. Sa monture se cabra et détala en le traînant sur le sol.

Stryke plongea son épée dans le flanc du soldat Uni qui avait désarçonné Krenad pendant que Coilla se lançait à la poursuite de son cheval. Elle le contourna, se planta devant lui et saisit ses rênes pour l'immobiliser. Krenad se libéra et la remercia d'un sourire tremblant.

Un cri de Rellston attira leur attention. Des centaines d'Unis s'étaient réfugiés dans un ravin peu profond à moitié dissimulé par des buissons d'épineux. De temps à autre, ils en sortaient pour attaquer leurs adversaires, puis revenaient se mettre à couvert derrière la végétation.

Krenad remonta en selle et fit passer à la ronde une flasque d'un alcool que Stryke ne reconnut pas. Le liquide avait un goût infâme, mais il le ragaillardit. Regardant autour de lui, Stryke vit qu'Alfray avançait vers eux.

Soudain, le vieux caporal s'immobilisa comme s'il avait aperçu quelqu'un. Pas un ennemi, mais une personne avec qui il n'avait aucune querelle. De la stupéfaction se lisait sur son visage. Suivant son regard, Stryke crut distinguer un étalon monté par un humain aux cheveux auburn.

Serapheim ?

La mêlée se referma sur cette étrange vision et Stryke réprima un frisson.

— J'ai besoin d'un remontant un peu plus fort, grommela-t-il. Allons voir ce que ces maudits Unis ont apporté avec eux.

Le soleil descendait à l'horizon. Les troupes survivantes d'Hobrow avaient été forcées de battre en retraite.

Un imbécile avait mis le feu aux buissons quelques heures plus tôt, forçant les Unis à sortir de leur ravin mais menaçant d'incinérer quiconque passait à proximité. La brise charriait des feuilles enflammées qui allumaient d'autres incendies aux endroits les plus inattendus. Par moments, la fumée était si épaisse qu'elle aurait asphyxié un dragon.

La bataille avait fait rage toute la journée. Les Unis avaient eu le dessous, mais en opposant une résistance farouche. À présent, les Renards et leurs nouvelles recrues se rassemblaient. Beaucoup n'avaient plus de monture et tous étaient couverts de sang. Celui de leurs adversaires, quand ils avaient de la chance.

Alors que la soirée avançait, le vent se leva, soufflant vers la mer. Il dissipa la fumée assez longtemps pour que les orcs voient enfin qui était si opportunément venu à leur secours.

Jennesta.

— Par les dieux ! s'exclama Haskeer, au moment où Stryke criait son nom.

L'ironie de la situation ne leur échappa pas. Elle ne dut pas échapper non plus à Jennesta, qui les foudroya du regard, assise sur le banc de son char. Malgré la distance qui les séparait, les Renards sentaient la haine bouillonner en elle.

Silhouette minuscule perchée au sommet d'une colline, Jennesta leva la main pour projeter une lance invisible.

Stryke et les autres s'éparpillèrent. Ils la connaissaient assez bien pour savoir qu'elle était capable d'invoquer des boules de feu.

Ils n'auraient pas dû s'inquiéter. À cet instant, le vent imprévisible fit tomber entre eux un rideau de fumée.

—Elle ne viendra pas jusqu'à nous, dit Coilla, méprisante. Cette garce ne risquera pas sa précieuse petite personne dans un combat à la loyale. Dépêchons-nous de trouver le chef des Unis et fichons le camp d'ici!

Chapitre 19

Toute la journée, Kimball Hobrow avait harcelé ses hommes, les pressant d'avancer avec des prières de plus en plus désespérées. Il les avait suivis à chaque pas de leur retraite. À présent, dissimulé derrière un chariot renversé, il leur hurlait des encouragements d'une voix brisée.

Puis vint le moment où il ne lui resta plus personne à haranguer. Le dernier garde s'effondra avec un soupir. Tel un enfant qui s'endort, il cessa de lutter et mourut alors que le soleil disparaissait derrière la crête.

Le campement Uni était à une extrémité de la vallée, dans un renfoncement entouré d'arbres. Un endroit paisible où passer la nuit avec sa fille. Mais il n'avait pas vu Miséricorde depuis le matin, et Dieu seul savait où elle était.

Pour la première fois, Hobrow se demanda si Dieu s'en souciait.

Il se recroquevilla dans sa cachette sans prendre garde aux échardes qui s'enfonçaient dans sa chair. Son épée avait disparu depuis longtemps : il l'avait lâchée quand une horde de sauvages s'était précipitée vers ses gardes. Ainsi, il ne lui restait plus rien pour se défendre.

Hobrow repéra deux sous-humains, vêtus de l'uniforme de la putain, qui se faufilaient parmi les ruines de son campement. Il tendit un bras pour saisir une couverture dans le chargement renversé du chariot et s'enveloppa dedans. S'il restait immobile, les créatures ne l'apercevraient peut-être pas.

Retenant son souffle, il entendit les battements de son cœur résonner dans sa tête. Les sous-humains ne pouvaient manquer de les entendre aussi. Car il semblait désormais évident qu'il avait offensé le Seigneur, qui l'avait abandonné. Pourtant, il avait tenté d'accomplir Sa volonté. N'avait-il pas fait preuve d'assez de zèle ?

Visiblement, non.

Soudain, les deux créatures bondirent sur Hobrow. Elles arrachèrent sa couverture et l'empoignèrent. Surpris, il cligna des yeux à la lumière mourante du crépuscule.

—Seigneur, foudroie ces infidèles qui osent agresser Ton instru…, commença-t-il.

Un des orcs – le plus grand – le frappa négligemment sur la tête. Hobrow s'écroula. Sonné, il entendit l'autre monstre dire :

—Je me demande s'il a quelque chose d'intéressant à voler ?

Le grand orc fouilla le chariot. Il jeta au loin un livre saint et s'essuya les doigts sur sa tunique.

—Non. Rien que ces vieilles merdes.

Hobrow se redressa sur un coude.

—Vous ne pouvez pas dire ça !

Le plus gros des deux orcs lui flanqua un revers de la main qui lui fendit la lèvre.

—Je viens de le faire, crétin ! Tu parles trop.

—Et si on lui coupait la langue ? proposa le grand. Ça fait longtemps qu'on n'a pas rigolé !

Hobrow rampa en arrière. Avant que les orcs comprennent ce qu'il essayait de faire, il eut rampé sous les débris du chariot.

Le grand sauta par-dessus l'essieu brisé et tendit la main vers lui. Hobrow se recroquevilla sous les planches pour lui échapper. Mais cela ne fit pas la moindre différence. Le gros lui cogna le genou avec le plat de sa hache.

—Cesse de jouer à cache-cache, trouillard.

—Lâchez-moi ! couina Hobrow. Je suis le serviteur de Dieu. Vous n'avez pas le droit de me faire du mal ! Je vous en prie, ne me faites pas de mal.

Le gros l'empoigna par les cheveux et le tira de sa cachette. Il le força à se redresser et le secoua comme une poupée de chiffon.

—Regarde, ricana-t-il à l'attention de son compagnon, alors qu'une tache apparaissait sur le pantalon d'Hobrow. Il s'est pissé dessus.

Hobrow ferma les yeux. L'ultime indignité refroidissait déjà et lui empoissait les cuisses. Le gros orc le repoussa, et il s'effondra contre la roue du chariot.

—Tu crois que ça vaut le coup de le ramener à Sa Majesté, Hrackash ?

Le grand orc jeta un regard méprisant à Hobrow.

—Ça m'étonnerait que ce soit quelqu'un d'important. Il a moins de couilles qu'un escargot.

Submergé par la honte, Hobrow ne sentit pas le couteau qui s'enfonça dans son cœur.

À la tombée de la nuit, les troupes de Jennesta se replièrent vers leur campement.

Des hurlements surnaturels flottaient au-dessus du champ de bataille plongé dans l'obscurité. Des mouvements furtifs indiquaient que certains

Unis tentaient de fuir. Stryke ne pouvait pas se douter que Miséricorde Hobrow était parmi eux. De toute façon, il avait d'autres soucis en tête.

— Nous devrions aller chercher la dernière étoile et foutre le camp. J'aimerais être très loin de Jennesta quand le soleil se lèvera.

— Pourquoi nous aide-t-elle ? demanda Jup.

— Elle ne nous aide pas, le détrompa Stryke. Elle se contente d'écarter les Unis de son chemin. C'est nous qu'elle cherche. Coilla, tu es dans le coup ?

— Évidemment ! (La femelle orc hésita.) C'est juste que… je trouve moche de voler nos alliés.

— Ils ont une dette envers nous, dit Haskeer. Considère ça comme un remboursement.

— Génial, grogna Coilla. Donc, je dois piller le temple de Ruffet.

Des cavaliers humains épuisés passèrent près d'eux, en route pour les portes de la colonie.

— Ces gens n'ont aucune chance de s'en sortir, dit Stryke. Quand Jennesta reviendra, demain matin, veux-tu qu'elle mette la main sur une source de pouvoir supplémentaire ?

Cet argument eut raison des réticences de Coilla.

Les Renards reprirent le chemin de Ruffet.

Alfray tira Stryke par la manche.

— Tu… Tu as vu Serapheim, tout à l'heure ?

Stryke hésita.

— Je n'en suis pas sûr. Il m'a semblé que oui, mais…

— Mais tu t'es trompé, coupa Haskeer. Que ferait un conteur au milieu d'un champ de bataille ? Essayons plutôt de voir jusqu'où va la gratitude de nos alliés.

Quand ils franchirent la porte, ils furent accueillis par une immense clameur. On leur fourra des chopes de bière dans la main, puis on leur tendit des tranches de pain et de viande. Partout, les colons chantaient, buvaient ou priaient, selon leur tempérament.

Debout dans la lumière d'un cercle de torches, au bord de la mare, Krista Galby brillait comme la flamme d'une bougie. Près d'elle, le commandant Rellston, épuisé, s'était adossé au muret, un bras en écharpe. Pendant que les orcs savouraient l'admiration qu'on leur témoignait, les deux chefs Multis les appelèrent.

— Une fois de plus, Stryke, je vous dois des remerciements. Nous n'aurions pas pu les vaincre sans vous, dit Krista.

Rellston inclina la tête.

— Ma gratitude vous est également acquise. Je suppose que vous n'avez pas vu ce cochon d'Hobrow ?

—Non.

Stryke voulut continuer son chemin, mais Rellston semblait déterminé à se faire pardonner sa méfiance initiale. Il fit apporter d'autres cruches de bière.

La première fois que les Renards mouraient d'envie de refuser de l'alcool!

Dès qu'ils purent s'éclipser, ils filèrent vers la colonne de lumière. Les orcs de Krenad les regardèrent partir en plaisantant au sujet des péquenauds incapables de tenir la boisson. Haskeer ne fut pas le seul qui eut envie de leur faire ravaler leurs moqueries.

Avec les festivités en cours, les abords du temple étaient pratiquement déserts. Renonçant à toute finesse, les Renards chargèrent. Les gardes s'y attendaient si peu qu'ils tombèrent, assommés net, sans avoir cherché à se défendre.

—Ligotez-les! cria Stryke.

Il se sentait un peu coupable. Pas assez pour renoncer à se ruer à l'intérieur.

Les orcs s'immobilisèrent sur le seuil du temple. Une lampe votive éclairait l'étoile, au sommet de son piédestal. Poussant un soupir, Coilla se prépara à rééditer son exploit sportif de la veille.

—Laisse tomber, grommela Haskeer.

Il se jeta sur la colonne massive et la renversa. Elle s'écrasa sur le sol avec un bruit de tonnerre qui se répercuta dans la bâtisse. Mais les habitants de Ruffet étaient trop occupés à célébrer leur victoire pour y prêter attention.

Stryke vit l'étoile aux multiples pointes rouler sur le marbre et rebondir comme celles de son rêve. Il la ramassa et la glissa dans sa poche avec les autres.

—Parfait. Et maintenant, fichons le camp d'ici!

Ils étaient dans l'écurie quand Coilla pensa à demander:

—Ne vas-tu pas prévenir Krenad et les autres?

Stryke jeta une selle sur le dos de son cheval avec un peu plus de force que nécessaire.

L'animal hennit d'indignation.

—Ces orcs ont pris leur destinée en main, comme nous. Ils voulaient la liberté: ils l'ont. Ce qu'ils en feront dépend d'eux.

Il tira d'un coup sec sur la sangle.

—Pas si Jennesta débarque ici demain matin, dit Alfray. Elle les écorchera vifs.

—Que veux-tu que j'y fasse? Essayer de me planquer avec une armée d'orcs sur les bras? Ça ne me plaît pas plus qu'à toi, mais nous n'avons pas le choix.

—Nous pourrions au moins les prévenir.

Jup se déclara d'accord avec Alfray. Coilla se montra un peu plus directe.

—Tu as toujours peur de devenir un messie malgré toi?

—Et alors? lança Stryke en la foudroyant du regard. Je n'ai jamais dit que je voulais renverser Jennesta! Ni quiconque d'autre, d'ailleurs. Tout ce que je désire, c'est m'en tirer vivant. Que quelqu'un d'autre prenne ma place!

—Alors, tu laisseras Krenad et les autres à la merci de Jennesta? cracha Alfray, dégoûté. Tu n'es pas l'orc que je croyais.

—Faux! lui brailla Stryke au visage. C'est exactement ce que j'essaye de vous faire comprendre. Je suis le capitaine d'une unité de combat, et rien de plus. C'est vous qui voulez me faire passer pour autre chose. Coilla, va chercher Krenad. Non, attends. J'irai moi-même. Les dieux seuls savent ce que tu pourrais bien lui raconter.

Il trouva le chef des déserteurs dans une taverne où il braillait des chansons paillardes.

—Venez ici! lui dit-il.

Mais Krenad était trop heureux et trop ivre pour quitter le tonneau sur lequel il était assis.

—Pourquoi? marmonna-t-il.

Stryke le traîna dehors et lui plongea la tête dans un abreuvoir jusqu'à ce que son regard s'éclaircisse.

—C'est mieux. Maintenant, écoutez-moi bien, Krenad. Au cas où vous ne l'auriez pas remarqué, Jennesta est à la tête de la seconde armée Multi.

—Non, c'est impossible. C'était un humain avec un chapeau ridicule, dit Krenad.

Stryke lui replongea la tête dans l'eau jusqu'à ce qu'il se débatte frénétiquement.

—Pas lui, imbécile. Je parle de l'autre armée *Multi*. Celle qui a amené les harpies. Vous vous souvenez?

Krenad dessoûla d'un coup.

—Oui, chef. À quelle heure partons-nous, chef?

—*Nous* partons maintenant. *Vous* pouvez partir quand ça vous chantera.

—Nous allons nous séparer et nous donner rendez-vous plus loin?

—Non! Caporal, nous avons beaucoup apprécié votre aide pendant la bataille. Mais je le répète: je ne recrute pas. Je n'ai jamais recruté! Demain, quand nous serons très loin de cette chienne, je ne recruterai toujours pas. C'est chaque orc pour soi. Compris?

Plus tard, alors que la vallée avait disparu derrière les Renards depuis longtemps, et que les étoiles pâlissaient sous les premières lueurs de l'aube, le regard que Krenad lui avait lancé revint hanter Stryke.

Le soleil pointait à peine au-dessus du mur est des fortifications.

— … N'avons rien pu faire, marmonna un des gardes en massant sa nuque douloureuse.

Une longue minute, Krista Galby ne dit rien, les yeux rivés sur le piédestal renversé. Enfin, elle soupira et lâcha :

— Je suppose que personne ne les a vus partir pendant les festivités, mais ça ne coûte rien de demander.

Elle marqua une pause.

— Nous devons la retrouver et la reprendre, ajouta-t-elle d'un air rêveur, comme si elle s'adressait à elle-même et non aux hommes qui l'accompagnaient. Nous avons construit ce temple pour l'abriter. Elle a toujours été le centre de ma vie – celui de l'existence de ma mère et des Grandes Prêtresses qui se sont succédé depuis la fondation de notre colonie. S'il ne l'avait pas découverte au fond de la mare, Ruffet n'aurait jamais poussé ses compagnons à s'installer ici.

Intrigué par son calme surnaturel, le garde au crâne endolori souffla :

— Dois-je demander au commandant de rassembler ses troupes ?

— Non. Je ne veux pas punir les Renards. Ils ont sauvé la vie d'Aidan. Allez chercher tous les gardes du temple en état de monter à cheval. Et sellez ma jument, voulez-vous ?

— Vous ne pouvez pas partir ! Sans l'étoile, nous avons plus que jamais besoin de vous.

— Mais qui d'autre pourrait faire entendre raison à Stryke ? répliqua Krista. Ne comprenez-vous pas que je suis obligée d'y aller ?

Moins d'une demi-heure plus tard, elle arriva sur la place, devant la porte nord. Longtemps après que les festivités eurent pris fin, une femme qui avait perdu son mari la veille et ne parvenait pas à trouver le sommeil avait vu par sa fenêtre une vingtaine d'orcs quitter la colonie. Les sabots de leurs chevaux étaient enveloppés de chiffons.

La sentinelle se souvenait seulement que quelqu'un lui avait offert un verre avant de l'assommer.

Krista étreignit tendrement son fils. Bien qu'il ne fût pas encore capable de marcher, sa garde-malade avait demandé à un ouvrier du temple de le porter jusqu'à la place, pour qu'il puisse dire au revoir à sa mère.

— Sois sage, Aidan, et obéit bien à Merrilis. Je veux que tu guérisses très vite.

—Ne t'en va pas, maman. Reste avec moi. Il y a tant de méchants, dehors…

Krista leva les yeux vers la vieille femme, puis vers le charpentier, qui attendaient un peu en retrait.

—Prenez soin de lui pour moi. Aidan, mon chéri, la reine arrivera bientôt. Tu pourras la regarder. Je suis sûre que ça te plaira.

Le chef des gardes lui tendit les rênes d'une jument bai. Krista souffla un baiser à son fils et monta en selle.

Puis elle partit au galop avec ses fidèles.

Le char de Jennesta était paré de fleurs.

Elle avait fait enlever les lames fixées sur ses roues : il eût été malvenu de s'aliéner ses sujets potentiels en leur coupant les jambes. À présent, un sourire royal aux lèvres, elle saluait les manants alignés le long de la route qui conduisait à leur miteuse petite communauté. Quel était son nom, déjà ? Ruffet. Un tas de taudis situé à des centaines de lieues de sa capitale.

Derrière elle chevauchait une partie de son armée. Jennesta l'avait emmenée pour que les Multis n'oublient pas qui elle était. Les hommes l'acclamaient ; les femmes lui lançaient des fleurs dont les pétales jaunes et écarlates se faisaient piétiner par ses chevaux.

Jennesta jeta un regard en biais à Mersadion, assis très raide sur sa selle, ses cicatrices extrêmement seyantes. Elle avait bien fait d'épargner son œil ; ainsi, il pouvait voir que ces paysans crasseux n'étaient pas assez bêtes pour ne pas lui réserver les égards qui lui étaient dus.

Puis un rayon de soleil frappa le geyser magique, l'embrasant de mille couleurs. Jennesta leva la tête. Contempler ce pouvoir fit briller ses yeux. Les rênes se détendirent dans ses mains, et ses chevaux ralentirent. Leurs hennissements l'arrachèrent à son hypnose.

Elle avait presque atteint la porte quand un groupe de cavaliers osa lui couper le chemin. Sans un mot, ils s'éloignèrent au galop, s'arrêtant à peine pour la saluer.

Une clameur monta de la colonie lorsque les habitants la virent approcher. Jennesta se força à sourire et entra dans Ruffet avec toute la pompe qu'elle avait pu conserver si loin de sa cour.

Au centre de la place s'étendait une mare boueuse entourée d'un muret. Un homme se tenait à côté, monté sur un étalon dont le pelage avait été étrillé jusqu'à briller. Malgré la liesse générale, il semblait d'humeur maussade.

Rellston reprit ses esprits et s'inclina devant Jennesta, qui comprit que son sourire n'était pas plus sincère que le sien. Mais l'homme connaissait forcément sa réputation.

—Bienvenue, dit-il sans enthousiasme. Et merci de votre aide…

Mersadion fit un léger signe de tête en direction de Jennesta. Rellston saisit l'allusion.

—Votre Majesté, ajouta-t-il.

—Ce n'était rien, susurra Jennesta. Dites-moi, y aurait-il une unité d'orcs parmi vos défenseurs ? J'aimerais les… remercier personnellement.

—Il y en avait une, Votre Majesté. Mais ils sont partis.

—Comme c'est décevant ! Ont-ils dit où ils allaient ?

—Non, Votre Majesté. Ils ont filé pendant la nuit.

Anticipant l'explosion de colère de Jennesta, Mersadion fit faire un petit écart à son cheval.

Mais l'explosion ne vint jamais. Au prix d'un effort monumental, sa souveraine lâcha, les dents serrées :

—Et où est donc votre Grande Prêtresse ? Pourquoi n'est-elle pas venue m'accueillir ?

—Elle m'a chargé de vous transmettre sa gratitude, Majesté. Je crains qu'elle n'ait dû partir en mission. Une mission urgente.

Jennesta promena autour d'elle un regard vindicatif.

Un ouvrier musclé sortit soudain de la foule, un petit garçon aux cheveux noirs sur les épaules. Contrairement aux autres crétins qui la fixaient, bouche bée, l'enfant semblait très sûr de lui et pas du tout intimidé. Ce devait être le fils de quelqu'un d'important.

—Qui est le gamin perché sur les épaules de ce colosse ? demanda Jennesta.

—Aidan Galby. Le fils de notre Grande Prêtresse, répondit Rellston à contrecœur.

—Vraiment ?

Il n'aima pas du tout la façon dont Jennesta dévisagea le garçon et eut la nausée quand elle lui sourit avec la lascivité d'une courtisane.

À l'abri d'un bosquet, à l'autre bout de la vallée, un grand humain tira sur les rênes de son cheval.

Autour de lui, des Unis s'éloignaient en rampant entre les arbres, mais ils ne semblaient pas le voir. Pas plus que les éclaireurs envoyés par Mersadion pour finir de « nettoyer » les environs.

Les cheveux auburn de l'homme scintillaient sous la lumière du soleil. Pensivement, il regarda la population de Ruffet acclamer Jennesta. Puis il fit volter son étalon blanc et disparut dans les bois.

Chapitre 20

Écœuré, Rellston regardait Jennesta baver littéralement sur Aidan Galby.

Il s'était senti obligé de lui offrir l'hospitalité dans l'auberge la moins endommagée de la colonie. Mais la conversation était plus que laborieuse, et Jennesta n'avait pas touché à la chope de bière que le patron lui avait servie.

Aidan, lui, était tout excité d'être le centre d'attention de Sa Majesté. Mais alors que l'après-midi se traînait, le jeune convalescent bâilla.

—Je t'ennuie ? demanda Jennesta.

—Non, Votre Majesté ! Je vous trouve très belle !

Elle se rengorgea.

Aidan bâilla de nouveau.

—Pardonnez-lui, Votre Majesté, dit Rellston. Il n'est pas encore remis de la blessure qu'il a reçue avant-hier. Il était si mal en point ! Nous avons cru qu'il ne survivrait pas.

Jennesta fit un geste insouciant et ne se donna même pas la peine de demander la cause de sa guérison miraculeuse.

—Visiblement, vos soldats ont du mal à trouver les objets dont vous aviez parlé, continua Rellston, histoire de détourner la conversation. Peut-être voudrez-vous partager notre modeste souper en attendant leur retour ?

Jennesta le regarda comme s'il venait de ramper hors d'une fosse septique.

—Je ne pense pas. (Elle se leva si brusquement que sa chaise tomba à la renverse.) Je dois retourner auprès de mon armée. Un bon commandant veille sur ses forces.

Rellston fit une courbette ironique, mais Jennesta ne la vit pas : elle était déjà sortie.

Dès que son char fut hors de vue, Rellston laissa libre cours à sa frustration et à son impatience. Il sortirait en douce de la colonie, s'il n'avait pas d'autre choix. Il ne pouvait pas laisser la Grande Prêtresse seule dans la nature, avec une poignée d'hommes pour la protéger.

En fin d'après-midi, une vingtaine de cavaliers firent ralentir leurs montures. Devant eux s'étendait une pente douce, mais leurs chevaux étaient trop épuisés pour la monter plus vite qu'au pas.

Stryke observa les eaux couleur d'étain du Bras de Calyparr, sur sa droite. Une brise saumâtre vint taquiner ses narines. La côte de l'océan de Norantellia était à moins d'une lieue, mais elle était dissimulée par un talus broussailleux. Ça signifiait qu'il leur restait encore des heures de marche avant d'atteindre la forêt de Drogan.

Stryke jura et mit pied à terre pour permettre à son cheval de se reposer. Puis il le prit par la bride et commença à gravir la pente sous une pluie froide.

—Qu'est-ce que c'est? demanda Coilla en désignant des silhouettes qui se déplaçaient rapidement devant eux.

—Des Unis, à mon avis, répondit Haskeer. Maudite saucée! Je n'y vois rien du tout.

—Ils n'ont pas l'air d'avoir de chevaux, dit Jup.

—Bien fait pour eux! Ils doivent marcher sous une pluie dont ils sont la cause. Ça n'est que justice! Si ça ne tenait qu'à moi, je les massacrerais jusqu'au dernier, grogna Haskeer.

—Nous n'avons pas le temps, l'informa Stryke, très las.

Enfin, ils atteignirent la crête et remontèrent en selle. Alors qu'ils contournaient une saillie rocheuse, ils s'arrêtèrent net en apercevant une vingtaine d'hommes d'Hobrow. Heureusement, ils n'avaient pas le cœur à se battre. L'épée au clair, ils reculèrent vers les buissons et s'enfuirent.

Les Renards reprirent leur chemin.

Ils progressèrent aussi vite que possible, étant donné le nombre d'ennemis qui grouillaient dans la région. Plus ils avançaient, plus ils croisaient de fidèles d'Hobrow. Par deux fois, Jup, envoyé en éclaireur, leur ordonna de se mettre à couvert pour laisser passer des unités d'orcs. Car ils n'avaient aucun moyen de savoir si c'étaient des déserteurs ou des soldats de Jennesta.

Finalement, alors qu'un crépuscule gris tombait sur le paysage, Stryke fit arrêter les Renards. Ils semblaient avoir distancé leurs éventuels poursuivants. Au nord, la lisière de la forêt de Drogan formait une ligne sombre. Une lune pâle pointait timidement entre les nuages.

N'osant pas allumer un feu – de toute façon, ils auraient été bien en peine de trouver du combustible – les Renards s'allongèrent pour prendre quelques heures de repos. Bientôt, des ronflements retentirent dans la pénombre, ponctués de bruits de gifle lorsqu'un dormeur écrasait un moustique. Mais les sentinelles ne virent aucune créature plus grosse qu'un insecte.

Incapable de s'assoupir, Stryke marcha jusqu'au rivage du Bras de Calyparr. Il jetait des cailloux dans l'eau lorsque Coilla le rejoignit. À cause du ressac, il ne l'entendit pas approcher, et s'aperçut de sa présence quand elle se laissa tomber près de lui.

— Et maintenant, Stryke ? demanda-t-elle. Allons-nous pousser jusqu'à Drogan pour réclamer de nouveau l'hospitalité du clan de Keppa-tawn ?

— Peut-être. Je ne sais pas.

— Je ne vois pas d'autre endroit où nous pourrions aller, avec Jennesta dans les parages.

— Mais c'est sans doute là qu'elle viendra nous chercher en premier, rappela Stryke.

Coilla réfléchit quelques instants.

— Qu'est-ce qui est le plus important pour toi ?

— Rester en vie, je suppose.

— Et les étoiles ? Que comptes-tu en faire ?

— Je ne sais pas… Par les dieux, j'aimerais que tout ça ne soit jamais arrivé.

Stryke s'adossa à un rocher moussu. Au bout d'un moment, Coilla se tourna vers lui.

— Alors, qu'est-ce que vous vous êtes raconté, Krista et toi, pendant que je fouillais le temple ?

— Rien.

— Vous avez bavardé pendant une demi-heure, et vous ne vous êtes rien dit ?

— D'après elle, je suis peut-être un déviant.

— Un quoi ?

— Dans mon cas, un orc capable de percevoir la magie.

Stryke sortit les étoiles de sa poche et les contempla sous le regard perplexe de Coilla.

— Ce n'est pas naturel, dit-elle. Euh… D'accord, oublie ça. Lui as-tu parlé de tes rêves ?

— Je n'en ai pas eu besoin. Elle a deviné que c'était un de mes… symptômes.

— As-tu pensé que le pellucide pourrait être responsable de ta condition ?

— Évidemment. Mais je n'y crois pas.

Ils se turent. Stryke jouait avec les étoiles : les trois imbriquées ensemble, et les deux encore indépendantes. Puis il finit par se lasser et les posa dans l'herbe entre Coilla et lui. Il ne voyait pas comment les unir. Celles qui l'étaient déjà semblaient se fondre les unes aux autres d'une manière qui défiait les lois de la nature.

Stryke reprit soudain les étoiles. Celle qu'ils avaient volée au temple de Ruffet se joignit aux autres avec un cliquetis étouffé.

— Comment as-tu fait ? s'exclama Coilla, impressionnée.

— Je n'en ai pas la moindre idée.

Stryke manipula maladroitement la dernière : la verte qu'ils avaient volée à Trinité.

— Donne-moi ça ! s'impatienta Coilla.

Mais elle ne réussit pas plus que lui à l'unir aux quatre autres.

Stryke renonça. Il rangea les instrumentalités dans sa poche et se leva.

— On ferait mieux de retourner au camp. Les autres vont s'inquiéter.

Ils n'avaient pas fait dix pas quand deux silhouettes jaillirent de leur cachette pour leur bloquer le chemin.

Micah Lekmann et Greever Aulay.

— Ça devient une habitude, lâcha Coilla.

— Comme c'est charmant, ricana Lekmann, l'épée déjà en main. Deux amoureux en train de se conter fleurette.

— La ferme, Micah ! cria Aulay. Pourquoi parler quand nous pouvons tuer ?

Il brandit son épée. Les orcs dégainèrent les leurs.

Deux duels s'engagèrent sur la rive du Bras de Calyparr.

Lekmann attaqua Stryke et voulut le frapper aux jambes. Mais l'orc sauta par-dessus sa lame et lui décocha un coup de pied dans le genou. Lekmann tituba. La lame de Stryke lui entailla le flanc. Il leva son épée et dévia celle de l'orc.

Coilla avait reculé en voyant Aulay sortir quelque chose de son manteau. Stupéfaite, elle le regarda fixer une lame dentelée au capuchon métallique de son moignon. Elle bondit sur lui, mais Aulay dévia son épée.

— Je vais te tuer, chienne !

— Avec ou sans ton autre œil ? railla Coilla, la pointe de son arme manquant de peu la joue de l'humain.

Avec un grognement furieux, Aulay se jeta sur elle. Mais son pied glissa sur le sol détrempé. Il tomba et son épée heurta un rocher, se brisant tout près de la garde. Coilla abattit la sienne sur son bras tendu. Du sang jaillit.

Aulay rugit de douleur. Il se releva maladroitement, puis battit en retraite le temps de remplacer sa lame dentelée par un crochet à double tranchant.

— Pour Blaan ! hurla-t-il en le faisant siffler dans l'air.

Coilla fit un pas sur le côté, saisit le bras de l'humain et retourna le crochet contre lui pour l'éventrer.

— Et ça, c'est pour toi, sac à merde, dit-elle en imprimant une dernière rotation au crochet.

Une hébétude sans nom passa sur le visage d'Aulay tandis que sa vie le fuyait.

Stryke s'était efforcé de pousser Lekmann vers l'eau. Le terrain accidenté le gênait plus qu'il ne l'aidait, et il était trop fatigué pour faire durer le combat.

Dès qu'il eut pris pied sur une surface plus égale, il se déchaîna et sa lame balaya les parades du chasseur de primes.

Haletant, Lekmann voulut fuir. Mais Stryke en avait assez. Il bondit en se frappant la cuisse de sa main libre. Le bruit détourna l'attention de son adversaire un instant. Cela suffit pour qu'il lui plonge son épée entre les côtes.

Stryke posa un pied sur la poitrine de l'humain et tira pour dégager son arme. Lekmann tomba tête la première dans l'eau. Ses cheveux noirs et gras formèrent une sinistre corolle autour de sa tête.

La dernière fois que Stryke le vit, il dérivait, porté par le courant, un sillage sombre derrière lui.

Bras dessus bras dessous, les deux orcs revinrent en titubant vers leurs compagnons.

— J'en ai assez des moments de répit, marmonna Coilla.

Ils arrivaient en vue du campement lorsque Stryke poussa soudain Coilla dans les buissons. À cause du vent qui se levait, la femelle orc n'entendit rien de suspect. Mais elle commençait à faire confiance à l'intuition de Stryke.

Quelques instants plus tard, un groupe de cavaliers débula au galop pour entourer les Renards à moitié endormis. Les sentinelles ne purent rien faire. Le capitaine se dit qu'il y avait du laisser-aller dans l'unité, mais le problème n'était pas là pour le moment.

De leur cachette, Stryke et Coilla virent Krista Galby foudroyer leurs compagnons du regard.

— Où est-elle ? demanda la Grande Prêtresse.

— Où est quoi ? lança Haskeer.

— Ne jouez pas les innocents ! cria le chef de la garde du temple.

Il mit pied à terre, non sans garder la pointe de son épée braquée sur la gorge d'Haskeer.

— Jarno, dit Krista, ces orcs étaient nos alliés. Ils se sont battus à nos côtés. L'un d'eux a sauvé la vie de mon fils. (Elle écarta les mains et les laissa retomber, accablée.) Je ne vous veux pas de mal. Mais vous avez volé quelque chose qui nous appartient. Un objet très important pour nous : la pierre angulaire de notre foi.

Personne ne dit rien. Un vent froid balaya la clairière. Dans les buissons, Stryke et Coilla ne purent étouffer leur culpabilité.

—Nous en avons besoin, insista Krista.

Le silence se prolongea.

La patience de Rellston atteignit ses limites. Le commandant Multi avait rattrapé le groupe de la prêtresse quelques heures plus tôt. À présent, une centaine d'hommes armés encerclaient les Renards.

Rellston sauta à terre et avança vers Jup et Haskeer.

Derrière l'écran de feuilles, Stryke chuchota :

—Je savais que nous n'aurions pas dû faire halte.

Coilla désigna les Multis.

—Pourquoi ta petite copine ne tient-elle pas Rellston en laisse ?

—Il n'est pas du genre à rester les bras croisés. Mais s'il avait l'intention de tuer, il serait déjà passé à l'action. Allons parler à Krista avant qu'il ne change d'avis.

Les deux orcs sortirent de leur cachette. Quand la prêtresse les vit, elle lança :

—Vous m'avez fait deux faveurs ! À mon tour de vous en accorder une. Rendez-moi l'instrumentalité, et le commandant ne vous châtiera pas pour l'avoir volée.

—Et si j'ai également besoin des étoiles ? répliqua Stryke sans réfléchir.

—*Des* étoiles ? répéta Krista. Vous en avez plusieurs ?

Stryke aurait pu se couper la langue, tant il était furieux.

—Oui, avoua-t-il. C'est pour ça qu'il nous fallait la vôtre, vous comprenez ?

Il dévisagea Krista, tentant de déchiffrer son expression à la lueur du clair de lune.

—Non, je ne comprends pas, répondit Rellston à la place de la prêtresse. (Il marcha sur Stryke d'un air menaçant.) Si vous en avez d'autres, vous n'avez pas besoin de la nôtre. Rendez-la-nous immédiatement ! (La pointe de son épée se posa sur la gorge de Stryke.) Je savais que je n'aurais jamais dû vous faire confiance, vermine orc.

—Calmez-vous ! ordonna Krista. (Tendant la main, elle écarta doucement l'arme de Rellston.) Je suis certaine que nous pouvons résoudre ce conflit à l'amiable.

—Pas moi, grogna le commandant.

Autour d'eux, les Renards entendirent des épées sortir de leur fourreau et des cavaliers mettre pied à terre. Cernés par les colons, ils portèrent la main à leurs armes.

—Ne soyez pas plus stupide que nécessaire, Stryke, dit Rellston. Vous n'avez aucune chance. Nous sommes beaucoup plus nombreux que vous. Si vous ne nous remettez pas l'instrumentalité de votre plein gré, je saurai vous y forcer.

—Ah ouais? lança Haskeer. Avec quelle armée?

—Celle-là, abruti! cracha un humain derrière lui.

Un des Renards cria quand quelqu'un le bouscula. Ses compagnons ripostèrent. Des bagarres étaient sur le point d'éclater partout dans le camp.

—Arrêtez! cria Krista. Arrêtez!

Stryke lui fit écho. Deux lames s'entrechoquèrent, couvrant presque ses paroles. Il haussa la voix.

—Vous nous connaissez! Vous avez vu comment nous nous battons! Croyez-vous vraiment pouvoir nous vaincre?

Rellston jura, ce qui lui valut un regard chagriné de Krista.

—Repos, les gars, ordonna-t-il à regret. Laissez-les filer pour le moment.

—Renards, en arrière! cria Stryke.

L'épée au poing, il était prêt à bondir pour couvrir la retraite de son unité.

Autour d'eux, l'obscurité avait de nouveau englouti les humains quand l'un d'eux lança brusquement:

—On ne peut pas les laisser s'en tirer comme ça! Tous après eux!

Aussitôt, ce fut le chaos.

—Ne tuez personne à moins d'y être obligés! dit Stryke.

Les chevaux des Renards étaient hors de portée, au-delà des forces Multis.

—Fichons le camp!

Il fit volte-face et plongea dans les buissons, esquivant les branches basses et tentant de ne pas marcher sur des brindilles pourries. Par chance, le sol détrempé étouffait les bruits.

Tous les sens en alerte, Stryke fit appel à son intuition pour repérer les autres. Et cela fonctionna. Il ne sut pas s'il devait s'en réjouir ou s'en effrayer.

Bientôt, il franchit l'écran de végétation et déboucha dans une prairie. Sous la pâle lueur qui précède l'aube, il distingua dans l'herbe des empreintes sombres. Il les suivit en courant, escalada une crête et vit les derniers Renards disparaître dans un autre bosquet, devant lui. Il accéléra pour les rejoindre.

—Nous devrions être en sécurité ici, pour le moment, haleta-t-il.

—Tu crois ça? grommela la voix d'Haskeer tapi dans l'ombre près de lui. Regarde par là-bas…

De l'autre côté du bosquet, le Bras de Calyparr déroulait ses flots grisâtres. Stryke se retourna. Les Renards étaient sur une petite pointe de terre cernée par l'eau. On pouvait seulement y accéder par la prairie qu'ils venaient de traverser. Les Multis y couraient sur les talons de Rellston.

—Qu'est-ce qu'on fait? demanda Haskeer, frustré. On fuit à la nage?

—Tu n'as qu'à ouvrir ta grande gueule et tout boire pour nous permettre de passer, riposta Jup.

Oubliant les humains qui approchaient, les deux sergents se foudroyèrent du regard.

Coilla craqua.

—C'est ta faute et celle de tes maudites étoiles! cria-t-elle à Stryke.

D'un geste vif, elle entailla la poche de sa ceinture avec son couteau.

Stryke vit l'instrumentalité à cinq pointes tomber comme au ralenti. Il porta une main à sa taille pour empêcher les autres de suivre le même chemin, mais trop tard. Les quatre étoiles imbriquées lui échappèrent. Il tenta de les rattraper et réussit uniquement à les propulser vers une brèche étroite entre les arbres.

Alors que les Multis faisaient irruption dans le bosquet, l'étoile verte rebondit sur le sol rocailleux. On eût presque dit qu'elle suivait les autres.

Stryke et ses Renards ne virent pas une silhouette dégoulinante s'extraire de l'eau et ramper vers eux.

Le capitaine orc bondit en avant. Il ramassa les instrumentalités et les serra convulsivement contre sa poitrine.

Il entendit la verte s'assembler avec les autres. Le puzzle était complet.

Alors, la réalité se brouilla.

Chapitre 21

Ténèbres.

Un froid intense enveloppait Stryke et son estomac lui remontait dans la gorge comme s'il tombait. Ses tympans vibraient trop pour qu'il entende quelque chose. Il tendit une main pour se retenir, mais ne trouva aucune prise.

Il n'y avait rien sous ses pieds. Rien du tout.

Il atterrit abruptement, tituba et bascula en avant. Ses mains plongèrent dans quelque chose de glacial. Le choc lui fit recouvrer ses esprits.

De la neige.

De la neige, sous une fine couverture de nuages, presque aussi pâle que la blancheur du sol. Quelques instants plus tôt, c'était la nuit. À présent, il faisait jour. Au sud, un disque délavé qui devait être le soleil se découpait très bas au-dessus de l'horizon.

La panique menaça de submerger Stryke.

Il cria, mais aucun son ne parvint à ses oreilles. Un moment, il craignit d'être devenu sourd. Puis un sifflement aigu lui perça les tympans : celui du vent arctique qui fouettait ses vêtements. Plissant les yeux, Stryke distingua des silhouettes sombres et prostrées : sans doute les autres Renards.

Il se leva, vacilla sous les assauts du blizzard, et ramassa les précieuses étoiles qui lui avaient de nouveau échappé. Puis, luttant contre le vent, il rejoignit Jup et Coilla. Accrochés l'un à l'autre, ils s'efforçaient maladroitement de se redresser.

Tout le monde parla en même temps.

—Où sommes-nous ?

—Où sont les autres ?

Bientôt, l'unité les rejoignit d'un pas chancelant. Les Renards se rassemblèrent au fond d'une dépression qui les abritait à peu près du vent. Des rafales de poudreuse passaient au-dessus de leur tête, et ils devaient hurler pour se faire entendre.

—C'est quoi ce bordel? mugit Haskeer.

—Je crois que nous sommes sur la calotte glaciaire, répondit Stryke en claquant des dents.

—Hein? Comment?

—Laissez tomber le débat philosophique! lança Coilla, les bras croisés sur la poitrine pour se réchauffer. La seule question importante, c'est comment ne pas mourir de froid.

Quelques orcs avaient réussi à s'emparer de leur paquetage avant de fuir les Multis. D'autres, comme Stryke et Coilla, avaient détalé trop précipitamment pour s'en soucier. Même en partageant leurs couvertures et leurs vêtements de rechange, il n'y avait pas de quoi les protéger tous.

—Jup, dit Stryke, les lèvres déjà engourdies, tu te sens de chercher un point surélevé, histoire de découvrir où nous sommes?

—J'y vais.

Le nain s'éloigna, plié en deux pour se protéger du blizzard. Les Renards se pelotonnèrent les uns contre les autres et tentèrent de comprendre ce qui s'était passé.

—C'est à cause de ces fichues étoiles, marmonna Coilla.

—Si c'est le cas, elles nous ont évité de nous faire tailler en pièces par les humains, dit Alfray.

—Ouais, pour qu'on puisse mieux mourir de froid ici, râla Haskeer. Où que soit cet «ici».

—Probablement sur le mur de glace, au nord de Maras-Dantia, dit Stryke. Le soleil était presque au sud tout à l'heure, mais impossible de déterminer si c'est le matin ou le soir.

De ses doigts bleus, il tapota sa poche, puis se souvint que Coilla l'avait éventrée. Il fourra donc les étoiles sous sa tunique, espérant ne pas tomber dessus en cas de chute. Puis il saisit les gants de peau coincés dans sa ceinture.

—Nous le découvrirons bien assez tôt, dit Alfray. Si nous vivons assez longtemps pour ça. (Une idée funeste lui traversa l'esprit.) Et si c'était l'œuvre de Jennesta? Elle doit vouloir se venger de nous, et ça ressemble à un des coups tordus qu'elle affectionne.

—Non, fit Coilla en frissonnant. Si elle était capable de ça, elle nous aurait plutôt transportés jusqu'à son campement, histoire de mettre la main sur les étoiles.

—Peu importe! décida Stryke en resserrant sa tunique autour de lui. De quelles provisions disposons-nous?

Un rapide examen des paquetages mit au jour quelques morceaux de viande séchée, un peu de pain de voyage émietté et deux flasques de liqueur. Ça ne ferait pas lourd, une fois partagé entre vingt-quatre estomacs affamés.

Tentant de cacher son désarroi, Stryke désigna un des soldats enveloppés d'une couverture.

— Va voir ce qui est arrivé à Jup, Calthmon.

L'orc s'éloigna à contrecœur, pataugeant dans les congères. Une bourrasque manqua le renverser quand il sortit de la dépression.

Peu après, il revint en compagnie de Jup. Le nain s'accroupit en se frottant les bras, puis fourra ses mains gelées sous ses aisselles.

— Il y a des tas de crevasses, annonça-t-il en claquant des dents. Avec des ponts de neige durcie qui ne supporteront pas le poids d'un orc. Mais je dois pouvoir nous conduire par là-bas. (Il désigna le sud-est.) Nous sommes pas mal en hauteur.

Pendant qu'il parlait, sa respiration se cristallisait dans les poils de sa barbe.

— Rien d'autre ? demanda Stryke.

— Rien que j'aie pu repérer. Pas de fumée ni d'habitations. J'ai cru voir bouger quelque chose, mais la créature, si c'en était une, s'est soigneusement tenue à l'écart de moi.

— Pas étonnant, si elle a vu ta gueule, ricana Haskeer. Ça suffirait à effrayer n'importe qui de sensé.

Jup ne prit pas la peine de répondre à cette provocation. Cela soulignait à quel point le froid les affectait.

— D'accord, soupira Stryke. La priorité, c'est de sortir de ce foutu blizzard et de trouver un abri.

Ils suivirent les traces de Jup.

Très vite, la blancheur étincelante de la neige fit danser des points lumineux devant leurs yeux. S'enfonçant dans des congères aussi profondes qu'un orc, ils cheminèrent péniblement vers le sud. Il leur sembla que plusieurs heures étaient passées quand ils atteignirent enfin le bord d'une falaise.

Derrière eux, au nord, se dressait la masse imposante du glacier. Elle s'étendait d'un bord à l'autre de l'horizon, attestant de la stupidité criminelle des humains qui avaient détruit la magie de Maras-Dantia. Malgré la distance qui la séparait d'eux, elle semblait toiser les orcs, menaçant de les écraser à tout moment.

Pendant qu'ils l'observaient, un énorme morceau de glace s'en détacha et tomba avec un grondement de tonnerre. Des nuages de neige tourbillonnèrent dans l'air. Certains des plus gros fragments parurent rebondir sur près d'une demi-lieue.

Les Renards descendirent la face sud de l'à-pic, qui n'était pas de la neige compactée, mais un énorme rocher prisonnier d'une gangue de glace. S'il ne risquait pas de s'effondrer sous leurs pieds, sa surface glissante les empêchait de progresser aussi vite qu'ils l'auraient souhaité. Jurant et dérapant, ils gagnèrent un plateau qui surplombait la toundra gelée.

Ils s'arrêtèrent pour reprendre leur souffle. À cet endroit, la paroi rocheuse les protégeait de la morsure du vent du nord. En outre, elle dissimulait le glacier, ce qui était une bénédiction.

En contrebas, le sol, plus plat, était comme tassé par le poids du mur blanc qui avançait vers lui. À cette distance, les ruisseaux qui sillonnaient sa surface grise couverte de lichen ressemblaient à de simples fils noirs. Un ruban sombre un peu plus épais, à l'horizon, pouvait indiquer la présence d'une forêt. C'était difficile à dire, avec le soleil dans les yeux.

—Si nous arrivons en bas, dit Stryke en frappant dans ses mains gantées pour rétablir sa circulation sanguine, nous trouverons sans doute un abri, ou au moins du combustible.

—«Si» est le mot juste, grommela Haskeer. Je suis un orc, pas un putain de bouquetin.

La deuxième partie de la descente se révéla moins facile qu'elle n'en avait l'air. À plusieurs reprises, les Renards furent confrontés à des à-pics si abrupts qu'ils durent rebrousser chemin.

—Je me fais des idées, lança Coilla alors qu'ils s'étaient arrêtés devant un nouvel obstacle, ou quelqu'un nous suit?

—C'est aussi ce qu'il me semble, fit Jup en se frottant la nuque.

Stryke déclara avoir la même impression.

—Peut-être un abominable homme des neiges, avança Coilla pour alléger l'atmosphère.

—Les yétis sont un mythe, dit Alfray. Contrairement aux léopards des neiges, qui ont des crocs de la taille d'une dague.

—Génial. J'avais vraiment besoin de le savoir…

Ils continuèrent à progresser en silence.

—Jup est toujours un aussi bon guide, dit Haskeer alors qu'ils revenaient une énième fois sur leurs pas.

Le chemin étroit était bondé d'orcs occupés à faire demi-tour. Mais le nain se pressa contre la paroi et laissa passer les autres jusqu'à ce qu'Haskeer arrive à son niveau. Sa main jaillit pour le saisir par le col.

—Tu crois pouvoir faire mieux, sac à merde?

Haskeer se dégagea vivement.

—Un aveugle ou un cheval boiteux en serait capable.

—Je te cède volontiers ma place.

Les Renards se remirent en route sur les traces du sergent orc.

Il leur fallut une éternité pour atteindre la plaine. Un soldat glissa. Seuls les réflexes de l'orc marchant derrière lui, qui tendit la main pour le rattraper par le dos de sa tunique, le sauvèrent d'une mort certaine. Après cet incident, tous se tinrent par la ceinture.

Le soleil progressait parallèlement à l'horizon au lieu de descendre vers son couchant. Impossible de dire s'ils avaient marché toute la journée, ou seulement la moitié. Une chose était certaine : le crépuscule arrivait, amenant avec lui un banc de nuages qui obscurcit le soleil.

Une neige fine et piquante tomba soudain.

— Il ne manquait plus que ça, grommela Jup.

Enfin, ils prirent pied dans la toundra et longèrent le mur de glace, avec l'espoir qu'il les protégerait des éléments.

— Vous avez vu ça ? Cette lumière, là-bas ? s'exclama Jup en désignant un point au sud.

— Il n'y a rien du tout, répliqua Haskeer. Ton imagination te joue des tours.

— Je n'ai rien imaginé, grogna le nain. Elle était là !

Avant qu'une bagarre n'éclate, Stryke s'interposa entre ses deux sergents.

— C'était peut-être un reflet, dit-il. Mais vérifier ne peut pas faire de mal. Je préfère ne pas camper en terrain découvert sans y être obligé. Je nous donne une demi-heure : il faut que nous soyons installés avant la tombée de la nuit.

Soudain, un craquement assourdissant résonna au-dessus de leurs têtes. Un bloc de glace de la taille d'une maison dégringola vers eux. Ils prirent leurs jambes à leur cou et s'éparpillèrent dans la toundra.

Quand ils furent hors de portée, ils s'arrêtèrent. Alfray s'était laissé distancer par les autres.

— Nous sommes en sécurité, haleta Haskeer.

— Non ! dit Jup. Regardez !

Tous suivirent la direction de son index tendu. Une meute de créatures aussi grosses que des lions couraient vers eux. Avec leur pelage blanc, elles étaient presque invisibles dans la pénombre.

— En formation ! cria Stryke en s'élançant vers Alfray.

Intrigué, le vieux caporal regarda par-dessus son épaule. Et il frémit. Cinq bêtes aux crocs évoquant des sabres d'ivoire étaient presque sur lui.

Stryke cria et fit tournoyer son épée. Surpris, le léopard de tête dérapa. Il roula cul par-dessus tête, planta ses griffes dans le sol pour arrêter sa culbute et se releva.

Sans le quitter des yeux, Stryke brailla :

— Par ici !

Il n'eut pas le temps d'en dire plus, car deux animaux tournaient autour de lui en cherchant une ouverture. Les trois autres le contournèrent pour s'approcher de son unité.

Stryke et Alfray reculèrent, mais le plus gros léopard bondit souplement derrière eux. L'autre feinta. Au même moment, le chef de meute bondit de nouveau. Distrait, Stryke faillit tomber sous ses griffes acérées, mais il leva son épée à temps. Du sang jaillit de la patte avant de l'animal, qui battit en retraite avec un feulement sauvage.

Coilla avait ordonné aux Renards de former un cercle défensif. Les trois autres léopards se déployèrent sans oser attaquer. Mais ils empêchaient les orcs de se porter au secours de leurs camarades isolés.

De nouveau, le chef de meute se jeta sur Alfray. Ses griffes accrochèrent la manche du caporal et le renversèrent. Stryke intervint. La pointe de son épée entailla le flanc de l'animal. Une ligne écarlate assombrit le pelage crémeux du léopard, qui détala.

Stryke regarda derrière lui. L'unité était trop loin pour les aider.

—Ça va, l'ancêtre? lança-t-il.

—Oui. Mais ne me traite pas d'ancêtre! Tâche de les maintenir à distance un moment, tu veux bien?

Stryke n'eut pas le loisir de demander à Alfray ce qu'il mijotait. Les léopards des neiges feintaient et se retiraient sans cesse. Il avait déjà fort à faire pour repousser leurs assauts. Conscient qu'il ne tiendrait pas éternellement, il n'osait pas détacher son regard des fauves pour voir ce que fabriquait Alfray.

Maudissant ses doigts raidis par le froid, le vieux caporal défit maladroitement les boucles de sa sacoche de guérisseur. Il fouilla dedans et en sortit une flasque, dont il répandit le contenu à ses pieds, dans la neige. Puis il bondit en arrière alors que des flammes turquoise jaillissaient et lui roussissaient les sourcils. Effrayés et désorientés, les deux félins reculèrent.

—Qu'est-ce que c'est? s'étrangla Stryke.

Alfray ne répondit pas. Il défit rapidement un rouleau de bandages, le piqua sur la pointe de son épée et le plongea dans l'étrange brasier. D'un mouvement du poignet, il le lança vers le plus petit léopard. La boule de feu improvisée atterrit sur le dos de l'animal, dont la fourrure s'embrasa.

Le jeune fauve tourna les talons et s'enfuit dans la plaine.

Les flammes bleues moururent dans une flaque de neige fondue.

Méfiant, le chef de meute contourna Alfray et lui bondit dessus. Stryke se jeta sur le dos en brandissant son épée. Quand le léopard passa au-dessus de lui, il frappa vers le haut de toutes ses forces. La lame traversa l'estomac de l'animal, et des entrailles fumantes tombèrent sur l'orc.

Stryke s'essuya rapidement le visage avec sa manche, et vit le chef de meute s'écrouler derrière lui. Il prit une profonde inspiration et toussa quand la puanteur atteignit ses poumons.

—Merci, Stryke, souffla Alfray.

—Tu peux recommencer?

Le caporal secoua sa bouteille. Du liquide clapota à l'intérieur.

—Une fois ou deux, peut-être.

—Dans ce cas, allons-y!

Coilla saisit l'épée d'un soldat en criant :

—Donne-moi ça !

Elle fit un pas en avant et lança l'arme vers le léopard le plus proche. La lame se planta dans sa colonne vertébrale. L'animal continua à courir quelques secondes avant de s'apercevoir que ses pattes arrière étaient paralysées.

Coilla lui abattit sa propre épée sur la nuque.

Plus que deux. Couvert par Stryke, Alfray utilisa de nouveau sa potion incendiaire. Cela leur permit d'éliminer un léopard de plus. Mais il restait dans la flasque quelques gouttes qui ne parvinrent pas à s'enflammer en touchant le sol.

Le dernier léopard paniqua. D'un bond, il s'écarta de la carcasse en feu de son compagnon, et atterrit près de Stryke. Il n'eut pas le temps de baisser la tête, sa gorge découverte allant s'empaler sur la lame de l'orc. Ses crocs monstrueux s'immobilisèrent à un cheveu du visage de Stryke. De la surprise dans ses yeux verts, l'animal bascula sur le côté, une écume sanglante dégoulinant de son cou.

Dans sa chute, il arracha son arme à Stryke. Le capitaine orc jura et recula en cherchant son couteau, mais tous les léopards étaient morts. Il s'assit sur le flanc de celui qu'il venait d'abattre et soupira :

—Écorchez ces maudites bestioles et récupérez leur fourrure… Nous en aurons sûrement besoin.

Le crépuscule arctique n'en finissait pas. La neige cessa de tomber, révélant les étoiles qui brillaient au nord, au-dessus du mur de glace. Les Renards revinrent vers la falaise, où les rayons de la lune se reflétaient assez pour guider leurs pas.

Jup, qui marchait en tête, s'immobilisa brusquement.

—Je vous avais bien dit que j'avais vu de la lumière ! s'exclama-t-il, triomphant.

Devant eux se dressait un gigantesque palais de glace.

Les Renards ralentirent, frappés de stupeur.

Le palais était immense. Ses tourelles scintillaient au clair de lune et sa blancheur étincelante faisait paraître sale le glacier. Des arcs-boutants aux courbes élégantes ornaient la façade. Des statues aux contours dissimulés par une croûte de neige durcie montaient la garde dans des alcôves. La beauté du bâtiment aurait eu quelque chose de spectral sans les lumières qui brillaient derrière les fenêtres des tourelles.

—Si nous étions passés ici en plein jour, nous ne l'aurions pas vu, murmura Coilla, fascinée.

—Puisque nous l'avons vu, dépêchons-nous d'y entrer ! fit Jup. Je me gèle les couilles.

Les Renards continuèrent à avancer en zigzags. Mais le palais ne semblait pas gardé. Ses énormes portes – à côté, les orcs ne paraissaient pas plus gros que des fourmis – étaient grandes ouvertes. Ils se glissèrent dans la cour.

Au centre, ils découvrirent une fontaine gelée, entourée de petits monticules blancs : des arbres brisés par le froid.

— Ce devait être un endroit merveilleux avant l'arrivée du front glaciaire, dit Coilla.

— Ouais. Avant que les humains ne saccagent tout, grommela Haskeer.

Ils firent le tour du bâtiment en longeant le mur d'enceinte, mais ne trouvèrent pas d'entrée.

— Hou ! cria Haskeer. Il y a quelqu'un ?

Seul l'écho de sa voix lui répondit, accompagné par le glissement d'une plaque de neige qui venait de se détacher du toit.

Puis une bourrasque souffla, et tout disparut sous une épaisse couverture blanche.

Jennesta jura en regardant la cuvette remplie de sang. Ça ne marchait pas. Les pensées qu'elle ruminait ruinaient sa concentration.

Elle soupçonnait que la Grande Prêtresse de Ruffet était partie à la poursuite des Renards. Du diable si elle savait pourquoi, mais elle ne voyait aucune autre raison justifiant que Krista Galby n'assiste pas à l'audience royale.

Après tout, quelle importance ? Que cette humaine s'épuise à traquer les Renards. Pour l'instant, Jennesta avait besoin d'informations.

Le sang coagulait si vite ! Elle n'arrivait pas à voir autre chose que du blanc. Elle claqua des doigts : un manant craintif lui tendit un gobelet d'eau de source. Quand elle eut étanché sa soif, Jennesta se remit au travail en soupirant.

Elle crut d'abord que ça ne fonctionnait toujours pas. Puis elle entendit quelque chose. Quelqu'un. Une voix de femme aiguë.

Sanara était encore en train de parler toute seule.

Jennesta se pencha au-dessus de la cuvette, où une image se formait enfin.

Sanara était debout devant une fenêtre. Jennesta comprit ce qui s'était passé : elle avait configuré sa vision un peu trop haut. Une distorsion de l'éther avait perturbé l'alignement, lui révélant seulement le glacier qui s'étendait au-delà du palais de sa sœur.

Jennesta ouvrit la bouche pour parler, puis se ravisa. Se désintéressant de Sanara, elle se concentra sur le paysage visible par la fenêtre. Quelque chose remuait dehors. Quelque chose qui exerçait sur elle une étrange attirance.

À travers les flocons de neige, elle aperçut les Renards pelotonnés dans un coin de la cour. Certains semblaient couverts de sang. Ce spectacle lui mit l'eau à la bouche, mais elle lutta pour se contrôler. Il ne fallait surtout pas qu'elle perde sa concentration.

— Comment diantre sont-ils arrivés là ? se demanda-t-elle. C'est sans doute…

Elle s'interrompit. Ça n'avait pas d'importance. Tout ce qui comptait, c'était de savoir où ils étaient.

À moins d'une demi-lieue de la tente de soie où Jennesta utilisait le sang des victimes Unis pour sa nécromancie, Krista Galby et ses troupes épuisées franchirent la porte de Ruffet. La nuit tombait et une pluie fine faisait vaciller la flamme de leurs torches.

La Grande Prêtresse leva les yeux vers le geyser magique et se sentit un peu coupable. Mais elle aurait tout le temps de renouveler ses incantations le lendemain matin. Pour le moment, elle aspirait seulement à embrasser Aidan, à prendre un bain chaud et à se coucher.

Elle souhaita une bonne nuit à Rellston et regagna sa maison. Jarno, le chef des gardes du temple, l'accompagna jusqu'au seuil de son jardin. Après l'avoir salué, Krista poussa le portail.

Aussitôt, son estomac se noua de frayeur. À cette heure-ci, il aurait dû y avoir de la lumière, de la fumée au-dessus de la cheminée et l'odeur du repas préparé par Merrilis. Elle aurait dû entendre la voix flûtée d'Aidan, occupé à chanter ou à se disputer avec sa garde-malade.

Mais aucun bruit ne montait de la maison obscure.

— Je vais passer un savon à Merrilis, grommela Krista. Qu'est-ce qui lui a pris de laisser le feu s'éteindre ?

Se préparant au pire, elle s'approcha de la porte d'entrée. Elle n'était plus la Grande Prêtresse, seulement une mère apeurée.

Le battant s'ouvrit. La maison semblait vide, à présent que les blessés avaient regagné leurs foyers et que les cadavres avaient été évacués. Krista passa de pièce en pièce en appelant :

— Aidan ? Merrilis ?

Personne ne lui répondit. La cheminée était froide et la maison déserte.

Que s'était-il passé ? Même si Merrilis était sortie, Aidan aurait dû être là. À moins que son état n'ait empiré. Ou qu'il soit mort.

Aussitôt, une image macabre se forma dans l'esprit de Krista. Elle vit le corps rigide de son fils allongé dans l'ancien temple de bois, entouré de cierges dont la lumière jaune faisait briller ses cheveux d'ébène et soulignait son teint cireux.

Elle sortit en courant et alla tambouriner à la porte de ses voisins. Mais cette maison aussi était vide.

Des larmes coulant sur ses joues, Krista partit au hasard dans les rues de la colonie. À chaque passant qu'elle croisait, elle demandait :

— Avez-vous vu mon fils ? Avez-vous vu Aidan ?

Mais l'enfant semblait avoir disparu sans laisser de trace.

Chapitre 22

Dans un coin de la cour, les Renards étaient pelotonnés sous une pile de couvertures et de fourrures de léopard ensanglantées. Le mur d'enceinte les protégeait quelque peu du blizzard, mais avec la neige qui tourbillonnait autour d'eux et les congères qui se formaient à leurs pieds, ils avaient du mal à y voir à plus d'un pas devant eux.

Puis le vent faiblit. Stryke leva le nez. Par une trouée entre les nuages, il aperçut un morceau de ciel sombre piqueté d'étoiles.

— Jup, emmène deux soldats et trouve-nous un moyen d'entrer. Si nous devons rester ici toute la nuit, nous mourrons de froid.

— Ouais, va donc gagner ta solde ! dit Haskeer.

— Pour la peine, tu l'accompagneras, ordonna Stryke. Fermez-la, et dépêchez-vous d'y aller avant le retour du blizzard.

Ses sergents choisirent les deux soldats les plus grands et s'éloignèrent dans la neige qui leur montait jusqu'aux cuisses. Les autres Renards s'enfouirent de nouveau sous leurs couvertures. Dès qu'ils se demandaient qui avait construit cet immense château au milieu de nulle part, ils se sentaient encore moins fiers. Selon Coilla, toute personne capable de concevoir tant de beauté avait forcément une belle âme. Mais les mâles de l'unité se moquèrent d'elle.

Au bout de quelques minutes, des jurons parvinrent à leurs oreilles par-dessus le sifflement du vent. Stryke se tordit le cou pour mieux voir.

— Ils reviennent, annonça-t-il. (Puis, haussant la voix :) Vous avez trouvé quelque chose ?

— Ouais, répondit Haskeer. Une porte, de l'autre côté. Nous ne l'aurions pas vue s'il n'y avait pas eu de la lumière à l'intérieur. J'ai dit aux soldats d'essayer de l'ouvrir pendant qu'on revenait vous chercher.

Les Renards se relevèrent, se flanquant force coups de coude maladroits. Les plus chanceux conservèrent une couverture ou une fourrure sur les épaules.

L'étrange colonne se mit en route, suivant les empreintes laissées par les quatre éclaireurs.

Longeant la berge abrupte des douves, les orcs atteignirent l'endroit où le glacier rejoignait le palais. Jup s'immobilisa devant une crevasse profonde d'où émanait une douce lueur dorée.

—Vous ne croyez pas que c'est dangereux? demanda Alfray, se souvenant de sa terreur quand il avait fui devant l'avalanche.

—Si tu crois pouvoir faire mieux, ne te gêne pas, répliqua Haskeer.

Alors qu'ils entraient dans la crevasse, ils entendirent devant eux des coups sourds et des grognements.

Avec leurs épées, Gant et Liffin s'efforçaient d'entailler la glace qui défendait une porte. Une dizaine de camarades s'empressèrent de leur prêter main-forte. Dans l'espace confiné, le bruit était assourdissant. Des glaçons et des plaques de neige compactée pleuvaient autour d'eux.

—Arrêtez! cria Stryke quand un des fragments manqua l'assommer. C'est stupide. Nous nous tuerons tous avant de réussir à entrer. (Il fit signe à Alfray d'approcher.) Il te reste assez de potion incendiaire pour allumer un feu?

—Peut-être. C'est du liniment que m'a donné Hedgestus en me conseillant de ne pas le mélanger à de l'eau…

—À présent, nous savons pourquoi. Les gars, sortez tout ce que vous avez de sec et d'inflammable.

Les Renards fouillèrent dans leurs paquetages. Stryke confia à deux soldats le soin de découper de vieilles chemises et une partie des précieux bandages d'Alfray. Ils les posèrent en tas devant la porte, et y ajoutèrent tout l'amadou qu'ils avaient.

Alfray renversa sa flasque de liniment; Stryke fit fondre un peu de neige dans ses mains. Quand les deux liquides se mêlèrent, le combustible s'embrasa.

Une fumée épaisse emplit la crevasse. Les orcs de devant reculèrent pour ne pas être asphyxiés. Ceux de derrière avancèrent, histoire de profiter de la chaleur. Une belle bousculade s'ensuivit.

Quand une plaque de glace bascula vers eux, les Renards battirent hâtivement en retraite.

La plaque tomba sur le sol, projetant dans la crevasse une nuée d'éclats gelés. Quand le bruit cessa, les orcs avancèrent de nouveau.

Et se pétrifièrent.

Les doubles battants étaient d'une exquise splendeur. Taillés dans une substance opaque comme du verre dépoli, ils s'ornaient de gravures de feuilles et de fruits si merveilleusement fidèles qu'elles semblaient en relief. Mais quand Stryke osa les effleurer, il vit que ce n'était pas le cas.

Alors que ses doigts caressaient la surface lisse, une lumière jaune brillant à travers, les battants s'ouvrirent en silence. Les orcs enjambèrent les cendres détrempées et, retenant leur souffle, franchirent le seuil du palais.

Ils déboulèrent dans un grand hall d'entrée, dont le plafond voûté s'élevait si haut qu'ils avaient du mal à le distinguer. Le long des murs se dressaient des portes sombres et des escaliers incurvés en marbre blanc. Un parfum d'automne planait dans l'air.

Jup avança prudemment. Les semelles de peau de ses bottes suffirent à provoquer des échos qui lui revinrent étrangement distordus.

—Je n'aime pas cet endroit, chuchota Coilla.

Ses mots résonnèrent bizarrement.

Stryke se retourna. Il avait eu l'impression que quelqu'un s'approchait dans son dos, mais il n'y avait personne.

Alors qu'il se retournait, il aperçut une silhouette à mi-hauteur d'un escalier. Celle d'une femme en robe blanche. Immobile sur un palier, ses cheveux noirs flottant autour d'elle comme une cape, elle semblait écrasée par l'immensité de la pièce.

—Qui… ? (Il se racla la gorge.) Qui êtes-vous ?

La femme ne répondit pas à sa question. D'une voix très pure, elle ordonna :

—Quittez cet endroit. Vite.

—En plein blizzard ? Nous n'aurions aucune chance de nous en tirer.

—Croyez-moi, le danger est bien pire ici. Partez pendant que vous le pouvez encore.

Soudain, elle hoqueta et se plaqua contre la balustrade. La terreur déforma son visage quand elle regarda par-dessus son épaule.

—Partez ! Partez ! répéta-t-elle.

—Que se passe-t-il ? demanda Stryke en s'approchant du pied de l'escalier.

Comme elle ne dit rien, il gravit les marches deux à deux.

—Nous pouvons vous protéger, dit-il en arrivant près d'elle.

La femme éclata d'un rire désespéré.

—Trop tard !

De la porte qui s'ouvrait derrière elle émergea une meute de créatures hideuses semblables aux démons du folklore – les esprits tourmenteurs censés régner sur Xentagia avec leurs fouets de flammes.

D'autres apparurent dans le hall pour encercler les Renards. Il n'y en avait pas deux de semblables. Rampant, se traînant ou avançant sur des pattes d'araignée, leurs corps changeaient de forme à chaque instant. Même leurs visages fondaient et se reformaient, parfois avec un seul œil, puis des défenses ou un bec. Certaines avaient des ailes de chauves-souris, mais toutes sans exception arboraient des griffes menaçantes. Leur peau grise ondulait constamment. Elles étaient si affreuses que Stryke eut la nausée.

Les démons devaient être une cinquantaine. Les Renards les observèrent avec une terreur superstitieuse.

—Jetez vos armes! cria la femme.

—Nous ne pouvons pas faire ça! dit Haskeer.

—C'est votre seule chance! Comment pourriez-vous les combattre? Les Sluaghs ne vous tueront pas si vous n'attaquez pas.

Stryke descendit lentement l'escalier – à reculons – pour rejoindre son unité. S'il devait mourir, il ne voulait pas être seul.

Deux créatures s'engagèrent sur les marches en faisant claquer leurs crocs. Alors qu'il atteignait le reste du groupe, elles se redressèrent de toute leur hauteur, ouvrant une gueule béante.

—Faites-le! cria Stryke en laissant tomber son épée.

Les Sluaghs s'affaissèrent légèrement.

En infériorité numérique, les orcs jetèrent leurs armes à contrecœur. Les créatures ne bougèrent pas jusqu'à ce qu'ils aient terminé.

—Je pensais que les Sluaghs étaient un mythe, murmura Coilla.

—Moi, je croyais que c'étaient des créatures de l'enfer, dit Alfray.

Et en les regardant, les autres Renards n'eurent pas de mal à l'imaginer.

Une aura de peur les enveloppait. Des pensées en émergèrent et s'infiltrèrent dans l'esprit de Stryke. Mais il ne put déterminer lequel des Sluaghs venait de parler.

—*Donnez-nous les instrumentalités.*

Voyant ses compagnons sursauter, Stryke comprit qu'ils l'avaient entendu aussi. Si «entendu» était le mot juste.

—Je ne les ai pas, dit-il à voix haute.

—*Tu mens. Nous sentons leur pouvoir.*

—*Elles nous appellent.*

—*Donnez-les-nous, et nous vous laisserons vivre.*

Étourdi, Stryke glissa une main dans sa tunique. Ses mains poisseuses de sueur glissèrent sur les étoiles. Mais il parvint à en dégager une. Les autres étaient aussi solidement imbriquées que si on les avait soudées.

Il tâta celle qu'il tenait. Cinq pointes. La verte que Jup avait volée à Trinité, une éternité plus tôt. Il tendit prudemment les quatre autres dans sa paume ouverte. Un tentacule les lui arracha.

Quelque chose qui ressemblait à un soupir retentit.

—*Et la cinquième? Où est la cinquième?*

Stryke déglutit.

—Nous ne l'avons pas.

—*Dans ce cas, vous souffrirez jusqu'à la fin des temps.*

Une douleur atroce lui transperça le crâne, comme si on y avait plongé un tisonnier chauffé à blanc. Se tenant la tête à deux mains, Stryke s'écroula sur le sol. Autour de lui, les autres Renards souffraient aussi.

—Attendez! balbutia-t-il. Je voulais dire que nous ne l'avons pas ici. Mais nous pouvons la récupérer.

La douleur diminua.

—*Quand?*

—Nous l'avons laissée aux autres membres de notre unité, mentit Stryke. (Un éclair blanc lui déchira le cerveau.) Ils arrivent, ils arrivent!

—*Quand?* répétèrent les voix.

—Je ne sais pas. Nous avons été séparés par le blizzard. Mais ils devraient être ici demain.

—*Dans ce cas, nous pouvons vous tuer maintenant.*

—Faites ça, et l'étoile ne sera jamais à vous!

—*Vos camarades ne pourront pas nous empêcher de la prendre.*

—Si nous ne leur donnons pas le signal convenu, ils n'entreront pas dans le palais, improvisa Stryke. Je suis le seul à connaître le code, et je mourrai plutôt que de vous le révéler.

À la lisière de son esprit, il lui sembla entendre les Sluaghs converser, mais il ne comprit pas ce qu'ils se disaient.

—*Très bien. Nous vous épargnerons jusqu'à demain*, déclara enfin l'un des démons.

—*Jusqu'au crépuscule*, précisa un autre. *Si nous ne sommes pas en possession de l'instrumentalité d'ici là, vous ne quitterez pas ce palais vivants.*

—*Et vous maudirez chaque seconde qui vous séparera de la mort.*

Les Sluaghs les poussèrent dans l'escalier. Alors qu'ils passaient devant la femme en robe blanche, elle sursauta comme si elle venait de se réveiller. En silence, elle leur emboîta le pas.

Les marches semblaient monter à l'infini. Le temps qu'ils atteignent leur sommet, l'inconnue tremblait d'épuisement. Ils étaient sans doute au dernier étage d'une des tourelles que les Renards avaient aperçues de l'extérieur. Il y faisait encore plus froid que dans le hall.

Quand le premier Sluagh se hissa sur le palier, une porte s'ouvrit comme par magie. Stryke vit qu'elle n'avait ni poignée ni verrou. Il enregistra cette information en vue d'une utilisation ultérieure et sonda la pièce circulaire qui s'étendait au-delà.

Les murs étaient couverts de gargouilles sculptées. De longs rideaux jaunes pendaient du plafond voûté. Une source invisible émettait une lumière dorée.

Les démons s'écartèrent. Stryke prit une inspiration et guida son unité dans la pièce. Aussitôt, la femme se laissa glisser le long d'un mur et ne bougea plus.

Dès qu'ils furent tous entrés, la porte claqua derrière eux. La douleur disparut aussi soudainement qu'elle s'était manifestée. Jup revint en courant vers la porte. Avant qu'il puisse la toucher, un mur de lumière le projeta à travers la pièce. Alfray s'agenouilla près de lui.

—Assommé... Au moins, je l'espère. Son cœur bat toujours.

Les orcs se déployèrent, cherchant une autre issue derrière les rideaux. Mais ils ne découvrirent que des fresques. Ils eurent beau tâtonner, pas la moindre serrure ne se révéla à eux. Ils finirent par renoncer et se laisser tomber à terre.

La femme n'avait toujours pas bougé.

Frissonnant de froid, Stryke arracha une des tentures et s'en enveloppa. Certains soldats l'imitèrent.

—Vous saviez qu'il n'y avait pas de sortie, n'est-ce pas? demanda-t-il à l'inconnue.

—J'espérais quand même que vous en trouveriez une. Et maintenant, vous voulez sans doute savoir qui je suis.

Coilla s'accroupit près d'elle.

—Et comment! cria-t-elle.

—Ne voyez-vous pas que je suis prisonnière, comme vous?

—Ça ne nous apprend pas votre nom, dit Stryke.

—Sanara.

Ils mirent quelques secondes à comprendre.

—La sœur de Jennesta?

—Oui. Mais ne me jugez pas à l'aune de ses actes, s'il vous plaît. Je ne suis pas comme elle.

—Ça, c'est vous qui le dites! ricana Coilla.

—Comment vous en convaincre? demanda Sanara.

—Vous ne pouvez pas...

Coilla se releva et s'éloigna. Sanara tourna la tête vers Stryke.

—Vous êtes différents, tous les deux. Je sens le pouvoir de la terre couler en vous, comme chez les orcs d'autrefois. Mais cette enfant y est hermétique.

—À votre place, je ne traiterais pas Coilla d'enfant, répliqua sèchement Stryke.

Sanara haussa les épaules.

—Quelle importance? Demain au coucher du soleil, elle mourra comme les autres. Vous n'espérez pas que les Sluaghs vous laisseront partir?

—Si...

—Vous pouvez toujours rêver! Ils se délectent de la souffrance. Ils vous tortureront jusqu'à ce que vous les suppliiez de vous achever...

—Je m'appelle Stryke. Si nous devons mourir ensemble, il est normal que vous connaissiez mon identité.

Pour toute réponse, Sanara fit un geste languissant.

—Suis-je censé vous appeler Votre Altesse? demanda Stryke.

S'il réussissait à l'arracher à sa torpeur, peut-être obtiendrait-il des renseignements qui les aideraient à se sortir de ce mauvais pas.

Sanara secoua la tête. Un subtil parfum de roses monta de sa chevelure.

— Non. Voilà bien longtemps que plus personne ne se soucie de mon titre. Depuis que les humains ont commencé à dévorer la magie de mon royaume.

— De votre royaume? s'étonna Stryke.

Sanara sourit tristement.

— Oui. Celui que ma mère m'a laissé par testament, comme elle a légué le sud du continent à Jennesta et le domaine des nyadds à Adpar. Vous avez vu ce qu'il est devenu : un désert de neige et de mort. Des cités entières emprisonnées sous la glace.

» Autrefois, nos terres étaient riches et fertiles, couvertes de forêts et de prairies. Mais tous leurs habitants ont péri ou fui à l'approche du glacier. Il est apparu peu de temps après que je fus montée sur le trône. Comment mes sujets auraient-ils pu croire que ça n'était pas ma faute? Savez-vous ce qu'on ressent quand on vous accuse d'être responsable de la destruction de votre royaume? Pouvez-vous imaginer le chagrin qu'on éprouve lorsque vos amis et vos amants se détournent de vous et meurent l'un après l'autre?

Ses yeux s'embuèrent de larmes.

— J'ai tenté de ralentir l'avancée du glacier, mais je n'ai plus beaucoup de pouvoir. Cette forteresse est tout ce qui reste d'Illex, ma capitale.

— Pourquoi Jennesta ne vous a-t-elle pas aidée? demanda Stryke.

— Si vous connaissiez ma sœur, vous sauriez qu'elle ne s'intéresse qu'à elle-même. C'est pour ça que notre mère l'a renvoyée. Voilà plusieurs générations qu'elle n'a pas remis les pieds dans mon royaume.

— Votre mère?

— Vernegram.

— La sorcière? La légendaire Vernegram?

Sanara hocha la tête.

— Dans ce cas, vous ne pouvez pas être aussi humaine que vous en avez l'air.

— Pas plus que mes sœurs, en effet. Mais Vernegram a succombé voilà bien des hivers. Et je vous observais quand vous avez vu Adpar mourir à cause de la malédiction de Jennesta.

— Comment avez-vous su que j'étais là-bas?

— Ça fait très longtemps que je vous surveille, Stryke.

— Pourquoi?

Sanara ne lui répondit pas.

Il garda le silence un moment. Puis, alors que des ronflements commençaient à retentir autour d'eux, il reprit :

— Pourquoi avez-vous laissé entrer les Sluaghs ?

— Quelle drôle de question ! Comment aurais-je pu les en empêcher ?

Stryke concéda qu'il ne voyait pas.

— D'où viennent-ils ? Et que font-ils ici ?

La reine déchue s'allongea sur le sol, un bras replié sous la tête. Elle leva vers lui des yeux verts limpides qui lui rappelèrent un peu ceux de Jennesta. Mais sa peau était d'un blanc laiteux, sans la moindre écaille.

— Les Sluaghs sont une race très ancienne. Ils sont le mal incarné. Vous trouvez Jennesta cruelle ? Comparée à eux, c'est une débutante. Ils sont venus ici parce qu'ils savaient que Jennesta chercherait les instrumentalités. Ils me retenaient prisonnière bien avant votre naissance. Et ils me retiendront encore après avoir rongé vos os. Ils pensaient qu'elle voudrait rassembler les instrumentalités…

— Elle a essayé, coupa Stryke, en s'efforçant de chasser de son esprit l'affreuse image que les propos de Sanara venaient d'y faire naître.

— … alors, ils auraient proposé de les lui échanger contre moi.

— Que veulent-ils en faire ? Que savez-vous des étoiles ? Je veux dire : des instrumentalités.

Le regard de Sanara sembla le traverser pour contempler un lieu visible d'elle seule. Perdue dans sa rêverie, elle remarqua à peine que Coilla et Jup approchaient pour écouter leur conversation.

— Ils veulent les utiliser, bien entendu, répondit-elle enfin.

— De quelle façon ? Quel est leur pouvoir ?

— Ensemble, elles existent à travers les plans.

— C'est donc ça ! s'exclama Jup. Elles se déplacent d'un endroit à un autre. C'est comme ça que nous avons atterri ici !

Sanara repoussa les cheveux qui lui tombaient devant les yeux.

— Elles ne se déplacent pas ! Je viens de vous le dire : une fois jointes, elles existent à travers les plans.

Les Renards la dévisagèrent, perplexes.

— À travers l'espace. Et le temps, précisa-t-elle.

— Et elles nous ont amenés ici ? demanda Coilla, en jetant un regard furibond à Stryke.

— Je suppose que oui, si vous n'êtes pas venus à pied.

— C'est pour ça qu'il faisait nuit quand nous sommes partis, et jour quand nous nous sommes retrouvés sur le glacier, quelques secondes plus tard ?

Sanara hocha la tête.

— Alors, c'est à ça qu'elles servent, murmura Jup.

— Non. C'est un… effet secondaire, dit Sanara. Pas leur fonction principale.

— Alors, quelle est leur fonction principale ? demanda le nain, agacé.

— Des mortels ne pourraient pas comprendre, répondit sèchement Sanara.

Avant que ses interlocuteurs puissent protester, le mur du fond ondula. Il fut remplacé par un vide bleuté, puis réapparut derrière une silhouette jaillie de nulle part. Des ombres masquaient son visage, mais ne parvenaient pas à dissimuler sa haute taille.

— Debout! s'exclama Stryke. Un intrus!

Les orcs n'avaient plus d'armes. Mais ils étaient plus de vingt contre un et ils se sentaient d'humeur belliqueuse.

Chapitre 23

La silhouette sortit de l'ombre, les mains levées, paumes ouvertes. Alors qu'elle approchait des Renards, la lumière dorée mit à jour son visage humain, fit scintiller les broderies argentées de son pourpoint et révéla qu'elle ne portait pas d'épée à la ceinture.

C'était Serapheim.

Quelques orcs reculèrent, se regardèrent et portèrent machinalement la main à leur fourreau avant de se souvenir qu'il était vide.

Mais leur surprise fut insignifiante comparée à celle de Sanara. La reine déchue pâlit et porta une main à sa gorge. Les yeux écarquillés, elle devint toute molle dans les bras de Stryke.

Serapheim avança pour la prendre dans ses bras. Sanara l'enlaça et posa la tête sur son épaule. Presque aussitôt, elle se reprit et se redressa comme pour respecter un protocole oublié depuis longtemps.

— Je te croyais mort, souffla-t-elle.

— Vous connaissez cet humain ? s'étonna Stryke.

Serapheim et Sanara échangèrent un regard de connivence. Puis la reine hocha la tête.

— Comment êtes-vous arrivé ici ? demanda Coilla, méfiante.

— Ça n'a pas d'importance pour le moment, répliqua Serapheim. Nous avons des problèmes plus urgents à résoudre. Mais je vous raconterai tout ce que je pourrai. Vous devez me faire confiance.

— Ben voyons, marmonna Haskeer.

— Je suis votre seul espoir, et vous n'avez rien à perdre en m'écoutant, dit l'humain.

— Vous allez encore nous raconter une histoire à dormir debout ? lança Jup.

— Une histoire, oui. Mais il m'étonnerait beaucoup qu'elle vous endorme.

— Pourquoi ne pas sauter directement à la conclusion et nous épargner le baratin intermédiaire ?

Serapheim sonda les visages attentifs qui l'entouraient.

— D'accord. «Vous avez volé un monde», c'est assez bref pour vous?

— Qui, nous? s'indigna Coilla. Vous avez un sacré toupet de dire ça, espèce de... d'humain!

— C'est pourtant la vérité.

— Expliquez-vous! dit Stryke.

— Je vais le faire, et vous devriez m'écouter attentivement si vous ne voulez pas mourir entre les mains des Sluaghs. Que diriez-vous si je vous apprenais que Maras-Dantia n'est pas votre royaume?

Quelques soldats éclatèrent d'un rire moqueur.

— Je dirais que les humains ne l'ont pas encore entièrement conquis.

— Vous m'avez mal compris.

— Parce que vous vous exprimez mal, s'impatienta Stryke. Où voulez-vous en venir? Et laissez tomber les devinettes!

— Comment vous présenter la chose...? murmura Serapheim. Avez-vous l'impression que les Sluaghs appartiennent à ce monde?

— Ils sont là, non? dit Jup.

— Oui, mais aviez-vous déjà rencontré de semblables créatures? Jusqu'ici, croyiez-vous en leur existence? Ou n'étaient-ils à vos yeux qu'une légende?

— Regardez autour de vous. Des races très différentes peuplent Maras-Dantia. Les Sluaghs ont quoi de si spécial, à part leur incroyable laideur?

— D'une certaine façon, c'est là que je voulais en venir. À votre avis, pourquoi autant de races différentes se partagent-elles Maras-Dantia? Ou devrais-je dire: la Centrasie?

— Utilisez ce nom si vous voulez vous faire trancher la gorge! lança un soldat. C'est *notre* monde!

Stryke le fit taire d'un geste.

— Une question bien étrange que vous nous posez là...

— Mais c'est sans doute la plus importante de toutes. Vous comprendrez mieux la suite si vous admettez que les races aînées sont originaires d'ailleurs.

— Vous voulez dire de l'extérieur, comme les humains? demanda Alfray.

Serapheim fit la moue.

— Plus ou moins. Bien que mon acception du mot «extérieur» diffère certainement de la vôtre.

— Continuez, dit Stryke, intrigué.

— Donc, les races aînées sont originaires d'ailleurs. Croyez-moi. Et les reliques que vous appelez des étoiles sont liées à leur présence en Maras-Dantia.

— Vous me fichez mal à la tête, se plaignit Haskeer. Si nous ne sommes pas d'ici, alors, d'où venons-nous?

— Je vais tenter de vous l'expliquer d'une façon compréhensible.

Imaginez qu'il existe des royaumes uniquement habités par des gobelins. Ou des pixies. Ou des nyadds. Ou des gremlins. Ou des orcs.

Stryke se rembrunit.

—Vous voulez dire, des mondes peuplés par une seule race ? Sans humains ?

—Exactement. Et sans les instrumentalités, aucun de vous ne serait là.

—Même pas les humains ?

—Si. Nous avons toujours été là.

Des protestations se firent entendre. Pour y mettre un terme, Stryke poussa son plus beau rugissement de capitaine.

—Et vous avez une preuve de ce que vous avancez ?

—Si mon plan réussit, je pourrai vous en fournir une. Mais nous n'avons pas beaucoup de temps. Me laisserez-vous finir ?

Stryke acquiesça.

—Je comprends votre incrédulité, dit Serapheim. Ce monde est le seul que vous ayez jamais connu, et vos parents aussi. Mais même si vous êtes persuadés que les humains sont les intrus, ce n'est pas le cas. La vérité est cachée ici, à Illex, et, si nous nous entraidons, nous pourrons la mettre au jour. Voire l'utiliser à notre avantage.

—Donnez-nous un peu plus de détails, exigea Coilla. Peut-être que nous vous croirons.

—Je vais essayer. (Serapheim marqua une pause pour rassembler ses idées, puis se lança.) Cette vérité est liée à l'abondance de l'énergie magique dans le monde que vous appelez Maras-Dantia.

Beaucoup d'orcs lui en voulurent de s'exprimer ainsi, mais ils tinrent leur langue.

—Comme vous le savez, il y a plusieurs générations, les humains ont traversé le désert de Scilantium en quête de nouvelles terres. Ils se sont installés ici, abandonnant leurs foyers de l'autre côté du monde. À pied ou à cheval, ils ont cheminé dans les dunes de sable brûlant, marquant leur itinéraire avec les tombes de leurs morts. Seuls les plus forts et les plus déterminés sont arrivés jusqu'ici.

» Ce continent regorgeant de ressources naturelles, ils se sont reproduits sans inquiétude. Si l'abondance venait à se tarir, ils n'auraient qu'à aller s'installer ailleurs. Après tout, à qui cela pouvait-il causer du tort ? Il n'existait aucune population sédentaire dans le coin.

» Les humains ont construit des colonies, creusé le sol et brûlé les forêts pour obtenir des terres cultivables. La plupart n'avaient aucune sensibilité à la magie ; ils ne mesuraient pas les dégâts qu'ils provoquaient. Seuls quelques-uns, qui avaient pris la peine de se rapprocher des races aînées, en avaient conscience. Ils donnèrent naissance aux Multis.

—Dont vous faites partie, supposa Alfray.

—Je ne suis ni un Multi, ni un Uni, dit Serapheim. Mais en effet, je suis un pratiquant de l'Art. Un des rares que ma race ait produits.

—Pourquoi nous racontez-vous tout ça ? Et pourquoi vous impliquez-vous dans nos problèmes alors que rien ne vous y oblige ?

—J'essaye de réparer la faute que j'ai commise. Je n'ai pas le temps de vous en dire davantage. Bientôt, les Sluaghs se réveilleront. Nous devons agir.

—Pouvez-vous nous faire sortir d'ici ?

—Je pense que oui. Mais mon plan ne se borne pas à une évasion. De toute façon, où iriez-vous dans ce désert ?

—Alors, quelle est la suite ? demanda Stryke.

—Récupérer les étoiles et vous aider à quitter cet endroit.

—Le portail ? souffla Sanara, qui avait gardé le silence jusque-là.

—Oui, dit Serapheim.

Stryke fronça les sourcils.

—C'est quoi ?

—Une partie du mystère que je souhaite vous révéler. Mais d'abord, vous devez me faire confiance. (Serapheim regarda tous les orcs.) Laissez-moi vous guider. Qu'avez-vous à perdre ? Si ce que je vous propose ne vous intéresse pas, vous pourrez m'abandonner, braver la fureur d'Illex et tenter de gagner une zone plus tempérée.

—Vu comme ça, je suis d'accord avec vous. (Stryke prit un ton menaçant.) Mais au premier signe d'entourloupette, ou si nous n'aimons pas la façon dont les choses se présentent, nous repartirons de notre côté. Et vous le paierez de votre vie.

—Je n'en attendais pas moins. Merci, dit Serapheim. Notre premier objectif consistera à atteindre les caves du palais.

—Pourquoi ?

—Parce que le portail – donc, votre salut – est là-bas.

—C'est bien beau, mais nous ne pouvons pas sortir de cette pièce, rappela Stryke.

—Je peux m'en aller comme je suis arrivé, mais pas emmener quelqu'un avec moi. Le tarissement de la magie a affecté mes pouvoirs autant que ceux des autres mages… Et non, je ne peux pas ouvrir la porte de l'extérieur. Seuls les Sluaghs en sont capables. Je pourrais lire dans leur esprit la façon de procéder, mais je ne veux pas m'approcher d'eux. Je pensais plutôt en trouver un et l'attirer ici. Une fois qu'il sera à l'intérieur, je vous passerai la main. Ce sera à vous de le tuer.

—C'est possible ?

—Oh, oui ! Les Sluaghs ne sont ni invulnérables ni immortels : seulement très résistants… et dotés d'une incroyable espérance de vie.

—Comment éviter qu'il ne nous neutralise avec ses pouvoirs ?

—Sanara et moi nous chargerons de l'en empêcher. Nous l'assaillirons mentalement pendant que vous l'attaquerez avec… (Serapheim s'interrompit.) Ah, c'est vrai, vous n'avez pas d'armes.

—Mais nous sommes doués pour l'improvisation, assura Jup.

—Tant mieux. Parce que vous ne devez pas sous-estimer sa puissance. La détermination et le nombre seront vos seuls atouts.

—Vous pouvez compter sur nous.

—Dans ce cas, préparez-vous. Ça va commencer.

Serapheim recula dans l'ombre.

Il sortit de la pièce circulaire.

Ses bottes ne faisaient pas de bruit dans la poussière qui avait envahi les couloirs. Il ouvrit une porte après l'autre, prêt à détaler. Mais comme il le soupçonnait, les Sluaghs n'avaient pas encore quitté leur berceau de glace.

Enfin, alors que le ciel commençait à s'éclaircir au sud-est, un grondement, dans sa tête, lui signala que des démons conversaient non loin de là. S'aplatissant contre un mur de marbre, il aperçut quatre formes grises fluctuantes…

Et se jeta vivement en arrière.

Serapheim avait espéré rencontrer un seul Sluagh, mais il n'avait pas le temps d'en chercher d'autres. Il prit une profonde inspiration et avança vers eux, esquissant un salut moqueur.

Aussitôt, la douleur déchira son esprit. Mais il s'y était préparé et réussit à la bloquer.

Les Sluaghs chargèrent. Deux se propulsaient sur de monstrueuses pattes d'insecte. Un troisième tendit des ailes écailleuses qui grincèrent en giflant l'air, mais le passage était trop étroit pour qu'il les déploie. Il se souleva au-dessus du dernier démon, une espèce de limace géante qui laissait derrière elle un sillage de bave.

Serapheim détala. Il s'enfonça dans la galerie envahie par la pénombre où béaient les portes qu'il avait ouvertes à l'aller. Arrivé au bout, il s'adossa contre un mur pour reprendre son souffle.

Il était au pied de l'escalier en spirale. Comme dans un cauchemar, il gravit les marches qui semblaient sans fin. À chaque pas, il ralentissait un peu plus. Ses poursuivants gagnaient du terrain. Serapheim commença à croire qu'il n'y arriverait pas.

Les poumons en feu, il se força à accélérer malgré ses jambes plus lourdes que des bûches. Mais il avait déjà du mal à mettre un pied devant l'autre. Saisissant la balustrade, il s'en servit pour se propulser toujours plus haut.

Un regard par-dessus son épaule lui révéla les tentacules qui se tendaient vers lui. Terrifié, il redoubla d'efforts. Jamais il n'arriverait assez près de la prison des Renards pour se téléporter dedans. Les Sluaghs l'avaient presque rejoint.

Il sentit ses boucliers mentaux faiblir.

Stryke regarda autour de lui. Les Renards avaient entassé leurs couvertures et leurs paquetages contre les murs, déblayant un espace suffisant pour combattre le Sluagh. Mais il n'y avait rien qui ressemblât à un meuble, et les démons leur avaient confisqué leurs armes.

— On peut toujours lui lancer Jup dessus, proposa Haskeer.

Coilla lui flanqua une tape sur le crâne.

Stryke eut une idée plus sérieuse.

— Toi et toi, dit-il en désignant deux soldats. Escaladez ces gargouilles et détachez les tringles à rideau.

Le temps passait comme au ralenti. Les Renards jetèrent des coups d'œil méfiants à Sanara, se demandant si Serapheim et elle ne mijotaient pas quelque mauvais coup.

Enfin, l'humain se matérialisa près d'eux. Il fit deux pas et tomba à genoux sur un monticule de tissu jaune, entre Coilla et Haskeer.

— Ils arrivent, haleta-t-il. Ils sont quatre.

Un instant plus tard, la porte s'ouvrit à la volée et claqua contre le mur. Son embrasure n'était pas assez large pour laisser passer plus d'un Sluagh à la fois. Stryke vit les autres se masser sur le palier, l'un d'eux faisant du surplace dans les airs.

— Maintenant ! cria-t-il.

Deux orcs lancèrent leurs tringles comme des javelots, avec suffisamment de force pour qu'elles percent l'épiderme des Sluaghs. Une ichor noire et poisseuse dégoulina de la poitrine du premier, qui vacilla sur le seuil de la pièce, bloquant le passage à ses compagnons. À l'origine un loup à six pattes, il se métamorphosa en un serpent dont les anneaux s'enroulèrent sur le sol.

Plusieurs orcs le piétinèrent. Leurs bottes fumaient, mais cela n'entama pas leur enthousiasme. Ils passèrent leur frustration sur la créature. Peu à peu, elle cessa de se débattre. Mais ses petits yeux noirs continuèrent à fixer les Renards avec malveillance.

Des étincelles de douleur crépitèrent dans l'esprit des orcs. Puis le Sluagh volant plongea sur eux, ses ailes pliées derrière lui. Coilla et Haskeer tendirent le rideau entre eux. Le démon s'y jeta tête la première. Ils l'enveloppèrent dedans, puis Haskeer sauta sur lui. Un autre orc le frappa avec une tringle métallique. Bientôt, des taches sombres apparurent sur le tissu jaune.

Pendant ce temps, Serapheim n'avait pas bougé de son poste, près de la porte. Il s'avança vers Sanara. Les doigts mêlés, ils levèrent leurs mains : un geste qui n'avait rien de paisible.

Il n'y eut pas d'éclair, de nuage de fumée ni d'explosion colorée. En fait, il sembla que rien ne se passait. C'était justement le but de la manœuvre, comprit Stryke. Les deux Sluaghs encore vivants n'étaient pas entrés dans la pièce.

—Couvrez-nous, ordonna Serapheim.

Stryke et les autres obéirent malgré la douleur atroce qui leur martelait les tempes.

Jup regarda dehors et battit en retraite.

—Ils tiennent un conseil de guerre dans l'escalier, rapporta-t-il. Je n'en vois pas d'autres pour le moment.

—Une idée? demanda Stryke aux humains.

Serapheim secoua la tête.

—Non. Maintenant, c'est à vous de jouer.

Brandissant une tringle comme une massue, Stryke chargea, suivi par son unité.

Les orcs se catapultèrent par-dessus la balustrade. Les Sluaghs s'enfuirent, la limace ondulant de façon obscène et l'insecte tricotant des pattes à toute vitesse.

Emportés par leur élan, ils dévalèrent les interminables spirales de marbre blanc. Stryke fit avec sa tringle à rideau des moulinets sifflants qui auraient suffi à briser l'échine d'un dragon. Mais les Sluaghs étaient d'une rapidité surprenante pour des créatures aussi massives, et les orcs ne parvenaient pas à les rejoindre.

En atteignant un palier, les deux démons firent volte-face. Les cerveaux des orcs parurent s'embraser. Beaucoup de guerriers tombèrent à genoux ou roulèrent sur les marches. La moitié s'immobilisèrent sur le palier, incapables de reculer sans piétiner leurs camarades.

La tête de Coilla heurta la balustrade et son casque dégringola dans le vide. Étourdie, elle lâcha son arme improvisée, qui dévala les marches et alla se coincer en travers un peu plus bas.

Les Sluaghs avancèrent vers les orcs.

—Utilisez votre magie! cria Stryke.

—C'est ce que nous faisons! dit Serapheim du haut de l'escalier. Pourquoi croyez-vous qu'ils se déplacent aussi lentement!

—Vous appelez ça «lentement»?

Plissant les yeux à cause des tourbillons de lumière qui brouillaient sa vision, Stryke leva sa tringle et la lança de toutes ses forces dans les pattes du Sluagh insectoïde. Le démon trébucha, roula dans l'escalier, s'immobilisa sur le dos et ne parvint pas à se relever sur les marches étroites.

Des flammes rugirent aux oreilles de Stryke.

Alors, le dernier monstre se redressa de toute son impressionnante hauteur. Sous le regard horrifié des Renards, il se transforma. Sa moitié inférieure se divisa ; des griffes apparurent au bout de ses pieds énormes et sa gueule garnie de crocs s'ouvrit sur un cri muet. Des tentacules jaillirent de son torse. Puis il chargea.

Haskeer se jeta sur le dos en levant sa tringle, comme Stryke l'avait fait pour éventrer le léopard des neiges. Mais le Sluagh tendit ses pattes et l'enjamba sans le toucher. Piétinant les Renards inconscients, il bondit vers le haut de l'escalier. Il utilisait ses tentacules pour écarter les orcs de son chemin, sans se soucier de l'endroit où ils tombaient.

Cette négligence causa sa perte. Ses griffes accrochèrent la tunique d'un orc, et cela suffit à le déséquilibrer. Il s'étala sur les marches, trop sonné pour se transformer de nouveau.

Un soldat grogna et roula sur lui-même, un rideau plié sur les bras. Un de ses camarades vint lui prêter main-forte. À l'instant où le Sluagh se redressait, un linceul jaune s'abattit sur sa tête.

Aussitôt, il se transforma en serpent. Mais les orcs s'étaient suffisamment repris pour lui régler son compte. Ils le frappèrent jusqu'à ce que la puanteur de son sang noir envahisse la cage d'escalier.

Alors, la douleur qui torturait l'esprit des Renards se dissipa. La plupart parvinrent à se relever, ou à s'agripper à un compagnon en meilleur état. Guidés par Jup, ils descendirent vers l'insecte qui obstruait l'escalier. Le nain lui abattit sa tringle sur le cou, mais le métal rebondit contre ses écailles.

De nouveau, les cerveaux des Renards s'embrasèrent. Mais la douleur diminua quand Serapheim et Sanara les rejoignirent.

— *Vous osez me défier ?* hurla le Sluagh dans leur esprit, avec tant de force que leur vision s'assombrit.

Il se débattit mais ne parvint pas à se relever.

— Et comment ! s'exclama Jup en le rossant à l'aveuglette.

Un de ses coups fit légèrement basculer la créature. Avant qu'il puisse réagir, elle escalada le mur, au-dessus de sa tête.

Elle voulut le frapper avec sa queue de scorpion. Mal lui en prit. Déséquilibrée, elle glissa vers le bas et atterrit sur la tringle d'Haskeer. Une extrémité de la barre métallique jaillit à l'endroit où son crâne aurait dû être.

Stryke se laissa tomber sur une marche et s'adossa à la balustrade.

— Beau boulot, tout le monde.

Les orcs se flanquèrent des claques dans le dos.

Mais Serapheim doucha leur enthousiasme.

— Ne vous réjouissez pas si vite. L'aube approche, et nous devons encore gagner le sous-sol.

Chapitre 24

Les orcs et les humains escaladèrent le cadavre du Sluagh en s'efforçant de ne pas se souiller avec son ichor répugnante. Ce ne fut pas facile, mais ils y parvinrent et regagnèrent le hall où ils avaient été capturés la veille.

Accroupi derrière la balustrade, Stryke regarda une dizaine de démons vaquer à leurs occupations. Seuls ou par paires, ils prenaient paresseusement des directions différentes. Tout serait perdu si l'un d'eux décidait de gravir l'escalier. Mais par miracle, ce ne fut pas le cas.

Le dernier Sluagh disparut sous une arche, et il n'en resta plus aucun en vue.

—Vite, par ici! siffla Serapheim.

Ils traversèrent le hall en courant, atteignirent un autre escalier et s'y engouffrèrent.

—Attendez un peu, dit Stryke. Je croyais que nous allions au sous-sol. Pourquoi montons-nous?

—Un petit détour pour nous équiper! (Serapheim fit signe aux orcs de se taire alors qu'ils prenaient pied sur la galerie surplombant le hall.) Vous voyez ce couloir, au milieu? Il conduit à l'armurerie. Restez sur vos gardes. Cet endroit grouille de Sluaghs.

D'autres horreurs grises apparurent en contrebas. Pliés en deux pour ne pas être repérés, les Renards longèrent les ombres de la galerie sur la pointe des pieds.

Pour atteindre l'armurerie, il fallait traverser un véritable dédale de passages et d'escaliers. Au moins, cette partie du palais semblait déserte. La lumière dorée y était plus diffuse et la poussière paraissait plus épaisse sous leurs pieds.

Serapheim et Sanara firent halte à l'angle d'un mur. Sur un signe de l'humain, Stryke passa prudemment la tête de l'autre côté.

—Il y en a deux devant une porte, dit-il à voix basse.

Utilisant les signaux des Renards, il divisa ses forces. Jup, Coilla et Haskeer furent chargés de neutraliser la créature la plus distante. Lui-même, Alfray et la moitié des soldats s'occuperaient du monstre à tête de griffon qui était un peu plus près.

Cette fois, le combat fut bref. Il était beaucoup plus facile d'attaquer tous ensemble, sans compter que leurs cibles étaient accolées au mur, sans aucune possibilité de fuite. Malgré les lances de douleur qui déchirèrent leur esprit, il ne leur fallut pas longtemps pour réduire les Sluaghs à deux tas de pulpe sanguinolente.

Stryke invita Serapheim à passer le premier. L'humain ouvrit la porte d'une armurerie hors du commun. Les orcs ne reconnurent pas la moitié des armes qu'elle contenait. Ils raflèrent les lances et les piques alignées sur un râtelier.

Un rayon de soleil traversa les vitres givrées et éclaira un objet métallique, sur le sol.

— Ma hache ! s'exclama joyeusement Jup en la ramassant.

Bientôt, chacun eut récupéré ses armes confisquées par les Sluaghs. Dans la partie la plus bizarre de la pièce, Serapheim et Sanara s'emparèrent de tubes de verre au ventre renflé.

Puis ils firent redescendre les orcs en empruntant un chemin différent. Stryke supposa qu'ils traversaient les quartiers d'habitation des domestiques, car à cet endroit les escaliers étaient en granit, les murs dépourvus de fresques.

L'air déjà froid devint de plus en plus humide, et se chargea d'une odeur de pourriture, de la moisissure apparaissant dans les coins. Par les fenêtres carrées, Stryke ne voyait plus le ciel, mais la surface bleutée du glacier. Puis les fenêtres disparurent, et il comprit qu'ils étaient sous la surface.

Ils atteignirent les caves du palais, et se faufilèrent prudemment dans une suite de couloirs au sol couvert de glace. La lumière dorée éclairait toujours leur chemin. Ils s'arrêtèrent pendant que Jup partait en reconnaissance.

— Huit Sluaghs montent la garde devant la porte la plus étrange que vous ayez jamais vue, annonça le nain en revenant.

De nouveau, Stryke répartit les cibles entre les membres de son unité. Armés d'épées, de piques et de haches, les Renards se sentaient plus en confiance pour attaquer un grand nombre d'ennemis.

Malgré cela, la bataille fut laborieuse. Les Sluaghs se défendirent avec leurs griffes tout en tissant leur toile de douleur dans l'esprit des orcs.

Plaqués contre le mur, Serapheim et Sanara tentèrent de se glisser derrière les démons. Lorsqu'ils y parvinrent, leurs tubes de verre brillèrent. Des éclairs en jaillirent. Il y eut une explosion assourdissante et du sang de Sluagh retomba autour des Renards. Puis ce fut terminé.

— Très efficace, fit Coilla, admirative.

Jup avait dit vrai. Les portes de métal gelé dessinaient un cercle dans la pierre. Là encore, il n'y avait pas de poignée visible, mais une dizaine de dépressions. Sanara y appuya ses doigts et poussa.

Les battants s'ouvrirent, révélant une embrasure de neuf pieds de profondeur et un portail, juste derrière.

C'était une simple plate-forme de granit entourée d'un anneau de menhirs. Çà et là, des joyaux tourbillonnaient sur sa surface polie et sur celle des immenses pierres dressées. Une seule semblait terne, comme morte.

Certaines gemmes étaient aussi grosses que des œufs de pigeon. Haskeer se pencha pour caresser un énorme saphir et recula, inquiet, quand des lumières colorées tournoyèrent dans l'air poussiéreux.

Sans savoir pourquoi, Stryke frissonna.

—Qu'est-ce que c'est ? souffla Coilla.

—Quelque chose de très ancien, répondit Serapheim.

Les derniers Renards entrèrent dans la pièce.

—Bloquez les portes ! ordonna Stryke.

Il fallut les efforts conjugués de cinq orcs pour refermer les battants métalliques. Quand ils se rejoignirent, un grondement sourd fit trembler le sol.

Seul le rayonnement des joyaux éclairait encore la pièce. Stryke se tourna vers Serapheim, qui avait passé un bras autour des épaules de Sanara.

—Il est temps de nous donner une explication un peu plus détaillée.

L'humain acquiesça.

Sanara et lui s'assirent au bord de la plate-forme.

—Considérez Maras-Dantia comme un monde parmi tant d'autres. Il en existe un nombre infini. Certains ressemblent plus ou moins à celui-ci, mais beaucoup d'autres sont très différents. Maintenant, représentez-vous ces mondes alignés côte à côte dans une plaine infinie.

» Il y a très longtemps, un séisme a fissuré cette plaine, créant une sorte de passage que des créatures peuvent emprunter, comme les souris circulent entre les murs d'une maison. Notre portail est un des accès à ce couloir.

—Donc, il a été fabriqué par des souris ? lança Haskeer.

Les orcs un peu plus rapides à la détente mirent quelques instants à lui présenter les choses d'une façon compréhensible.

—J'ignore qui découvrit ce portail le premier, et qui le décora de cette façon, précisa Serapheim. Cela aussi se passa il y a fort longtemps. Mais la mère de Sanara, de Jennesta et d'Adpar le retrouva un jour. Elle comprit qu'elle pouvait l'utiliser pour voir d'autres mondes, comme l'a involontairement fait Stryke.

—De quoi voulez-vous parler ?

—De vos « rêves ».

—Comment savez-vous que… ?

—Disons que je suis lié aux énergies de la terre, et que j'ai senti cette connexion en vous.

Stryke en resta sans voix.

—Contrairement à ce que vous croyez, ce n'étaient pas des rêves, mais des visions d'un autre monde. Un univers peuplé d'orcs.

—J'en ai fait un autre, sans rapport avec les précédents, avoua Stryke. Au début, j'étais dans un tunnel, puis je débouchais dans un paysage étrange où Mobbs m'est apparu… C'est un érudit gremlin que nous avions rencontré.

La plupart des Renards n'étaient pas au courant. Stryke comprit qu'il aurait des explications à leur fournir, plus tard.

—Cette vision aussi a dû vous être envoyée par les instrumentalités, supposa Serapheim. Le tunnel représente la mort et la résurrection.

Stryke n'y connaissait rien en symbolisme ; il espéra que Mobbs trouverait la paix.

—L'important, c'est que ce portail était ici avant l'arrivée de la glace, continua Serapheim. Comme les modifications climatiques ont décimé les Sluaghs, les survivants souhaitent l'activer pour regagner leur monde d'origine.

—Et vous voulez les empêcher de partir ? s'étrangla Coilla.

—Je veux les empêcher de contrôler le portail, rectifia Serapheim, pour qu'ils n'expédient pas des hordes conquérantes dans le reste de l'univers.

—Tout ça, c'est du crottin de cheval ! grommela Haskeer. Vous disiez avoir une preuve à nous montrer.

—C'est pour ça que je vous ai amenés ici, dit Serapheim. Sans les étoiles, je ne peux pas activer le portail. Mais je peux utiliser le vortex qu'il contient pour vous montrer des mondes parallèles.

Il manipula un des joyaux. Aussitôt, une image apparut au-dessus de la plate-forme, comme si une fenêtre venait de s'ouvrir. Stryke en resta bouche bée, et les exclamations qui retentirent autour de lui témoignèrent de la stupéfaction de ses camarades.

Le paysage qui s'étendait sous ses yeux ressemblait à s'y méprendre à celui de ses rêves : collines verdoyantes, vallées fertiles, forêts luxuriantes et mer d'un bleu étincelant. Des centaines d'orcs festoyaient et luttaient amicalement autour de feux de camp.

Stryke ne comprit qu'une chose : il n'était pas fou.

Puis l'image se brouilla.

—Vous me croyez, à présent ? demanda Serapheim. Toutes les races aînées ont leur propre monde. (Il fixa Jup.) Les nains aussi.

Une nouvelle image se forma. Cette fois, elle montrait de jeunes orcs en train de se battre avec leurs premières épées en bois pendant que leurs mères, sur le seuil de leurs maisons, les couvaient d'un regard plein de fierté.

—Au début, Vernegram s'est contentée d'utiliser le portail pour observer les différents mondes, dont le vôtre. Puis elle a eu l'idée de mettre à profit les tendances militaires de votre race. Elle a cherché un moyen d'amener ici certains orcs, pour créer une armée de super-guerriers qu'elle contrôlerait grâce à sa sorcellerie.

Serapheim marqua une pause.

—La suite risque de ne pas vous plaire. Quelque chose a mal fonctionné, et les orcs qu'elle avait choisis ont été *altérés* pendant leur passage. Ils sont restés tout aussi belliqueux, mais leur intelligence avait diminué et ça ne s'est pas arrangé au fil des générations.

—Vous nous traitez de crétins? grogna Haskeer.

—Non, non. Vous êtes… comme la nature vous a conçus. Il n'y a qu'un seul déviant parmi vous : Stryke est sans doute, en Maras-Dantia, le plus proche des orcs originels.

—Si nos ancêtres ont changé en franchissant ce portail, dit Alfray, qui nous garantit que ça ne se reproduira pas ?

—L'accident est survenu à cause du manque d'expérience de Vernegram, assura Serapheim. Les instrumentalités l'empêcheront de se répéter.

Soudain, ils entendirent tambouriner à la porte.

—Il leur faudra du temps pour la forcer. Je vais tenter de finir rapidement, promit Serapheim. Vernegram ne s'intéressait qu'aux orcs. Mais en activant le portail par magie, elle a permis à des créatures originaires d'autres mondes, qui avaient également un portail, d'accéder à Maras-Dantia. Je suppose que la plupart ont atterri ici sans le vouloir. Dans son état naturel – c'est-à-dire, une faille invisible dans l'espace et le temps –, un portail est souvent impossible à détecter. Il serait facile de le franchir sans s'en apercevoir.

—Une minute, coupa Coilla. Vernegram était une nyadd, non ? Alors, comment a-t-elle pu être là avant… ?

—Ce n'était pas une nyadd, mais une humaine, dit Serapheim.

—Mais tout le monde raconte… (Coilla regarda Sanara.) Ses filles sont des symbiotes, n'est-ce pas ? D'où tirent-elles leur sang de nyadd ?

—Elles l'ont reçu quand elles étaient dans la matrice de Vernegram. Au moment où la sorcière fut engrossée, une colonie de nyadds s'était déjà établie en Maras-Dantia.

—Je ne comprends pas…

—Elle a trouvé un moyen d'injecter de la semence de nyadd à l'embryon qu'elle portait.

—Pour quoi faire ?

—Parce que les nyadds donnent toujours naissance à des triplés. Vernegram voulait les imiter, par curiosité et pour avoir plusieurs héritiers d'un coup. Elle pensait avoir isolé la particule qui provoquait ce phénomène. Peu après, l'unique fœtus qu'elle portait s'est divisé en trois.

—Elle avait l'air d'être charmante, cette femme, marmonna Jup.

—À quoi devaient lui servir ses guerriers orcs ? demanda Stryke.

—À vaincre un sorcier de guerre, Tentarr Arngrim, qui avait vu le pouvoir la corrompre, la rendre cruelle et avide. Quand il tenta de l'arrêter, elle se retourna contre lui. Le plus ironique, c'est que Vernegram et Tentarr Arngrim avaient été amants. Ils avaient même conçu un enfant ensemble avant qu'elle ne devienne maléfique. (Serapheim attira Sanara près de lui.) Mon enfant. Ma fille.

—Cette fois, c'en est trop ! gémit Haskeer.

—Ça fait beaucoup de révélations d'un coup, convint Alfray.

Serapheim leva les mains pour réclamer le silence.

—Je suis Tentarr Arngrim, jadis puissant sorcier, mais à présent très diminué. C'est moi qui ai fabriqué les instrumentalités. Je les ai façonnées en recourant à l'alchimie et trempées avec l'aide de la magie quand mes pouvoirs étaient encore à leur apogée.

—Pourquoi ?

—Permettre aux races aînées de regagner leurs mondes d'origine si elles le désiraient… Pour cela, j'avais besoin d'une clé permettant de contrôler le portail. Je les ai amenées ici, mais Vernegram envoya ses guerriers me les voler et les dissimuler aux quatre coins de Maras-Dantia. Ce fut le début de la guerre entre nous. Elle n'avait plus que des vestiges de son ancienne puissance quand elle est morte.

» Le temps que je me remette de mes blessures, les instrumentalités étaient éparpillées et leur magie perdue. Elles devinrent des légendes, et je ne réussis jamais à en fabriquer d'autres. J'attends depuis des siècles que quelqu'un les retrouve. Je savais que ça finirait par arriver. Un jour, j'en étais sûr, des créatures entendraient leur musique.

De l'autre côté de la porte, les Sluagh redoublaient d'efforts. Mais personne ne sembla s'en soucier.

—Je vous avais bien dit qu'elles chantaient pour moi ! s'exclama Haskeer.

—Si c'est le cas, répondit Serapheim, vous devez avoir un cerveau… ou *quelque chose* de semblable à celui de Stryke. Il y a un peu de déviance en vous, sergent.

Haskeer se rengorgea.

—C'est la nouvelle la plus étonnante que vous nous ayez annoncée, lâcha sèchement Coilla.

—Je ne prétends pas que votre camarade ait une intelligence aussi affûtée que celle de Stryke…

—Sûrement pas, coupa Jup. C'est un abruti.

Haskeer lui jeta un regard mauvais.

—Disons plutôt un diamant encore brut, suggéra diplomatiquement Serapheim.

De nouveau, les Sluaghs se jetèrent sur la porte. Malgré son épaisseur, une fente minuscule apparut entre les deux battants.

—À présent, nous devons récupérer les autres étoiles et activer le portail. (Serapheim vit que les Renards avaient encore des doutes.) Qu'y a-t-il pour vous ici ? Vous devez accepter que ce monde appartient aux humains, quelles que soient leurs fautes ou leurs vertus.

—Et les laisser se rouler dans leur propre fange, après toutes les destructions qu'ils ont provoquées ? répliqua Coilla.

—Peut-être n'en sera-t-il pas toujours ainsi. Les choses pourraient s'améliorer.

—Vous comprendrez que nous soyons un peu sceptiques.

Des tentacules pareils à des vers de terre se glissèrent dans la fente. Sanara dirigea son tube de verre vers eux et un rayon en jaillit. Un cri déchira l'esprit des Renards. Des tentacules, il ne restait plus que quelques volutes de fumée…

—Il faut que certains d'entre vous restent ici pour garder le portail, dit Serapheim, pendant que les autres partiront en quête des instrumentalités.

—Ça, c'est bien parlé, approuva Haskeer. Ces bavardages m'ont filé mal à la tête. Un peu d'action ne pourra pas me faire de mal.

Stryke choisit plusieurs sentinelles et confia le commandement à Alfray.

—Tu ne veux pas de vieillard dans ton équipe, c'est ça ? s'offusqua le caporal.

—Pas du tout. Mais il est vital que les Sluaghs ne s'emparent pas du portail. J'ai besoin d'un officier expérimenté pour veiller dessus…

Alfray se résigna.

—Stryke, dit Sanara en s'approchant d'eux, je sais que ça ne va pas vous plaire, mais vous devriez me laisser la dernière étoile. (Elle leva la main pour couper court à ses protestations.) Ça m'aidera à utiliser le pouvoir du portail pour protéger vos soldats. De toute façon, maintenant que vous êtes accordé à la chanson des instrumentalités, les Sluaghs ne pourront pas vous les dissimuler. Sauf si votre esprit est déjà plein de la présence de celle-là.

Elle avait raison. À contrecœur, Stryke sortit l'étoile de sa tunique et la lui remit.

Pendant que les Renards se rassemblaient pour tenter une sortie, Coilla et Serapheim se tinrent un peu à l'écart. Quelque chose troublait la femelle orc.

—Vous avez parlé de vous racheter. Mais d'après ce que vous avez dit, cette histoire est la faute de Vernegram.

—Pas entièrement. À l'époque, vous serviez Jennesta… C'est moi qui ai engagé les kobolds pour vous voler la première instrumentalité.

—Espèce de traître ! siffla Coilla.

—Comme je viens de le dire, à l'époque, vous étiez loyaux à Jennesta. Ou au moins, je le pensais. Je venais de décider de rassembler les étoiles et…

—Et utiliser les kobolds vous a paru une bonne idée. Mais ils vous ont doublé, devina Coilla.

L'humain hocha la tête.

—C'est donc vous qui nous avez impliqués dans cette histoire. Vous, et notre manque de discipline après la bataille de Doux-Foyer, précisa Coilla. (Elle regarda ses compagnons.) J'imagine leur réaction quand ils apprendront ça. Mais je ne leur en parlerai pas avant que nous soyons tirés d'affaire. Si nous le sommes un jour. Nous avons déjà assez de problèmes sur les bras.

Serapheim la remercia à voix basse.

À cet instant, la porte céda. Serapheim avança, imité par Sanara. Ils pointèrent leurs armes sur les Sluaghs. Des rayons de lumière jaune transpercèrent les créatures.

Des cris affreux résonnèrent, une odeur de chair brûlée emplissant la pièce.

—Ils sont vides, annonça Serapheim en jetant son tube de verre. À partir de maintenant, vous devrez vous débrouiller seuls.

—Si on est séparés, on se retrouve ici! lança Stryke. C'est parti.

Les orcs se frayèrent un chemin parmi les Sluaghs.

Stryke prit conscience du lien mental qui le connectait à la dernière étoile… quand il s'estompa. À ce moment-là, les orcs émergeaient du labyrinthe de caves. Mais alors qu'ils gravissaient un nouvel escalier, Stryke perçut les premières notes d'une chanson céleste, quelque part au-dessus de lui.

Quelques secondes plus tard, ils longèrent un couloir faiblement éclairé. Une grande pièce s'ouvrait tout au bout.

Elle était pleine de démons.

Un accord triomphant résonna dans l'esprit de Stryke quand il prit la tête de la charge.

Les Sluaghs n'eurent pas le temps de comprendre ce qui leur arrivait. Ils semblaient sourds et aveugles à tout ce qui n'était pas les étoiles – qui reposaient sur une table.

Des lances sifflèrent dans l'air, transperçant plusieurs créatures pendues au plafond. La hache de Jup mordit profondément un dos gris et poilu, tandis que Coilla décapitait un autre Sluagh.

Enfin, les monstres se décidèrent à riposter. Une dizaine pivotèrent, leurs membres adoptant de nouvelles formes meurtrières. Un serpent se fit pousser instantanément une gueule de dragon dégoulinante de salive.

Une fois de plus, les cerveaux des Renards s'embrasèrent. Certains s'écroulèrent, les mains sur les oreilles, mais les autres continuèrent à se battre.

Enfin, les derniers Sluaghs succombèrent. Leurs membres tranchés s'agitaient toujours et leur sang se répandait en flaques sombres sur le sol. Deux étaient encore debout, plaqués contre le mur du fond. Jouant de leurs griffes et de leurs crocs, ils tentèrent de se rapprocher des étoiles, mais la moitié des Renards s'interposaient entre leur objectif et eux. Vaincus, de l'ichor suintant d'une multitude de plaies, ils se détournèrent et s'enfuirent dans une cage d'escalier.

Alors qu'ils disparaissaient, la douleur se dissipa. Les orcs se relevèrent, étonnés d'être encore en vie. Haskeer gagna la table pour s'emparer des étoiles.

Mais elles n'étaient plus là. Et Stryke aussi avait disparu.

Dans la mêlée, il avait vu un Sluagh prendre les étoiles et courir vers un balcon. Ensuite, il avait entrepris d'escalader la façade du palais. Une lance à la main, Stryke avait foncé dans l'escalier le plus proche pour le rattraper.

Il atteignit un palier au-delà duquel les marches se divisaient en deux. À moins de vingt pas de lui, il aperçut le Sluagh qui redescendait de l'autre côté avec la vitesse et l'agilité d'une araignée. Il projeta sa lance de toutes ses forces. La créature tomba comme une pierre.

Elle était blessée, mais pas morte. Tendant une griffe vers les étoiles, qu'elle avait laissé tomber, elle tenta de les attirer vers elle. Stryke bondit avant et lui trancha la patte. Mais le Sluagh n'en avait pas terminé. Un appendice tranchant s'abattit sur l'épaule de l'orc, qui recula, une main plaquée sur sa blessure, et regarda mourir la créature. Puis il ramassa les étoiles et repartit.

Il entendit des bruits de combat et se tapit dans l'ombre de la balustrade. Une meute de Sluaghs passa dans son champ de vision. Apparemment, les créatures battaient en retraite devant une force plus importante. Stryke cligna des yeux, s'efforçant de déterminer l'identité des nouveaux venus.

Des humains et des orcs.

Des Multis !

Stryke croyait que plus rien ne pouvait le surprendre après les révélations de Serapheim, mais il se trompait. Le seul avantage de la situation, c'était que les Multis occuperaient les Sluaghs. Ces gens étaient des alliés potentiels, mais pas nécessairement des amis. Et Stryke aurait voulu savoir ce qu'ils fichaient là. Dans un instant, ils atteindraient le palier et bloqueraient le chemin du retour vers les caves.

Glissant les étoiles dans sa tunique, Stryke opta pour le seul chemin qui s'offrait encore à lui : il monta.

Sa blessure était douloureuse, mais il avait déjà connu pire. Il marqua une pause sur le palier suivant et tendit l'oreille. Le fracas des armes s'estompait.

Les Sluaghs et les Multis avaient dû descendre. En silence, épée au clair, Stryke continua à grimper les marches, cherchant un moyen de contourner la mêlée et de regagner le portail.

Selon ses estimations, il devait être près de la façade du palais. Il s'arrêta non loin d'une fenêtre pour nouer un tourniquet autour de son biceps. Un mouvement attira son attention. Plissant les yeux, il sonda le paysage glacé à travers la vitre couverte de givre.

Une armée s'était déployée dans la plaine. Des colonnes de soldats marchaient vers le palais. D'autres se massaient autour de l'entrée.

Un bruit de pas l'arracha à sa contemplation. Il se retourna, levant son arme.

Quelqu'un sortit de la pénombre en traînant la jambe. Stryke n'en crut pas ses yeux. Et il n'avait vraiment pas besoin de ça en ce moment.

—Que faut-il donc pour te tuer ? cracha-t-il, bien que son interlocuteur ait l'air à moitié mort.

—Ce n'est pas si facile, dit Micah Lekmann. Je ne sais pas comment je suis arrivé ici, mais je me réjouis d'avoir une autre chance de t'achever. Les dieux existent peut-être, en fin de compte.

Ses yeux étaient rouges, les doigts de sa main gauche noircis par la morsure du froid. Stryke l'imagina en train de pister son unité dans la neige et la glace avec ses vêtements trop légers.

—C'est de la folie, Lekmann. Abandonne !

—Pas question !

Le chasseur de primes chargea. Stryke s'écarta d'un bond. Son adversaire se jeta de nouveau sur lui avec la fureur d'un illuminé. L'orc para et riposta, mais sans le moindre effet. Lekmann esquivait toutes ses attaques et ne reculait jamais.

Leur duel leur fit parcourir tout un couloir. Stryke cherchait désespérément une ouverture pour mettre fin à ce combat inopportun. Mais ce n'était pas facile. Toute prudence envolée, Lekmann luttait comme un animal enragé.

Soudain, une lumière tourbillonnante aveugla Stryke. Il recula en clignant des yeux. Quand sa vision se rétablit, de petits points blancs dansaient devant lui comme s'il avait fixé le soleil trop longtemps. Mais ils ne suffirent pas à lui dissimuler un étrange spectacle.

Lekmann se tenait devant lui, immobile, son épée à ses pieds. Un trou énorme béait dans sa poitrine. Les pointes de ses côtes cassées luisaient au milieu de ses entrailles écarlates. Les bords de la plaie étaient calcinés et fumants. À travers son torse, Stryke voyait le mur, derrière lui.

Presque négligemment, Lekmann baissa la tête pour évaluer les dommages, plus stupéfait et offensé qu'angoissé. Puis il cracha un flot de sang, tituba comme un ivrogne et s'effondra.

Alors que Stryke cherchait à comprendre ce qui venait de se passer, une autre silhouette émergea de l'ombre.

La bouche de Jennesta se tordit de haine quand elle l'aperçut. Elle cria de rage et de triomphe. Puis elle leva les mains, sans doute pour faire subir à Stryke le même sort qu'à Lekmann.

L'orc était déjà en mouvement et réussit à esquiver l'éclair qui le visait. Mais il frappa un pilier sculpté, à un cheveu de sa tête, pulvérisant le marbre et projetant une nuée d'éclats tranchants.

Sonné, Stryke se jeta dans l'escalier le plus proche. Un second éclair vola au-dessus de sa tête. Une pluie de poussière de plâtre lui tomba dessus alors qu'il dévalait les marches.

Dans le couloir qui partait du palier inférieur, les soldats Multis combattaient d'autres Sluaghs. Stryke les contourna et s'engagea dans l'escalier suivant, en se laissant guider par les chansons des étoiles.

Mais il avait très peu de chances de rejoindre le portail.

Chapitre 25

—Tu sens quelque chose? demanda Serapheim.

Dos au portail incrusté de gemmes, il balaya la pièce du regard. Rien ne bougeait, à part la fumée qui montait encore des carcasses de Sluaghs, devant l'entrée.

—Oui, répondit Sanara. Ils sont tout près.

—Qui ça? demanda Alfray.

En réponse, un des orcs postés près de la porte fit un geste pressant. Quelques secondes plus tard, le reste de l'unité déboula au pas de course.

—Où est Stryke? demanda Alfray.

—Nous espérions le trouver ici, avoua Coilla.

Elle lui expliqua rapidement ce qui s'était passé.

—Pour ce que ça vaut, je n'ai senti aucune perturbation du réseau d'énergie indiquant qu'il pourrait être mort, dit Serapheim.

—Hein? grogna Haskeer.

—Une question de sensibilité. Je n'ai pas le temps de vous expliquer. Où sont les étoiles?

—Je l'ignore, dit Coilla. Stryke les a peut-être. Elles ont disparu au même moment que lui. Mais, écoutez! Une armée de Multis vient de faire irruption dans le palais. Ils sont en train de combattre les Sluaghs.

—Vous confirmez ce que ma fille et moi soupçonnions, fit Serapheim. Jennesta est ici.

—Par les dieux! jura Coilla.

—Nous devons trouver Stryke, dit Serapheim. Et faire notre possible pour semer la dissension chez les Multis. Il ne faut pas que Jennesta ait le dessus.

—Je vais emmener quelques soldats et partir à la recherche de cette garce! proposa Jup.

—Sanara vous accompagnera. D'ici, je devrais réussir à canaliser le pouvoir à travers elle. (Serapheim se tourna vers sa fille.) Tu veux bien le faire?

—Évidemment.

—En quoi pourra-t-elle nous aider ? lança Jup.

—En rien, reconnut Serapheim. Mais si vous l'aidez à approcher des intrus, nous parviendrons peut-être à arrêter Jennesta. Faites-moi confiance.

—Et Stryke ? demanda Coilla.

—Vous le croiserez peut-être en escortant Sanara.

—Ça ne suffit pas. Nous ne pouvons pas abandonner un des nôtres !

—Dans ce cas, je vous suggère de vous séparer. Mais par pitié, dépêchez-vous !

—Reafdaw ! cria Coilla.

L'orc s'approcha d'elle. Il saignait d'une coupure au-dessus de l'oreille.

—Tu restes ici avec Alfray. Haskeer et moi, on va aller chercher Stryke. Les autres, suivez Jup.

Les Renards se préparèrent. Certains partagèrent leurs dernières gorgées d'eau pendant que les autres pansaient leurs blessures.

Puis Haskeer, le plus haut gradé, donna l'ordre du départ.

Tenter de regagner le sous-sol mobilisait toute l'astuce et toute l'endurance de Stryke. Le chaos avait envahi le palais, où les Multis et les Sluaghs s'affrontaient dans tous les coins. Il tenta de rester à l'écart, contournant les combattants et détalant devant les belligérants qui faisaient mine de le défier.

La chance lui fit faux bond quand il franchit l'angle d'un couloir et se retrouva nez à nez avec deux orcs. Une seconde, Stryke espéra qu'ils le prendraient pour un membre de la horde de Jennesta. Mais visiblement, sa tête ne leur était pas inconnue.

—C'est Stryke ! s'exclama l'un d'eux.

Ils s'avancèrent en brandissant leur épée.

—Une minute, dit Stryke. (Il leva les mains pour montrer qu'il ne leur voulait pas de mal.) Il est inutile de nous battre.

—Au contraire, ce sera très utile. Tu figures en première position sur la liste des personnes recherchées par notre maîtresse.

—C'était aussi la mienne, il n'y a pas si longtemps. Vous devez savoir qu'elle n'est pas l'amie des orcs.

—Elle remplit nos estomacs et nous fournit un abri. Certains d'entre nous lui sont restés loyaux.

—Combien de temps croyez-vous qu'elle le restera envers vous ? Elle vous trahira si cela sert ses intérêts.

Il lui sembla que le soldat qui n'avait encore rien dit hésitait.

—Elle nous récompensera de lui avoir apporté ta tête, insista l'autre. C'est plus que tu n'en feras si nous te laissons la conserver.

—Nous ne devrions pas nous battre entre nous, dit Stryke. C'est indigne d'orcs.

—La grande fraternité des orcs ? Désolé, ça ne prend pas. (Le soldat fit un pas vers lui.) Ça n'a rien de personnel, capitaine. Je fais mon boulot.

—Freendo ! appela son camarade. C'est Stryke. Tu connais sa réputation.

—Bah, ce n'est qu'un orc. Comme nous.

Freendo chargea. Stryke se raidit, prêt à l'affronter. Il ne voulait pas le tuer : seulement le neutraliser, si c'était possible. Du coin de l'œil, il vit que l'autre soldat restait en retrait.

Leurs lames s'entrechoquèrent avec un bruit métallique qui se répercuta dans le couloir poussiéreux. Stryke fit un mouvement du poignet pour tenter de désarmer son adversaire, qui n'était pas animé d'aussi bonnes intentions à son égard : il se donnait un mal de chien pour lui plonger son épée dans la poitrine.

Ils luttèrent un moment. L'impatience de Stryke grandissait. Il n'avait pas de temps à perdre avec deux abrutis. S'il devait les éliminer, qu'il en soit ainsi : il leur avait laissé une chance. Rassemblant ses forces, il se prépara à porter un coup fatal. Freendo dut s'en apercevoir, car il recula. Orc ou pas, il était beaucoup moins bon bretteur que son adversaire.

Il tenta de porter un coup dans les jambes de Stryke. Ce faisant, il laissa sa poitrine à découvert. Le capitaine en profita pour lui flanquer un coup dans la figure avec le plat de sa lame. Il entendit des crocs se briser. La bouche en sang, Freendo tituba en arrière et faillit tomber. Il lâcha son épée. D'un coup de pied, Stryke la projeta au loin. Le visage livide, Freendo attendit qu'il l'achève.

—Foutez le camp ! grogna Stryke, menaçant.

Les deux orcs tournèrent les talons et s'enfuirent sans demander leur reste.

Stryke soupira et se remit en route, méditant sur l'ironie d'une quête qui le poussait à combattre d'autres orcs et des humains avec qui il était récemment allié.

Entourant Sanara pour la protéger, les soldats de Jup se frayèrent un chemin jusqu'au sommet d'une tourelle. Là, ils découvrirent une salle de pierre vide. Pendant que certains Renards gardaient l'escalier, Jup et Sanara sortirent sur le balcon.

L'armée de Jennesta s'était répandue dans toute la plaine glacée. Ses soldats se bousculaient à la porte du mur d'enceinte. Puis quelqu'un cria, et toutes les têtes se levèrent. Des dragons venaient d'apparaître dans le ciel.

—Et merde, il ne manquait plus que ça ! se lamenta Jup.

Les dragons piquèrent et crachèrent des langues de feu sur les troupes de Jennesta. Les Renards poussèrent des exclamations de joie.

—Ça doit être Glozellan, devina Jup. Elle arrive à point nommé!

Rayonnant, il se tourna vers Sanara. La reine déchue avait fermé les yeux. Sous son regard ébahi, elle leva lentement les bras.

Les Renards la regardèrent, mystifiés.

Dans les caves, Alfray et Reafdaw observaient Serapheim, qui semblait plongé dans une sorte de transe. Les bras levés et le regard voilé, il ne prêtait plus aucune attention aux orcs.

Un bourdonnement sourd monta de la plate-forme. Alfray s'en approcha prudemment. Il tendit une main hésitante et sentit quelque chose de tiède picoter sa paume.

Reculant, il échangea un regard éberlué avec Reafdaw.

Stryke passait devant une fenêtre quand quelque chose d'extraordinaire attira son attention.

Le ciel plombé s'était transformé en une toile ondulante. Il ne voyait pas de meilleure comparaison. Des images s'y succédaient, comme quand Serapheim avait utilisé le portail pour invoquer une vision du monde orc. Toutes montraient des scènes champêtres, paisibles et verdoyantes.

Des rugissements montèrent de la plaine occupée par l'armée de Jennesta. Ce n'étaient pas les cris de bataille de guerriers impatients de passer à l'action, mais des exclamations émerveillées.

Alors, Stryke comprit le plan de Serapheim. Quel meilleur moyen de semer la discorde chez ses ennemis que de leur révéler le mensonge dans lequel ils vivaient? Les soldats de Jennesta étaient plus susceptibles de céder à une terreur superstitieuse que de retourner leur veste, mais cela suffirait pour faire gagner aux Renards le temps dont ils avaient besoin.

Un bruit de course alerta Stryke, qui adopta une position défensive. Mais c'était le groupe de Coilla et d'Haskeer, qui déboula dans un couloir adjacent.

—Dieux merci! s'exclama la femelle orc. Nous pensions t'avoir perdu!

—Jennesta est ici, dit Stryke.

—On avait remarqué, répliqua sèchement Coilla.

—Dans ce cas, dépêchons-nous de regagner les caves!

Ils dévalèrent les marches, pulvérisant tous ceux qui se dressaient sur leur chemin.

Finalement, haletants et en sueur malgré le froid, ils atteignirent la salle du portail et s'y engouffrèrent.

Serapheim était toujours en transe. Une version miniature des images visibles dans le ciel planait au-dessus de la plate-forme.

Dès que les orcs l'entourèrent, le magicien laissa retomber ses bras. Les visions disparurent.

—Nous ne pouvons pas faire davantage, lâcha-t-il, à bout de souffle.

—C'était très rusé, le complimenta Stryke. Et maintenant ?

Avant que Serapheim puisse répondre, le groupe de Jup les rejoignit. Ses membres étaient épuisés et couverts de sang, mais en un seul morceau. Sanara se jeta dans les bras de son père.

—Donnez-moi les instrumentalités ! exigea Serapheim.

Stryke lui remit les quatre qui avaient fusionné et Sanara lui tendit la dernière.

L'humain l'unit promptement aux autres.

—J'ai négligé de vous parler d'une petite chose, confessa-t-il.

—Laquelle ? demanda Coilla, méfiante.

—L'activation du portail libérera une énorme quantité d'énergie qui détruira probablement le palais.

—C'est maintenant que vous nous le dites !

—Si je l'avais mentionné plus tôt, ça aurait pesé sur votre décision.

—Ça nous empêchera d'utiliser le portail ? lança Stryke.

—Non, si vous le franchissez rapidement. Vous n'avez pas le choix ! À moins de vouloir affronter l'armée de Jennesta…

—Allez-y, dit Stryke.

Serapheim posa les instrumentalités sur un des plus gros joyaux de la plate-forme.

Soudain, l'espace délimité par les menhirs explosa en une cascade d'étoiles dorées qui scintillaient et tourbillonnaient sans jamais s'arrêter. L'énergie ainsi dégagée fit vibrer le sol sous les pieds des Renards.

Tous étaient fascinés par cette vision enchanteresse. Les myriades d'étoiles illuminaient leurs visages, leurs vêtements et les murs.

—Il faut que je le focalise sur votre destination, dit Serapheim.

—C'est magnifique, murmura Coilla.

—Stupéfiant ! renchérit Jup.

—Et c'est à moi !

Les Renards se retournèrent.

Jennesta se tenait sur le seuil de la pièce, accompagnée par le général Mersadion.

Serapheim fut le premier à se reprendre.

—Tu arrives trop tard ! lança-t-il.

—Moi aussi, je suis ravie de te revoir, papa chéri, railla Jennesta. J'ai amené un contingent de ma garde royale. Rendez-vous ou mourez, ça m'est égal.

—Tu mens, dit Sanara. Je te vois mal laisser passer l'occasion de tuer ceux qui t'ont trahie.

—Tu me connais si bien, sœurette. Et comme il est bon de te revoir en chair et en os! J'ai hâte de te découper en morceaux!

—Si vous croyez que nous nous rendrons sans combattre, vous vous trompez, dit Stryke. Nous n'avons rien à perdre.

—Ah, capitaine Stryke. Et les Renards! Si vous saviez avec quelle impatience j'ai attendu ce moment... (Sa voix se fit dure comme du granit.) Jetez vos armes!

Sans crier gare, Alfray bondit sur elle en brandissant son épée.

Mersadion s'interposa. Sa lame étincela dans la lumière dorée du portail, avant de s'enfoncer dans la poitrine du caporal. Il la dégagea d'un geste vif. Alfray baissa les yeux vers le sang qui couvrait ses mains...

Puis il tituba et tomba.

Un instant, tous furent trop horrifiés pour réagir.

Quand l'enchantement se dissipa, Haskeer, Jup, Coilla et Stryke bondirent sur Mersadion. Tous les autres Renards en auraient fait autant s'ils avaient eu assez de place.

Le général n'eut pas le temps de crier. Les quatre orcs le taillèrent en pièces en quelques secondes.

Ils se détournèrent de lui et marchèrent sur Jennesta.

La sorcière dessina des arabesques dans les airs.

—Non! cria Serapheim.

Une boule de feu orange pareille à un soleil miniature s'embrasa entre les mains de Jennesta. Elle la projeta. Les Renards s'éparpillèrent. La boule de feu vola au-dessus de leurs têtes et explosa contre le mur du fond. Aussitôt, Jennesta en invoqua une autre.

Serapheim et Sanara se tournèrent vers elle. Ils levèrent les mains: un rideau de flammes éthérées apparut devant eux tel un bouclier, masquant la pièce et ses occupants. Jennesta lança sa boule de feu, mais la barrière magique absorba son énergie.

À l'intérieur du portail, les étoiles continuaient à scintiller. Un grondement sourd monta des fondations du palais. Les Renards l'ignorèrent pour se rassembler autour d'Alfray.

Coilla et Stryke s'agenouillèrent près du vieux caporal. La femelle orc lui prit le poignet, puis leva les yeux vers Stryke.

—Il est salement amoché.

—Alfray, appela Stryke. Alfray, tu m'entends?

Le moribond parvint à ouvrir les yeux. Voir ses camarades sembla le réconforter.

—Alors... c'est ainsi... que ça se termine.

—Non, dit Coilla. Nous allons te soigner. Nous...

—Inutile... de me mentir. Pas maintenant... après tout ce que nous avons... vécu ensemble. Accordez-moi au moins... la dignité de la vérité.

—C'est moi qui t'ai entraîné dans cette histoire, dit Stryke d'une voix étranglée. Je suis désolé.

Alfray eut un pâle sourire.

—Personne… n'a entraîné personne. Nous étions… tous d'accord. C'était une… sacrée mission, pas vrai ?

—Oui, une sacrée mission. Et toi, le meilleur frère d'armes dont un orc puisse rêver.

—Je prends ça… comme le plus beau des compliments.

Les lèvres d'Alfray remuèrent encore, mais aucun son n'en sortit. Stryke se pencha pour approcher son oreille de la bouche du mourant.

—… épée…, entendit-il.

Le capitaine plaça sa lame dans la main tremblante d'Alfray et referma ses doigts dessus. Une expression sereine s'afficha sur le visage du vieux caporal.

—Souvenez-vous… des traditions.

—Nous les honorerons toujours, promit Stryke. Et ta mémoire avec.

Le grondement se fit plus fort. Du plâtre tomba du plafond. Sur le seuil de la pièce, Jennesta, son père et sa sœur luttaient toujours dans un brasier d'énergie surnaturelle.

La respiration d'Alfray devint sifflante.

—Je boirai un coup… à votre santé… dans la salle de banquet de Vartania.

Puis il ferma les yeux pour la dernière fois.

—Non, dit Coilla. Non. Alfray ! (Elle le secoua.) Nous avons besoin de toi. Ne nous laisse pas ! Alfray ?

Stryke la prit par les épaules et la força à le regarder.

—Il est parti, Coilla. Il est parti…

La femelle orc le dévisagea comme si elle ne comprenait pas.

Les orcs n'étaient pas censés pouvoir pleurer, car c'était une réaction typiquement humaine. Pourtant, les yeux de Coilla s'embuèrent.

Jup s'était pris la tête à deux mains. Haskeer avait baissé la sienne. Autour d'eux, les autres Renards étaient muets de chagrin.

Stryke dégagea doucement son épée. Puis il leva les yeux vers le duel magique et sa rage revint. Tous les orcs la partageaient, mais ils ne pouvaient rien faire.

Moins d'une minute plus tard, leur frustration prit fin.

Jennesta cria quand ses défenses s'effondrèrent. Elle tituba, tête baissée, l'air épuisé. Des mèches de cheveux couleur d'ébène, trempées de sueur, étaient collées sur son visage.

Le bouclier enchanté qui protégeait Sanara et Serapheim disparut comme la flamme d'une bougie qu'on vient de souffler. L'humain franchit les quelques pas qui le séparaient de Jennesta et lui prit le poignet. À bout de forces, elle ne lui opposa pas de résistance tandis qu'il l'entraînait vers le portail.

Les Renards firent mine de charger.

—Non! cria Serapheim. C'est ma fille! Je suis indirectement responsable de ses crimes, et j'entends la punir moi-même!

Il s'était exprimé avec tant de férocité que les orcs s'arrêtèrent net. Sous leurs yeux, il la poussa vers le portail. Jennesta parut reprendre ses esprits et comprendre ce qui l'attendait. Pourtant, elle ne frémit même pas.

Son regard se détacha du vortex scintillant et se posa sur son père.

—Tu n'oserais pas! cracha-t-elle.

—Autrefois, peut-être, répliqua Serapheim. Avant d'avoir pris conscience de ta cruauté. Mais plus maintenant.

Tenant toujours le poignet de Jennesta, il approcha sa main de la cascade dorée.

—C'est moi qui t'ai amenée dans ce monde. Il est logique que je t'en fasse sortir. J'espère que tu apprécieras cette belle symétrie.

—Tu es un imbécile! cria Jennesta. Et un lâche. Tu l'as toujours été. J'ai une armée avec moi. S'il m'arrive malheur, tu mourras dans des souffrances inimaginables. (Elle tourna la tête vers Sanara.) Et toi aussi.

—Ça m'est égal, affirma Serapheim.

—À moi aussi, renchérit Sanara.

—Si c'est le prix à payer pour débarrasser ce monde de ta tyrannie, qu'il en soit ainsi, conclut Serapheim.

Jennesta le regarda dans les yeux et comprit qu'il ne mentait pas. Son assurance vacilla et elle tenta de se débattre.

—Aie au moins la dignité d'affronter ta fin courageusement, dit Serapheim. Ou est-ce trop te demander?

—Jamais! gronda Jennesta.

Il poussa sa main à l'intérieur du vortex et recula d'un pas.

Elle frémit et voulut se dégager, mais la fontaine dorée l'emprisonnait aussi sûrement qu'un étau.

Lentement, la chair de sa main se désintégra en un millier de particules vite dispersées par le tourbillon d'étoiles. Le processus s'accéléra et gagna son poignet. Très vite, son bras se désintégra à son tour.

Les Renards observaient la scène avec un mélange d'horreur et de fascination macabre.

La jambe de Jennesta fondit sous leurs yeux. Quelques mèches de cheveux connurent le même sort, comme aspirées par le souffle d'un géant.

Quand le portail commença à consumer son visage, Jennesta cria. Mais son hurlement mourut aussitôt, car le vortex l'engloutit. Quelques particules dansèrent un instant entre les étoiles avant de s'unir à elles.

Serapheim semblait sur le point de s'évanouir. Sanara l'enlaça pour le réconforter.

Coilla rompit le silence.

—Que lui est-il arrivé?

—Elle est entrée en contact avec le portail avant qu'il soit focalisé sur une destination, répondit Serapheim. Elle a été pulvérisée par les forces titanesques qu'il abrite, ou projetée dans une dimension parallèle. D'une façon ou d'une autre, elle a disparu.

Stryke ne fut pas le seul à éprouver une vague pitié, malgré sa haine de Jennesta.

—Et ce sera la même chose pour nous?

À présent, le grondement faisait vibrer les murs autour d'eux.

—Non, mon ami. Je vais régler le portail. Vous aurez simplement l'impression de franchir une porte. (Serapheim se dégagea de l'étreinte de Sanara.) Venez, il n'y a pas de temps à perdre.

Il approcha d'un des menhirs qui entouraient le portail et manipula les instrumentalités.

—Et vous? demanda Coilla.

—Je resterai ici. Où pourrais-je aller? Ici, j'assisterai à la fin de l'humanité, ou je tenterai d'être utile si la terre se remet des déprédations commises par mes semblables.

Mais les orcs savaient qu'il n'y aurait pas d'autre issue pour lui que la mort.

—Moi aussi, je reste, dit Sanara, les joues sillonnées de larmes. Pour le meilleur ou pour le pire, ce monde est le mien.

Le grondement se fit plus insistant.

—Venez, Jup! dit Serapheim. Je vais d'abord vous envoyer dans le royaume des nains.

—Non.

—Pourquoi? s'exclama Haskeer.

—Maras-Dantia est le seul monde que je connaisse. Je n'ai jamais eu de vision d'un royaume nain. Ça a l'air tentant, mais je ne connaîtrais personne là-bas. Et je serais un étranger…

—Tu ne changeras pas d'avis? insista Stryke.

—Non, chef. C'est décidé. Je vais rester ici et tenter ma chance.

Haskeer avança vers le nain.

—Tu en es sûr, Jup?

—Qu'est-ce qui t'arrive? Tu as peur de t'ennuyer, sans un bas-du-cul avec qui te disputer?

—Oh, je trouverai bien quelqu'un. Mais ça ne sera pas la même chose.

Les deux sergents échangèrent une accolade de guerriers.

—Dans ce cas, voulez-vous emmener Sanara? demanda Serapheim. Protégez-la pour moi.

Jup jeta un dernier regard aux Renards, puis sortit avec la reine déchue.

—À présent, nous devons faire vite, dit Serapheim. Tous à l'intérieur du portail!

Les orcs se regardèrent, l'air penaud.

—Je vous promets qu'il ne vous arrivera rien de fâcheux.

—Allez, bougez-vous! cria Stryke.

Gleadeg fit un pas en avant.

—Plus vite! (La voix de Stryke se radoucit.) Tu n'as rien à craindre.

Le soldat prit une profonde inspiration et entra dans le vortex. Il disparut aussitôt.

Les autres l'imitèrent un à un. Quand ce fut le tour d'Haskeer, il bondit en poussant un cri de bataille. Coilla fit un signe de tête à Serapheim, puis le suivit.

Stryke et le magicien restèrent seuls.

—Merci.

—C'était le moins que je pouvais faire... (Serapheim posa les étoiles dans la main de l'orc.) Tenez, prenez-les.

—Mais...

—Je n'en ai plus besoin. Faites-en ce que vous voudrez. Et ne discutez pas.

Stryke hocha la tête.

—Portez-vous bien, Stryke des Renards!

—Vous aussi, sorcier.

Le capitaine franchit le seuil du vortex au moment où le palais commençait à s'écrouler. Serapheim ne fit pas mine de s'échapper. Stryke s'en était douté. Il leva le bras pour le saluer.

Il y eut un moment de chaos et de confusion. Grâce au pouvoir combiné des étoiles et du portail, l'orc aperçut des images miraculeuses.

Aidan Galby marchait main dans la main avec Jup et Sanara dans un paysage champêtre...

Miséricorde Hobrow chevauchait une licorne...

De nouveau, la beauté du monde originel des orcs l'attira irrésistiblement.

Fasciné, Stryke pensa qu'il laissait volontiers Maras-Dantia aux humains.

Puis il se détourna et avança vers la lumière.

La Relève

L es humains dévoraient la magie.
La glace avançait. L'automne était arrivé au début de l'été. La guerre faisait rage de tous côtés, et le viol de Maras-Dantia se poursuivait, impuni.

Mais aujourd'hui, rien de tout cela ne semblait avoir d'importance.

Du moins, ça n'en avait pas pour Stryke. Son seul souci, c'était la lame qui s'abattait sur lui, menaçant de fendre son crâne. Il esquiva, et elle siffla dans le vide.

Levant son bouclier, le capitaine des Renards bloqua l'attaque suivante. Dès que son adversaire eut fini de marteler l'acier, il repassa à l'offensive. Deux attaques rapides : la première fut parée dans un fracas métallique ; la seconde pénétra la garde de son adversaire et le força à battre en retraite.

Haletants, les deux combattants se mirent à tourner en cercle, chacun d'eux cherchant une ouverture.

Stryke avança, bouclier devant lui et épée brandie. Il s'ensuivit un autre échange de coups furieux, aucun des deux adversaires ne voulant céder. Les spectateurs sifflaient et poussaient des cris pour les encourager.

Alternant les attaques de pointe et de taille, Stryke parvint à enfoncer les défenses de l'autre. Celui-ci se reprit brièvement pour échanger quelques bottes avec lui. Mais au final, l'expertise de Stryke l'emporta.

D'un coup puissant, il fit voler au loin l'épée de son adversaire. Puis ce fut le tour de son bouclier, qui s'écrasa dans l'herbe jaunie. Stryke toisa le combattant tombé à terre tandis que les spectateurs se déchaînaient.

Il planta son épée dans le sol et rejeta son bouclier, puis tendit la main à son adversaire pour l'aider à se relever.

— Pas mal, Kestix. Mais surveille davantage ta garde.

Le bleu esquissa une grimace, révélant une canine brisée.

— Entendu, chef, haleta-t-il.

Quelqu'un cria :

—Regardez!

Ils tournèrent tous la tête, et Stryke aboya:

—Gaaarde-à-vous!

Le militaire qui se dirigeait vers eux avait une quarantaine de saisons bien sonnée. Son maintien et son visage buriné trahissaient son statut, sans parler des tatouages qui ornaient ses joues. Il balaya la troupe assemblée – deux douzaines de soldats et quatre officiers – d'un regard vitreux.

—Général Kysthan, chef! salua Stryke en se frappant la poitrine du poing.

—Repos, capitaine… Les autres aussi.

Ils se détendirent, reportant leur attention sur une deuxième silhouette montée à cheval qui se tenait un peu en retrait.

—Désolé de vous déranger, surtout en un jour pareil, reprit le général.

—Pas de problème, chef, lui assura Stryke. Que pouvons-nous faire pour vous?

—Juste prendre livraison du caporal qui vous manquait. J'ai amené un remplaçant.

Les soldats observaient la deuxième silhouette avec une curiosité non dissimulée.

—Merci, chef. Et ce remplaçant va se joindre à nous maintenant?

—Oui, capitaine.

—Le jour de Braetagg? protesta un sergent un peu balourd. (Sur un ton plus humble, il ajouta:) Sauf votre respect, chef.

Stryke lui jeta un regard meurtrier, mais Kysthan semblait d'humeur magnanime.

—Ça ira, sergent…

—Haskeer, général.

—Sergent Haskeer. Nous vivons une époque troublée. Même le jour de Braetagg n'échappe pas aux impératifs militaires. Je veux que vous incorporiez ce caporal et que votre structure de commandement se retrouve au complet.

Haskeer hocha la tête pour approuver, comme s'il discutait avec un égal. Stryke le soupçonnait de ne s'en tirer à si bon compte que parce que c'était jour de fête. Il prit mentalement note de le faire fouetter un peu plus tard.

Kysthan fit signe à la deuxième silhouette d'approcher. Sa monture s'avança, brisant des mottes de terre sous ses sabots. Le nouveau caporal glissa à terre comme du mercure le long d'une fronde.

—Voici le caporal Coilla, annonça Kysthan. Un tableau de chasse impressionnant, des dons pour la stratégie et la capacité de s'adapter parmi vous.

La nouvelle arrivante leur adressa un sourire carnassier.

Stryke la dévisagea. Ils devaient avoir le même âge, à une ou deux saisons près, et faire plus ou moins la même taille. Coilla avait des traits anguleux, une peau tachetée qui respirait la santé et une silhouette agréablement musclée. De l'orgueil et une froide détermination brillaient dans ses yeux. Tout à fait approprié pour un officier, et très séduisant chez une femelle.

Coilla examina Stryke à son tour. Il était tel qu'elle s'y attendait : un robuste guerrier à l'air autoritaire, endurci par les batailles. Mais elle décela en lui un petit quelque chose de plus, qui trahissait des préoccupations plus graves que celles d'ordre militaire. C'était inhabituel, mais très séduisant chez un mâle.

—Enchantée, dit-elle en lui tendant la main.

Ils se serrèrent l'avant-bras à la façon des guerriers, et Stryke remarqua combien la peau de la femelle était agréablement moite.

—De même. Bienvenue chez les Renards.

Coilla balaya les autres de son regard pénétrant, ne s'attardant qu'une fraction de seconde sur chacun d'eux mais les scrutant tous. Elle observa un peu plus longuement le seul nain de la troupe, que ses tatouages faciaux désignaient comme un sergent. Puis elle reporta son attention sur Stryke sans faire de commentaire.

—Vous savez que ce ne sera pas un poste facile, lui dit Kysthan, mais je compte sur vous pour vous intégrer. Selon vos états de service au sein de la horde, vous en êtes parfaitement capable. Mais attention : au premier faux pas, vous serez un caporal mort. Les Renards ne pardonnent rien.

—Oui, chef.

Kysthan se dirigeait déjà vers son cheval. Les soldats se remirent au garde-à-vous.

—Bonne chance, caporal.

Il saisit une paire de gants noirs passés dans sa ceinture.

—Stryke, je compte sur vous pour me tenir informé de son intégration.

Il agita ses gants en un geste d'adieu, comme s'il tentait de chasser une mouche.

—Bonne journée, messieurs.

Les soldats le regardèrent monter en selle, faire demi-tour et traverser le terrain de parade au galop. Se frayant un chemin parmi la foule, il regagna le palais royal de Tumulus, dont les murs d'un blanc osseux luisaient de rosée matinale et dont les hautes tours transperçaient les nuages couleur de plomb.

—Qu'est devenu le caporal que je remplace ? demanda brutalement Coilla.

—À ton avis? répliqua Stryke. Mort au combat. C'est souvent comme ça, dans le métier. Si ça te pose un problème…

—Aucun. Je m'y attendais un peu. Alors, quand commençons-nous mon intégration?

—Je ne vois pas pourquoi il faut faire ça le jour de Braetagg, grommela Haskeer.

—C'est un jour comme un autre, intervint l'orc qui semblait le plus âgé.

Comme Coilla, il arborait des tatouages de caporal. Il se tourna vers Stryke.

—On devrait peut-être la présenter à tout le monde, chef, suggéra-t-il.

D'un signe du menton, Stryke l'invita à s'en charger.

—Je suis Alfray, dit aimablement le caporal. Vous connaissez déjà Haskeer: c'est…

—Un abruti, coupa le nain.

Les deux sergents échangèrent un regard meurtrier.

—Et voici Jup, ajouta Alfray.

Le nain fit à Coilla un clin d'œil qu'elle jugea un peu déplacé. Il lui sourit, dévoilant des dents d'une blancheur éclatante dans son visage barbu.

—Je m'attendais à quelqu'un de…, commença la femelle.

—De plus grand? suggéra Jup.

—D'un peu moins nain, acheva sèchement Coilla. Je ne pensais pas qu'il restait beaucoup de membres de votre espèce dans les troupes de guerre orcs.

—Vous n'êtes pas les seuls doués pour le combat.

—Dans tes rêves, cracha Haskeer.

—Vu la tête que tu te payes, ce serait plutôt des cauchemars, rétorqua Jup.

—Ça suffit, vous deux, grogna Stryke, menaçant.

Les deux sergents retombèrent dans un silence morose.

Alfray se racla la gorge.

—Les soldats, dit-il en les désignant un à un de l'index. Voici Kestix, Finje et Zoda. Hystykk, Bhose, Slettal, Darig, voyons… Vobe, Liffin, Noskaa, euh… Calthmon, Wrelbyd, Prooq. Ça, c'est Meklun… Reafdaw, Gant, Jad… Gleadeg, Toche, Breggin. (Il plissa les yeux pour voir les orcs des derniers rangs.) Talag, Seafe… Et dans le fond, Nep, Orbon et Eldo.

Certains des soldats adressèrent un hochement de tête à Coilla, tandis que d'autres conservaient une prudente réserve.

—Très bien, déclara Stryke. Caporal, vous logerez ici.

Du pouce, il désigna les baraquements de bois qui s'étendaient derrière eux. Les boucliers de différents clans étaient accrochés sur les murs.

—Mais nous n'avons pas grand-chose de prévu aujourd'hui, à part faire la fête, prévint-il.

Un murmure d'approbation monta de la troupe.

Coilla haussa les épaules.

—Ça me va.

Ils se dirigèrent vers la grand-place. Les officiers marchaient ensemble ; les simples soldats demeuraient en arrière, se livrant à un certain chahut que Stryke ne tolérait probablement pas en temps normal.

La foule se rassemblait pour les festivités. Il y avait là une majorité d'orcs, comme on pouvait s'y attendre, mais aussi quelques représentants d'autres races, dont des humains Multis. Un petit groupe d'émissaires gremlins, solennels dans leurs robes grises, se dirigeait vers le palais. Des domestiques elfes à la frêle silhouette couraient en tous sens. Des dresseurs de dragons brownies à l'allure hautaine observaient leurs animaux qui planaient en cercle dans le ciel.

Un vent froid arrivait à la fois de l'océan, à l'est, et du front glaciaire qui avançait depuis le nord. Le temps était pluvieux.

Alfray resserra les lacets de son pourpoint de cuir et rompit le silence.

—Ça empire chaque année, constata-t-il. De mon temps, Braetagg était une fête estivale, mais maintenant…

—Les humains, cracha Haskeer. Ce sont eux qui bouleversent la magie.

—Les Unis seulement, corrigea Alfray. Eux, et leur pathétique dieu unique.

—Unis, Multis… Si tu veux mon avis, c'est du pareil au même.

—À ta place, je serais un peu plus discret, Haskeer, cingla Stryke. Tu ne voudrais pas que tes opinions parviennent aux oreilles de notre maîtresse, n'est-ce pas ?

—Jennesta est une opportuniste, affirma Alfray ; nous le savons tous. Elle soutiendra les Multis tant que ce sera dans son intérêt, mais ensuite…

—Ça suffit ! aboya Stryke, jetant un regard inquiet à la ronde. Vous voulez nous faire tous exécuter, ou quoi ?

—Je ne sais pas grand-chose sur le jour de Braetagg, avoua Jup. C'est la première fois que je le passe à Tumulus. Parlez-m'en un peu.

—Tu admets ton ignorance, hein ? ricana Haskeer.

—Non, je préfère te la laisser. Tu as beaucoup plus de prédispositions que moi.

—Braetagg était un grand chef orc, dit très vite Alfray pour couper court à une nouvelle dispute. Mais ça, tu dois déjà le savoir.

—Oui. C'est le reste qui est un peu vague.

—Très franchement, le reste n'est clair pour personne. On ignore d'où il vient et quand il a vécu exactement. Tout ce qu'on sait, c'est qu'il nous a donné quelques fameuses victoires, du temps où les Clans Orcs Unis constituaient une véritable puissance. Avant que les choses commencent à dégénérer. Il a rejeté le joug à une époque où d'autres races aînées tentaient de nous réduire en esclavage. Donc, nous l'honorons comme un libérateur.

—Dommage que ça n'ait pas duré, cracha amèrement Coilla.

À en juger par l'expression de Stryke, cela non plus ne faisait pas partie des sujets de conversation autorisés en public.

Tandis qu'ils poursuivaient leur chemin, Coilla et Jup se détachèrent légèrement du reste du groupe.

—Tu veux un conseil ? demanda le nain tout bas.

Coilla hocha la tête.

—Surveille tes paroles. Tu n'es plus dans la horde. Les choses se remarquent davantage au sein d'une troupe de guerre. (Jup laissa passer quelques instants, puis ajouta :) Non que nous ne partagions pas ton avis…

—D'accord. Je peux vous poser une question ?

—Vas-y.

—C'est quoi, le problème entre vous et Haskeer ?

—Il n'y en a pas vraiment. Pas de mon côté, du moins, corrigea Jup. Beaucoup de gens n'ont pas une très haute opinion des nains.

—Vous voulez dire, parce qu'ils… vont où le vent les porte ?

—Inutile de prendre des gants avec moi, Coilla. Nous avons la réputation de travailler pour le plus offrant, même si le plus offrant s'avère être un Uni. Certains considèrent ça comme de la trahison. Nous pensons que c'est une simple affaire de sens pratique.

—Parce que vous trouvez ça pratique, d'appartenir à une des troupes de guerre de Jennesta ? s'étrangla la femelle. Vous pourriez sûrement faire quelque chose de moins dangereux et de mieux payé.

—Contrairement à ce que pense Haskeer, je ne m'exprime pas au nom de tous mes semblables. Je sais que ça peut te paraître étrange, étant donné qu'on vous a plus ou moins vendus à Jennesta, mais certains d'entre nous pensent que cette cause vaut la peine d'être défendue. Il faut bien que quelqu'un empêche les humains de dévorer les entrailles de Maras-Dantia.

—C'est ce que pensent aussi la plupart des orcs. Écoutez, sergent, je me fiche de la politique. Tout ce qui m'importe, c'est que mes camarades connaissent leur boulot et me couvrent proprement.

—Je suis d'accord. C'est bien pour ça que je n'ai pas encore taillé Haskeer en pièces. C'est un abruti, mais aussi un bon guerrier, et il a suffisamment l'esprit d'équipe pour qu'on puisse compter sur lui. C'est l'une des qualités que j'apprécie le plus chez les orcs. (Jup sourit.) Au fait, tant que nous sommes entre nous, tu peux oublier le rang et me tutoyer.

—Haskeer est-il le seul qui te mène la vie dure? demanda Coilla.

—Maintenant, oui. Mais il a fallu que je fasse mes preuves quand j'ai rejoint la troupe. Ça sera pareil pour toi.

—Le seul nain et la seule femelle, pas vrai?

—Ouais. Mais au moins, tu as l'avantage d'être une orc.

Ils traversèrent la place festonnée de guirlandes, où des fanions claquaient au vent. Des boucliers de clan étaient montés en colonne. D'énormes piles de bois attendaient qu'une flèche enflammée les change en brasiers au plus fort des festivités.

Plus tard dans la journée, des tournois devaient avoir lieu dans des arènes délimitées par des cordes. Les Renards se faufilèrent entre elles et s'approchèrent d'une immense tente au rabat agité par le vent. Deux sentinelles montaient la garde devant, leurs épieux croisés pour barrer l'entrée. Reconnaissant Stryke, elles s'écartèrent pour laisser passer toute la troupe.

À l'intérieur, les torches et la lumière du soleil filtrée par le tissu offraient un étrange éclairage. Les Renards s'immobilisèrent comme un seul orc, bouche bée.

Alfray posa une main sur le bras de Coilla.

—C'est la première fois que tu le vois?

Elle ne réussit qu'à hocher la tête.

Autour d'elle, l'expression de ses camarades trahissait le respect, mais surtout une crainte superstitieuse.

—Je trouve ça contre-nature, et pas du tout hygiénique, déclara enfin Jup.

—Ta gueule, bas-du-cul, grogna Haskeer.

Stryke les foudroya du regard.

—Un peu de tenue, messieurs!

Un splendide trône incrusté d'or et d'argent se dressait au milieu de la tente. Son dossier sculpté représentait un phénix aux yeux de rubis, jaillissant des flammes. S'il n'avait pas la grandeur du trône de Jennesta, il était cependant tout à fait digne d'un grand seigneur de guerre.

Braetagg y était assis.

Une de ses mains enserrait la garde d'une épée large, dont le fourreau vide était posé en travers de ses genoux. Une simple couronne d'or lui ceignait le front. Il portait une cotte de mailles brillante, aux lanières de cuir neuves, et des bottes cirées.

Sous sa peau tendue, qui avait la couleur du parchemin vieilli, on distinguait nettement le contour de ses os. Autrefois cousue, sa bouche se tordait désormais en un rictus révélant des dents jaunâtres. Ses orbites étaient vides, et une légère odeur d'onguent planait autour de lui.

—On dirait presque qu'il va se lever pour nous saluer, déclara Haskeer, émerveillé.

— J'espère bien que non, répliqua Jup.

Autour de lui, les orcs saisirent la corne à bière ou la flasque de vin épicé accrochée à leur ceinture pour porter, chacun leur tour, un toast à leur ancêtre. Par solidarité, Jup les imita. Lorsque vint le tour de Coilla, les soldats l'observèrent vider sa flasque d'un trait, sans broncher.

Ils s'attardèrent un peu à l'intérieur de la tente, puis Stryke donna le signal du départ.

Clignant des yeux dans la vive lumière du soleil, ils mirent quelques secondes à réaliser que la foule faisait face au palais, et que les gens avaient le nez en l'air. Ils suivirent leur regard jusqu'à un haut balcon sur lequel se tenait une silhouette solitaire.

La reine Jennesta était tout de blanc vêtue, ses cheveux d'ébène cascadant dans son dos et ondulant sous le souffle du vent. Depuis l'endroit où ils se tenaient, les Renards ne pouvaient distinguer son visage. Mais ils connaissaient ses traits à moitié humains, à moitié nyadds, et l'improbable géométrie de sa ténébreuse beauté.

Les Renards avaient manqué le début de son discours – ou plutôt, de sa harangue. De toute façon, entre la distance qui les séparait d'elle et le gémissement du vent, ils n'arrivaient pas à distinguer plus de quelques mots à la fois. Ils s'efforçaient d'interpréter ce qu'ils venaient d'entendre lorsque Jennesta leva les bras et effectua une série de gestes compliqués.

Il y eut une explosion de lumière vert orangé, aveuglante. Une sorte de boule de feu fusa du balcon, laissant derrière elle un vivace sillon rouge. Elle alla s'écraser sur un des tas de bois, qui s'embrasa aussitôt avec un rugissement. La foule siffla et applaudit.

— Du pain et des jeux, renifla Alfray d'un air méprisant.

— Allons, le tança Jup. Le jour de Braetagg existait bien avant la naissance de Jennesta.

— Mais elle en a fait une grotesque mascarade.

Leur enthousiasme douché, les Renards regardèrent le brasier se consumer.

Ils se reposaient sur la terrasse de leur baraquement quand Reafdaw revint des courses.

— Tu l'as ? demanda Stryke.

— Oui, chef.

Souriant, le soldat prit une petite bourse dans sa sacoche et la lui tendit.

Les autres se rassemblèrent autour de Stryke pendant qu'il l'ouvrait et en répandait le contenu dans sa paume : de minuscules cristaux translucides, légèrement teintés de mauve.

— Il a l'air de bonne qualité, commenta Alfray.

Coilla se pencha pour regarder.

—Hum, du pellucide. Ça devrait égayer la fin de la journée, approuva-t-elle.

—Rien ne vaut une petite dose de foudre de cristal, acquiesça Jup.

—Ne pense pas que nous en faisons une habitude, ajouta Stryke. Considère ça comme un cadeau de Braetagg. Alfray, tu veux bien le préparer ?

De sa trousse de secours, le caporal tira un mortier dans lequel il entreprit de pulvériser les cristaux. Quand il eut terminé, Reafdaw l'aida à bourrer la poudre dans des pipes.

Une odeur caractéristique flotta bientôt dans l'air alors que les pipes commençaient à circuler.

—Finalement, ce Braetagg m'est plutôt sympathique, déclara Jup d'une voix nasillarde, en exhalant une longue volute de fumée crayeuse.

—Fais gaffe à ce que du tis ! grommela Haskeer. Euh… Je deux vire que… M'emmerde pas, OK ?

—Fa te faire voutre ! répliqua le nain, jovial.

Une lueur d'incompréhension passa dans les yeux voilés de Haskeer.

Quelques plaisanteries cochonnes déclenchèrent des rires hébétés. Les bleus s'essayèrent à l'art typiquement orc de la vantardise, embellissant leurs exploits bien au-delà de l'absurdité. Tout le monde gloussait.

Stryke croisa les mains derrière sa tête et s'adossa au mur.

—Encore une heure, et les festivités proprement dites devraient commencer.

—Mais il n'est pas dit que nous arrivions à nous traîner jusque-là, fit remarquer Alfray d'une voix pâteuse.

Jup était en train de s'embourber dans un récit incompréhensible lorsque Coilla l'interrompit.

—Qui est-ce ?

Des yeux injectés de sang se tournèrent paresseusement dans la direction qu'elle indiquait. Trois cavaliers orcs s'approchaient au galop. Une cape violette flottait dans le dos de l'un d'eux.

—Et merde, grommela Stryke. (Il se releva avec difficulté.) C'est Crelim.

Coilla plissa les yeux.

—Qui ça ?

—Crelim. L'aide de camp du général. Debout, tout le monde !

Il y eut un mouvement ascendant général, largement favorisé par les coups de botte que Stryke dispensait avec générosité. Les soldats épousetèrent leurs vêtements et regardèrent le petit groupe s'arrêter devant eux.

Les salutations d'usage expédiées, Crelim ne perdit pas de temps.

—Une mission spéciale pour les Renards, sur ordre direct du général Kysthan. Vous devez m'accompagner immédiatement.

—Aujourd'hui, mon commandant ? protesta Stryke. Est-ce vraiment néces… ?

— Nos ennemis se moquent bien de nos jours fériés, capitaine, et je ne suis pas venu ici pour débattre avec vous. (Crelim promena un regard méprisant sur les orcs en piteux état.) Plongez-vous la tête dans l'eau froide si vous voulez, mais remuez-vous le cul !

Les soldats obtempérèrent avec force grognements.

Sans un mot, Crelim revint vers la grand-place et les conduisit jusqu'à la tente de Braetagg. Une foule compacte, endiguée par tout un contingent de gardes, se pressait devant celle-ci.

— La Garde Impériale de Jennesta, chuchota Alfray. Mazette !

Stryke hocha la tête mais ne répondit pas. Il attendait que le brouillard qui l'enveloppait se dissipe un peu.

Lorsqu'ils mirent pied à terre, Crelim ordonna aux simples soldats de rester dehors. Puis il entra dans la tente avec Stryke, Haskeer, Alfray, Jup et Coilla.

L'intérieur aussi était bondé de gardes, certains vivants, d'autres morts. Ceux qui avaient été assignés à la protection de Braetagg gisaient sur le sol, la gorge tranchée ou un couteau planté entre les omoplates. Du sang avait éclaboussé les parois de toile.

Mais le plus choquant, c'était l'absence de Braetagg.

— Tu avais peut-être raison, Haskeer, lâcha Jup en fixant le trône vide. Il s'est levé et il est parti.

— C'est plus que tu ne seras capable de faire si tu ne la fermes pas immédiatement, menaça Haskeer.

Stryke les fit taire d'un regard impérieux.

Crelim désigna une large déchirure au fond de la tente.

— C'est par là qu'ils l'ont emmené.

— Pourquoi quelqu'un voudrait-il enlever Braetagg ? s'étonna Coilla. Je veux dire, pour quoi faire ?

Le commandant haussa les épaules.

— Tout ce que je sais, c'est que, s'il n'est pas revenu pour le début des festivités, ça va barder !

— C'est ce qu'on appelle un doux euphémisme, murmura Alfray.

— Nous ne pouvons pas laisser cette nouvelle s'ébruiter, reprit Crelim. C'est pourquoi nous avons fait appel à vous. Vous devez agir en secret, localiser les restes de Braetagg et les ramener ici le plus vite possible.

— Sinon… ? avança Stryke.

— La reine ne sera pas contente.

— En d'autres termes, ce n'est pas la peine de revenir.

— Comme vous dites, capitaine.

Stryke ferma les yeux et se pinça le haut du nez entre le pouce et l'index. Il poussa un soupir.

— Vous avez une idée de l'identité des coupables ?

—Non. Mais des pyros ont été aperçus dans le coin ces derniers jours. Une des patrouilles draconiques a repéré un groupe hier après-midi, du côté de Hecklowe.

—C'est tout ce que vous avez à nous fournir comme piste?

Crelim acquiesça.

—Nous comptons sur vous. Ne traînez pas.

Il se détourna et sortit, son escorte sur les talons.

—Putain de Braetagg.

—Haskeer? La ferme, ordonna Stryke sur un ton glacial.

—Des pyros? Qu'est-ce que c'est? demanda Coilla.

—Des cultistes humains qui vénèrent le feu.

—Multis ou Unis?

—Ni l'un ni l'autre, je crois.

—Ce sont des magiciens, intervint Alfray.

Coilla eut un ricanement dédaigneux.

—Depuis quand les humains possèdent-ils plus de pouvoir que les orcs? Ils ne sont bons qu'à le dévorer!

—Peut-être qu'ils ne possèdent pas encore de magie, mais qu'ils cherchent à se l'approprier, suggéra Jup. Comme la plupart des races aînées, ils doivent vouloir maîtriser les énergies terriennes.

—N'importe quoi, marmonna Haskeer.

—Évidemment, crétin: ce sont des humains.

—Qui traites-tu de crétin, espèce de sac à merde?

—Assez! explosa Stryke. Je me fiche de savoir ce que les pyros comptent faire du cadavre de Braetagg, si ce sont bien eux qui l'ont enlevé. L'important, c'est de le retrouver pour que cette journée ne s'achève pas dans un bain de sang!

Jup scrutait le sol autour du trône vacant.

—La magie est peut-être la clé, déclara-t-il. Je parle de ma pauvre magie, celle de la vision à distance. Bien qu'elle ait beaucoup diminué, à cause de ces maudits humains.

Il se pencha et saisit quelque chose sur l'assise du trône. Un petit morceau de tissu déchiré, constatèrent les autres comme il le leur brandissait sous le nez.

—C'est du coton assez grossier. Ça n'appartenait sûrement pas à Braetagg.

—Ça pourrait être à l'un des gardes, objecta Stryke.

—Leurs uniformes ne sont pas de la même couleur. Et c'est le seul indice dont nous disposions.

—Est-ce que ça suffira pour ta vision à distance? s'enquit Alfray.

—Je ne sais pas. Peut-être. Qu'en penses-tu, Stryke?

—Tu es censé être un ouvreur de pistes, non? À toi de jouer.

Ils se trouvaient à une quinzaine de kilomètres à l'ouest de Tumulus. Au loin, ils apercevaient encore les tours du palais, mais aussi la mince ligne blanche du front glaciaire qui dominait l'horizon. Une pluie fine et saumâtre s'était mise à tomber, apportant une déplaisante odeur de pourriture.

Du haut de leurs montures, les Renards observaient Jup accroupi sur le sol, les mains plongées dans la boue et les yeux clos. Il tentait de percevoir les énergies terriennes. Lorsqu'il eut terminé, il se releva.

— La puissance est irrégulière. Maudits humains, enragea-t-il. Mais je crois qu'ils se dirigent vers Taklakameer.

— Ça fait beaucoup de terrain à couvrir, pour trente orcs, fit remarquer Coilla.

— C'est vrai, dit Stryke. Plus vite on s'y mettra, plus on aura de chances de réussir.

Ils poursuivirent vers l'ouest. De temps en temps, Jup faisait appel à son pouvoir erratique et affirmait que leurs proies se dirigeaient toujours vers la mer intérieure.

Enfin, ils atteignirent un escarpement qui surplombait les vagues frangées d'écume. Une nappe de brume empêchait les orcs de distinguer la rive opposée. Mais, à leurs pieds, ils voyaient bien que l'eau était souillée.

— Et maintenant ? voulut savoir Alfray.

— Je ne peux pas faire grand-chose de plus, admit Jup. Tu sais bien que l'eau perturbe ma vision à distance.

— Pourquoi ? demanda Coilla.

— Parce qu'elle retient et absorbe la magie, un peu comme les forêts et les vallées profondes. Peut-être parce que ce sont des endroits où les humains ont plus de mal à creuser et à dévaster le sol.

— S'il y a davantage de magie, ton pouvoir devrait augmenter !

— C'est tout le problème. Il augmente, mais toutes les autres choses que je perçois aussi. C'est difficile à expliquer. C'est comme d'être aveuglé par trop de lumière.

Stryke avait un plan.

— Nous allons nous séparer en deux groupes pour longer le rivage. Je prendrai la tête du premier avec Coilla et Alfray. Nous partirons vers le sud. Haskeer et Jup, vous vous dirigerez vers le nord avec l'autre moitié des soldats. Si l'un de nous tombe sur quelque chose de trop gros pour lui, qu'il envoie un messager aux autres.

Bientôt, les deux groupes se perdirent de vue.

Après qu'ils eurent chevauché en silence durant quelques minutes, Coilla lança :

— Était-ce bien sage de laisser ces deux-là ensemble, capitaine ?

— De qui parles-tu ?

—De Jup et de Haskeer, bien sûr.

—C'est vrai qu'ils ne s'apprécient guère, mais ce sont des Renards avant tout. S'ils ne se comportent pas en adultes et en professionnels pendant une mission, ils se feront tuer dans le pire des cas, et virer dans le meilleur. Ils le savent bien.

—Vous avez déjà eu affaire à des pyros ?

—Nous, non. Mais certaines des autres troupes de guerre, oui.

—Ils ne sont pas nombreux, mais ils sont fanatiques, ajouta Alfray. C'est souvent plus dangereux.

—Que fait-on si on les trouve ? interrogea Coilla.

Stryke la regarda comme si elle était tombée sur la tête.

—On les tue, évidemment.

—Garde l'œil ouvert, et le bon.

—Ce que tu peux être stupide ! s'emporta Haskeer. Qu'est-ce que tu crois, que je vais piquer un roupillon ?

—Peut-être pas, mais tu pourrais jouer avec ton sac fertilisateur et ne pas faire assez attention.

—Descends de ton cheval, que je t'enfonce la tête dans le cul !

—Ce sera toujours plus agréable que de supporter la vue de ta vilaine face.

—Tu veux que je réarrange la tienne ?

—Ben voyons, railla Jup. En plein milieu d'une mission. D'ordinaire, tu ne te distingues déjà pas par ton intelligence, mais cette fois…

—Sergents ! siffla l'un des soldats.

—Quoi ? répondirent-ils en chœur, sur un ton irrité.

—Là-bas.

Sur leur droite se dressaient quelques collines basses. Dans le vallon qu'elles formaient, la lueur d'un feu brillait entre les arbres.

Jup et Haskeer ordonnèrent à la colonne de faire halte.

—Qu'est-ce qu'on fait ? demanda Haskeer.

—Je crois qu'une petite reconnaissance s'impose.

—On y va tous ensemble ?

—Non, on peut se débrouiller seuls tous les deux.

Ils ordonnèrent aux soldats de les attendre avec les chevaux et s'éloignèrent.

Ils s'approchèrent d'abord sur la pointe des pieds, courbés, puis en rampant à travers la végétation.

Ils s'arrêtèrent à la lisière d'une clairière. Un grand feu était allumé en son centre. Une trentaine de silhouettes se pressaient autour, le crépuscule étirant leurs ombres grotesques sur le sol. Leurs têtes avaient une forme bizarre.

—À quelle race appartiennent-ils ? souffla Haskeer, bouche bée.

—Ce sont des humains, abruti. Ils portent des peaux de loup entières, voilà tout. (Quelque chose attira le regard de Jup.) Vise un peu ça…

À la limite du cercle de lumière, le corps de Braetagg gisait, allongé sur une pierre plate. Un des pyros se tenait devant lui ; les mouvements qu'il effectuait, ainsi que le chant guttural de ses compagnons, indiquaient que les deux officiers débarquaient au beau milieu d'un rituel.

—Il faut aller chercher les autres, déclara Jup. Filons d'ici.

—D'accord, acquiesça Haskeer.

—Pas d'accord.

Ils n'eurent même pas le temps de tourner la tête pour voir qui venait de parler. Des mains brutales les saisirent et les forcèrent à se relever. Une demi-douzaine d'humains, auxquels leurs têtes de loup faisaient de macabres couvre-chefs, les encerclaient. Sous la menace d'une lame, les sergents furent dépouillés de leurs armes et ligotés.

Haskeer jeta un coup d'œil furieux à Jup.

—« On peut se débrouiller seuls tous les deux », le singea-t-il.

—Pas un bruit ! aboya l'un des humains. Du moins, jusqu'à ce que le Maître se penche sur votre cas.

Il grimaça, et ses camarades éclatèrent d'un rire déplaisant.

Les prisonniers furent poussés sans ménagements vers la clairière, où leur apparition mit un terme momentané au rituel. Conscients des regards fixés sur eux, ils s'arrêtèrent devant l'humain qui se dressait près du cadavre de Braetagg. À en juger son air arrogant et la déférence que lui témoignaient les autres, ce devait être le chef de la secte. Ses yeux étaient aussi morts que ceux du loup dont il avait pris la fourrure.

—Tiens, tiens, ricana-t-il en toisant Jup et Haskeer. Des intrus. Sous-humains, en plus.

—En dessous de vous, il n'y a que les vers de terre, répliqua Jup. Et encore.

Pour sa peine, il reçut un coup de poing en pleine figure. Du sang coula de son nez et aux coins de sa bouche.

—Que faites-vous avec Braetagg ? demanda Haskeer, tentant – mais en vain – de se libérer de ses entraves.

—Nous essayons de nous approprier la magie, de puiser l'énergie de la terre de la même façon que vous, les races aînées.

—Désolé, mais les orcs ne sont pas concernés par toutes ces sornettes.

Un coup de poing dans l'estomac le plia en deux.

—Je ne vois pas quel rapport il peut y avoir entre un cadavre et la magie, enragea Jup. Vous êtes cinglés !

—Cinglés ? répéta le Maître, offensé.

Il se tourna vers Braetagg et l'étudia un moment. Puis il saisit l'auriculaire de sa main droite et le brisa avec un craquement audible, ponctué par un petit nuage de poussière grise.

Les ululements de protestation de Haskeer furent étouffés par une nouvelle volée de coups. Pour ne pas faire de jaloux, les pyros rossèrent également Jup.

Sans se soucier de cette agitation, le Maître leva l'auriculaire de Braetagg pour l'examiner. Puis il le jeta dans le feu.

Les flammes bondirent, projetant une myriade d'étincelles multicolores et tourbillonnantes. Elles hésitaient entre les teintes émeraude, écarlate, or et turquoise, chacune si intense qu'il était difficile de les regarder en face. Il semblait incroyable qu'un petit morceau de chair desséchée puisse générer de tels effets pyrotechniques. Haskeer et Jup en restèrent bouche bée, et pas seulement de douleur.

—Un avant-goût de la puissance de Braetagg, déclara le Maître, satisfait. Lorsque j'aurai pulvérisé tout le cadavre et effectué le rituel, son essence me donnera le pouvoir de la sorcellerie.

—Vous êtes complètement maboule, grommela Jup.

—Ça, c'est ce que vous prétendez, répliqua le Maître en haussant ses sourcils broussailleux. Hélas, vous ne serez plus là pour me voir prouver le contraire. Comme la plupart des rituels, celui-ci sera encore plus efficace après un petit sacrifice.

Il fit signe à ses sous-fifres.

—Préparez-les.

—Ça ne nous mènera à rien, se plaignit Alfray.

—Tu as une meilleure idée? demanda Stryke sur un ton cassant.

—On pourrait peut-être se séparer pour accélérer les recherches.

—Non, nous sommes déjà suffisamment éparpillés.

Ils poursuivirent leur route en silence.

—Là-bas! s'exclama soudain Coilla.

Les autres se tournèrent vers la direction qu'elle indiquait. Sur l'autre rive, la lumière d'un feu brillait faiblement.

—Vous croyez que ce sont les nôtres? demanda-t-elle.

—Même Haskeer et Jup ne seraient pas assez stupides pour allumer un feu, lui assura Stryke. Mais puisque nous n'avons pas d'autre piste…

Il aboya un ordre, et les Renards firent demi-tour. Ils éperonnèrent leurs montures, s'aplatissant sur l'encolure pour esquiver les branches basses et longeant le rivage d'aussi près que possible.

Un vol de flèches plus loin, une poignée de soldats leur fit signe de se baisser et de ne pas faire de bruit.

—Génial, fulmina Stryke quand ils lui eurent expliqué l'absence des deux sergents. Maintenant, nous avons un cadavre et deux andouilles à sauver.

—Comment allons-nous faire? s'enquit Coilla.

—On se sépare en trois groupes. Calthmon, Darig, vous restez ici avec les chevaux. Ce qui nous laisse… vingt-six orcs. Alfray et moi, nous en prendrons huit chacun. Coilla, tu commanderas les dix derniers.

—Merci de me faire confiance.

—Tu sais ce qu'on dit: « Nécessité fait loi. » Mais si tu te plantes, tu es virée, l'informa Stryke.

—Quel est ton plan? demanda Alfray.

—Rien de très compliqué. Nous ferons irruption depuis trois directions différentes. La priorité est de récupérer Jup et Haskeer en un seul morceau, et Braetagg si possible. Des questions?

Personne n'en avait. Ils se répartirent rapidement en trois groupes, qui se déployèrent en silence. Celui de Coilla partit sur la droite et se fraya un chemin jusqu'à la clairière à travers la végétation.

Il n'y avait pas de gardes. Les Renards virent le feu et le corps de Braetagg allongé sur la pierre plate. Jup et Haskeer se tenaient non loin de là, maintenus par deux humains. Un troisième semblait en train d'effectuer un rituel. Le reste des pyros demeurait en arrière, psalmodiant une incantation.

Coilla se tourna vers le soldat le plus proche.

—Slettal… C'est bien ça?

—Oui, chef.

—Combien de bons archers y a-t-il parmi vous?

—Bons comment, chef?

—Assez pour abattre les deux humains qui retiennent nos sergents prisonniers.

—Désolé, chef. Nous savons tous nous servir d'un arc, mais pas avec une précision suffisante à cette distance.

—J'aurais dû m'en douter, soupira Coilla. Très bien; je vais le faire moi-même.

Slettal voulut lui tendre un arc. Mais elle l'en empêcha d'un signe et remonta une des larges manches de sa tunique, révélant un brassard de cuir dans lequel étaient rangés plusieurs couteaux de lancer.

—Je préfère ça, expliqua-t-elle en choisissant deux d'entre eux.

Slettal jeta un coup d'œil incrédule à ses cibles.

—Vous pouvez vraiment faire ça?

—Je vais essayer. Si je réussis, tenez-vous prêts à bondir pour maîtriser les autres. Dans le cas contraire, nous foncerons sur le prêtre pour venger Jup et Haskeer. C'est bien compris? Parfait.

Coilla savait que le reste des Renards attaquerait d'une seconde à l'autre, mettant en danger la vie de Jup et de Haskeer. Il n'y avait pas une seconde à perdre. Elle visa d'abord la cible la plus difficile : l'humain que Haskeer masquait presque complètement. Celui qui retenait Jup était davantage exposé, mais pas facile à toucher pour autant.

Le rituel devait approcher de son point culminant, car le prêtre semblait de plus en plus agité.

Coilla retint son souffle et lança le premier couteau. Celui-ci n'avait pas encore atteint sa cible que le second quittait déjà sa main.

L'humain affecté à la garde de Haskeer reçut la lame dans l'œil. Il bascula en arrière et s'effondra. Son camarade arrêta le vol du deuxième couteau avec sa poitrine. Il tomba en hurlant.

—Allez-y ! aboya Coilla.

Ses Renards firent irruption dans la clairière en même temps que ceux de Stryke et d'Alfray. Elle s'élança vers les deux sergents, tandis que les autres orcs se précipitaient vers la masse des humains qui venaient d'interrompre leurs psalmodies. Une mêlée chaotique éclata aussitôt, les cris de douleur se mêlant au fracas métallique des armes.

Au passage, Coilla remarqua que le feu se comportait bizarrement. Il brillait avec une férocité inhabituelle, et ses flammes chatoyaient de couleurs primaires.

Mais la femelle orc n'eut pas le temps de s'interroger sur ce phénomène, car le chef des pyros venait de dégainer une épée et se tournait vers elle, le visage déformé par la colère. Coilla accéléra, fit un bond sur le côté pour éviter la lame qui la menaçait et rejoignit les deux sergents. D'un geste vif, elle trancha leurs liens.

—Chaud devant ! s'époumona Jup.

Plusieurs pyros armés se ruaient vers eux. Coilla passa une dague au nain, tandis que Haskeer récupérait son épée sur le cadavre de son geôlier. Les deux sergents poussèrent un rugissement et se portèrent à la rencontre de leurs adversaires.

Coilla se retrouva seule face au Maître. Les yeux exorbités, celui-ci marmonnait des paroles incohérentes et agitait son épée large en tous sens. La femelle orc n'eut pas trop de mal à parer ses attaques maladroites.

—Maudits fouineurs ! cracha le Maître. Ingrats ! Sauvages !

—Ça me touche beaucoup, venant de quelqu'un qui porte un animal mort sur la tête, répondit froidement Coilla.

S'ensuivit un féroce échange de coups.

—Le rituel, se lamenta le Maître. Vous avez gâché le rituel !

Puis il se figea. Son bras retomba mollement le long de son flanc. Le regard fixé sur un point par-dessus l'épaule de son adversaire, il recula d'un pas.

Coilla crut d'abord à une feinte. Elle fit un pas sur le côté et jeta un rapide coup d'œil derrière elle.

Ce qu'elle vit lui coupa le souffle.

Le cadavre de Braetagg s'était redressé.

Assis sur la pierre plate, il semblait s'étirer comme au sortir d'un long sommeil. Coilla entendit craquer ses vieux os. Il posa ses pieds sur le sol et se leva.

Un instant, il vacilla. Puis il se mit à marcher avec raideur.

Coilla s'arracha à sa contemplation et reporta son attention sur le Maître. Le visage de celui-ci avait pris une couleur de cendre. Occupés à se battre contre les orcs, les autres humains ne s'étaient pas rendu compte de ce qui se passait.

Le cadavre se déplaçait avec une détermination lente et maladroite, laissant derrière lui un sillage de poussière blanchâtre. Coilla se tendit comme il passait près d'elle sans la remarquer, et crut apercevoir une lueur vengeresse au fond de ses orbites vides.

Bien que toujours terrorisé, le Maître se reprit suffisamment pour lever son épée. Mais c'était un effort sans conviction. Braetagg écarta sa lame et se jeta sur lui.

À demi aveuglée par l'éclat des flammes et par la fumée qu'elles dégageaient, Coilla eut du mal à suivre le combat. Elle vit le vivant et le mort lutter l'un contre l'autre.

Puis un cri résonna. Hideux, désespéré… Humain.

Plusieurs silhouettes se précipitèrent vers Coilla. Celle-ci se détendit en reconnaissant Stryke et Alfray.

— Tu t'es bien débrouillée, la félicita son capitaine, essuyant la cervelle et le sang qui maculaient son épée.

Le feu était mourant. Une bourrasque dispersa la fumée, révélant le Maître étendu sur le sol, les membres en étoile. Il avait une expression terrifiée… et terrifiante.

Coilla jeta un coup d'œil vers la pierre plate. Le cadavre de Braetagg gisait toujours dessus. Sa posture n'avait pas changé.

— Que t'arrive-t-il? demanda Stryke.

Coilla cligna des yeux et secoua la tête.

— Rien. C'est… c'est le cristal. Il me donne des visions.

Les Renards regagnèrent Tumulus à un train d'enfer, les restes de Braetagg enveloppés dans une couverture en guise de linceul.

Ils atteignirent la capitale en un temps record, mais durent ralentir en pénétrant dans ses rues encombrées par les fêtards. Trois fois plus nombreux qu'au début de l'après-midi, ceux-ci les empêchaient d'avancer.

Enfin, les orcs atteignirent la tente devant laquelle piétinaient la Garde Impériale et une foule de curieux, impatients de voir Braetagg. Quelqu'un alla prévenir le commandant Crelim. Les cinq officiers furent introduits à l'intérieur du pavillon, en compagnie de trois soldats qui portaient leur macabre fardeau.

— Je ne pensais pas que vous réussiriez, avoua Crelim. Vite, installez-le sur son trône. Et soyez prudents.

Braetagg fut remis dans sa position initiale, couronne sur le front et main parcheminée sur la garde de son épée.

— Il lui manque un doigt! s'exclama tout à coup le commandant.

— Euh, oui, balbutia Stryke. Ce n'est pas si mal, quand on pense à ce qu'il aurait pu perdre d'autre. Il n'y a qu'à tirer un peu sa manche pour cacher sa main.

Crelim fronça les sourcils.

— Je ne sais pas trop…

Haskeer s'avança d'un pas chancelant.

— Le capitaine a raison, chef. Personne ne s'en apercevra. Braetagg a bien tenu le choc. C'est un dur de dur.

Ignorant les signaux désespérés de ses camarades, il s'approcha du trône.

— Faut pas vous inquiéter pour lui. Il est aussi coriace qu'une peau de dragon qui a mariné dans de la pisse pendant un mois.

Il esquissa un coup de poing taquin.

— Non! s'écrièrent les autres à l'unisson.

Trop tard. Avec un bruit sourd, le poing de Haskeer s'écrasa sur l'épaule de Braetagg, soulevant autant de poussière qu'un tapis que l'on bat. Le sergent se mit à tousser. Le bras de Braetagg se détacha, resta un instant suspendu par un tendon desséché, puis tomba sur le sol.

— Abruti! s'exclama Jup.

— Sergent Haskeer! rugit Crelim, le visage vert de colère, tandis que retentissaient des insultes encore plus colorées envers les ancêtres du coupable, et que les gardes impériaux se jetaient sur celui-ci.

Stryke se dégagea de la mêlée pour rejoindre Coilla.

— Avant que tu me poses la question… Ça m'est complètement égal, déclara la femelle orc.

Stryke haussa les épaules et poussa un long soupir.

— Bonne fête de Braetagg.

Achevé d'imprimer sur rotative par l'imprimerie Darantiere à Dijon-Quetigny en juillet 2008
Dépôt légal : juillet 2008 - Numéro d'impression : 28-1098
35294022-4

Imprimé en France